序

钱 雯

当代文学的学科建设之失：一在理论高蹈，漠视文本；二在坐井观天，目无大局。根本原因则是缺乏深度把握的历史感。本著作以文学思潮的流转、演变为对象，在新时期以来经济、社会、文化转型的全幅背景下，立足文本，掘发文学演进的内在脉络，所提出的从"共名"到"无名"的描述主线和由此展开的综合研究扣合文学存在、社会存在、历史存在，足可为当代文学的学科建设灌注清明的历史理性和活泼流转的生气，是一部盘活并推进学科建设的极有价值的著作。

作者先任省文联文学期刊资深编辑，后在高校执教并研究当代文学十余年，创作方面，著作甚丰，文坛知名。几十年来，作者与当代文学共浮沉，故能看破学科痼疾；发而为言，不过寄其热爱与期待而已。其中质实与重量，不可以所谓"纯粹"其实"空虚"的学术著作衡估之。

特此推荐申报合肥师范学院学术著作出版基金。

（以上为南京大学博士、社科院文学研究所博士后、南京大学中文系主任、硕导钱雯先生，在合肥师范学院学术著作出版资助基金申报表推荐栏代表本单位留下的文字，这里以之为序，再恰当不过。谨致谢忱。——作者注）

又　序

朱移山

曹为老师的学术著作《从“共名”走向“无名”状态的文学思潮》系作者十余年学术科研和教学心血结晶。书稿深层次描述中国当代文学思潮在宏大的文化交融与冲突背景下发生、发展和流变轨迹，并探索其从“共名”走向“无名”的特殊规律，尤其是结合大量当代作家阶段性标志作品解读其对文学思潮影响和文学史价值，角度新颖，见解深刻。书稿中贯注着深情生气，文笔流畅，不仅让阅读者开卷赏心悦目，同时也具有较大的学术价值和出版价值。

2011 年 9 月 5 日

（移山先生为合肥工业大学出版社编审、副社长，南京大学博士研究生。上面几句话是先生为本书稿所作专家鉴定意见，虽知是溢美之辞，然平生很少被人夸奖，因而心甚喜之，且以之为序。谨谢不已。——作者注）

目　录

第一章　绪言：考量从“共名”走向“无名”状态的文学思潮

关于“共名”、“无名”的概念，最初由复旦大学中文系主任陈思和先生的学术团队在《中国当代文学史教程》前言中率先提出，渐入受众眼帘，并在学界产生较为广泛的影响。从“共名”走向“无名”状态的文学思潮，其创作背景、创作题材、创作实绩、创作风格、创作方法、创作思想、创作情绪和作家构成等，都有着比较清晰地呈现。

在学术探究过程中，在实践教学过程中，我们时常把“共名”理解为“以共同的名义”进行的创作活动。余秋雨先生曾经参加过的《鲁迅的故事》写作组，就是典型的集体组织，多人写作，却文字集中，主题凸显的“共名”状态的写作。《沙家浜》、《红灯记》、《杜鹃山》、《海港》、《红色娘子军》、《白毛女》等，更是以国家名义进行的“共名”状态的写作。都是特定时期政治思想需求的主旋律文化。共同的名义究竟指哪些内容？“五四”启蒙思想，宣扬民主科学；民族解放运动，彰显独立自由精神；阶级解放斗争，抗争贫富过分悬殊的不平等社会机制；建设法治社会，推进公平公正的民主生活；反腐倡廉，争取可持续发展；创建和谐社会，发展多元经济等，似乎都可算作“共名”状态的文学创作母题，亦即主旋律名义下的文学活动。这一个活动过程，非常漫长。新文化运动伊始，发轫之作《狂人日记》即是，随之有《凤凰涅槃》、《子夜》、《激流三部曲》、《骆驼祥子》、《雷雨》、《太阳照在桑干河上》、《暴风骤雨》、《前驱》、《灵旗》、《苦菜花》、《保卫延安》、《班主任》、《人到中年》、《剪辑错了的故事》、《乔厂长上任记》、《大厂》、《抉择》等，其创作主题，是国家的、民族的、大众的和集体的意志。对于积弱已久、百年衰败、一盘散沙的中国，“共名”创作，有利于凝聚民心，组织民众，先是寻求解放之路，继是建立宏观控制的国民经济，以利于可持续发展。这是必须的，也是必然的，是那个时代的作家乃至全体有责任感有良知的知识分子与一些社会团体身不由己情不自禁的选择。道理很简单，有国才有家。有一个相对稳定的社会环境，我们宣扬文学艺术个性，追求艺术创新的理想，似乎才有了实现的基础。

我们还习惯称“无名”状态的文学创作，为“没有（或不坚持）共同名义”的文学创作。大抵从“寻根文学”思潮开始，私人写作，个性写作，女性写作，隐性写作等，层出不穷；单一话语，潜型话语，网络话语，蜗居话语等触目皆是。多元化的辐射型的创作态势，如旭日东升，喷薄溢出。“雪米莉”小说走俏，汪国真诗歌蹿红，王朔“痞”态调侃等，大抵皆是“无名”创作。此后的《贫嘴张大民的幸福生活》、《石门夜话》、《爸爸爸》、《棋王》、《北京人在纽约》、《长恨歌》、《穆斯林葬礼》、《尘埃落定》、《活着》、《生活秀》、《山上的小屋》、《冈底斯诱惑》、《受戒》、《哦，香雪》、《康熙大帝》、《乔家大院》、《男才女貌》、《秦腔》、《新安家族》等作品，颂扬人性之美好，肯定个体生命之珍贵，发掘地域文化之精彩，展示商战文化之诡异，惊叹异质文明之悬殊、争抢语言实验之先机等激情，先后在“寻根文学”、“现代主义”、“先锋派”、“新写实”等文学思潮中尽情绽放。不难看出，受《百年孤独》影响，中国的“寻根文学”试图在古老传统文明中，探索出自己的新生之路；而接受了弗洛伊德、尼采、萨特影响的“现代主义”文学，则期冀在西方异质文明中，发现有益于自己民族发展壮大的积极因子。“先锋派”文学走得更远，在形式主义的语言实验中，没能很好地携带思想内容一道进入文本，多数时候就只能是实验而已。“新写实”小说，可以视为文学回归现实生活的另外一种表现形式，它是文学经历了注重思想性的功利时代、转向注重语言艺术的实验时代之后的一种回归。这种回归也是一种过渡，由文学宫殿的辉煌巍峨、文学价值取向的急功近利，悄悄步入平静，步入日常生活范畴。文学行为终于成为寻常生活。为了让文学的日常生活有些许亮色，于是“鲁迅文学奖”、“茅盾文学奖”、“老舍文学奖”成为受众广为关注的对象。

从“共名”走向“无名”状态的文学思潮，如同泉涌，一波叠一波，后浪赶前浪地出现在新时期文坛上，就具体的文学活动或创作文本而言，“共名”旗帜下的“伤痕”、“反思”、“改革”文学思潮，于主旋律的集体主义概念中，也已萌生出些许新的人道主义意识；于无条件献身的说道中，也已萌生出对于个体生命的关怀；于文学的功利主义认同中，也已萌生出对于文学艺术的美学追求，从这些因素的存在来看，似乎又是“无名”状态的精神追求和审美认同。而“无名”号角声中的“寻根”、“现代主义”、“新写实”文学思潮，于多元辐射的创作思想中，透露的对于社会“真理”、“科学”、“正义”、“公平”、“和谐”、“发展”、“仁爱”、“慈孝”等观念的认同叙述，则似乎又是“共名”状态的思维范式和价值取向。可见“共名”中孕育着“无名”的因素，“无名”中也潜藏着“共名”的因子，二者并不是绝对的。弄清了这一点，就不会奇怪我们为什么格外注重文本的客观分析，而不去作纲性的理念阐述。在认同了“共名”、“无名”两个概念的大致内涵与外延之后，我们于杂乱无章的文学活动中，慢慢梳理出属于这部书稿自己的应有特征：

首先，力求纂述角度尽可能新颖些。思绪展开过程中，试图从文学史叙述、文学作品叙述、文艺理论叙述的惯常程序中，挣脱出来，努力寻找另外一个视角楔入，即另外一个文艺理论、文学思潮、文学作品相互兼容的叙述途径，以为实际工作中好用适用，以为阅读写作时可以做个好的参照读本，或某种程度上的好的指导读本。当然，或许就弄得不伦不类，不为人接受也未可知；不过，既然这么想了，也就这么做下去了，于是就有了如今这么个模样。书名姑且定为《从“共名”走向“无名”状态的文学思潮》。这样的书名，必然要谈到文学创作和思潮，谈到当时文坛现状，谈到作家作品，堕入俗套固然难免，不能出新更是难以宽恕。且让它站着吧，一定有踵继大家弄出新的奇的巧的，以飨大众的。

其次，力求对于获奖作家作品的叙述有些别出心裁。应该相信中国当代的文艺评论家的眼光，他们遴选出来的作品，经过二三十年的积淀，大多都是站得住脚的，有的甚至已经成为经典名典，为国内外众多读者接受并喜爱。对于“鲁迅文学奖”、“茅盾文学奖”、“老舍文学奖”获奖作家作品的叙述，对于其文学价值与文学史地位的肯定，也是理所当然的。《平凡的世界》、《白鹿原》、《秦腔》、《受活》、《山居笔记》、《宰相刘罗锅》、《历史的天空》等作品，无论作为纸质平面图书的存在，还是成为或即将成为荧屏立体形象的存在，精品意识已植入阅读者与品论者心田。

其三，力求博采众长，集作者、编者、读者思考之精华于一体。笔者曾在省文联的一家文学刊物，编辑、研究当代文学，尤其是新时期文学十几年之久，后又从事现当代文学的教学研究十年有余。是以，当代文坛，尤以新时期文坛的状态大抵是比较了解的，且与一些作家也有着面对面的采访与交往过程。所以书中时有“作者感言”、“读者感言”、“编者感言”、“比较阅读”之类的文字叙述，在坚持以文本说话的基础上，穿插这些文字，可以增强阅读的亲近感，深入受众心灵之潭。

第四，力求写书人与读书人处于相互观照的辩证位置，尊重读者的判断、识别与体会，不把自己的思想或观念强加于读者，把客观叙述、人文叙述，作为叙述的主要目标。每一部作品，都有其故事发生的背景，都有其作家的写作背景。我们不刻意追求文本的思想性或艺术性阐述，不求“深刻”，只要“浮浅”的感知，只要表层的叙述。却很在意两个“背景”的叙述，很在意审美过程中“是”、“非”、“真”、“假”、“善”、“恶”、“妍”、“媸”的区分与辨别，在意“悲天悯人”情怀的说白，这些都是人品、文品、读品的基础工程。有了这样的叙述，以后的阅读应该是随着读者阅历与知识结构的提升，自己去深化理解感悟就好了。在叙述的过程中，不追求深刻，不讲究文学、史学、哲学、佛学、人类学、社会学、风俗学、文艺学、文艺美学等学科的融会贯通，唯求语意的简洁、书旨的凸显。

综上，对于原典、名典、经典在文学思潮中的兴起、沉淀、传扬的研究与思考，给予我们许多启发与智慧，我们感激这个伟大的时代，赋予知识分子神圣使命与振兴民族的责任，怎能不竭尽绵薄，报效这片神奇而美丽的土地。

本书共12章，叙述的主要内容如下：

第一章说“共名”、“无名”两个概念。第二章说中外文学思潮。第三章说卢新华、刘心武等“伤痕”作品。第四章说鲁彦周、王蒙、谌容等“反思”作品。第五章说高晓声、蒋子龙、李存葆等“改革”作品。第六章说阿城、韩少功、汪曾祺、张炜、贾平凹、苏童、姜戎、二月河、琼瑶、金庸、三毛、白先勇、余光中、郑愁予等“寻根”作品。第七章说高行健、余华、莫言、残雪、马原、舒婷、海子、北岛、食指、顾城等“现代派”作品。第八章说池莉、刘震云、方方等“新写实”作品。第九章说铁凝、毕飞宇、史铁生、余秋雨等“鲁迅文学奖”作品，古华、姚雪垠、张洁、霍达、王安忆、陈忠实、阿来、刘斯奋等“茅盾文学奖”作品，刘恒、阎连科等“老舍文学奖”作品。第十章说郑重、王要，都梁，兰晓龙，李晓明、郑晓龙、李功达、冯小刚，李安等“影视剧”作品。第十一章说许辉、崔莫愁、孙志保、许春樵等“区域方阵”作品。第十二章说赵小赵、慕容雪村、蔡智恒等“网页”作品。

第二章　当代文学思潮：精神追求旅途中绽放的火树银花

通常情况下，文学思潮是指一定历史时期和一定地域内形成的，与社会的经济变革和人们的精神需求相适应的，具有广泛影响的文学思想和文学创作的潮流。文学思潮是一个时代的文学创作潮流中所表现出来的那个社会的时代精神和社会风尚，以及那个时代起主导作用的文学创作的理论和方法。文学思潮有以下几个特点：一是深层性。二是理论性。三是群体性。四是时段性。五是实践性。对于区分和命名文学思潮，应该尽可能地宽容。然而，宽容并不是没有原则。当代中国文坛独特的结构和制度，决定了当代文学思潮的特点。主要表现在：文学理论和创作极度密切的关系。文学思潮少有自发产生的，基本上是自觉的、自上而下提倡的。由于基本是自觉的，所以是理性的。

文学思潮在概念上比文学思想要宽泛得多，它不只是在个别或少数作家的创作中有所反映，而是表现为许多有影响的作家，通过各种各样的方式，自觉地实践某种共同的文学纲领，形成一种遍及全社会的思想趋向。在社会上是否形成广泛的影响及其持续时间的长短，是区别文学思潮和文学思想的重要标志。文学思潮也不同于文学流派和创作方法。文学流派表现为由思想和艺术的共性而不一定由纲领上的共性联系着的作家集团，出现文学流派并不一定能形成文学思潮。创作方法是指作家认识和反映现实生活所依据的总的原则，这种总的原则并不一定依附于某一文学流派或文学思潮。而文学思潮则可以包容各种不同的文学流派和创作方法。只有在特定的情况下，文学思潮、文学流派和创作方法才发生重合，如欧洲 17 世纪的古典主义、18 世纪末至 19 世纪前期的浪漫主义和同时稍后的批判现实主义，就既是大规模的文学思潮，又是文学流派，也是文学的创作方法。

文学思潮的出现，往往是由多种因素形成的。其中最主要的是社会经济形态的变化和由此产生的新的思想要求，这两者是文学思潮形成和发展的客观基础。此外，历史文化的材料准备与文学思潮的形成也具有渊源关系。在一定历史时期内占主导地位的文学思潮，也称文学主潮。文学主潮与历史上进步阶级的思想和人民群众的普遍情绪相一致，与时代发展的洪流相表里，反映着历史前进的方向。但在文学主潮出现和发展的同时，往往也会出现与之相对立的潮流。如欧洲浪漫主义的文学主潮是积极浪漫主义，但同时也伴随着消极浪漫主义。而且德、英、法等国都是消极浪漫主义产生于前，积极浪漫主义形成于后。不过消极浪漫主义持续时间很短，不久就被作为文学主潮的积极浪漫主义取代了。

中国文学发展的历史与西欧不尽相同。在中国文学史上，虽有各种文学流派各树旗帜，递嬗相继，但像欧洲近代那样连续形成几次大规模文学思潮的现象比较少见。如果把“诸子百家”、“邺下文人”、“骈赋制作”、“唐宋八大家”、“程朱理学”、“桐城派”的文学活动，也看做文学思潮的话，那也是影响久远的思潮。中国古代以明清时期形成的文学思潮较有代表性。有的研究者把明清文学思潮分为三个阶段，即以李贽、袁宏道、汤显祖、吴承恩为代表的浪漫主义，以《桃花扇》的作者孔尚任和《长生殿》的作者洪升为代表的感伤主义，以《红楼梦》的作者曹雪芹为代表的批判现实主义，可备此一说。晚清谴责小说批判现实主义的特点更为突出，只是所影响的社会面不很大，似可视为明清文学思潮的尾声。在中国现代文学史上，“五四”新文学运动也是一次与时代发展方向相一致的大规模的文学思潮。这次文学思潮是中国由旧民主主义革命向新民主主义革命转变的时期，在马克思主义影响之下形成的，属于世界社会主义文学思潮的一部分。它具有鲜明的文学纲领和丰富的文学实绩，后来发展成为无产阶级的革命文学运动。

20 世纪 70 年代末中国作家迸发的创作热情，延续了近二十年。其间掀起了“伤痕”、“反思”、“改革”、“寻根”、“现代”、“新写实”等一股又一股文学思潮，成为20 世纪后半叶最为壮观的文学现象。后人称之为“那是一个文学的年代”。其对后世的影响不可低估。

文学思潮的重要性是显而易见的。文学思潮的起伏递嬗是文学史上常见的现象。研究文学思潮的发展变化，便于从总体上发现和把握文学的特性及文学的发展规律，有助于更深刻地理解文学和时代的关系，从而推动文艺学的发展。丹麦的文学批评家勃兰克斯撰写的《十九世纪文学主流》，就是一部全面考察一个历史时期文学思潮的有影响的著作。马克思主义经典作家运用唯物史观看待文学现象，把文学当做上层建筑的社会意识形态之一，因此也非常重视从思潮的角度研究文学发展的历史。

在文学思潮中阅读文本，发展文艺学和文艺美学，提升品位。努力掌握这样的学习方法并达到这样的适用目的：

一、深奥的学理以浅显的语言表述出来；浅显表层的现象中探究出深层思考，并能以专业的术语写出来。实现书面语言与口头语言的互为转化。

二、精短的文字以多元思维构制出长篇大论；擅长作短文，尤其是阅读长篇之后，能够以凝练的文字概括出来。实现长短文字与多寡思维的互为转化。

三、抽象的概念具体化形象化，具体的事物理论化逻辑化。实现典型与普遍的互为转化。

四、紊乱繁杂的思维中，学会梳理，求得条理化；整齐规范的行为习惯中，学会差异思考，洞察其不合理性。实现永恒真理与时段真理的互为转化，实现无限真理与区域真理的互为转化，亦即实现绝对真理与相对真理的互为转化。

五、增强对文学与生活的判断力与鉴赏力，提升驾驭人生航船的选择能力、交际能力和实践能力。实现生活和理想的互为转化。

六、涵养主体性灵，培植“悲天悯人”的人文情怀，蕴育健康心理心态。实现动态竞争与静态防守的互为转化。

第三章　伤痕文学：深深镂刻在民族心灵深处的难言痛楚

伤痕文学思潮主要作家作品

作　家	作　品	或人物或文意或诗情	备注
卢新华	《伤痕》	王晓华情感缺失心灵重创	短篇
刘新武	《班主任》	张俊石痛心疾首桃李凋零	短篇
周克芹	《许茂和他的女儿们》	四姑娘许秀云执著于生活	长篇
莫应丰	《将军吟》		长篇
竹　林	《生活的路》		长篇
叶　辛	《蹉跎岁月》		长篇
公　刘	《哎，大森林》		诗歌
	《刑场》		

"伤痕"一词在学术界被用来概括文学思潮，最早可见于旅美华裔学者许芥昱在美国加州旧金山州立大学文学讨论会上的讲话。许芥昱认为，中国大陆自 1976 年 10 月后，短篇小说最为活跃。最引大众注目的内容，称之为"伤痕文学"，因为有篇小说叫做《伤痕》，很出风头。有人曾对这个概括性的词语提出过异议，认为不如使用"暴露文学"切合这个阶段的文学实质，但由于这个词语已被学术界大多数研究者所接受，因此在这里我们不妨延用之。

"伤痕文学"涉及的内容很多，但大都是以真实、质朴甚至粗糙的形式，无所顾忌地揭开"文革"给人们造成的伤疤，从而宣泄十年来积郁心头的大痛大恨，这恰恰契合了文学最原始的功能："宣泄"。"伤痕文学"兴起于被"左倾"创作思潮压抑多年的文坛之上，因而许多作品一问世，马上就引起人们的争议，许多人提出了文学是应该"歌颂"还是"暴露"，是该写"光明"还是写"黑暗"的问题。当然，这场论战的结果不言而喻。作为新时期发出的第一声真实的呐喊，"伤痕文学"的价值是不可否认的：

首先，从社会意义上来说，"伤痕文学"是对"文革"的整体否定。即，它不仅是对"文革"中的政策及其造成的恶果的否定，而且是对"文革"及其之前的“瞒”和“骗”的创作方法的否定，从而恢复了文学的真实性。

其次，在“伤痕文学”中，人们发现了久违的悲剧精神。在极“左”路线严格规定文学只能“歌颂现实”的情况下，几十年来，悲剧意识在文学中已经被迫消失。而到了“文革”结束，蒙受了巨大灾难的人民迸发的第一种情感就是对这场具有深刻社会性的大悲剧的忧伤与愤懑。于是，在中国当代文学史上，首次出现了以悲剧形式来反映社会主义的文学思潮——“伤痕文学”。

第三，在“伤痕文学”中，开始注重对普通大众的刻画，从而摆脱了“文革”中文学只能反映“工、农、兵”甚至只能以“英雄人物”为创作重心的教条规定，在表现对象上，出现了空前的广泛性。然而，作为刚刚摆脱“文革”僵死的创作模式的文学先声，“伤痕文学”的局限又是十分明显的。

最后，在“伤痕文学”中，模式化的喜剧结尾。由于当时的政治形式和思想环境尚未明朗，文艺界仍然存在着“写暴露”、“写悲剧”的禁忌；同时大多数作者仍然难以摆脱以往“左”的创作观念的惯性影响，因而往往在结尾加入一个“前途光明”的机械性预言或大团圆式的喜剧性结局，以至淡化了悲剧效果，影响了作品的深刻性。

伤痕文学是新时期出现的第一个全新的文学思潮。社会主义新时期是以彻底否定文化大革命为历史起点的。“文化大革命”的历史特点，是封建法西斯文化专制主义打着毛泽东旗号对当代中国人民的一场公开迫害。这种对灵魂的摧残尤其容易造成惨痛的心灵创伤。但这只有在挣脱了精神枷锁、真正思想解放之后，人们才能意识到这“伤痕”有多重、多深。这是伤痕文学喷发的历史根源。

新时期伊始，中国人民在政治上解放了，但由于两个“凡是”未被推翻，“无产阶级专政下继续革命”的错误理论依然流行，所以文学理论与创造仍受到严重束缚，以致出现“东边日出西边雨”的奇特现象。随着“真理标准”的大讨论和党的十一届三中全会的召开，当代中国才真正出现转机，文学才走上康庄大道。这种社会情势正是伤痕文学出现的时代背景。

新时期文学首先必须面对的是“文化大革命”，所以伤痕文学自然而然地以“文化大革命”这一历史时期作为了重要内容。当时的文学作品或以悲欢离合的故事，或以鲜血淋淋的场景，对长达十年的大动乱对中国人民造成的精神创伤予以了字字血、声声泪的强烈控诉，对肆虐横行的极“左”路线予以了强烈的谴责。这便是伤痕文学的核心思想内涵。

作为一种文学思潮，伤痕文学并非只有其思想上特点，其实也有其独特的美学特征。在艺术上，由于感情的觉醒比思想的觉醒总是来得更迅速、更灵敏，所以当时感情的宣泄比思想的表达更明显，而且由于这种悲痛的情感的流淌而使之出现明显的伤痕格调。同时，既曰“伤痕文学”，势必会形成一种悲剧性的美学风格。文学理论、文学史界过去较多地关注伤痕文学的思想内涵，却忽视其美学特点、价值和意义，这是有失偏颇的。故对这一方面的研究应该加强。

《伤痕》：王妈妈溘然长逝
王晓华永别慈母

1978 年 8 月 11 日，《文汇报》发表青年作者卢新华写的短篇小说《伤痕》。小说发表后，被全国二十多家省、市广播电台先后播发。新华社、中新社先后播发新闻。

作者卢新华是复旦大学中文系一年级学生。他后来感言：《伤痕》其实是一个纯粹虚构的故事，写出来以后曾给部分同学和老师看过，他们的反应并不十分热烈，有的担心写这样的文章会在政治上出问题，有的则认为写的人物和故事不够典型，没有正确地反映时代的本质和主流。所以我连给报纸杂志投稿的兴趣也没了，锁到了抽屉里，直到班级里办墙报，同学倪彪找我要小说稿，我才不得不从抽屉里拿出来交差，结果《伤痕》被作为头条登出来，当时还配发了同学陈思和（他和我是同年同月同日生）写的一篇评论，一下子便在复旦校园里造成了轰动，引起了许多同学和老师的围观。后来，上海《文汇报》通过我系一位女老师知道了这个消息，就托她向我要去了这份稿子，先是打印出来在上海文艺界广泛征求意见，改了好几次。这当中，在同学鼓励下，我还把它投给了《人民文学》，结果很快收到了退稿信。又过了几个月，《伤痕》和陈思和写的评论一起在《文汇报》上发表了。我现在手上还有当时《文汇报》主编给我的十六条修改意见。其中第一条，我原本写的是"除夕的夜里，车窗外墨一般地漆黑"，但他们说这可能有隐射，"四人帮"粉碎了，怎么还会漆黑一片呢？于是改为"车窗外五彩缤纷的灯火时隐时现"；最后小说还加了一个光明的尾巴，晓华大踏步地向南京路走去。当时《文汇报》发表《伤痕》也冒了很大的风险。小说发表后的影响让我明白了一点：悲天悯人的情怀应该是搞文学的人不可或缺的素质。

小说《伤痕》的主要内容是：女主人公王晓华，九年前对张春桥定她妈妈为"叛徒"的冤案、假案信以为真，痛苦而无奈地和她妈妈"决裂"、"断绝关系"，初中还没有毕业就上山下乡了。在农村生活和劳动中，和她建立了亲密关系的男青年苏小林，又由于小王的家庭成分问题不能上大学，一对青年被迫相互中止往来。在漫长的九年里，王晓华一直在孤独、彷徨和痛苦中熬煎。粉碎"四人帮"后，被严重摧残而患了重病的妈妈，经上级领导部门甄别后，彻底平反了。她渴望见上女儿一面，可当小王赶回家探望时，妈妈已离开了人间。

作者描写王晓华母女生离死别和她与小苏爱情生活悲欢离合的情节，有力地控诉了“四人帮”对老干部和年轻一代的迫害，真实地反映了广大干部和人民在“四人帮”法西斯统治下的苦难。妈妈在临死前给女儿的信中说：虽然孩子身上没有像我挨过那么多“四人帮”的皮鞭，但孩子心上的伤痕也许比我还深得多。王晓华在痛苦地回忆这些年的不幸遭遇后，默默地想：亲爱的妈妈，女儿永远不会忘记您和我心上的伤痕是谁戳下的。

作者在文汇报上谈他写这篇小说的体会时，说了这样一段话：鲁迅在《祝福》中说，人世间的惨事，不惨在狼吃阿毛，而惨在封建礼教吃祥林嫂。这句话引起我的深思。我脑子里涌现起无数个受“四人帮”精神上毒害的青年形象（其中也包括我）以及被“四人帮”路线迫害致死的老干部形象。“四人帮”给我们社会留下的最深的伤痕，是在精神上、思想上、心灵上。当我构思到晓华离家九年，而回家那一刻母亲已离开人间的时候，泪水打湿了我的被头，我被现实生活中这样的悲剧感动了。（见 1978 年 10 月 14 日《文汇报》）粉碎“四人帮”后，复旦校园的空气开始活跃起来，卢新华的这篇习作，是张贴在 1978 年 4 月上旬中文系一年级同学办的《百花》墙报上。它是众多作品中吸引读者最多的一篇，轰动了全校。评论家批评这是一部主题先行的概念化小说，读者认为这是一部不那么好读的小说。

2004 年，沉寂 26 年的卢新华出版了长篇小说《紫禁女》。当年他以一篇《伤痕》让读者记住了他的名字，而后便出国求学谋生去了。9 月 26 日上午，复旦大学中文系为他举行了《紫禁女》的研讨会，出席研讨会的都是他当年的老师和同学，这一天晚上，卢新华还给学生们作了一篇名为《文化冲突与美国华人作家》的演讲。

《班主任》：中学生良莠莫辨
班主任痛心疾首

刘心武，笔名刘浏、赵壮汉等。曾任过中学教师、出版社编辑、《人民文学》杂志的主编。1942 年出生于四川省成都市，1950 年后定居北京。中学时期爱好文学。1958 年开始发表作品。短篇小说代表作还有《我爱每一片绿叶》、《黑墙》、《白牙》等。中篇小说代表作有《如意》、《立体交叉桥》、《小墩子》等。长篇小说有《钟鼓楼》（获全国第二届“茅盾文学奖”）、《四牌楼》、《栖凤楼》、《风过耳》等。1961 年毕业于北京师范专科学校中文系，后任中学教员 15 年。1976 年后任北京出版社编辑，参与创刊《十月》并任编辑。1977 年 11 月发表短篇小说《班主任》，被认为是“伤痕文学”发轫作，引出轰动，走上文坛。1979 年起任中国作协理事、《人民文学》杂志主编。

1985 年发表纪实作品《5·19 长镜头》、《公共汽车咏叹调》，引起轰动。1986—1987 在《收获》杂志开辟《私人照相簿》专栏，开创图文相融的新文本，1999 年推出图文融合的长篇《树与林同在》。1992 年后发表大量随笔，结为多种集子。1993 年开始发表研究《红楼梦》的论文，并将研究成果以小说形式发表，十多年来坚持从秦可卿这一人物入手解读《红楼梦》。1995 年后开始尝试建筑评论，1998 年由中国建筑工业出版社出版《我眼中的建筑与环境》，2004 年由中国建材工业出版社出版《材质之美》。2005 年在中央电视台教育频道百家讲坛开讲《刘心武揭秘“红楼梦”》系列节目，原定为 36 集，但至 23 集时遭致红学家干预而停播。2006 年 4 月 12 日，刘心武应纽约华美人文学会之邀抵达美国，4 月 16 日于哥伦比亚大学做了两次“红楼揭秘”演讲。2007 年 7 月，继续在中央电视台百家讲坛讲述《刘心武揭秘“红楼梦”》系列节目。

作品多次获奖，如长篇小说《钟鼓楼》获第二届茅盾文学奖；短篇小说《班主任》获 1978 年全国首届优秀短篇小说奖第一名，此外短篇小说《我爱每一片绿叶》和儿童文学《看不见的朋友》、《我可不怕十三岁》都曾获全国性奖项；长篇小说《四牌楼》还曾获得第二届上海优秀长篇小说大奖。1993 年出版《刘心武文集》8 卷，至 2005 年初在海内外出版的个人专著以不同版本计已逾 130 种。若干作品在境外被译为法、日、英、德、俄、意、韩、瑞典、捷克、希伯来等文字发表、出版。

刘心武对生活感受敏锐，善于作理性的宏观把握，写出了不少具有社会思考特点的小说，作风严谨，意蕴深厚。1977 年发表短篇小说《班主任》，被认为是新时期文学的发轫作，为首届全国优秀短篇小说奖之冠。

故事的内容叙述：1977 年春天的一天，光明中学初三（3）班班主任张俊石决定接收刚从公安局拘留所释放的小流氓宋宝琦。从公安局回到学校，已经是下午三点。在年级组办公室，他跟数学教师尹达磊形成了关于宋玉琦的第一个波澜。尹老师对张老师在狠抓教学质量的时候弄个小流氓进来表示不理解，生怕一粒耗子屎坏掉一锅粥。张老师答辩似地说：现在，既没有道理把宋玉琦退回给公安局，也没有必要让他回原学校上学。我既然是个班主任老师，那么，他来了，我就开展工作吧。

张老师还没开展工作，班上的团支书谢惠敏就找他来了。谢惠敏单纯真诚，品行端方。由于投入社会工作的时间、精力多，学习成绩平平。“四人帮”被揪出之前，她就是班上的团支书。当时，团市委向光明中学派驻了联络员，联络员经常找她谈话。之后，她就跟张老师开始产生某些似乎解释不清的矛盾。譬如，团组织生活能不能搞爬山活动，女同学夏天可不可以穿短袖衬衫，等等。直到“四人帮”被揪出，两人的矛盾还没有完全消除。在要不要批判宋宝琦犯案时被搜出的长篇小说《牛虻》问题上，谢惠敏主张狠批“黄书”，而张老师却说：这本《牛虻》可不能说成是黄书。他将已被撕掉封面，插图中女主角的脸上被野蛮地画上八字胡须的小说放进书包，说：关于这本书的事儿，咱们改天再谈。

在宋宝琦家里，张老师跟这个明天将要进班上课的学生进行了第一次谈话。站在张老师面前的宋宝琦一身横肉，上唇在斗殴时被打裂过，眼神中充斥着空虚与愚蠢。谈话中，张老师感到宋宝琦缺乏起码的政治觉悟，知识水平大约只有初一程度。宋宝琦将“牛虻”念成“牛亡”，说书是偷来的，看不懂，但又认定它是“黄书”。这引起了张老师的深思：像宋宝琦这样的人，并非一定是由于读了有毒素的书而中毒受害，恰恰是因为他们什么书也不读而坠落于无知的深渊。他愤恨地想：在人类文明史上，能找出几个像“四人帮”这样用最革命的逻辑与口号，掩盖最反动的愚民政策的例子呢？

听说谢惠敏跟班干部石红吵架了，张老师又赶到石红家。石红从小受家庭认真读书的气氛熏陶，是个小书迷。此时，她正在灯下朗读苏联小说《表》，听得入神的正是扬言宋玉琦进班她们就罢课的五位女同学。读完了一段，她们争先恐后地提出问题：谢惠敏说我们读毒草，这本书能叫毒草吗？宋宝琦跟这本书里的小流氓比，他好点儿还是坏点儿呢？她们向张老师表示：明天不罢课了。走出石红家，张老师又骑上自行车向谢惠敏家驰去。到谢惠敏家门口，他的一个计划已经明朗：他要将《牛虻》留给谢惠敏，引导她去正确分析问题，帮助她消除“四人帮”的流毒；他要在全班开展有指导的阅读活动，来教育包括宋宝琦在内的学生。

小说发表后引起社会各方面的强烈反响，出乎《人民文学》编辑部意料。编辑部收到的各界读者来信不下数千封，来自祖国东西南北二十几个省区。当然教育战线的来信最多了，也有不少中学生、青少年写信控诉“四人帮”的法西斯文化专制主义对他们心灵造成的伤害。贵州偏远山区某劳改所一个少年罪犯讲了他与宋宝琦类似的经历，沉痛控诉“四人帮”“杀人不见血”的罪行。读了《班主任》之后，他有幡然悔悟，重新起步之意。要而言之，《班主任》在社会各界引起的反响，用“一石激起千层浪”这句话来形容再恰当不过。这是一种心灵的感应和共振。刘心武的小说触着了读者心灵深处的痛楚或惊醒了他们，这就是作品的力量所在，也是小说最成功之处。

张老师跟学生说伏尼契和《牛虻》的故事，告诉学生，凡是有助于人类文明进程的书籍就是好书：

艾捷尔·丽莲·伏尼契（1864—1960），英国女作家。世界名著《牛虻》的作者，她于1864年出生在爱尔兰科市，原名丽莲·蒲尔。父亲乔治·蒲尔是著名的数学家。在她还不满周岁时去世。丽莲早年丧父，从小就养成了坚强的性格。她在18岁时得到亲友的一笔遗赠，只身前往德国求学，于1885年毕业于柏林音乐学院。艾捷尔·丽莲·伏尼契早年求学于意大利。1885年，她毕业于德国柏林音乐学院，曾在俄国待过两年，在那儿接触了彼得堡革命团体俄国民粹派的民意党人，积极参加了他们的活动。她曾冒着生命危险去探望被沙皇监禁在狱中的革命者，还在俄国和英国之间寄送宣传品。这些工作为她以后的文学创作积累了大量的第一手资料。回到英国后，她结识了从沙皇流放地中逃出来的波兰革命者米·列·伏尼契，1892 年与他结婚。在这段时间，她还认识了恩格斯、赫尔岑、普列汉诺夫等著名人物。她除继续保持同民意党人的联系外，又通过丈夫的关系接触到大量意大利党人。出于对这些革命者献身精神的敬佩，她决心写出一本反映他们斗争生活的书。1897 年《牛虻》问世。后来她还写有同类题材的《牛虻在流亡中》等小说，但思想内容和艺术成就均较《牛虻》逊色。伏尼契晚年移居美国，转向音乐创作，1960 年在孤独寂寞的隐居生活中去世。

6 月里一个炎热的傍晚，大学生亚瑟·勃尔顿正在比萨神学院的图书馆里翻查一大叠讲道稿。院长蒙太尼里神甫慈爱地注视着他。亚瑟出生在意大利的一个英国富商勃尔顿家中，名义上他是勃尔顿与后妻所生，但实则是后妻与蒙太尼里的私生子。亚瑟从小在家里受异母兄嫂的歧视，又看到母亲受他们的折磨和侮辱，精神上很不愉快，却始终不知道事情的真相。亚瑟崇敬蒙太尼里神甫的渊博学识，把他当做良师慈父，以一片赤诚之心回报蒙太尼里对自己的关怀。当时的意大利正遭到奥地利的侵略，青年意大利党争取民族独立的思想吸引着热血青年。亚瑟决定献身于这项事业。蒙太尼里发现了亚瑟的活动后十分不安，想方设法加以劝阻；但亚瑟觉得作一个虔诚的教徒和一个为意大利独立而奋斗的人是不矛盾的。在一次秘密集会上，亚瑟遇见了少年时的女友琼玛，悄悄地爱上了她。蒙太尼里调到罗马当了主教，警方的密探卡尔狄成了新的神甫。在他的诱骗下，亚瑟在忏悔中透露了他们的行动和战友们的名字，以致他连同战友一起被捕入狱。他们的被捕，连琼玛都以为是亚瑟告的密，在愤怒之下打了他的耳光。亚瑟痛恨自己的幼稚无知，对神甫竟然会出卖自己感到震惊，同时得知蒙太尼里神甫原来是他的生身父亲，他最崇仰尊敬的人居然欺骗了他。这一连串的打击使他陷入极度痛苦之中，几乎要发狂。他一铁锤打碎了心爱的耶稣蒙难像，以示与教会决裂。然后他伪装了自杀的现场，只身流亡到南美洲。在南美洲，亚瑟度过了人间地狱般的 13 年。流浪生活磨炼了亚瑟，回到意大利时，他已经是一个坚强、冷酷、老练的“牛虻”了。他受命于玛志尼党揭露教会的骗局。他用辛辣的笔一针见血地指出，以红衣主教蒙太尼里为首的自由派实际上乃是教廷的忠实走狗。牛虻赢得了大家的喜爱。此时，他又遇见了琼玛，但琼玛已认不出他了。牛虻和他的战友们积极准备着起义。在一次偷运军火的行动中被敌人突然包围，牛虻掩护其他人突围，自己却因为蒙太尼里的突然出现而垂下了手中的枪，不幸被捕。牛虻的战友们设法营救他，但牛虻身负重伤，晕倒在越狱途中。敌人决定迅速将他处死。前来探望的蒙太尼里企图以父子之情和放弃主教的条件劝他归降；牛虻则动情地诉说了他的悲惨经历，企图打动蒙太尼里，要他在上帝（宗教）与儿子（革命）之间作出抉择。但他们谁都不能放弃自己的信仰。蒙太尼里在牛虻的死刑判决书上签了字，自己也痛苦地发疯致死。刑场上，牛虻从容不迫，慷慨就义。在狱中给琼玛的一封信里，他写上了他们儿时熟稔的一首小诗：

不管我活着，还是我死掉，我都是一只，快乐的飞虻！

至此，琼玛才豁然领悟：牛虻就是她曾经爱过而又冤屈过的亚瑟。

暴露社会弊端，演示悲剧场景，是伤痕文学创作时期“共名”主旨。伤痕文学可以说是中国当代文学史上的第一个悲剧高潮。在思想上，它对彻底否定文化大革命作出了历史性的贡献；在艺术上，它第一次给当代文坛带来悲剧意识。这一意识可以说是新时期文学的“原色”之一，其整个文学时期的悲凉格调也由此而出。这便是伤痕文学在中国当代文学史上的意义所在。不过，伤痕文学期间，由于种种原因，没有来得及出现重大悲剧美学意义的作品，实在是一种遗憾。

第四章　反思文学：直接感悟到民族精神阵痛的心路历程

反思文学思潮主要作家作品

作家	作品	或人物或文意或诗情	备注
鲁彦周	《天云山传奇》	罗群、冯晴岚患难见真情	中篇
王　蒙	《蝴蝶》	张思远灵魂异化情寄荒村	中篇
	《布礼》		中篇
谌　容	《人到中年》	陆文婷心明眼亮医德高尚	中篇
张贤亮	《绿化树》		中篇
	《男人的一半是女人》		中篇
李国文	《月食》		中篇
茹志鹃	《剪辑错了的故事》		中篇
张一弓	《犯人李铜钟的故事》		中篇
张　弦	《被爱情遗忘的角落》		中篇
祝兴义	《杨花似雪》		中篇
刘　真	《黑旗》		中篇
方　之	《内奸》		中篇
古　华	《芙蓉镇》		中篇
从维熙	《泥泞》		中篇
高晓声	《李顺大造屋》		中篇
	《“漏斗户”主》		短篇

反思文学思潮是上世纪80年代前半期在中国大陆文坛出现的一种令人瞩目的文学现象。“反思”一词是哲学上的一个术语，含有反省、回顾、再思考、再评价、怀疑以往既成的结论等多层意思。十一届三中全会后，在思想解放运动的影响下，伴随着政治上的拨乱反正，作家们开始以冷静、严肃、实事求是的态度去审视历史，他们的视野更加阔大、思考更加深入，反思文学因而应运而生。

反思文学是伤痕文学的发展和深化。较之于伤痕文学，反思文学不再满足于展示过去的苦难与创伤，而是力图追寻造成这一苦难的历史动因；不再限于表现“文革”十年的历史现实，而是把目光投向1957年以来甚至是更早的历史阶段。重新探究历史是非，对过去一贯以为正确而在实践中证明是错了的政策、路线、事件提出怀疑，并以艺术的方式加以充分而深刻的表现，这就是反思文学的基本出发点。

在反思文学兴起的初期，“反右”扩大化、“大跃进”、“文革”等一个个真实的历史事件不断在文学中得到展示，而这些，就构成了反思文学的主要题材。这一时期的反思文学作品几乎全部是悲剧性的，作家们在悲剧中倾诉了人民的苦难，贯注着对民族坎坷历程的思考。茹志鹃的《剪辑错了的故事》、张一弓的《犯人李铜钟》等是其中的代表作。随着新时期作家主体意识的觉醒，从王蒙写作《蝴蝶》开始，作家们在反思历史的同时又给自己提出了新的课题，那就是个人对历史应负的责任。这样，文学就将展示历史的进程与探索人生的真谛结合了起来。

《天云山传奇》：天云山没有传奇
冯罗二人有爱情

鲁彦周（1928—2006），男，汉族，作家、戏剧家。安徽巢县（今巢湖市）人。1948年参加革命，1950年调到《皖北文艺》当编辑。1956年从事专业创作，1959年加入中国作家协会。20世纪50年代中期开始电影创作。较著名的有《凤凰之歌》、《三八河边》、《风雪大别山》、《天云山传奇》、《廖仲恺》等。其中《凤凰之歌》获1957年文化部举办的全国电影文学剧本征文三等奖。电影文学剧本《天云山传奇》和《廖仲恺》，在国内获奖。其他有短篇小说集《桃花风前》、长篇小说《古塔上的风铃》、散文集《淮北寄语》以及《鲁彦周小说散文集》、《鲁彦周电影剧本选集》等。《找红军》获儿童文学奖；《归来》获全国剧本一等奖；《天云山传奇》获全国优秀中篇小说奖，改编的同名电影获文化部优秀影片奖、金鸡奖、百花奖、文汇奖和文汇最佳编剧奖。曾入华东革命大学皖北分校、贵池江南文化学院学习。建国后，历任皖北文联、安徽省文联编辑，安徽省文联、中国作协安徽分会副主席，中国影协安徽分会主席，中国电影文学学会副主席，《清明》主编，中国作协第四届理事。1960年加入中国共产党，是中共十二大代表。鲁彦周在此后20多年的文学创作中可以说是著作丰赡、成就卓越。八卷本、四百余万字的《鲁彦周文集》所收的绝大多数作品就是这个时期创作的，集中展示了他在小说、散文、影视、戏剧等领域探索的成果。写作成为他实现生命价值、参与社会进程的最有效的途径。这么多年来，他一直遵循现实主义的创作理念，始终强调作家的良知和责任，关注社会现实生活和广大群众的精神需求，注重发挥文艺作品对人潜移默化的作用，并不断以开放的胸怀探索艺术上的创新，许多作品都掀起了评论热潮。如国内最早表现农村改革的长篇小说《彩虹坪》、以城市改革和政治体制改革为主题的长篇小说《古塔上的风铃》，还有长篇小说《双凤楼》、《阴阳关的阴阳梦》，中篇小说《逆火》、《乱伦》、《苦竹溪，苦竹林》、《啊，玛阿特》等等。2005 年，鲁彦周带病完成了第五部，也是其生前最后一部长篇小说《梨花似雪》，获得广泛好评。2006 年 11 月 26 日晚因病在合肥去世，享年 78 岁。

鲁彦周的《天云山传奇》于 1979 年发表。50 年代，天云山考察队政委罗群受诬陷被打成右派分子，其女友宋薇迫于压力，与他分手，并嫁给了特区党委领导吴遥。宋薇的同学冯晴岚毅然与罗群结为夫妻。“文化大革命”结束后，宋薇决心为罗群平反，却遭丈夫反对，两人感情破裂。中共十一届三中全会后，罗群终获平反，而饱受磨难的冯晴岚却与世长辞。《天云山传奇》是粉碎“四人帮”以后第一部对“反右”扩大化以后的整个历史过程进行批判性反思的文艺作品。它大胆地触及长期的政治运动给人们带来的沉重的伤害，真实再现了各具特质的个体生命被抛进政治漩涡后的坎坷命运，缓解了长期浇铸在人们心中的块垒，成为文坛回春年代“反思文学”的代表作。罗群的清醒和执著、冯晴岚的纯真和善良、宋薇的动摇和醒悟、吴遥的冷漠和自大，都很容易激起读者爱憎分明的情感。而作品强烈的悲剧效果、新颖的艺术手法、曲折的故事情节、优美的电影画面也都一一烙在观众的记忆深处。1978 年冬天，年轻姑娘周瑜贞向地委组织部副部长宋薇讲起她在天云山的奇遇。她去寻找 20 年前关于天云山区的规划书，却见到一个叫罗群的马车夫，是个至今没有平反的“右派分子”、“反党分子”。周瑜贞找到了曾在考察队工作现在是小学教师的冯晴岚，发现她是罗群的妻子，冯晴岚把罗群花了 20 多年心血写成的有关天云山改造和建设的资料手稿给了她。面对这部具有重大科学价值的手稿，周瑜贞不能平静，她开始了解罗群和他的申诉，她断定罗群是无辜的。周瑜贞问宋薇，像罗群这样的人为什么不能平反？听到罗群这个名字，宋薇内心一阵震颤，20 年前的往事又出现眼前。1956 年，宋薇和冯晴岚从学校毕业来到天云山综合考察队，考察队政委吴遥对年轻活泼的宋薇颇为动心，但不久他调走了，新来的年轻的政委罗群热情能干，和考察队员们打成一片。宋薇和罗群交往中建立了爱情。不久，宋薇被调往省党校学习，与恋人暂时分了手。1957 年反右时，吴遥突然来到党校，代表区党委找宋薇，宣布罗群是反党分子，要宋薇和他划清界限。宋薇内心很痛苦，但还是写了断绝关系的表态信。此后，在原特区书记的安排下，宋薇和吴遥结了婚，罗群被遣送农村监督劳动。这时，冯晴岚来到他的身旁，冯晴岚敬佩罗群，她坚信罗群不是反党反社会主义分子，她离开了喜爱的考察队工作，甘愿在天云山近处当一名小学教师，承担起照顾罗群的责任。在“文化大革命”

的艰难岁月里，他们结了婚。他们生活虽然清苦，却美满幸福，共同为事业奋斗不息。宋薇调看罗群的三次上诉材料，发现都被吴遥扣压，而罗群的一系列“罪行”，也都是吴遥一手诬陷所致，宋薇感到吃惊和愤怒。回想起她和吴遥的貌合神离的婚姻，她似乎明白了真相。宋薇亲自处理罗群的平反问题，却遭到吴遥的蛮横阻止，并重提俩人20年前的关系。宋薇和周瑜贞相约去看望病重的冯晴岚，吴遥公开阻止，动手把宋薇打倒在地。宋薇清醒了，她要离开这个家，但终因体力不支，滚下了楼梯。宋薇住院期间，冯晴岚去世了，罗群的冤案得到平反，被任命为天云山特区党委书记。清明前夕，宋薇怀着复杂和愧疚的心情，来到天云山冯晴岚墓地。她发现罗群和周瑜贞并肩而立站在墓前，顿时心里明白了。她默默地为死者献上了一束鲜花，也暗暗地向生者祝福。

著名导演谢晋第一次以“反右”扩大化为题材，将那段历史真实概括地再现于银幕。影片大胆、深刻地揭示出正直的人们被错误地划为右派这一时代悲剧，更通过这个故事，从政治、伦理、道德的角度分析历史教训，探讨悲剧产生的根源。影片着重刻画罗群和围绕他的几个女性的不同性格，将人物的个性、情感变化与政治风云、社会矛盾、历史发展融合在一起，突出了影片主题。该片获1981年第一届中国电影金鸡奖最佳故事片奖、最佳导演奖、最佳摄影奖、最佳美术奖，第四届电影百花奖最佳故事片奖，文化部1980年优秀影片奖，1982年香港第一届电影金像奖最佳影片奖。《天云山传奇》是粉碎“四人帮”以后文坛回春年代“反思文学”的代表作之一。

《天云山传奇》发表在1979年初出版的《清明》创刊号上。小说发表后立即引起了轰动，上海电影制片厂派了一个老编辑专程到合肥，请鲁彦周到上影将小说尽快改编成电影剧本，厂长徐桑楚非常支持这件事情。改编时，鲁彦周注意弥补小说写作过程中没有考虑到的地方，又根据视觉艺术的特点集中表现出一些矛盾冲突。在政治语言上注意斟酌，在艺术结构上合理安排，在人物发展上力求顺畅，在感情的变化上避免人为的痕迹等是他考虑的重点。在沉寂多年之后，他关于文学创作的认识也大大地深化了，创作时，就特别注意突破文学作品公式化、概念化和人物形象脸谱化、偶像化的羁绊。在文艺界的思想禁锢和思想僵化还相当严重的时候，这无疑是一个大胆的探索和实践。他说，脑子里虽然有“左”的影响存在，注意不要给别人抓辫子，但不会影响创作倾向，没有大的顾忌。当然，现在看来，他认为在艺术上可以写得更细腻一点，人物刻画可以更精致一点，电影拍摄经历了一个曲折的过程，上影厂安排谢晋拍摄，没想到他的夫人坚决反对，说接这个本子太危险。她认为小说好是一回事，拍成电影影响可就大了，要出纰漏可就不得了。徐桑楚知道情况后马上找谢晋谈话，说政治上出问题，他作为上影厂一把手可以负全部责任，这才解除了谢晋的顾虑。电影拍完后，还没有最后合成，鲁彦周到上影厂看了两遍，比较满意，电影界老前辈张骏祥看过也表示可以。片子定型后在北京试片，鲁彦周特意到电影院，想看看观众的反应。每一场放完以后，场内往往鸦雀无声，还能够听到有人哭泣的声音。足足有一分多钟后，突然爆发出雷鸣般的掌声。有一位解放军战士知道鲁彦周是编剧，就跑到他跟前敬礼，他真是既惊讶又激动。这对作家和编剧来讲当然是最大的安慰和鼓舞。

作家感言：电影公演之后，老百姓的强烈反响出乎我的意料。我一共收到好几麻袋的信件，有称赞和鼓励的，有诉说自己在历次政治运动中的遭遇的，有要求代为申诉的，各种各样的内容都有，而且都很感人，他们对我的创作表示了感谢和支持。还有人背个破包，等在我家门口，想让我帮助申冤。这让我非常感动，可我自感只是个作家，没有权利解决这类问题。但我想，人家遭遇那么曲折，不能漠然置之，所以一般的都要回信，并且还介绍他们到政府的信访部门，也转了不少来信给有关单位。能够为群众特别是一些受到磨难的人做点事，反映他们的实际生活和要求，我感到欣慰，也更加认识到社会生活中发生这么多的冤屈是很悲哀的，更加坚信自己原先的判断是对的。

《蝴蝶》：庄生梦蝶之幻化人生
官民异变之悲喜命运

中国当代著名作家王蒙，祖籍河北南皮龙堂村，1934 年 10 月 15 日生于北京。1948 年 10 月 10 日，加入中国共产党，成为地下党员。曾任中华人民共和国文化部部长；中国艺术研究院院长；中国作协书记处书记；中国作家协会第三届理事会理事；中共中央第十二届中央候补委员；中共第十二届、十三届中央委员；第八、九届全国政协常委；《人民文学》主编。现任第十届全国政协常委、中国作协副主席、国际笔会中心中国分会副会长和中国国际交流协会副会长，2002 年 4 月任中国海洋大学顾问、教授、文学院院长等职。

王蒙从 1953 年开始创作至今，一直进行不倦的探索和创新，成为新时期文坛上创作最为丰硕、最具有活力和探索精神的作家之一。20 世纪 50 年代，因发表《组织部来了个年轻人》引起广泛关注，毛泽东曾多次提及并给予好的评价。已发表文学作品近 1000 万字。代表作有：长篇小说《青春万岁》、《活动变人形》、“季节系列”、《青狐》等 8 部，中篇小说《蝴蝶》、《布礼》、《歌声好像明媚的春光》等 20 余部，短篇小说《春之声》、《坚硬的稀粥》等近百篇，旧诗集 1 部，新诗集 2 部，文艺论集《当你拿起笔……》等 10 部，散文集《王蒙散文》等 10 部，古典文学研究著作《红楼启示录》、《双飞翼》

等3部，《王蒙文集》10卷，《王蒙文存》23卷等。他在小说、散文、诗歌、报告文学、文学理论研究、翻译、《红楼梦》研究、李商隐研究等方面的实绩享誉海内外，《王蒙自述：我的人生哲学》引起轰动。其作品被翻译成英、法、德、俄、日、泰、西班牙、意大利、匈牙利、罗马尼亚、斯洛伐克、保加利亚、阿拉伯、印地、希伯来（以色列）、瑞典、挪威、荷兰、越南、韩、拉脱维亚、哈萨克、维吾尔等二十余种文字，在30多个国家和地区出版发行并多次获奖。1987年获日本创作学会和平与文化奖和意大利蒙德罗国际文学特别奖。1989年被聘约旦作家协会名誉会员。2004年，获俄罗斯科学院远东委员会授予的名誉博士学位。在国内评比的文学奖项中，1978年至1980年连续三届获得全国优秀短篇小说奖，1979至1982年连续获得全国第一届和第二届中篇小说奖，两次获得《小说月报》全国百花奖，以及《北京文学》奖、《上海文学》奖、《人民日报》风华杯杂文奖、《人民日报》燕舞杯散文奖、《光明日报》优秀理论文章一等奖、全国第三届报告文学奖，全国传奇文学奖和全国少数民族文学奖等近20项全国文学大奖，并多次在剑桥大学等世界多所名校讲学。2003年9月，在青岛中国海洋大学召开了“王蒙文学创作国际学术研讨会”，进一步扩大了王蒙文学作品在国内外的影响。

《蝴蝶》是王蒙的一篇充满反思力量的佳作。男主人翁张思远曾任军管会主任、市委书记、省委副书记、副部长。他比第一任妻子海云大13岁，最后，两人的孩子没了。第二任妻子美兰离他而去。第三位女性秋文拒绝与他结合。作品写其复职升官，重返小山村时的所思所感：三十年升迁降黜，聚散离合。对于这个故事选择两种不同的叙述方式，可以提供不同的思考途径：

叙述方式之一：张思远是一个带着自审自责意识反思灵魂异化的独特的艺术形象，是一个真诚的少见的反思主体。张思远原是八路军的指导员，进城以后，由军管会副主任一直到市委书记，职位一天比一天高，生活一天比一天舒适，头脑中的阶级斗争的弦也一天比一天绷得紧，而与人民的距离却一天比一天远，这是一个由人民的公仆异化成了人民的老爷的过程。他是一贯的左派，一贯革别人的命。“他主持了一个又一个运动，眼见着一个个神气活现的领导干部一夜之间成了不齿于人类的狗屎堆。”可是，到了“文革”中，他却被别人革了命。批斗、挨打、低头认罪、最后是进监狱。这一切使他有恍若梦中之感，自己到底是低头认罪面目可憎的走资派，还是气宇轩昂、神采飞扬、大权在握的张思远，都使他百思不得其解，“也许是一场噩梦，一场差错，是一次恶狠狠的玩笑”。当他走出监狱的大门，只是一只孤独寂寞的蝴蝶，他不再是什么了，什么也没有了。在那个遥远的小山村中，他是背着粪筐走在崎岖山路上的老张头，是爱吃老乡家那缸民国十八年老汤腌的老咸菜的老张头。在劳动中，他发现自己真实的存在，发现躯体中奔突的生命力，他找到了自己的价值，他与乡亲们亲如一家，是名副其实的老张头。当恢复工作以后，他重新走进市委大院，不断升迁，一阔，脸就变，他又拉长声音说话了，这时，他的脸红了。他发现自己变了，于是，他想要找回他失去的东西，找回他的魂。“他是老张头，却突然变成张部长吗，他是张部长，却突然变成老张头?”人生沧海桑田，官场升降沉浮，这一切使人想起那个古老的传说，“庄生梦蝶”。庄生梦见自己变成了蝴蝶，醒后却弄不清自己为何物，不知是庄生变成蝴蝶，还是自己原本是蝴蝶而在梦中变成了庄生。张思远也面临着同样的困惑。然而，张思远不是庄生，他终于找回了自己的魂。在张书记、张老头、张副部长之间他发现一种联系，就是与人民群众息息相关，这是“一座充满光荣和陷阱的桥”，只有使这桥坚固而又畅通无阻，才能守住自己的心，守住这颗不再变异的灵魂。这个魂，就是与人民的血肉联系，是一个共产党的干部最宝贵的品质。这正是小说所要启发人们思考的严肃的历史性课题。张思远生活中前后两个女性，也是把握张思远灵魂异化的重要方面，他与第一个妻子海云由相识、相爱到离异的过程，也正是他从人民公仆转化为人民老爷的过程。他的第二个妻子美兰似一把老虎钳子，把他拖进安乐享受的漩涡，他心安理得地享用着豪华奢侈的生活，这使他与人民群众的距离越来越远了。海云的自杀，美兰的反目，也是他叩击自己那变异灵魂的两个重要因素。他反思了自己对海云的死应负的责任以及对美兰的错误选择，这些都使小说罩在一种强烈的反思意识的氛围中。这使我们跟随着张思远的思路，一同反思自我对历史生活应负的责任，反思自身在生活当中的位置和价值，对灵魂进行自审，进行自我观照。张思远是当代文学画廊中不可多得的、有着丰富复杂内心生活的人物形象，他所走过的路带有某种普遍意义，具有一定的概括性。这篇小说亦是王蒙复出文坛后，尝试借鉴意识流手法的成功之作。张思远 30 多年的升降沉浮，悲欢离合，心理变化，通过自由联想，内心分析，内心独白等形式表现出来。小说打破时空秩序，多时空交错。《蝴蝶》一共有 13 个小标题，可以说就是 13 段生活，它们以交错排列的面目出现在我们面前。小说一开始就是张思远坐在小车里，他刚刚告别了小山村，告别了秋文和冬冬，告别了乡亲们，一个人怅然而归。坐在颠簸的车里，意识迷离恍惚，过去的生活细雨烟云般地涌到张思远的意识屏幕上。特定的环境，朦胧的思绪，配合这种特殊的艺术手法，很是吻合。他的思绪流动着跳跃着，忽而过去，忽而现在，忽而城市，忽而山村，忽而张副部长，忽而老张头。前后跳动，不循轨迹，不受时空限制，不受情节制约，呈现一种自由的心理结构。王蒙批判地吸收了意识流表现手法上的优点，虽然作品中大量的意识流动，内心独白，联想、跳跃，但并没有扑朔迷离，晦涩难懂的感觉。这是由于王蒙在借鉴意识流手法的同时，继承和发扬了传统小说的特点，注重故事情节，小说中有完整的生活片段和性格鲜明的人物形象，而我们需要做的就只是将这一切理顺，然后，就会获得一种完整的故事以及全新的感受。

总之，这部中篇小说呈现这样一种特点，即心理结构（描写）与情节结构（描写）相结合，并且心理结构（描写）多于情节结构（描写）。王蒙的探索创新是对新时期文坛的重要贡献，因此，被评论称为“东方意识流”。

叙述方式之二：北京牌越野汽车在乡村的公路上飞驰，他——国务院某部的副部长张思远坐在车里，昏昏欲睡。他刚刚离开那个令他魂牵梦绕的小山村。“老张头，下回还来！”乡亲们抹着眼泪。他离开了山村，把老张头丢在了那里，把秋文和冬冬都丢在了那里，是的，他的魂儿也丢在了那里……那个坐在小轿车里的张思远部长和那个背着一篓子羊粪走在山间小路上的老张头是一个人吗？是老张头突然变成了张副部长还是张副部长突然变成了老张头？抑或他什么也不是，只是张思远自己？而这三个字又包含有多少东西呢？这一切，不值得多想想吗？往事似烟似雾般飘到眼前。这是昨天刚刚发生过的事吗？上辈子？是不是他与海云在上辈子见过面？1949 年，他 29 岁，担任这个城市的军管会副主任，他的目光里，举手投足间洋溢着给人类带来光明、自由、幸福的得胜了的普罗米修斯的神气。他每天不停地工作，他有扭转乾坤的力量，简直就是无限的威信和权力的化身。一天，16 岁的海云，一个学校学生自治会的主席来到了他的面前，革命激情在她的身体里沸腾着，她就是刘胡兰、卓娅，就是革命的青春。他们相爱了，他像全能的上帝一样无所不知，关于人生、关于党史，她只是爱慕、崇拜和服从。他们结婚了，他大她 13 岁。1950 年，第一个孩子降生了，国内国际严峻的局势使他竟一个多月没有回家，孩子高烧不退生命垂危，当他开完会回到家时，一切都晚了，他们的孩子死了。海云在发呆，茫然如洞的双眼使他倒吸了一口冷气。从此，他们之间变得陌生了。他把海云送到上海一所名牌大学学习，当海云从车厢里探出头向他招手时，他看到了海云笑脸上的光辉。转过一年，他被任命为这个城市的市委书记，海云怀上了第二个孩子。她坚持要生这个孩子，谁也阻挡不了。他还发现她在爱着一个男同学，他被激怒了，流着泪求她。她离开了大学，到本市师专做助教去了。犹如晴天霹雳，1957 年，海云被打成右派。“我实在没有想到你会堕落到这一步。只有低头认罪，重新做人，洗心革面，脱胎换骨。”他的每个字就像一根一根针扎在她的身上。他看到海云冰一样的目光，他打了个冷战。不久，他们离婚了。海云才走，美兰就来了。她是一条鱼，是一只白天鹅，也是一把老虎钳子，她坚定地来填补海云留下的空缺。美兰的到来使张思远的生活发生了极大的变化，这是“为了你的工作”，他享受着美兰“带来”的舒适讲究的生活，觉得名正言顺，心安理得。1966 年来到了，他像历次运动一样，毫不犹豫地举起了阶级斗争之剑，无情地抛出了一大串牛鬼蛇神。最后，把他自己裸露到了最前线，终于，他被揪了出来，但他觉得突然。这个被辱骂、殴打、诬陷、弯腰缩脖、低头认罪、面目可憎的人是张思远吗？这难道是那个威风凛凛、充满自信的张书记吗？

他百思不得其解，儿子冬冬的几个嘴巴把他的精神支柱摧毁了。他与海云离婚后，美兰占领了他的全部生活空白，他不能常常去看儿子，儿子与他疏远了。冬冬称他为“您”，小小人儿满怀心事。当他在台上挨斗时，冲上来一个少年，挥拳打向他，这就是他14岁的儿子冬冬。没过几天，海云承受不住批斗的折磨，自缢身亡。美兰贴出造反声明，与他彻底划清界限。而他自己则被关进在任时监造的监狱。几年后，他被释放了，他什么也没有了，像一只被遗忘的寂寞的蝴蝶，上不着天，下不着地，没有官衔，没有美名或恶名。在1971年的初春，他来到了冬冬插队的小山村，1975年，张思远正择着韭菜就被接回了市委，1977年，张思远升任省委副书记，1979年，进京担任国务院某部的副部长。4年之后，张思远一个人上路了，没带警卫，坐着硬座，他要接秋文和冬冬回去，出现在他们面前的应该是老张头而不应是张副部长。到了，真的到了，多么好啊，就像他从来没离开过山村，一样的乡音、一样的乡情、一样的人心，推推哪家的门都可以进，拿起哪家的筷子都可以吃，倒在哪一家的炕上都可以睡，他又成了老张头。冬冬的回答让他惊诧，我不愿意当高干子弟，我有自己的生活。秋文也是话语呜咽：部长夫人的生活会使我窒息，在那样的环境里，我找不到自己的位置，别忘记我们，心上要有我们，谢谢您……他的喉头也郁结了。他缓缓地离去了。他的心留在了山村，他也把山村装到了自己的心里，装到汽车上带走了，他一无所获？他满载而归？他丢了魂？他找到了魂。在张书记，老张头，张副部长之间，分明有一种联系，有一座充满光荣和陷阱的桥，这桥是生死攸关的，见证便是他的心、便是张思远自己。要使这桥坚固而又畅通无阻。他渴望一次又一次地与海云、与秋文和冬冬、与乡亲们的相会。他期待明天，也眺望无穷。明天他更忙。

《人到中年》：陆文婷鞠躬尽瘁
女作家巧妙构思

谌容原名叫谌德容，祖籍四川巫山，1936年10月出生于武汉，“七七事变”爆发后，家人带着她来到成都和重庆，在颠沛流离中度过了童年和少年时代。1951年她读中学时因为家境突变而辍学。当时只有13岁的谌容，先是到书店当营业员，后来又到报社当了干事。1954年，谌容考入了北京俄语学院学习俄语。毕业后，她被分配到了中央人民广播电台担任俄文编译工作。后来谌容因患神经官能症，身体越来越差。正巧遇到国家机构精简，被下放到农村劳动。谌容和范荣康（本名梁达）结婚后，共育有二子一女：梁左、梁天和梁欢。由于丈夫工作繁忙，儿女又小，谌容勇于承担生活的重压，把母亲的角色发挥到了极致。当时他们家的经济来源极为有限，为了节省开支，她去商场买了一台缝纫机回来，全家人的衣服几乎由她全包了。谌容身体一向不好，但有一种极顽强的毅力，能自己办的事绝不麻烦别人。有一次他们搬家，为了不影响丈夫工作，她不声不响地打包、装箱、收拾，不但一个人把家给搬了，而且把新家的墙粉刷得雪白。谌容为家务忙活的同时，并没有忘记她执著的创作，一有空她就趴在桌上写作。谌容对文学有一种固执的偏爱，但把名利看得很轻。1964 年起，她一连写了三个剧本，都没能公开发表，但她对此并不介意和埋怨，依然保持着健康的心态，勤奋地工作。谌容善于在日常家庭生活中挖掘出重大的社会主题，追求小说的诗意美和艺术表现的新颖独到，格调清新明丽、委婉细腻、朴实深沉。

1980 年，一篇呕心沥血的中篇小说《人到中年》带给中国文学界不小的震动，作者谌容也因之蜚声中外。有人称《人到中年》是谌容一部心灵史，人们似乎从小说主人公陆文婷身上找到了谌容生活的轨迹。小说中的陆文婷是一位中年女医生，面对生活里的种种苦难、困厄、不幸和烦恼，她总是以一种少女初恋般的热情肩担生活的重负，忍受生活的磨难，毫无怨言甚至没有厌烦之感。她尽管身体垮下来，几乎丧失了生命，但最后，她不仅战胜了工作、经济、家务的重荷，而且战胜了病魔和死亡。陆文婷的形象是当时中国知识分子的缩影，也是一个中国母亲的写真。谌容就是这样的一个勇于承受生命之重的母亲。

她的《人到中年》以意识流的写作手法，以一种浪漫主义的理想态度来观照生活，由于手法“怪异”和表达的思想触痛了一些人的神经，因此在文艺界引起争议，一些人对她施加压力，她曾陷入深深的苦闷和迷惘之中。但经过反复思考，她很快从困惑中挣脱出来。后来这部小说获中国作家协会第一届全国优秀中篇小说一等奖，由她改编的同名电影曾先后获金鸡奖、文化部优秀影片奖和百花奖。

《人到中年》在艺术表现上非常新颖、独特，不同凡响，其中很重要的一点就是作者善于借鉴并创造性地运用“意识流”手法。作者在《编辑和我》一文中说，她在这篇小说中采用“那种颠颠倒倒、虚虚实实的写法”，是试图“在中篇小说的结构方式上作一些突破”。小说开篇就把仰卧在病床上、处于病危昏迷状态中的眼科女大夫陆文婷推到读者面前，一下子紧紧揪住了读者的心。然后，作者通过陆文婷昏迷中的意识活动，通过在病房护理或探望她的亲人、朋友、同事、领导的言谈、举止、表情与回忆，从不同侧面和角度，将陆大夫对待事业、工作、爱情和家庭的态度与感情，将她生活经历中最动人的部分，一桩桩、一件件、一个画面一个画面地映现出来，使读者清晰地看到陆文婷丰富的精神世界。作者打破了中国历代小说大都按人物活动发展的时空顺序结构故事的传统写法，既写人物眼前的实况，又写人物的回忆、联想、想象与幻觉，以人物的心理意识活动为中心来布局情节，展开画面，表现性格，塑造人物形象，使读者感到非常亲切、自然、朴实、新鲜动人，别开生面。作者对“意识流”手法的运用不是生吞活剥，而是经过了咀嚼和消化，真正化成了自己的艺术血肉，因此写得是那样得心应手、天衣无缝，那样大胆、巧妙和富于独创性，从而使这篇小说创造出一个深邃的艺术意境，开辟了一片迷人的艺术天地，让读者充分地窥见其中活动着的各种人物心灵的奥秘。同时，作品中还借鉴了中国历代小说家通过人物的语言、动作、表情，通过对比描写，通过环境、气氛的烘托等手法来表现人物的思想、感情和性格的丰富经验。这就使作品写得巧而奇，让人耳目一新，又很适合中国读者的审美心理习惯。小说中蕴含着作者强烈的民族诗美意识，而又与“意识流”手法自然融合，使人物心灵深层的光彩鲜活地闪耀了出来。陆文婷的情操、品种、气质以及她与傅家杰的爱情，是一首优美的诗，作品中反复出现的裴多菲的诗句和北海雪景，十分贴切地烘托出这种优美的诗的意境。小说开头的精彩，也在于它是将人物意识的流动用富于诗意的语言，甚至用相当讲究的对仗和铿锵的音律表现出来。作品中节与节之间的转换，首尾的照应，也都是别出心裁的。正因为如此，所以这篇小说看似处处有意识的流动，而又无处不是作者从塑造人物形象、充分显现人物心灵的需要出发，对意识活动进行精心的提炼、剪裁和装置，真是精雕细琢，而又宛如天成。总之，《人到中年》艺术表现的成功，源于作者吸取了中外文学创作技巧的精粹，熔为一炉，锐意创新，取得了出奇制胜的艺术效果。这篇小说的成功是多方面的。除在艺术表现手法上的惊人突破外，在勇敢、及时而又较准确地反映新时期现实社会问题方面，也是一个新的开拓和突进。整个作品格调深沉、构思奇特，布局严谨，细节生动传神，语言清丽明快。特别是，小说中所描绘的女大夫陆文婷和“马列主义老太太”秦波，具有相当深刻的典型性。谌容为中国当代文学人物画廊增添了两个独具特色的人物形象。朱寨在《留给读者的思考——读中篇小说〈人到中年〉》一文中谈到，就形象的丰满和深度来说，陆文婷这个人物是作者“从生活的隐蔽处发掘出来”的“一个新的艺术典型”；秦波这个人物，作者“主要是通过她圆滑含蕴的措词，拐弯抹角的试探，和颜悦色中的威胁，革命辞藻下的冷酷，揭示出一个掩饰在革命面纱下面正在丧失革命精神的发霉的灵魂”。

谌容《人到中年》和易卜生《玩偶之家》异质文本比较：

女性意识，一直都受到世界各国社会各界的广泛关注，特别是在女性的地位和自我意识得到提高后，女性意识受到越来越多的重视。它是指作为人，尤其是女性的价值体验和醒悟，对于男权社会表现为拒绝接受男性社会对女性的传统定义；同时又表现为关注女性的生存状态，审视女性的心理情感和表达女性的生命体验。陆文婷，一个生活在20世纪80年代并深受传统文化影响的中国女医生形象；娜拉，一个活在19世纪80年代的挪威中产阶级妇女形象。二者虽然相差了整整一个世纪，但同为女性的她们身上都散发着浓郁的女性意识，都有着为家庭为社会牺牲自己的精神，并摆正了自己作为女性的价值位置，同时也审视了自己作为女性的心理情感。这是二者女性意识接近的部分。二者更多的是呈现出了对女性意识的不同程度的思考，因此陆文婷与娜拉的女性意识的更多的是体现在差异上。陆文婷虽贡献了自己的社会价值，但她更多的选择默默接受社会制度，而将个人的生存状态和权力视为无形，从而将个人湮没在社会潮流中。娜拉虽在前半部分还选择默默忍受，自欺欺人，一旦发现丈夫的真面目后，就对自己的价值和地位进行了深刻反思，对自己的生存状态和个人权利也进行了审视和思考，最终走上了争取女性独立、自由、反叛男权社会的道路。而造成陆文婷和娜拉女性意识差异的原因又是多方面的，是主客观的结合。

由于娜拉的生活年代比陆文婷的早一个世纪，而且在娜拉身上显示出的强烈的女性个体意识和反叛精神，这些都深深影响着五四后中国女性的个体意识和精神道路，当然也包括对陆文婷的影响，虽然陆文婷的意识还是处于淡薄甚至是无意识状态，但至少在她病倒昏迷的时候还是深刻考虑过之前自己的生存状态和情感体验的，这对于一个活在新旧价值观念交集压力下的她来讲已是不容易的了。作家作品中的其他一些女性人物，如蘩漪，一个为爱近乎疯狂变态的女性，在她身上，我们可以看到她不畏伦理道德，挑战夫权，挑战男权社会的反叛精神，这跟娜拉又是如出一辙的。再如丁玲的《1930年春上海》里把经济独立看做是女性独立人格的途径，但不是唯一途径，正如波伏娃所说的那样："我们当然不能认为，只要女人的经济地位发生变化就可以改变她，虽然这一因素在她的演变过程中，曾经是并且依旧是基本的因素；但是在它引起道德的、社会的、文化的以及它所承诺和要求的其他成果以前，新型女人不可能出现。"这就是对娜拉女性意识的补充了，认为女性可以有反叛社会的精神、决心和勇气，但一定要改变自己的经济地位。90年代初的一些女性作家，如陈染、林白等以前卫的反叛姿态，介入此前女性写作从未涉足过的女性个体的隐秘世界，表现出清醒而又强烈的女性意识。这些都受着娜拉式精神的影响但又融入了中国女性独特的情感体验和价值观念，并朝着更开放更广阔的领域发展着。

上个世纪初，"娜拉"在西学东渐的热潮中进入中国，从此，这个名字成为追求个性解放的现代女性的代名词，而娜拉不惮以个体微薄力量与男权社会对抗的勇气与精神曾鼓舞了一代又一代的中国女性。在漫长的近一个世纪的历史风云中，中国女性始终在努力探索自我解放和自我实现的途径，而作为自我心灵外化的自传体小说最大限度地负载了中国女性生活和心理的信息，也忠实地传达了中国女性人格精神的发展历程。通过对20世纪中国女性自传体小说主要创作的考察，我们可以清晰地看到中国女性独立人格精神从确立、构建到迷失重建的复杂流变过程，这个过程并没有随着一个时代的结束而结束，因为对于“身为一个女人，今天该如何成为一个独立的人和真正意义的人”，将随着时代生活的更迭继续下去，并不断被赋予新的内容！

探索悲剧根源，张扬主体意识，是反思文学创作时期“共名”的主旨。在反思文学的这一阶段，新时期文学完成了它的一次重要的跨越——由侧重于表现时代精神到注重于张扬人的主体，由展示历史沿革到致力于对人的心灵世界的探寻。反思文学开阔了新时期文学的视野，使新时期文学具有了更丰厚的容量与更深刻的蕴意。

第五章：改革文学：引领民族走向荆棘丛生却辉煌的未来

改革文学思潮主要作家作品

作家	作品	或人物或文意或诗情	备注
高晓声	《陈奂生上城》	陈奂生进城巧遇县太爷	短篇
蒋子龙	《乔厂长上任记》	乔光朴民族精英改革尖兵	短篇
	《燕赵悲歌》		短篇
李存葆	《高山上的花环》	赵蒙生浴血重生灵魂再造	中篇
何士光	《乡场上》		
张一弓	《黑娃照相》		
张贤亮	《男人的风格》		
	《邢老汉与狗的故事》		
李国文	《花园街5号》		
柯云路	《新星》		
	《三千万》		
陆天明	《苍天在上》		
陆文夫	《围墙》		
王润滋	鲁班的子孙		
贾平凹	鸡窝凹人家		
	《腊月·正月》		
张　洁	沉重的翅膀		
张　炜	秋天的思索		
	秋天的愤怒		

中国自1978年底十一届三中全会之后，便开始了自上而下的全国性经济体制改革。与此同时，许多作家开始把创作目光由历史拉到现实，一边关注

着现实中的改革发展，一边在文学中发表自己关于民族发展的种种思考和设想。这就形成了风骚一时的“改革文学思潮”，其开山之作，是蒋子龙的中篇小说《乔厂长上任记》。从作品反映的地域上，似乎可以将改革文学划分为“农村题材”和“城市题材”两大部分。

一、农村题材

对于农民来说，最重要的莫过于“土地”，因而1979年后，土地承包和生产责任制的实行在农村掀起了一次经济和精神上的巨大变革。许多敏感的作家便抓住拥有土地支配权后农民的新状态进行了大量的创作。在这期间，农村改革小说的代表作如：高晓声的“陈奂生系列”、何士光的短篇小说《乡场上》、张一弓的短篇小说《黑娃照像》、张炜的中篇小说《秋天的愤怒》、蒋子龙的中篇小说《燕赵悲歌》、贾平凹的中篇小说《腊月·正月》、《鸡窝洼的人家》等。

纵观农村题材的改革小说，可以发现初期作品往往是简单的“一片光明”，随后一些作家开始致力于揭示农村改革中所受阻力并剖析其产生的原因，一些优秀之作甚至触及到在改革中发生变异的中国农民的“传统文化心理”层面。这一过程，是不断深化的。如早期出现的短篇小说《乡场上》讲述不再靠借贷度日的农民冯幺爸，终于挺直了弯了多年的脊梁、《黑娃照像》表现有了一定经济能力的农民对精神地位的追求；其后出现的一些作品则开始展现改革的阻力，如《秋天的愤怒》塑造了俨然一方宗主的农村干部肖万昌的形象、《燕赵悲歌》在农民改革家武耕新头顶上设置了重重关卡；在贾平凹的小说中，改革的阻力则不仅来自于国家政体的一些弊端，农民在几千年传统文化的积淀下自身形成的顽固惰性也是阻碍改革的重要原因，如《腊月·正月》中描述了乡儒韩玄子对“致富”后的王才不可理喻的百般刁难——前者与后者从前并无任何矛盾，他之刁难后者表面上看来只是出于对“奸商”发财的不满与嫉妒，对自己地位受到侵犯的担忧而已，但实际上则反映出中国长期以来宗法制社会残留下来的传统文化心理，在面对新的社会体制时感受到强烈的冲击。

二、城市题材

相对于农村来说，城市的改革更加繁杂艰难，因而作家们反映城市改革的小说作品也更为多样、深刻。城市题材的改革小说涉及的领域上至国家的要害行政部门，下至街道小厂、普通人的内心世界，反映出作家对社会、时代的广泛思考。

在这类作品中，张洁的《沉重的翅膀》、张贤亮的《男人的风格》、李国文的《花园街五号》等都较为优秀。其中柯云路的长篇小说《新星》反响最大。这部小说以明朗的语言风格，描写三十二岁的李向南受命到古陵县担任县委书记后，采取的种种雷厉风行的改革手段及因此与反对派间产生的种种矛盾纠葛。小说主体上采用了现实主义创作手法，但作品主人公身上带有明显的英雄主义色彩。在小说结尾，当李向南在副书记顾荣千方百计的阻挠下陷入困境时，作者安排他到北京寻求帮助。这个开放式的结局给读者留下许多联想的余地，也使李向南的改革避免直接陷入绝望，从而给小说增添了一点亮色。显然，这部作品延续着传统的革命浪漫主义的创作风格，而这种明朗的色调，的确给作品增添了极大的可读性，由该作改编同名的电视连续剧因此在 1984 年创下了全国最高的收视率。

在关注城市改革题材的作家中，蒋子龙因其独特的经历而创作出大量杰出的作品。从其作品的发展变化上看，他的创作可以说涵盖了整个改革文学思潮的过程。早在 1976 年初，蒋子龙就已经在短篇小说《机电局长的一天》中，塑造了一个支持技术革新的领导形象，这篇作品因当时严峻的政治环境而受到了批判。1979 年 7 月，蒋子龙发表在《人民文学》上的短篇小说《乔厂长上任记》揭开了“改革文学”思潮的序幕。小说描写某电机厂内部改革中所遇到的种种矛盾与阻力，作品中那位大刀阔斧、锐意改革的电机厂厂长乔光朴激起了全国上下的改革热情，以致许多工厂挂出了“请乔厂长到我们这里来!”的长幅标语。《乔厂长上任记》虽然在艺术上还显得比较粗糙，但作者的激情无疑弥补了这一点，而且主人公乔光朴的形象以其“硬汉子”的性格力度和改革家的胆识与气魄也备受读者的喜爱。此后，蒋子龙又先后创作了《一个工厂秘书的日记》、《人事厂长》、《开拓者》、《狼酒》、《拜年》、《收审记》、《赤橙黄绿青蓝紫》等一系列反映工业领域的小说作品。不久又拓展题材范围，将目光延伸到商业、农业的改革上，创作了《锅碗瓢盆交响曲》、《燕赵悲歌》、《阴差阳错》等小说，其中长篇小说《蛇神》已经将作品重点由对事件的描画转向对个人性格的刻画。这以后创作的《寻父大流水》、《子午流注》、“《饥饿综合症》系列”等作品中，蒋子龙的创作风格开始发生转变，塑造的形象由“主动进攻型”的强者转向“被动承受型”的小人物，显示出作者随着人生阅历的增加产生的命运无奈感。此时作者的创作已经不再有改革小说中的风发意气，却明显增加了对社会问题思索的深度。蒋子龙的改革小说，大多是正面描写自上而下改革中的各种举措及矛盾阻力。相比之下，邓刚的中篇小说《阵痛》则采用了一个比较新鲜的角度，侧面描写置身于改革潮流中的基层人员，尤其是那些看来遭到了“改革大潮”抛弃的社会成员的内心状态。小说展示了以郭大柱为代表的一群曾经“以工代干”的旧时代骄子在车间实行承包后因不懂技术而被淘汰后内心的痛苦与彷徨。与那些懒惰捣蛋分子相比，这些人无疑是优秀的，他们曾经努力地去完成领导交给自己的任务，如画宣传画、进行讲演，他们曾经毫不怀疑自己的存在价值，正因为如此，他们遭受被时代淘汰的命运时才更显得可悲。他们的悲剧是时代的悲剧，但承受这恶果的却只能是他们自己，小说用郭大柱选择给工人们送茶水后的表现来暗示他未来的命运将把握在自己手上，只要他努力，他将赶上这个时代的发展，成为改革大军中的一员。这也就是小说题目的寓意："改革带来的阵痛是不可避免的，但却是暂时的。"这篇小说对人物心理发展的描写虽然不够细致深入，但作者表现改革问题的切入角度和对人物命运的展示却是比较独特的，因此这部作品也被视为是改革文学成熟过程中的一部代表作。

在城市题材改革文学的深化过程中，陆文夫的《围墙》也是应当提到的一篇作品。某设计所旧围墙倒塌，新墙的高度、样式、质料成为所里上下的中心议题，人们分成了几大派别，甚至有人在发表意见时拉扯上了"大观园"，意见不能统一，结果大家不欢而散。不料星期一上班来时一堵新墙竟然已经树立起来，于是心有不甘的人们开始把矛头指向办事麻利的行政科马而立，一致抨击新围墙的样式、功能及其他。不料在建筑学年会上外地来的学者却众口夸赞围墙的独特风格，于是一时间这堵围墙又成了所有设计所成员的合作结晶，每个人都开始盘算如何在学术总结中加入自己的一份功劳。这是一部带有调侃性质的中篇小说，陆文夫用诙谐幽默的语言，描写了一个近乎闹剧的故事，然而这个闹剧却又具有可悲的真实性：在现实生活中，"稳妥"确实"往往是缓慢的同义语"，而像马而立这样因工作中的干练与麻利被视为毛毛躁躁、办事不稳的人又何在少数？人们的精神被异化，人们心目中判断事物的价值尺度已经颠倒。陆文夫说过："我造墙的目的在于拆墙；造一堵有形的墙，拆一堵无形的墙，即拆掉那些紧紧困住我们的陈规陋习和那奥秘无穷的推拉扯皮。若干年来，我觉得到处都会碰上这堵无形的墙，弄得人一筹莫展，啼笑皆非。"在这篇小说中陆文夫就是试图以嘲讽的方式，揭示现实生活中人们习以为常的一些弊端，如臃肿机构中的慢性综合症、夸夸其谈的恶习、以貌取人的世俗偏见、无功请赏的鄙俗心理，并力图根除它们。可以说陆文夫的改革矛头是指向人们的社会文化心理层面的，与仅仅描写保守阻力的改革作品相比，他的思索层面显然要深入得多。

改革小说在中国经济体制改革真正全面铺开后，逐渐失掉了它的锐气，作家们开始平和地反映社会政治经济各方面的生活状况，改革文学作为一种文学思潮也就完成了它的历史使命。但由于社会变革并未从此停止，因而这类题材的创作仍然不时出现，如远山、纯辉合作的中篇小说《反水》就是一部反映 90 年代经济体制改革作品。陆天明发表于 90 年代的长篇小说《苍天在上》也是一部反映政治体制改革的成功作品，小说因被改编成电视连续剧而在全国产生很大影响，这一方面说明"反腐倡廉"口号的深入民心，另一方面也证明高科技媒体在当下社会的强大魅力。

《陈奂生进城》：甩掉漏斗户的名声
撞上县太爷的帽子

高晓声（1928—1999）出生在江苏省武进农民家庭。从小酷爱文学，受古典名著熏陶。中学时代因经济原因曾三次中断学业。1947 年高中毕业，1948 年考入上海法学院经济系。1949 年入苏南新闻专科学校，次年毕业。先后在苏南文联、江苏省文化局从事群众文化工作，在《新华日报》文艺副刊任编辑。1951 年发表小说《收田财》，接受文学家直接指导的创作训练。1953 年参加农村合作化运动，撰写锡剧剧本《走上新路》（与叶至诚合作）并获奖。1954 年，以新的婚姻法为背景的小说《解约》（《文艺月报》1954 年 2 期）引起文坛注意。1957 年与方之、陆文夫、叶至诚等江苏青年文艺工作者发起“探索者”文学社团，起草《“探索者”文学月刊启事》。同年 6 月发表了把宣言具体化的探索小说《不幸》，受到批判，被划成右派，遣送武进农村“劳动改造”。1962 年又重新创作，“文革”期间在农村劳动。1979 年平反，重归文坛。任中国作协理事、江苏作协分会副主席。1980 年发表的小说《陈奂生上城》，因塑造了陈奂生这一继阿 Q 之后的典型农民形象而获得高度评价。他的主要作品有小说集《79 小说集》、《高晓声 1980 年短篇小说集》、《高晓声 1981 年短篇小说集》、《高晓声 1982 年短篇小说集》、《高晓声 1983 年小说集》、《高晓声 1984 年小说集》等，长篇小说《青天在上》、《陈奂生上城出国记》等，散文集《生活的交流》等，文艺论集《创作谈》、《生活、思考、创作》等。其中《李顺大造屋》、《陈奂生上城》分获 1979、1980 全国优秀短篇小说奖。多篇作品被翻译成外语。其创作多取材于苏南农村生活，“陈奂生系列小说”以严峻的现实主义笔触，揭示风云变幻的政治、经济变革对普通农民命运的深刻影响，剖析了农民身上的劣根性，但仍有政策主导情节的倾向。另一类小说《鱼钓》、《钱包》等则以讽喻、象征的手法体味深刻的人生哲理。晚年以散文创作为主。

作家一直得意《陈奂生转业》中的一个细节，小说中县委书记问寒问暖，把自己的帽子送给了陈奂生，说帽子太大，他戴着把眼睛都遮住了。这顶帽子显然有乌纱帽的意思，县太爷戴着嫌大，放在农民的头上却正好。熟悉高的都知道，他有“阴世的秀才”之美称，是个促狭鬼。“陈奂生”是高晓声笔下的一个重要人物，出现在多篇小说中，要比李顺大更有血有肉，而帽子恰恰是塑造这个人物的重要道具。在一开始，陈奂生有顶帽子叫漏斗户主，这是他的绰号，然后日子好起来，手里有了些闲钱，便想到进城买顶帽子，因此演绎了进城故事，再获全国小说奖的荣誉，然后不安分地“转业”，竟然要做生意了，莽莽撞撞走县委书记的门路，居然堂而皇之地戴上了县太爷的帽子。高晓声经常在这种小聪明上下工夫，也就是说经常嵌些小骨头。我觉得汪曾祺对高晓声的赞许，也在这一点上，他说高有时候喜欢用方言，自说自话，不管别人懂不懂，不管别人能不能看下去，他自己反正明白。高小说中藏有骨头，那骨头就是所谓促狭。

高晓声显然也是沾了文学热的光，他回忆成功经验，认为自己抓住了农民最关心的问题。对于农民来说，重要的只有两件事，一是有地方住，一是能吃饱，所以他最初的两篇小说，《李顺大造屋》是盖房子，《漏斗户主》是讲一个人永远也吃不饱。一段时间内，高晓声很乐意成为农民的代言人，记得他不止一次感慨，说我们家那台20寸的日立彩电，相当于农民盖3间房子。当时一台彩电的价格，差不多一个普通工人10年的工资，高因此也有些惶恐，怀疑自己过日子是否太奢侈。

仔细琢磨高晓声的小说，不难发现，他作品中为农民说的话，远不如说农民的坏话多。农民的代言人开始拆自己的台，从陈奂生开始，农民成了讥笑的对象。当然，这农民是打了引号的，因为农民其实就是人民，就是我们自己。中国知识阶级总处于尴尬之中，在对农民的态度上，嘴上说与实际做，明显两种不同的思维模式。换句话说，始终态度暧昧，一方面，农民被充分理想化了，对缺点视而不见，农民的淳朴被当做讴歌对象，另一方面，又把农民魔鬼化了，谁也不愿意去当农民。结果人生所做一切努力，好像都是为了实现不再做农民这个理想，甚至为农民说话，也难免项庄起舞，意在沛公。

对于高晓声来说，写什么和怎么写，他都能比别人先一步想到。他太聪明了，料事如神，似乎早就预料到文学热会来，也会很快地就去，在热烈的时候，他是弄潮儿，在冷下去的时候，他便成了旁观者。在上世纪70年代末80年代初，高晓声每年写一本书，到80年代和90年代，几年也完成不了一部作品。

高晓声一直认为自己即使不写小说，仍然会非常出色。毫无疑问，高晓声是个绝顶聪明的人，如果认真研究他的小说，不难发现埋藏在小说中的智慧。机会属于有准备的人，从1957年打右派，到20年后复出文坛，他从来没有放弃努力。在“探求者”诸人中，高晓声的学历最高，字也写得最好。他曾在上海的某个大学学过经济，对生物情有独钟，虽然历经艰辛，自信心从来没有打过折扣。落难期间，他研制过“920”，并且大获成功，这玩意究竟是农药，还是生物化肥，至今很多人仍然不明白。高晓声培育过黑木耳和白木耳，据说有很多独到之处，经他指导的几个人后来都发了大财。

成也萧何，败也萧何。高晓声身上贴着农民作家的标签，俨然是农民利益的代言人，他一直在思索究竟什么是文学这个问题。连续两次获得全国短篇小说奖，在当时是非常骄人的成就，面对摄像镜头的采访，在回答为什么要写作的提问时，高晓声嘿嘿笑了两声，带着很重的常州腔说：写小说是很好玩的事。那时候电视采访还很新鲜，有读者看了电视，既吃惊，又有些生气，说高晓声怎么可以这么说话。十年以后，王朔提到了“玩文学”这样的字眼，正义人士群起围剿，很多人同样吃惊和生气。高晓声可不是个油腔滑调的人，他知道如何面对大众，绝不会用一句并非发自心腑的话来哗众取宠。

《乔厂长上任记》：振兴民族工业的现代文明创造改革奇迹的补天英雄

蒋子龙，河北沧县人。中共党员。1962 年毕业于海军制图学校。1960 年应征入伍。历任海军 184 部队制图组组长，天津重型机械厂车间主任，天津市作协专业作家、作协主席，编审，天津市政协常委，中国作协第三届理事、第四届主席团委员及第五、六、七届副主席。1962 年开始发表作品。著有长篇小说《蛇神》、《子午流注》、《人气》、《空洞》，中篇小说《锅碗瓢盆交响曲》，短篇小说《三个起重工》、《蒋子龙选集》（3 卷）、《蒋子龙文集》（8 卷）等。短篇小说《乔厂长上任记》、《一个工厂秘书的日记》及《拜年》分获 1979、1980、1982 年全国优秀短篇小说奖，中篇小说《开拓者》、《赤橙黄绿青蓝紫》及《燕赵悲歌》分获 1980、1982、1984 年全国优秀中篇小说奖。

1979 年第 7 期《人民文学》刊发《乔厂长上任记》。

局长霍大道主持机电工业局党委扩大会议，研究派硬手到两年半没有完成生产任务的重型电机厂当厂长。电机公司经理乔光朴打破沉寂毛遂自荐，并当众立下了“不完成国家计划请求撤销党内外一切职务”的军令状。他提议二十多年前曾和他一起将电机厂“搞成一朵花”的石敢仍担任党委书记，硬是将在“文革”中被批斗得心灰意懒的石敢动员出山。

乔光朴回到独居的家中，鬼使神差地打电话约了童贞。童贞是乔光朴在苏联学习时认识的留苏同学。当时，乔光朴从苏联回国后出任电机厂厂长，童贞也在厂里当技术员。童贞深爱着乔光朴，但由于乔已有妻室，便矢志不嫁。她的外甥郗望北以为厂长骗了他老姨，对乔光朴怀恨在心。在“文革”中，乔光朴的妻子不清不白地死在“牛棚”里，他自己也常挨批斗，加上厂造反派头头郗望北又给他扣上了“道德败坏分子”的帽子，使他比别的走资派吃了更多的苦头。童贞的心灵也受到了伤害。

两人久别重逢后感慨万分。乔光朴向童贞求婚，并希望明天回厂上任后就结婚。童贞担心群众议论，又怕乔光朴跟已担任副厂长的郗望北无法共事，显得忧心忡忡。但乔光朴五十多岁还雄心勃勃，热爱自己的事业，使她那颗工程师的心也热了起来，她同意跟他到厂里转转。

进了车间，乔光朴发现青年工人杜兵采用“鬼怪式操作法”，十分气愤。在他之前到厂的石敢摸到的情况更严重：工人思想混乱，干部其实是三套班子。他告诉乔光朴，冀申正在主持召开紧急党委会，这肯定跟他们回厂有关。他们来到了办公楼，只见会议室灯光通明，好像在讨论明天的大会战。乔光朴给霍大道挂了一个电话，拉着石敢、童贞走进了会议室。党委会正在讨论两项内容，一项是郗望北的停职处理，另一项便是大会战。冀申想用大会战孤注一掷，在生产回升后借台阶离开电机厂，同时在交印之前把郗望北拿下去，在乔光朴和郗望北这对冤家中埋下一根引信。不料会议中途来了不速之客，后又进来了局长霍大道。霍大道当众宣布了局党委的决议，并补充了一项任命：任命童贞为厂副总工程师、党委常委。乔光朴谈了对工厂搞大会战的不同意见，最后宣布自己跟童贞已举办婚礼。

乔光朴上任半个月，整天在下边转。连留在上边坐镇的石敢也坐不住了。乔光朴告诉他已经有了眉目，抓准了“病情”可以动“大手术”了。第二天，他一下将全厂九千多名职工推上了大考核、大评议的比赛场，留下精兵强将，把考核不合格的组成服务大队替代农民工搞基建和运输。乔光朴也因此树起了一批“仇敌”，不仅有像杜兵这样的工人，而且还有那些“编余”中层干部，他们强烈要求对厂长也进行考核。在“考厂长”时，乔光朴对各种各样的问题回答滔滔不绝，始终没有被问住，而分管生产的副厂长冀申却完全被考垮了。乔光朴当机立断，将冀申调去搞基建，把下车间的郗望北调上来顶替冀申的位置。冀申抓基建几天，服务大队里对乔厂长不满的人就放出风，要把他再次打倒。

乔光朴亲自出差去搞外交。由于不通关系学，大败而归，而郗望北却显示了处理这类关系的能力。这期间，冀申走上层路线到外贸局上任去了。两人在剧场相遇，冀申故作姿态，一脸得意之色。另一边，郗望北准备连夜出发，去解决厂长没有解决的材料、燃料和各关系户的协作问题。

石敢在灯下仔细研究一封封控告乔光朴的信件，憎恨自己开脱了自己却加重了老乔的罪过。刚进办公室的霍大道和石敢愁眉苦脸的样子相比，显得情绪特别好。乔光朴推门进来，发现了石敢急忙收藏的控告信。霍大道向石敢示意都给乔光朴看。乔光朴看完控告信，怒不可遏。石敢劝他回局交令。乔光朴嚷道：“我不怕这一套，我当一天厂长，就得这么干！”霍大道说：“我喜爱这一句话：宁叫人打死，不叫人吓死。我在台上，就当主角。”他告诉乔光朴，部长对电机厂的搞法很感兴趣，希望乔光朴把手脚再放开一些，积累点经验。三人越谈兴致越高，乔光朴唱起了他喜爱的京剧：包龙图，打坐在开封府！

《高山下的花环》：前方后方共铸南疆军魂
军人民众同赴国家荣辱

李存葆，1964 年应征入伍，历任战士、班长、排长、新闻干事，济南军区文工团编导，济南军区政治部创作室主任，解放军艺术学院副院长，少将军衔，专业作家，文学创作一级。全国政协委员，中国作家协会第四届理事及全国委员会委员、军事文学委员会委员，中国报告文学学会副会长。1986

年毕业于解放军艺术学院文学系。也是这一年曾作为中国作家代表团团长率团出访日本，享受政府特殊津贴。

著有中篇小说《高山下的花环》，长篇报告文学《大王魂》，散文《云自舒卷风自狂》等。其小说译有英、美、法、日、俄等国外文版本。中篇小说《高山下的花环》、《山中，那十九座坟茔》分别获全国第二、三届优秀中篇小说奖，长篇报告文学《大王魂》、《沂蒙九章》（与王光明合作）分别获中国潮和全国报告文学奖，散文《我为捕虎者说》获第一届韩愈杯一等奖、全军八一新作奖一等奖，散文《鲸殇》获第六届《十月》文学奖，《大河遗梦》获第二届韩愈杯一等奖，电影文学剧本《高山下的花环》获全国第五届电影金鸡奖及最佳编剧奖、《百年老屋》（均已拍摄发行）获全国优秀电影剧本奖。《大河遗梦》获第三届“鲁迅文学奖”全国优秀散文、杂文奖。

1983 年，全国十大新闻人物评选揭晓，济南部队前卫歌舞团创作员李存葆以绝对优势当选。随后，荣誉和桂冠又接踵而至。中国作协理事、中国影协会员、全国六届青联委员、山东省六届人大代表、《山东文学》首席顾问，《中学生作文》、《语文报》等 7 家全国性报刊的顾问。1986 年夏天，赴美参加中美作家第三次对话会议。人们在推崇这位过去名不见经传而今陡然享誉海内外的部队作家的同时，很想更多地了解一些李存葆其人其事，当然也包括他的创作情况。

1946 年 2 月 19 日（农历正月十八），李存葆出生于山东省莒北县淮河区（现为五莲县于里镇）东淮河村一个贫苦农民的家庭里。他在这里度过了他的童年和少年。李存葆五周岁进本村小学念书，童心正浓，难免顽皮。但他百练不厌，有一个字写不好也不放过。于是，小小年纪居然练出了一手“好字”。后来上中学时，老师用其所长，让他担任了板报员。1959 年 7 月，年仅 11 岁的存葆考入管帅中学。此时的存葆已不满足单纯地练字，而是广泛地涉猎各类书籍，常常把在课外读物上学到的写作手法和词汇恰到好处地运用到自己的作文当中去。因此，他的语文成绩之优秀常使老师、同学们刮目相看。他编出的黑板报也常常因为词汇丰富、文采生动而受到老师、同学们的称赞。三年的初中生活，正赶上三年国民经济困难时期。初中毕业后，家庭已无力支撑他再读高中，14 岁的李存葆不得不失学务农。他参加生产队的集体劳动，锄地、割麦、晒瓜干、推车、挑担、打石头，样样都干。在温饱难求的情况下，从事重体力劳动，对于年纪轻轻、求学似渴的存葆来说，遗憾当然是很多的。然而，弥补他遗憾的方面也很多，那便是练体力、找书读、听老农讲故事……生于战乱、长于新旧交替时期的李存葆，就这样在和父老乡亲们一起同困难的搏斗中，在粗茶淡饭和人生知识的双重营养下，度过了他的童年。他过早地介入了社会，熟悉了生活，也及早地从政治上、知识上成熟起来，为他以后的创作储备了第一座素材仓库。

李存葆参军后，在繁忙的训练之余，还想“舞文弄墨”。他先是悄悄地在小本本上写诗，继而公开向战友们请教，并大胆地把自己的诗作发表在营区的黑板报上。在战友的鼓励下，他将诗作寄到报社去碰运气，居然被报社采用发表。随着大量诗歌、歌词乃至散文、小说的相继问世，他也引起了上级首长的重视，先被调到团里担任新闻干事，1970 年，又被调到济南部队政治部宣传队（即前卫歌舞团前身）担任创作员，自此，他正式走上了创作之路。

在这期间，他创作了近千首（篇）诗歌、歌词、小说、散文和大中型剧本，虽然大部分作品发表或上演，并有作品获过奖，但是，没有特别的建树。他不甘心平庸的生活，并期待着有所突破。1979 年初春的一天，他同济南部队的几个创作员奉命奔赴云南前线采访。同年八月，他又一次到广西前线参战部队深入生活。这使他的灵魂经受了一次战火的洗礼。自卫还击战中涌现出的英雄人物可歌可泣的业绩感染着他、震撼着他、也鼓励着他去大胆地如实地写，写英雄的个性，写英雄的心路历程。在潮湿的猫耳洞中，在丛林的帐篷里，在跳动的烛光下，他含着热泪写出了一个个活生生的“这一个”。

正是这种满腔的创作激情和高度的社会责任感和他已有的文学修养有机地契合，孕育出了他十几万字的战地报告文学和散文，并全部在军内外的报刊上陆续发表。他经受了锻炼，荣立了三等功。作品也像淬了火的钢铁一样，有了力度和硬度：报告文学《将门虎子》荣获自卫还击战全军征文一等奖。

李存葆对已有的创作成绩并不满足。他认为发表的那些作品．还远远没有反映出那些生活素材中所蕴藏的丰富内涵。全面深刻地反映自卫还击战全貌的创作冲动变得越来越强烈。他数次同军内外年轻的同行们口头谈过想创作一部《高山下的花环》（以下简称《花环》）的想法和具体结构，得到了同行们的一致赞同。1982 年 4 月，他去北京参加军事题材文学创作座谈会，听了军委有关领导的讲话，听了同行们的议论，对如何反映军队内部的矛盾，受到了很大的启发。因为《花环》中的人物在存葆的脑子里存活已久，情节也成竹在胸，他没有将结构落在纸上，只是列了一个人物表，便一气呵成了后来面世的出乎他自己意料之外，产生了强烈轰动效应的中篇力作《高山下的花环》。

《花环》首先感动了当代文学评论界的泰斗冯牧先生。他在一个星期六的黄昏一口气卒读了《花环》的原稿后认定：这“确实是一部好作品，一部充溢着崇高的革命情愫、能够提高和净化人们思想境界的作品，一部真实地挖掘和再现了我们英雄战士身上所赋有的那种瑰丽又宝贵的精神品质的作品”。冯老独具慧眼，《花环》果真轰动。小说一版再版，并被搬上银幕、屏幕和不少剧种的舞台。小说《花环》在全军、全国获奖，并被翻译出版；他参与编剧的电影《花环》，在第五届电影“金鸡奖”中获编剧奖，并在美国、日本、意大利和香港、台湾等国家和地区上映。

广大读者和观众以及专家普遍认为，《花环》的成功，除了其他因素以外，很重要的一点在于作品的真实性非常突出，而真实的具体体现还在于他正视并大胆地揭示了部队生活中的矛盾冲突。从某种意义上说，这在军事题材文学创作上有着突破性的贡献。

故事梗概：解放军某部九连是一支团结、友爱、训练有素的连队。一天，连长梁三喜接到了营部批准他回家探亲的报告。可是，由于新指导员赵蒙生即将到任，梁三喜只好推迟探亲日期。赵蒙生是军宣传处的摄影干事。梁三喜热情地接待了他。炮兵排长靳开来直率地向指导员介绍了自己的脾气。全连整队欢迎新指导员的到来。赵蒙生神色不安地致了答词，梁三喜对此有些莫明其妙。原来赵蒙生是军队高级干部的儿子，在母亲吴爽和妻子柳岚的怂恿下，想来个曲线调动。梁三喜也经常惦念他的老母梁大娘和他的爱妻韩玉秀。妻子的来信勾起了他对她的美好回忆，妻子是那么通情达理，虽然已近分娩，却仍对丈夫说，如果工作实在忙，就不必回来了。其实并不是连队公务拖累了梁三喜不能探亲，而是赵蒙生不称职的表现，使梁三喜放心不下九连。赵的行为还引起了靳开来等指战员的不满。随着中越边境形势的紧张，赵蒙生与其母频繁活动要求调动。部队果然要开往前线，赵蒙生的调令也下来了。梁三喜一反往常的容忍态度，严厉地谴责了赵蒙生临阵脱逃的可耻行径。赵蒙生只好硬着头皮跟着部队开拔了。越军残害我边民的罪行激起指战员们的义愤，大家都做好了为国捐躯的准备。赵蒙生却有些胆怯，他母亲甚至在军情紧急的情况下，打电话给雷军长，要把她的儿子调回去。这一行为激怒了雷军长和广大指战员。赵蒙生羞辱难忍，他赌气地向连队战士们表示：是狗熊还是英雄战场上见。九连担任穿插任务，炮兵排长靳开来提升为副连长，率领尖刀排在前开路。他们一路上跋山涉水，终于按时到达指定位置，并在拂晓发起攻击。战斗中，司号员金小柱的腿被炸断了，将门之子“小北京”、副连长靳开来以及梁三喜等也相继为国捐躯。他们留下了什么？并不是豪言壮语，而是靳开来的一张全家福照片，“小北京”的一篇《战争论》和梁三喜因父亲去世借战友们钱的一张欠账单。战斗结束后，烈士们受到了人们的怀念和嘉奖。“小北京”的父亲就是雷军长；梁三喜的亲属把抚恤金及卖猪的钱用来还债；这些人的崇高思想和行动使赵蒙生、吴爽深感愧疚。他们终于幡然醒悟，决心以实际行动重新赢得人们的信赖。

概而言之，在中国当代文学史上，“改革文学”曾是一个专有名词，特指上世纪七八十年代的一种文学现象。随着农村实行联产计酬、承包责任制，城市开始经济改革，“改革文学”也应运而生。

1983 至 1984 年间，描写社会改革的作品大量涌现，形成了一个创作高峰，在社会上颇为轰动。1979 年蒋子龙的小说《乔厂长上任记》是“改革文学”的发端，着力塑造了改革家乔光朴的英雄形象，“乔厂长”也成了改革者的代名词。之后的改革小说中，出现了类似“乔厂长”的“开拓者系列”，如《改革者》（张锲）、《跋涉者》（焦祖尧）、《祸起萧墙》（水运宪）、《三千万》（柯云路）等等。还有一些作家对种种社会弊端予以批判和揭露，剧作家沙叶新与李守成、姚明德合作的戏剧《假如我是真的》就是这一类的代表。高晓声的视角比较独特，他一直关注着普通农民在新时代的变化。他笔下的李顺大、陈奂生都是农村的小人物，作者为他们生活上的改善而欣慰，也对他们思想上因袭的落后的东西给予温情的嘲讽。

1981 年底张洁的长篇小说《沉重的翅膀》问世，标志着“改革文学”进入第二阶段。这一阶段主要关注改革对整个社会尤其是人的思想、道德、伦理观念带来的变化。影响较大的有长篇小说《故土》（苏叔阳）、《花园街五号》（李国文）、《男人的风格》（张贤亮）、《新星》（柯云路）及中篇小说《老人仓》（矫健）、《鲁班的子孙》（王润滋）、《秋天的愤怒》（张炜）、《腊月·正月》（贾平凹）等。路遥的中篇小说《人生》以农村青年高加林的悲剧，深刻地写出了商品经济对传统农村文化的冲击。

变则生，不变则滞；变中求新，不变则朽；变则兴邦，不变则国衰，是“改革文学”创作时期“共名”的主旨。1985 年以后，“改革文学”在题材、视角上更加多元化，初期的理想主义色彩逐渐淡化，作为一种新思潮、新现象的“改革文学”似乎逐渐淡出。但是，以改革开放为主题的文学作品仍层出不穷。

第六章　寻根文学：象征一个民族开始新生并渐履佳境

寻根文学思潮主要作家作品

作　家	作　品	或人物或文意或诗情	
阿城	《棋王》	王一生棋道中寻求人类文化的根	中篇
	《树王》		中篇
	《孩子王》		中篇
韩少功	《爸爸爸》	丙崽为酋长，鸡头寨文化陋习丛生	中篇
	《女女女》		中篇
	《马桥词典》		长篇
汪曾祺	《受戒》	英子明子，世俗沙弥，两小无猜	短篇
	《大淖记事》		
张　炜	《古船》	隋抱朴何故要与石磨相伴三十年	长篇
	《九月寓言》		
贾平凹	《商州初录》	秦汉文化，商州系列小说	
	《废都》	庄之蝶、唐婉儿两个欲海冤家故事	长篇
	《秦腔》		长篇
苏　童	《米》	五龙与绮云姐妹的怪诞荒谬人生	长篇
姜　戎	《狼图腾》	狼性羊性，图腾崇拜，民族生存	长篇
二月河	《帝王三部》	封建专制，皇权至上，残忍冷酷	长篇
琼　瑶	《还珠格格》	蔑视皇权，崇尚民主，注重人性	长篇
金　庸	《射雕英雄传》	郭靖黄蓉，乱世英雄，儿女柔情	长篇
三　毛	《哑奴》	怒向现代社会残酷的蓄奴制宣战	短篇
白先勇	《游园惊梦》	昆曲姐妹窦钱二夫人暗洒遗民泪	散文
余光中	《乡愁》	一湾浅浅的海峡隔不断两岸相思	诗歌
郑愁予	《错误》	哒哒的马蹄敲出一个美丽的错误	诗歌

（续表）

作　家	作　品	情　节	
张承志	《北方的河》		
	《黑骏马》		
王安忆	《小鲍庄》		中篇
史铁生	《命若琴弦》	两个盲人一千根琴弦的生命执著	短篇
冯骥才	《神鞭》		
	《三寸金莲》		
邓友梅	《那五》		
	《烟壶》		
刘绍棠	《蒲柳人家》		
	《瓜棚柳巷》		
陆文夫	《美食家》		长篇
刘心武	《钟鼓楼》		长篇
扎西达娃	《西藏，隐蔽的岁月》		神秘文化寻根小说
	《系在牛皮扣上的魂》		
马　原	《冈底斯的诱惑》		
孔捷生	《大林莽》		
邓　刚	《迷人的海》		
莫　言	《红高粱》		
郑万隆	《异乡异闻》		
李杭育	最后一个渔佬儿	吴越文化，葛川江系列小说	
	《沙灶遗风》		
乌热尔图		鄂温克文化，草原系列小说	

20世纪80年代中期，中国文坛上兴起了一股文化寻根热潮，作家们开始致力于对传统意识、民族文化心理的挖掘，他们的创作被称为寻根文学。从审美表现形态和主题意象方面看，可分为四种不同的类型：1. 儒道文化寻根小说，如阿城、孔捷生、邓刚。2. 神秘文化寻根小说，韩少功、扎西达娃、马原。3. 原始文化寻根小说，张承志、莫言、郑万隆。4. 地域文化寻根小说，贾平凹、李杭育、乌热尔图。

1985年韩少功率先在一篇纲领性的论文《文学的根》中声明：文学有

根，文学之根应深植于民族传统的文化土壤中，他提出应该在立足现实的同时又对现实世界进行超越，去揭示一些决定民族发展和人类生存的谜。在这样的理论之下作家开始进行创作，理论界便将他们称之为寻根派。寻根文学的兴起不是偶然的，它的出现有其自身的社会背景。

随着经济建设的发展，西方的现代文化思想也与其他经验和技术一起进入中国，但是如何应对这些思想，当时的知识分子有两种主要看法：一种认为就应该学习模仿。连文学艺术上的现代派也被当做现代化的一个组成部分，完全不考虑现代派艺术在西方正是对现代工业文明的反抗。还有一种认为现代化这个目标由于各个国家的政治环境不同，文化基础也不相同，它所呈现的模式，尤其是文化上的发展模式，是不应该相同的。因此，中国在经济起飞之际应该如何把自身的文化传统作为接受场来检验，吸收西方现代文化，以求发展自己的现代化？这个问题在当时人文知识分子中逐渐引起了关注，具体表现在对传统文化的价值作出多元的考察。这与80年代初的启蒙话语不同，启蒙主义者所强调的反传统和反封建，正好可以被用来批判文革时期泛滥成灾的政治专制主义。但是当一部分知识分子在实际生活中研究如何建设现代化的命题时就不能不注意到，对现实的改造必须利用好自己的文化传统。因此重新研究认识评价中国传统文化既是客观的需要，也是主观上的要求。到了1985年前后，文化领域兴起了一股规模不小的文化寻根热。

在整个寻根文学思潮中，担任主要角色的是知青作家。当他们走向成熟的时候，他们需要寻找一种属于自己的文化标志。这一代作家必须找到一个属于自己的世界来证明他们存在于文坛的意义。他们利用自己曾下乡、接近农民日常生活的经验，并透过这种生活经验进一步寻找散失在民间的传统文化价值。需要说明的是：他们并非是生活在传统民风民俗中的土著，相反，他们大多数是积极接受西方现代派文学的一族，可是当现代主义的方法直接受到来自政治方面的批评以后，他们不得不改用民族的包装来含蓄表达正在形成中的现代意识。所以，文化寻根不是向传统复归，而是为西方现代文化寻找一个较为有利的接受场：在对于西方现代文学历史和作家的状况有了较多了解之后，迫切要求文学走向世界的作家意识到，追随西方某些作家、流派，即使模仿得再好，也不能成为独创性的艺术。在他们看来，以世界文学的视镜从中国文化中寻找有生命力的东西，应该是中国文学更为可行之路。

作家们感到了文化对人类的深刻制约，并力图把握它。从20世纪70年代末开始，伤痕文学和反思文学对人的自觉意识进行了深入的挖掘，并在作品中力图解放人的生命与价值，但一些作家却发觉即使抛开暂时的政治、道德因素，人也不可能像动物那样，进入绝对自由的生存空间，一只无形的手在幕后操纵着人类，制约着人的心理、行为模式，这就是文化。许多作家希望能够从民族文化心理层面上，把握本民族成员理解事物的方式，从而解答为何中国会出现“文革”全民动乱乃至中国自盛唐以来国势为何衰落的疑问。

一些作家认为，中国自五四新文化运动以来出现了长时间的传统文化断裂时期，于是希望以文学来弥补这一文化断裂带。阿城认为：五四运动虽在社会变革中有着积极的进步意义，但它否定民族文化的虚无主义态度，加上中国社会一直动荡不安，使民族文化的断裂延续至今。文化大革命更其彻底，把民族文化判为阶级文化横扫一遍，我们甚至差点连遮羞布也没有了。韩少功也认为：五四以后，中国文学向外国学习，学西洋的、东洋的、苏俄的；也曾向外国关门，夜郎自大地把一切洋货都封禁焚烧。结果带来民族文化的毁灭还有民族自信心的低落。

当时中国文坛受到世界寻根潮流的巨大影响：以拉美魔幻现实主义关于印第安古老文化的阐扬为代表，还有苏联一些民族作家对异域民风的描写，以及日本川端康成的具有东方风味的现代小说。许多年轻作家从马尔克斯充满拉美地域色彩的作品中看到了第三世界国家文学走向世界的希望，因而在创作中，表现出强烈的文化寻根意识。这些作家坚信越是民族的，就越是世界的这一文学立论。他们的寻根，是为了与世界对话。他们认为，只有真正完成了寻根，才能找到自己国家的独特文学样式、风格，从而立足于世界文坛。早在 1982 年，贾平凹就在自己的创作谈《卧虎说》中认为，应该以中国的传统的美的表现方法，真实地表达中国人的生活和情绪。在这篇文章中文化寻根的动向已初露端倪。

另外，这些外国作家的作品，在表现出浓厚的民族特征和民族审美方式的同时，又分明渗透了现代意识的精神，既富有民族文化独特性，又融合了现代感的创作倾向，为主张文化寻根的中国作家提供了现成的经验和有效的鼓励。所以说“寻根文学”自一开始就表现出现代意识与民族文化相互融合的愿望，这在某种意义上正是对自 80 年代初以来的现代主义文学精神的延续。

文化寻根意识包括三个方面：第一，在文学的美学意义上，对民族文化资料的重新认识和阐释，发掘其积极向上的文化内核。第二，以现代人感受世界的方式去领略古代文化遗风，寻找激发生命能量的源泉。第三，对当代社会生活中所存在的丑陋的文化因素继续批判，如对民族文化心理的深层结构的深入挖掘。但这些方面并非绝对分开，许多作品是综合表达了寻根的意义。综合来看，寻根派的文学主张是希望能立足于我国自己的民族土壤中，挖掘分析国民的劣质，发扬文化传统中的优秀成分，从文化背景来把握我们民族的思想方式和理想、价值标准，努力创造出具有真正民族风格和民族气派的文学。

这一个时期的文化寻根活动，有一些主要事件：当代文学创作中的文化寻根意识最早体现在朦胧派诗人杨炼的组诗里，包括他在 1982 年前后写成的

《半坡》、《诺日郎》、《西藏》、《敦煌》和稍后模拟《易经》思维结构写出的大型组诗《自在者说》等。在小说领域里，则是起于王蒙发表于1982年到1983年之间的《在伊犁》系列小说。1983年以后，随着贾平凹的《商州初录》、张承志的《北方的河》、阿城的《棋王》、王安忆的《小鲍庄》、李杭育的《最后一个渔佬儿》等作品的发表并引起轰动，许多知青作家加入到了“文化寻根”的写作之中，并成为这一文学潮流的主体。1984年12月，在《上海文学》杂志社与杭州《西湖》杂志社等文化单位于杭州举办的座谈会上，许多青年作家和评论家讨论近期出现的创作现象时提出了文化寻根的命题。而真正大规模打出文化寻根大旗的时间，是在1985年。

“文革”后的文学史上，1985年是很关键的一年。这一年发生的许多事件，成为一些批评家所认定的文学转折的标志：对文革和当代历史的书写仍为许多作家所直接或间接关注，但一批与伤痕、反思小说在思想艺术形态上不同的作品已经出现。马原《冈底斯的诱惑》，张辛欣、桑晔《北京人》，史铁生《命若琴弦》，刘索拉《你别无选择》，王安忆《小鲍庄》，陈村《少男少女，一共七个》，莫言《透明的红萝卜》，韩少功《爸爸爸》，残雪《山上的小屋》，扎西达娃《系在皮绳扣上的魂》等，均发表在这一年。这些作品在创作成果上昭示了发生于这一年的两个重要的文学潮流：寻根文学由一批青年作家发动，旨在突出文学存在的文化意义（对抗文学作为社会政治观念的载体），试图从传统文化心理、性格上推进反思文学的深化，并发掘、重构民族文化精神，以此作为文学发展的根基。现代派小说有和西方现代派文学相似的主题：表现对于世界的荒谬感，写人的孤独，有的又有反文化、反崇高的意味，且常用象征、意识流、黑色幽默等艺术方法。当时被指认为现代派的小说，有刘索拉《你别无选择》、《蓝天绿海》，徐星《无主题变奏》，残雪、陈村、韩少功的一些小说。在此以前，作家们的主要工作集中在对历史的反思和对现实的批判方面，过于强大的政治压力使文学的实验无法健康正常地发展。1985年文化寻根意识的崛起，在政治和文化的多重方面直接带动了文学的实验，唤起作家艺术家对艺术本体的自觉关注。当时一批青年作家不约而同发表了各自的宣言，包括阿城、郑义、韩少功、郑万隆等。这种文化寻根是审美意识中潜在历史因素的觉醒，也是释放现代观念的能量来重铸和镀亮民族自我形象的努力。郑义认为，只有跨越文化断裂带，我们才有可能走向世界。（《跨越文化断裂带》）郑万隆《我的根》，李杭育《理一理我们的根》，阿城《文化制约着人类》等文章，有着一个重要的共同点，那就是：中国文学应该建立在广泛而深厚的文化开掘之中，才能与世界文学对话。这些作家在这样的理论之下开始进行创作，理论界便将他们称之为寻根派。韩少功认为，从楚文化入手，讨论绚丽的楚文化的现代去向。文学有根，文学之根应深植于民族传统文化的土壤里，根不深，则叶难茂。广东以及香港，对西洋文化的简单复制，只能带来文化的失血症。新疆要出现真正的西部文学，就不能没有传统文化（指具有新疆自身特点的文化）的骨血。如果只是从内地文学中横移一些主题和手法，很难出现新的生机和生气。虽然对于海外文化引进不时就会产生莫名轰动。但已有人在寻根，重新审视脚下的国土，回顾民族的昨天：对民族的重新认识，对审美意识中潜在的历史因素的苏醒，对追求和把握认识无限感和永恒感的对象化表现等。

外国优秀作家与民族传统文化也是有脉可承的：美国幽默传统和牛仔趣味——卓别林、马克·吐温。拉美神话、寓言、传说、占卜迷信——拉美魔幻现实主义作家加西亚·马尔克斯。欧洲大陆思辨传统、旧时经院哲学——萨特、加缪的存在主义。佛教禅宗文化、东方士大夫闲适虚静传统——日本川端康成的新感觉派。希腊神话传说——希腊诗人埃利蒂斯等。丹纳《艺术哲学》认为人是多层次的。其著作帮助我们领悟文化的层次。作家的目光开始投向更深的层次，希望对现实进行超越，揭开一些决定民族发展和人类生存的谜。一开始就注意到乡土。乡土的深层，保存了一些传统文化，不是地壳而是地下的岩浆，更值得作家注意。这不是闭关自守或反对文化开放，而是只有找到异己的参照系，才能认清和充实自己——最终还是落在自己这里。

虽然打出了文化寻根的旗号，但对于什么是文化，当时的寻根作家们却莫衷一是。大多数作家选取了自己最为熟悉的某个地域作为切入文化层面的基点，从这个角度来分析，可以把寻根文学划分为城市文化寻根和乡野文化寻根两大范围。

一、城市文化寻根

进行城市文化探索的作家不在少数，如刘心武在《钟鼓楼》中描述了北京当代平凡却多姿多彩的市井民情；冯骥才在《三寸金莲》中则再现了中国男性对女性的歧视与把玩。在这类作家中邓友梅和陆文夫表现尤为突出，堪称“南北两大家”。邓友梅在1956年以短篇小说《在悬崖上》成名。进入新时期之后，他先是推出几部军事题材作品，以后就把创作目光集中到北京市井生活上，写下了一系列京味儿小说，其中的代表作《那五》和《烟壶》分别获得第二、三届中篇小说奖，其余还有《寻访“画儿韩”》、《双猫图》、《四海居轶话》、《索七的后人》等。这些具有浓烈民俗风味的市井小说，多将故事背景放在已逝的旧时代，勾画了上至王孙贵族、八旗子弟，下至社会底层三教九流的各色人物，具有独特的审美韵味。《那五》以20世纪三四十年代旧中国北京的商业化社会为背景，刻画了一个倒驴不倒架的前清子弟那五求生于社会的尴尬情态。《烟壶》则从另一角度表现八旗子弟的再生，描写了破落贵族乌世保如何学得画鼻烟壶内画的绝技从而走上自食其力道路的过程。邓友梅的作品运用了地道的京白土语，并对各种传统习俗礼仪进行了精心的刻画，即使仅仅从民俗学的角度，他的创作也是不可多得的。陆文夫生于长于江南市井，他的小说多取材于苏州小巷的凡人琐事，如饮食起居、婚丧嫁娶，语言风趣而温和，从整体氛围上反映出历史悠久的吴越文化的底蕴。他的代表作，中篇小说《美食家》塑造了一个耽于美食的房屋资本家朱自冶的形象，描写他在新中国成立前后四十余年专心口腹之欲并在“文革”后以此成为社会知名的美食家的奇特经历。作品中的叙述者高晓庭作为一个革命者和新中国的建设者，他的经历是我国政治经济生活的一个缩影，尤其是他的饭店革命，反映出“左”倾年代经济工作的严重失误。但作品最令人青睐的地方显然不在于对上层建筑的点评，而在于其中展现出的那个别具艺术魅力的美食世界及其背后丰厚的江南民俗色彩。

在邓友梅和陆文夫的作品中，对地方风俗的描写成为一大特色。如在《那五》中，因那五要学唱戏，引出下面一番叙述：这票房有穷富之分，票友有高下之别。一等票友，要有闲，有钱，还要有权。有闲才能下工夫，从毯子功练起；有钱才能请先生，拜名师，置行头；有权才能组织人捧场，大报小报上登剧照，写文章。二等的只有钱有闲，也能出名，可以租台子，请场面，唱旦的可以花钱拜名师。然后请姜妙香、言菊明等名角傍着唱。三等的既无钱又无权，也要有条好嗓子，还须刻苦功，练出点真本事，叫内外行都点头，方能混饭吃。这段对行内规矩的介绍，一般读者当然无从了解，读来便油然生出趣味。再如，《美食家》中写到主人公朱自冶选择茶楼的讲究：苏州的茶馆到处有，那朱自冶为什么独独要到阊门石路去呢？有考究。那间大茶楼上有几个和一般茶客隔开的房间，摆着红木桌、大藤椅，自成一个小天地。那里的水是天落水，茶叶是直接从洞庭东山买来的；煮水用瓦罐，燃料用松枝，茶要泡在宜兴出产的紫砂壶里。区区的饮茶，居然有如许多的讲究，如许多的规则，即当一件事情开始形成某种秩序后，它的秩序本身往往就具有了意义，所谓的文化就在此出现了。小说中的我所深恶痛绝的朱自冶的这些穷讲究，多年后，竟然得到了社会的肯定，并成为代表苏州城的宝贵的历史文化。这也许就是小说所要表达的文化。既已形成，就不容否定，它本身已经成为审美的对象，具有了顽强的生命力。

邓友梅与陆文夫的小说，都善于用经过提炼的口语化语言来表现自己所熟悉的一方风土，正如邓友梅所说，他向往一种风俗画式的小说，如美术作品中的清明上河图那样。既有审美作用、认识作用，也为民俗学者提供一点参考资料。这两位作家的作品虽然未必有重建中国的民族文化的强大作用，但在他们娓娓讲述人物的故事的时候，却的确展现出了时下已经少为人知的文化传统，在令读者感受到某种审美愉悦的同时，传达出一种醇厚的民俗韵味。

二、乡野文化寻根

与前一类寻根文学相比，乡野文化寻根表现乡野粗朴甚至鄙陋状态的作品更多，表现的领域也更加广泛。如汪曾祺表现桃花源式的传统生活的《大淖记事》、张承志表现蒙古草原人民生活的《黑骏马》、路遥关于城乡交叉地带的描写、莫言关于高密东北乡自己祖辈的生活秘史的讲述，其他如贾平凹表现秦汉文化的商州系列小说、李杭育表现吴越文化葛川江系列小说、郑万隆表现大兴安岭少数民族生活的异乡异闻系列、扎西达娃表现带有宗教神秘色彩的高原藏民文化心态小说等等。

其中《黑骏马》是非常优秀的一部作品，这部中篇小说以深沉优美的语言和浓烈的感情色彩，赞颂了草原女性的博大胸襟和顽强的生命力，表达了对母亲、土地的深深热爱。另外，路遥的《平凡的世界》也因展现了广阔的城乡地域和社会现实、生动地描绘了青年人顽强的生活历程，而受到广大的读者的欢迎。

在众多的作品中，韩少功的中篇小说《爸爸爸》被很多人视为寻根文学作品的典型代表。这部小说叙述了一个遥远不知所在的山寨鸡头寨及其自称刑天后裔的居民们蒙昧而充满神秘色彩的生存状态。小说以一个痴呆儿丙崽为中心人物，描述鸡头寨奇异的风俗、来历，鸡头寨百姓与正常世界的隔绝，他们与鸡尾寨的打冤及战败后遗弃老人和孩子举族迁徙的经过。

在寻根作家中，青年作家阿城应该说是最具独特个性与高超艺术功力一位。他的代表作“三王”《棋王》、《树王》、《孩子王》在世界范围内，受到了汉学家们极大的热情关注。他作品中对道家境界和儒家风骨的表现，直到今天还有人在争议与探讨。

在以上涉及的这些文化寻根文学作品中，与前期相比有一个很大的变化，就是在对人的表现上。这些作品中的人物不再是超越一切之上的神或英雄，甚至也不再是作者努力要表现的作品重心，它只是众多生命形式的具体表现。在他们背后，隐藏着一只巨大的无形的手，这只手控制操纵着包括典型在内的一切生命。揭示个体，实际上也就是揭示全体，个人的悲喜属于全体。在阿城、韩少功等寻根派代表作家的小说中，生命和文化的相互制约、冲突、适应，得到了较为充分的表现。这些生命已经不再是单纯的人性体现者，而是刻上了深深的文化烙印，反过来说，寻根作家笔下的人物，是附着于文化之上的生命符号。

《棋王》：王一生退守棋道
乱世中无为而治

阿城，原名钟阿城，中国当代作家。北京人，出生于1949年清明节。十二三岁时就已遍览曹雪芹、罗贯中、施耐庵、托尔斯泰、巴尔扎克、陀思妥耶夫斯基、雨果等中外著名作家作品。中学未读完，“文化大革命”开始，去山西农村插队，此时开始习画。为到草原写生，转往内蒙古，而后去云南建设兵团农场落户。在云南时，与著名画家范曾结识，而成莫逆之交。“文革”后，经范曾推荐，《世界图书》编辑部破格录用阿城，重返北京。回城后曾在中国图书进出口公司、东方造型艺术中心、中华国际技术开发总公司工作。现旅居国外。1979 年，阿城曾协助父亲钟惦棐先生撰写《电影美学》。从马克思的《资本论》、黑格尔《美学》到中国的《易经》、儒学、道家、禅宗，古今中外、天文地理，阿城在与父亲的切磋研讨、耳濡目染中，博古通今，为其后创作风格的形成进一步奠定基础。

阿城于 1984 年开始创作。在处女作《棋王》中，阿城表现出自己的哲学：普遍认为很苦的知青生活，在生活水准低下的贫民阶层看来，也许是物质上升了一级呢！另外就是普通人的英雄行为常常是历史的缩影。那些普通人在一种被迫的情况下，焕发出一定的光彩。之后，普通人又复归为普通人，并且常常被自己有过的行为所惊吓，因此，从个人来说，常常是从零开始，复归为零，而历史由此便进一步。小说甫发，便震惊文坛，先后获 1984 年福建《中短篇小说选刊》评选优秀作品奖和第三届全国秀中篇小说奖。此后又有作品接连问世，并写有杂论《文化制约着人类》。其作品集《棋王》，由作家出版社作为“文学新星丛书第一辑”出版，共包括三个中篇《棋王》、《树王》、《孩子王》和六个短篇《会餐》、《树桩》、《周转》、《卧铺》、《傻子》和《迷路》。阿城近年来小说作品渐少，但却一直是海内外汉学家关注的对象。时有随笔发表。

在阿城的心态里，流动着一个绝大的命题——文化。他认为文化涵盖着社会，影响着人类。他的笔不满足于对政治、经济的表层再现，不止于对民俗民风的一般描摹，而是力图从文化的视角对现实世界进行整体的审美把握。尽管阿城的作品并未都达到这一高度，有的作品，特别是《遍地风流》系列里的少数作品，内涵尚欠丰富和深厚，但在他的优秀之作里，无论人或事，还是情或景，都成为民族文化精神的真实写照，不动声色地流露出作者对今天和未来的重新审视和观照。

为文不能全是漂亮句子，要有笨句子、坏句子，方可衬出文章的奇险。在中国作家群里，能配得起这话的——阿城当仁不让。阿城笔力老而弥辣，众所周知。写《棋王》时，他已经 35 岁了。他曾经可是说过要写“八王”的。第四王“车王”写好后，邮寄途中给弄丢了。真是个重大打击，从此，我们不能看见剩下的“五王”了。漂泊经年，阿城改行鼓捣起随笔、电影。他说：“写文要识趣，到该收住时就收住。”而我们段位低的人，写东西如同放自来水，哗哗哗流了一地，到头来，没给读者解上渴，倒把自己呛得半死。

阿城讲少年人的“情”之难写最微妙：最要命的是那种劝也白搭的伤感。或者相反，阳刚得像广东人说的“死鸡撑锅盖”。他说：中国上世纪三四十年代的电影，一路好好的，结尾忽然说起大话来，处在当时，可能有彩头，时过境迁，只觉得像细细吃面忽然打嗝。这种阿城式不动声色，别人何尝学得来？他还写：“辛弃疾‘醉里挑灯看剑’，壮志难酬，写来却实在得有灯有剑。大归大，仰之弥高且虚，脖子酸了，起码要腹诽的。”王朔见谁都敢灭，唯独对阿城心存敬畏。怕也只有阿城镇得住这个王大傻子吧。曾看过许多男人写朱天文，均是上不了台阶。唯阿城一句带过，便将朱姐姐的“态”端出来了。阿城只舍得用四字——渺目烟视。对了！这就是朱天文。阿城笔下著名的“棋王”王一生是近世以来罕见的一个深刻体现了道家文化特征的人物形象。王一生深得老子的阴柔之气。他的性格是坚忍而沉着的。《棋王》表面上写棋，实质上则具有多层次的象征意义，表现着他对中国文化传统的历史评价和对中国文化进步的展望。

《爸爸爸》：鸡头寨恍惚人生
丙大爷未老先衰

韩少功，笔名少功、艄公等。湖南长沙人。1969年初中毕业后，下放汨罗县的农村插队。1974年调县文化馆工作，开始发表作品。执笔含有大量史料的传记《任弼时》（与甘征文合作）。1978年考入湖南师范学院中文系。1979年发表短篇小说《月兰》在文坛崭露头角。1982年毕业后在湖南省总工会的杂志《主人翁》任编辑。1984年调作协湖南分会从事专业创作。到海南后1988年开始主编《海南纪实》杂志。1996年与同仁策划文人杂志《天涯》，任杂志社社长，发行后广受好评。出版有中短篇小说集《月兰》、《飞过蓝天》、《诱惑》等，文艺理论《面对神秘空阔的世界》。1996年出版的长篇小说《马桥词典》因其标新立异的形式尝试引起各方争论。对传统文化心理的反思和批判是其创作的一个基本主题，他的《西望茅草地》和《飞过蓝天》分获1980、1981年全国优秀短篇小说奖。他是1985年倡导“寻根文学”的主将，发表《文学的根》提出寻根的口号，并以自己的创作实践了这一主张。比较著名的有《爸爸爸》、《女女女》等，表现了向民族历史文化深层汲取力量的趋向，饱含深邃的哲学意蕴，在文坛产生很大影响。

在以韩少功为代表的一批寻根文学倡导者们看来，中国传统文化有规范和不规范之分，他们认为传统文化中更多需要肯定和弘扬的是不规范的、存在于野史、传说、边地风俗以及道家思想和禅宗哲学中的文化精华，就如阿城在“三王”系列中所描述的；而对以儒家学说为核心的、被体制化了的规范文化，则持拒斥、否定、批判的态度。相对于“三王”系列对传统文化精华的痴迷，《爸爸爸》、《女女女》则以强烈的寻根意识，探寻文化规范对自由生命的制约，拷问规范状态下人类生命和人类文明由起源向末日退化的形态，从中发掘出人性中的惰性和冥顽不化的国民劣根性，也完成对传统文化的一次批判。

韩少功的中篇小说《爸爸爸》以一种象征、寓言的方式，通过描写一个原始部落鸡头寨的历史变迁，展示了一种封闭、凝滞、愚昧落后的民族文化形态。作品以白痴丙崽为主人公，通过对他的刻画，勾勒出人们对传统文化的某种畸形病态的思维方式，表达了作家对传统文化的深刻反思与批判。丙崽是一个未老先衰却又总也长不大的小老头，外形奇怪猥琐，只会反复说两个词："爸爸爸"和"x 妈妈"。但这样一个缺少理性、语言不清、思维混乱的人物却得到了鸡头寨全体村民的顶礼膜拜，被视为阴阳二卦，尊为丙相公、丙大爷、丙仙。于是，缺少正常思维的丙崽正显示了村人们愚昧而缺少理性的病态精神症状。在鸡头寨与鸡尾寨发生争战之后，大多数男人都死了，而丙崽却依然顽固地活了下来。这个永远长不大的形象，象征了顽固、丑恶、无理性的生命本性，而他那两句谶语般的口头禅，既包含了人类生命创造和延续的最原始最基本的形态，具有个体生命与传统文化之间息息相通的神秘意味，同时它又暗含着传统文化中那种长期以来影响和制约人类文明进步的绝对"二元对立"思维方式亘久难变。

韩少功通过《爸爸爸》解剖了古老、封闭近乎原始状态的文化惰性，明显地表现了对传统文化持否定批判的态度。韩少功基本上属于一个写实的作家，但由于他对楚巫文化和《离骚》浪漫传统的推崇，在以强烈的忧患意识审视民族劣根性的同时，又以寓言、象征等艺术手段，重新复活了楚文化中光怪陆离、神秘瑰奇的神话意味，使文本涂抹上浪漫神秘的色彩，给人留下了无穷的回味与思考。我们说过，寻根小说大都采取一种貌似传统写实的叙述方式，《爸爸爸》用的却是类似荒诞的寓言体，这可能是个例外。但它是一部有意识把主题掩藏起来的作品，或者说它的主题比较隐晦。它呈现给读者的，首先是其奇特的美学风貌：神秘、悲壮，而又有一层淡淡的喜剧色彩。这种美学风貌使小说具有了无穷的魅力。神秘性的形成得力于多种艺术手段。

首先是作者有意淡化故事的背景，把鸡头寨放在白云缭绕的深山里。从小说提及的汽车、报纸看，故事是发生在不久以前，而从人物原始、愚昧的生存方式看，故事又似乎发生在很久很久以前。于是故事的空间坐标和时间坐标都有些游移不定。其次是写出人物、事物的怪异。最有代表性的当然是小说主人公、永远长不大的小老头丙崽。他含意不明的两句话、怪异的外貌乃至喝完毒汁而未死的结局，都难以理解。那用公鸡血引各种毒虫干制成粉，藏于指甲中弹到别人茶杯中致人死命的妇人，山里那鸟触即死、兽遇则僵的毒草，都具有神异色彩。其三是有意识写出人物活动的不确定性。比如关于丙崽爹德龙的去向就有好几种说法，于是德龙这个人物也变得恍恍惚惚、难以捉摸了。其四，神话传说的引入直接给作品造成神秘色彩。比如关于刑天的传说、关于五支奶和六支祖跟着凤凰西行的传说。上述诸种手段造成的神秘色彩是这部中篇小说的基本美学风格。

小说的悲壮美主要来源于对鸡头寨人们惨烈的死亡与凶悍的打冤的描写。在鸡头寨人的意识中，坐到削得尖尖的树桩上去死最慷慨、最惨烈，是君子的死相，所以仲裁缝要去坐桩。他们认为为了宗族的生存而死是理所应当的，所以老小弱残那样认真、坦然、自豪地去喝毒汁，让青壮年男女无牵无挂地去寻找新天地、创造新生活。打冤中的砍牛头占卜、杀个男人和牛一起煮了分给大家吃，这已经不仅仅是悲壮，甚至散发着一股原始、野蛮的气息。小说的喜剧色彩主要来源于仲裁缝的儿子仁宝这个人物。他的故弄玄虚、不新不旧的语言和行为方式因与其生存的环境不和谐而显得可笑。在准备打冤的时候，他郑重其事地和许多人告别，好像马上就要去赴汤蹈火，但告别之后却什么也没干，依旧穿着大皮鞋壳子在寨子里晃来晃去。这个带些喜剧性的人物缓解了小说的神秘气息和悲壮色彩给人的压抑感。

如何透过小说奇特的美学风貌把握其思想内涵呢？应当注意：小说富于象征意味的表象世界为多种解释提供了可能性，因此小说的思想蕴含必然是丰富的。但从总体上看，它表现的是一个生命群体（鸡头寨的人们）从愚昧、衰败到走向新生的艰难历程。在这个意义上，丙崽和鸡头寨的人们具有某种一致性，虽然鸡头寨的人们厌恶、羞辱丙崽，但在愚昧这一点上他们和丙崽没有区别。在他们眼里，丙崽一会儿是可以随意羞辱的白痴。一会儿又成了被顶礼膜拜的大仙。他们不理解丙崽，是因为他们不理解自己。丙崽的永远长不大，暗示着生命与时间的停滞。鸡头寨的人们也同样陷于这种停滞中。他们祖祖辈辈重复着同样的生存方式，就像丙崽永远是同一副面孔一样。小说对鸡头寨大迁徙时的焚烧房舍、毒杀老小弱残的描写，可以理解为一种隐喻：新生命只能诞生在火的洗礼与去腐生肌的蜕变中。不过，对于《爸爸爸》这样一部具有高度象征性的作品来说，不同的读者，可以从不同角度读出不同的味道来。

作品中，鸡头寨有很多怪异的习俗，如他们迷了路要赶紧撒尿、骂娘，以驱赶所谓的岔路鬼；他们的居民会患一种名为挑生虫的怪病，症状是吃鱼腹生活鱼，吃鸡腹生活鸡，其治疗方法居然是喝白牛血后学三声公鸡叫；山上的语言也与别处不同，例如把“说”说成“话”，把“父亲”称为“叔叔”，把“姐姐”称为“哥哥”。然而，无疑，鸡头寨是一个自给自足的小社会，它有自己的神话传说，有自己的文字历史，有自己的风俗习惯、处事规则，甚至形成了自己的一套语言模式。即它形成了自己的一套文化。鸡头寨无疑是一个奇异的地方，然而似乎它又真的有可能存在于某个角落。

小说中的中心人物丙崽身上，也有许多奇异之处。他长到十几岁，却只会说两个词：爸爸和妈妈。与他同龄的孩子，一个个长成壮年汉子，他却仍然只有背篓高，仍然穿着开裆的红花裤。母亲总说他只有十三岁，说了好几年，但他的面相明显地老了，额上隐隐有了皱纹。他眼目无神，行动呆滞，畸形的脑袋倒是很大，像个倒竖的青皮葫芦，以脑袋自居，装着些古怪的物质。见人不分男女老幼，亲切地喊一声爸爸。要是你冲他瞪一眼，他也懂，朝你头顶上的某个位置眼皮一轮，翻上一个慢腾腾的白眼，咕噜一声"吗吗"，调头颠颠地跑开去。他轮眼皮是很费力的，似乎要靠胸腹和颈脖的充分准备，才能翻上一个白眼。调头也很费力，软软的颈脖上，脑袋像个胡椒碾晃来晃去，须沿着一个大大的弧度，才能成功地把头稳稳地旋过去。传说丙崽的降生是因为他的母亲杀死了一只蜘蛛精。他被鸡头寨的孩子们任意欺侮，似乎毫无做人的乐趣，但小说结束处鸡头寨的老弱病残都服毒自尽了，喝了双倍分量的丙崽却奇迹般地活了下来。

在作品中，后生仁宝身上明显具有阿 Q 的影子，甚至当描写到他的时候作品的语言也开始带有鲁迅式反讽的味道。然而作品中更具象征意义的人物却应该是那个痴呆儿丙崽。丙崽只会说两个词语，在他的感觉世界里，外界被概括为简单而抽象的两极：好与坏、喜与憎。丙崽的存在似乎毫无价值，活着还不如死了的好。然而恰恰是他总是活着，永远穿着开裆裤，挂着鼻涕，长着脓疮，垂着硕大无比而又空空如也的脑袋，额上布满皱纹，一个永远停滞在十三岁的小老头。这个形象象征了人类自身时常会遭逢的一种境遇，一种无力把握世界、无法表述自我、弱小无助浑浑噩噩的存在状态。他的长存不死，则象征了人类自身永恒的虚弱与渺小。

在一个封闭状态中产生出自身的文化，而这种"文化"最终又阻碍着"文明"的发展。鸡头寨是如此，多少年中"中国"似乎也是如此，而地球上的整个人类社会又何尝不是如此？在 80 年代中期，像《爸爸爸》这样具有象征意味的作品还有很多，如韩少功的《归去来》、《女女女》，汪曾祺的《大淖记事》等，这些作品描写的地域大多远离现代文明，处于封闭和凝滞的状态，因而较好地保存了原初的文化形态，映照出我们民族乃至人类远古的历史和生活方式，从而具有了一定的历史厚度与文化象征意义。

《受戒》：英子、明子两小无猜，情自心出
俗家、佛家混无界限，概由天性

汪曾祺（1920—1997），江苏高邮人。1939 年考入昆明西南联大中文系。从 1940 年到 1947 年，是他小说创作的第一个阶段——探索阶段。他与沈从文过从甚密，并且选了沈从文在联大开的几门课程。其间，他写了《复仇》、《落魄》和《鸡鸭名家》等短篇小说，后收入 1948 年出版的短篇小说集《邂逅集》。1948 年汪曾祺到北京。从 1950 年到 1958 年他一直当文艺刊物的编

辑，编过《北京文艺》、《说说唱唱》、《民间文学》等。1958年被错划为右派，下放到张家口的一个农业科学研究所劳动，将近4年。1962年初调回北京，任北京京剧团编剧，曾与杨毓珉等人把沪剧《芦荡火种》改编成京剧《沙家浜》。60年代初是其创作的第二个阶段。其间，以下放生活为素材写了《羊舍一夕》、《看水》、《王全》等短篇小说，1963年出版小说集《羊舍的夜晚》。这些小说朴实、清新，与当时的公式化、概念化的小说相比，是难能可贵的。1980年以后是汪曾祺创作的第三个阶段，也是其小说创作的丰收期。他写了《异秉》、《受戒》、《大淖记事》等小说，出版了《汪曾祺短篇小说选》、《晚饭花集》等短篇小说集。汪曾祺的小说在思想内容上多表现美与健康的人性，他对新时期小说最大的贡献在于创造了一种散文化的小说文体。他的小说近似随笔，随意洒脱，亲切自然，同时还注重气氛的描摹。他认为在短篇小说中只要写出了气氛，即使不写故事，没有情节，不直接写人物性格、心理，也可以“在字里行间都渗透了人物”，因为“气氛即人物”。

《受戒》意欲向读者叙述的是一种独特的生存环境中奇异的人情风俗及其人群的生活方式。故事的行为“空间”——“这个地方的地名有点怪，叫庵赵庄”。“庵赵庄”这一符码，指称着两重涵义：庄上大都姓赵，庄上有一个庵。庄以族为名，是中国传统社会注重血缘聚居的一种反映；庄以庵名，则可见这座小小的菩提庵对庄上人家的重要性。出和尚便是这个地方的一大特色。和尚象征着佛教，象征着信仰。出家当和尚意味着接受某些特定的禁止、契约规束。正是这些禁止、契约规定了和尚是不同于常人的、是非常人。在一般读者的眼里，和尚正是不同的人，是异己的他者。但本文向读者叙述的明子家乡的和尚则几无他者化的特征，和尚的生活几与常人无别。一个人出家当和尚，接受的禁止规约还没有获得的自由多。当和尚可以有很多好处：一是可以吃现成饭，哪个庙都管饭；一是可以攒钱，由和尚还俗娶媳妇是很容易的。有许多人出家当和尚好像正是出于这些现实的考虑，而几无信仰方面的需求。明子正是这样的。而要当上和尚却不容易，必须得是面如朗月，声如钟磬，还要聪明记性好。在这一处地方，和尚与常人最大的不同处，只是和尚必须烧戒，需要做法事，而做法事却是要收钱的。人们对佛教的信仰似乎也就止于放焰口。宗教与信仰已经充分地融进当地的民俗风情、传统道德伦理资源构成的文化整合体中去。换句话说，佛教已被本土化、具体化为当地的宗教。信仰变成了当地人独特的信仰，和尚也是当地人特有的。在这一层面上看，小说文本表述的深厚内涵正是这种外来的宗教资源在与中国本土文化发生碰撞对抗以后的一种结果：宗教被接受，但是被消解式地接受，即被本土化，被本土文化所扭曲变形、整合吸收。印度的佛教被本土化以后，形成了中国的佛教。中国佛教又分南、北二宗。北宗恪守教义，谨行教规，主张通过苦行修炼彻悟佛性，寻求超脱。南宗则认为人人心中皆存佛性，放下屠刀，立地成佛，在通向彻悟、佛的道路上，人人是平等的。这一教派并不苛求形式上的清心禁欲，苦行修炼，而着重于精神灵魂上的启蒙、顿悟。这种教义的盛行，与南方市民经济的普遍繁荣有着必然的联系。经济的发达引导的是生活上的享受需要，引导的是世俗化的生活方式。佛教为了赢得信仰，赢得信众，不得不向这些世俗的需求妥协，甚至刻意迎合这些世俗的需要。在明子的家乡，佛教的代言人和尚除了念经、做法事，着僧衣、剃光头受烧戒之外，似乎并无严厉的教义约束。这一群貌似摆脱尘俗、超然世外的和尚居然同“俗人”一样地生活，这是令读者惊奇的。谁的家里兄弟多，就派一个出去当和尚。当和尚也要通过关系，也有帮。在这片区域，和尚被视为同箍桶的、弹棉花的、花匠、婊子一样，是一种职业，一种生存方式，物质的而非精神信仰的生存方式。和尚们一样地娶妻养子，打牌赌博，唱山歌小调，一样地杀猪吃肉。他们吃肉也不瞒人，杀猪就在寺庙的大殿上，一切都和在家人一样，只是宰杀之前要很庄重地念一道“往生咒”，为杀生搜寻一些经典依据而已。在庵里无所谓清规，连这两个字也没人提起。即使是在从事很神圣的宗教法事，如放焰口时，和尚们也像玩杂耍似的。年轻的和尚则趁机出风头，引得大姑娘小媳妇跟着私奔失踪。“禁止”规约的淡化或隐匿，使这一群本应寻求灵魂超脱的和尚，也同样依恋着世俗化的生活，他们一面浸淫于经验的、体验的世界中，过着俗人的生活，享受着人性、人情焕发出来的欢乐与愉悦，一面追求着宗教理想，皈依于一种执著的信仰。恰似身在淤泥之中而求自洁其身，这些和尚试图寻求生活享受与超越追求的统一，现实与来世的统一。正如废名的那首诗《海》所抒写的：海，在每一个人的心里。每一个人（包括和尚）都可以通过自己的途径接近或达到大彻大悟——佛自身。明子与所有已经成为和尚的男子一样，并不刻意压抑自己本性的发展，恰恰相反，他正是顺从着人性的自然成长，追随着人性要求的召唤，在世俗/脱俗（超俗）的浑融一体中，不断地成长着。叙述者想向读者暗示的正是这样一条道路：从世俗中逃遁、解脱未必要脱离现实，远隔尘世。尘世之中自然的人生、透明的人性是可以与天、与大自然、与佛相通的。人性的自然舒展、欲望的适当满足乃是获取宗教超脱的条件与补充。相当有趣的是叙述者对于荸荠庵这个名称的解释。这个庵本来叫菩提庵，是富于佛教意味的，但俗人们把它叫讹了，叫成了荸荠庵。这一讹称很具隐喻涵义，它代表着一种民间化的、世俗化的阐释（对佛教的解读）。庵里的和尚也接受了这种俗称。这实际上是对于自己宗教信仰的一种有意的省略或忘怀。庵本来是住尼姑的，“和尚庙”“尼姑庵”是俗人约定俗成的想法，可是荸荠庵住的却是和尚。这一看似荒谬的事实说明这里的和尚对于名分、形式是看轻的。而当地的人们，也对此习以为常，这正好印证了和尚的俗人化与宗教的世俗化。这些叙事在一定程度上消解了读者阅读期待中和尚与佛教的神秘性与神圣性。

本文的主题是明子到善因寺去烧戒疤。受戒是出家当和尚的一种正式仪式，是一种很庄重的典礼。这一庄严的仪式在小英子看来无异于活受罪，无异于一种不人道的行为：好好的头皮上烧八个洞，那不疼死啦？然而小明子对这种仪式却不能不接受，尽管它确实违背了自然的人性，但是受了戒，就可以到处云游，逢寺挂搭，而不受戒只能是野和尚，小明子的心里已经能够理解受戒这一形式对于和尚的必要性。和尚虽几与常人无异，但和尚之所以是和尚，因为他必须会做法事，而他首先必须接受烧戒。但这对纯真少年看来，受戒并不是痛苦，它只是领取一张和尚的合格文凭而已，它只是出家当和尚的入门仪式。受戒这一抽象、空洞的能指符号是没有所指内容的。外表庄严的善因寺是禁止喧哗的，到了这里谁也不敢大声咳嗽。和尚们都在吃粥，竟然不出一点声，但是小英子却不顾这些禁止，大声冲着正在吃粥的明子打招呼，然后大摇大摆地走了。由此可见，尽管有禁令，有规约，但它们是宽松的，是可以被打破的。打破禁止并不会受到惩罚，也不会造成损害。所有被接受的规约乃是自然形成、顺乎人性的。它们对于破坏者不是惩罚，而是采取一种兼容的、接纳的姿态。正如荸荠庵山门上的那一副对联“大肚能容容天下难容之事，开颜一笑笑世间可笑之事”。所意味的当地的佛教信仰的基本的内涵就在于此。——出家是自愿的，超脱是人人皆能行之有效的。佛性自然，人人心中皆有佛在，这是一种本土化的宗教信条，就像荸荠庵另一副对联所透露的玄机：一花一世界，三藐三菩提。小英子这一少女代表的是与和尚对立的俗人的代码，从她身上可以看到俗人对于宗教皈依的巨大解构力量。小英子保存着最为自然的本性——透明的性情，由这一带清秀山水培养起来的水一般的阴柔性情。她有着本乎自然的欲望，纯真的情爱。在她身上，似乎找不到焦虑或受压抑的阴影。她的焦虑与欲望被掩藏或装饰了起来，恰如那一片密密的芦苇荡子。小英子生存的空间是桃源式的环境。这一片空间里的人，与自然是充分混融的。他们几乎没有受到任何忌讳的约束。小英子初次见到明子，就很自然地把半个莲蓬扔给他吃，以后就熟如一家人，明子也老往小英子家里跑。小英子的母亲斥责明子时，径直叫他儿子，后来干脆把他认作了干儿子。明子帮着小英子姐妹画绣花，帮着做田里的农活，一起踩水，一起采荸荠……男女授受不亲的秩序被彻底打破了，少男少女在一种亲密无间的关系里滋养起了一种最自然的相互依恋的情感。明子在善因寺受完戒，小英子驾船去接他。她不让明子将来去当方丈，也不要他当沙弥尾，明子都答应了。小英子接着更是毫无顾忌地提出自己要给他做老婆，已当上和尚的明子眼睛睁得鼓鼓的，答应了，在这里，被表述为一种如水一般流淌的、再自然不过的事情。本文自始至终渲染的这种古朴淳厚的民风得到了升华与深化。“受戒”与“情爱”这两个看似对立的命题在这里奇特地统一起来了。

作者汪曾祺在本文结束后署明：一九八〇年八月十二日，写四十三年前的一个梦。这一简单的注脚实际上为读者提供了一篇次文本。次文本也可以称为第二文本，是与正式文本（正文）平行存在的、对其进行解构说明的另一文本。正如《狂人日记》序言（以文言写成）对于正文（以白话写成）是一个次文本一样，汪曾祺在正文之后的这一说明，实际上解构了文本所提供的可能解释或表述。这一次文本意味着：文本所表述的可能只是一场梦觉，只是作者心目中的一种理想境界（一个理想国），它或许存在过，但已经永逝不复返了。1980 年的作者在当下借助语言构筑的这一话语空间实际上只是一种情感的操练，试图复活过去、重返旧时光的一次想象性的努力。次文本也可能说明了作者跟当年居住在密西西比河畔的马克·吐温梦想成为一名水手一样，梦想追寻一种理想意境中的人们的生活。然而，梦既无从寻觅，唯有诉诸语言的想象才可能是真实的，于是《受戒》这一文本的产生，其全部用意似乎都在于圆作者的那一个梦。

《古船》：洼狸镇的航船驶向何方
隋抱朴的精神阵地怎样

张炜，当代著名作家。1956 年出生于山东龙口，原籍山东栖霞。1975 年开始发表作品，1982 年加入中国作家协会。现任山东省作家协会主席。著有长篇小说《古船》、《九月寓言》、《我的田园》、《怀念与追记》、《柏慧》、《家族》、《外省书》、《能不忆蜀葵》、《丑行或浪漫》、《刺猬歌》等，中篇小说《秋天的愤怒》等，短篇小说《玉米》等，散文《融入野地》等，诗集《皈依之路》等。有《张炜自选集》（6 卷）、《张炜文集》（6 卷）、《张炜文库》（10 卷）等多种文集出版。另有专著《楚辞笔记》《芳心似火》等。《声音》、《一潭清水》分别获 1982 年、1984 年全国短篇小说奖，《九月寓言》获上海第二届中长篇小说大奖一等奖、全国优秀长篇小说奖，并被评为“90 年代最具影响力图书”，《刺猬歌》2007 年获由美国政府颁发的杰出成就奖。作品在海内外获奖 30 多项，被译成英、法、日、德等多种文字。450 万字的《你在高原》于 2011 年获第八届“茅盾文学奖”冠军，得票率最高。《古船》入选《亚洲周刊》“20 世纪中文小说 100 强”，被法国教育部和巴黎科学中心确定为全法高等考试教材及必读书目。

《古船》以胶东小镇洼狸镇自土改至改革开放四十余年的历史作背景，讲述了隋、赵、李三个家族之间的恩怨情仇，荣辱沉浮、悲欢离合，真实地再现了那个特殊年代里人性的扭曲与异化以及在改革大潮的冲击下那片土地的变迁。这部具有深刻历史和文化底蕴的小说，是一部民族的沧桑心灵史，小说生动地刻画出隋家几个子女在历史的长河中性格和命运的变迁：大儿子抱朴经历了父亲和二娘的死，目睹了历次政治运动的残酷，变得压抑沉默。二儿子见素要把已承包给赵家的粉丝厂夺回来。美丽而高贵的小女儿含章一直生活在赵家四爷爷的阴影下。耻辱与仇恨、欲望与冲动，一次又一次使他们置身于现实的两难境地。《古船》是当代中国最有气势，最有深度的文学杰作之一，是“民族心史的一块厚重碑石”。它以一个古老的城镇映射了整个中国，以一条河流象征生生不息的生命，以一个家庭的沧桑抒写灵魂的困境与挣扎。古船，就是中国。

写作背景：20 世纪 80 年代中期，中国文坛上兴起了一股“文化寻根”的热潮，作家们开始致力于对传统意识、民族文化心理的挖掘，他们的创作被称为“寻根文学”。“寻根派”的文学主张是希望能立足于我国自己的民族土壤中，挖掘分析国民的劣质，发扬文化传统中的优秀成分，从文化背景来把握我们民族的思想方式和理想、价值标准，努力创造出具有真正民族风格和民族气派的文学。虽然打出了“文化寻根”的旗号，但对于什么是“文化”，这些寻根作家们却莫衷一是。大多数作家选取了自己最为熟悉的某个地域作为切入文化层面的基点。而张炜，则选择了自己所熟悉的农村为背景，进行了一次乡野文化寻根之旅。

写作特色：倾诉性。“倾诉”展现了抱朴充满矛盾冲突的复杂的内心世界：家族和自我的忏悔与审判、文化的传承与走向、个体家族的兴衰与世界历史的发展、道德的自我约束与本能的欲望、朴素的善恶观念与崇高的个人信仰、科技主义的兴起与全球化的浪潮……可以说，正是通过“倾诉”，抱朴的“思想者”形象至此方得圆满，思想有了依托，有了内容，亦有了深度。正因为此，人物形象才得以丰满生动。《古船》共计 27 章，第十六、十七章的“倾诉”处于全书中部，对于抱朴人物形象的塑造恰起了承前启后之作用。正是通过这样庞大的“倾诉”，抱朴的内心世界得以展现，许多令人不解的行为也有了合理性解释。无论从情节架构还是人物塑造上来说，“倾诉”都是《古船》中不可或缺的篇章，同时也是《古船》中最精彩的篇章。由此可见张炜从一开始就对“倾诉”的倚重。事实上《古船》并非早期“倾诉”文本的唯一案例。与《古船》写作时间相应的 20 世纪 80 年代，是“倾诉”的发生期。之所以称为“发生期”，是因为此时期“倾诉”仅仅在张炜作品中露出端倪，还不是特别强大。大段的倾泻式的对话开始在文本中出现，“倾诉”对象已基本设定，具有类的特征，但“倾诉”还多由于对话形式而依附于人物和故事情节，尚不具备独立性。《古船》中的十六、十七章，全是抱朴对见素的倾诉。但这样的倾诉必须联系前后文，不能独立成篇。《古船》既不太注重形式的新颖，也不愿以特别好看的故事哗众取宠，很本色，很真，追求的只是心灵的表达，是力求清晰的陈述和思辨，是恳切的诉说，是忘情的自吟。在张炜的写作中，这一切常常到了固执的、无暇他顾的程度，所以在许多人看来，就有些不可理喻。

思想价值：当代文学在 1985 年前后开始自觉地以文化视角对人的生存状

态作理性的审视。这一视角的确立，使文学呈现出一种强烈的整体意识和民族（地域）意识。作品的历史纵深感强化，对各种文化的特殊性的认识也较以往的阶级学、社会学的表现更贴近人的深层内容。在民族因袭负荷被指出之后，新时期之初特有的那种意识到人性尊严的觉醒和精神独立的乐观情绪，便被忧郁、严峻的神色所取代。作家们不无担忧地发现：摆脱根深蒂固的文化羁绊，要比根治政策环境、经济环境的变化艰难得多。对这种共识的表述各异，张炜的《古船》是当时较重要的作品之一。中国知识分子自鲁迅起就已掘出民族痼疾的根源所在，而近一个世纪的历史再次证明：在历史长河中，知识分子的呼声往往是那么的一厢情愿，无助无奈，也于世无补。而张炜反映改革时，却是从历史、文化与人性的角度与深度同时推进：一个二十多岁的青年作者，一个有沉重的道德感，忧患意识和理想主义色彩的作家，在《古船》中，将历史血腥的真实还原与对现实苦难的直面相结合，在主人公抱朴的最终抉择中寓含了自己的期望：改革时期的民族文化人格亟待整合，民族发展要想避免重蹈覆辙，民族要振兴，必须做出新的文化选择。《古船》讲述的是一段刚刚逝去的历史，带着几千年的深刻印痕，与现实紧紧交织。这段历史中，三个家族间的恩怨与历次政治运动相互纠葛：老隋、老赵、老李家人们的命运浮浮沉沉，仁厚的、刚毅的、怨毒的、痴狂的、伪善的、怪诞的灵魂不断地轮回和重现。而其中，作者最想凸出的，是历史进程中两股相互盘结较量的力：一股能够顺应和推动历史与人类的脚步，另一股则会死死地拽住历史的行进步伐。历史在这种盘结中艰难行进，有时会停滞，也有时甚至会反复，会出现历史洄流，这才是作者真正为民族忧虑的。那又是一段荒诞的历史。与人类自由要求的悖反，是这荒诞的根源：为着改变农民命运的土地革命，在这儿被简化成了报复和杀戮；对剥削阶级特权的剥夺，被改造成了对个体生命的剥夺；从“文革”中的夺权、绝食、致敬电，一直到洼狸镇的承包大会，历史不断地上演着荒诞戏。人类最基本的生理需要、安全需要都失去了保障，饥饿、寒冷、杀戮、冷酷吞噬着人们的生命。理性的丧失带来兽性的膨胀，洼狸镇上血流成河。对历史的拷问中，作者直逼人性深处的扭曲与异化。那段历史同样充满了耻辱与苦难。人的尊严遭到肆无忌惮的践踏，隋家三兄妹苦难挣扎的焦灼沉重得令人窒息。现实承载着历史的重负，死人紧紧地拖曳着活人，《古船》中每一声沉重的叹息、痛苦的呐喊都叩击着人们的心弦。把笔触探及作为传统文化心理的母体与原型的农民文化意识、农村人际结构的深层，张炜的思考已提升到人类文化意识的哲学高度。

《古船》之所以震撼人心，关键在于它毫不讳饰地、满含道德义愤地拷问着历史，拷问着苦难、拷问着人性。对于极“左”路线、封建糟粕是怎样地与人性恶结合，干扰着无产阶级专政和阶级斗争、怎样造成了土改复查中和党内两条路线斗争中的冲突、流血，张炜不惮于作真实的揭示。赵炳形象是代表意识形态上的典型意义而生成的。当代农村，封建阶级已被消灭，旧的所有制形式已不存在，它们会不会死灰复燃？还有没有有继承人？会不会借其他面目继续提出自己的政治要求？还会不会有赵炳第二，赵炳第三？鬼影似的二槐——赵多多第二，不是已经开始作恶了吗？洼狸人什么时候才能不迷信那些貌似权威的东西？压在民族身上的历史因袭何时能够摆脱？走向未来的坚实的起点在哪里？追问中，《古船》的沉郁厚重因而产生。胶东改革开放中出现的种种问题，日里夜里牵扯着一个胶东青年的心灵，基于深切的关注产生的思考不能不深刻，贯穿其中的故土情怀也不可能不强烈。《古船》中所描写的粉丝大厂，在胶东半岛上，在作者的故乡龙口及莱阳几乎每个镇子上都有一两处。它们每年为当地经济创造的效益使之成为当地的支柱产业之一。而每一个粉丝厂都在一片白沙地上，竖立着一排排的木桩，木桩之间的铁丝上晾晒的雪白粉丝在阳光下白得耀眼，晾粉女工穿梭在木桩间，愉快的歌声感染着过往的行人。粉坊万一发生倒缸，全村都会慌乱。《古船》中的晒粉场位于海边，蓝天碧海白沙，一排排白亮亮的粉丝与蓝天上的白云有何不同？真正是作者记忆中美丽的故乡的写生画。地域色彩也成为《古船》的一个鲜明特征。这一切具有浓郁的地方色彩的生活图景的真实再现，即小说中对粉丝产业对当地人们的意义的充分书写，源于张炜对故乡人民的深切真情，对故土风情的真切了解。而《古船》也因而成为作者最具现实主义风格的作品，80 年代经典的现实主义作品。与前期短篇小说相比，《古船》沉郁厚重，冷静的理性叙述与剖析代替了单纯的诗性发言，而又少有后来创作中的长篇心灵倾诉的说教嫌疑，所以，《古船》一直以来被许多评论认为是张炜最好的作品。

相关评价：《古船》是民族心史的一块厚重基石。《古船》是十年来大陆小说中的极品。经过十年的苦想冥思和残酷修炼，终于获得了灵魂的超越和升华，成为了一种强大的精神存在，成为了某种人文价值和情怀的化身。在近一个世纪的新文学史上，有如此强大的精神力量的人物形象，这可能是第一个。

《废都》：世纪末情绪的一曲挽歌
废都中心狱的一缕颤音

贾平凹（其中凹读 wā），原名贾平娃，1952 年 2 月 21 日出生，中国当代作家。陕西省商洛市丹凤县人。中国作家协会理事、中国作家协会陕西分会主席、西安建筑科技大学人文学院院长。其作品《月迹》已经收入鄂教版八年级下册语文课本中，苏教版七年级下册语文课本。

贾平凹出生于并不富裕的农村，并非书香门第，家中世代是农民。1975 年毕业于西北大学中文系。1974 年开始发表作品。著有小说集《贾平凹获奖中篇小说集》、《贾平凹自选集》，长篇小说《商州》、《白夜》，自传体长篇《我是农民》等。《腊月·正月》获中国作协第3届全国优秀中篇小说奖；《满月》获1978年全国优秀短篇小说奖；《废都》获1997年法国费米娜文学奖；《浮躁》获1987年美国美孚飞马文学奖，最近获得由法国文化交流部颁发的“法兰西共和国文学艺术荣誉奖”。

贾平凹作品所描写的场景是他所熟悉的农村，例如《秦腔》。他写的是农村的现实生活。长期以来，农村是最落后的地方，农民是最贫困的人群。现在中国的“三农”概念，农业、农村、农民，已经和以前大不一样了。原来说的是我们是农业国家，土地供养了我们一切，农民离不开土地。现在农民和土地的关系却剥离开了。农民离开了土地，有些是主动离开的，有些是被迫离开了，留在农村的多是老弱病残。有限的土地在极度地发挥了它的潜力后，粮食产量不再提高，而化肥、农药、种子以及各种各样的税费迅速上涨，农村又成了一切社会压力的泄洪池。旧的东西稀里哗啦地没了，像泼出去的水，新的东西迟迟没再来，来了也抓不住，四面八方的风方向不定地吹，农民是一群鸡，羽毛翻皱，脚步趔趄，无所适从，他们无法再守住土地，他们一步一步地从土地上出走，虽然他们是土命，但把树和草拔起来又抖净了根须上的土，栽在哪里都是难活。

《秦腔》是贾平凹的第12部长篇小说，写的是作家老家丹凤县棣花镇的事，“写的是一堆鸡零狗碎的泼烦日子”。其中大部分人、事都有原型，解读的是关于中国农村近20年来的历史，作家以细腻平实的语言，采用“密实的流年式的叙写”方式，集中表现了改革开放中乡村的价值观念、人际关系和传统格局巨大而深刻的变化，被评为“一卷中国当代乡村的史诗”。贾平凹“决心以这本书为故乡树起一块碑子”。字里行间倾注了作家对故乡的一腔深情和对当今社会转型期农村新情况的思考和关注。从2003年春天起，历时近两年，四易其稿的《秦腔》是贾平凹近年来文学创作花费心血最多、创作历程最艰难的一部鼎力佳作，曾在《收获》杂志和国内多家报纸连载，在全国范围内引起了媒体和文学爱好者的广泛关注。评论界认为，《秦腔》在两个方面应被充分肯定。一是敏感地捕捉到了转型期农村巨变过程中的某种时代情绪，是对正在消逝的千年乡村的一曲挽歌。有人将该书与鲁迅《故乡》、赵树理《李家庄的变迁》、高晓声《陈奂生上城》放在一起比较，先后反映了中国农村四个重要时期的面貌和变迁。二是在艺术表现手法上。《秦腔》用瓷实精到的描写重塑了一个鲜活真实的世界。这种从细枝末节、鸡毛蒜皮的日常人事入手的描写，犹如细流蔓延，最后汇流成海，浑然天成中抵达本质的真实。在文化快餐日益流行的现今，贾平凹奉献给读者却是一杯只能细细品读的香茗。有文艺评论家指出，《秦腔》是1949年以来中国文学创作上一部不可多得的上乘精品，是一部书写当代中国农村具有史诗性意义的重要作品，是贾平凹在创作上所达到的又一高峰。更重要的在于，贾平凹《秦腔》为从事文学研究的人提出了用现有理论无法阐释的四道难题：一是传统意义上的小说做法不够用了，或者说情节展现人物命运与性格的理论被彻底击破了；二是文学不是一种反映，也不是一种再现，而是一种还原，一种混沌的呈现式的还原，即生活现象的还原、生活整体的还原、生命情感的还原以及精神的还原；三是如何建立新汉语写作？四是现代语言系统如何进一步本土化，如何承续被“五四”割断了的古代文学语言体系，如何将语言生活原生化？

贾平凹的小说《废都》语言，一是陕西方言，他家乡一带的方言土语。二是明代白话小说。三是普通话。他家乡一带的方言土语是第一位，吸收明代小说如《金瓶梅》等的词汇、句式、语气，是第二位，现代中国人口头讲的与书面用的普通话，也就是一个受过教育的人使用的语言，在贾平凹的小说语言中只居第三位。这就不能不使他的小说产生了一种与现代社会生活格格不入的面貌与趣味。通常，读者决不会反对陕西方言，或陕西文化。陕西是中华民族的发祥地，周民族的老家，上古雍州的精华部分。西安即古长安，为西汉王朝国都。此后，东汉末、西晋、西魏、北周、隋、唐等王朝亦建都于此。东汉、三国魏等王朝以它为陪都。汉唐时代，它是对外文化交流的中心。它的文化底蕴、文化沉淀极深厚，我们中国的历史离不开陕西西安，不知有多少古代、近代的历史文化与西安有着千丝万缕割不断的联系。读者焉有不爱惜，不宝贵它的道理？即使西安在大变革的时代，由于种种原因，一时显得落后，古旧，缺少深圳、上海那种日新月异的朝气与变化，也值得探索研究，以等待机会奋起。哪里就会颓败到像贾平凹笔下的样子，文化上就剩下了什么“西京四大名人”，什么庄之蝶之类文化流氓，天天在那里狗苟蝇营？80年代的西安，虽然是“文革”焚坑之余，人才还是有的，有骨气有学养的文化人还是有的，可是贾平凹看不见，他把他小县城某个局部的那一套搬过来了，于是几个文化无赖，再加几个不知廉耻、自动献身的女人，就拼凑出了一个贾平凹心目中的西安，并且命之名曰“废都”。至今许多没有在西安生活过的人对西安留着很不好的“印象”，怀着很深的偏见，都跟贾平凹的这部打着很多方空格的长篇小说有关，原来他是把小县城的一套放大了几十倍，变成了西安。他写西安，糟蹋了西安，写商洛，糟蹋了商洛。尽管陕西农村有些地方经济文化比较落后，但人的心灵是善良的，也许更纯朴，更真挚，还保留着一些古老的但更为人性的内容。贾平凹尽管写了色情，写了变态，写了许多肮脏的人，肮脏的事，但他没有发掘人身上美好的情感，没能使我们获得真正的感动，没有写出许多人心灵中最深刻的东西。所以他的小说是失败的。即使《废都》改名《县城》，也仍然是失败的作品。因为思想、趣味太低，感情太浅，全是自恋，而且是畸形的。

《废都》出版于1993年6月，同年在《十月》杂志和《中国青年报》刊登和连载。出版前，它就被一些小报广而告之地宣称为当代的《金瓶梅》。正式印刷48万册，如果加上各种盗版发行量起码在1500万册以上。半年后，被国家新闻出版署宣布为禁书，作了严肃的处理：出版社被罚款，编辑受处分，作者贾平凹也被折磨得心力交瘁。《十月》责任编辑田珍颖引咎提前退休，主编谢大钧调离。16年后解禁，以《废都》、《浮躁》、《秦腔》三部曲形式推出，并出任陕西省作家协会主席。2008年《秦腔》获茅盾文学奖。

《废都》的“废”是“颓废”，“都”即都城。在颓废的都城里颓废地生活，在放荡和细琐的故事背后，蕴藏着一股强大和深刻的文化失望。完全可以把性当成一种掩饰，然后再一声伤感悠扬的叹喟，把嬉笑怒骂撒向众人的街谈巷议。《废都》里作者不厌其烦地详述每次性行为的过程，从正常的性交到变态的口交；从真实的性到不真实的意淫，一次又一次地扩展人物的私人领域和读者的想象空间，一次又一次地抖落满身的浮华和满心的颓废。或许在书里，性已经不是道德不是美感，性与美有一半已经对立，还有一半任由人评说和争论。其实作者在里面的性描写在今天看来并无多少出格，作者频频使用“此处作者删去XX字”的方框。让人浮想联翩，在当时引起极大轰动。

贾平凹的《废都》从它诞生之日起就引起了学术界的激烈争论。当年《废都》热的时候，赞扬的人说《废都》是当代的《红楼梦》、当代的《金瓶梅》，反感的人说是作者的意淫之作、是流毒，整个文坛一片喧嚣。如今十多年过去了，究竟谁对谁错，自有公论。但是经过这十多年的沉淀，我们有理由把《废都》拿出来重新解读，避开喧嚣，冷静客观的步入西京这一虚拟的城市中，去拨开隐藏在五位女性身后的迷雾。

《废都》开篇就写道：两个关系是死死的朋友，把在唐贵妃杨玉环的墓地上刨的许多土，装在一只收藏了多年的黑陶盆里，结果盆里无籽却兀自生出四枝奇花，极尽娇美。陈汉云认为：中国传统文化有着这样的文学意向：以花比喻女人。四朵奇花象征了庄之蝶生活中有亲密关系的四个女人：牛月清、唐宛儿、柳月、阿灿。花的主人一天夜里恍惚中提了炉子上的热水浇花，把花浇死，预示庄之蝶亲手塑造了四个女人的生活及其形象，又亲自一个个毁灭了她们。但实际上在四个女人之外，还存在一位特别的女性，她爱着庄之蝶，却没有和庄之蝶发生实质的性关系，没有受到庄之蝶的直接毁灭，因而没有被纳入四朵奇花之列。我们不妨一起走进这五朵各自不同却结局类似的娇艳的“花”丛中。

牛月清，《废都》男主人的妻子，有着唐宛儿和柳月可望而不可即的“为名人妻”名分；有着庄之蝶最乐意排说的显赫家世，祖上有过双仁府街一条巷，并且开设过双仁府水局；有着细心照料丈夫起居生活的贤惠，“你庄老师有怪毛病，街上的熏醋它不吃，只吃白醋，我酿了一大罐”；有着操持家庭的能力，回请汪家时传给庄之蝶的单子更让我们联想到王熙凤样的居家才干，“单子上写着：猪肉二斤，排骨一斤，鲤鱼一条，王八一个，鱿鱼半斤，海参半斤，莲菜三斤，韭黄二斤，豆荚一斤，豇豆一斤，西红柿二斤，茄子二斤，鲜蘑菇二斤，桂花稠酒三斤，雪碧七桶……”；有着应对来往宾客的圆润处事能力，“赵京五说：‘我没有庄老师挑剔，什么都吃得。如果有泡菜，我改日来尝尝。’牛月清说：‘那你寻着地方了，我们家有泡菜、咸菜、糖蒜、辣子，只要你喜欢吃！’当下便寻了塑料袋儿，竟各类给装了，让赵京五走时带上”；有着自己的精明，知道庄之蝶和唐宛儿的事情后，“哭过一场，……慢慢平静下来，擦了眼泪，又给柳月擦泪。柳月说，‘大姐，我陪了你，咱去打那淫妇撕了她的×脸！’夫人摇着头说，‘咱们若去寻她，风声出去，人人都知道你庄老师和她怎样怎样，你庄老师坏了声名，倒记她有了光彩……再说，你不久就和大正结婚，咱家出这样的事，又怎么有脸见亲家市长?’”然而这样贤惠的女人却得不到其他女人从自己丈夫身上得到的疼爱和激情。她性格古板，除了家庭丈夫外什么也不在乎，她美丽却不注重穿戴打扮，她文化浅，行酒令说的也只是她熟知的生活素材，“素，素，素什么呀，素花布。”她直率，“脾气坏起来，石头都头疼。对你好了，就像拿个烧饼，你已经吃饱了，还得硬往你嘴里塞”。牛月清是过日子的人，是个很实在的人，在她身上我们看到的是为人妻、为人母的女性美德，但是这种美德在庄之蝶这里却成了他性无能的理由，作家的生活是需要浪漫的。而正是这种平凡的生活消磨了他的浪漫。作家的生活是需要激情的，而平淡的生活是没有激情的。张爱玲在《红玫瑰白玫瑰》中有过这样的一句话，“也许每一个男子全都有过这样的两个女人，至少两个。娶了红玫瑰，久而久之，红的变了墙上的一抹蚊子血，白的还是‘床前明月光’；娶了白玫瑰，白的便是衣服上的一粒饭粘子，红的却是心口上的一颗朱砂痣。”牛月清在最开始进入庄之蝶的生活时还有排说的显赫家世，为人妻的美德，但是这些美德随着时间的推移就成了蚊子血、饭粘子，成了他出轨的借口，也成了牛月清悲剧人生的原点。她的悲剧都归于她的现实却不浪漫，不浪漫的她却嫁给了崇尚浪漫生活的文人。

柳月，在平凡的出身和处境中努力地改变着自己的命运，捕捉着每一次向上的机会。我们可以勾勒一条柳月发展的进程图：陕北农家的农村丫头——普通人家的小保姆——跻身庄之蝶家做名人的保姆——被庄之蝶施以性关系——意识到即使庄之蝶离婚自己在庄之蝶心中的分量也不及唐宛儿后转而投向赵京五——抛弃赵京五嫁给市长的残疾儿子。在这个进程图中我们可以发现柳月这个农村女孩的各种劣性品质：喂看护孩子吃安眠药；偷偷试穿主人的衣服鞋子；从来不向家里寄钱，把钱全部用来穿戴；因为和男主人发生关系而同女主人顶嘴较劲。她又富有爱心，给收破烂老头挡雨；她聪明，从庄之蝶的作品里看出他是个性压抑者；她识时务，知道自己的位置，自动放弃庄之蝶选择赵京五，最后选择市长的儿子；最后，也是这样一位理智而又自我意识极强的女孩在庄之蝶最沉沦没落的时候一直伺候着庄之蝶，“自后十多天里，柳月见天来一趟，后来歌舞厅的事情多，她就在文联大院门前左边巷口的一家山西削面馆里委托老板娘，让一日两次去送饭。”总之，柳月是有野心、爱慕虚荣，有心计，有爱心的混合体。而她的悲剧则来源于这个混合体自我的矛盾。

唐宛儿，她在妹妹哥哥的情场中一反传统女性的节烈，我行我素大胆追求自己的情爱。她聪明，她在周敏因发表了《庄之蝶的故事》而紧张得不敢去见庄之蝶时，劝解周敏“你才是个呆头！庄之蝶已经回到城里，你不急着去见，要待他先去了景雪荫那儿，露出了事情的原本发火吗?”她识大体，她在初次来到庄之蝶家的饭桌上，众人看到苍蝇落到牛月清的杯子中都愣住的时候，大大方方地交换了牛月清的杯子。她风情万种，她给予即将神经衰弱、性功能都要丧失的庄之蝶无限的激情，使庄之蝶对她感激涕零“我谢谢你，唐宛儿，今生今世我是不会忘记你了！”她美丽自信，了解庄之蝶。她说：“人都有追求美的天性，作为一个搞创作的人，喜新厌旧是一种创造欲的表现！我自信我比她们强，我知道、我也会来调整了我来适应你，使你常看常新。”她浪荡却不放荡，当意识到在自己粗鲁的丈夫、周敏和庄之蝶三个男人之间，自己爱的是庄之蝶时，她百般逃避和周敏的性爱，被丈夫绑回潼关后，宁可被丈夫性虐待也不愿意违心做出安心过日子的承诺。虽然过于现实的牛月清是痛苦的，但过于浪漫的唐宛儿一样是不幸福的。她以为幸福是可以追到的，但是在她去追赶的时候一张无形的网早已在面前等着她了。

阿灿，这个心比天高，命比纸薄的女人，终于在几十个憧梦的年头后，在拥挤的小巷中，在自己和老实丈夫的小窝里，遭遇了庄之蝶，并且被庄之蝶满足过、美丽过。“我太激动了，我要谢你的，真的我该怎么感谢你呢？你让我满足了。你是不知道我多么悲观、灰心，我只说我这一辈子就这样完了，而你这么喜欢我，我不求什么，不求要你钱，不求你办事，有你这么一个名人能喜欢我，我活着的自信心就又产生了！”这个平凡的女人没有唐宛儿、柳月想攀附正室的野心，“你相信我，我不敢去代替她（牛月清），也不去那么想。我和你这样，你放心，我不会给你添任何麻烦和负担的！”最终她也兑现了自己的承诺，用庄之蝶带给她的自信和美丽，为妹妹阿兰报了仇，咬掉了王主任一疙瘩舌头肉，和自己的老实丈夫离了婚，毅然划破自己姣好的容颜带着庄之蝶的孩子永远地离开了美丽过她的名人。如果没有庄之蝶，阿灿会平静地生活下去，但是庄之蝶扰乱了她的生活，为她的生活注入了希望。她没有沉湎于庄之蝶的纠葛之中，她的出现，她的离开，在《废都》中仅占一小部分，但是却给整部调子过于灰色的内容带来了一抹亮色，但这抹亮色也是以身体的代价获得的——毅然划破自己美丽的脸。

无论是牛月清、柳月、唐宛儿，还是阿灿，她们身上都带有一层浓厚的女性悲剧色彩。她们不约而同地爱上庄之蝶，被庄之蝶创造成一个新人，最后又殊途同归地被毁灭掉。脑子里只有一心过日子的牛月清，最后失去了自己的家庭。柳月在得不到庄之蝶之后最终把自己送到了市长的残疾儿子身边。唐宛儿就像一只风筝，从粗鲁的潼关丈夫和两岁的孩子身边挣脱出来到与周敏私奔至西京再到与大作家庄之蝶轰轰烈烈的情爱直至最后被丈夫绑回潼关施以性虐待度日，在天空飞过一个浪漫的圆圈后，还是被那根线拽回到了最初的起点。阿灿从庄之蝶身上得到自信后，放弃了自己老实的丈夫，带着庄之蝶的孩子过上一个人的生活。四个女人都试着对庄之蝶付出自己全部，却共同走向同一个结局：被放逐。庄之蝶抛弃了牛月清，把柳月送给肢体残疾的市长儿子，在唐宛儿为他水深火热的挣扎中没有一丝的救赎反抗，眼睁睁地看着阿灿消失于自己的世界。

在四位女性之外，有一位独特存在的女性。作者对她的描写贯穿于文章始终，描述文字甚至超过阿灿，她却不在四朵奇花之列。她就是汪希眠老婆。她拥有过轰轰烈烈的青春："她年轻时花着哩！当年是商场售货员，和一个男人下班后还在柜台内干，口里大呼小叫地喊，别人听见了往商场里一看，她两条腿举得高高。别人就打门，他们竟什么也听不见，一直等来人砸门进来了，还要把事情干完了才分开！"她向庄之蝶袒露自己主动争取过对他的爱情："在年轻的时候，西京城里办过一次文学讲座，你在台上作报告，我在台下当听众，那是我第一次见你，不知怎么就产生了一个念头：我要嫁人就非他不嫁！后来就认识了你，想着法儿与你接触，但我当面说不出口，我托我朋友曾给景雪荫说了我的心思，让她转告你。"但是正是这样一个敢于追爱的狂热女性，这样一位和一个男人下班后还在柜台内干，别人砸门进来，还要把事情干完了才分开的女性，才真正崇尚着爱和婚姻，宁愿自己放弃爱，也不破坏别人的爱和婚姻。景雪荫说："她倒想得美，说到我这儿?""我朋友把景雪荫的话传给我，我好疑惑，不久就听到原来你是和景雪荫相好，我就懊恼不迭。但后来，得知你和景雪荫没成，成的是牛月清，我哭了一场。哭过了还去你家看过一次，看到牛月清人有人样，德有德行，这心就全灰了，才和汪希眠结的婚。"在婚后亦成为了一个遵守妇道、传统安静的女性。"庄之蝶一下子就连鞋上了床去，女人却瞬间里冷下来，用手拦了，说'之蝶，这不行的，这样不好，你对不住牛月清，我也对不住希眠。……我以前爱过你，往后恐怕也难以不爱你，但我们不要这样，这样对你对我都没有好处，如果你也爱我，等我们都老了，也不是我成心要诅咒，假如希眠死在我头里，月清也死在你前头，那咱们再作一场夫妻；假若你我都死在他们头里，那也就是命了。"她依然深爱着庄之蝶，"你刚才也看见这枚铜钱了吧？我戴的是金戒指、金耳环、金手镯，我却没有戴金项链，我不是没有金项链，而是我舍不得这铜钱儿。这是我那次去你们家看牛月清，顺手从你的窗台上拾的铜钱儿。我想我已得不到你，却要把你的东西藏在身上。”汪希眠老婆有唐宛儿一样的热情，有阿灿一样对庄之蝶的崇拜，却在庄之蝶走到自己身边时，拒绝了庄之蝶，恪守住自己，仅仅把这份挚爱的情感埋藏在自己的心里。她不再像年轻时大胆争取自己的爱情，她只是借着一段被雨隔在一起的距离倾吐了对庄之蝶的情谊，并且在庄之蝶走进她的房间的时候维护着作为人妻的道德底线。宁愿饱受着生活赐给自己的重担：丈夫患了乙肝，自己患着月子里害的病症瘦得失了形没了样子，终日和猫作伴过着清冷的生活。这时，这位女性不得不因为自己的可爱特别而在废都众女性中占有自己一席独特的地位了。

庄之蝶，是庄周梦着的那只蝶？还是飞蝶扑向的那团火？五位女性都为着自己各自不同的梦想走向庄之蝶，但是这团光亮的“火”却把她们一一灼伤。但无论怎样，她们都没有放弃过，她们都美丽过，招人喜爱过，她们身上没有孰对孰错，孰优孰劣，有的只是花开花谢，花飞花落。

《米》：五龙六爷城乡奸恶之徒
绮云织云姐妹乖张之女

苏童，男，原名童中贵，1963 年生于苏州。1980 年考入北京师范大学中文系。1984 年到南京工作，一度担任《钟山》编辑，现为中国作家协会江苏分会驻会专业作家。1983 年开始发表小说，其中中短篇小说集七部，长篇小说二部。随着其中篇小说《妻妾成群》被著名电影导演张艺谋改编成电影《大红灯笼高高挂》，获奥斯卡金像奖提名，名声蜚声海内外。先后出版了中短篇小说集《妻妾成群》、《伤心的舞蹈》、《妇女乐园》、《红粉》等，长篇小说《米》、《我的帝王生涯》、《武则天》、《城北地带》等。小说《米》、《红粉》先后被搬上银幕，《妻妾成群》被张艺谋改编成《大红灯笼高高挂》获得威尼斯电影节大奖，《妇女生活》改编为电影《茉莉花开》后，获得了上海国际电影节金奖。现任江苏作协副主席，为中国当代文学先派代表作家之一，多部作品翻译成英、法、德、意等各国多种文字。

苏童《米·序言》：《米》是我的第一个长篇小说，1990 年冬天写到 1991 年春天。朋友们不难发现这是一个远离作者本人的故事。我想这是我第一次在作品中思考和面对人及人的命运中黑暗的一面。这是一个关于欲望、痛苦、生存和毁灭的故事，我写了一个人有轮回意义的一生，一个逃离饥荒的农民通过火车流徙到城市，最后又如何通过火车回归故里，50 年异乡漂泊是这个人生活的基本概括，而死于归乡途中又是整个故事的高潮。我想我在这部小说中醉心营造了某种历史，某种归宿、某种结论。

文学作品可以反映现实，这种反映可以是把现实复制出来，也可以一种超越的方式表现出来。可我们读《米》却无法分清它是怎样的一种现实。它不会是作者所能实际触及到的现实，苏童却把从未经历过的事写得活灵活现，入木三分．虽然苏童一直强调说：写《米》是为了解开少年期特有的叛逆、喊叫和寻死觅活的情结，说直白一点就是自己当时内心的需要。自己要颠覆的东西也很多，被认定的人性、道德，还有人物、人与人的关系以及故事进展等方面。写这部小说对自己而言就像一次极限体验，也像蜘蛛织网一样自然而然的流泄。作者的自我解读是想说明他的小说世界是建造在内心基础之上的虚构，但若说是虚构的现实，又那么真实地撞击着我们的感觉。文本虽然给我们建构了一个历史的空间，但它的时间似乎是缺失的。用朱栋霖先生的话说：是脱离那个意识形态本真的历史，就是历史的一种崩溃和颓败状态。

它不同于以前所读的小说，里面没有所谓正面人物。小说的主人翁五龙、绮云是沉沦和堕落的象征。里面所有的人物都是变态的，都是人生的失败者。文本里出现一个“枫扬树故乡”，似乎只有这个地方是五龙怀念的地方，是一片存在着真善美的地方，是五龙的故乡抑或是人性的故乡。大量阅读苏童作品，就会知道“枫扬树故乡”和“香椿树街”是苏童建构的两个历史空间，是一个世界的两侧，一侧是乡村一侧是城市。在这两个世界中，苏童给我们虚构的故事次第上演。

《米》，苏童拆解陈旧的历史文本，进行重新拼合，以实现原有意义的解构。《米》中所有意象传达出来的都是丑陋和罪恶。五龙的沦落是从什么时候开始的？在枫扬树故乡忍饥挨饿的日子，在逃离故乡的路上，在被阿宝踩在脚下让他叫爸爸的时候，还是在冯老板店里被压迫的时候？谁能说清楚呢！逃离枫扬树故乡，五龙是为了争取生存的机会；忍受别人施加的种种侮辱，是为了争取生存的机会；对所有人的疯狂报复也是为了争取生存的机会。五龙所有行为，都是想要生存下去，生存得更好。但是，他付出的代价也是巨大的。在混乱丑恶的世界中，在弱肉强食的环境中想要生存下去，别人自然要有所取，可是五龙给得起吗？

人性的恶在小说中暴露无遗，苏童似乎又把它极力夸张了。某个年代加诸在作者身上的特殊印记，作者特定年龄所有的心理叛逆，以一种震撼人心的方式展现出来，是为了让我们侧目吗。《米》中的女主人翁织云和绮云，同样脱离不了恶的命运。不同的性格，却同样被扭曲，以不同的方式沉沦着。妹妹织云，美丽，大胆，堕落。当她还是少女的时候，就可以为了一件皮裘出卖肉体，注定了其命运的悲剧性。被六爷玩弄后，又不甘寂寞与阿宝通奸，被五龙撞见，在仇恨和嫉妒中告诉了六爷。织云的命运改变了，五龙的命运改变了，所有人的命运都改变了，但这种改变又何尝不是另一种宿命。当织云惨死在大火中时，似乎一切都结束了，殊不知，一切才刚刚开始，新一轮的命运转轮启动了。姐姐绮云，禁欲，古板，暴躁。她憎恶丑恶肮脏的世界，憎恶身边所有的人。可以说她最有希望成为正义的化身，可是苏童不这样去安排，绮云的性格依然是变态扭曲的。她憎恶污浊，却不同情善良。她把妹妹看成魔鬼的化身，从一开始就厌恶五龙。他嗅到了妹妹和五龙身上的罪恶和强烈的复仇气息。她了解五龙的阴鸷，从父亲收留五龙开始，她就想尽一切办法赶走五龙。可是从内心深处，她对五龙却是充满深深的恐惧。然而她最终却和五龙结合，几乎生活了一辈子，而且还有了两个儿子一个女儿。世界在一种混乱的秩序下一如既往的存在，虽然在这个世界里，人与人之间，没有亲情、爱情等等人类的美好情感，甚至连一点温情都没有，有的只是欲望和仇恨。五龙的人性被一步步扭曲，一辈子都在争取生存和复仇中度过。从心理学方面讲，五龙的性格是因着他种种的遭际而变态的。人性中存在的真善美在他的内心寻不到半点了。特别是读到五龙性变态的描写，把人的原始欲望推入了无以复加的地步。欲望是万恶之缘。

“米”是书名，也是作品的重要意象。五龙对米的痴狂达到了一种变态的程度，五龙对米有近似于宗教般的狂热的崇拜，他认为米是世界上最干净最圣洁的东西。他喜欢咀嚼生米，喜欢赤身裸体地躺在米堆里。他最大的愿望，也可以说活着的终极意义，就是把很多很多米拉到他的“枫扬树故乡”。这可能和他一直处于饥饿状态有关，但除了他自己，别人永远无法理解。在毁灭别人和自我毁灭之后，五龙似乎得到了他想要的一切——金钱，权利，女人以及很多很多大米。当五龙拖着溃烂的身体，带着整整一火车大米启程回枫扬树故乡时，他知道自己的生命就要结束了。躺在米堆里，五龙的神思飞越自己的一生。最后的梦，是乡亲们看到那些大米后，狂欢的场面。似乎一个人一生的轮回到此完全结束了，五龙完成了他的宿命，苏童完成了他所虚构的故事的高潮，而他的儿子，却在等着他死去，撬下他满口的金牙。读者在苏童建构的文本中游离，审视他们也被他们审视，总觉得枫杨树故乡在某个地方，米店在某个地方，五龙，织云，绮云也在某个地方，过着他们混乱却宿命的生活。读者试图否定那些故事，否定那种生活存在的可能性，那应该只是苏童建构的一个文本。

苏童想在这个文本中告诉读者什么呢？解构孟老夫子的性本善吗？在一个混乱不堪的世界里，在人们最原始的生存欲望中，本来就不存在善这个字，苏童的小说世界里，不管人之初是不是本善的，但无序的历史空间和时间里，人们似乎只能恶行恶状，如果你是他人的地狱，那么他人也是你的地狱，但解构它又能给我们怎样的启示呢？当我们走进个这个文本却无法走出来时，我们只能是莫名其妙的烦躁。又或许，我们根本就没有走进，就谈不上走出了！其实不管是苏童对生存的思索还是他自己内心的需要，五龙的世界与我们无关，五龙的生活与我们无关．我们的生活在别处，丑恶只能在丑恶面前张狂，我们的灵魂有更深的层面，那是五龙所不知道的，也是苏童所忽略的世界，苏童从来不避讳说自己生活经历的匮乏，所以他强调想象比生活更真实更美好。没有一个作家的创作不是借助想象进行的，只不过想象在作品中占的比例，每个作家都不会一样而已。但像苏童这样把想象推到极致进行写作的人也属于奇才了。有一点是肯定的，苏童的文字是华丽的，语言是凄艳的，有着一种让人着迷的狂放，忧伤以及绚丽的色彩，极富诗意。他的小说注重意境的营造，张力强，氛围足，有着异常华丽诡异的想象力和流畅的叙事结构。他富有的是感受和感觉，但总是觉得在思想上则显得多少有点贫乏，因为历史和生活不仅仅是压抑和痛苦的。苏童的文字向来不晦涩，苏童小说是一道美丽的陷阱，使初步者迷醉，使久留者后悔。最初的感受是一见钟情般，但第一次遭遇苏童是尴尬的。

《狼图腾》：狼图腾崇拜，源于自然进化的动力机制
狼兵团毁灭，始于人类愚蠢的妄自尊大

姜戎，北京人。曾任中国劳动关系学院教师。主业：政治经济学，偏重政治学方面。1967 年自愿赴内蒙古额仑草原插队。1978 年返城。1979 年考入社科院研究生院。作品《狼图腾》：1971 年起腹稿于内蒙古锡林郭勒盟东乌珠穆沁草原。1997 年初稿于北京。2003 年岁末定稿于北京。2004 年 4 月出版。“犬戎族”自称祖先为二白犬，当是以犬为图腾。周穆王伐畎戎，得四白狼、四白鹿以归。（范文澜《中国通史简编·第一编》）

我们是龙的传人还是狼的传人？这是世界上迄今为止唯一一部描绘、研究蒙古草原狼的“旷世奇书”。阅读此书，将是我们这个时代享用不尽的关于狼图腾的精神盛宴。因为它的厚重，因为它的不可再现。因为任由蒙古铁骑和蒙古狼群纵横驰骋的游牧草原正在或者已经消失，所有那些有关狼的传说和故事正在从我们的记忆中退化，留给我们和后代的仅仅是一些道德诅咒和刻毒谩骂的文字符号。如果不是因为此书，狼——特别是蒙古的草原狼——这个中国古代图腾崇拜和自然进化的发动机，就会像某些宇宙的暗物质一样，远离我们的地球和人类，漂浮在不可知的永远里，漠视着我们的无知和愚昧。

本书由几十个有机连贯的“狼故事”一气呵成，情节紧张激烈而又新奇神秘。读者可从书中每一篇章、每个细节中攫取强烈的阅读快感，令人欲罢不能。那些精灵一般的蒙古草原狼随时从书中呼啸而出：狼的每一次侦察、布阵、伏击、奇袭的高超战术；狼对气象、地形的巧妙利用；狼的视死如归和不屈不挠；狼族中的友爱亲情；狼与草原万物的关系；倔强可爱的小狼在失去自由后艰难的成长过程——无不使我们联想到人类，进而思考人类历史中那些迄今闲置未解的一个个疑问：当年区区十几万蒙古骑兵为什么能够横扫欧亚大陆？中华民族今日辽阔疆土由来的深层原因？历史上究竟是华夏文明征服了游牧民族，还是游牧民族一次次为汉民族输血才使中华文明得以延续？为什么中国马背上的民族，从古至今不崇拜马图腾而信奉狼图腾？中华

文明从未中断的原因，是否在于中国还存在着一个从未中断的狼图腾文化？于是，我们不能不追思遥想，不能不面对我们曾经辉煌，也曾经破碎的山河和历史发出叩问：我们口口声声自诩是炎黄子孙，可知“龙图腾”极有可能是从游牧民族的“狼图腾”演变而来？华夏民族的“龙图腾崇拜”，是否将从此揭秘？我们究竟是龙的传人还是狼的传人？

我国疆域辽阔、人口众多，自从轩辕黄帝以后，传至汉、晋，都由汉族主治。四裔民族，僻居遐方，向为中国所不齿，被认为是虎狼遗性并赠予四个雅号：南为蛮，东为夷，西为戎，北为狄。然而这四裔民族却创造了汉人所不达之功绩、更曾建立过横跨欧亚的匈奴、蒙古、奥斯曼大帝国！蒙古草原上生活和战斗过的民族，从犬戎、匈奴、鲜卑、突厥，一直到现在的蒙古族，都懂得狼的奥秘和价值。13 世纪初到 15 世纪末，从中亚来的游牧生活支配着当时已知的世界的事实的确证实了游牧民族势力的强大，但历史上许多“狼性”十足的民族却变得嗜血成性，对其他种族的屠杀令人发指。二战期间，希特勒为了实现自己的罪恶目的，对犹太人采取了惨绝人寰的暴行，屠杀了 600 万犹太人；“一飞冲天”的海狼日本侵略者在 1937 年 7 月至 9 月间，杀戮中国人民约 3500 万人，而自 1876 年入侵台湾以来，日本人的烧杀抢掠就已开始。此前俄国和苏联，更是不乏对蒙古军队屠杀罪行的强烈谴责，前苏联还有专门的纪念蒙古军队大屠杀博物馆。因为军事力量是一个国家一个民族卫护自己的必须机器，历史上无数的“羊”就是靠这个机器自卫自救的，也有不少统治者就是在这个问题上让自己的王朝走向了毁灭，对于一个民族如何保卫自己的领土完整和人民的生命财产，近代的屈辱史告诉我们不能像“羊”一样软弱，面对侵略要像“狼”一样奋起反击，团结一致；但在和平的前提下，不能“狼性”十足，否则就会侵略，酿造悲剧。

作者写成吉思汗能以少胜多，打败大金国百万大军，是因为有狼的耐心和洞察力。又借毕利格老人之口说，打仗的输赢，不在乎地广人多，全看你是狼还是羊，蒙古人是狼的徒弟，所以打仗很有计谋。明朝大将徐达，一攻入草原就陷入几乎全军覆没的境地；关内百战百胜的明朝大将丘福一直攻到外蒙古的克鲁伦河，但最终还是孤军深入中计战死。的确，狼可能确实在长期的捕猎实践中掌握了石润而雨、月晕而风等自然规律。懂得地形，气象，以及选择时机，懂得知己知彼，战略战术，懂得各种战术（近战、游击战、夜战、偷袭战、闪电战、奔袭战），还能有计划有目的，有步骤地集中优势兵力打歼灭战。成吉思汗仅用区区十几万骑兵就能横扫欧亚，消灭西夏几十万骑兵、大金国百万大军、南宋百多万水师和步骑、俄罗斯钦察联军、罗马条顿骑士团，攻占中亚、匈牙利、波兰、俄罗斯，创造了人类有史以来世界上版图最大的帝国。毫无疑问，狼是这部小说的主体部分，而狼图腾作为精神载体，是游牧民族所学习的对象，其中也贯通了草原古老神灵腾格里与草原大地的血脉，以及毕利格老人对草原神圣的爱等。总的来说，这部小说艺术震慑力很强，生命意蕴甚丰。它让人的灵魂震颤、让人的心智慢慢苏醒、让人看清“战天斗地”的本质、让人知道在基本的人性天理面前应当如何珍惜、如何拥有、如何警觉、如何拒绝、如何捍卫、如何爱、如何关怀，从而让狼人格化，精神化。

合理运用“狼性”原则改造民族精神：狼与人类一样，都是自然界的一部分，自然界是一个整体，需要竞争和平衡，作为猎食者将弱小的猎物吞入腹中，对猎物而言是残酷的，但个体的牺牲对整体的平衡而言是值得的。竞争是种群加速进化的催化剂，我们需要狼，因为它是我们的对手和老师。物竞天择，适者生存，面对激烈的环境，仅仅做一个传统意义上的“好人”是不够的。众所周知，自从中国加入世贸组织以来，诸多国际知名企业，纷纷打入国内市场，它们以合资、并购等方式与国内品牌展开争夺之战，一时间大部分企业都阵脚大乱。但海尔却显示出非同一般的实力，临危不乱，头脑冷静地应对，在竞争中占据一席之地。面对海外竞争，海尔董事局主席张瑞敏坚持“与狼共舞，挑战国际品牌”的看法。世界揭示着一个竞争的准则，谁也无法回避，只能置身其中强者恒强，适者生存。“狼性”原则中的积极面应该被用来合理改造民族精神中羊性的软弱性。但一味地以野兽为榜样，人类只会堕落成为凶残的野兽。一个民族更需要的是智慧而不是野蛮的兽性和贪婪的野心，否则会有许多无辜的羔羊要为狼的成功付出代价。它一旦变为事实，这个世界将又一次陷入“天翻地覆”的可怕状态。一个民族羊性太重，则会被挨打；狼性太重，便会陷入混乱和不和平，所以在接受狼性精神的同时，要学会取其精华，去其糟粕，主观能动性地学习，这样才能进步。

《狼图腾》犹如一匹不期而遇的“黑马”，不经意间猛然撞破了主流话语的桎梏和主流社会的封锁，也撞开了当代中国文学走向世界的大门。《狼图腾》突破了传统的故事情节，拥有广大的读者群，虽然这部书毁誉参半，但书中所蕴含的哲理，引发人们的思考，触痛了人们的神经。那弥漫在书中的野性，好似荒原上吹过一阵强劲的雄风，很有些拂尘清心的作用。

《康·雍·乾》帝王三部曲：笔底功力气贯长虹
皇权独尊舍我其谁

原名凌解放（笔名二月河），1946 年生，山西昔阳人。汉族。国家一级作家，河南省优秀专家，享受政府特殊津贴。1967 年高中毕业，1968 年入伍，在部队历任战士、宣传干事、连副指导员。1978 年转业，任卧龙区宣传部科长、区文联主席，1995 年当选为南阳市文联副主席，中国共产党河南省第六届代表大会代表。他的突出成就是创作清代“帝王系列”历史小说。此举发端于他的“红学”研究。80 年代，他在“红学”会刊上，接连发表了

《史湘云是禄蠹吗》和《凤凰巢与凤还巢》，引起“红学”界的重视。1982年，他以“红学”学会最年轻的代表身份出席了在上海召开的“红学”年会。在研究“红学”过程中，他萌发了创作“帝王系列”的强烈冲动，从1984年起着手撰写《康熙大帝》，历4年完成全书4卷共160余万字。第1卷《夺宫》，出版后引起轰动。1卷至4卷由黄河文艺出版社出版，香港、台湾也相继推出繁体字竖排版本。1989年《康熙大帝》获河南省优秀图书奖，1993年获河南省第一届优秀文艺成果奖。根据本书第1卷改编的14集同名电视剧1994年在中央电视台黄金时间播出，后3卷也陆续拍摄完成。1990年至1992年，他又创作了《雍正皇帝》3卷共140余万字，由湖北长江文艺出版社出版，已印行3次计十万余册，香港、台湾也竞相出版发行。1995年，《雍正皇帝》获湖北省优秀图书奖，1996年获河南省第二届优秀文艺成果奖。根据本书改编的60集电视剧1998年拍摄完成，在中央电视台播出，引起全国轰动，受到文艺界及广大群众好评。在1995年10月的第三届茅盾文学奖初评读书班上，《雍正皇帝》在参评的120部作品中，最为20多位评委看好，在无记名投票中，以历史小说第一名入围20部候选作品。评论家纷纷撰文，称赞“它是当代及至近代以来历史小说创作的最为重大收获”。1994至1996年，他又以惊人的速度，超常的劳动，向读者推出了“帝王系列”第三部《乾隆皇帝》3卷：《风华初露》、《夕照空山》、《长河落日》共130余万字。其作品一方面描述了帝王臣民治国之道，另一方面作品宣扬的封建专制和皇权独尊意识，借助于现代传媒，从而带来的社会消极影响，亦不容忽视。

《还珠格格》：嬉笑怒骂中见“民为贵”精神
禁宫胡同间窥“君为轻”意识

琼瑶，籍贯湖南衡阳。1938年4月20日出生于四川成都，父亲陈致平，母亲袁行恕。1942随家人由成都迁回故乡湖南，其后因抗日战争爆发迁回四川。1947举家迁上海，在上海《大公报》发表其第一篇小说《可怜的小青》。1949迁往台湾台北，父亲任教于师大国文系，母亲任教于建国中学。1959结婚。1963在《皇冠》杂志刊出小说《窗外》，不久后出单行本，为琼瑶出版的第一本书。1964离婚。1965作品首度搬上银幕，包括《婉君表妹》、《菟丝花》、《烟雨蒙蒙》、《哑女情深》。1968成立火鸟公司，拍摄《月满西楼》和《陌生人》（改编自小说《幸运草》）。1976成立巨星公司。1979与平鑫涛结婚。1985出版《冰儿》，唯一没有父母亲角色的小说。1986推出电视连续剧《几度夕阳红》。1988首度返回大陆。1990出版《雪珂》，首部历史古装长篇小说。提及香港和台湾两地的爱情小说，琼瑶确实是一个横跨三十多年的“品牌”。事实上，自她的处女作《窗外》在1963年发表后，便奠定了她在爱情小说的重要地位，近20多年中出版40多部长篇小说。感情细腻，文笔优美，诗词功底深。

琼瑶的小说可分为三期：早期小说包括1963年发表的《窗外》至1971年的出版《水灵》和《白狐》，主要是由历朝历代中国民间传奇发展的古代爱情短篇故事。中期的小说由《海鸥飞处》开始，至《燃烧吧！火鸟》，主要是描写当代台湾为背景的爱情小说，除《我是一片云》外，可说全是大团圆结局。晚期则由80年代创作出版《雪珂》开始，小说的背景搬回古代，内容企图处理变迁中都市男女的爱情观，并尝试脱离早期悲剧的宿命和中期公式化的快乐故事。

《几度夕阳红》是琼瑶小说创作中的重要作品，当中时空交错、人物众多、情节复杂，最能代表言情小情的特征。两条故事主线，分别发生于抗战时期的重庆和60年代的台北。第一个故事是女主角梦竹的年轻时代，她和来自昆明的大学生何慕天相恋，因母亲反对而发生许多扣人心弦的故事，最后，梦竹嫁给了何慕天的好友杨明远，并定居台北。小说的第二部则是梦竹女儿晓霜的恋情，晓霜的相恋对象魏如峰是何慕天的外甥，并在何慕天开设的公司任职，此后即是一连串的旧恨新愁的交织。最后，晓霜与魏如峰有情人终成眷属，梦竹仍留在明远身边，何慕天隐居山上不问世事。

这部作品，内容和结构都类似电视连续剧的模式，亦即是情节复杂、高潮迭起；情感表达方式强烈而夸张；人物关系则因家庭宿怨而纠缠不清；人与人之间的误解导致种种终生憾事和恩怨情仇；主角身世的秘密和谜底的揭晓及战乱、分离和重逢，这一切无疑是通俗剧的基本元素。

在琼瑶的爱情王国，爱情是滋润女性自我并赋与活力的源头。没有爱情，女性的自我就会枯萎凋零。在这种情况下，琼瑶的女性形象无可避免的显得被动和消极。事实上，在五四时代，爱情这个概念是一种公众性的意识形态，主要是对中国父权制度的反叛和挑战，但在琼瑶的言情小说里则完全属于私人领域，对爱情的描述也纯由女性的立场出发，这也是被李敖等人批评为女主角面目苍白的理由；然而，这样一个梦幻世界推到了极致也有其意识形态上的助力，逆转了父权家庭中尊卑阶层的权利和义务关系，使拥有资源及力量的父母或男性，在感情与道德的召唤下，对一无所有的子女，特别是女性全心全意的奉献。这亦是言情小说的精神所在。

《还珠格格》的故事：北京西郊，有个旅游景点叫公主坟。民间自古流传着公主坟的传说，说是曾有位清朝的公主葬在此地。但她究竟姓甚名谁，则众说纷纭，一说是和硕公主的坟墓。一说是从小就被满族人收养的汉人金泰，因立下战功被封为元帅，在游园时与公主相遇，一见钟情，朝中老臣却从中作梗，令皇帝流放了金泰，贫病交加的金泰上书公主，说，见信时我已不在人世了。公主见信后从容服下毒酒，追随爱人而去。皇帝无奈，将金泰草草葬于香山，而将公主远远地埋在了今天的“公主坟”……种种猜测莫衷一是。

这无疑为京西这座“公主坟”蒙上了一层历史的烟云和神秘的面纱。

1997 年，台湾作家、影视制作人琼瑶到北京旅游观光。一日，琼瑶偶然路过公主坟，这奇特的地名一下子引起了琼瑶的浓厚兴趣，随行的人简单说起：清朝时，民间的一位女孩子被乾隆皇帝认为义女，死后便以“格格”之名葬在“公主坟”。看看窗外巨大的环岛，上有立交桥遮掩，下有地铁穿梭，难得的是还保留着一份闹中取静的悠闲青翠的松柏，茵茵的绿草，似乎潜藏着思古幽情和若有若无的懊惘。当年长眠在此的女孩子，到底是怎样的性格、容貌，“格格”的称号下又有哪些不为人知的秘密？……就这样一个简单的传说，提供了琼瑶无穷无尽的灵感。

琼瑶说：“我的脑子里，可以编织各种不同的神话，人生已经够苦了，如果戏剧神话可以带给人们对爱情、友情、亲情的憧憬和信任，这样有理想的戏剧，又何乐而不为?”当时琼瑶刚刚写完《苍天有泪》，很想再写一个轻松的不一样的故事。着手写《还珠格格》的时候，她几乎把乾隆的一生，作了一番彻底的研究，这才有了《还珠格格》活泼的风格。

琼瑶说：“《还珠格格》是我改变风格的一个尝试。小燕子这个人物，集叛逆、率真、豪放于一身，是个很现代的女孩子。她的不拘小节，直来直去，热情奔放，正是我自己最喜欢的典型。所以，我写来得心应手。写她，也带给我很大的快乐。当时我没有料到，她会引起这么多的共鸣。”

琼瑶的先生平鑫涛忍不住向人透露：琼瑶在家写剧本时，面部表情非常戏剧化，模样十分可爱。琼瑶边写边演，还不时地回头问平鑫涛，如果是这样，你会有什么反应？怪不得“小燕子”一出马就迷倒不少男孩子，原来是有平先生这么个欣赏专家把关啊。

那两年港台地区电视剧市场并不景气，令很多制作人产生“观众是不是不爱看戏了”的疑虑，但是琼瑶对此却有自己的看法：为什么观众要看好戏的难度越来越大？编剧人才的凋零才是主要原因，“编剧如果不充电，很快就会被掏空的!”而琼瑶充电的方式，就是旅行和看书，旅游可以完全放松心情，听别人的故事。

故事考证：1978 年 10 月初河北遵化马兰裕，清东陵容妃墓前，中阶条石断裂塌陷，可以看到一个洞口，地宫下有麒麟石兽、石人，石门敞开，走进洞口后，又见一巨大石块堵住入口，派人开挖后，从而发现了墓葬的地宫，走入这座坟墓的时候，发现了一具头骨，各色宝石珍品、朝服朝冠等大量衣物，以及带有少数民族文字的八宝花绫。比较特别的是棺木上有金漆书写的回部文字，汉译是“以真主的名义”。经过考古学者的分析，终于弄清了死者的身份，正如文献中所记载的容妃一样，她信奉伊斯兰教。在乾隆众多妃嫔中，只有一个维吾尔族妃子，这个发现证实了回妃就是香妃。而圆寝内墙上置挂二幅画像，其中一幅绘有一少妇，眼睛大，鼻梁高挺，面容圆润丰美，头上戴着狐毛羽冠帽，帽缘以五珠贝环选帛饰，左右两侧头发编成辫子同步垂披肩，身着对襟彩领衣；窄袖袍，衣着色彩艳丽，神态飞扬，望似潇洒，这幅半身画像虽无落款，但应为容妃无疑。而另一幅，绘有众宫女簇拥着三位年轻女子，其中一位容貌与前画中人物相同。而另两人皆身着满服，梳大翅头，戴着扁方儿，发上扎着珠宝玉翠花。其中一位着红色旗服，袖口镶着朝阳五凤珠，鹅蛋脸儿，眉弯如柳叶挑长身材，雍容华贵；另一位身穿浅黄上镂金蝶衣式，脸容俏丽甜净，两眼水灵灵的，亦是风采秀丽。此画落款处写有：容贵人，明珠格格，还珠郡主，春日晏酒于禊赏亭。

小说第一部开头的叙述：乾隆年间，北京。紫薇带着丫头金琐，来到北京已经快一个月了。几乎每天，她们两个都会来到紫禁城前面，呆呆地凝视着那巍峨的皇宫。那高高的红墙，那紧闭的宫门，那禁卫森严的大门，那栉比鳞次的屋脊，那望不到底的深宫大院……把她们两个牢牢的，远远地隔开在宫门之外。皇宫，那是一个禁地，那是一个神圣的地方，那是个“可望而不可即”的梦想。紫薇站在宫外，知道不管用什么方法，她都无法进去。更不用说，她想要见的那个人了！这是一个无法完成的任务。可是，她已经在母亲临终时，郑重地答应过她了！她已经结束了济南那个家，孤注一掷地来到北京了！但是，一切一切，仍然像母亲经常唱的那首歌：“山也迢迢，水也迢迢，山水迢迢路遥遥！盼过昨宵，又盼今朝，盼来盼去魂也消。”

《飞雪连天射白鹿，笑书神侠倚碧鸳》：侠义精神千古流芳 情爱战场生死以之

金庸，原名查良镛，1924 年 2 月 6 日出生。当代著名作家、新闻学家、企业家、社会活动家，《香港基本法》主要起草人之一。金庸是新派武侠小说最杰出的代表作家，被普遍誉为武侠小说作家的“泰山北斗”，更有金迷们尊称其为“金大侠”或“查大侠”。荣获香港“大紫荆勋贤”称号。

金庸祖籍为江西省婺源县，1924 年出生在浙江海宁。查家为当地名门望族，有“唐宋以来巨族，江南有数人家”之誉。历史上查家最鼎盛期为清康熙年间，以查慎行为首叔侄七人同任翰林，有“一门七进士，叔侄两翰林”之说，后全族人分入汉族八旗，正式成为包衣。现代查氏家族还有两位知名人物，南开大学教授查良铮（穆旦）（20 世纪 40 年代九叶派代表诗人，翻译家），台湾学术界风云人物、司法部长查良钊。出自海宁的著名人物还有王国维和徐志摩。徐志摩是金庸的表兄。其先祖查继佐是“明史案”最早向当局告发人之一。金庸祖父查沧珊是“丹阳教案”的当事人。

1937 年，金庸考入浙江一流的杭州高中，离开家乡海宁。1939 年，15 岁的金庸和同学一起编写了一本指导学生升初中的参考书《给投考初中者》，畅销内地。这是此类书籍在中国第一次出版，也是金庸出版的第一本书。1941

年日军攻到浙江，金庸进入联合高中，那时他17岁，临毕业时因为写讽刺黑板报《阿丽丝漫游记》被开除。（另一说是写情书。）1944年考入重庆国立政治大学外文系，因对国民党职业学生不满投诉被勒令退学，一度进入中央图书馆工作，后转入苏州东吴大学（今苏州大学）学习国际法。抗战胜利后回杭州进《东南日报》做记者，1948年在数千人参加的考试中脱颖而出，进入《大公报》，做编辑和收听英语国际电讯广播当翻译。不久《大公报》香港版复刊，金庸南下到香港。

1950年，《大公报》所属《新晚报》创刊，金庸调任副刊编辑，主持《下午茶座》栏目，也做翻译、记者工作，与梁羽生（原名陈文统）一个办公桌，写过不少文艺小品和影评（笔名姚馥兰和林欢）。姚馥兰的意思是英文的Your friend（你的朋友）。1955年开写《书剑恩仇录》，在《大公报》与梁羽生、陈凡（百剑堂主）开设《三剑楼随笔》，成为专栏作家。1957年进入长城电影公司，专职为编剧，写过《绝代佳人》、《兰花花》、《不要离开我》、《三恋》、《小鸽子姑娘》、《午夜琴声》等剧本，合导过《有女怀春》、《王老虎抢亲》（所用笔名为林欢）。新中国成立不久，金庸为了实现外交家的理想来到北京，但由于种种原因而失望地回到香港，从而开始了武侠小说的创作。1959年离开长城电影公司，与中学同学沈宝新合资创办《明报》，任主编兼社长历35年，期间又创办《明报月刊》、《明报周刊》、新加坡《新明日报》及马来西亚《新明日报》等。金庸任董事长期间，《明报》成为香港最有影响的报纸之一，有人把它比喻成香港的《泰晤士报》。其对中国时局的预测和分析，是其他报纸不能比拟的。《明报月刊》则是华人世界最文人化的刊物，其对大中华关怀，深受全世界华人好评。从20世纪50年代末到70年代初，金庸共写武侠小说15部，1972年宣布封笔，开始修订工作。

1981年后金庸数次回大陆，先后受到邓小平、江泽民等领导人的接见，1985年任香港基本法起草委员会委员，1986年被任命为基本法起草委员会“政治体制”小组港方负责人，1989年辞去基本法委员职务，卸任《明报》社长职务，1992年到英国牛津大学当访问学者，1994年辞去《明报》企业董事局主席职务。1999—2005年任浙江大学人文学院院长。后以80高龄赴英伦三岛攻读史学博士。

金庸博学多才。就武侠小说方面，金庸阅历丰富，知识渊博，文思敏捷，眼光独到。他继承古典武侠小说之精华，开创了形式独特、情节曲折、描写细腻且深具人性和豪情侠义的新派武侠小说先河。凡历史均有篡改，在政治、古代哲学、宗教、文学、艺术、电影等方面都有研究，作品中琴棋书画、诗词典章、天文历算、阴阳五行、奇门遁甲、儒道佛学均有涉猎，金庸还是香港著名的政论家、企业家、报人，曾获法国总统“荣誉军团骑士”勋章，英国牛津大学董事会成员及两所学院荣誉院士，多家大学名誉博士。金庸一支笔写武侠，一支笔纵论时局，享誉香江；少年游侠，中年游艺，老年游仙；为文可以风行一世，为商可以富比陶朱，为政可以参国论要。金庸一生的传奇，可谓多姿多彩之至。佛学对金庸的影响很大。在他的文学作品中处处可见金庸中庸平和的风格。

金庸将自己的创作用两句诗“飞雪连天射白鹿，笑书神侠倚碧鸳”连接：

飞——《飞狐外传》（1960—1961 年）。

雪——《雪山飞狐》（1959 年）。

连——《连城诀》（1963 年）。

天——《天龙八部》（1963—1966 年）。

射——《射雕英雄传》（1957—1959 年）：“射雕三部曲”之第一部，成名作。

白——《白马啸西风》（1961 年）：附在《雪山飞狐》之后的中篇小说。

鹿——《鹿鼎记》（1969—1972 年）：金庸的最高成就。

笑——《笑傲江湖》（1967 年）。

书——《书剑恩仇录》（1955 年）：第一部小说。

神——《神雕侠侣》（1959—1961 年）：“射雕三部曲”之第二部。

侠——《侠客行》（1965 年）。

倚——《倚天屠龙记》（1961 年）：“射雕三部曲”之第三部。

碧——《碧血剑》（1956 年）。

鸳——《鸳鸯刀》（1961 年）：附在《雪山飞狐》之后的中篇小说。

《越女剑》（1970 年）：附在《侠客行》之后的短篇小说。金庸本意为“三十三剑客图”各写一篇短篇小说，最后只完成了头一篇《越女剑》，亦没有包含在对联之中。

《射雕英雄传》故事介绍：南宋宁宗庆元年间（1195—1200 年），临安郊外牛家村的忠良之后郭啸天、杨铁心家遭横祸，被与金国王子完颜洪烈勾结的南宋官府害死，已怀身孕的郭夫人李萍、杨夫人包惜弱也双双失踪，噩耗传来，郭、杨的好友全真教道士丘处机怒不可遏，对杀害郭、杨的凶手进行了追杀。他惦念失散的朋友家眷，在临安一带四处奔走打探未果；接着又因受奸人段天德蒙骗在嘉兴与江南七怪发生冲突，两败俱伤。事后，丘处机与江南七怪识破奸人阴谋，释兵言和，但比武未分胜负，丘处机相约江南七怪一同寻人，由自己去救助杨铁心妻子包惜弱，江南七怪去救助郭啸天妻子李萍，并各自将两家的孩子教养成人，十八年后重会嘉兴，由郭杨后人代为比武再分胜负。江南七怪义薄云天，慨然应诺。郭妻李萍在丈夫遇难后，先受到南宋军官段天德挟持，后又为金兵所俘，一路漂流到了蒙古大漠，怀胎十月后产下一子，李萍依丈夫遗言为孩子取名郭靖。光阴飞转，转眼郭靖已经六岁，这一年他因舍命保护草原英雄哲别受到蒙古大汗铁木真赏识，被铁木真带回军营，不久又与铁木真的幼子拖雷结为“安答”（兄弟）。此时江南七怪也寻访李萍母子到了蒙古，并终于在一次偶然机会中找到了郭靖，六年辛苦于一日之间得到报酬，七怪喜上眉梢，当即便对郭靖启蒙，开始传习各门武功。十年后，郭靖已长成为一个粗壮少年，他虽天资鲁钝，但由于六怪严督紧促，再加上自己勤奋努力，后又因得全真教掌教马钰传授玄门内功，武功已经初成。这十年铁木真东征西讨，终于统一大漠，被尊为“成吉思汗”。郭靖因颇具战功，被成吉思汗招为“金刀驸马”。十八年之约将至，江南六怪带郭靖南归，为了让郭靖历练江湖经验，六怪命郭靖先行，自己尾随其后。郭靖赶到张家口，与女扮男装的少年小叫花子黄蓉邂逅，两人一见如故，彼此倾心。郭靖一路南行至金国的中都北京，在城中他因不满一个轻薄王子欺负卖艺弱女穆念慈与之发生恶战，险遭王府爪牙毒手。这个下流王子正是郭靖未曾见过面的义弟——杨铁心与包惜弱之子杨康（当时叫完颜康），当年包惜弱与丈夫失散，被金国王子完颜洪烈骗到北京，包惜弱为抚养杨康，被迫忍辱做了完颜洪烈的王妃。郭靖、黄蓉相伴而行，在长江边他们与一个举止奇异的老丐相识，这个老丐便是与黄蓉之父桃花岛主“东邪”黄药师齐名的武学宗师丐帮帮主“北丐”洪七公，洪七公喜欢郭靖朴实忠厚，更喜黄蓉伶俐聪敏，遂将两人收入门墙，并把平生杰作刚猛绝伦的降龙十八掌授予郭靖。靖、蓉辞别洪七公，继续南行，在太湖归云庄两人与被太湖群雄截获的金国钦差杨康和杀害郭啸天的南宋军官段天德不期而遇。杨康杀死段天德，并从中得知郭杨两家渊源和自己的身世，杨康答应与完颜洪烈决裂，并与郭靖结义，但与完颜洪烈终究难舍，并将郭靖北上行刺完颜洪烈的计划泄漏出去。郭靖行刺不成，遂与黄蓉雇舟入海，赶往桃花岛，在岛上他巧遇武林奇人全真派高手周伯通，与这位嗜武成狂为老不尊的“老顽童”义结金兰，并得周伯通传授“左右互搏、分心合击”的绝技。洪七公遭“西毒”欧阳锋暗算重伤后，黄蓉临危受命，接替了洪七公的丐帮帮主之位，和郭靖一同赶往洞庭君山参加丐帮大会。与此同时结义兄弟杨康也来到岳州，他利用盗取来的丐帮打狗棒，企图假冒丐帮新任帮主，驱使帮众投降金国，靖、蓉及时赶到，揭穿了杨康的阴谋。数日后，靖、蓉为寻找岳飞的《破金要诀》（在《倚天屠龙记》中被郭靖编订为《武穆遗书》）来到沪溪铁掌帮重地，结果行踪暴露，黄蓉被铁掌帮帮主裘千仞打成重伤，幸得已经退位出家的“南帝”一灯大师救助才免一死。此间，欧阳锋伙同杨康窜入桃花岛，将在岛上做客的江南七怪中的朱聪等五人杀害，并趁机嫁祸黄药师，企图在武林中掀起一场血腥风波，致使郭靖、黄蓉这一对有情人反目为仇。事后黄蓉机智地识破了欧阳锋、杨康的阴谋，洗雪了这一冤狱，并将作恶多端的杨康除掉，但她自己却落入了欧阳锋的魔爪。郭靖闻听事情真相，心中愧疚万分，便四处奔走寻访黄蓉下落，结果却是音信皆无。半年以后，郭靖寻访到了蒙古大漠，正赶上成吉思汗西征花剌子模，为了擒杀杀父仇人完颜洪烈，郭靖请命出征，被成吉思汗任命为右军统帅。不久黄蓉、欧阳锋也先后来到西征军中，郭靖为让欧阳锋不伤害黄蓉，答应抓到他后三次饶他不死。后靖、蓉联手与欧阳锋展开恶斗，数次将他擒获，接着郭靖又依黄蓉之计，在攻打花剌子模都城撒麻尔罕的战斗中立下巨功。成吉思汗西征成功，遂产生了南下攻宋的野心，郭靖不愿与自己的父母之邦作战，决心与母连夜逃离蒙古，不料却被成吉思汗察觉，母子被擒，李萍为保儿子忠义，当场自尽，郭靖因哲别、拖雷相助才得以逃离蒙古。郭靖惨遭巨变后，心灰意冷，幸得丘处机启发教导才得以重新振作。第二次华山论剑日期已到，东邪、西毒、北丐以及少年高手郭靖纷纷出手，最后"武功天下第一"被逆练九阴真经已经疯癫的欧阳锋夺得。在华山之巅，郭靖与因误会出走的黄蓉再次相逢，和好如初，最终结为一对武林侠侣。

《哑奴》：罪恶的奴隶制摧残人性 温柔的小女子温暖人间

三毛，1943 年 3 月 26 日（农历 2 月 21 日）生于四川重庆。幼年时期的三毛就表现出对书本的爱好，五年级下学期第一次看《红楼梦》。初中时期几乎看遍了市面上的世界名著。初二那年休学，由父母亲悉心教导，在诗词古文、英文方面，打下了坚实的基础。并先后跟随顾福生、韩湘宁、邵幼轩三位画家习画。三毛在她的散文《我的三位老师》中记录了这三位绘画老师。1964 年，得到文化大学创办人张其均先生的特许，到该校哲学系当旁听生，课业成绩优异。1967 年再次休学，只身远赴西班牙。在三年之间，前后就读西班牙马德里大学、德国哥德书院。在美国伊诺大学法学图书馆工作，对她的人生经验和语文进修上有很大助益。1970 年回国，受张其均先生之邀聘在文大德文专业、哲学系任教。后因未婚夫猝逝，她在哀痛之余，再次离开，又到西班牙。与爱了她 6 年的荷西重逢。1973 年，于西属撒哈拉沙漠的当地法院，与荷西公证结婚。在沙漠时期的生活，激发她潜藏的写作才华，并受当时《联合报》主编的鼓励，作品源源不断，并且开始结集出书。第一部作品《撒哈拉的故事》在 1976 年 5 月出版。1979 年 9 月 30 日夫婿荷西因潜水意外事件丧生，她回到台湾。1981 年，三毛决定结束流浪异国 14 年的生活，在国内定居。同年 1 月，《联合报》特别赞助她往中南美洲旅行半年，回来后写成《万水千山走遍》，并作环岛演讲。之后，三毛任教文化大学文艺组，教小说创作、散文习作两门课程，深受学生喜爱。1984 年，因健康关系，辞卸教职，而以写作、演讲为生活重心。1989 年 4 月首次回大陆家乡，发现自己的作品在大陆也拥有许多的读者。1990 年从事剧本写作，完成第一部中文剧本，也是她最后一部作品《滚滚红尘》。1991 年 1 月 4 日清晨去世，享年 48

岁。三毛热爱祖国。她很早就提出“两岸不能再分离了”。1985 年，她在一个几千人参加的演讲会上唱了中华人民共和国国歌《义勇军进行曲》。她是在台湾第一个把《义勇军进行曲》公开唱出来的人。唱后台下一片肃静，许多人替她担心。三毛对大陆文化名人张乐平、姚雪垠、贾平凹、王洛宾等有着非同一般的友谊。1989 年，三毛到上海与画家张乐平相见，认画家为“爸爸”。她用上海话告诉画家：“我 3 岁多就离开了上海，那时我刚懂事，看的第一本书就是《三毛流浪记》，那个到处流浪、永远也长不大的男孩对我影响可大了。许多年以后，当我在异国他乡写第一本书的时候，我就取笔名用了‘三毛’这个名字。”三毛写过一首《橄榄树》：“不要问我从哪里来，我的故乡在远方，为什么流浪，流浪远方……”这首歌在台湾被禁唱了十几年，因为当局认为歌词中“远方”指的就是中国大陆。1990 年 12 月，三毛编剧的电影《滚滚红尘》参加台湾金马奖角逐，夺取 8 项大奖，却没有三毛的最佳原著编剧奖。《滚滚红尘》引起台湾某些当权者的愤怒：“刻意歌颂中共、肆意攻击政府、丑化国军……”有人认为，三毛有可能因此成为政治牺牲品。《三毛死于谋杀》一书对三毛死因的各种猜测，比如绝症无望说、孤单寂寞说、为情所困说、没有能力说及自杀情结说等，都一一予以驳斥。书中还引用了 10 位著名人士对三毛的谈论，认为三毛死得怪异、突然，她没有理由自裁。把三毛的死解释成自杀是对她的不公平，甚至是对她人格的污辱。

《哑奴》这篇文章，主要讲述的是三毛、荷西与一名黑人奴隶相交的故事。三毛和她的丈夫荷西在西属撒哈拉生活，因为荷西是西班牙裔的，而撒哈拉正是西班牙的殖民地。三毛在撒哈拉居住时期结识一个奴隶，奴隶虽然是个哑巴，但却博学且心灵手巧，有一颗向往自由的心，并且有一个温暖的家。三毛深深地为他感动，把他看做自己的朋友，时不时给他一些物质上的帮助，而哑奴更是一个知恩图报的人，总默默回报着三毛。可是正因为他的心灵手巧最终导致他被卖到远方。三毛想救他却是心有余而力不足。通过这边文章三毛意在表示奴隶也是人，并且是善良聪慧的人，也反映了她对当地奴隶制度的不满和鄙夷。故事中的哑奴很贫穷，贫穷到连身体都不属于自己。奴隶在撒哈拉受到的待遇连牲畜都不如，仅仅因为肤色的不同，他们就要接受别人的奴役、轻视和谩骂。这在我们看来是残忍的，可是这确确实实是事实。就是这样一个贫穷、身有残疾的奴隶，尽量去回报友好对待他们的三毛和荷西，这与许多知恩不报和恩将仇报的人相比，哑奴是高尚的。而不以哑奴的地位卑微而友好对待他的人也值得我们赞扬。

哑奴是一个奴隶，一个聪明的奴隶，于我们来说，他更像是一个圣人，一个生错了家庭的圣人，善良，朴实。奴隶，也许是多么遥远的一个字眼，我们的概念里也许不曾出现。用三毛的话说，一个连自己的身体都无法拥有的人，却有一颗自由飞翔的心。三毛夫妇和哑奴一家人的友谊是让人心酸的。

为何善良总会被欺压？为何压榨总是把苦命的人儿都囊括其中？

三毛无疑有一颗充满着爱的心，连同荷西，两个招人喜欢的人。读者是喜欢三毛的，喜欢她的真，喜欢她的善，喜欢她优雅的文字，喜欢她的可爱，喜欢她的执著和梦想。在遥远不知距我们几万里之外的西属撒哈拉，有一个叫做沙哈拉威的部族，认识他们是在读了三毛的作品后。本来这些人与我们无任何相干，即使他们吝啬、自私、无理、蛮横……可这一切和我们又有什么关系呢？但读了三毛的《哑奴》之后，让我们对这群喝奴隶血来养尊处优的吸血虫们有了一种由心底涌出的憎恨，我们憎恨社会的不公，憎恨这一可恶的制度怎么在现代文明社会中还依然存在，憎恨为什么上天总是把权柄和强大授予那些恶魔却让本性善良的人惨遭蹂躏。《哑奴》中的那个沙哈拉威财主拥有二百多名奴隶，他可以把这些奴隶出租给西班牙人去筑路，然后在家里坐享其成。一个小小的土财主就可以蓄养二百多名奴隶，那么那些当地的部落酋长乃至国王呢？他们又有多少可以为他们赚钱的工具呢？古罗马人把工具分为三种：一种是哑巴工具，是指我们劳作使用的各类器具；另一种是半哑巴工具，是指代替我们人力的那些牲畜，他们会叫但不懂人言，故而为半哑巴工具；第三种就是会说话的工具，就是从战争中源源不断俘获的奴隶。沙哈拉威人就是用武力把本来生活在属于自己土地上的那些土著黑人捉来，然后成了自己的生财之树。《哑奴》中的这个沙哈拉威财主住着豪华的居室，拥着四个娇艳的太太，过着奢华无度的生活，对他们这些来自于西班牙本土却又四处打工的宗主们极尽了傲慢。他们心安理得地享受着由他们捕获的奴隶们用生命血汗换来的大把金钱，他们也可以用自己的强大资金去影响已迈向高度文明的西班牙人而又使西班牙人无能为力。在读《哑奴》时，倍感震惊的是：

之一，文明蒙羞。西班牙是最早开始探索新航路并进行殖民贸易的国家，是依靠掠夺奴隶和殖民地人民而积累起了原始资本并成为现代发达国家的。提起现代的西班牙，人们印象中自然是那高高扬起利剑的斗牛士，是弗拉门戈舞者快速旋转的裙裾，是佐罗在敌人胸口划下的“Z”字伤痕，是堂吉诃德决战的风车，是地中海耀眼阳光下的沙滩美女……现代西班牙的高度发达和西属撒哈拉的野蛮落后形成强烈的对比，这其实都不足为奇，惊讶的是那些有着现代文明熏陶和文化教养的西班牙女人竟然也是那样的野蛮，甚至还有着“我们也弄几个来养”的思想，这不仅叫人惊讶其实已经让人觉得可怕了。那几个西班牙女人在小黑奴手忙脚乱之际，还一个劲地挑三拣四地为难小黑奴，甚至颐指气使，恨不能把在人间所有的繁华一日享尽，三毛觉得和她们在一起是一种耻辱，读者也觉得是一种对文明的蒙羞。

之二，非人的处境善良依旧，富贵尊宠却泯灭人性。无论哑奴的儿子小黑奴还是哑奴本人，都遭受着非人的待遇。哑奴已经被捉多年为奴多年，自己的儿子以及家里正在长大的孩子的命运从出生就已注定，哑奴也可能想过摆脱想过逃跑想过寻求自由，可一次次地失败一次次地被捉又一次次惨遭毒打之后，哑奴顺从了命运的安排。这么多年来，哑奴肯定怨恨过，也肯定诅咒过，在他眼界所及，没有人把他们这些奴隶当做人，也没有人还记得他们也是和我们一样的“人”，甚至哑奴自己也已承认了这一现状。然而，当三毛善待小黑奴时，这个从出生可能就受人白眼的奴隶的儿子也是现在的奴隶，竟然能响应三毛的善良，能感激三毛的善良，这实属不易了。当三毛和荷西把哑奴也当做朋友，当做一个和我们平等的人看待时，哑奴那颗被压抑了多年的人性之心又复活了，这真是难得。只是三毛所有的这一切善举对于哑奴而言只是昙花一现，当哑奴再次被绳索紧紧地捆住的时候，哑奴自己可能都觉得自己刚刚做了一场让自己都难以置信的梦。和三毛的善举相反，在哑奴给另一个沙哈拉威人家里砌墙的时候，这个丧尽天良的沙哈拉威人竟然把从军营里要来给山羊吃的又黑又硬的旧面包当做哑奴一天劳作的果腹之物，他们的人性他们的富有在这时被再一次羞辱了，他们在把别人没当人的时候，其实也让别人把他们没当做人了。他们做人，真的不成功。

之三，一贫如洗的慷慨和富可敌国的吝啬。奴隶可以说是一无所有，他们除了自身的技能外，可以说是别无长物一贫如洗。即使如此，哑奴也不忘感恩。更可贵的，是哑奴在得知是三毛给儿子钱，而归还时三毛又拒绝不收时，哑奴一是千恩万谢，再是把自己也舍不得吃甚至根本没吃过的一颗生菜送到了三毛的门口，这个被他身边所有人都歧视的哑奴，他那久已尘封麻木的善良又重新被唤了醒来。用三毛的话说，“我们在这一带每天借送无数东西给沙哈拉威邻居，但是来回报我的，却是一个穷得连身体都不属于自己的奴隶。”相较之下，三毛的那份感动自是天成了。哑奴可谓是贫穷的，贫穷到连自己的人身自由都不能自己说了算，连自己的家庭自己的妻儿的生命安全都不能保障；但哑奴又是富裕的，这个距离我们万里之遥的哑奴自从经三毛之手走出非洲之后，吸引了多少目光，让多少人为之牵肠挂肚。那些沙哈拉威人，可以用自己的富有去影响国会的决议，但他们却连奴隶最起码的亲情都不愿意给予，他们的这种残忍又让我们所有人都鄙视厌恶甚至憎恨。真不愿意与他们为伍，真不愿意把他们也称之为“人”，这其实对于我们而言也是一种耻辱了。哑奴最终还是没能摆脱失去自由失去亲人的命运，当那个已是花白头发的哑奴最后被捆在车上卖往他处时，他的妻子和两个孩子紧紧相偎于风中，无力无奈又无助地看着自己的亲人被捆绑着消失在野外时，那种痛彻心扉的感觉，有几人能懂啊？他也不知被转手了多少个主人，不知经历过多少悲欢离合，不知有过多少次生死考验，可我们却没有看到哑奴有一丝的恨，这是一个不能主宰自己命运的奴隶素有的善良，这种习惯性如待宰羔羊式的顺从，却更让人觉得可怜可叹又可同情了。读至此，我们也早已双眼朦胧泪眼欲滴了。读林肯的《解放黑人奴隶宣言》以及马丁·路德金的《我有一个梦想》的时候，如还不甚明了，那么读了三毛的《哑奴》之后，就会真正明白自由对于一个没有人身自由的奴隶而言意味着什么。

《游园惊梦》：遗民孑孓泪洒孤岛
人世坎坷园中惊梦

白先勇（1937年7月11日—），回族，台湾当代著名作家，生于广西桂林。中国国民党高级将领白崇禧之子。白先勇7岁时，经医诊断患有肺结核，不能就学，因此他的童年时间多半独自度过。抗日战争时他与家人到过重庆、上海和南京，后来于1948年迁居香港，就读于喇沙书院。1952年移居台湾。1956年在建国中学毕业后，由于他梦想参与兴建三峡大坝工程，以第一志愿考取台湾省立成功大学（今"国立"成功大学）水利工程学系。翌年发现兴趣不合，转学国立台湾大学外国文学系，改读英国文学。1958年，他在《文学杂志》发表了第一篇短篇小说《金大奶奶》。两年后，他与台大的同学欧阳子、陈若曦、王文兴等共同创办了《现代文学》杂志，并在此发表了《月梦》、《玉卿嫂》、《毕业》等小说多篇。1962年，白先勇的母亲马佩璋去世。据他的自传文章《蓦然回首》提及，母亲下葬后，按回教仪式走了四十天的坟，第四十一天，便出国飞美了。母亲去世后，他飞往美国爱荷华大学的爱阿华作家工作室学习文学理论和创作研究，当时父亲白崇禧也来送行，也是白与父亲最后一次会面。关于母亲的去世，他感受到母亲一向为白马两家支柱，遽然长逝，两家人同感天崩地裂，栋毁梁摧。于1964年发表《芝加哥之死》，是他的转型之作。夏志清称此文在文体上表现的是两年中潜心修读西洋小说后的惊人进步，而象征方法的运用和主题命意的扩大，表示白先勇已进入了新的成熟境界。1965年，取得爱荷华大学硕士学位后，白先勇到加州大学圣塔芭芭拉分校教授中国语文及文学，并从此在那里定居。他在1994年退休。1999年11月1日发表《养虎贻患——父亲的憾恨（1946年春夏间国共第一次四平街会战之前因后果及其重大影响）》（台北《当代》第147期）一文，为父亲白崇禧立传。今天白先勇的家族大多居住在台湾。白先勇出版有短篇小说集《寂寞的十七岁》、《台北人》、《纽约客》，散文集《蓦然回首》，长篇小说《孽子》等。白先勇吸收了西洋现代文学的写作技巧，融合到中国传统的表现方式之中，描写新旧交替时代人物的故事和生活，赋予历史兴衰和人世沧桑感。2004年，由中国广西师范大学出版社出版了他的一部作品集《青春·念想——白先勇自选集》，以及新作《姹紫嫣红牡丹亭》。白先勇喜爱中国地方戏曲昆曲如《牡丹亭》，对于其保存及传承，亦不遗余力。

白先勇在小说《游园惊梦》中有意识地采用了叙事学方法及互文性思路。小说在外视角叙述中加入局部人物的内视角，并把两种叙述视角相互结合、穿插，进而通过内视角的回顾性叙事，自然转入意识流中的诗意表达。与此同时，中国文学的丰厚传统给予作品互文性以极大便利，并营造了“人在戏中，戏在戏中”等多方面的艺术效果。由此，又构成了梦醒时分的宽阔的阐释空间。白先勇的小说《游园惊梦》是《台北人》系列小说中的一篇，完成于1966年。1981年改编成同名舞台剧，在美国和台湾演出均获得巨大成功。忠实于小说的意蕴，又配以演员出色的表演、优美的音乐以及服饰、舞美，共同构成了一个凄美哀婉的世界和一个人或一群人梦醒时分的痛苦。小说《游园惊梦》已经成为汉语读者非常喜爱的文学经典。

1. 叙述角度的自如转换与意识流手法中的诗意表达

由于中国传统白话小说脱胎于话本而擅长于叙述，其叙述视角基本采用第三人称全知视角。叙述、描写、议论、抒情自然地融合于无所不知的叙述者。这个叙事传统滋养了古代小说家，也为现代小说家所娴熟。白先勇既充分地继承传统叙述的自如便捷，又富有创造性地拓展了叙述视角，达到了传统手法与现代手法的圆融，突出体现于三个层次叙述的递进。

第一个层次，《游园惊梦》在第三人称叙述视角中加入局部人物的第一人称视角，并且两种叙述视角互相结合、穿插。这个特点主要体现在小说开头和前半部分。小说开篇，叙述者面对一群军界官员和将军夫人们，这些人大多经由南京、上海来到台湾，空间在时间的隧道中变迁，其间荣辱盛衰、人世更替、生离死别，有很多撕心裂肺的故事，只有采用俯视角的第三人称叙述，才能统观审视和把握。人的心理世界和感情线索对于小说太重要了，白先勇深得个中三昧。因此，他不满足于对时代风云变幻的客观记录，他需要进入人物心理和感情深处，以理解人生、爱情乃至人世。如何解决既有俯视角的历史叙述，又有感情和心理的深度描绘这个难题？在第三人称俯视角叙述中穿插人物视角的局部叙述，成为作家的艺术选择。西方经典叙事学认为，第三人称叙述同时可以具有“外视角”与“内视角”。作为“内视角”的人物的眼光往往较为主观，带有偏见和感情色彩，而作为“外视角”的故事外叙述者的眼光则通常较为冷静。所以窦夫人桂枝香大宴宾客，邀请昔日得月台唱昆曲的各位姐妹们，这个起笔就采用了俯视角。引出了钱夫人后，叙述视角便转为钱夫人这个内视角：“窦公馆的花园十分深阔，钱夫人打量了一下，满园子里影影绰绰，都是些树木花草，……钱夫人一踏上露台，一阵桂花的浓香便侵袭过来了……”在窦夫人指引下，钱夫人一一见过诸位客人，这些客人也都是从钱夫人眼光看到和接触到的。这个视角非同一般，钱夫人经历过荣华富贵，见识过各种公馆，窦公馆自然地被置于比较视野中。至于这些客人，有南京时的旧相识，比如天辣椒蒋碧月，赖夫人、刘副官等，也有在台北兴起来的新人，比如徐经理徐太太，程参谋等，新人与旧人同时处于一个场合，从经历了历史变故的钱夫人眼光看出去，引发的感慨当然具有特殊的意义。第二个层次，钱夫人出场后，虽然没有“我”这样的标志性第一人称叙述者出现，但是因为频繁地采用钱夫人视角，实际上已经采用故事中人物的眼光来叙事了。于是，叙述视角发生了一个重要变化，即出现了叙事学所指出的第一人称回顾性叙事。在这种回顾性叙事中“通常有两种眼光在交替作用：一为叙述者‘我’追忆往事的眼光，另一为被追忆的‘我’正在经历事件时的眼光”。如果我们将从钱夫人眼光看到和感觉到的认作是第一人称回顾性叙述，就会发现，钱夫人确实在追忆，现场的人、景物和氛围都是勾起她回忆的条件。但钱夫人如今所知肯定会比当年在南京时所知的要多，她在追忆，也在重新回到当时的体验。比如，客人们都到齐了，窦夫人来请大家入席，人们推让着，窦夫人让钱夫人先坐下。这时“钱夫人赶忙含糊地推辞了两句，坐了下去，一阵心跳，……倒不是她没经过这种场面，好久没有应酬，竟有点不惯了。从前钱鹏志在的时候，筵席之间，十有八九的主位，倒是她占先的。钱鹏志的夫人当然上座，她从来也不必退让……可怜桂枝香那时出面请客都没份儿，连生日酒还是她替桂枝香做的呢。到了台湾，桂枝香才敢这么出头摆场面，……”这样的追忆连带着也传达出了当年的体验，这个视角具有比较和引起伤感的功能。第三个层次，意识流叙述线索。钱夫人的人物视角叙事，仿佛在积蓄力量，当酒力上来，钱夫人的感情也蕴积到相当程度时，意识流呼之欲出：完全中断窦公馆宴请宾客唱昆曲的现实线索，在钱夫人意识流动中回到当年在南京酒席清唱会的情境中去。《游园惊梦》的圆熟精致的艺术风格在很大程度上得益于后半部分采用意识流手法且转换自然。在窦公馆豪华铺排的宴席上钱夫人多喝了几杯花雕，又受到天辣椒的刺激，眼前景象唤起了当年在南京清唱会的景象，天辣椒如何对待她的亲姐姐桂枝香，勾起了在南京清唱聚会上发现自己亲妹妹与自己情人郑彦青郑参谋的私情的回忆，于是，她一阵急怒，哑了嗓子。此刻，由于听到《游园惊梦》，触景生情，心理上又重新经历了一次她一生中最痛苦的经验……以往经验和眼前情境所形成的合力唤起并且推动了钱夫人的意识流动：第一，原本是窦夫人宴请的场面与故事，现在变成了眼前的窦公馆故事和当年钱夫人在南京酒筵清唱会上故事的重叠。两个时间横断面上的两个故事，在钱夫人意识流中重叠在一起。读者阅读过程不断地辨析两个故事，实质是给自己讲故事。他们理解了两个故事的关系，也就理解两个故事重叠的深层含义。第二，借助于意识流手法捕捉到了昆曲的旋律。文本中意识流动中仿佛起到灵魂一样作用的是音乐，这不仅表现在不断地出现《山坡羊》、《皂罗袍》等各种曲牌名字和《牡丹亭》里的唱词，而且表现在意识的流动完全随着音乐旋律而前行，读者捕捉到了音乐旋律，也就对于钱夫人意识中的丰富复杂的内容有了理解，而理解钱夫人意识中的丰富内涵，也就欣赏了昆曲艺术。第三，钱夫人的意识流将情绪引向高潮，在文本中自然地形成了跌宕起伏的效应，一个圆熟、和谐并且具有波澜之美的艺术品就这样臻于完成了。

重要的不是作家采用了意识流手法，而是如何采用意识流手法。以上三个层次交错和递进，可以看做是作家将意识流置于其他叙述手法的和谐使用中。又因为其中的情绪和感情似乎都被中国传统文化所浸透了，所以，《游园惊梦》成功地采用意识流手法，得益于将意识流的内容放在中国传统文化丰富内涵的平台上，与中国传统文学、文化互相交融，这就涉及这个文本的"互文性"问题了。

2. 中国文学的丰厚传统造就了优秀的"互文性"小说艺术

采用"互文性"方法分析《游园惊梦》，是探寻这个文本艺术价值的另一条路径。小说中互文现象频频出现。题目是借用了《牡丹亭》五十五出戏之一的《惊梦》及剧中游后花园的情节，其实也是直接借鉴昆曲《游园惊梦》的题名；小说描写的酒宴、唱昆曲的情节和传统剧目《贵妃醉酒》有情节的相似之处；钱夫人和钱将军的婚姻，以及情节中穿插的钱夫人、程参谋、天辣椒蒋碧月等谈论表现曹子建和宓妃爱情的戏曲《洛神》，与随从参谋的恋情等情节，都与曹植《洛神赋》描述的浓郁爱情意蕴有相似之处，有弦外意味；引用的一些曲牌名，比如《夜深沉》《将军令》《万年欢》《点绛唇》等也都与情节、人物的感叹有多向的微妙联系，都可以直接或者间接形成引喻。在作品构成与艺术价值形成中起到了怎样的作用呢?

（1）人物关系与"互文性"。人物观和功能观是传统小说观和结构主义小说观的根本区别之一。比如，主张人物观的福斯特在《小说面面观》中基本在故事层讨论小说，他关注的主要问题是：故事、情节、人物、幻想、预言、布局和节奏等，对小说叙述规律探讨很少。确实，传统文学批评在人物关系的理解上，基本落脚于情节结构方面，认为人物是中心，也是推动情节发展的动因。功能观则强调人物在整个文本结构中可能起到的作用，这启发了我们，能否在人物关系中发现其他艺术功能呢？比如在互文中发现其他功能？钱夫人是小说中最主要人物，她与宴会主人窦夫人以及窦夫人的亲妹妹天辣椒蒋碧月，构成了一个有共同在南京得月台唱昆曲的过去，也有再聚首的今天；她们不是一般的相识，是地位此起彼伏的旧友新知；特别是在嫁人这个重要人生转折点，她们形成人生纠葛。她们的相互关系是在时间隧道中逐步纽结而成的。在故事的现在进行时中，又频频以姊妹相称，这种鼎足三立的人物关系，自然形成"三姊妹"的外观印象。在人物构成和悲凉命运等方面，契诃夫的《三姊妹》与白先勇的《游园惊梦》极为相似，"三姊妹"似乎可以成为覆盖这类人物关系及人生意味的意象，只不过《游园惊梦》中的三姊妹故事时间与空间的变迁让意蕴更复杂而已。《游园惊梦》对于《三姊妹》的关联方式是极为隐蔽的，或者说是借助于《三姊妹》已经在读者心目中产生的意义而强化和播散《游园惊梦》自身的意义。由此，我们发现人物结构不仅推动情节发展，而且已经成为模式，并且在互文关系中产生寓意。

（2）因互文所产生的“戏中戏”艺术效果，丰富和深化了作品意义。《游园惊梦》穿插的古典文学名篇大多为戏剧，并且已与文本形成和谐整体，意义互为指涉。人在戏中以及戏在戏中的互文性，引发读者宿命般的梦幻感和悲剧再世等艺术感觉。最突出的是与汤显祖《牡丹亭》的互文性关系。《牡丹亭》是一则爱情征服死亡、超越时空的故事，也是我国浪漫文学传统的里程碑式作品，其中《惊梦》一折，到达了抒情诗的巅峰。小说中叙述到大家开始唱昆曲的时候，徐太太唱的是昆曲《游园惊梦》中的《游园》，唱到了“皂罗袍”：“原来姹紫嫣红开遍/似这般都付与断井颓垣/良辰美景奈何天/便赏心乐事谁家院——”此时钱夫人流动的意识中回忆起当年在清唱会上自己的复杂感情，那时也是这段唱腔，“杜丽娘唱的这段‘昆腔’便算是昆曲里的警句了。连吴声豪也说：‘钱夫人，您这段《皂罗袍》便是梅兰芳也不能过的。可是吴声豪的笛子却偏偏吹得那么高’”。这段《皂罗袍》是引发钱夫人各种思绪和意识流动的关键内容，也是文本挥发丰富意蕴的点睛之笔。“谁家院”已经超出了《牡丹亭》本身的具体情境而具有了形而上的意味：一切繁华富贵、一切赏心乐事都是飘移不定的，不是永久地属于哪个人哪个家庭的。多年前南京清唱会上钱夫人早已体悟了一次其中的意味，现在经历了世事沧桑变迁之后回忆起来，这一切，连带钱夫人本人，又一次被置于戏中，《牡丹亭》的故事意蕴重新被提示出来，又与眼下钱夫人的感慨相互契合。确实，赏心乐事，究竟属于谁家的？还很难说呢！当年桂枝香连请生日酒都没有资格，还是钱夫人替她摆的酒筵，可是现在桂枝香却能如此排场地大宴宾客，今天的桂枝香也许就是明天的钱夫人。“姹紫嫣红开遍”也好，“良辰美景”也好，“赏心乐事”也好，都不固定地属于哪个地点，哪个时间，哪个人家，形而上意味在“戏中戏”中进一步被强化。

《游园惊梦》的互文性现象，从细处说，包括以上所说各种词曲牌名，各个传统剧目的名字，以及中国的神话传说等，其他文本与该文本形成一个纵横交错的网，互相渗透，互借其义，互相指涉。从大处说，则直接继承和延续了中国古典小说戏曲的精神脉络。白先勇自己曾经对这个继承做过说明，指出了以往文学的精神继承。他说：“曹雪芹用《西厢记》来暗示宝玉与黛玉的爱情，用《牡丹亭》来影射黛玉夭折的下场。利用戏曲穿插，来推展小说故事情节，增强小说主题命意，这是《红楼梦》重要的叙事技巧之一。”李欧梵也曾描述过这种精神脉络：“《游园惊梦》是现代小说，再上面是《红楼梦》，再上面是《牡丹亭》。”无论从细处，还是从大处，都共同概括了《游园惊梦》互文性现象。可以说，《游园惊梦》为文学理论提供了互文性的典型范本。

《乡愁》：一壶浊酒写乡愁　长歌啸吟两岸忧

小时候，/乡愁是一枚小小的邮票，/我在这头，/母亲在那头。//长大后，/乡愁是一张窄窄的船票，/我在这头，/新娘在那头。//后来啊，/乡愁是一方矮矮的坟墓，/我在外头，/母亲在里头。//而现在，/乡愁是一湾浅浅的海峡，/我在这头，/大陆在那头。

余光中，当代著名诗人和评论家。祖籍福建省永春县桃城镇洋上村，1928 年生于江苏南京，1946 年考入厦门大学外文系。1947 年入金陵大学外语系（后转入厦门大学），1948 年发表第一首诗作，1949 年随父母迁香港，次年赴台，就读于台湾大学外文系。1952 年毕业于台湾大学外文系。1959 年获美国爱荷华大学艺术硕士学位。先后任教台湾东吴大学、师范大学、台湾大学、政治大学。其间两度应美国国务院邀请，赴美国多家大学任客座教授。1953 年 10 月，与覃子豪、钟鼎文等共创“蓝星”诗社及《创世纪》诗刊，致力于现代主义诗歌创作。现在台湾居住，任台湾中山大学文学院院长。主要诗作有《乡愁》、《白玉苦瓜》、《等你，在雨中》等；诗集有《灵河》、《石室之死》、《余光中诗选》等；诗论集有《诗人之境》、《诗的创作与鉴赏》等。其中《乡愁》一诗，因为形象而深刻抒发了游子殷切的思乡之情并富有时代感而受到人们的喜爱和赞赏。他的诗，兼有中国古典文学与外国现代文学之精神，创作手法新颖灵活，比喻奇特，描写精雕细刻，抒情细腻缠绵，一唱三叹，含蓄隽永，意味深长，韵律优美，节奏感强。他因此被尊为台湾诗坛祭酒。他的诗论视野开阔，富有开拓探索的犀利朝气；他强调作家的民族感和责任感，善于从语言的角度把握诗的品格和价值，自成一家。

余光中是个复杂而多变的诗人，他变化的轨迹基本上可以说是台湾整个诗坛三十多年来的一个走向，即先西化后回归。在台湾早期的诗歌论战和 70 年代中期的乡土文学论战中，余光中的诗论和作品都相当强烈地显示了主张西化、无视读者和脱离现实的倾向。如他自己所述，“少年时代，笔尖所染，不是希顿克灵的余波，便是泰晤士的河水。所酿业无非一八四二年的葡萄酒。”80 年代后，他开始认识到自己民族居住的地方对创作的重要性，把诗笔“伸回那块大陆”，写了许多动情的乡愁诗，对乡土文学的态度也由反对变为亲切，显示了由西方回归东方的明显轨迹，因而被台湾诗坛称为“回头浪子”。从诗歌艺术上看，余光中是个“艺术上的多妻主义诗人”。他的作品风格极不统一，一般来说，他的诗风是因题材而异的。表达意志和理想的诗，一般都显得壮阔铿锵，而描写乡愁和爱情的作品，一般都显得细腻而柔绵。其文学生涯悠远、辽阔、深沉，为当代诗坛健将、散文重镇、著名批评家、优秀翻译家。现已出版诗集 21 种，散文集 11 种，评论集 5 种，翻译集 13 种，共40余种。著有诗集《舟子的悲歌》、《蓝色的羽毛》、《钟乳石》，《万圣节》、《白玉苦瓜》等十余种。余光中的诗文创作及翻译作品，由北京人民日报出版社、广州花城出版社、长春时代文艺出版社、安徽教育出版社等15家出版社先后出版。余先生同时又是资深的编辑家，曾主编《蓝星》、《文星》、《现代文学》等重要诗文刊物。并以总编辑名义主编台湾1970—1989《中华现代文学大系》共15册（小说卷、散文卷、诗卷、戏剧卷、评论卷）。余光中在台湾与海外及祖国大陆文学界享有盛誉。他曾获得包括《吴三连文学奖》、《中国时报奖》、《金鼎奖》、《国家文艺奖》等台湾地区所有重要奖项。多次赴欧美参加国际笔会及其他文学会议并发表演讲。也多次来祖国大陆讲学。如1992年应中国社会科学院之邀演讲《龚自珍与雪莱》；1997年长春时代文艺出版社出版其诗歌散文选集共7册，他应邀前往长春、沈阳、哈尔滨、大连、北京五大城市为读者签名。吉林大学、东北大学颁赠客座教授名衔。中央电视台春节联欢晚会曾朗诵演出他的名诗《乡愁》。中央电视台《读书时间》、《东方之子》等栏目曾专题向国内观众连续推荐报导余光中先生，影响很大。海内外对余光中作品的评论文章，大约在一千篇左右。专论余光中的书籍，有黄耀梁主编，分别由台湾纯文学出版社与九歌出版社出版的《火浴的凤凰》、《璀璨的五彩笔》；四川文艺出版社出版的《余光中一百首》（流沙河选释）等5种。传记有台湾天下远见出版公司出版，傅孟君著《茱萸的孩子——余光中传》。其诗集《莲的联想》，1971年由德国学者译成德文出版。另有不少诗文被译成外文在海外出版。余光中先生热爱中华传统文化，热爱中国。礼赞“中国，最美最母亲的国度”。他说：“蓝墨水的上游是汨罗江”，“要做屈原和李白的传人”，“我的血系中有一条黄河的支流”。他是中国文坛杰出的诗人与散文家，他目前仍在“与永恒拔河”。呼吸在当今，却已经进入了历史，他的名字已经显目地镂刻在中国新文学的史册上。文学大师梁实秋评价他“右手写诗，左手写散文，成就之高一时无两”。

“从21岁负籍漂泊台岛，到小楼孤灯下怀乡的呢喃，直到往来于两岸间的探亲、观光、交流，萦绕在我心头的仍旧是挥之不去的乡愁。”谈到作品中永恒的怀乡情结和心路历程时他说，“不过我慢慢意识到，我的乡愁现应该是对包括地理、历史和文化在内的整个中国的眷恋。”60年代起余光中创作了不少怀乡诗，其中便有人们争诵一时的“当我死时，葬我在长江与黄河之间，白发盖着黑土，在最美最母亲的国土。”回忆起70年代初创作《乡愁》时的情景，余光中时而低首沉思，时而抬头远眺，似乎又在感念着当时的忧伤氛围。他说：“随着日子的流失愈多，我的怀乡之情便日重，在离开大陆整整20年的时候，我在台北厦门街的旧居内一挥而就，仅用了20分钟便写出了《乡愁》。”余光中说，这首诗是蛮写实的：小时候上寄宿学校，要与妈妈通信；婚后赴美读书，坐轮船返台；后来母亲去世，永失母爱。诗的前三句思念的都是女性，到最后一句我想到了大陆这个“大母亲”，于是意境和思路便豁然开朗，就有了“乡愁是一湾浅浅的海峡”一句。余光中在南京生活了近10年，紫金山风光、夫子庙雅韵早已渗入他的血脉；抗战中辗转于重庆读书，嘉陵江水、巴山野风又一次将他浸润。离开大陆时已经21岁。受过传统《四书》、《五经》的教育，也受到了五四新文学的熏陶，中华文化已植根于心中。余光中说，如果乡愁只有纯粹的距离而没有沧桑，这种乡愁是单薄的。《乡愁》是台湾同胞、更是全体中国人共有的思乡曲，随后，台湾歌手杨弦将余光中的《乡愁》、《乡愁四韵》、《民歌》等8首诗谱曲传唱，并为大陆同胞所喜爱。余光中说：“给《乡愁四韵》和《乡愁》谱曲的音乐家不下半打，八十多岁的王洛宾谱曲后曾自己边舞边唱，十分感人。诗比人先回乡，该是诗人最大的安慰。”

《错误》：一个非常美丽的错误
千缕纠结不解的相思

我打江南走过/那等在季节里的容颜如莲花的开落//东风不来，三月的柳絮不飞/你的心如小小寂寞的城/恰若青石的街道向晚/跫音不响，三月的春帷不揭/你的心是小小的窗扉紧掩//我达达的马蹄是美丽的错误/我不是归人，是个过客……

郑愁予，1956年参与创立现代派诗社，1958年毕业于台湾中兴大学，曾在基隆港务局任职。1968年应邀参加爱荷华大学的“国际写作计划”，1970年入爱荷华大学英文系创作班进修，获艺术硕士学位。重要诗作包括《梦土上》、《衣钵》、《窗外的女奴》、《郑愁予诗选集》、《郑愁予诗集Ⅰ》、《燕人行》、《雪的可能》、《莳花刹那》、《刺绣的歌谣》、《寂寞的人坐着看花》等14种。诗集《郑愁予诗集Ⅰ》被列为“影响台湾三十年的三十本书”之一。诗人在80年代曾多次选为台湾各文类“最受欢迎作家”，名列榜首。曾获青年文艺奖（1966）、中山文艺奖（1967）、中国时报“新诗推荐奖”（1968）及“国家文艺奖”（1995）。作品已有八种欧、亚文字译介。诗人思维敏捷，感慨殊深，融合古今体悟，汲取国内外经验，创作力充沛。他的诗作以优美、潇洒、富有抒情韵味著称，意象多变，温柔华美，自成风格。他的成名作《错误》（1954）在台湾首次发表时，因为该诗的最后一句“我达达的马蹄是美丽的错误/我不是归人，是个过客”，一时间整个台湾岛都在传诵“达达的马蹄”之声。

郑愁予的《错误》这首小诗，轻巧清隽，是一首至今仍脍炙人口的佳作。如果说，郑愁予的作品最能引起共鸣、最能打动人心灵深处的地方，莫过于美与情，那么《错误》这首诗可谓其中的佼佼者，为诗人奠定了他在台湾诗坛上不可忽视的地位和影响。

初看这首诗时，最先感受到的便是它的中国性。这是一首绝对的中国诗，是一首属于中国人的诗，讲着一个永恒、美丽的中国的故事。因此，这首诗的外壳虽标榜着学习西方技巧的现代派，但它所传达出的更深一层的中国传统意识是不可置疑的。《错误》一诗，承受的可说是中国古代宫怨和闺怨一类诗歌的传统。诗中主人公“我”骑着马周游江南，留下了独守空闺的女子，夜以继日地等待着、盼望着情人“我”的归来。然而女子痴痴的深情却只换来漫长又百般无聊的等待。所以，她的心“如小小的寂寞的城”，没有“东风”为她传递消息，没有满天飞舞的春天的“柳絮”；所以她的心是“小小的窗扉紧掩”，时刻留意着青石道上的“跫音”，甚至连帷幕也不揭开，去看看窗外花团锦簇的春景。刘禹锡《春词》中“新妆宜面下朱楼，深锁春光一院愁”与上述所咏的怨情似有异曲同工之妙，含蓄不露，又悠长深远。终于“我”回来了，达达的马蹄声对她而言是美丽的，因为日盼夜盼的心上人归来了，但转瞬间，这无限的喜悦变成了无限的失望。因为“我”只不过是过路罢了，而不是“归人”。这“美丽的错误”捉弄了她，就好像上天捉弄了她一样。或许，有些人会把诗中的“我”理解为浪子无家可归的悲哀，而这种理解也是未尝不可的。处在那个动荡时代的台湾人的心态是一种漂泊，等待着有一天能有个定位，他们在台湾岛上仅是一个过客，想着有一天能回到故乡，与亲人团聚。然而，由于政治缘故，他们的愿望不能实现，因而产生出失落惆怅之感。不过，如果尝试把郑愁予的其他诗作与《错误》相对比的话，不难找出有力的旁证。如郑愁予《情妇》中“我想，寂寥与等待，对妇人是好的”和“因我不是常常回家的那种人”两行，皆表现出女子深守闺中，等待主人公归来的主题。另一首诗《窗外的女奴》中“我是南面的神，裸着的臂用纱样的黑夜缠绕。于是，垂在腕上的星星是我的女奴”，亦透露了女子在冷清寂寞的悠长岁月中，空等着男子归来的凄凉心境。

《错误》这首诗共9行，94个字，篇幅不长，但所表现的艺术技巧不仅被人称道，更被人在口头上传诵。从结构上看，隐含着纵横两条线索。明显可见的纵线是自大景到小景，层次分明。开头两句先以广阔的江南为背景，再将镜头推移到小城，然后到街道、帷幕、窗扉，最后落在马蹄上及打破前面一片寂静的马蹄声。这种写法与柳宗元《江雪》中从“千山鸟飞绝”的大景，最后落墨在渔翁独钓江心的小景上的空间处理，颇有相似之处，将诗情层层推向高潮。从横线来看，开头两句应该是结尾，正是因为“我”从江南走至女子的处所也不进去，女子期盼的“容颜如莲花开落”，等待的炽情变成了心灰意冷。最后两句本应该是“我不是归人，是个过客”，所以“我达达的马蹄是美丽的错误”，在这里诗人用了一个小倒装句。这样的安排，造成了结构上的参差错落，因而更显得诗意盎然，在不协调中闪发出光彩。

这首诗另一动人之处是其语言之美，特别是“美丽的错误”数字。这句话原本就是矛盾的，“达达的马蹄”敲响在女子希望重逢的心灵深处，因而美丽。不过，这马蹄声仅仅从前面路过，并不为她的企盼而停驻，因而是个错误。这一起一伏，前后情景的逆转，产生了高度的戏剧性，更形成了清劲跌宕之势。若与此诗的中国性联想，又似王翰的“葡萄美酒夜光杯，欲饮琵琶马上催”所表现的意境。同时，郑愁予在诗中还运用了中国传统古典诗歌的意象，如“莲花”、“柳絮”、“马蹄”、“春帏”，特别是“东风”这一意象取李商隐《无题》中“相见时难别亦难，东风无力百花残”之意，乃表现郑愁予中国性的最根本所在。杨牧在《郑愁予传奇》的长篇文章说：“郑愁予是中国的中国诗人，用良好的中国文字写作，形象准确，声籁华美，而且绝对地现代的”，强调了郑愁予诗歌语言的中国化，从而体现了中国的思想与情感。

文字纯净是这首诗的另一个优点。郑愁予在谈论写诗技巧时，说：“写诗要忠诚，对自己诚，而不是唬唬人的，如果写的东西连自己都不确定，那就是不忠实。”因而郑愁予的《错误》强调纯净利落，清新轻灵，不在文字上玩弄游戏，或堆砌辞藻，竭力以最忠实的文字展示诗人最真实的感情。这是一首真实、真情的诗。《错误》至今仍能打动无数读者的心弦，我想最重要的因素不在于以辞藻取胜，而是以它内在的情感感动人。这种情感不伪装、不雕饰，在诗中使情景和谐一致，产生了意味不尽的艺术感染力。

“古代传统文化”、“现代传统文化”、“西方传统文化”，是“无名”创作状态下文化寻根的三条主干线索。其探寻搜求的触须，涉猎人类文明的方方面面。寻根文学创作，试图于其中挖掘出人类文明的精髓，以其规范人类文明前进发展的步伐。寻根文学对中国传统文化的继承，无疑起了一定的推动作用，同时很多寻根作家在创作时吸收了大量现代主义甚至后现代主义的表现方式，在促进中国文学自身的发展上功不可没。但寻根文学的局限也是十分明显的。大多数作家对文化概念的理解是以偏概全的，他们往往抓住某种民俗、习惯便刻意进行渲染，而忽略了对民族性的真正解剖。尤其是一些作家对现代文明的排斥近乎偏执，一味迷恋于挖掘那种凝滞的非常态的传统人生，缺乏对当代生活的关注与热情，从而导致作品与当代现实的疏离，这就造成了几年后寻根文学的衰微。

第七章 现代派文学：融融汇入全球文明星河的一缕晨曦

现代主义文学思潮主要作家作品

作　家	作　品	或人物或文意或诗情	备注
高行健	《绝对信号》	黑子、蜜蜂和小概火车上行窃	话剧
	《车站》		
	《野人》		
	《灵山》长篇		
	《一个人的圣经》长篇		
	《有只鸽子叫红唇儿》中篇小说集		
余　华	《活着》	福贵家珍一家贫贱夫妻百事哀	长篇
莫　言	《红高粱》	我爷爷我奶奶高粱地里逞英豪	中篇
	《透明的红萝卜》		
残　雪	《山上的小屋》	语言碎片堆砌的现代人的思想	短篇
	《饲养毒蛇的小孩》		
	《长发的遭遇》		
	《苍老的浮云》		
	《黄泥街》		
马　原	《冈底斯的诱惑》	神山神湖顿珠顿月曲珍央宗	短篇
	《西海无帆船》		
	《拉萨河女神》		
王　蒙	《布礼》		中篇
	《蝴蝶》		中篇
	《春之声》		短篇
	《夜的眼》		短篇
	《海的梦》		短篇
	《风筝飘带》		短篇

（续表）

作　家	作　品	或人物或文意或诗情	备注
宗璞	《我是谁》		
	《蜗居》		
	《泥沼中的头颅》		
扎西达娃	《系在皮绳扣上的魂》		
刘索拉	《你别无选择》		
陈　村	《少男少女，一共七个》		
洪　峰	《极地之侧》		
格　非	《边缘》		
刘索拉	《你别无选择》		
徐　星	《无主题变奏》		
刘毅然	《摇滚青年》		
苏　童	《妻妾成群》		
北　村	《施洗的河》		
孙甘露	《访问梦境》		

诗　歌

作　家	作　品	或人物或文意或诗情	备注
舒　婷	《致橡树》	勇敢抒发崭新的现代爱情宣言	
海　子	《面朝大海　春暖花开》	深厚博大的情怀感动几代读者	
	《姐姐》		
北　岛	《回答》		
食　指	《这是四点零八分的北京》	留恋母亲和城市文明，恐惧前方	
	《相信未来》		
顾　城	《一代人》		
梁小斌	《中国，你的钥匙丢了》		

现代派文学经历了近一个世纪的变化，流派纷呈，作家的政治、思想倾向也很不一致，但就其共性来说，有如下几点：（1）各流派都强调要表现“现代意识”，其中心就是危机感和荒谬感。因此，现代派文学的共同主题是表现现代人的困惑，反映西方资本主义世界的全面危机。（2）现代派文学对

垄断资本主义社会中人与社会、人与自然、人与人、人与自我四种基本关系的尖锐对立作了深刻的反映，表现了异化这一主题。（3）现代派文学是西方现代知识分子精神危机的自我表现，它深受唯心主义和非理性主义思潮的影响，具有虚无主义、神秘主义和悲观主义、个人主义的色彩。

现代派文学的艺术特征是：（1）象征性。现代派作品为探求人物的内心真实，着重表现难以直接描述的复杂多变的内心活动，借助意象，用暗喻、烘托、渲染等手法，把思想还原为知觉，使抽象的思想外化。（2）荒诞性。现代派作家通过非理性的极度夸张的形式，将现实与非现实糅合在一起，寓严肃于荒诞。以战后的计算机工业为标志的“第四次工业革命”把社会结构改组成一个庞大精密的机器，人成了由机器控制的动物。科学对世界和人的统治比过去任何时代都要残酷无情，人再也没有主体性可言。科学对人的压抑使人在生理和心理上都产生分裂，而“荒诞本质上是一种分裂”，当代人由于科学的异化而产生对世界和人的荒诞体验。荒诞形象具有一种特殊的概括力。（3）意识流。现代派作家热衷于挖掘人的潜意识，大量采用“内心独白”、“自由联想”的手法，表现人物意识“自然”流动状态，力求开掘人物心理的复杂性，扩大心理描写的范围，意识流技巧的目的是要深入人的精神活动，表现那种纷乱飘忽的思绪和感触，这种思绪和感触还没有经过严密的整理和组织，常常显得松散零乱，缺乏条理，不合逻辑。（4）意义的不确定性。由于该时期文学关注的社会准则问题长期陷入混乱，他们感到世界的意识只是部分的、暂时的、甚至是矛盾的，而且总会有争议，这样的社会已不适宜于明确的定义，因而该时期文学更侧重于探究那种混乱的多重复合意义。在艺术表现上他们常采用事实与虚构交织的拼凑、自相矛盾、不连续性、模糊性等方法来表现这个复杂多变、难于捉摸的世界。

具体到每一个流派，又有其自己的特点。（1）表现主义重在表现内在世界，要求突破事物的表象，其特征为：小说有抽象化，变形，时空的真幻错位，象征和荒诞的手法等。戏剧有面具的运用，注重声光效果等。表现主义小说的杰出代表是奥地利的卡夫卡，表现主义戏剧家有斯特林堡、奥尼尔等。（2）意识流小说是以表现人们的意识流动、展示恍惚迷离的心灵世界为主的小说。它以象征暗示、内心独白、自由联想等创作方法为主要特征。意识流小说家所运用的艺术手法因人而异，各有侧重，但有些艺术特征是共同的：①“作家退出小说”；②情节淡化；③大量的内心独白和自由联想；④时空交错和心理时间；⑤象征暗示和对比联想；⑥语言使用上的创新和变异，超出语法常规。代表作家是爱尔兰乔伊斯、英国伍尔夫、法国普鲁斯特、美国福克纳等。（3）荒诞派戏剧是20世纪50年代兴起于法国，尔后迅速风靡于欧美其他国家的一个反传统戏剧流派。它没有完整连贯的情节，没有戏剧冲突，舞台形象支离破碎，人物语言颠三倒四。它表现的世界是荒诞的，人生是痛苦的，人与人的关系是无法沟通的。其明显特征是：①荒诞、抽象的主题。“从广泛的意义上讲，荒诞派剧作家的作品与主题，都是人类荒诞处境中所感到的抽象的苦闷心理。”②支离破碎的舞台形象。荒诞派戏剧家认为“荒诞”是世界的本质，“非理性”是戏剧表现的核心内容。因此他们的作品刻意打破传统的戏剧常规，既无时空观念，又无戏剧结构的基本格局；既无性格鲜明的人物形象，又无扣人心弦的戏剧冲突，有的只是一群被世界压扁了的可怜虫。这些人举止荒诞怪异，语言颠三倒四，思维混乱不堪，毫无理智可言。③奇特怪异的道具功能。荒诞派戏剧作家提倡“纯粹戏剧性”，认为“艺术家通过直喻把握世界”，通过物体把戏剧人物的“局促不安加以外化，让舞台道具说话，把行动变成视觉形象”，道具使戏剧的“直观艺术”特点发挥到极限。荒诞派小说的代表是有卡夫卡。荒诞戏剧的代表作家是萨缪尔·贝克特、尤纳斯库等。（4）魔幻现实主义是通过“魔法”所产生的幻景来表现生活现实的一种创作方法。魔幻是工具，是途径，表现生活现实是目的。用魔幻的东西将现实隐去，展示给读者的是一个循环往复的、主观时间和客观时间相混合、主观客观事物的空间失去界限的世界。作为拉丁美洲小说创作中的一个重要流派，魔幻主义继承发展了本大陆古印第安各族文化（传统意识、神话传说、民间故事、宗教习俗）的传统，极富民族特色。代表作品为加西亚·马尔克斯、博尔赫斯等。（5）后期象征主义诗人有里尔克、瓦雷里、爱略特、勃洛克、安德烈耶夫、梅特林克、霍普特曼等。日本新感觉派作家川端康成（《雪国》）、黑色幽默小说家海勒（《第二十二条军规》）以及劳伦斯、海明威、布莱希特、迪伦马特、米兰·昆德拉等著名作家，也都以各自独特的风格与个性，纷纷登陆中国，引起80年代中国文坛的热切关注和强烈兴趣。如此多的西方现代主义作家及其作品持续引进中国，从而使现代主义同长期在中国文坛雄踞主流地位的现实主义思潮构成相峙相补的大格局。成功的文学创作，必须有前卫的文艺思想作支撑。如果说20世纪前半叶在中国文学艺术界占主导的文艺思想是前苏联车尔尼雪夫斯基、别林斯基、杜勃罗留波夫的话，那么20世纪后半叶对中国文艺思想产生巨大影响的应该就是尼采、弗洛伊德、萨特三位哲学家、思想家、美学家了。

后现代是一个20世纪六七十年代盛行于西方国家的文艺思潮。后现代相对于现代，如同所有的相对于早期的文艺运动一样——浪漫主义相对于古典主义，现实主义相对于浪漫主义，现代主义相对于现实主义等等。哈贝马斯曾就“后现代主义”这一概念指出，“后现代主义”中的前缀“后”表明，后现代主义的倡导者们一方面想同过去保持距离，另一方面又不能为现状取个新名字。这段话至少有这样的含义，即“后现代”同“现代”是分不开的。后现代主义既继承了现代主义的许多特点，又在此基础上有所突破，因此后现代主义既是一种晚期的现代主义，又是一种反现代主义的文艺思潮。

后现代是一个历史概念，指二战后出现的后工业社会或信息社会；而与此相关，“后现代主义”是这一社会状态中出现的一种文化哲学思潮；“后现代主义”则是一个社会理论概念，指后现代社会结构的功能性转型和知识化话语转型问题。后现代是后现代主义产生的时代土壤，后现代主义是后现代社会的文化哲学表征。后现代思潮在世界文化意识领域掀起了一阵话语转型风，在人们的思维方式和价值信仰上，造成了传统与现代话语的断裂。而文化美学转型则波及整个艺术和批评领域，引发了前所未有的知识话语的紧张。对后现代主义，人们达成了一个共识：“后现代主义思潮是后现代社会或后工业社会、信息社会、晚期资本主义的产物。它孕育于现代主义母胎（20 世纪 30 年代）中，并在二战以后与现代性决裂而成为一个对西方现代性加以质疑的文化思潮。”后现代主义与现代主义在若干问题上既针锋相对，又有共同的话语争论平台，因而被看成是共属“现代性”问题这一框架。上面的观点大致有三种现代性话语：“高度现代性”，表征为马尔库赛、哈贝马斯等对卢梭、马克思所强调的解放、救赎与乌托邦精神的继承。“低度现代性”，表征为福柯、德里达对尼采、波德莱尔、西美尔、本雅明的颠覆性思维方式的继承，强调揭露现代性的负面效应。“中度现代性”，表征为布迪厄斯和机等斯等以一种反思性态度和实践性策略对现实加以冷静剔解和分析。后现代主义正式出现于 20 世纪 50 年代末到 60 年代前期，其声势夺人并震慑思想界是在 70 年代和 80 年代。这一阶段，欧美学术界引起一场世界性的文化哲学家之间的“后现代文化哲学论战”。到了 90 年代，后现代主义以一种多元边缘的后现代性特征渗入当代文化肌体，成为人人言殊的当代文化征候。进入 21 世纪，后现代主义“原创性”思想家大多谢世，一些“阐释性”后学家成为普世化播撒的主要力量。

现代派文学，19 世纪 80 年代出现，20 世纪 20 年代至 70 年代在欧美繁荣，并逐渐遍及全球的众多文学流派的总称。《变形记》、《等待戈多》、《百年孤独》分别是其代表性作品。

卡夫卡这位西方现代主义各文学流派的鼻祖和荒诞派小说的代表作家，在思想上接受了存在主义学说，反映了世纪末情绪，表现了人的孤独与恐惧，表现了荒诞世界和异化主题：权威的不可抗拒，障碍的不可克服，孤独的不可忍受。其代表性作品《变形记》讲述了一个荒诞而辛酸的故事，人变甲虫固然荒诞，但人在社会中像甲虫一样生活，有着类似甲虫一样的遭遇，这却是可能的。作品通过格里高尔·萨姆沙的变形以及变形后的遭遇及悲惨结局，深刻地揭露了资本主义社会里人与人之间赤裸裸的利害关系，表现了人的“异化”。在作品中，“甲虫”这一形象被赋予了双重的意蕴：（1）表明人自身价值的丧失，显示了人在这个迷误的世界上的无能为力，不能掌握自己的命运。（2）“甲虫”只不过作为一个道具出现，作者用它使主人公与其他同类群体相隔离，从而揭示出人在社会中的孤立、悲哀和人与人之间的隔膜与无法沟通。

化奇异为平凡，把最令人难以置信的、无法解释的事件安置在最平淡无奇的日常生活环境之中，让荒谬悖理与合情合理、虚幻与现实这两类对立的因素组合成为一个整体，展现出一幅神秘、梦魇般的非现实却又好像是现实中处处可以见到的超现实图画，这是卡夫卡小说最根本的艺术特色。善于通过奇妙的构思和多种艺术手法把现实与非现实、合理与悖理、常人与非人并列在一起，把虚妄的荒诞离奇现象与现实的本质有机地结合起来，加上不带任何感情色彩的纯客观的叙述方式，构成了别人不能或难以重复、甚至无法模仿的独特的“卡夫卡式”的艺术风格。

作为荒诞剧的经典，《等待戈多》非常突出地体现了荒诞派戏剧的思想和艺术特色。《等待戈多》揭示了“人类在一个荒诞的宇宙中的尴尬处境”。在作品中，我们看到人与外部的客观世界是处在一种无法感知的隔绝状态。在第二幕里，那棵枯树一夜之间长出了四五片绿叶，以致两个流浪汉无法辨清是否仍在昨天的地点等待戈多。外部环境不但对人呈现出一副冷漠、陌生的面孔，而且也给人带来了一种压迫感。因为人对外在客观世界毫无所知，而客观世界是荒诞不经的，所以，人常为荒谬的现实所吓倒。此外，剧中人与人之间那种既无法分开又相互隔膜的关系也体现了一种人生的荒诞；作为全剧中心线索的戈多，也并非是一个什么具体的人，只是一种象征。再从全剧给人的意象来看，《等待戈多》中的“等待”也并不是一种什么具体的等待；“等待”在剧中是一种抽象的形而上的意义，它事实上仍是贝克特对人类生存境况的一种寓意性说明，即：（1）“等待”是一种缘于痛苦的痛苦。在人与自然、人与人的关系发生全面异化之后，人的生存境况是相当尴尬和痛苦的。身陷如此境地而又难以掌握自己命运的人当然便只能是无可奈何地等待，伴随着这等待的是无尽的孤独和无聊。（2）“等待”也就是希望。两个流浪汉因意识到自身处境的痛苦与不幸而愤愤不平，因此渴望“戈多”尽快到来。“等待”包含着希望，坚持着“等待”，即是说人类对未来总是抱有希望。（3）“等待”也是抗争。等待是痛苦，因痛苦而产生希望，希望便能促使人去行动。剧中两个流浪汉因希望而激起的行动就是等待。在这种等待的坚韧不拔中，无疑汇聚、融涵着一种对痛苦与荒诞现实的反抗，对痛苦与荒诞命运的抗争。因此，该剧能够“使现代人从精神贫困中得到振奋”（1969 年作者获诺贝尔文学奖时的授奖辞）。

作为一部反传统的戏剧，《等待戈多》有其鲜明的艺术特色。（1）该剧完全抛开了传统戏剧中必不可少的完整的情节和结构。剧中没有什么情节，主人公只是重复一些对话和极少的动作；开头是怎样，结尾还是怎样。全剧采用了独特的循环式的结构方式，幕与幕的内容有大量重复，每一幕的场景和生活片断也都基本类似。（2）摒弃正常的语言形式。传统戏剧一般都非常讲究语言个性化，富有表现力。而在该剧中，人物的语言却语无伦次，支离破碎；剧中人与人之间构不成对话，在大段的语言转换之间，充满了非逻辑性；剧中人与人的对话中间往往有长时间的沉默。（3）大量运用"怪诞"手法，具有很浓的寓意象征意味。无论从总体框架还是具体细节来看，该剧都堪称是一部地道的哲理寓意剧。戈戈和狄狄是人类的象征，等待揭示着人类的生存境况和生存状态；戈多是希望的象征；戈戈穿靴子脚疼，象征着哲学意义上的"生之痛苦"；幸运儿背负着沉甸甸的沙袋前行，象征着人类旅程的沉重和毫无意义等。

加西亚·马尔克斯的《百年孤独》一问世就惊动了整个西语文坛，被誉为"再现拉丁美洲历史社会图景的鸿篇巨著"、"在拉丁美洲引起了一场文学地震"。作品写了西班牙移民的后代布恩蒂亚家族的兴衰与马孔多由开拓到繁荣到再次毁灭的历史。作者在1982年诺贝尔文学奖的授奖仪式上指出这部小说主要是表现"拉丁美洲的孤独"。作者力图通过布恩蒂亚家族七代人充满神奇色彩的生活和经历以及马孔多由开荒、发展到毁灭，写出了哥伦比亚及整个拉丁美洲愚昧落后、与世隔绝和被殖民入侵的屈辱历史，揭露和批判了哥伦比亚国内外反动独裁政权的残暴和美国侵略者对拉美民族的政治压迫与经济掠夺，预示了拉美人民将告别愚昧、孤独，走向觉醒与文明的过程与未来。

《百年孤独》是魔幻现实主义的经典作品，作者遵循"变现实为幻想而又不失其真"的创作原则，把触目惊心的现实和源于神话传说的幻想结合起来，使读者从这种色彩斑斓、风格独特的画面中，获得一种"似真非真、似假非假"的艺术感受。其突出艺术特色是：（1）现实主义和现代主义相结合。作家把现实与神话、传说、梦幻杂糅在奇谲多变的情节发展之中，打破客观世界与主观世界、人间与鬼蜮的界限，置人物于更广阔的天地中，使人物、事物具有跨时空的更大容量。这些神话传说与荒诞不经的描写是印第安古老文明的真实反映，愚昧落后的马孔多人是深信不疑的。小说以此写出了拉丁美洲与世隔绝、愚昧落后的历史真实。（2）大量运用象征、暗示手法。如全村得了健忘症，为了生活，人们不得不在各种物品上贴上标签。这样写的目的是暗示大家要牢记容易被人遗忘的历史。象征的例子也很多，如带猎尾巴的孩子象征着新老殖民主义和独裁者奴役下的畸形社会；卷走马孔多的那场大风暴象征着不可战胜的具有强大生命力的新生力量。

面对20世纪外国现代派文学取得的辉煌成就，读者通过经典文本的阅读，可以初步了解现代派文学的基本特点，体会和欣赏变形、夸张、象征、怪诞、人物意识流和魔幻现实主义等表现手法及其艺术效果，从而了解中国新时期文学创作中现代主义因素的萌生与发展过程。在具体文本解读过程中，我们发现中国传统文学体裁与西方现代文学体裁表达方式上的主要不同似乎是：（1）小说，中国通常都是以语言、行动塑造人物形象；西方喜欢以心理描写、精神分析、意识流揭示人物心灵。（2）诗歌，中国较多地运用比兴手法，含蓄凝练；西方多用象征、抽象、暗示手法，巨制张扬。（3）散文，中国或托物言志、或移步换景、或借景抒情、或情景交融；西方或幽默深沉，或直抒胸臆。（4）戏剧，中国统称戏曲或戏剧，通常说唱结合，有水袖、帽翅、变脸等动作技巧；西方称歌剧、舞剧、话剧等，台词精美、动作夸张、人物与剧情的美学意义深刻。

《绝对信号》：黑子与蜜蜂在车厢奇迹般相逢相爱
时空与内心闪回出崭新的审美感受

高行健，1940出生于江西赣州。目前为法籍华人。2000年10月12日获得诺贝尔文学奖，时年60岁。事后报道中称他为剧作家、画家、小说家、翻译家、导演和评论家。1962年从北京外国语大学毕业后任中国国际书店翻译。1971—1974到干校劳动，后来在皖南山区农村中学任教。1975年回北京，任《中国建设》杂志社法文组组长。1977年调中国作协对外联络委员会工作。1978年开始文学创作。1979年发表散文《巴金在巴黎》，中篇小说《寒夜的星辰》。1981年调北京人民艺术剧院任编剧。创作《绝对信号》（与铁路话剧团创作员刘会远合作）《车站》、《野人》等剧作，引起很大反响，并因其新的戏剧观念和思想内涵而发生争议。他大量吸收了西方现代派的戏剧手法，突破了话剧传统的时间结构，拓宽了戏剧表现空间，探索新的戏剧观念包括舞台观念。论著《现代小说技巧初探》（花城出版社）提出了新的文学观，强调小说要揭示现代社会矛盾，探索人物的内心世界，表现复杂的人性，尝试新的表现手法等，引起广泛的注意和争论。论文《谈小说观和小说技巧》也在1983年遭到批判。1988年，以政治难民的身份定居巴黎市郊的巴纽里。另外还出版过小说集《有只鸽子叫红唇儿》，理论著作《现代戏剧手段初探》、《对一种现代戏剧的追求》和戏剧作品集《高行健戏剧集》等。1997年，加入法国籍。20世纪90年代定居法国，继续从事创作和绘画，出版小说《灵山》等。2000年，获得诺贝尔文学奖，在中国大陆引起争议。有些人认为中国有很多作家更加优秀，他的得奖是因为他的反共政治立场所致，有的人反对前者的说法，认为这在中国文学有着积极的意义。有人称他为大陆异议作家。

瑞典文学院认为，“其作品的普遍价值，刻骨铭心的洞察力和语言的丰富机智，为中文小说和艺术戏剧开辟了新的道路。”然而，这位走向了世界的文学家，也是当代华语读者圈的陌生者。当他的获奖消息在互联网上迅速传开时，网友也在相互打听——高行健究竟是谁？这位中国实验戏剧的先行者，剧目在全世界演出，1992年曾获法国政府艺术大奖。他第一个圆了中文作家百年诺贝尔梦，然而他的身份证上注明是法籍；我们熟悉他早期的剧作，但那都是些对西方现代主义的实验；后期他着力书写中国的“过去”，然而他的读者却少有国人。高行健曾经有部戏叫《彼岸》，这个名字似乎正成了他今日获奖的一个隐喻。

高行健第一部重要的戏剧作品是无场次话剧《绝对信号》剧中写待业青年黑子与少女蜜蜂相爱，但因为没有经济来源而无法结婚，在黑子迷惘彷徨之际，一个车匪利用了他对社会的不满心理，与他密谋一起合伙盗车。结果他们扒上了由小概担任见习车长的一节守车，小概是黑子的中学同学，他也深深爱着蜜蜂，而当列车开出不久，蜜蜂碰巧也搭上了这节车厢。由此在车厢十分有限的时空中，围绕着黑子、小概、蜜蜂之间的恋爱关系，以及老车长与车匪的较量，展开紧张激烈的矛盾冲突。最后黑子经过一番痛苦的心灵挣扎，猛然醒悟，他与车匪在搏斗中双双倒下，小概在老车长的指示下亮起红灯（绝对信号），列车安全进站。如果仅仅从剧情来看，这个故事并无多少新意：作品所着力描写的是像黑子这样的年轻人从内心的失落中重新找到理想与信念、重新理解做人的权利与义务之间关系的心路历程，基本未脱出“社会问题剧”的模式。但高行健却赋予这样一个有些老套的故事以十分新鲜的戏剧形式，这主要体现在他打破传统的戏剧表现手法，做了现代主义戏剧技巧的实验和尝试。《绝对信号》的艺术创新首先体现在一种主观化的时空结构方式上。情节的展开不单单依循传统戏剧的“现在进行式”的客观时序，即在通常情况下，戏剧总是会按照时间顺序来展现正在发生的事件，但在《绝对信号》中，却既展示了正在车厢里发生的事件，同时又不断通过人物的回忆闪出过去的事件，或把人物的想象和内心深处的体验外化出来，使实际上没有发生的事件也在舞台上得到展现。如黑子在车上与蜜蜂重逢后，舞台上经过光影和音响的变化而把时间拉回到过去，演出了他与蜜蜂的相爱、迫于生存的烦恼和他被车匪拉拢、怂恿的心理变化；又如当列车三次经过隧道时，舞台全部变暗，只用追光打在人物的脸上，一方面分别展示了黑子、蜜蜂和小概想象的情景，使三个人之间的内心矛盾和盗车之前的紧张心态得到有力度的刻画，另一方面，也更为深刻地揭示出人物内在的性格特征。由于这种打乱正常时序的时空表现，在舞台上便出现了现实、回忆和想象三个时空层次的叠化和交错，从而使整出戏呈现出异常的主观色彩，剧情的发展也更加贴近于人物的心理逻辑。与此相关的是，剧中增多了“内心表现”的成分，除了把人物内心的想象和回忆外化为舞台场面之外，还多次以夸张的形式出现了人物之间的“内心的话”，以人物的内心交流或心理交锋来推动剧情的发展。如黑子和蜜蜂在车厢里相逢时，舞台全暗，只有两束白光分别投在他们身上，他们在火车行进的节奏声和心跳的“怦怦”声中进行心灵的交谈。又如车长和车匪在最后亮牌之前的心理交锋，舞台上的人物都定格不动，两人展开一番激烈的内心较量。此外，这出戏在舞台语言方面也有许多创新，比如大量运用了超现实的光影和音响，不仅是为了调整场次，还更加突现了人物的主观情绪，如黑子回忆与蜜蜂恋爱时打出的蓝绿色光和优美抒情的音乐，小概回忆向蜜蜂求爱时的红光与光明而热情的号声，黑子在想象自己犯罪时的全场昏暗与无调性的嘈杂音乐，小概想象自己面对黑子犯罪的复杂心理时的白色追光与由打击乐器演奏的无调性音乐等等，都各个不同地深入刻画出了人物的内心感受，从整体上为剧情的展开和人物的塑造铺垫出了一层非常强烈的主观效果。应该说《绝对信号》中的艺术探索还只是局限在技巧方面，尽管剧中对黑子这个人物的刻画隐约透出了一种虚无和反叛的倾向，似乎可以看做是后来《无主题变奏》等小说的先声，但在这个作品中，由于老车长的正面教育意义被过度地突出了，因而没有给这种朦胧的现代意识留出充分展现的空间。《绝对信号》在80年代初期的文坛上出现，其最大的意义可能就在于它为人们提供了一种新颖的审美感受，与王蒙的《春之声》、《夜的眼》等“东方意识流”小说相似，它是在形式与技巧创新的层面上为中国当代文学开拓了新的向度，构成了中国现代主义文学兴起过程的一个特殊环节。

《活着》：一头老牛与一位老人关于生命本质的对话
艰难拷问普通个体生命的坚韧度与承受力

余华，男，1960年4月3日出生于浙江杭州。1984年开始写作，主要作品有《余华作品集》（三卷）、《现实一种》、《许三观卖血记》等。其作品已被翻译成英文、法文、德文、意大利文、西班牙文、荷兰文、韩文、日文等在国外出版。余华的创作既有现代主义先锋派小说形式的追求，更有传统小说故事的精美叙述。陈晓明在他选编的《中国先锋小说选》一书的序言的最后曾经这么说：“历史总是惊人地不完美，因而历史才能变化、前进。也许人们已经看到先锋派的疲软和退却，然而我依然固执地相信，他们丢弃了先锋派这项刺眼的荆冠后，正在酝酿一次至关重要的自我突破。最后的仪式远未完成。”他的话是有些预见性的。时隔近二十年后的今天，反观当年轰轰烈烈的先锋派们，依然保持着先锋意识并走在同时代作家前列的人当仁不让的是余华。余华成功超越当年的先锋小说。他还是不是先锋派，是看他是否始终走在创作的前沿，是否有着鲜活的创造力。当年评论家们对先锋派的担心，事实上让余华的创作证明了那属于创作上的“宿命论”。中国当代的“先锋小说”从事形式探索无疑是有益的，但是形式探索在当代中国既不能走得太远，也无法持久。在这个意义上，中国当代没有真正的先锋派……对于处于这个文明中的绝大多数芸芸众生来说，他们不仅是一些不可企及的先锋，而且是人们急于忘记的殉道者。还好，批评家也指出了让小说起死回生的良方，那就是让先锋小说从形式退到故事中去，但不是完全放弃形式和风格，让形式不露痕迹地糅合在故事的讲述中去。而事实上，余华在他的长篇小说《活着》和《许三观卖血记》中为我们塑造了活生生的人物徐福贵和许三观的形象，他仍旧用的先锋派的手法，仍旧用余华式的叙述风格，没有传统小说中人物塑造常见的规则，却有着令人震撼的人物浮出水面。这是对当时先锋文学不足的贡献之一。批评家们认为由于先锋小说太考虑小说的视点、动机和语感等，如无扎实的内容支撑，便难以持久和存活。余华用他的创作，在维持了自己的个人风格的同时，也为先锋小说的持久找到了内容的支撑，从《现实一种》的兄弟相残到《一九八六年》疯子的故事，从《活着》的生生死死到《许三观卖血记》的普通百姓的卖血人生，余华都在用扎实的内容向文坛发出自己的呐喊，而且使得人们对渐渐式微的“先锋文学”刮目相看——意识到这种文学样式的生命力。我们通过余华的中后期的作品（主要是指他从1989年以后的小说创作）中发现，余华把在短篇小说中使用的所有叙述技术都在他的中长篇中得以充分的发挥，只是他把自己的个人化风格深深地侵入他的人物，继而通过对人物的刻画表现出历史的深度和广度，而不单单只是语言的游戏和叙述的快感。他在大量的感受性的叙述和个性化的比喻里流连，但同时得到的是对故事的领悟：从《现实一种》中体会到的是人性的恶；在《河边的错误》里得到的是对社会伦理和非理性的尴尬；从《活着》里得到是人面对死亡的极致时的生命力；从《许三观卖血记》中得到了命运对人的迫害和中国小人物的生活全景。他所有的作品，如果说前期的那些作品比如《十八岁出门远行》、《西北风呼啸的中午》、《死亡叙述》、《四月三日事件》、《一九八六年》等还具有明显地对形式的过分追求而丧失了内容的丰富的话，那么以后的作品尤其是从1989年以后，余华的作品已经在技术的逐渐完善中开始对作品深度的挖掘，这是他多年后仍旧成为同时代作家领军人物的关键。

余华对先锋小说的超越使得“先锋文学”成为不只是一种昙花一现的现象留在过去，而是至今仍旧活跃在中国的文坛，不时地给文坛带来新鲜气息的突出现象。从这个意义上说，余华理所当然地成为经典作家。许多的创作者可以从他那里获得阅读快感同时学习到写作。按照余华自己的话，就是一个写作者从另一个写作者那里获得了生命的延续。

《活着》这是非常生动的人生记录，不仅仅是中国人民的经验，也是我们活下去的自画像。——韩国《东亚日报》1997年7月3日。

这里讲述的是关于死亡的故事，而要我们学会的是如何去不死。——意大利《共和国报》1997年7月21日。

这本书不仅写得十分成功和感人，而且是一部伟大的书。——德国《柏林日报》1998年1月31日。

这便是国外媒体对其小说《活着》的评价。除了这些，《活着》还曾荣获香港《博益》十五本好书奖、意大利格林扎纳·卡佛文学奖等。

小说的主人公福贵是地主家出身，年轻时是个浪荡公子，经常去城里的一家妓院吃喝嫖赌，而且，由于他的丈人是城里一家米行的老板，他竟经常要一个妓女背着他上街，每次从丈人的米行经过，都要揪住妓女的头发，让她停下，脱帽向丈人敬礼：近来无恙？然后便嘻嘻笑着过去了，其品行之放荡堕落可见一斑。后来他中了别人的套，把家里包括田地、房产的全部家产输了个精光，于是全家一夜间从大地主沦为了穷人，福贵的父亲郁闷而故。这个打击如当头棒喝，亦如一瓢冷水，使福贵清醒过来，决定重新做人。从此，他成了租种过去属于他家的田地的佃户，穿上了粗布衣服，拿起了农具，开始了他一生的农民生涯。不久，福贵的母亲生病了，他拿了家里仅剩的两块银元，去城里请医生。可是在城里发生了意外：他被国民党军队抓了壮丁。辗转两年，最后他被解放军俘虏并释放了，他“跟着解放军的屁股后面”过了长江，回到了家乡。这时，他的母亲早已故去，女儿凤霞也在一次高烧后成了聋哑人。母亲死前还一遍一遍对他的妻子家珍说：福贵是不会去赌钱的。福贵的一生经历了中国历史的变迁、社会的动荡，如新中国成立后的土地改革、人民公社制度、大炼钢铁、三年自然灾害、“文革”等等，这些历史都通过男主人公的眼睛和亲身经历得到了一定程度的生动的再现。而在此期间，福贵也经历了与每个亲人、朋友的悲欢离合：为了让儿子有庆上学，他把女儿送给了别人，不久，女儿却跑了回来，全家重新团圆；县长的老婆生孩子需要输血，结果儿子被一不负责任的大夫抽血过量致死，后来发现县长竟是福贵在国民党军队时的小战友春生——春生在后来的“文革”中经不住迫害，悬梁自尽；几年后，凤霞嫁了个好女婿，可不久死于产后大出血；两个孩子去后，妻子家珍也撒手人寰，只剩下他和女婿二喜、外孙苦根祖孙三代相依为命；几年后，二喜在一次事故中惨死，福贵便把外孙接到了乡下和他一起生活；可是好日子没几年，小苦根也在一次意外中失去了幼小的生命。最后，福贵买了一头要被宰杀的老水牛，也给它取名叫“福贵”，一个人平静地生活下去。他说：“我是有时候想想伤心，有时候想想又很踏实，家里人全是我送的葬，全是我亲手埋的，到了有一天我腿一伸，也不用担心谁了。我也想通了，轮到自己死时，安安心心死就是，不用盼着收尸的人，村里肯定会有人来埋我的，要不我人一臭，那气味谁也受不了。我不会让别人白白埋我的，我在枕头底下压了十元钱，这十元钱我饿死也不会去动它的，村里人也都知道我死后是要和家珍他们埋在一起的。”从他的语气中，可以感受到像他这样尝尽人生百味的老人，在晚年对生命的那种平静、自然的态度。看了这样的人生经历，不禁感到一种震撼，感到一种莫名的沉重，也感到了主人公与命运抗争时不屈中透着的一种伟大的平凡——福贵文化水平不高，也不懂得革命的大道理，但是他对生活的执著、对亲人朋友的爱给了他无穷的力量，而他自始至终也只不过是一个平凡的芸芸众生之一，但作为一个人，他是伟大的。

作者在这本书的韩文版自序中对他的这部作品作了很好的诠释。他写道：这部作品的题目叫《活着》，作为一个词语，“活着”在我们中国的语言里充满了力量，它的力量不是来自于喊叫，也不是来自于进攻，而是忍受，去忍受生命赋予我们的责任，去忍受现实给予我们的幸福和苦难、无聊和平庸。作为一部作品，《活着》讲述了一个人和他命运之间的友情，这是最为感人的友情，因为他们互相感激，同时也互相仇恨；他们谁也无法抛弃对方，同时谁也没有理由抱怨对方。他们活着时一起走在尘土飞扬的道路上，死去时又一起化作雨水和泥土。与此同时，《活着》还讲述了人如何去承受巨大的苦难，就像中国的一句成语：千钧一发。让一根头发去承受三万斤的重压，它没有断。我相信，《活着》还讲述了眼泪的广阔和丰富；讲述了绝望的不存在；讲述了人是为了活着本身而活着，而不是为了活着之外的任何事物而活着。当然，《活着》也讲述了我们中国人这几十年是如何熬过来的。

小说中，作者以第一人称回忆自述的角度，让主人公把自己的故事娓娓道来，增加了小说的感染力。另外，虽然小说中没有散文、诗歌中华丽的辞藻——而这也是有主人公福贵并未受过良好的教育这样的背景决定的，所以也正恰恰符合其身份——但在描人状物、情节安排等方面同样可看出作者深厚的功底。泪水似乎成了全篇的线索，有悲伤的泪，有绝望的泪，有喜极而泣的泪。由于泪水几乎是均匀地分布于整部小说，与欢喜交加，使得故事情节曲折动人：福贵总是每每过了几年幸福生活的时候，就会有厄运到来一次。

《活着》是一部难得的佳作。作者将内心思想渗透于字里行间，渗透于人人熟悉的社会生活之中，使读者在读书的同时，便仿佛自己成了福贵，与他同甘苦、共患难，仿佛亲身经历了他的一生，也同时感受到作者注入其中的深厚的情感。故事的年代背景虽然从新中国成立前夕一直到“文革”之后——算来大概应到20世纪80年代，跨度较大，不过并未使人感到历史前进、社会变迁的浩浩荡荡，而只是借福贵的一生将这段时期做了个缩影——因为这毕竟不是历史题材的小说，作者想传递的也并非是社会历史方面的信息，所以读者在读这部小说时，如果把注意力放在这上面，那便是曲解了作者的意图了——不过也不必担心，作者的笔实际上并不会误导读者的目光。

《现实一种》：惊恐万状的兄弟子侄相残
人性本恶的反传统式描述

余华以一种冷静得近似残酷的笔触活生生地再现了“人”的野蛮本性或者说人性本恶的现实。山岗的儿子皮皮以毒打自己的堂弟——一个在摇篮里的孩子获得快感，获得满足，最后竟在掐他的堂弟的咽喉而不能获得快乐时，把他的堂弟抱起来摔死。这是矛盾的导火索，山峰为了给儿子报仇他让皮皮舔儿子流在水泥地上的血，而就在山岗的儿子皮皮感觉到那血的甜蜜的时候，山峰这个山岗的弟弟，皮皮的叔叔一脚把皮皮踹得一命呜呼了。山岗埋了自己的和山峰的儿子，便开始新的报仇行动。他把早已买回来的狗派上了用场。山岗把弟弟绑了起来，实施自己早已想好的妙招高技，于是山峰在山岗的绝妙的想法中死去。山岗被抓并被枪决，他的尸体被他的弟媳贡献给国家。如此，山岗便失去了人的资格而成为一只等待屠宰的猪狗牛羊了。在这篇恐惧的小说中，人是什么？人，不过是等待着死亡的动物而已。《现实一种》与英国作家戈尔丁的代表作《蝇王》虽然不存在着直接的影响关系，但它们在人性恶这一主题、表现手法等方面却有着惊人的相似之处。于是，我们对余华的小说创作，便有了以下一些思考：

1. 余华作品的三个阶段的特征与变化

20 世纪 80 年代中后期的中国文坛，出现了一批以形式主义为旗帜，以叙事革命和用独特的话语方式对小说文体形式进行实验为轴心，试图彻底颠覆既有的文学观念和文学传统，对包括现代派小说在内的传统小说展开前所未有的冲击，从而在小说观念和形式上进行了全面革新，使文学真正回归本体的年轻小说家，像马原、洪峰、余华、苏童、格非、叶兆言、北村、孙甘露、潘军等，他们也因此被评论界冠以“先锋派”的称号。而余华无疑是先锋作家中最具代表性和影响力的一位，他以独特的思维方式、感觉方式和话语风格在先锋派作家中独树一帜，把人类内心最深处的黑暗、残酷及卑琐释放出来，向我们敞开了一个令人惊恐不安和绝望的狂欢世界，继而表达出了自己对于生活、道德以及人性的思考，其小说的研究从 80 年代起至今也一直都是中国当代文学研究的一个热点，通过对余华小说创作进行全面的分析，我们可以发现其作品中所呈现的生命观随着创作生涯的发展而显露出有趣的转变。本文试通过作品的个案分析全面透视余华小说的写作风格与阶段，力争在前人研究的基础上，更加全面、更加深入地解读余华写作特点与行文风格在其创作中的转变过程。

从 80 年代初开始写作至今，余华的创作发生了很大的变化。本文将余华的创作风格划分为三个阶段加以研究：第一阶段，1980 年代，以《十八岁出门远行》、《现实一种》、《世事如烟》、《此文献给少女杨柳》等为代表的作品风格鲜明独特，是先锋和实验时期；第二阶段，1990 年代，以《活着》为代表的三部长篇小说风格有了变化，是纯净节制的现实主义时期；第三阶段，新世纪的《兄弟》虽然仍属于现实主义，但情节荒诞古怪、手法夸张，是狂欢温情主义时期。

第一阶段——暴力与人性恶之花。

恶之花：“一位古怪而残酷的青年小说家以他的几部血腥的作品，震动了文坛，一时间，大部分评论家的目光，都集中在他的身上。”莫言的评论，充分说明了80年代的余华以一种血腥独特先锋试验的姿态走进文坛，成为当时先锋领域中一颗十分耀眼的新星。单看余华初期的小说题目，就有点令人触目惊心，他的小说就如同一个屠宰场，不仅着意用偶然、错误、劫数、刑罚、鲜血之类的字眼先声夺人，还无不涉及意外、暴力、血腥，为读者精心描绘了一幅与现实生活相距甚远的阴森恐怖的血淋淋的暴力与人性恶之花的诡异画卷，仿佛人间除了阴险与怪异，没有丝毫温情可言。

鲜血的美学：在这一阶段，鲜血成为余华作品中一种重要的暴力审美的象征符号，在某种意义上也构成了余华小说中暴力描写的一种美学标志，在成名作《十八岁出门远行》里，余华不动声色地将自己鲜红的血液描写成伤心的眼泪，第一次向读者显示了他冷酷的一面，到了《死亡叙述》，余华则是这样描述鲜血的：“动脉里的血‘哗’地一片涌了出来，像是倒出去的洗脚水似的。”而“我”却以欣赏的眼光看着自己的鲜血在地面留下的印痕，毫无痛惜之感。对暴力的迷恋，使余华在描写鲜血时，禁不住会以一种超然于物外的欣赏的眼光来打量，甚至以华丽的语言不厌其烦地精描细写。如在《一九八六年》里，余华这样写道：“破碎的头颅在半空中如瓦片一样纷纷落下来，鲜血如阳光般四射……溢出的鲜血如一把刷子似的，刷出了一道道鲜红的宽阔线条。”在这里，鲜血四溢的视觉冲击，给人的不再是惊心动魄的畏惧，而是豪奢的感官盛宴。

暴力的解读：这一阶段的余华将压制着的心中升腾的愤怒，将暴力、鲜血、阴谋等塑造成了人类生存的一面镜子，它们充分显示了人类自身恶的一面，冷静地将人性的冷漠、凶残、变态等丑恶面进行充分展示与揭露，让我们实实在在地正视人类存在中的苦难性、悲剧性，真真切切地看人性中的丑恶部分。余华对人性恶审视的最终价值指向是一种人道主义精神，在作者看似冷漠无情的叙述中，透露着作者对命运对人生的人文关怀，在作品冰冷的外表下隐藏的却是作家对人类悲剧性命运的理性思考。

第二阶段——活着之中的温情。

转变背景：20世纪90年代是中国社会的转型时期，商品经济逐渐取代了以往的计划经济成为社会的主要经济形式。面对商品经济带来的“优胜劣汰”和“适者生存”的现状，人们感到无所适从，道德滑坡，正义和良知不断枯萎。精神失去信仰后带来的各种社会问题随着商品经济的发展不断出现，人性、人生问题受到前所未有的挑战。面对社会变化带来的一系列问题，以《在细雨中呼喊》为前奏，以《活着》为高潮，以《许三观卖血记》为尾声，余华经历了一次由先锋回归传统的重大转折。创作风格发生了明显的改变，风格转向舒缓平静，其对死亡、孤独和苦难这些人类永恒的生存困境依然进行着不倦探索，但他笔下的世界已经不再那么残酷阴郁，也没有了那么多的愤怒和焦虑，而流露出关爱悲悯的情怀，过去作品中那种浓浓的暴力血腥味也被细雨冲淡了许多，走上了一条属于人的救赎之路，力图找回人在命运与苦难中生存的意义。

死亡意义的转变：虽然死亡仍然是余华小说中的一个重要主题，但是它们都剥离了先锋时期暴力炫耀的成分，转变成了人类生存的重负和苦难的砝码与人类极端生存境遇的象征。如在《活着》中，主人公福贵虽然经历了所有亲人朋友的生离死别，最终只剩下一头老水牛陪伴着他度过余生，但作品更多的是通过死亡描绘出福贵在一连串的打击中坚韧如铁丝般的忍耐式活着，向世人显示了生命的韧性和力量。从《在细雨中呼喊》中的“体验苦难”，到《活着》中的“忍受苦难”，再到《许三观卖血记》中的“消解苦难”，余华以苦难意识的演进，使得他笔下的苦难不再是简单的控诉，而成为一种精神上的升华。作者不仅从单个社会个体的角度看待苦难，而是从人类生存的层面上来正视它、思考它。如同福贵、许三观这样生活在社会底层遭受种种打击的小人物，依然能以他们柔弱但坚韧的生命来对待苦难，进而完成自己的生存任务，可以说余华对普通人命运的理解和同情，对乐观豁达态度的肯定都体现出了一位人道主义知识分子的悲悯与温情。

叙事风格的转变：这一时期余华小说的叙述方式也逐渐回归传统，减弱了单纯的形式实验倾向，明显地淡化了先锋叙事中的抽象和神秘，有效地限制了暴力性的叙述话语。作品的结构也逐渐趋向明晰和单纯，叙事语言也由暴烈、夸张和强悍走向了平和、朴素和诙谐。更为重要的是，这一时期余华小说的审美风格也一改先锋创作时期的阴鸷沉郁，逐渐走向了诙谐幽默。在冷静超脱的智慧观照下，余华在表现生存的困境和人的苦难时，往往将苦难和玩笑并置，残忍与柔情相融，颇具黑色幽默的意味。

第三阶段——狂欢化的温情主义。

到了21世纪，当沉寂多年的余华十年磨一剑，终于带着他的鸿篇巨制《兄弟》以一种商业味十足的方式问世以后，余华再次以其新变令世人注目，其作品在受到大众追捧的同时，也激起了评论界更多的非议。

暴力与温情的交响曲：《兄弟》叙事的特色是在冷酷中含有温情，在温情中又有冷酷，悲喜交加，残酷与温馨并存。这基本上是余华上世纪80、90年代两种风格的综合体。《兄弟》中的兄弟是没有血缘的兄弟，然而在这个家庭中却没有所谓继父后母的狠毒，也没有孩子对于继父后母的仇恨，有的只是相依为命的温暖和宽容，在上部的描写中展现了许多家庭温馨的场面，如两个家庭结合后，宋钢和李光头两兄弟在成长中逐渐懂得了爱，比如两兄弟初识时一起品味绿豆汤，宋钢给李光头秘密送去白兔奶糖。长大以后李光头丢了工作没有饭吃，宋钢为了躲避老婆林红的盘问，偷偷地把自己带的午饭给李光头吃。但同样在《兄弟》中余华的“暴力情节”也是很明显的，如刘镇的群众冷酷自私，喜欢嘲讽奚落别人；李兰结婚那天她的邻居们的表现；“文化大革命”时，红卫兵嚣张残酷，宋凡平在车站被活活打死，颇有点余华先锋小说时期暴力美学的风格；还有孙伟的惨死、孙父把铁钉扎进脑袋致死、孙母疯癫，这些残酷变态之极的事简直就是余华早期小说的影子，他一方面用艺术的手法将人性人生肢解得七零八落，同时又以艺术的手腕引导人们重返完整人性、完善人生之路，做到了温情与暴力的并存。

狂欢化的语言与人物形象：刚一打开《兄弟》这部小说，不少读者可能会皱紧眉头。因为一开篇，余华就毫无保留地亮出了他即将贯穿整部作品的重要语言风格——狂欢化。这种赤膊上阵的疯狂风格亮相，大大违背了中国的写作者讲究语言的美化、叙述的美化的传统习惯，也大大违背了在这种传统习惯下培养起来的阅读者们长期以来所形成的阅读习惯——享受优美的语言和叙述。如果说《活着》、《许三观卖血记》的语言是收缩的、内敛的。《兄弟》的语言就是开放的，喧嚣的，狂欢的。这种狂欢式的语言在《兄弟》中一方面表现为粗鄙语言的运用，尤其体现在小说中的骂人话上。源源不断的处女来信让李光头萌生了举办美人大赛的想法，他找来刘新闻商议，滔滔不绝，一口气说出了二十个王八蛋。而在其余部分《兄弟》也中充斥着诸如“屁股”、“搞”、“摩擦”、“他妈的”、“王八蛋”、“屎”、“尿”、“粪蛆”等粗俗词语。另一方面这种狂欢化又体现在大量地使用的数字量化词上，如：李光头和宋钢偷偷分享了37 颗大白兔奶糖；搬运县政府门前的垃圾山，李光头一共动用了 151 个人；李光头揍刘作家一共揍了 28 拳，把他揍成了车祸受害者；林红给宋钢写的纸条，里面用 51 个字臭骂李光头等等等等，几乎任何一个故事情节都离不开数字，并且这些数字都带有狂欢节式的、怪诞离奇的特点，余华戏说着数字，在一片貌似精确的数字中揭穿了现代社会的荒诞不经。

在人物塑造方面，狂欢与怪诞的形象充溢整个文本，余华以夸张的想象为我们描述了一个狂欢世界，而狂欢世界的主角就是熠熠闪光的李光头，他被描述成一个神话般的人物，个人生活充满了狂欢式的神话，靠垃圾发家发迹史充满了传奇色彩，发迹后更是罪恶与欲望的化身，强悍而粗鄙，但又焕发着生命的强力。狂欢化人物的正反同体的性格和行为体现在李光头身上，被塑造得十分鲜明。与此同时，余华对于小丑化的人物形象的设置同样带有明确的狂欢化倾向，他让他们带着自己的职业特长介入故事，譬如赵诗人、刘作家、童铁匠、余拔牙、关剪刀、张裁缝、王冰棍……余华利用人物的职业和社会身份来构成叙事冲突，对他们进行了漫画式描绘。将其小丑化、脸谱化，以调侃、捉弄、取笑的方式直白而简捷地夸张了人物的猥琐与丑陋，并为我们创造出一个充满趣味的想象空间。

2. 余华小说的语言特色

语言学与文学有密不可分的关系。语言是小说及其他文学样式的载体，文学作品的思想内容和风格正是通过语言表达体现出来的。风格成熟的作家在作品词汇、句法、修辞等方面都会表现出自己的特点，他们在语言的运用上是试验性的，即故意打破现有的语言规范，力图创造一种全新的表达方式。而作为先锋派代表作家的余华，自觉受到西方现代主义文学理论的深刻影响，在创作中关注语言自身，使他的小说语言呈现出与传统文学语言迥然不同的尖新诡异的风貌，给人强烈的视觉冲击力。因此，深入分析余华小说的语言特色，对小说文本进行语言角度的解析对于余华小说的整体把握是大有益处的。

苦难与死亡的幽默化解：正如上文所说，作为一个具有自觉人文意识的作家，余华一直保持了对人类生存苦难的高度关注。在先锋实验时期，他用极端的暴力方式来表现苦难和死亡的不可避免。而转型后的《在细雨中呼喊》、《活着》、《许三观卖血记》这三部长篇小说虽然都是带有悲剧色彩的“受难”式小说并延续了先锋小说苦难和死亡的主题，然而却采用了截然不同的表现方式——幽默来消解生存和死亡之痛，穿插其中的极富感染力的喜剧化情节更是有效地消解了黑色所渲染的沉重和压抑，形成一种悲喜交融的审美效果，以下通过一个实例具体阐述。

小说《活着》将人的苦难推向了极致，七位至亲骨肉的相继死亡，将主人公福贵推向了绝望的境地。无边无际的人生苦难成为了一种宿命的承担，福贵的苦难成为了整个人类命运的缩影。但在《活着》中，余华采用了第一人称的回忆方式叙述，这种叙事有一种幽默的意味，使得苦难和死亡褪下了恐怖的面具，成为了可供调侃的对象。如福贵在被俘虏后领盘缠回家时，仍然心有余悸，于是便闹出了这样一个笑话：“我就站起来，一直走到那位长官面前，扑通跪下后就哇哇装起来，我原本想说我要回家，可话到嘴边又变了，我一遍遍叫着：‘连长，连长，连长——’别的什么话也说不出来，那位长官把我扶起来，问我要说什么。我还是叫他连长，还是哭，旁边一个解放军对我说：‘他是团长。’他这么一说把我吓住了，心想糟了。可听到坐着的俘虏哄地笑起来，又看到团长笑着问我：‘你要说什么？’我这才放心下来，对团长说：‘我要回家。’”福贵用戏谑和轻松的语气将其叙述得诙谐幽默，然而我们仍然透过这滑稽可笑的小闹剧，看到福贵当时的恐惧、慌乱和卑微。隐藏在这笑声之下的，是一个小人物的艰辛和悲凉。然而经过时间的洗礼，这段经历在福贵的记忆里散去了恐惧的阴影，转化成了余华所推崇的“幽默和甜蜜”的回忆。

反讽的智慧：反讽（irony）一词来自希腊文 eironia，原为希腊戏剧中一种定型角色，即佯作无知者，在自以为高明的对手面前说傻话，但最后这些傻话证明是真理，从而使对手出丑露乖。随着语言学的发展，反讽渐渐演变成为一种修辞手法——在特定的语境中，语言所表达的内在含义与它的字面义相反，即“所言非所指”，并在现代小说中得到了广泛的应用。其意义并不仅限于只是一种艺术手法，它实质上还体现着作家对于世界、人生的一种特定态度和独到理解。

在余华的小说中，这种反讽性语言，主要体现在对主流权力话语的颠覆。虽然余华一直尽量回避着国家、民族、革命等宏观上的的叙事话语，刻意淡化作品的历史与时代背景转而以个人化的叙述视角深入世俗民间，致力于表现普通人的生老病死，喜怒哀乐。但是人毕竟是社会的动物，总是活在一定的时代背景和社会环境中。当故事不可避免地遭遇新中国成立后那一段尴尬的历史时，余华巧妙地避开了与主流意识形态话语的正面冲突，而是以揶揄调侃的语气将对荒诞历史的嘲讽渗透到字里行间，在看似不经意的幽默中颠覆了主流意识形态话语对历史的阐释。如在《许三观卖血记》中，关于文化大革命，许三观曾感悟道：“文化大革命闹到今天，我有点明白过来了，什么叫文化革命？其实就是一个报私仇的时候，以前谁要是得罪了你，你就写一张大字报，贴到街上去，说他是漏网地主也好，说他是反革命也好，怎么说都行。这年月法院没有了，警察也没有了，这年月最多的就是罪名，随便拿一个过来，写到大字报上，再贴出去，就用不着你自己动手了，别人会把他往死里整……”看似疯疯癫癫的胡言乱语，却一针见血地道破了文革的荒诞本质，在揶揄调侃中达到对“文革”时主流话语权的颠覆和消解，强烈的反讽意味跃然纸上。

音乐的美感：余华在进行文学创作前深受音乐的洗礼，他曾在随笔《音乐影响了我的写作》中谈及音乐对自己的深远影响，一年冬天，他“迅猛地热爱上了音乐”，在听了巴赫、肖邦、贝多芬、莫扎特、布鲁克纳、巴尔托克等音乐大师的名曲后，他深感到“音乐的历史深不可测”，宽广的世界正如音乐一样无拘无束，于是音乐开始影响他的写作。他“注意到了音乐的叙述”，他发现“音乐是内心创造的”，而“内心的宽广是无法解释的”。

余华将作品语言中词与句语音形式的营造摆放到非常重要的地位，在他受到音乐影响下的写作过程中，逐渐认识到语音形式犹如每一个跳动的音符，在胡乱的节拍下随心所欲却整齐规律地在作品中行进、延伸。读他的作品，经常会读到一些朗朗上口、音韵铿锵的句子，如：

（1）此时正是阳春时节，极目望去，一处是桃柳争妍，一处是桑麻遍野竹篱茅舍四散开去，错落有致遥遥相望。丽日悬高空，万道金光如丝在织机上齐刷刷地奔下来。（《古典爱情》）

（2）少年去游荡，中年想掘藏，老年做和尚。（《活着》）

余华不断从音乐作品中汲取乐感之美，为言语表达增强听觉的美感，再加上其对汉语音韵美的自觉追求，余华作品中充满音乐的韵律和节奏也就不足为奇了。

事件与话语重复的音乐之美：余华曾说过："我第一次听到的《马太受难曲》，是加德纳的诠释，加德纳与蒙特威尔第合唱团演绎的巴赫也足以将我震撼。我明白了叙述的丰富在走向极致以后其实无比单纯，就像这首伟大的受难曲，将近三个小时的长度，却只有一两首歌曲的旋律，宁静、辉煌、痛苦和欢乐地重复着这几行单纯的旋律，仿佛只用了一个短篇小说的结构和篇幅表达了文学中最绵延不绝的主题。"于是，他认定这种古典的艺术具有"伟大的单纯"，在简单中却蕴含着无限的丰富和宽广，他把这种叙事方式运用到小说写作中，就是对重复淋漓尽致的运用，而这种重复又包括了事件重复与话语重复。

事件重复最突出的应用体现在《许三观卖血记》中，主人公许三观的十二次奇特的卖血行为中：第一次卖血是为了证明自己身子骨结实，结果用这个钱他娶回了许玉兰；第二次卖血是为了支付方铁匠儿子的医药费，最终换回了家具；第三次卖血是从林芬芳家出来巧遇根龙他们来卖血，许三观觉得自己身上的血也痒起来了，并想到要报答林芬芳的恩情，就和他们一起去卖血；第四次卖血是为了在饥荒之年让全家吃顿面条；第五次卖血是为了让一乐、二乐在农村与队长搞好关系；第六次因无钱招待二乐下放的村队长而卖血；第七次到第十一次，为了给一乐筹集医药费，他更是在前往上海的路途中先后卖了五次血，差点送掉性命；退休后，许三观为自己卖血，但卖血未遂。这种不断的重复就如同在生命这张白纸上，为了凸显苦难之深重与生命之坚忍的这个黑点而选择在这个黑点上涂上一层又涂一层，使它更加深重、醒目、突出，最终展示出生命所具有的伟大力量。

在余华的小说创作中，话语重复也是他刻画人物心理性格特征的重要手段。《许三观卖血记》中在许三观晚年要卖血引起三个儿子的不理解时，遭到了许玉兰一连串的厉声质问，连用十二个"你们"，十三个"你"，而对许三观，则说："许三观，我们走，我们去吃炒猪肝，去喝黄酒，我们现在有的是钱……"短短一句话竟用了三个"我们"，而且格外地慷慨大方。这些重复，给人以回环往复，一泻千里淋漓酣畅的艺术感觉，犹如一支乐曲贯通整个乐章，增强了音乐语言和形象的表现力；即使是几个音节或音符的反复跳动，也给人以流畅跳跃的快感，体现出不同的音响效果和形象特色，使作品成为优美动人的华彩乐章。

3. 余华作品的现实意义——人性的思考

苏格拉底认为："人被宣称为应当是不断探究他自身的存在物——一个在他生存的每时每刻都必须查问和审视他的生存状况的存在物。人类生活的真正价值，恰恰就存在于这种审视中，存在于这种对人类生活的批判态度中。"余华作品体现出来的对人的生存境遇和人性的思考构成了其作品的现实意义。

在先锋小说时期，余华大量描绘了人性之恶和人性中理性的匮乏，狠着劲地写冷酷的生活，对暴力的关注与揭示可以算得上是余华手中一把锋利的手术刀。他用这把刀深深地肢解着现实世界，从而把这个世界人性的丑陋与阴暗、历史以及各个层面的一些阴暗的血淋淋的本质挑离出来，揭示人的潜在欲望，形成了异常壮观而又残忍无比的暴力叙事。这使他的小说走出了写实主义、英雄史诗的凝重感，获得了与现代主义相通的荒诞意识和哲学品格，让读者在一种宿命式的悲剧性存在与绝望中看到了人们卑微世俗的欲望，以及由其滋生的自私、贪婪、狡诈、残忍等种种陋性，让人们触目惊心，为之警醒。

到了90年代，余华显然意识到了苦难对于生存的不可避免，他不再把苦难上升为灾难，绝望地看待人世和生存。他的眼里充满眷恋与温情，尊重人的生命与生存权利。他以天才的想象力和表现力，在各种生存状态中收集“活着”的力量，尽管小说中的人物深陷于苦难中，但亲情让人倍感温暖，生存的价值因自我的复苏而有了新的感悟，他们在苦难的体验超越中寻找生存的意义，为人们提供了一个令人心灵震颤的关于生命和生存的寓言，让读者不仅仅看到人的充满质感的存在状态图景，而且更能听到人类面对命运和苦难时灵魂发出的内在声音。

而到了新世纪，《兄弟》的问世代表着余华在更深入的层面上，通过展现人的灵魂深处的本能“欲望”来对人性进行思考。其中，《兄弟》的上部在一定程度依然表现了余华身上继续流淌着的先锋血液，体现了他对历史和人性的残酷却客观的审视，从某种程度上可以看成是对以往写作经验和技法精华的一次总结，但下部却忽然笔锋一转，瞄准了我们当下的生活，让亲情、友情、爱情、良知、责任等都围绕着欲望的杠杆上下狂欢，通过看似离奇、带有极端狂欢性色彩的故事，来反映作为社会成员的民众的无穷尽的欲望以及对于欲望的疯狂追逐——在欲望的笼罩和支配下东奔西走继而迷失自我不能自拔。

从余华的写作风格来看，暴力、血腥、死亡、冷酷、狂欢等是余华小说重要的话语特征，他在小说的叙述方面也进行了一系列的探索或创新，使其小说具有了特殊的叙述艺术。从余华小说现实意义来看，余华一直在创作中对人性进行真实的思索。正如他自己所说：“我开始意识到一位真正的作家所寻找的真理，是一种排斥道德判断的真理，作家的使命不是发现，不是控诉或揭露，他应该向人们展示高尚。这里的高尚不是那种单纯的美好，而是对一切事物理解后的超然，对善与恶一视同仁，用同情的目光看待世界。”

同质文本比较——鲁迅先生《药》与《许三多卖血记》：

“血”之相关意象在两部作品中同样有着重要价值和意义，由此揭示出的生命意识可以看见不同时期人们的生存状态以及“活着”的沉痛。

血的意象在两部作品中都具有拯救性，或挽救生命，或挽救生活。

血所挽救的生命：《药》用一个与华家完全陌生的人的死亡之血来挽救华小栓的生命。血是灵魂和生命的象征，站在生存的角度思考血的力量我们不难发现，华家人用的这一偏方治病便揭示出生活在苦痛之下的麻木之人的精神空白。鲁迅先生创作目的是“揭出病苦，引起疗救者的注意”。鲁迅先生展示的这样一个人血馒头的故事带有很强的启蒙意识，展示出来华家人乃至全社会对于夏瑜革命的不理解和隔膜，展示出来整体中国人麻木的精神。正如孙伏园先生所说：“《药》描写群众的悲哀和革命者的悲哀；或者说，因为群众的愚昧而带来革命者的悲哀；更直接说，革命者为愚昧的群众奋斗而牺牲了，愚昧的群众并不知道这牺牲为的是谁，却还因愚昧的见解，以为这牺牲可以享用，增加群众中的某一私人的福利。”这里表面上是用药来拯救疾病，隐含的却是用启蒙思想来拯救麻木思想的意思。人血馒头来拯救人的生命是那么的荒谬，将如此荒谬的事件置于当时那样一个启蒙错位、拯救偏失的社会状态下，革命者亦是注定要失败的。

血所挽救的生活：《许三观卖血记》中的许三观致力于用自己的鲜血来挽救自己的生活，自己的家庭。“文革”过后，改革开放，商品经济发展，社会多元化趋势出现，导致意识形态的淡化，时代已经不是启蒙者“振臂一呼，应者云集”的时代，许三观是一个面对生活苦难非常平静的人，他面对着道德和价值的混乱与丧失，面对着命运的不公，面对着生活的困苦都十分的平静。他用血来拯救这一切，可这种拯救的出现，也正是以拯救能力的缺失为前提的。许三观在替一乐治病筹钱的过程中，用紧张得透不过气的频率去卖了五次血，只为挽救一乐的性命，同时他也是用自己的生命作为医治一乐的资本，他用这种让人心酸流泪的悲剧性力量挽救着自己的儿子，挽救着自己的生活。他确实做到了，这是一种让人充满力量的结局，拥有希望，不到最后，永不言弃。许三观用自己鲜红的血液撑起了一片苦难的天空，这里面悲欢、苦乐都紧紧的凝固成一个字——血。

启蒙时期人们的生存状态：

启蒙时期的群众。启蒙运动出现的偏失导致了启蒙者启蒙的只有自己，绝大多数民众的思想还未得到转变。这是特定的时代背景下一种群体的生存状况的客观反映。鲁迅先生描写了一个坟地的场景：“西关外靠着城根的地面，本是一块官地；中间歪歪斜斜一条细路，是贪走便道的人，用鞋底造成的，但却成了自然的界限。路的左边，都埋着死刑和瘐毙的人，右边都是穷人的坟冢。两边都已埋到层层叠叠，宛然阔人家祝春时候的馒头。”在对西关外这片墓地的细致描绘之中，尤其突出墓地便道左右的区别，使封建的等级制度在死人身上也得到了体现，且“两边都已埋到层层叠叠”，可见当时死刑和瘐毙人之多，也可见民众与革命者的隔膜之深，对于革命者的不理解甚至鄙视已成为一种伦理社会的共识。鲁迅先生笔下的“中国国民性的堕落”其最大的病根则在于眼光不远且“怯懦”“贪婪”。华老栓夫妇是小说中着力刻画的人物，善良、怯懦、无知、愚昧、麻木是他们性格的主要特征。他们节衣缩食地省下钱去买那样一个“人血馒头”，内心充满了忐忑，可是他们无知愚昧的嘴脸又同样令人生厌。在鲁迅先生的简洁描绘中，这样一个沉沦的小社会群体，在花白胡子的卑怯、驼背五少爷的幸灾乐祸、红眼睛阿义的贪婪狠毒、夏三爷的奸诈毒辣、康大叔的流氓腔调中刻画出来。这就是在特定时代的民众的生活状态，是那么的无知、愚昧、麻木。

革命者夏瑜。在《药》中，鲁迅以简洁传神的笔调间接刻画了一个大义凛然的革命者夏瑜的形象，这是继《狂人日记》之后，又一个“发了疯”的，“可怜”的人物形象。夏瑜式的革命者将推翻不合理的社会作为其自觉承担的责任，期望民众觉醒，他觉得“这大清的天下是我们大家的”。但是他被他的伯父告发，锒铛入狱时还不忘对狱卒阿义进行劝说，企图用思想启蒙民众，但是不为所有人接受，他死后甚至使他的母亲蒙羞，连坟地与民众还隔着一条便道。

他的血花掉了华老栓一包洋钱，这一包洋钱的血液也只是为了治好小栓孱弱的躯体，这血体现了革命者的抛头颅洒热血同时体现了革命者的孤独无助，甚至死亡，以及民众无法解除身体痛苦而寄希望于无望的愚昧。革命者与民众的隔膜，这么讽刺地被表现出来。正如傅斯年先生在谈到鲁迅的《长明灯》时说的那样：“疯子是我们的老师”，“我们带着孩子，跟着疯子走，——走向光明去”。在夏瑜的墓地上出现的一圈红白的花，表达了鲁迅先生对于革命志士的崇敬之情，也昭示了民众被启蒙的希望。身处那样的时代，鲁迅先生具有的民族主义，启蒙主义立场，使他坚信革命者坟头上的花环的出现，使这种流血不同于寻常的牺牲一般无力。“这是儒家‘知其不可为而为之’、‘唯其义尽，所以仁至’的传统，这就是‘中国的脊梁’，‘民族魂’，鲁迅将传统精神置放在现代意义的洗礼下深化了、升华了，具有超越的形上光彩。”所以，这种信念的存在，即便是笼罩在麻木人群中微弱的信念的存在，也给人一种强大的精神力量。

“活着”的沉重：

余华“人是为了活着本身而活着”这一主题的提出，揭示人的求生存的本能，是一种朴素的信仰。“活着”对于苦难的人家来说，是那么的沉重，而又是那么的令人充满力量。这血是许三观遭遇困难努力摆脱困境的终极方法。为了体验卖血、为了给情人送礼，为了二乐的工作、为了一乐的生命，许三观一次次卖血，原因一次次升华，直到“挽救生命”这一主题，血的价值释放出悲剧力量，这次卖血的目的只有一个，就是要一乐“活着”。他对于一乐的信仰就是：“我儿子只有二十一岁，他还没有好好做人，他连女人都还没有娶，他还没有做过人，他要是死了，那就太吃亏了……”他用自己充满着“悲”和“痛”的血资，拯救着一个生命。这35元一碗的血，最终还是起到了其重要的作用——挽救了一乐，使得一家人度过了极度困难的时期。“幸福的家庭是相似的，而不幸的家庭又有各自的不幸”这是托尔斯泰在《安娜·卡列尼娜》中的首语。而对于这种不幸，余华则将家庭的苦难更加有爆发力地展示在我们面前。对生活在社会底层的许三观们来说，“活着”就是他们生命的全部，这就是他们最真实的人生，哪怕走投无路了也绝不罢休，就像许三观夫妇，一个豁出了性命去卖血，一个撕破脸皮地做泼妇也在所不惜。那一碗碗35元的血液就像一个个精心摆放的标识，那是他为了“活着”而努力生活着的见证，这让人明白为什么“活着”这个词可以让人如此的充满力量。

《许三观卖血记》是在许三观那引以为荣的炒猪肝、黄酒以及许玉兰的叫骂声中结束的。而这种苦日子什么时候才是个完？让人沉思不已。不由地让人想到许三观在整部小说中情绪最为外化的那一时刻：十一年后许三观决定为自己卖一次血，却被告知“你身上的死血比活血多”、“只能卖给油漆匠”。曾经卖血卖得昏天暗地、死去活来，经受了巨大生活苦难都不曾低头的许三观此时却哭了，他担心的是“家里再遇上灾祸，我怎么办啊?”这道出了人间多少的心酸苦难，一种一直存在心中的安全感的突然消失，伴随而来的就是更大的恐惧和无奈。可是生活依旧在继续，许三观无论何时，依旧要拯救自己的生活，依旧在勇敢地活着。生活中的苦难虽沉痛，可并非没有出路，因为，只要血液在血管中依旧流动，只要活着，就什么都不是问题。

《红高粱》：我爷爷我奶奶的叙述方式堪称经典
余占鳌李大头的活动背景是红高粱

莫言，原名管谟业，1956年3月5日出生于山东省高密县东北乡一个农民家庭。莫言这个笔名正好是“谟”字分成两半。他生长在上世纪60年代，从小父母嘱咐他要少说话，以免祸从口出，后来写作时就很自然地想到了这个笔名。

极“左”路线从50年代末期造成了农村社会的普遍贫困，他家是上中农成分，连领救济粮的资格都没有。他曾在某一年的大年三十到别人家讨饺子。经济上的贫困和政治上的歧视给他的少年生活留下了惨痛记忆，父亲过于严厉的约束也使他备受压抑。这种心理特征直接影响了他后来的小说创作。6岁进校读书，曾因骂老师是“奴隶主”受警告处分。小学三年级时读了《林海雪原》、《青春之歌》、《钢铁是怎样炼的》等作品，受到文学启蒙。12岁时读小学五年级，因“文革”爆发辍学回家，以放牛割草为业，闲暇时读《三国演义》、《水浒传》，无书可读时甚至读《新华字典》。18岁时走后门到县棉油厂干临时工。1976年8月参加解放军来到渤海边上，站岗之余依旧喂猪、种菜。1979年秋调至解放军总参谋部，历任保密员、政治教员、宣传干事。1981年开始小说创作，发表处女作《春夜雨霏霏》。1984年秋入解放军艺术学院文学系学习。1985年发表短篇小说《透明的红萝卜》，引起文坛注意。此后的创作明显受到美国作家威廉·福克纳和哥伦比亚作家加西亚·马尔克斯的影响。1986年发表中篇小说《红高粱》，反响强烈，被读者推选为《人民文学》1986年“我最喜爱的作品”第一名。同年从军艺毕业，到解放军总政治部工作，开始有报告文学作品问世。莫言以小说《透明的红萝卜》成名，《红高粱》则使他享誉文坛。天才般狂放的叙事和中国民间文化的奇妙结合，使他的作品具有一种罕见的审美价值和思想深度。他的创作，始终徘徊于先锋与传统之间。

莫言的小说在形式上一直追求创新，在他看来，小说最大的功能还是讲故事。而现在小说越来越多，可讲的故事差不多都讲完了，小说的形式就变得越来越重要。尤其是长篇小说，像托尔斯泰的《战争与和平》、肖洛霍夫的《静静的顿河》都是现实主义难以逾越的高峰，所以才有了那么多新的流派。莫言对长篇小说的结构非常看重，每写一部小说都争取把结构变一变，因为每个故事都有最适合它的讲述方式。

《红高粱》以第一人称叙事。故事发生在抗战初期的山东高密县的一个农村，“我”奶奶九儿是山东高密县某村一个美丽的姑娘，她对未来一直充满着美好的幻想，可为了换一头能干活的骡子，她却被贪财的曾外祖父嫁给了十八里坡50多岁的有麻风病的烧酒作坊主李大头。李大头的丑陋和猥琐我奶奶早有耳闻，可父命难违，她只好揣着一把剪刀上了花轿。当送亲队伍行至青杀口时，从密密的高粱地杀出一个劫道人，要抢轿夫的工钱和我奶奶。生来胆大的轿头余占鳌瞅准机会扑向劫道人，轿夫们一拥而上，几下就要了他的命。我奶奶在心里暗暗对勇猛的轿夫余占鳌有了好感。见了李大头，奶奶的厌恶感更深，而李大头也是个窝窝囊囊的家伙，我奶奶手拿剪刀守了两夜，他硬是没敢近身。第三天，按规矩我奶奶应该回门子了，曾外祖父牵着毛驴来接她，可他们行至青杀口，一只有力的胳膊把我奶奶抱下毛驴，向高粱深处走去。稀里糊涂的曾外祖父竟没有发觉。进了高粱地，那人把我奶奶放在地上，撕下了蒙面黑布，我奶奶发现这人竟是余占鳌，两人相对，激情迸发。从此，他就成了“我”爷爷。几天后我奶奶回家，发现李大头死了。从此，我奶奶撑起了这个烧酒作坊。不久，土匪秃三炮劫走了我奶奶，忠实的家人罗汉大爷和伙计们东拼西凑了3000块大洋，将我奶奶赎回来。我爷爷跑到秃三炮的狗肉铺，把菜刀架在他的脖上，秃三炮用脑袋保证没有动我奶奶，我爷爷才饶了他一命。我爷爷在刚酿好的高粱酒里撒了一泡尿，没想到竟酿成了喷香的好酒，我奶奶给它取名叫十八里红，后来我爷爷和我奶奶终于结为了夫妻，生下了我爹豆官。我爹9岁那年，日本鬼子来了，他们用刺刀逼着乡亲们踩倒高粱，给他们修路，还掳去了乡亲们的骡马牲口。罗汉大爷气不过，乘着夜色到了日本鬼子的营区里，用铁锹铲伤了无数的马腿，结果被鬼子捉住了。为迫使乡亲们服从其统治，日本鬼子惨无人道地逼着狗肉铺的伙计把罗汉大爷剥皮示众。这种极其野蛮的行为激起了村民们强烈的仇恨和反抗情绪。夜晚，我奶奶搬出当年罗汉大爷酿的十八里红让伙计们喝，大家放开嗓子唱着"喝了咱的酒，见了皇帝不磕头；喝了咱的酒，一人敢走青杀口"斗志昂扬地去打日本鬼子。我奶奶做好了饭菜，在黄昏的时候挑着担子去犒劳我爷爷他们。路上，她被日本人的机枪打死了。愤怒的我爷爷和众伙计像疯了一样抱着火罐、土雷冲向日本军车。经过一番激烈的战斗，敌人的一辆军车被炸飞，可其他伙计们也死了。我爹豆官找到了我爷爷，看见他痴痴地站在我奶奶的尸体旁。夕阳如血，高粱如血，我爹唱起了古老的童谣："娘！娘！上西南，宽宽的大路，长长的宝殿……"

小说《红高粱》在思想艺术上有着很显著的特征：

《红高粱》是情欲的温床：小说中对于红高粱的灵性化的描述，很容易激发像张艺谋这样的导演的表现欲望。在改拍的电影里，张艺谋将原作藏匿于深处的情爱扯到前台，不惜笔墨地加以强化铺陈、表现。莫言小说原作里对情爱的赤裸裸的爆炸性描写，让他出神入化地在高粱地里导演了一场撼动中国银幕的媾和场面，压抑已久的情欲的想象真实地曝光在银幕上。倒塌的红高粱形成了情欲的温床，波澜壮阔的高粱地里设置了帷帐的屏障，无所不在的摄影镜头穿透进去，顺着姜文阳刚而伟岸的躯体，完成了对女性的俯视与压迫情欲的主观再造。莫言不讳言：他不过是借他的高密东北乡的地域位置来表现他的想象中的世界。而实际上，他一炮走红的《红高粱》继承了《静静的顿河》中的偷情描写，并进行了中国化的改造，所以其中的爱情描写既是中国的，也是来自欧洲异域民族的。《红高粱》中振聋发聩的野合场面震撼着东方人传统的温情脉脉的爱情观，这其实可以看做这是对西方人的爱情观的一次东方改写。也许从这方面讲，很难说张艺谋的《红高粱》中的爱情是真正传统的中国意义上的，这种取自于西方传统民风的爱情风格再返回到国际影坛上后获得反响，就并不奇怪。与其说是一种对西方的迎合，不如说是一种回归。当把西方人心目中的爱情以东方的面孔送回去的时候，东西方理解上的差异的壁垒可以说是不攻自破了。于是，这部中国电影获得了西方评委的青睐。在《红高粱》里，张艺谋向人们展示了中国古老文明积淀而成的一个隐秘的故事，他以红色为影片的基调，通过人物的塑造歌颂了自由的生命的真谛——爱就真爱，恨就真恨，大爱大恨，大生大死，因而唤起了人们对那个疯狂而无序的年代里的英雄所具有的那种漫溢的激情、漫溢的野性和漫溢的自由的追求。《红高粱》集中到一点，就是充分地全力地表达了影片作者对原始生命力的崇拜。张艺谋对原始生命意志与生命力之不可抗拒的赞颂与褒扬，堪说达到了极致。

首先，是对性的神力的崇拜。在“颠轿”一场戏中，从表层来看，它是偌多抬轿的粗野壮汉对花轿中一位红装红盖头新娘的戏谑式恶作剧；但从深层来看，它既是几条赤膊壮汉面对新娘九儿的魅力所萌动的性的潜在欢悦与渴望的自发宣泄，又是对九儿面临不合理不人道的两性结合却又爱莫能助的悲凉、怨愤之情的自发发作。而唯一能使这一载歌载舞的“颠轿”从疯狂的顶点戛然而止的神力，不是别的，正是轿中九儿的几声哽咽的啜泣声。编导在这一情绪与节奏的转变点中，把这群粗野壮汉内心合乎人伦天性的美好性灵表现出来，这是影片开始首先打动人心的点睛之笔。这一节奏休止造成的情绪落差，确定了九儿在野汉们心中实际占据的真正神圣的地位，是影片对性的神力崇拜的一个明证。而在这群抬轿壮汉中，又唯有“我爷爷”余占鳌，以其更加强烈的受性的神力驱使的生命意志力，敢于把自己内心的骚动与渴望付诸外在的实际行动：杀夫、劫妻乃至高粱地里的交欢野合，都成了一桩桩不再是施暴施恶而是全部顺理成章的事了。当银幕上展现九儿痴迷地后倾倒地的诗一样朦胧的近景，余占鳌跪在那方倒伏的高粱空地上的呈红色“大”字状展开的九儿身前俯瞰的远景（这里可谓是一个宗教式性崇拜、生殖崇拜的肃穆仪式了），以及逆光中红高粱影影绰绰在丽日和风中摇曳的动态镜头，把对原始生命力的崇拜在重彩铺设的特景中推到了艺术美的制高点。不过，反观影片，张艺谋应当在此处把文章的浓度做得更足一点，以使这一“天作之合，地成之美”的红高粱地交欢场面，达到更神圣的境地！

其次，是对死的神力的崇拜。在《红高粱》中，张艺谋要展示我们的人生图景是：这些十八里坡人，他们男欢女爱，活得自由自在，活得痛痛快快；而为族仇国耻，他们也一定奋起抗争，报仇雪耻，哪怕是为此而死，也是要死得自由自在，死得痛痛快快！生死爱恨之两极，相反相成而一致。确实，这些人说死就死，李大头、那个冒充“秃三炮”的路劫者等等，似乎是死得那么容易、那么轻松又那么无声无息。这里自然不是指这些消极意义的死。而那些有积极意义的死、那些为反抗外族入侵而就义之死：无论罗汉大叔还是九儿乃至“秃三炮”之死于日本侵略者的屠刀与炮火之下，都成为壮烈牺牲之死、震慑人心之死！所以，张艺谋在影片中不惜让人接受血淋淋的感官刺激。

第三，是对酒的神力的崇拜。被美其名曰“十八里红”的高粱美酒，其品格在被重复唱过两次的《祭酒歌》中得到了最高的褒奖：“喝了咱的酒，滋阴壮阳口不臭……喝了咱的酒，见了皇帝不磕头……”而余占鳌正是在一醉方休的酒的神力中，把自己同九儿在高粱地里的私情一吐为快。在十八里坡人中，自古至今传为美谈的：红高粱酒的神力，就是十八里坡人的狂放不羁的神力；红高粱酒的品格，就是十八里坡人的自由自在的品格。一四七，三六九：九儿，这个十八里坡的唯一女性，不正是在她入主十八里坡酒坊为掌柜的那一刻，向酒坊众伙计们第一次宣布了自己的小名就是“九儿”（酒儿）吗？酒与人，其神力与品格之所以一致，就因为两者都诞生于红高粱地。十八里坡人以酒为氛围，十八里坡人以酒为依托；酒弥洒在十八里坡的人群中，酒成了十八里坡人调节与强化人际感情关系的催化剂。说得清楚点，影片对酒的神力的崇拜，就是对十八里坡人的神力的崇拜。《红高粱》中对性、对死、对酒的神力的崇拜，表现了对人的本性中最基质的精神源泉：原始的生命欲望、意志即生命本质力量的崇拜。这可谓是当今中国影片的一次破天荒的尝试与探索。

《红高粱》从人的生存状态、人的本性方面，探讨人生哲理。《红高粱》从本质揭示了一个全世界都在关注的问题：文明发展了，人的尊严该如何保持，人的活力该如何张扬？人性如何不因科学的昌明发达而丧失？该片导演张艺谋曾声明，他拍《红高粱》就是要表达“人活一口气，树活一张皮”，就是要张扬人性。环境与人相应和时，可以张扬人性；环境与人矛盾，则会压抑，破坏，甚至毁灭人性。电影《红高粱》中的高粱地，酒坊，均与男女主人公的人性相应和，因此它起到了强化，张扬人性的作用。影片中，所有的中国人都是同一个形象——全身古铜色，皮肤饱满，棱角分明. 甚至还有大部分为光头。正是这样的一个形象展现了男子的野性和人们敢爱敢恨的一面。男主角姜文强壮的身体，沙哑的嗓音成为一个典型。“妹妹你大胆地往前走”这首歌，倒抱“九儿”的这一动作，往新酒里撒尿，抱土雷炸车等细节，都成为了突破传统道德的一个符号，成为导演对全中国人呼唤新生活的符号。

《红高粱》艺术性赏析：莫言小说深受魔幻现实主义文学流派影响，意识流结构中时空交织、人生沉浮，同时，作者检视民族精神，意象奇诡瑰丽，充满诗意的描述，既是作者独特的情感体验，又在读者心上铭刻了被历史埋没被今人遗忘的传奇故土、英雄故人。莫言的笔法恣意放纵，文字极有征服力，因此，说《红高粱》是上个世纪国内最具“电影感”的文学作品毫不为过！（所谓“电影感”，一方面指故事结构中意识流式的“自由剪辑”，一方面指作者描写事物时应用的视觉化的文字。）电影《红高粱》没有照搬小说的意识流结构，而是将故事改为直线叙述，在影片的视觉风格上，导演、摄影精心复现了小说构造的色彩世界，如阳光般眩目、热情似火的红色震惊影坛，也给导演张艺谋留下至今难舍的情结。影片的艺术地位非常突出，富于视觉冲击力的画面造型迸发出第五代导演厚积薄发的雄心壮志，美术、音乐，无处不彰显情恋故土、惊世骇俗的第五代精神，如果要在中国第五代导演作品中找出最有代表性电影，《红高粱》当之无愧。“颠轿”、“野合”当年都为评论者津津乐道，今天看来，两个段落的摄影手法以及场面调度仍然无人能及。新娘轿中偷窥半裸猛男的场面，主客观镜头交替运用毫无错乱，摄影师出身的张艺谋交代画面时一派大家气度。在这一高潮段落中，演员在镜头内的表演、摄影师变换的视角以及剪辑节奏与不断起伏的背景音乐配合得当浑然一体，多个艺术层面的变化在导演控制下有机联系一气呵成。用假定性的色彩造型把整个天地变成红色，来显示人物壮烈的心理真实，也是《红高粱》的艺术之笔，它给观众留下了一种神奇及激动之处。这要比小说中的一带而过的一些描述更加渲染和表现。如此不难想象，片中的“颠轿”一场戏，在那崎岖的道路上，滚滚的黄尘，轿夫那近似疯狂般的野性舞蹈，以及轿中“我奶奶”的表情；酿酒作坊里面的大酒缸，大海碗，通过烟气，来回走动的人而营造出来的热气腾腾的气氛；高粱地里的高粱在风中狂舞不止，心跳似的鼓声和呐喊似的唢呐声拔地而起……这些热烈鲜明的氛围，表现得多么震撼人心！究其原因，无处不和电影强调形象直观冲击力有关系。这些场面最能体现淳朴的民俗和传奇的色彩以及片中人物的心境，由于编导者的刻意渲染，使作品在总体上透出了一种强悍的，狂野的，生机勃勃的气质，观众也从中感受到了强烈的生命意识。

作家感言：余华认为自己从先锋回归传统是很自然的。上世纪末的中国先锋文学有浓重的西化倾向，而现在，很多作家已经开始向传统回归，自己准备写“土得掉渣”的小说。这是否说明先锋派的文体实验已经失败？莫言并不这样认为，在他看来，先锋派是当代文学发展的一个必经阶段。“文革”文学在创作上基本是空白，17 年文学也受到各种清规戒律的束缚，先锋文学大大开阔了中国作家的眼界，冲破了内心的禁锢，这是它最大的意义。但它也有副作用，就是生硬地模仿，来不及消化，总给人似曾相识的感觉。后来作家也意识到不能只是克隆西方，应该写中国气派、中国风格的作品，就只能向中国传统尤其是丰富多彩的民间生活中去找资源。这不是某个人的号召，而是一个必然的发展过程，就像一条小河，流到那里自然就会拐弯。翻译也未必都是“过水肥料”，莫言的作品在海外也颇有影响，被翻译成多国文字出版。他曾说翻译就像过水的肥料，失色不少。如果要追求“中国风格”，这个问题会不会更严重？莫言表示，这也是没办法的事，作家写作不是为了读者的意愿，外国读者就更不考虑了。翻译本身就是再创作的过程，能不能找到好的翻译家就看自己的造化了。不过，对翻译问题也不用太悲观，莫言的《檀香刑》是最难翻译的，但这本书有几个译本都不错。尤其是日译本，翻译者是一位 70 多岁的老翻译家，有多年底层生活的经验，而且他的故乡也有一种小剧。他把对这个小剧的感受和书中的“猫腔”对照，翻译得很地道，简直像日本作家的作品。莫言曾经问一些日本读者看后的第一印象，他们说好像有很多声音在耳边缭绕，莫言很高兴，因为这正是他写这本小说追求的目标。他把这个经验推荐给意大利文译者，据说效果也不错。电视剧本可以写，但要把它当艺术。现在的中国文坛劲刮“乡土风”，乡土题材压倒了都市题材。莫言认为这跟作家构成有关，因为现在文坛“中坚”的四五十岁作家大都出身农村，或者有过插队经历，而当年的城市也像个大农村。这些作家在写作的时候很自然地会倾向农村，而现在的年轻作家几乎都是以城市为背景。他幽默地说：等我们这批人写不动了，写城市的小说自然就多了。现在的网络小说、休闲文学很多，莫言对这些也很宽容。他认为文学既神圣也简单，网络文学、休闲文学也是应社会需要才产生的。如今，有些作家为生计而写电视剧本、广告词或干脆弃文经商，莫言认为这也很正常。不能说当了作家就得一辈子写下去，永远不能“叛变”。他也写过电视剧本，写剧本没那么可怕，关键是要把剧本当成艺术，台词、情节都要写精彩，不能只当它是赚钱工具。说起读书经验，莫言说自己是“不求甚解”，一般的书都读不完。不像小时候，读书就是看故事，借到一本书生怕很快读完。现在故事对他已经没有吸引力，他看的主要是技巧和语言，经常看到2/3就能猜到人物命运和结尾的方式。这样看书也谈不上享受，更像是一种工作了。莫言给写作爱好者出了个主意，就是模仿名家。他曾建议中学生今天仿鲁迅，明天仿郁达夫，后天仿沈从文。学他们的语言和风格，模仿十几位作家后就会有自己的东西了。这就像学毛笔字先学描红一样，大书法家也是从临帖、临碑起步的。哪怕你再有文学天才，不拿起笔来就永远不会写作。莫言曾说，伟大的小说，主要人物要进文学人物画廊，次要的也要有血有肉。说起他自己的作品，他认为《丰乳肥臀》里的上官金童性格非常丰富。《红高粱》里的土匪余占鳌、《檀香刑》里刽子手，都是以前作品里没有出现过的。之所以能把刽子手写得那么深刻，莫言说这得益于作家的基本功，就是推己度人，发挥想象力。那一刻要忘记自己是个作家，是个正常人，就要把自己当成一个刽子手，揣摩他的心理。《生死疲劳》里的蓝脸和洪泰岳也是很有个性的角色，单干户蓝脸是有原型的。莫言说小时候经常看见他推着一辆木轮车到田里去。当时自己跟大家一样，认为他是个坏人，还从背后用砖头砸他。而开始写作之后，就感觉这个人一定可以写一部好小说，但一直没动笔。直到在庙里看到六道轮回的画，才突然触发了灵感。这本小说的故事其实很沉重，但莫言用狂欢、戏谑的写法冲淡了痛苦的感觉。他认为让人流泪的小说未必是最好的，“含泪的笑”才是更高境界。

先锋派小说走得更远。现代派小说标示出当代小说在探索中的精神气质方面的某些变化。稍后出现的先锋小说则有着更鲜明的“文体”实验的指向。先锋小说：又称新潮小说，它主要是指80年代中期以后出现的一批具有探索和创新精神的青年作家所创作的新潮小说，代表作家有马原、洪峰、残雪、扎西达娃、苏童、格非、北村、孙甘露、余华等。马原、残雪共同作为先锋小说的先声出现。马原对于叙述的自觉探索和残雪的以非现实的意象冷静的展示“恶”、“暴力”的能力，都作为了先锋小说的资源。重视叙述，是先锋小说开始最引人注目的共通之处。他们关心的是故事的“形式”，即如何处理这一故事。这开始在马原那里就有充足的体现。马原发表于1984年的《拉萨河的女神》是大陆当代第一部将叙述放置于重要地位的小说。之后的洪峰被认为是马原的成功的追随者。1987年间，这种写作成为一种潮流。代表作家、作品迭起。先锋小说将叙事本身作为审美对象，运用虚构、想象等手段，进行叙事方法的实验。背离传统小说竭力营造和现实世界对应的“真实”幻象的实现途径，明确承认小说的虚构性。这无疑极大地拓展了小说的表现力，在某种程度上凸现小说的独特存在。在这种形式革新的基础上，先锋小说的挖掘包含了特定的意义，这也是与传统背离的，表现在对于性、死亡、暴力等主题的关注。表达了作家们对于历史、现实、社会、人性等的个性化的体验：（1）打破叙述者与读者的界限，混淆二者之间的区别。（2）特别注重技巧，要求实验性文本，与传统的故事生动大大不同。（3）承继西方现代派传统，有很开阔的角度和视野，摆脱了传统故事性的道路和传统视角。

《山上的小屋》：山上的小屋乃某种渺茫理想的期冀
狼嚎与偷窥是颠覆传统意识的描写

残雪，原名邓小华，1953年生于长沙。小学毕业。当过赤脚医生、工人，开过裁缝店。1985年开始发表作品。她的“先锋小说”《山上的小屋》、《饲养毒蛇的小孩》、《阿娥》、《苍老的浮云》、《长发的遭遇》、《五香街》等在国内外有较大影响。

残雪是具有鲜明个性化创造风格的作家，她着眼于深层的精神世界，不断开拓和挖掘，在中国文学界是一个极为独特的存在。近年来残雪写了不少关于西方经典文学的评论，她以纯粹艺术家的感悟，结合自己的创作观念和体会，独辟蹊径，以创作与评论相融合的文体形式对卡夫卡、博尔赫斯、歌德、莎士比亚、但丁等经典作家做了全新的阐释和描述。

西方现代主义着重表现人存在的荒谬感、恐惧感，人与人之间的无法理解、无法沟通；艺术表现上则注重感觉、变形，以揭示人存在的这种心理真实。残雪有其特殊的艺术敏感，她以破碎的心灵感触世界，使外物发生异变，这使其与西方现代主义哲学与文学一拍即合。《山上的小屋》就是这样一篇作品。残雪的小说建构了一个梦魇般的世界。在这个世界里，人是孤独的、痛苦的，人与人之间互相戒备、仇视。《山上的小屋》中的“我”，几乎耸立着每一根毫毛，警觉地感受着外部世界，处处充满了疑惧：家人们总想窥视“我”的隐私（抽屉）；母亲“恶狠狠地盯着我的后脑勺”；父亲使“我”“感到那是一只熟悉的狼眼”；妹妹的眼睛“变成了绿色”；乃至窗子也“被人用手指捅出数不清的洞眼”。家人之间没有亲情和爱情，只有猜疑与嫉恨。心理的变态也产生了物象的变形。那日夜鬼哭狼嚎的山上的小屋，就是一个幻觉世界。“我”在这幻觉世界中神经极度紧张：许多大老鼠在风中狂奔，有一个人反复不停地把吊桶放下井去，在井壁上碰得轰隆作响。“我”的灵魂就在这个梦魇里痛苦地扭动。残雪的敏感使她创造了一个变形、荒诞的世界，从这变形、荒诞世界里折射出一个痛苦、焦灼的灵魂。这正是超现实主义的艺术追求。人与人、人与物关系的变形，来自现代主义的哲学意识。《山上的小屋》中也有不少这样的表述。如“抽屉永生永世也清理不好”，象征着人生的杂乱无章和难以把握；坚持清理，象征着试图建立某种秩序；父亲每夜在井中打捞又打捞不着什么，象征着人劳碌无为而又不得不为；满屋乱飞的天牛，象征着人生的困扰而又难以驱赶；寻找野葡萄、寻找山上的小屋，象征着希望实现某种微弱的理想。小说表现的人在痛苦中挣扎而又无法摆脱痛苦的人生体验，正是西方现代主义对人的一种哲学认识。

《冈底斯的诱惑》：一座神山的诱惑是神与宗教的启示？一个叙事的圈套是似真幻觉的颠覆？

马原，生于1953年，辽宁锦州人。1970年中学毕业后到辽宁锦县农村插队。1974年入沈阳铁路运输机械学校机械制造专业学习。1976年毕业后到阜新当钳工。1978年考入辽宁大学中文系。1982年毕业后进藏，任记者、编辑。这段时期的经历是他创作的重要素材。1989年调回辽宁，任沈阳市文学院专业作家。1982年开始发表作品，1984年发表的《拉萨河女神》首次把叙述置于故事之上。主要作品有小说集《冈底斯的诱惑》、《西海无帆船》、《虚构》等，长篇小说《上下都很平坦》等。他是“先锋派”的重要作家，他的作品在形式上做了认真的尝试，吸取了西方现代主义的技巧，特别是结构主义的影响。他把故事结构分解重组，时空关系不断跳跃，背景氛围有意抽空，造成阅读的陌生化，显示着小说观念的根本变化。他的“叙述圈套”名噪一时，用叙述人视点的变化来展示作品真实与虚构的转换，突出小说的叙述功能。在叙事形式的实验之外，他的行文中有不少隐喻，关于人的本质的寓言设置。

马原的作品大多吸收魔幻现实主义艺术表现的长处，在叙述形态和时空处理上显示出自己的特点。作为新潮小说的代表作家，马原在新时期小说创作中具有独特的贡献。此前，从伤痕文学、知青文学到寻根文学，作者大多仍处于要“交流一点什么”、“说什么”的冲动之中，而马原则把创作的重心转向了“怎么写”的思考，在小说的叙事策略、叙述语言等方面进行大胆的实验，从而在一个历来缺乏形式感的国度里唤起了形式自觉，引发了一场小说叙事革命，向传统的文学观念和传统的审美习惯作了无声却强有力的挑战。

《冈底斯的诱惑》是马原代表作之一。小说以几个外来的年轻探求者在进藏后的见闻，写出了冈底斯高原神秘的风土人情，并且借助独具一格的艺术手法，微妙地传达了西藏神话世界和藏民原始生存状态对现代文明的“诱惑”和这种诱惑的内在含义。小说没有完整的故事情节，只是交错叙述了几个各不相关的故事。彪悍的藏族神猎手穷布被人请去猎熊，结果发现的是喜马拉雅山雪人；探险者陆高认识一位漂亮的藏族姑娘央金，央金却意外地死于车祸；陆高和姚亮去看“天葬”，可遭到天葬师的拒绝，以及生性好幻想的弟弟顿月和老实木讷的哥哥顿珠传奇般的生命历程。小说以冈底斯山作为人和事遥远的背景，叙述了西藏迷人的景致与神奇的风俗，展示了充满魅力的生存方式和生存氛围。作品有以下几个方面引人注目。

首先，作者对西藏生活的表现，不注重外部世界影响下的变化，而着眼于藏民的基本生存状态，如狩猎、放牧、天葬等；着意突出西藏那被宗教气氛包围的神话般的世界，诸如不许外人参观的天葬、雪夜中的温泉景观、高耸于沼泽地的巨大羊头形石块等。这个神话般世界与西藏自然景色的原始荒凉、神秘奇丽相一致，也与藏民生活的粗犷传奇相谐调，从而完整地构成了独特的“初民的世界”。千里迢迢，用身体丈量大地，三步一磕头地来到神山冈仁波齐峰、神湖玛旁雍措湖面前，表现出雪域高原特有的宗教景仰与崇拜，

其次，为了与这个神秘的世界相契合，作者采用了独特的叙述方式。几个故事没有什么关联，它们单独成立又串联在一起；故事线索也不很明确，往往突如其来，倏然而去；事件常常没有确定的时间、地点，或者在过程上或者在结果上进行省略；虽然运用讲故事的方式叙述，但又无通常小说中的烘托、渲染与人物形象的着意塑造；小说中的人物和故事被更强烈的具象性和更深邃的偶然性所推动，一方面展开变幻无穷的叙述层次，一方面又显露出神秘莫测的故事内核。作品从头至尾没有统一的人称，没有贯穿的人物，而是不停地转换人称。在叙述老作家时使用第一人称直叙，在叙述穷布时使用第二人称转述，在叙述姚亮、陆高看天葬的经历和顿月、顿珠兄弟的故事时，又采用正面叙述方法。探险者陆高很大程度上是作者个人经验的延伸，同时又是整个故事的主要视角。这种把作者——叙述者——人物交揉循回的扑朔迷离的叙述方式，打破了读者阅读时的惯性与期待，造成间离效果，从而对作品内容作出清醒、理性的判断。从这些意义上来说，《冈底斯的诱惑》是当代小说叙事革命的一次有益尝试。

仔细阅读研究现代派小说文本，尤其是致力于语言或形式实验的先锋派小说之后，不难发现，现实主义小说创作与现代主义小说创作的主要区别在于：（1）现实主义小说创作以现实为基础，如《亮剑》；现代主义小说创作超越现实，如《百年孤独》。（2）现实主义小说创作注重思想性的提炼，如《家·春·秋》；现代主义小说创作注重艺术形式、语言技巧、表现手法的运用，如《山上的小屋》。（3）现实主义小说创作努力贴近读者、贴近生活，如《骆驼祥子》；现代主义小说创作努力拉开与读者的距离，读不懂他们的作

品是常态，如《拉萨河女神》。（4）现实主义小说创作具有鲜明的主题，如《药》的“启蒙”、《太行山上》的“救亡”；现代主义小说创作缺乏起码的明确主题，如《阿梅在一个太阳天里的愁思》。（5）现实主义小说创作注重客观外部世界的记叙，如《边城》；现代主义小说创作关注主观心理倾诉，如《似水年华》。（6）现实主义小说创作大多具有完整的故事情节和人物命运演变过程的描写，如《子夜》；现代主义小说创作中的情节只有零散的碎片表述，如《西海无帆船》。（7）现实主义小说创作的人物性格鲜明，呈立体姿态，如方鸿渐、白嘉轩、葛朗台、苔丝等；现代主义小说创作的人物，仅仅是某种观念或意象的符号，呈平面状态，如《狂人日记》中的狂人，便是一个“反封建”的符号；《冈底斯的诱惑》中的穷布、央金、曲珍、顿珠、顿月、尼姆等是一种生存状态的展示而已。（8）现实主义小说创作，语言追求平实，大众化，如《小二黑结婚》；现代主义小说创作，语言讲究创新，精英化，洪峰《极地之侧》、格非《迷舟》、孙甘露《访问梦境》、余华《现实一种》、苏童《我的帝王生涯》等。

现代派文学创作仅仅提及小说与剧本，是不够的，其现代派诗歌创作曾在中国掀起20世纪最大的一次诗歌高潮。1980年开始，诗坛出现了一个新的诗派，被称为“朦胧派”。以舒婷、顾城、北岛、江河、杨炼等为先驱者的一群青年诗人，从1979年起，先后大量发表了一种新风格的诗。这种诗，有三四十年没有出现在中国的文学报刊上了。最初，他们的诗还仿佛是在继承现代派或后现代派的传统，但很快地他们开拓了新的疆域，走得更远，自成一个王国。朦胧派诗人无疑是一群对光明世界有着强烈渴求的使者，他们善于通过一系列琐碎的意象来含蓄地表达出对社会阴暗面的不满与鄙弃，开拓了现代意象诗的新天地，新空间。

朦胧诗无疑是中国当代汉语诗歌史上绕不过去也最值得关注的重要课题，它的重要性还在于它开启了诗歌的多个方向，启迪了当代诗歌的多种可能性，它的源头性的意义还有待进一步挖掘。对于当代诗歌来说，朦胧诗始终是一个强大的存在，一座含金量罕见、挖掘不尽的宝库。一般认为，朦胧诗是自1978年北岛等主编的《今天》杂志开始的。当时活跃于《今天》杂志的诗人包括后来大名鼎鼎的北岛、舒婷、顾城、杨炼、江河、梁小斌、芒克等。他们受西方现代主义诗歌影响，借鉴一些西方现代派的表现手法，表达自己的感受、情绪与思考。他们所创作出来的诗歌，与当时诗坛盛行的现实主义或浪漫主义诗歌风格呈现截然不同的面貌。这些诗歌后来被统称为“朦胧诗”。

朦胧诗这一概念，事实上自产生之日起就争议不断。它最初来自评论家章明的一篇评论的题目《令人气闷的“朦胧”》，章明认为这些诗歌受西方现代主义诗歌的不好的影响，过于追求个人化的意象与词汇，涵义有时显得晦涩，整体意境显示某种荒诞而诡异的色彩，有时还呈现某种灰暗低沉的情绪。其实这一概括并不足以涵盖后来所说的朦胧诗的全部，而且文章里面涉及的诗人也没有一个是后来被公认为朦胧诗的代表性人物。但有趣的是，朦胧诗这一简单化的命名后来却成为约定俗成的名词。不过，在另外一些支持朦胧诗的评论家那儿，朦胧诗代表一种新的崛起，当时有三篇非常有影响的诗歌评论，后来被称为“三个崛起”，即北京大学教授谢冕先生的《在新的崛起面前》、福建师范大学的孙绍振先生的《新的美学原则的崛起》和当时还是吉林大学中文系学生的徐敬亚的《崛起的诗群》，这三位评论家正好老中青齐备，他们的这三篇评论，概括和总结了朦胧诗的一些特点，肯定了朦胧诗的作用和成就，可以说为朦胧诗起到了鸣锣开道的作用。

朦胧诗的历史功绩及艺术成就是无法忽视的，在一篇回顾当代汉语诗歌二十多年所走过的道路的文章中，诗家曾这样评价朦胧诗：当代汉语诗歌最具实质性影响的努力有三次，即朦胧诗、口语化努力、叙事性的强调。其中，朦胧诗的出现使中国的新诗传统在滞缓几十年之后再次与世界接轨，并逐渐同步。它最大的贡献是唤醒了一种现代意识。一种新诗现代化的意识。确实，由于朦胧诗人大多经历了“文革”导致的精神危机，出现了类似西方“上帝死了”之后的现代主义背景，因此，朦胧诗人迅速被西方现代主义诗歌所吸引并产生了强烈的共鸣，中国当代诗歌成就向前跳跃了好几步，并逐步与西方现代主义诗歌走到了同一条线上。

即使现在读起来，不少朦胧诗人的诗作仍深具魅力，比如北岛的“在没有英雄的年代里/我只想做一个人”（《宣告》）、“卑鄙是卑鄙者的通行证/高尚是高尚者的墓志铭”（《回答》），顾城的“黑夜给了我黑色的眼睛/我却用它寻找光明”（《一代人》），杨炼的“高原如猛虎，焚烧于激流暴跳的万物的海滨”、“或许召唤只有一声———最嘹亮的，恰恰是寂静”（《诺日朗》），舒婷的“与其在悬崖上展览千年/不如在爱人肩头痛哭一晚”（《神女峰》）等等。当年称得上传诵一时，在当时思想解放、人性开放的启蒙思潮和时代背景下领风气之先，自然好评如潮。这些诗作如今读来虽然已无当初震撼，但它们经受了时间的考验，仍为人所传诵。但也有些诗作，不乏概念化、简单化甚至口号化的痕迹。

至今，“朦胧五诗人”已各自东西，北岛仍然是重量级的，却主要改写随笔；顾城惨死异国他乡；杨炼还在到处漂泊，诗作却已很难引起兴奋；江河隐姓埋名，离群寡居，与外界很少来往；只有舒婷一人功成名就，在诗坛的影响力却与日俱下。其他当时活跃的朦胧诗人，如今更是不见踪影。诗人黄灿然说十年就能看出一个诗人是否有生命力，此言不假。真正经得起历史考验的诗歌和诗人总是屈指可数的。

《致橡树》：蓝天白云下，木棉轻轻与橡树呢喃
长句短语间，爱情抒发崭新的宣言

我如果爱你——/绝不像攀援的凌霄花，/借你的高枝炫耀自己；/我如果爱你——/绝不学痴情的鸟儿，/为绿荫重复单调的歌曲；/也不止像泉源，/常年送来清凉的慰藉；/也不止像险峰，/增加你的高度，/衬托你的威仪。/甚至日光。/甚至春雨。/不，这些都还不够！/我必须是你近旁的一株木棉，/作为树的形象和你站在一起。/根，/紧握在地下，/叶，/相触在云里。/每一阵风过，/我们都互相致意，/但没有人/听懂我们的言语。/你有你的铜枝铁干，/像刀，像剑，/也像戟，/我有我的红硕花朵，/像沉重的叹息，/又像英勇的火炬，/我们分担寒潮、风雷、霹雳；/我们共享雾霭流岚、虹霓，/仿佛永远分离，/却又终身相依，/这才是伟大的爱情，/坚贞就在这里：/爱/不仅爱你伟岸的身躯，/也爱你坚持的位置，脚下的土地。

舒婷，原名龚佩瑜，祖籍福建泉州，出生于福建龙海市石码镇，当代女诗人，朦胧诗派的代表作家之一。《致橡树》是朦胧诗潮的代表作之一。1964年就读于厦门一中，1969年至闽西山区插队，1972年返回厦门，当工人、统计员、染纱工、焊锡工等等。崛起于20世纪70年代末的中国诗坛，1979年开始发表诗歌作品。1980年到福建省文联工作，从事专业写作。著有诗集《双桅船》、《会唱歌的鸢尾花》、《始祖鸟》，散文集《心烟》、《秋天的情绪》、《硬骨凌霄》、《露珠里的“诗想”》、《舒婷文集》（3卷）、《真水无香》等。

舒婷长于自我情感律动的内省、在把捉复杂细致的情感体验方面特别表现出女性独有的敏感。情感的复杂、丰富性常常通过假设、让步等特殊句式表现得曲折尽致。舒婷又能在一些常常被人们漠视的常规现象中发现尖锐深刻的诗化哲理（《神女峰》、《惠安女子》），并把这种发现写得既富有思辨力量，又楚楚动人。

舒婷的诗，有明丽隽美的意象，缜密流畅的思维逻辑，从这方面说，她的诗并不“朦胧”。只是多数诗的手法采用隐喻、局部或整体象征，很少以直抒告白的方式，表达的意象有一定的多义性。把握了这一点，舒婷的朦胧诗是不难解读的。

《致橡树》热情而坦诚地歌唱了诗人的人格理想。比肩而立，各自以独立的姿态深情相对的橡树和木棉，可以说是我国爱情诗中一组品格崭新的象征形象。这组形象的树立，不仅否定了老旧的“青藤缠树”、“夫贵妻荣”式的以人身依附为根基的两性关系，同时，也超越了牺牲自我、只注重于相互给予的互爱原则，它完美地体现了富于人文精神的现代性爱品格：真诚、高尚的互爱应以不舍弃各自独立的位置与人格为前提。这是新时代的人格在性爱观念上对前辈的大跨度的超越。这种超越出自向来处于仰视、攀附地位的女性更为难能可贵。诗歌对爱情理想的歌唱、高扬，树立在极有思想含量、极有力度的否定之上。全诗共36行。1～13行借用一系列自然物进行象征类比，对攀附（凌霄花）和单方面奉献（险峰）这两种以一方的压抑、萎缩和牺牲为爱的前提的爱情观作了深刻的否定，这正是以对立的价值面对现代爱情理想构成的深刻有力的反衬。14～31行正面抒写理想的爱情观：爱情的双方在人格上完全平等，既保持各自的独立个性，又互相支持，携手并进。32～36行写真正的爱情就应该既爱双方的人品，也爱他的理想——忠于祖国。橡树的形象，象征着刚硬的男性之美，而有着红硕的花朵的木棉显然体现着具有新的审美气质的女性人格，她脱弃了旧式女性纤柔、妩媚的秉性，而充溢着丰盈、刚健的生命气息，这正与诗人所歌咏的女性独立自重的人格理想相得益彰。

在艺术表现上，诗歌采用了内心独白的抒情方式，便于坦诚、开朗地直抒诗人的心灵世界。同时，以整体象征的手法构造意象（全诗以橡树、木棉的整体形象对应地象征爱情双方的独立人格和真挚爱情），使得哲理性很强的思想、意念得以在亲切可感的形象中生发、诗化，因而这首富于理性气质的诗却使人感觉不到任何说教意味，而只是被其中丰美动人的形象所征服。诗歌之所以采用整体象征，也由于诗人的构思意图不一定把作品题旨局限于爱情的视野。从橡树与木棉的意象构成中同样可以合理地引申出对人与人之间相互同情、相互理解、相互信任，同时又以平等的地位各自独立这种道德理想。

《姐姐》：德令哈的孤寂犹如无边无际的黑洞
是姐姐的呼唤给予诗人温暖的慰藉

姐姐，今夜我在德令哈，夜色笼罩/姐姐，我今夜只有戈壁/草原尽头我两手空空/悲痛时握不住一颗泪滴/姐姐，今夜我在德令哈/这是雨水中一座荒凉的城//除了那些路过的和居住的/德令哈……今夜/这是唯一的，最后的，抒情。/这是唯一的，最后的，草原。/我把石头还给石头/让胜利的胜利/今夜青稞只属于她自己/一切都在生长/今夜我只有美丽的戈壁空空/姐姐，今夜我不关心人类，我只想你。

海子，原名查海生，1964年3月26日出生于安徽怀宁高河查湾。1979年考入北大法律系，1983年任教于中国政法大学，1989年3月26日在山海关卧轨自杀。2001年与著名诗人郭路生（食指）同时获得“人民文学诗歌奖”。海子的死引起了世人的震撼——平生落寞孤独的海子，死后引起了世人极大的注意。在这样一个缺乏精神和价值尺度的时代，一个诗人自杀了，他迫使大家重新审视、认识诗歌与生命。对诗人自杀的原因，人们有许多解释。四川诗人钟鸣在其文章《中间地带》里，把海子说成是一个奔走于小城昌平和首都北京之间的人，认为海子在两个地方都找不到自己的家，因此便只好让自己在精神上处于一种中间地带。上海评论家朱大可在其《宗教性诗人：海子与骆一禾》一文中，赋予海子的死以崇高的仪典意义，于是海子成了一个英雄，成了20世纪末中国诗坛为精神而献身的象征。有人将海子与屈原、王国维、朱湘，甚至希尔维亚·普拉斯扯在一起。美国学者奚密对海子之死的评价似乎有一定道理，他认为：是否这个雄心万丈的计划损害了这位青年诗人的身心健康？是否为了创造这篇超级史诗，他加给自己难以承受的压力？是否孤独离群的生活所造成的极度抑郁令他无法继续其创作计划？是否如西川透露的，海子对"天才早夭"的浪漫式的执迷，使他陷于其中而最终实现了自己的预言？坊间还是比较赞同海子生前好友西川对海子自杀原因的看法。西川在《死亡后记》一文中对海子自杀原因进行了有说服力的考察，他认为，导致海子自杀的原因有如下几点：(1) 自杀情结。海子是一个有自杀情结的人。他曾于1986年自杀未遂。在海子的大量诗作中（如发表于1989年第一、二期《十月》上的《太阳·诗剧》和他至今未发表过的长诗《太阳·断头篇》等），也可以找到海子自杀的精神线索。他在诗中反复、具体地谈到死亡——死亡与农业、死亡与泥土、死亡与天堂，以及鲜血、头盖骨、尸体等等。甚至，海子还与其友人谈过自杀的方式。海子在死亡意象、死亡幻象、死亡话题中沉浸太深了，这一切对海子形成了一种巨大的暗示，并使得他最终不可控制地朝自身的黑暗陷落。(2) 性格因素。他纯洁、简单、偏执、倔强、敏感、爱干净，有时有点伤感，有时沉浸在痛苦之中不能自拔，对理想爱情执著。(3) 生活方式。海子的生活相当封闭。简单枯燥的生活害了海子，使他对人世间的温情和生之乐趣感受少了。(4) 荣誉问题。和所有中国现当代诗人一样，海子面临着两方面的阻力。一方面是社会中某些人对诗人的不信任，以及某些守旧文学对于先锋文学的抵抗。这不是一个文学问题而是一个政治问题。另一方面是受到压制的先锋文学界内部的互不信任、互不理解、互相排斥。海子曾受过不少的诽谤和攻击。(5) 气功问题。练气功练出了身体上的一些问题，出现幻听、幻觉等，影响了他的写作，破坏了他的心情，这对于一个视写作为自己生命的人来说，是一个灾难性的打击。(6) 自杀导火索。海子的不如意的爱情生活或许是导致海子自杀的一个重要原因。(7) 写作方式与写作理想。海子那一种燃烧自己青春激情方式的写作，或许是把他自己推进这个在写作与生活之间没有任何距离的黑洞里去的。

《姐姐》的开头交代了时间地点和人物。那么，这样一个地方会有些什么呢？一幕黑夜里的孤独，一处戈壁滩的荒凉，一个人的悲音不绝。除了死亡般的空寂，没有任何可以言说的东西。也许诗人故意要在生命的过程中寻找到这样一种洗涤灵魂情感的鬼蜮。当一个人恣肆汪洋的情感无处宣泄，只能在内心掀起狂潮的时候，这种折磨，于其留存于生命中燃起熊熊大火，煎熬原本就寂寞如秋的灵魂，不如让另一种境界取而代之，这种境界就是空寂。这是一种近乎自虐般的自我意识行为，让空寂完全占领身体，进而，从每一个毛孔渗透内心，达到灵与肉的完美统一。也在这个时候，生与死达成和谐。或者说，这正是生命进程中情感发挥到极致时，生对死亡的肯定和昭示。这四句，已充分说明了海子内心的寂寞是何等的巨大，这简直就是生命的黑洞，吞噬着一切。人生百味在这里不停的流失：幸福、失落、悲伤，爱情、亲情、友情等等，痛苦的时候，连握住一滴泪水的力量都没有，在强大的自然和人类整体的愚昧面前，一无所为，发不出任何声音。这便是诗人想要告诉人们的真实意图。今夜的德令哈，在诗人内心深处，无疑正制造着无上的绝望，这座荒凉的城，这座让诗人真切体会了生不如死的境界的地方。每一秒钟都在吞噬着诗人的善良和博大的情怀。唯一的，最后的，这是极端的表达，是人类目前所能发出的最绝望的呼声，是一切词语的尽头。在诗歌上，在生命中，在宇宙间，最后的，唯一的就是死亡的。也许诗人还没有把肉体和灵魂交给上帝，但这一夜悲音不止的吟唱，就决定了唯一的结局，海子将会在这一天，失去一切，失去诗歌、失去情感、也失去创作的才华。当然，这不是永久的失去，但是，这种空洞的弥展，侵蚀了诗人的灵魂。如同原本水草丰盛的湿地，突然在一片火海中枯竭全部的美。诗人就是这样的一种资源，而寂寞和人与人之间因隔阂而产生的冷漠与不理解是绞杀诗人的极端的匕首，没日没夜地插在诗人心中最敏感的区域，无论是谁，也不可能长时间忍受这种精神上的折磨。

是的，能够写出《日记》这样诗歌的诗人，只有走向死亡。这篇看似充满性情的诗歌，事实上，是诗人真正走向死亡的绝唱。诗人在物质上是富有的吗？不是，诗人是贫穷的，但是诗人也是坚强的，诗人的手里握着石头，诗人的品质也像石头。品质不等于情感，全诗由一种极为细腻的情感织成一幅完整的画面，诗人除了对抗着死亡之外，除了坚守自己石头般的信仰之外，诗人还能做什么呢？“让胜利的胜利，今夜的青稞只属于他自己”，这是诗人的不彻底，之所以不彻底，我们不能责怪诗人，海子也是人。生活在中国五千年文明史形成的固执的意识形态下，海子就不可能完全脱离汉族人的气息，而独立于诗歌之上，所以，这句话，无疑是一种有气无力的陈述，以中国人特有的良心，在诗歌中完成最后一口呼吸。

一切都在生长，包括诗人内心的黑洞也在扩大着、扩大着，开始还是压迫思想和情感，最后就是完全的虚脱，甚至包括肉体本身的坍塌。诗人在仅有的意识下，游走于生死的幻境中无力自拔。姐姐，这个泛指，是一个无限温暖的称谓，当诗人内心呼唤着姐姐的时候，今夜，德令哈，唯一能够替诗人抵挡无边无际的寒冷的，这仅仅是这个词汇的模糊的意识。

《面朝大海，春暖花开》：面朝大海展示诗人的博爱情怀
春暖花开描绘世间的暖人意境

面朝大海，春暖花开/从明天起，做一个幸福的人/喂马，劈柴，周游世界/从明天起，关心粮食和蔬菜//我有一所房子，面朝大海，春暖花开/从明天起，和每一个亲人通信/告诉他们我的幸福/那幸福的闪电告诉我的/我将告诉每一个人//给每一条河每一座山取一个温暖的名字/陌生人，我也为你祝福/愿你有一个灿烂的前程/愿你有情人终成眷属/愿你在尘世获得幸福/我只愿面朝大海，春暖花开。

这首被热爱海子的人们格外喜爱的《面朝大海，春暖花开》写于1989年1月13日。两个月后，1989年3月26日，海子在河北省山海关附近卧轨自杀。这一事件，使得这首诗表面的轻松欢快与实际内涵之间产生了某种分离。也许，正是从这首诗中，我们得以窥见诗人最后的生存思考。回望80年代特殊的精神氛围，海子是一个与之密切相关的文化象征，代表了某种价值理念和精神原型：以超越现实的冲动和努力，审视个体生命的终极价值，质疑生存的本质和存在的理由为核心的激进的文化姿态和先锋意识。“从明天起，做一个幸福的人”，似乎表明诗人要在尘世营造幸福的生活，但诗人又用实际行动拒斥了对生活的介入——这首诗，如果和诗人的具有诗歌史文本意义（或是作为诗歌文本的一种完成）的行为相比较，两个文本之间构成反讽式的分裂。在这首诗里，纯朴直白的诗句、清新明快的意象未能遮蔽诗人对于“幸福”的抒写中的内在分离和矛盾，对“幸福”的表述在诗歌情绪的延伸中产生了歧变。而诗中的自我申诉也构成反讽式的消解，呈现出诗人的生存及思考中无法逾越的困惑。“从明天起”表示时间上的断裂，和过去、现在形成间隔，似乎意味着姿态和目光的转移；“从明天起”，语气的断然，像一个单纯的少年在下决心：“从明天起，我要如何如何……”然而诗人已选择了的理性自觉的心灵探索无法轻松地中断。“做一个幸福的人”，作为一个具有自主自为能力的人，诗人自然有选择生活的自由，他可以选择去感受“幸福”。这里的“幸福”被限定在日常生活的意义范围内，主要指向满足日常欲望（物质的以及情感的）、享受世俗快乐，例如“喂马”、“劈柴”、“周游世界”、与亲人通信，等等。可以在“关心粮食和蔬菜”的过程中，感受日常生活本身包含的享受物质快乐、使人休闲放松的内容，欲望的满足具有接近幸福感的可能。从诗句表层含义看，似乎诗人正走出自我的心灵重轭，试图理解、接受、融入“每一个人”所能理解的“幸福”之中；但同时又矛盾重重。在诗人心目中，这种“幸福”更多是一种被体验的过程，它距离诗人苦苦追寻的理想境界仍很遥远——“幸福”在这里仍然是一个等同于世俗快乐的、在“尘世”中被追寻的东西（过程）。“我要做远方的忠诚的儿子/和物质的短暂情人”（《祖国，或以梦为马》）的诗人不会停留、满足于此。这一点在第三章中得到明示。“告诉他们我的幸福”，“告诉”意味着沟通，和人们交流、讨论关于幸福的感受和体验，没有了“每一阵风过/我们都互相致意/但没有人/听懂我们的言语”（舒婷《致橡树》）的清高和孤傲；“那幸福的闪电告诉我的/我将告诉每一个人”，精炼地表述了一种体验：我们所能感受到的“幸福”，往往是在一瞬间，如同闪电一般的短暂；而就在“幸福”的那个瞬间，那种感受是如同闪电般的直击心灵，带来巨大的冲击。这样的激情甚至引发了诗人要给每一条河每一座山取个“温暖的名字”的浪漫想象与冲动，显示了一种“走近”、“亲近”的姿态。“在海子看来，由于现代文明的畸形，人们无论是在他们所处的时代还是在他们关乎历史的记忆的情境中，都丧失了对生命作为一种奇迹的感受能力。所以，他认为自己有责任通过诗歌来帮助我们恢复对生命的感受力。洋溢在海子的抒情诗中的种种奇妙而热烈的情感，都与这种审美判断有关。”（臧棣《向神话致意》）。因而，这种亲近，更多是与自我生命的内在意识对话，通过这种方式，诗人关心的仍是抽象的命题（这些抽象的命题和思考同样普遍存在于他的诗歌创作和诗歌观念的表述中），具有形而上的指向和自赋的使命感和神圣感，在表面的亲近中透着本真的孤绝。“我有一所房子，面朝大海，春暖花开”，诗人想象自己有这样一个既可以喂马劈柴关心粮食蔬菜的房子（在现实生活——尘世中的位置），又有一个超离生活之外，眺望大海（超越尘世的理想彼岸）的姿态和空间。也许，就像他喜爱的梭罗，在瓦尔登湖畔拥有的那座木屋。这句话在诗的首章末尾出现，表达了既能融入尘世的日常幸福，又保持作形而上之观照和思考的愿望；但在第三章末尾，同样的句子，加了“我只愿”这一表示祈使的词语，却表达了另外一种选择，面朝大海，同时就是背对尘世，他将“在尘世获得幸福”的祝福赠予“陌生人”（或者说是“每一个人”），自己还是坚守自我的空间和姿态。“春天”，“春暖花开”都是诗人对“幸福”生活的想象之境；“春天”带来“光明的景色”，这是渴望“复活”的诗人（《春天，十个海子全部复活》）想走进的。在关于“幸福”的感受和想象里，“马”同样是不可或缺的：“马”在海子诗中有特别的象征意义，他喜爱以“马”作为自己到达理想之境的载体，如“我要做远方的忠诚的儿子/和物质的短暂情人/和所有以梦为马的诗人一样/我不得不和烈士和小丑走在同一道路上/万人都要将火熄灭我一人独将此火高高举起/此火为大开花落英于神圣的祖国/和所有以梦为马的诗人一样/我借此火得度一生的茫茫黑夜”（《祖国，或以梦为马》）；“青海湖上/我的孤独如天堂的马匹/（因此，天堂的马匹不远）”（《七月不远》）等等，“马”有时成为诗人高蹈理想的人格映证：“在长长的，孤独的光线中/只有主要的在前进/只有主要的仍然在前进/没有伙伴/没有他自己的伙伴/也没有受到天地的关怀”（诗剧《太阳》）。因此，“马”在诗中出现，暗示着对尘世幸福留有怀疑，即刻准备出走的“先行者”姿态。综观全诗，诗人对

“幸福”的抒写有一个潜在的转移过程：在第一节，抒情主人公的简洁明快的表白“从明天起，做一个幸福的人”似乎宣告了他面向尘世，开始了一系列的体验式的行动：喂马、劈柴、周游世界，关心粮食蔬菜等等；第二节诗人表述了“幸福”往往是一种瞬间的强烈体验，“幸福的闪电”，类似于本雅明描述的那种引起“震惊”感的“体验”（《发达资本主义时代的抒情诗人》）；骑马周游世界（或这样的想念），甚或仅仅是关心粮食蔬菜，都会对尚未真正完全投入现世生活的诗人带来种种新奇的、触动平常心的体验。此刻的“幸福”可以言说，是共同的经验，可以与他人交流、共享。而幸福的闪电所能告诉诗人的，诗人将乐于和别人分享的，本身不具备建立在个体独立而艰辛的探索基础上的独特意义，也无法从中实现主体意识。到了第三节，诗人最终从对幸福的渴望中间离出来，将自我和幸福的追求者区分开：“陌生人，我也为你祝福”“愿你……”。“给”、“”为”、“愿”都是表达祈愿、施与的动词，表明了诗人真诚祝福他人，但自己选择了离开、不介入、拒绝被尘世渗透的姿态和生存方式。诗中的“你们”最终变成了“他们”，成为对“他者”的观照。在诗的起首的那种对“幸福”的渴望，以及“幸福”的所指，在诗中被不断地延宕和消解。生存和经验的封闭、局限状态，会助长现实虚空感；或者诗人只能将自己的存在悬系于形而上的层面上，和对于“幸福”的想象感受比较起来，诗人更多地感到来自内心追问和内心矛盾困惑的痛苦：“麦地/别人看见你/觉得你温暖美丽/我则站在你痛苦质问的中心/被你灼伤/我站在太阳痛苦的芒上/麦地/神秘的质问者啊/当我痛苦地站在你的面前/你不能说我一无所有/你不能说我两手空空”（《答复》）；“在火光中我跟不上那孤独的/独自前进的、主要的思想”（诗剧《太阳》）的痛苦——思考的孤独感和焦虑感更为沉重实在，构成了海子诗歌的精神核心。《面朝大海，春暖花开》难得流露的纯真明快，并不能表明诗人已走出困惑，对生存意义和终极价值的追寻以及随后堕入的怀疑已成为诗人无法摆脱的困境。经过了痛苦、漫长的探索，到 1989 年诗人感到了疲惫，在最后的创作中写了不少抒情诗，最后一首诗作《春天，十个海子全部复活》即表达了在春天从“沉睡”中复活的渴望，但是同时又意识到自身的分裂：“十个海子”和“最后一个海子”如此的不同，几乎没有可能在一个人身上体现出来。在《面朝大海，春暖花开》这首诗中同样能够读到这种自我分裂——在情绪的延展中分离出差异化了的诗人内心声音。而诗人认可的最终还是退回到自我世界和主观情境中的那一个：“这是一个黑夜的孩子，沉浸于冬天，倾心死亡/不能自拔，热爱着空虚而寒冷的乡村”——写于 1989 年 3 月 14 日诗人去世前不久的诗句似乎是一个预言。川端康成《临终的眼》里引用芥川龙之介《给一个旧友的手记》的话：“也许你会笑我，既然热爱自然的美而又想要自杀，这样自相矛盾。然而，所谓自然的美，是在我‘临终的眼’里映现出来的。”可否说，“面朝大海，春暖花开”，也是长久以来感觉到“黑暗从内部升起”（《黑夜的献诗——献给黑夜的女儿》）的海子的一线游离的思绪。无法复活的海子，随着20世纪80年代理想主义、精英意识的逝去而成为神话（诗人西川称他为“中国70年代新文学史中一位全力冲击文学与生命极限的诗人”，在《怀念》的开头说“诗人海子的死将成为我们这个时代的神话之一”）。从90年代初起，他的诗歌被批评家广泛关注，甚至一度引发了全国范围的“海子热”。

《回答》：弥漫着摒弃惨淡现实的愤怒激情
洋溢着开拓未来世界的美好憧憬

卑鄙是卑鄙者的通行证，/高尚是高尚者的墓志铭，/看吧，/在那镀金的天空中，/飘满了死者弯曲的倒影。//冰川纪过去了，/为什么到处都是冰凌？/好望角发现了，/为什么死海里千帆相竞？//我来到这个世界上，只带着纸、绳索和身影，/为了在审判前，/宣读那些被判决的声音。//告诉你吧，/世界/我—不—相—信！纵使你脚下有一千名挑战者，/那就把我算作第一千零一名。//我不相信天是蓝的，/我不相信雷的回声，/我不相信梦是假的，/我不相信死无报应。//如果海洋注定要决堤，/就让所有的苦水都注入我心中，/如果陆地注定要上升，/就让人类重新选择生存的峰顶。//新的转机和闪闪星斗，/正在缀满没有遮拦的天空。/那是五千年的象形文字，/那是未来人们凝视的眼睛。（《北岛诗歌集》）

北岛，原名赵振开，祖籍浙江湖州，生于北京。“文革”后期在北京城建当建筑工人，后在某公司工作。20世纪80年代末移居国外。在中国当代文学的发展进程中，新时期文学取得了引人瞩目的成就，而朦胧诗更以其特有的冲击力影响了整整一代人。北岛以其清醒与执拗并行的创作个性深得广大读者喜爱，在诸多的朦胧诗诗人中独树一帜。他在诗中曾经写道：“一切都是命运，一切都是烟云”，确实那个时代早已过去了，新时期以来许多诗潮也犹如轻烟漫过，未能在人们的记忆中扎根，但是北岛与整个朦胧诗潮却在文学史的天空下放射出灿烂而长久的光芒。北岛的诗歌创作开始于十年动乱后期，反映了从迷惘到觉醒的一代青年的心声，十年动乱的荒诞现实，造成了诗人独特的“冷抒情”的方式——出奇的冷静和深刻的思辨性。北岛的诗歌里弥漫着浓郁的怀疑主义倾向，对这个造成人的价值全面崩溃、人性扭曲和异化的世界进行了全面和深刻的质疑。他想“通过作品建立一个自己的世界，这是一个真诚而独特的世界，正直的世界，正义和人性的世界”。在这个世界中，北岛建立了自己的“理性法庭”，以理性和人性为准绳，重新确定人的价值，恢复人的本性。著有诗集《太阳城札记》、《北岛诗选》、《北岛顾城诗选》等。此外，“文革”后期，北岛还创作了中篇小说《波动》，署名艾珊（作者为纪念早逝的妹妹姗姗而采用的笔名）。这部小说文字清新，思想深刻，被认为是“文革”地下文学的代表作品之一。1978年12月，北岛、芒克、黄锐一同筹办民间文学杂志《今天》。1980年12月停刊。是同一时期影响最大、成绩卓越的民刊。

这首诗代表了一个时代的最强音。它说出了一代人的心声，最大限度地表达了社会变革时期一代青年的愤怒呼喊和抗争，对十年动乱的荒谬现实进行了尖锐有力而又形象的否定和批判。

历史背景与作家心态：20世纪80年代初，在中国大陆的诗坛上，朦胧诗是最令人瞩目的诗歌现象。它的出现，在诗歌界掀起了轩然大波。北岛是早期朦胧诗的核心人物。他的《回答》是第一篇从“地下”走到“地上”的朦胧诗作（1979年第3期《诗刊》上发表）。现在，朦胧诗已走进了历史，尘埃落定，回过头来对它进行重新审视和探讨，不仅可能，而且显得别有一番滋味。

朦胧诗出现的时间在20世纪70年代末到80年代初。当时给人们的印象似乎是一夜之间从地下冒出来的。其实，现在看来，朦胧诗是运行的地火，在地下蓄积能量已久，只不过是在当时特定的时代背景下终于找到突破口，喷薄而出，席卷全国。“文革”后期，许多敏于思考的青年都不约而同地产生了巨大的心理波动。有一部分人消极、迷茫、堕落、沉沦；更多的人，从“革命”的盲目狂热中清醒过来，思想发生裂变，开始尝试用自己理性的目光，重新审视这场“史无前例”的“革命”，开始怀疑这场“革命”的天经地义的合理性。对原先坚信不疑的信仰，对现存的社会和文化秩序，包括当时的政治舆论和意识形态，产生了普遍、深刻的怀疑和不信任。在他们身上普遍都存在着精神上的失落感和危机感，或经历了从困惑、迷茫到失望、思考，从反省到觉醒的心路历程。记录这段人生的迷惘和感悟，抒发内心的苦恼、郁闷和抗争，成了他们最初诗歌创作的动机和主题。这就是朦胧诗产生的时代和社会的深刻原因。如果说，时代和社会环境是产生朦胧诗的深刻的外在原因，那么，地下读书运动、地下沙龙的形成和兴起，则是为朦胧诗的产生作了知识和艺术层面的积累。“文革”初期，红卫兵小将狂热地参加扫“四旧”运动，将古今中外的哲学、文学名著都加以查抄和焚毁。但是不久，他们中的一些人终于发现自己置身于文化沙漠之中，面临严重的精神危机。文化知识的贫乏，思想感情的饥渴，对外部世界和自身进行探索、思考的渴望，激起他们强烈的求知欲、读书欲。朦胧诗在经验上来源于“文革”时期青年人从狂热到迷惘、反省与觉醒的内心历程，艺术营养则得益于精神苦闷和压抑时期对来源不一的文化和文学作品的广泛阅读。面对特定时代逐渐显露出来的生活压抑与精神危机，更多的时代青年转入了对历史命运、祖国未来与人生道路的思考与探索。这就有了遍全国范围内的地下读书热的兴起，此活动涉猎对象非常广泛，包括政治、哲学、历史等方面的书籍。尽管由于书籍资源贫乏，许多人面对有限的知识来源甚至没有选择的余地。但是这些并没有限制他们做真正深刻、严肃认真的思考。地下读书运动不仅为以后朦胧诗的产生作了知识和艺术的积累，而且使在文化沙漠中成长起来的一代朦胧诗人具有自觉的个人自我意识和强烈的社会批判意识，使深受西方现代派诗歌影响的、“五四”新文化运动以来的中国新诗传统，在经过一个时期的断裂之后获得新生。

1973 年左右，史康成、徐金波、曹一凡和赵振开（北岛）四个北京市第四中学的同学开始在史康成家里进行文学沙龙形式的聚会。他们与同一时期北京的另外几个文学和读书沙龙互相联系，形成了一个有相当规模的地下文学青年的圈子。史康成沙龙的最大贡献，是培养出来了北岛这个能够影响一个时代文学的现代诗人。北岛在北京城建公司当工人，与甘铁生等文学青年活动家来往密切。他早期的诗歌有浓郁的童话诗倾向，后来风格逐渐变成独特的“冷抒情”方式——出奇的冷静和深刻的思辨性。北岛的诗歌里弥漫着浓郁的怀疑主义倾向，对这个价值全面崩溃的社会进行了强力的质疑和批判。诗人柏桦在回忆他与北岛的一次会面时，这样写道：“北岛的外貌在寒冷的天气和书桌前的幽光下显出一种高贵的气度和隽永的冥想，他清瘦的面部更适宜于冬天……冬天在他苍白的脸上清晰地刻下某种道德的遗风，这遗风使他整个形象具有了一种神秘的令人沉醉的魅力。”这里描写的严肃并且耽于冥想的北岛形象似乎给我们表明，他从一开始就自觉地承担起历史转机时期的伟大使命，他总是感到历史的目光在注视着自己。北岛敏锐的时代意识不仅表明一代人已主动进入历史的运作过程之中，而且，他象征着一个新时期的到来。

地下读书运动与地下诗歌创作紧密相连。地下诗歌的第一次公开亮相，是 1976 年天安门诗歌运动。天安门诗歌具有强烈的政治激情和批判意识。而北岛的《回答》就作于 1976 年春天安门运动期间。北岛用他强健的笔触赋予了作品强大的艺术张力。它将抽象的观念与平易的意象相结合，产生了一种超现实的思想力量和艺术魅力。不仅如此，其强烈的悲剧感，更是让人透不过气来。冷峻的反讽、浓郁的悲愤、炽热的感情，如火山喷发一般使人惊心动魄。

诗中许多意象具有鲜明的色彩感，如“镀金的天空”、“冰川季”、“冰凌”、“黑海”、“好望角”等等，也具有强烈的象征性。特别是“死海里千帆相竞”，就是对“文革”十年群魔乱舞、人妖颠倒、是非不分、白色恐怖、正义不彰的高度概括。诗中最撼人心魄的是诗人对黑暗势力的连珠炮般的轰击，那么激烈而坚定，那一连串“不相信”所代表的正是善良与正义的呼声，也代表了人民的不可欺、历史的大浪淘沙。诗的最后一节，诗人将强烈的感情和控诉进行了高度的升华，从而使诗具有了哲理的意蕴和历史的深度。同时，也表现了诗人对于未来的美好向往，对于人民的坚定信心。其浪漫主义情怀和象征主义意象高度融合，严肃、冷峻、庄重、热烈，既有曲折的情思，又有深刻的反思精神，既有深沉的回顾，又有热烈的希望。

当然，这首诗在艺术表现上也不是完美无缺，它也有一些小小的不尽如人意之处，比如，诗的头两句“卑鄙是卑鄙者的通行证，高尚是高尚者的墓志铭”，铺天盖地，从天而降，语携风雷，势不可当。但从第三句开始，语气再也无法达到前两句的力度和气势。从第三句一直到诗最后一句，仿佛都是为了论证前两句而存在的。整首诗好像就是为了提出“卑鄙——高尚”这个警句而写的。这使得这首诗显得有点“头重脚轻”。不过“卑鄙是卑鄙者的通行证，高尚是高尚者的墓志铭”确实振聋发聩，是开启一个时代的名句，也必将流传千古。它的意义已经不限于诗歌，它对中国社会的深层剖析远远大于它对于中国诗坛的贡献。也许所有的艺术都是缺憾的艺术，这首诗在艺术表现上的微瑕并不影响它在诗歌史上的地位，它的不朽是可以预见的。

这首诗中最有名的就是头两句：“卑鄙是卑鄙者的通行证，高尚是高尚者的墓志铭”。是一种愤慨的呐喊，当然，或许卑鄙能够畅行于一时一地，但是也只是一时一地而已。高尚尽管会被死神与苦难纠缠，但是毕竟总有一种光芒让你想亲近，就如同那斑斓的天光。卑微的我们有时会被美丽、真实、高尚感动，会被丑陋、虚伪、卑鄙扭曲。北岛的《回答》标志着“朦胧诗”时代的开始。诗中展现了悲愤之极的冷峻，以坚定的口吻表达了对暴力世界的怀疑。诗篇揭露了黑白混淆、是非颠倒的现实，对矛盾重重、险恶丛生的社会发出了愤怒的质疑，并庄严地向世界宣告了“我不相信”的回答。诗中既有直接的抒情和充满哲理的警句，又有大量语意曲折的象征、隐喻、比喻等，使诗作既明快、晓畅，又含蕴丰厚，具有很强的震撼力。

作品开篇以悖论式警句斥责了是非颠倒的荒谬时代，“镀金”揭示虚假，“弯曲的倒影”暗指冤魂，二者形成鲜明的对照。第二节中“冰凌”暗指人们心灵的阴影，情绪上顺承第一节。第三节渲染了普罗米修斯式的拯救者形象，诗人以此自居，表现了新时代诗人个体的觉悟和对自身肩负的责任毫不犹豫的担当。第四节“我——不——相——信！”的破折号加重了语气，表现了无畏的挑战者形象，末两句中作者从历史的维度来表明自己不屈的决心。第五节的排比句表现了否定和怀疑精神。第六节前两句对苦难的态度，抒发承担未来重托的英雄情怀，末两句，传达出对未来的企望。“五千年的象形文字”从历史与未来中捕捉到希望和转机，显示了具有五千年历史的民族的强大的再生力。《回答》表现了一代青年觉醒的心声，是与已逝的一个历史时代彻底告别的“宣言书”。诗歌总体特征上可以概括为象征诗。北岛在20世纪80年代初接受西方现代派文学影响，他通过所倾心的意象的组合和叠加，撞击和转换，通过所谓的超越时空的蒙太奇剪接，成功地将一个理想的艺术世界呈现在读者面前。民族文化传统、时代的哲学氛围、沉重的理想生活的渴求成为他诗歌的主题。他的诗歌基本上是由两组对立因素构成的象征意象，他用这些象征性诗歌形象真实地传达出了一个充满压抑感的生活氛围，也表现了重压之下，生存意愿和发展要求仍然存在着的人，对苦难现实的心理反叛。

艺术手段上，象征、隐喻的运用迫于环境险恶的不得已，基本上呈现出比照性的描写。在他的笔下，政治的黑暗犹如漆黑的夜，无所不在，生活的束缚好比四处张开的网，希望的境界成了被堤岸阻隔的黎明，而觉醒者恰如被河水包围的孤独的岛屿。通过象征、暗示，诗人的主观境界过渡到了诗的世界。象征作为一种艺术手法，在北岛的诗里被普遍运用，表明了诗人丰富的再造性想象力。由于心理感受的真实的外象化，北岛的诗歌染上了一层阴冷的色彩，给人以冷峻凄怆的感觉。

《相信未来》：因相信未来而沦为贱民
因相信生命而无比坚硬

当蜘蛛网无情地查封了我的炉台/当灰烬的余烟叹息着贫困的悲哀/我依然固执地铺平失望的灰烬/用美丽的雪花写下：相信未来//当我的紫葡萄化为深秋的露水/当我的鲜花依偎在别人的情怀/我依然固执地用凝霜的枯藤/在凄凉的大地上写下：相信未来//我要用手指那涌向天边的排浪/我要用手掌那托住太阳的大海/摇曳着曙光那枝温暖漂亮的笔杆/用孩子的笔体写下：相信未来//我之所以坚定地相信未来/是我相信未来人们的眼睛/她有拨开历史风尘的睫毛/她有看透岁月篇章的瞳孔//不管人们对于我们腐烂的皮肉/那些迷途的惆怅、失败的苦痛/是寄予感动的热泪、深切的同情/还是给以轻蔑的微笑、辛辣的嘲讽//我坚信人们对于我们的脊骨/那无数次的探索、迷途、失败和成功/一定会给予热情、客观、公正的评定/是的，我焦急地等待着他们的评定//朋友，坚定地相信未来吧/相信不屈不挠的努力/相信战胜死亡的年轻/相信未来、热爱生命（1968 年北京）

食指，本名郭路生，1948 年出生于山东朝城，母亲在行军途中分娩，起名路生。1955 年，七岁的郭路生入学，三年级时写下第一首诗："鸟儿飞上了树梢，三八节就要来到。在这愉快的节日里，问一声老师阿姨您好。"食指 15 岁开始诗歌创作。1964 年高中升学考失利，在文化补习班接触了当时前卫的秘密文学团体"调诗社"及"太阳纵队"中的文学青年。1965 年开始他的重要作品《海洋三部曲》的第一部分《波浪与海洋》的写作，同年考入北京五十六中学高中部。"文革"爆发，中学停课，他站在时代的背景上写出一代青年的失落，《鱼儿三部曲》、《海洋三部曲》、《命运》、《书简》、《烟》、《酒》、

《相信未来》等是当时的代表作品。“文革”中曾因救出被围打的教师而遭受迫害。1968 年到山西插队，1970 年进厂当工人，1971 年参军，1973 年复员，曾在北京光电技术研究所工作。因在部队中遭受强烈刺激，导致精神分裂，住进精神病院，1999 年出院。他在“文革”中写的诗，《相信未来》曾被江青点名批判。其诗被朋友及插队知青辗转传抄，广泛流行于全国，影响深远。即使在精神病院里也未停止创作。插队时，在离开北京的火车上，创作了《这是四点零八分的北京》这首流传甚广的名作。插队时创作了各种体裁和风格的诗作《新情歌对唱》、《窗花》、《南京长江大桥——写给工人阶级》等。他的许多诗歌以手抄本的形式在知青中传唱。“文革”后，创作出现转机，写出了《热爱生命》等好作品。1979 年他的作品终于在《诗刊》上首次公开发表，引起各方关注。后在福利院疗养，期间不断创作新的诗作，如《落叶与大地的对话》、《愿望》、《向青春告别》、《人生舞台》等。1988 年，他的第一本诗集《相信未来》（漓江出版社）出版面世。1998 年《诗探索金库·食指卷》出版。他是个天然的甚至是宿命的诗人，纯净的抒情体现出健康的平民风格，与当时青年一代的精神脉息紧密相通，诗歌语言节奏铿锵易于朗诵。他“文革”中的作品中也有一些平庸的应时之作，但掩不住天性中的叛逆成分，他的灵感在那些广为流传的诗作中显现。“文革”后的诗更加深沉，在沉静中寻找力量。食指被称为新诗潮诗歌第一人。阿城插队内蒙古时托人抄录了食指的全部诗作；陈凯歌考电影学院时曾朗诵食指的《写在朋友结婚的时候》。2001 年 4 月 28 日与已故诗人海子共同获得第三届人民文学奖诗歌奖。初中升高中的失利，让他初尝人生磨难，知道未被录取，第二天头上突然长了许多白发。1967 年，去农大附中途经农田，见到一条沟不叫沟、河不像河的水流，两岸已冻了冰，只有中间一条瘦瘦的河水，联想到见不到阳光的冰层之下，鱼儿（包括自己）在怎样的生活。写出《鱼儿三部曲》第一部。1968 年，创作黄金年，代表作《相信未来》《海洋三部曲》《这是四点零八分的北京》。1969 年，与 21 名北京知青落户杏花村插队。有意锻炼自己，当时十分工值一元一角，那年他挣到了二百元。1971 年，在济宁入伍，创作大量反映部队生活的诗。1975 年，病愈，与李雅兰（李立三之女）结婚，七年后离异。1978 年，再次焕发诗人创造力，并首次使用笔名食指，意为别人背后的指指点点绝损伤不了一个人格健全的诗人。1990 年，进入北京第三福利院后，每天擦楼道，洗餐具，维持最低的生活费，抽低价的烟。1992 年，有荷兰诗歌节和英国一所大学邀请他讲学，后因身体原因未成行。1993 年，加入北京市作家协会，5 月出版《食指·黑大春现代抒情诗合集》。1997 年，加入中国作家协会，《华人文化世界》以《一代诗魂郭路生》为题发表了林莽、何京颉、李恒久等五人的文章，在社会上引起很大反响。

郭路生的诗歌：痛苦的吟哦只为追问光明。郭路生一首《相信未来》以其深刻的思想、优美的意境、朗朗上口的诗风在中国大地不胫而走，迅速传颂于一代青年人的口中。但是那特定的年代几乎从一开始就决定了他的殉道者的命运。江青读到了《相信未来》，她为诗歌独立不羁的个性所震惊、所恼怒。她一定要找到“坚定的相信未来/相信不屈不挠的努力/相信战胜死亡的年轻/相信未来，相信生命”的“反动”诗人。于是，一顶反动诗人的帽子重重地扣在了年仅19岁的郭路生头上。厄运降临了，诗人被严格审查，被批判。郭路生生长在一个正统的革命干部的家庭里，就在他受到一个又一个打击之后、就在他比常人更先看到了整个社会都在被一种政治所扭曲，他在诗中抒发着强烈的不满而遭迫害之时，他对国家还是不改初衷地怀有深深的眷恋之情。

当朦胧诗的主将们还处于启蒙之中，食指已写出了划时代的篇章。他的作品基本上遵从了四行一节，在轻重音不断变化中求得感人效果的传统方式，以语言的时间艺术，与中国画式的空间艺术相结合，实现了他所反复讲述的“我的诗是一面窗户，是窗含西岭千秋雪”的艺术追求。他的诗是质朴的，没有华而不实的语言，早期的代表作品《这是四点零八分的北京》，现在的读者看过之后仍被深深打动。这首描写别离的作品，写于大批知识青年上山下乡的热潮中，诗人在赴山西插队的列车上开始创作这首作品，后几经删改成为一首传世佳作。通览他的诗作，虽然我们感受更多的不是轻松而是压抑；不是快乐而是痛苦。但在那压抑和痛苦中我们也看到他无时不在渴望和憧憬着光明以及他为理想和光明而奋斗、而挣扎的身影。郭路生，那个眼睛中流溢着淡淡忧伤的人。郭路生是天才的诗人，但他从不以天才自居；他在当时的年轻人中已是颇有名气，但他从不以诗名自傲。他的生活非常简朴，他总是穿着一身干干净净、洗得发白的旧军装和一双军用旧胶鞋，他从不刻意地修饰自己。也许是诗人的通病，他在念初中的时候就与烟、酒为伍，三十年来屡戒不止，为此而严重地影响着他身体的健康。诗人的天性是多愁善感的，郭路生更是如此。他的眼睛从来没有因为快乐而明亮过。无论是他眯起眼睛深情地背诵诗歌时抑或是由于惊讶于某事而把眼睛睁得大大的时，眼睛里都像是蒙着一层雾，流溢着惆怅和一种淡淡的忧伤。那时，无论是在他最尊崇的诗人何其芳先生的书房里还是在颐和园的昆明湖畔；大家聚会时都会被他的情绪所影响，或快乐或感伤。诗人郭路生并不乏女孩子的追求，但诗思敏捷、才华横溢的郭路生对着一次次扑面而来的异性的爱恋却是那样木讷和腼腆。他逃避着女孩子的追求，他用无爱掩饰着内心的沉重的爱。

《这是四点零八分的北京》：自古多情伤离别，道出百万知青的心声
母爱恰似三春晖，牵起缝缀扣子的针线

这是四点零八分的北京，/一片手的海洋翻动；/这是四点零八分的北京，/一声雄伟的汽笛长鸣。//北京车站高大的建筑，/突然一阵剧烈的抖

动。/我双眼吃惊地望着窗外，/不知发生了什么事情。//我的心骤然一阵疼痛，/一定是/妈妈缀扣子的针线穿透了心胸。/这时，/我的心变成了一只风筝，/风筝的线绳就在妈妈手中。//线绳绷得太紧了，/就要扯断了，/我不得不把头探出车厢的窗棂。/直到这时，/直到这时候，/我才明白发生了什么事情。//———一阵阵告别的声浪，/就要卷走车站；/北京在我的脚下，/已经缓缓地移动。//我再次向北京挥动手臂，/想一把抓住他的衣领，/然后对她大声地叫喊：/永远记着我，/妈妈啊，/北京！//终于抓住了什么东西，/管他是谁的手，/不能松，/因为这是我的北京，/这是我的最后的北京。

食指的诗质朴明了，在十分经济的篇幅里，包容了极为丰富的内涵，往往能给人以较多的想象空间，因此，特别受到同时代青年人的喜爱。《这是四点零八分的北京》与作者的另一首诗《相信未来》一起在知青中广为流传。

“多情自古伤离别”，这首诗表现的就是百万知识青年上山下乡，离开家园，奔赴乡野边陲时的一首离别诗。作为上山下乡队伍中的一员，在即将离开故乡北京的一刹那，作者的心灵突然受到强烈的触动，这种触动包括对故乡、母亲、文明的眷恋，也许还包括对不可知的未来的恐惧。凡是经历过那种场面的人，都会永世不忘。远离父母、远离亲人、远离家乡，对刚刚步入人生的十几岁的青年到底意味着什么？在惶恐、希求与别离的痛苦之中，当时的北京火车站告别的泪雨与声浪如海潮般有卷走车站的力量。这不是一般的分离，也许就是永别。同学、朋友各奔东西，父母儿女远隔千里，到底何时能相见？到底明天会发生什么？“文革”的那些岁月谁也无法估测，也许这就是他们“最后的北京”。全诗共七节，第一、二、五节主要写所见所闻，其余几节主要写即时的感受；七个诗节依次交错，相互迭现，淋漓尽致地刻画了即将离别亲人的知识青年们丰富的情感世界，生动地表现了发生在上世纪60年代末北京火车站那稍纵即逝的情景，令人回味无穷。诗中用了一些细节，是异常生动传神的。诗歌中的描写，具体细微，不是为了逼真，而是只有如此具体的细微的事物才容易触动读者的心弦，让他们进入作者的情感世界中去。最后两节，诗人选择了真实的场景，将情感推向高潮，成为定格，永远不会消失在我们心灵的视线中了，这就使全诗丰满而完整。

为什么说《这是四点零八分的北京》是那个时代最震撼人心的作品？为什么当年无数插队的知识青年会被这首诗感动得热泪盈眶？在当时的政治话语里“上山下乡”被解释为接受贫下中农再教育、改天换地、大有作为，掩盖了当事人的真实感受，食指这样的诗却以真率朴素的态度，将个体的真实而独特的经验彰显出来。他以一种个人化的方式感应着历史的巨大变动，以一己的悲欢映衬了时代的庞然悲凉的身影。尽管诗作表达的是一代人面临时代变动所感受的心灵阵痛，却有意回避了流行于那个时代的宏阔场景，和与时代相对应的高大而空疏的概念化、旗帜化的语词，而选取了一个日常化的可感的细节。

诗歌以“这是四点零八分的北京”开头有何用意？它除了表示一个具体的时间和一个充满意识形态的城市这两个基本事实外，还隐含着第三个事实：四点零八分是一次列车的始发时刻。对于这个朴实的开头，我们不禁生发出更多的联想：这些十七八岁的“学生娃”，昨天还在校园里，在家庭的怀抱里无忧无虑地生活，今天却要告别亲友，远离家乡，去到一个完全陌生的地方独立生活。这对他们意味着什么？他们在想什么？而这些正是诗人极力想要表现的东西。

诗人化用了“慈母手中线”的意境，“我的心骤然一阵疼痛，一定是/妈妈缀扣子的针线穿透了心胸，自古以来，母子之间就有一种天然的、永远割舍不断的感情。可以这样说，每一个游子的身后都有一双慈祥的目光在注视，都有一颗慈爱的心在惦念。从以上两句诗中，我们可以体味出作者告别母亲时的那种穿透心胸似的疼痛！与西方现代主义起源于对“人”的深刻怀疑不同，中国年轻一代的艺术探索从一开始就以对人的肯定作为目的地与出发点，“妈妈缀扣子的针线穿透了心胸”所表现的正是文学中源远流长的对母爱的眷恋，在这种普通而强烈的人性面前，社会制造的所有神话都褪去了绚烂的光彩，显得苍白无力，而隐藏在其背后的现实的黑暗、悲哀赤裸裸地表露出来。

《一代人》：小诗孕育大题目
光明亲吻黑眼睛

黑夜给了我黑色的眼睛/我却用它寻找光明

顾城，男，1956 年 9 月 24 日生于北京。12 岁时辍学放猪。“文革”中开始写诗。1973 年开始学画，次年回京在厂桥街道做木工。1977 年重新开始写作。并成朦胧诗派的主要代表诗人之一。1980 年初所在单位解体，失去工作，从此过漂游生活。1985 年加入中国作家协会。1987 年应邀出访欧美进行文化交流、讲学活动。1988 年赴新西兰，讲授中国古典文学，被聘为奥克兰大学亚语系研究员。后辞职隐居激流岛。1992 年获德国文坛创作年金，在德国写作。1993 年 10 月 8 日在其新西兰寓所辞世。留下大量诗、文、书法、绘画等作品。顾城是朦胧诗派的主要作者，著有诗集《白昼的月亮》、《舒婷、顾城抒情诗选》、《北方的孤独者之歌》、《铁铃》、《黑眼睛》、《北岛、顾城诗选》、《顾城的诗》、《顾城童话寓言诗选》、《顾城新诗自选集》。逝世后由父亲顾工编辑出版《顾城诗全编》。另与谢烨合著长篇小说《英儿》。人民文学出版社 1998 年出版《顾城的诗》。

意大利历史哲学家维柯在 300 年前干净利索地挥剑截断了诗和哲学的思维联系。然而，300 年来，诗人们却广撒物象暗示的种子，培植出一座座“象征的森林”，成功地将诗和哲学统一了起来。《一代人》似乎就是一个证明，短短两句诗，在黑与光的对立统一中，潇洒地跨越了维柯手制的樊篱，抽象的哲学意蕴切实地通过表象富有魅力地呈现于世。

“黑夜给了我黑色的眼睛”，此中的两个“黑”无疑是“文眼”，颇值玩味。我们知道，“黑”其实不是色彩，所谓的色彩均是物体对各种光波反射的结果，如果不反射，便成了黑。当然，没有光的世界只能是一片漆黑。因此，“黑”是扼杀光明的结果，黑夜便是光的坟墓，是一种令人窒息的特定时代象征。然而“黑色的眼睛”却无疑是黑夜的叛逆，它的黑色是黑夜给的，是黑夜阻断光明的结果。此外眼睛的黑并不象征着背弃光明，反倒是渴求光明的象征。黑色既然对光不反射也就具备了对光全盘吸收的特性，黑色的眼睛正是这种随时准备吸收光明的“一代人”的眼睛。换一个角度看，黑色的眼睛也凝聚着批判精神，它以黑对黑，对黑夜的庞大淫威报以深沉的否定。相对色彩缤纷的光明世界来说，黑色是一个终极，它与光明构成了对立。然而物极必反，从黑夜中叛逆出来的黑色眼睛，对于光明的接受力是绝对超过任何色彩的眼睛的，也就是说：由特定的黑色时代中走来的“一代人”，他们伟大的觉醒是其他“无缘”于“黑夜”的人们所难以企及的。

短短的两句诗，冠以一个博大的题目，揭示一个庞大的主题，在对立统一中，充分显示了象征的魅力。从作者的生活历程看，诗中的黑夜似乎是“十年浩劫”，“一代人”当然是指在这个特定历史阶段中成长起来的当代中国人。然而，诗毕竟不是历史，诗的容量常能凭借艺术的魔力而无限扩大。如果超越时空的话，我们便很容易在屈原、杜甫、鲁迅等等不同时代的人物身上，看到“一代人”的形象，他们都在“黑夜”中生存，他们都具有特别敏锐的“黑色的眼睛”。

《一代人》以干脆的语言，执著的追求意向，显示了一种性格，可以说，这是一首“性格诗”。它汇集了思维与表现、形式和内容、标题与诗体之间在大小、深浅、形象抽象等方面的一系列矛盾，最终融入18个字中，深沉而潇洒地突出了当代人的精神意象。果然引爆了同代人的情感！《一代人》真是一枚神奇的雷管。《一代人》一诗既是这一代人的自我阐释，又是这一代人不屈精神的写照。黑暗要扼杀一个人明亮的眼睛，但黑暗的扼杀却没有达到它的目的反而创造了它的对立物：黑色的眼睛。是黑暗使一代人觉醒，使一代人产生更强烈的寻找光明的愿望与毅力。正是这坚毅的寻找，才使他们看到掩盖在生活表象之下的、使人难以接受的本质。仅仅两句就道出了一代青年人探索真理的心声。十年浩劫，是漫漫长夜，没有星斗，没有月光，甚至连磷火也没有。但是，渴求光明的心却是压不住的。由最初的迷惘到清醒，由无知到觉悟，由困顿到解脱，都是在这茫茫“黑夜”里完成的。因为是黑夜，就不可能不是黑夜的眼睛。这是移就。黑色的眼睛也是变异物，喻为被扭曲的灵魂，或者笼罩的阴影，从阴影里裂变出来的寻找真弄虚作假的光明。是挤出蚕茧的蛾子，是沟坎上流过的溪水，是地平线上跃起的太阳。毕竟封锁不住，历史的答案也正是如此。诗简洁、明快，充满必胜的自信。

综上，对于永恒真理的追寻，对于文学新思想、新艺术的大胆尝试和实践，对于人类文明的重新思考等，是“无名”状态下现代派文学创作宗旨。所谓的“现代主义”，可以说是 19 世纪末至当代在欧美出现的众多反传统和非理性为特征的文艺流派和思想潮流的总称。现代主义将一战后的世界看做是一个破碎、混乱、空虚的精神荒园，因此拒绝沿用 19 世纪传统现实主义理性、有序、和谐、因果式的创作方法，而是大胆创新，运用碎片式、断裂式、多层结构、意识流、内心独白、自由联想、蒙太奇等形式主义创作方法，更加深刻有力地再现了西方世界在一战后的时代精神与艺术氛围。后现代的转向，始于上个世纪的 60 年代。这一转向表现为社会生活，艺术，科学，哲学与理论方面的剧烈变化。主要的后现代理论家有米歇尔・福柯、雅克・德里达、雅克・拉康等。后现代性是由后现代化合后现代主义构成的。一般地讲，人们用“后现代主义”一词去描述文化领域中的后现代运动及其现象；而用“后现代性”一词去描述伴随后现代运动而呈现的一切可标榜的后现代性特征。“后现代”概念本身只是表明了一种文化，社会，政治和哲学等等发展的历史趋向性，后现代主义在对历史作出嘲弄式的批判或否弃的形式下，重新定位了当代文化的走向和基调。后现代主义是西方思想和文学史上一个极其深刻与革命性的文艺思潮。可以说，后现代主义是一种“反科学主义”的理智运动，是一种“新的文化经验”，是一种批判性的解构战略。一些主要的后现代理论家认为当代社会，以其新的技术，新的文化范型与经验形式，引人注目的经济社会和政治转型，构成与以前生活方式的彻底决裂而终结了现时代。如果说现代主义是寻求永恒真理，那么后现代主义就是对这些永恒真理的怀疑和否定；如果说现代主义是寻求知识的明确表征，那么后现代主义就是认为“知识的状态随着社会进入后工业时代以及文化进入后现代时代而改变着”。后现代主义思潮是历史是极富有争议性的一种文艺思潮和思想，虽然人们对它的理解莫衷一是，但它对现代社会各个领域的冲击无疑是巨大的。

第八章　新写实小说：描绘普通市民毛茸茸的原生态生活

新写实文学思潮主要作家作品

作　家	作　品	或人物或文意或诗情	备注
池　莉	《生活秀》	来双扬于崩溃中从计划经济走向市场经济	
	《不谈爱情》		
	《太阳出世》		
	《烦恼人生》		
刘震云	《一地鸡毛》	小林、小林老婆承受着鸡毛缠身的现实生活	
	《塔铺》		
	《新兵连》		
	《单位》		
	《官场》		
方　方	《风景》	贫民出身的七哥对于生命意义的自觉追求	
	《桃花灿烂》		
	《埋伏》		
刘恒	《狗日的粮食》		
	《伏羲伏羲》		
新现实主义小说			
谈　歌	《大厂》		
关仁山	《大雪无乡》		
何　申	《信访办主任》		
刘醒龙	《分享艰难》		
周梅森	《人间正道》		
张　平	《抉择》		
范小青	《百日阳光》		
张宏森	《车间主任》		

在社会转型时期，和“先锋小说”同时或稍后出现的是“新写实小说”。“新写实小说”出现的原因是多方面的。首先，20 世纪 80 年代以来的社会文化转型使传统的价值观面临严峻的挑战，一大部分作家感觉到社会价值观念的转变，希望反映这种转变，但又无法把握这种转变。而在摆脱意识形态控制的文学风尚中，他们在一定程度上还保留了对现实社会和生存状况的关注，所以他们在写作中采用了写实主义的手段，却又拒绝含有强烈意识形态色彩的创作原则，作家自身的角色也就不可能完全回到传统现实主义的位置。其次，先锋作家抢占了叙事变革、文本实验的风头，其他的作家不能再步其后尘。而先锋小说远离现实生活，疏离读者，只能有沙龙化的效果。一部分作家感觉到先锋小说的这种局限，期望克服或者避免这种局限。所以，新写实小说实现的是双重的悖离，既悖离了传统的现实主义，又悖离“前卫”、“现代”的先锋小说。新写实小说家吸收了现实主义面对人生的写作态度，摈弃了居高临下的叙述视角；吸收了先锋小说、后现代主义平面化、零散化的运作手段，摈弃了由无序叙述所带来的远离普通读者的文艺贵族做派。所以也可以说，新写实小说是采用包含某些现代、后现代因素的写实手段，表现普通人生存状况的小说。

从总体情况看，新写实小说早期的代表性文本，如刘恒的《狗日的粮食》、方方的《风景》、池莉的《烦恼人生》、刘震云的《塔铺》等的发表时间都略迟于先锋小说，而作为一种文学现象受到注意引发热烈讨论，并得到正式的命名则更后于先锋小说。“新写实”现象最早受到评论界比较集中的关注，是 1988 年秋在无锡举行的“现实主义与先锋派”研讨会上。那时，一些批评家把这种创作倾向看做是现实主义的“回归”，还有一些批评家把这种创作倾向称为“后现实主义”、“现代现实主义”、“新小说派”等等。“新写实小说”的正式命名，则始于《钟山》杂志 1989 年第 3 期上开辟的“新写实小说大联展”。同年 10 月，《钟山》又和《文学自由谈》联合召开了“新写实小说”讨论会。对新写实小说这一概念的理论界定，最早也是由《钟山》杂志社完成的。在 1989 年第 3 期该刊的“卷首语”中，编者对什么是新写实小说作了比较正式的说明：“所谓新写实小说，简单地说，就是不同于历史上已有的现实主义，也不同于现代主义‘先锋派’文学，而是近几年小说创作低谷中出现的一种新的文学倾向。这些新写实小说的创作方法仍以写实为主要特征，但特别注重现实生活原生形态的还原真诚直面现实，直面人生。虽然从总体的文学精神来看，新写实小说仍划归为现实主义的大范畴，但无疑具有了一种新的开放性和包容性，善于吸收、借鉴现代主义各种流派在艺术上的长处。”但是，不同批评家对“新写实”特征的描述并不太一致，还有一些批评家坚持认为不必对新写实小说这一概念作勉强的理论界定。由于新写实小说的提出只是对一种写作倾向的概括，而且还受着批评家和文学杂志“炒”

因素的影响，所以对新写实小说家身份的界定也就存在一些问题。被归入到这一名目之下的作家非常广泛，包括刘震云、方方、池莉、范小青、苏童、叶兆言、刘恒、王安忆、李锐、李晓、杨争光、赵本夫、周梅森、朱苏进、迟子建，等等，几乎包括了“寻根文学”以后文坛上最活跃的一批作家，其中的苏童、叶兆言还常常被评论家放到先锋小说家名单中，他们一些被看成是新写实的小说，有时还被当做先锋小说的代表性文本。还有一些作家，对自己被列在“新写实小说家”名下也不以为然。但不管怎么说，被比较一致认定“新写实小说家”身份的至少包括方方、池莉、刘震云和刘恒。

新写实小说之“新”，在于更新了传统的“写实”观念，悖离了传统现实主义的真实观，改变了小说创作中对于“现实”的认识及反映方式。传统的现实主义认为，世界是一个有机的整体，而人们接触到的只是一个现象的世界。在这个现象世界的后面，有一个本质的结构控制着这个世界，而这一现象世界中的这事物和它事物之间，也有着某种本质的、因果的联系。所以，传统现实主义的真实观认为，现象是世界的表象，表象的事物是不可靠的，而本质和因果才是可靠的，文学作品的“认识意义”必须建立在这基础上。因此现实主义创作的经典性表述是：除了细节的真实之外，还要真实地再现典型环境中的典型性格；艺术上的“真实”不仅来自于生活现象本身，还必须揭示出生活背后的本质。那么，什么是世界或生活的本质呢？不同的作家用不同的方法加以捕捉。托尔斯泰用人道主义来衡量，巴尔扎克通过对金钱的批判而揭示，茅盾的《子夜》用的是政治经济分析，十七年（1949—1966）小说以阶级斗争为纲，80 年代初期的大部分小说则依靠人本主义。所以，现实主义小说的共同点，就是创作者用理性、理念作参照，分析整合现象世界；他们放弃那些所谓非本质的东西而建构一个完整有序的、由因果关系构成的小说世界。现实主义作家用自己建构的小说世界告诉或回答读者，世界是什么？生活是什么？人应该怎么办？我们应该怎么办？所以，从本质上说现实主义是理性的创作方法。

现实主义的“本质”或“理性”，一般都带有鲜明的意识形态色彩，在高度意识形态化的社会中，这种本质或理性还带有浓厚的政治权力特征。新写实小说兴起所体现的，正是新写实小说家对这种含有强烈政治权力色彩的创作原则的悖离。他们认为 50 年代的现实主义实际上是浪漫主义，它所写的生活实际上是不存在的。他们追求的是还原生活本相，或者说力争在作品中表现出生活的“纯态事实”。这种“纯态事实”是不受任何观念形态（尤其是政治权力意识）的过滤或遮蔽，未经任何理性理念加工和处理的生活的本来面貌。这样，新写实小说所描写的生活，就改变了传统现实主义的有序化为无序化，变戏剧化为生活流，他们的小说文本也就充满了随机性和偶然性。传统现实主义发展的高峰是情节的性格化，塑造典型性格成为现实主义小说的最高要求，现实主义作家也把为世界文学画廊提供栩栩如生的典型形象当做自己的最高追求。在现实主义小说中，人物的一切，包括他的语言行动、为人处世、情感变化，都是一个统一的、完整的整体，他们就统一在人物的性格之下。这个人物形象的性格可能有多侧面的表现，但一般都有一个核心的性格，或者称主导性格。这种典型理论被意识形态化之后，就出现文学作品必须塑造能代表时代方向，能鼓舞、激励人们为崇高理想而奋斗的英雄典型。

关于新写实小说的文本叙述特征，批评家陈晓明曾从五个方面概括为：(1) 粗糙素朴的不明显包含文化蕴涵的生存状态，不含异质性的和特别富有想象力的生活之流。(2) 简明扼要的没有多余描写成分的叙事，纯粹的语言状态与纯粹的生活状态的统一。(3) 压制到“零度状态”的叙述情感，隐匿式的缺席式的叙述。(4) 有理想化的转变力量，完全淡化价值立场。(5) 其注重写出那些艰难困苦的，或无所适从而尴尬的生活情境。前者刻画出生活的某种绝对化状态；后者揭示生存的多样性特征，被客体力量支配的失重的生活（陈晓明：《反抗危机：论“新写实”》）。这一总结道出了新写实小说文本在叙述与故事两个方面的特征。如果纯粹从叙事学的角度看，新写实小说主要在三个方面体现了与传统的现实主义小说的不同。

新写实小说的叙事方式与传统现实主义最根本的区别，就在于叙述者或隐含作者的视点产生了巨大的移位。由于传统的现实主义小说用理性关照一切，传统的叙述者大多采用的是高于生活、高于故事人物的视点。新写实小说的作家在对待生活和人物方面放弃了理性或理念的关照，他们的小说也就不再显示叙述者居高临下的姿态。方方的《风景》就是这方面的代表之作。小说中，叙述者被设置为一名死者即那个夭折的幼婴，他宁静地观察自己的父亲母亲、哥哥姐姐的生活，流水般地讲述他所看到、听到的故事。在这篇小说中，叙述者的智力判断力、甚至人生的经验明显不如故事中的任何人物。当然，《风景》叙述者的安排是新写实小说中一个极端、特殊的个案，但哪怕在《烦恼人生》、《一地鸡毛》这些采用第三人称全知全觉叙述观点的作品中，读者也很难感觉到叙述者或隐含作者高于印家厚、高于小林的地方。新写实小说的作者已经不再凭借理性或理念的力量站到高处，俯视生活、俯视人物，而是放弃自己的思想武装，解除作者的特权走进芸芸众生，用下沉的视点去观察生活，观察作品人物的一举一动。

传统的现实主义作家总是以人类的导师自居，他们总是期望自己的小说能够成为人类生活的教科书。他们把自己与读者的关系看成牧师与信徒的关系，把自己与故事人物的关系认定为裁决者与竞赛者的关系。所以，现实主义小说在讲述故事时，总是夹杂着大量的非叙事话语，哪怕是最具含蓄风格的文本，作家也会在整体上运用象征或隐喻等修辞性评论的方法显示自己的价值或情感取向。新写实小说的作家由于放弃了理性或理念的关照，也就失去了价值判断的尺度，失去了情感天平的砝码，新写实小说的叙述也就只能是隐匿式的缺席式的叙述，只能是“零度状态”的叙述。在大部分新写实小说中，叙述者往往都是充当单纯的旁观者或书记官的角色，他不像传统小说的叙述者那样随意对故事人物作种种的心理分析，在客观、平静的叙述中也很少夹杂解释、说明、议论、抒情等非叙事话语，即便偶尔发表意见，多半也是采用自由间接引语的方式，把自己的情感倾向或价值取向含混在故事人物的意识之中。这种缺乏价值判断的冷漠叙述，可以说是新写实小说家自觉的、有意采用的客观化叙述策略，但从某种程度上说，也是他们放弃理性、放弃理念之后无可奈何的叙述选择。

从故事的角度看，现实主义要求小说中的任何情节、细节，都必须发挥一定的功能，承担不同的责任；要求作家根据第二能指的需求确定故事情节的取舍，根据因果链条的需要，组织情节的发展。所以经典的现实主义小说大都是一个具有因果承接关系的封闭性的艺术整体。其中总有一个主要人物或中心事件像一根红线贯穿作品的始终，且大都遵循开端、发展、高潮、结局这样的叙事结构模式。但是在新写实小说中，由于拒绝意识形态阐释，由于缺少终极的价值指向，情节的发展往往充满了随机性和偶然性，故事也大多以平面化零碎化的状态呈现，从而构成一种似乎是未经任何选择加工“生活流”或“叙事流”状态。不重情节结构的戏剧化，追求叙事方式的生活化，不重情节间的因果逻辑关系，而重生活“纯态事实”的原生美，不重故事情节的跌宕曲折，而重生活细节的真实生动，也就成为典型的新写实小说的“生活流”叙事特点。

《生活秀》：于崩溃中索取生存之道，于零距离接触中透出无缘无果计划经济涅槃市场凤凰，于智勇义三者中雕铸女中豪杰

池莉，湖北仙桃（一说湖北沔阳人），1957年生于湖北，中国作家协会会员。1974年高中毕业，为下放知青；1976年就读于冶金医学院，1979年毕业，任武钢卫生处流行病医生。1983年参加成人高考，入武汉大学中文系成人班，就读于汉语言文学专业，1987年毕业，任武汉市文联《芳草》编辑部文学编辑。1990年调入武汉文学院，为专业作家。1995年，任文学院院长。2000年，任武汉市文联主席。2007年9月22日下午闭幕的湖北省文学艺术界联合会第八次代表大会上当选省文联副主席。2007年被评为武汉大学第五届杰出校友。1979年开始发表文学作品。著有《池莉文集》（七卷）、小说《烦恼人生》、《不谈爱情》、《水与火的缠绵》、《有了快感你就喊》、《看麦娘》、《写到飞的境界》等，长篇小说《来来往往》、《小姐你早》以及散文随笔集多部。散文作品《怎么爱你也不够》、《真实的日子》、《给你一轮新太阳》、

《老武汉》等，作品集《池莉小说精选》、《一夜盛开如玫瑰》、《生活秀》、《怀念声名狼藉的日子》等，先后获全国优秀中篇小说奖、首届鲁迅文学奖、红河文学奖、小说选刊奖、小说月报百花奖、“大家”文学奖、湖北屈原文学奖、金凤文艺奖，以及《人民文学》、《十月》、《当代》、《小说月报》、《上海文学》、《中篇小说选刊》等刊物各种文学奖50余项。有多部小说被改编为电影、电视，有各种文字译本。池莉在我国当代文学界具有极高的知名度。其代表作《来来往往》、《口红》、《生活秀》等作品一经搬上荧屏就成为观众热烈追捧的收视热点，均取得了艺术和市场的巨大成功。池莉的作品关注市井生活，文字能够与读者坦诚相见。其新作《生活秀》一问世，便同时被改编成电影和电视剧。电影《生活秀》获得多项大奖，充分展现了池莉作品影视元素的独特魅力和市场价值。2003 年 12 月，池莉签约世纪英雄电影投资有限公司，成立“池莉影视工作室”。“池莉影视工作室”是继“海岩影视工作室”后世纪英雄吸纳优秀影视创作人才的又一举动，使“海岩”、“池莉”等著名“作家品牌”，拥有更强的电影产业影响力和号召力。再次证明在优秀文学作品基础上改编的剧本往往会成为精彩影视剧的先声，这样的例证在国内外屡见不鲜。

池莉的作品虽然数量不多，但不少作品问世后受到文艺界的重视和好评，成名作中篇小说《烦恼人生》，被誉为是“新写实小说”的代表作，她也被公认为新写实小说的代表作家。池莉的小说大多表现女性视野中的武汉都市生活，人物往往是带有世俗气的芸芸众生，远离英雄主义的凡夫俗子；同时，在现实主义的描写中不闪避自然主义，人物事件均被一层生活原色所笼罩，给人以更为自然、逼真的艺术感受。创作重视发挥故事的功能，又不排斥各种现代新手法。小说语言善于吸收武汉地域的方言俚语，或幽默俏皮，或质朴凝重，有着独特的风格。1987 年，池莉发表《烦恼人生》，使广大读者产生了震惊。在“先锋小说”精心营构各种语言迷宫和故事圈套的时候，《烦恼人生》却透过纷乱、琐屑的原生态的生活表象而显露出了丰富的内涵。这篇小说“单枪匹马”就引起了人们广泛的注意力。池莉的小说大多取材于百姓的日常生活，呈现一种生活的本真状态。冷静的叙述态度，使她成为 80 年代末新写实小说的代表作家。

池莉刚刚开始文学创作时由于年纪尚轻，虽然她在学校在农村中体验到了那种生活的艰辛与苦涩，但她仍用美好的眼光看待周围的一切生活，仍然用童年的温馨的梦想审视人们的现实生活，用诗意般的心灵和美丽的语言歌唱那些纠缠于各种矛盾中的人们，对于理想生活的追求与向往。她的笔下流淌出的恰似一首首动人的小夜曲，但是在这些诗意小说的背后，却是对生活艰难发出的咏叹调。

池莉有着知青生活的经历，在她刚刚提笔创作时这段生活自然成为她的写作素材，在对知青生活的眷恋和回忆中描写了知青生活中的爱情、友谊、理想与忧伤，她以温泉般的柔情描写了这样一群人，虽然他们生活在艰苦的环境之中，虽然他们稚气未脱，但现实的生活教育了他们，使他们成熟了，懂得了友谊和爱情，知道了生活的艰辛。中篇小说《勇敢如斯》（后改名为《有土地就会有足迹》）即是这段生活的记录。涉世不深的伟秋宜靠坚定的信心、执著的追求，以纯朴为美，以高尚为美，最终成为生活的强者；纯情而又带有浪漫气质的赵罗娜，爱得深刻又热烈，虽然遭受到的是心灵痛苦的折磨，收获的酸涩的苦果，但最终也成为脚踏实地的强者，小说中的另外几位人物如忠厚的吕炜、朴实的欧光星、失足的容小多也写得各具个性。这篇小说是池莉以自身的体验，咀嚼亲身的经历而写成的，虽然写得平实，但也显示出了她善于编织平凡人的平凡的故事。

她的另一篇小说《青奴》更是具有代表性的一篇作品，《青奴》形象是作品意象的一个载体，通过这一纯洁美丽的形象，池莉把诗意的梦幻曲弹奏得如梦如幻、如痴如醉。《青奴》以一种写意——象征的艺术模式表现传统农业文化与城镇商业文化的冲突。作为一篇写意象征小说，它保留着一个故事的框架。泽浩携青奴从黄浦江回到汉水流域的沔水镇，给人们带来了城市的新的生活方式，他使小镇上的人们从愚昧的生活中学会了讲究卫生，学会了美的追求。这些人原来守着肥沃的土地却拥有贫乏，他们傍依着清静的河水却环绕着肮脏，他们这里的男人宁可让酒灌饱也不用饭菜填饱，他们的女人情愿用篦子篦头也不用河水洗头。他们的男男女女都喜欢趿着鞋子，邋里邋遢地打发日子。青奴怀抱理想改变这里的一切。她首先教女人们刷牙、洗发，此前这些女人从不刷牙洗发的。又教会她们开脸，使人变得面目皎洁。治好孩子们的病，使延续了多少代的吃观音土的习惯绝迹了。泽浩则教男人做生意。这时候他们代表着先进城市文化对落后文化的冲击与改造。商业的观念、卫生的观念、美的观念开始取代原来自给自足、不讲卫生、不知美丑的落后生活方式。更为有趣而深刻的是，作品表现了这两种文化冲突的复杂状态，并不是先进的城市文化一来，落后的农业文化就销声匿迹了，而是有着拉锯状的反复交锋的过程。关键的问题在于泽浩身上有着浓重的乡村文化基因。他教会了人们经商做生意，他自己经营的商行却停业了，因为小镇上的人们每家商行开业都请泽浩主持，而每次他都喝得大醉，然后就去狂赌一把。泽浩起初不愿意这样，但一旦这样他便不能违例了。他是太阳，应该公正地向每一家洒去阳光。厚此薄彼是家乡祖祖辈辈深恶痛绝的丑恶行为，泽浩天性就容不得厚此薄彼。泽浩的这种想法是一种乡村情感方式，是一种功利的人情关系。但青奴由于不肯给泽浩钱还赌债而被他杀死后，泽浩也远走他乡。这正是乡村文化向城市文化的反扑。更为悲伤的是青奴死后的遭遇，一开始人们准备厚葬她，女人们手掌拍地，“嚎丧嚎出了青奴千般的美丽和万般的好处。”可是人情薄如纸，传统的道德偏见很快占了上风。人们对青奴葬礼的改变，说明这时乡村文化完全淹没了城市文化。这篇小说采用了魔幻笔法，让青奴如一个谜，不说她的身世和来历，让青奴生前清白如水，死后藏有大量金珠财宝，又让同样来历不明的德先生为她殉情而死，使青奴成为纯洁、正义、善良的象征，批判了人性的丑恶，贬斥了物欲罪恶和世态炎凉。这篇小说鲜明地体现了池莉对诗意的人性美的歌颂的审美理想，也同样表达了她对生存选择的艰难的困惑，对美好毁灭的惋惜和对世俗的讽刺。

真正确立池莉在当代文坛地位的作品是《烦恼人生》。这篇作品集中地体现了池莉的写作态度和写作风格。可以说以“烦恼”概括她的作品有一定的准确性。总之，读完池莉的一系列作品后，人们会得出这样的结论：烦恼人生，人生烦恼，人生总是甩不开的烦恼，烦恼总是与人生形影不离。同时，为池莉赢得盛誉的这些作品也有类似文化上的特色。《不谈爱情》写婚姻的烦恼，《太阳出世》写了生育的烦恼。《金手》写了爱情的烦恼，《一去永不回》写了青春的烦恼，《白云苍狗谣》写了事业的烦恼。可以说它们共同构成了“人生烦恼三部曲”。这些作品所集中探讨的，是中西哲学和宗教共同关心的人生“烦恼”问题。现代西方哲学把“烦恼”看做人生乃至人类无法摆脱的一种生存的困境，认为造成人生“烦恼”的根源是人永远无法满足的欲望和需求。既然如此，从根本上摆脱人生“烦恼”的办法唯一的只有同时也让人生得到解脱。池莉的作品深得此味。池莉所描写的烦恼却又是生活之中平凡得不能再平凡的日常生活中人们都会遇到的烦恼。《烦恼人生》中主人公印家厚，现代化钢板厂的现代化操作工，经过了日本专家的严格培训，他对工作充满自豪感，他的精神状态极好。但是低层次的文化现状——物质的和精神的，在整整一天之内，不断地袭击他，使他成为生活的被动者。房子狭小，夫妻纠纷，乘车拥挤，儿子的教育问题，评奖的不公等等。“仅仅只过了四个钟头，印家厚的自信就完全被自卑所代替了。”这种种低层次文化状况带给他的烦恼“几乎没有一刻不使他在为难之中”。但他并不灰心丧气，仍然希望有一个美好的明天。这正是普通工人的可贵之处，坚强、理智的可贵之处。

《不谈爱情》中的庄建非，在他结婚之前快乐地生活着，他结婚结得并不顺利，但那些烦恼很快就被新婚的喜悦冲淡了，更何况当时又是两个人在同舟共济。所以吉玲对烦恼的体会，要远比庄建非深刻。但烦恼对每个人都是一视同仁的，庄建非很快地体会到：婚姻磨炼男人。同样，男人的确比女人更需要磨炼，女人比男人更多地接触柴米油盐之类的琐事，因而更务实，也更懂生活。至于像庄建非妹妹庄建亚那样“不食人间烟火”的女人，大概便只好下定决心去当“老姑娘”。然而，“当代中国也不容忍独身的女人”，因此庄建亚也有烦恼。

池莉被认为是“新写实主义”的一位主将。新写实主义强调表现生活的原始形态，绝少作家的情感投入和主观想象、反对人为地粉饰和拔高现实。池莉的小说突出人生的过程，它强调过程本身的含义和意境，强调还原生活，回避理性概括的阴影，避免各种习惯的“深度模式”。她不是有意告诉我们什么，而是让我们自己“观看”，而小说“告诉”的东西总是有限的，但在如实地追踪生活的过程中，却能激起我们复杂的、难以言叙的人生感悟，统一起历史与人生的秘密。池莉更擅长于表现市民家庭生活，反映世态人情，下层人民的生活压力和精神心理；沿流溯源，又映射起和包含了社会的、政治的、历史的意味。池莉是一位现实主义作家，而她的“新”在于观照角度，也就是新的现实观。这里没有“英雄”和“普通人”的对立，没有超凡脱俗的“神圣”原则和精神意志。在池莉的小说中，离开了世俗生活就再没有真正的“现实感”，脱离普通人的命运，他们的人生历程、基本需求、欲望与困惑、便也丧失了现实的普遍意义。池莉对于市民生活、市民文化心理并非是持一种冷峻的、批判的态度，而是先予以充分的理解，理解中的同情及同情中的表现，从下层市民的生存实际出发，尊重他们的生活态度和生活乐趣，其中也包含着人性健康的活力和质朴的情感。

小说内容简介：来双扬就像吉庆街夜市上的一道风景，她漂亮，并且知道如何展示自己的漂亮；她能干，把小小的“久久酒家”经营得红红火火，还在夜市上卖着独一份的透味鸭颈；她厉害，一个独身女人，时常“以攻为守”，即便卓雄洲为了她已经到夜市上吃了一年多鸭颈，她也依然不动声色。

来双扬和往常一样坐在摊子前面，脸上挂着她特有的笑容，但心里并不轻松。这天下午，哥哥来双元10岁的儿子多尔提着大包来找她，说妈妈孙金到外地听股票讲座，爸爸要在机关里值夜班，所以让他到大姑家里住几天，来双扬明白他们是冲家里的老房子来的。双扬的母亲在生她最小的弟弟时难产去世，父亲和一个女人范沪芳认识后结婚搬走了，正在上初中的双扬把两个弟妹拉扯大，为了生活她很早就开始在吉庆街卖小吃，弟弟来双久、妹妹来双媛长大了，双扬却在经历了一场短暂的婚姻后，留在了吉庆街，成为吉庆街的第一个个体户。转眼很多年过去了，来双扬平静的生活开始变化：弟弟久久进了戒毒所，卓雄洲不时出现在她的摊位上，下岗的嫂子小金开始惦记她的房子，连店里打工的阿妹也居然因为想念久久而割破了自己的手腕。哥哥、嫂子的举动引起了双扬的警觉，她再次找到房管所张所长，提出要把“文革”期间父亲借给邻居刘老师后来被刘老师的侄子占为已有的老房子要回来，张所长提出应由房子的主人也就是来双扬的父亲出面。当来双扬带着笑容和问候突然出现在父亲的老伴——退休京剧演员范沪芳的面前时，范沪芳简直不敢相信这就是多年来和她不共戴天的来双扬，父亲主动提出把老房子转到双扬的名下。张所长的儿子上大学时因感情问题受过刺激，快30岁了，还没有成家，这是张所长一家最大心病。来双扬决定带着阿妹去看望戒毒所里的久久，并对痛哭不止的阿妹说你和久久不会有任何结果。在终于说服了阿妹之后，双扬把阿妹介绍给了张所长的儿子，使得张所长主动为她把被人强占的房子要了回来。双扬的成功惹恼了嫂子小金，她到夜市和来双扬大吵大闹，让双扬在卓雄洲和他的朋友面前很丢脸。城市改造突飞猛进，吉庆街要拆了，来双扬觉得自己没有出路，卓雄洲对她的关心给了她一些安慰，她决定约卓雄洲好好谈谈。诗情画意的雨湖度假村，两个单身的男女，“爱情故事”如约而至，但结局是不是来双扬期待的结局呢？

池莉小说展开了一个又一个平凡而又广阔的生活场景，凸显了女性意识的觉醒和独立。她站在女性的角度，以市民的视角解构了爱情神话，从而进一步揭露现实社会。池莉自觉地选择了一种平民立场，塑造了普通市民的形象，她关注人们的日常生活，将沉重的现实人生纳入小说主题之中，让作品更加贴近生活。同时池莉的小说在影视剧改编上也很受欢迎，在电视荧屏上大放异彩。

1. 池莉作品中的女性意识

在中国，真正意义上的女性意识，是伴随着“五四”运动这一伟大的思想变革和文学变革而闪亮登场的。“女性意识”的概念很难用一个简单明了的定义来界定。《新女性文学论纲》一书中将其总结为，“女性对于自身作为与男性平等的主体存在地位和价值的自觉意识”。如果采用一个更为详细一点的表述：“女性意识”是指女性的自我意识，它立足于女性去感知、体验人生与世界，传达女性的欲望与追求，肯定女性的经验与价值。进入 70 年代后，女性意识被表现得更为鲜明。“一个时代的女性，只有在现实人生和理想人生中找到最佳的落脚点，其女性意识才能抵达最高境界。”由此可见女性意识已作为衡量一部作品是否为真正女性文学作品的重要条件，它深入许多女作家内心深处，成为她们创作时自觉或不自觉追求的一杆标尺。在新时期一些女作家笔下，男女之间的冲突，甚至是一种不可调和的冲突被浓墨重彩、着力表现。所以在她们的作品中，女性形象取代男性成为了焦点，女性的主体、平等、独立等意识都被摆到一个突出位置，而男性在女性光芒的笼罩下，带给人们的只有猥琐、苍白甚至渺小之感。

池莉的小说基本上代表了当前女性意识和女性文学的新面貌。在历时多年的创作中，池莉通过她对女性群体的独特审视，演绎着不同女人的异样人生。代表池莉女性意识萌芽的作品当推她写于 1990 年的《太阳出世》和《你是一条河》，作品着力塑造了一些自立自强、具有顽强生命力的全新女性形象，她们不再是依附、服从、唯命于男人的弱者。之后的《云破出》和《小姐你早》中的女性具有更加独立的人格思想和行为准则。其实池莉对女性自主意识的强调，来源于她对当代女性社会地位的切身感受：“我之所以想要男孩最主要的原因在于我认为女人太苦。身为女人真的是太苦，不漂亮是一大不幸，漂亮又是一大凶险。一想到自己将来的女儿也要来月经、结婚、生孩子，心里就万分的难受。身为男人就幸福多了，漂亮可以潇洒，丑也可以潇洒，永远不知道血与疼痛是什么滋味，多好！女人的一生，没有爱是不幸，拥有了爱也是不幸；无情心寂寞，多情心更寂寞；太强了人疏远，太弱了人欺负。可男人，多情和爱是风流，无情和不爱是冷峻。到今天为止，中国的社会还是男人的社会，我没法不希望生男孩。”池莉清醒地看到传统的男权文化对现代女性的压迫依然存在。她口头上说要“生男孩”，实际上是对社会两性不公平的一种愤激之词。在用自己的笔描写这种性别差异的时候，池莉对女性的自主意识作了一种强调，以此来表达对男性社会的对抗。

2007 年池莉的长篇小说《所以》历时三年，由人民文学出版社推出。小说讲述了一个叫叶紫的知识女性在四十多年中的遭遇与命运。叶紫在专制生长环境中表现出痛楚与无奈，在物质化的社会中感到窒息和茫然，她发现了自己与父母、兄妹、男人以及整个社会的错误与失败。《所以》触及女性心灵痛楚最隐秘的部分，它的发表给喜欢池莉的读者带来新的阅读感受和心灵呼应，阅读中伴着压抑、焦虑、酸痛，还有沉思默想、怅然若失。池莉接受传媒采访时曾说：“所以背后大有深意……所以是一种结果，也是一种态度，也是一种立场，还是一种无奈。”《所以》之所以能取得如此成功，是因为这部小说写出了女性在文化中受到的压抑和缄默，她们的反抗心理使她们善于用身体的语言进行自我宣泄。让读者在阅读中看到了妇女身上长期被压抑的东西。

2. 池莉小说中的平民视角

作为 80 年代后期兴起的“新写实”小说代表作家之一，池莉的作品是以对世俗人生的深切关注和“原生态”的展示为主要特色的，她的“人生三部曲”系列作品《烦恼人生》、《不谈爱情》、《太阳出世》是这方面突出代表。以这个系列作品为中心，池莉在这期间的创作构造了一种注重当下体验的人生模式，将现实生活的一切酸甜苦辣、喜怒哀乐，都看做是世俗人生的一些无法回避同时也是不可或缺的构成要素和基本内容。

池莉说过：“一切的想象、体验和经历都超越不了生活本身。世界上的至真至美至善都天然存在，只是被积年的岁月风尘所掩盖。我的写作，为的是拂去那些灰尘，让真善美显露出光芒来。”池莉的平民人生三部曲——《烦恼人生》、《不谈爱情》、《太阳出世》被称作“过日子小说”，这主要是因为池莉通过大量的普通老百姓熟悉的日常琐细生活的展示，将平民怎样挨日子写得真切淋漓，使许多平民在小说中找到了自己的影子，说出了芸芸众生感受已久却不知如何正确充分表达的很多感悟，因而引起了大众的共鸣，得到了读者的认同。文艺界评论称池莉是“镜子作家”：“经历了几年的思考、读书，池莉选择了一种比较现实的写作态度与世界观。描绘普通工人生活的《烦恼人生》发表后获得强烈反响，更使她意识到：众多读者愿意读的是与自己生活相近的‘镜子’式的现实作品。池莉就是这样通过平民化的艺术处理，追求把小说的鼓点敲在平常人的心坎上，敲中普通人心的奥秘，追求与芸芸众生的共鸣。”

池莉作品中的人物都充满着追求个人幸福的欲望，《你以为你是谁》中的工人陆武桥为了挣脱生活的困境停薪留职承包餐馆；《化蛹为蝶》中的孤儿小丁抓住一个偶然的人生机遇，驰骋商海。所有这些人生欲望，都是改革开放的时代尤其是发展商品和建设市场经济的社会环境激发出来的。假若没有这样的社会环境，这些人物即使有再强烈的追求人生幸福的欲望，也只能是一种无法实现的内在冲动。所以说池莉的作品充分地显示了人与环境的这种依凭关系，一方面让时代给她的人物提供足够的活动条件和生存空间，另一方面也让她的人物尽可能地去发挥“自然本性”，发展“自然能力”。当他们真正做了他们所想做的，做到了他们所能做的，他们也就成了一个“幸福之人”。在这些作品中，池莉也确实让她的人物在各自的人生追求中，不同程度地实现了他们各自追求的人生目标，尤其是在金钱和爱情两个领域。正是通过肯定这些人物的人生追求及其在事业和爱情方面所获得的成功，池莉充分地肯定了平民的世俗生活，以及人们对于世俗的幸福生活的积极追求。

池莉曾说她的小说是在写当代的一种不屈不挠的活。这种“不屈不挠的活”恰恰展示了世俗平民的生存状态，以及他们对生活的感悟。池莉的短篇小说《冷也好热也好活着就好》展示了普通市民“冷也好热也好活着就好”的生存状态，我们从中看到的是世俗人生其乐融融的日子。男女老少在奇热的都市里有滋有味地活着，他们在斜窄街道的露天里晚餐和夜宿，吃“四菜一汤”，喝“黄鹤楼”酒，看电视，玩麻将，聊家常，在夜幕下组成一个普通市民邻里的大家庭。因此有人评价池莉的作品是当代平民生活历史的仿真画卷。除了《冷也好热也好活着就好》，著名的平民人生三部曲——《烦恼人生》、《不谈爱情》、《太阳出世》，都是当代普通人不屈不挠活法的真实再现。小说中的主人公们虽然活得很不容易，却努力让自己活得愉快、活出点样来，他们在艰难的生活中挣扎着，追求着，竭尽全力去实现每一个小小的愿望。这正如池莉自己所强调的，她“是在写一瓣瓣浪花，而他们汇聚起来便体现大海的精神”。这个大海的精神，正是作为一个时代中整体存在的人的精神，是当代普通中国人的一种积极进取的精神，他们不仅求生存，而且求发展，这是大众的心理定势，更是一个国家、一个民族乃至于全人类繁衍不息、进步不已的力量源泉。总之，池莉的小说不仅写出了平民生存的艰难，也写出平常生命的幸福，将“世俗”的关怀泽及世俗大众。在人们容易精神空虚、心灵痛苦的时代里，小说的平民化和世俗关怀能让人们活得更加清醒与真实，也活得更加智慧与淡定。

3. 池莉小说的影视改编

在现代传媒高度发展的今日，小说与影视、作家与影视的关系的密切程度更是发展到了前所未有的高度。越来越多的当代文学作品被改编成电影和电视剧、越来越多的当代作家“触电”。在媒体评出的“十大影视改编热门作家座次”和推评出的受到影视界礼遇的“五朵金花”中，我们发现作家池莉也名列其中。

在当代文坛众多的作家、尤其是女作家当中，池莉是一个值得特别关注的个体。池莉是历年来作品被改编为影视作品、特别是电视剧相当多的一位作家。她的小说《太阳出世》、《不谈爱情》、《来来往往》、《小姐你早》、《沧桑花楼》都相继被改编为电视剧。最引人注目的是2000年池莉的新作《生活秀》，相继被改编成电视剧、电影和话剧与观众见面并且得到了广泛的好评。随着经济的快速发展，市民阶层成为了社会的主体。池莉创作出的表现市民生活的小说与以市民为主要收视群体的电视剧一定是在某些方面有着相似性。从总体而言，小说与电视剧分属于不同的艺术种类，但小说与电视剧的联姻却是长久的事实。这说明小说和电视剧在艺术特色上有一定的相通性，否则便如水与火，不相容。所以我认为池莉的小说与电视剧是互通的。

在叙事语言上，文字是小说唯一的叙事语言；而电视剧则是声光影多种语言结合的综合艺术形式。小说文本与电视剧相比的优势就在于它可以从容不迫地，通过文学语言多层次、多角度、有深度地刻画人物的性格和内心世界。作家尤其是女作家特别擅长对人情感的刻画，可是在这一点上池莉是个另类，她很少让书中的主人公有长篇的心灵沉思，也很少借由人物之口表达作者的价值观，少见对场景作静态细致描写。池莉通常采用在细节中和在动作中刻画人物性格的方法，所以在她的作品中，我们可以发现叙述以压倒的优势战胜描写，对人物语言的叙述、对人物动作的叙述都很具有行动性。池莉小说的这一特点，再加上她对人物对话的重视，很多时候基本上是人物的对话成为推动故事前进的动力，使它被改编成电视剧具有非常大的可行性，因此在这一点上，电视剧能与池莉小说不期而遇。

池莉一直坚持使用全知全能的全息式的视角。例如在《来来往往》中，书中对各个人物的情况、处境、想法都交代得很清楚。既有段丽娜眼中的康伟业、也有康伟业眼中的段丽娜。他们二人不清楚对方心中的自己，可是池莉在书中向读者交代得很清楚。所以在这个角度上小说的读者和电视机前的观众一样，在段丽娜还不知道康伟业有了林珠这个第三者之前，观众就已经清楚地看到了康、林二人浪漫的爱情经过。池莉写小说的这种无限式视角与观众在观看电视剧时的全息视角不谋而合，甚至可以说池莉在小说表现出来的视角，正好是观众观看电视剧的视角。

池莉基本没有对人的心理状态作过多细致的静态描写，但女作家细腻的笔触还是通过其他的方式体现了出来。她通过对生活细致入微的观察，在作品中再现生动的生活细节。她的作品中不少的地方都能表现出对色彩感觉和构图的意识，这对形成电视画面裨益良多。池莉似乎对人的装扮有着强烈的喜好，在她的文章中随处可见她人物衣着的着力描写，有时候还能借着色彩的运用对读者形成强烈的视觉冲击。例如《小姐你早》中戚润物和王自力在街上对骂时，对王自力的描写："王自力两手抄在裤子口袋里，黑西服两边分开掖在屁股上，微腆的肚皮突出着白色的衬衣和深色的领带。在戚润物面前无奈晃动的王自力像一只委屈的企鹅"，画面感很强。而能够给读者形成强烈视觉冲击的，当属《来来往往》中康伟业与林珠分手前的最后的晚餐时，林珠那一身黑的装束："这天林珠一身素黑，只翻了一副白衬衣的领子在外面，戴着一副宽边变色眼镜，指甲换了朱红的颜色，红得与鲜血一般，这凄艳的颜色十指点点，飘忽移动在林珠的素装上"令人触目惊心，印象深刻。这几段对人和景的细致描摹，在改编而成的电视剧中基本上是"原样重视"。这样对时尚有准确地把握、对静景有细致入微的刻画的文本首先能受到编剧的欢迎，其次也更能得到服装师、造型师和道具师的欢迎。

池莉的作品被改编成电视剧的大多都是中篇小说，容量十分有限，而电视剧基本都在16集以上，所以编剧必然会根据小说的逻辑再增添人物和发展情节。池莉忠于生活的态度，使她在写作时刻意隐去了作家的主观选择，非常尊重杂乱无章的生活，这也就使她的文本蕴涵了无数的情节可能。有时仅仅只是一句话的叙述，却因为包含了好的故事的因子，可以被编剧就此扩张为一个相对完整的故事，这样电视剧的故事就丰富了。

总之在作品中，池莉从不将人物变成政治道德符号，反对按理论营造情节，将生活过于理性化，也没有片面刻意强调社会中的美好，将生活诗意化，而是在创作和生活一样真实的小说。因此她作品中的女性意识，平民视角都自然而然散发出来，与作品中的角色浑然天成。这大概就是池莉的成功之处。池莉是目前中国文坛上具有号召力的女性作家之一，她走的是一条切实的女性主义写作之路，从关注女性开始进而反观男性。在池莉的作品中也能真实地反映出中国的婚姻家庭问题，虽有时夸张，但主要仍源于生活。研究她的作品可以全面地从两性的角度看到中国家庭在经济社会里遇到的各种问题，让人更好地认识这个现实的社会。

《一地鸡毛》：儿子上幼儿园，原来是陪"太子"读书
老婆有了班车，却是沾人家小姨子的光

刘震云，1958出生于河南新乡延津。1973年参加中国人民解放军。1978年复员，在家乡当中学教师，同年考入北京大学中文系。1982年毕业到《农

民日报》工作。1988 年至 1991 年曾到北京师范大学，鲁迅文学院读研究生。1982 年开始创作，1987 年后连续发表《塔铺》、《新兵连》、《头人》、《单位》、《官场》、《一地鸡毛》、《官人》、《温故一九四二》等小说，引起强烈反响，被称作新写实小说的主力作家。其中《塔铺》获 1987—1988 全国优秀短篇小说奖。作品一以贯之的精神是对小人物或底层人的生存境遇和生活态度的刻画，对人情世故有超人的洞察力，用冷静客观的叙事笔调书写无聊乏味的日常生活来反讽日常权力关系。自 1991 年发表长篇小说《故乡天下黄花》始，他开始追求新的创作境界。1993 年发表“故乡”系列第二部长篇《故乡相处流传》，后经过五六年的时间完成长篇巨著《故乡面和花朵》（华艺出版社 1999 年初版）。《故乡面和花朵》体现着他在文体和内容上的双重探索。结构的庞杂、技巧的多变、语言的繁复、意义的含混等等都令人叹为观止，也引起了一些争议。现为中国作家协会全国委员会委员、北京市青联委员、一级作家。刘震云作品目录：

《一地鸡毛》根据刘震云的两部中篇小说《单位》和《一地鸡毛》改编。这两部小说在发表时就在文坛引起轰动，被称为新写实主义的代表作品，其中《单位》获得过建国四十周年优秀文学奖。描写了主人公小林在单位和家庭的种种遭遇和心灵轨迹的演变。菜篮子、妻子、孩子、豆腐、保姆、单位中的恩恩怨怨和是是非非，从而反映了大多数中国人在八九十年代的日常生活和生存状态及他们是如何行走在世界的东方，完成一天又一天的。它真实而生动地反映了大多数中国人生活的主旋律，深刻反映了改革开放的新形势给人们带来的外在和心灵变化。这部电视剧以生动的细节和人物形象取胜，是一部精品电视剧。从艺术相对生活的角度看，《一地鸡毛》更接近大多数人的生活体验和艺术追求，也更贴近观众。

《风景》：底层人家最为粗糙的生存状态描写
十个儿女似野草般的生长构成风景

方方（女，1955—）原名汪芳。原籍江西彭泽县，生于南京。1957 年随父母迁至武汉。1974 年高中毕业，曾做过四年装卸工。1978 年考入武汉大学中文系。毕业后到湖北电视台任编辑，1989 年调作协湖北分会从事专业创作。曾任《今日名流》杂志总编辑，在 2007 年 9 月 22 日下午闭幕的湖北省作家协会第五次代表大会上当选为省作协主席。

方方的中篇小说《风景》和池莉的《烦恼人生》都问世于 1987 年，是新写实小说的两部开山之作，但比较之下，《风景》在对生存状态的还原上更具有一种令人震撼的探索精神。这篇小说写的是武汉底层社会一个贫民家庭在几十年间的遭遇：父亲是个码头工人，性情粗暴而且为人凶悍，母亲则十分风骚粗俗，他们在大半生中都过着一贫如洗的生活，所得只有十个儿女，除了最小的一个生下不久即夭折之外，其余九个像野生植物般地在放任自流中长大成人。情节的主线是父母与七哥的故事，其中又依次串起其他八个孩子的经历，如大哥与邻居的老婆发生恋情，二哥渴望摆脱粗鄙的家庭生活，最终却为此付出了生命的代价，以及三哥对女性的仇恨，哑巴四哥与一个盲女平淡自足的婚姻，五哥六哥在生意场上的拼命周旋，还有大香小香两姐妹各自或普通或放浪的家庭生活；至于七哥的故事则写得更为详细：他自幼没有得到过丝毫的家庭温暖，被父亲和兄弟姐妹肆意地凌辱打骂，完全像条野狗似地活着，“文革”中他怀着对家庭的刻骨仇恨离家去下乡，然后完全出于偶然被推荐到北京上大学，从此他开始抓住一切机会来改变自己的命运，最后终于顺利地踏上仕途，成为这个贫民家庭中出来的第一个“大人物”。小说对每段故事的叙写都集中于对生存景象的刻画，所有人物都为他们的生存境况所紧紧捆绑着，他们生活中任何跌爬滚打和生死忧乐都生成于他们最基本的生存欲求与所处境遇之间的摩擦和冲突。这篇小说的叙述者被设置为一名死者，即那个夭折的小儿子。小说正文前引波特莱尔的诗句作为题词“在浩漫的生存布景后面，在深渊最黑暗的所在，我清楚地看见那些奇异世界”。由死者的视角来讲述生存的故事，显然是一种机智的安排，这使得作品中的生存景观看来异常的冷漠和残酷。由死者的观察所得出的结论，是生存在这个世界上的无比艰辛而凄惶：“我宁静地看着我的哥哥姐姐们生活和成长。在困厄中挣扎和在彼此间殴斗。……我对他们那个世界感到不寒而栗。”这样的生存是一种无价值的毁灭：在械斗中死去的工人被沉入江底，一个可爱的女孩突然被火车碾死，“文革”中一对夫妇在绝望中投水自杀，货车上的货箱无端落下，将人砸得脑浆四溅。生存的处境狭仄得令人透不过气来：十一口人全都拥挤在肮脏鄙陋、只有13平米的一间板壁房子里过活，七哥从小到大只能睡在暗湿的床底，饥饿和贫穷困扰着他们，他们的心灵也为生存挤压得异常卑琐贫瘠。如此恶劣的生存更呈现出极野蛮、残酷而无人道的景象：父亲无故地以毒打自己的子女取乐时，母亲则若无其事地坐在一旁翘着大腿剪脚皮。棚户里的床板上两个男孩粗暴地轮奸一个女孩，人的廉价的生命力全都消耗于自然本能的宣泄。在这样的生存状态中看不出任何文明和理性的痕迹。死者视角或多或少地产生了某种“陌生化”的叙述效果，使《风景》以一种极端强化的方式为我们还原出了赤裸裸的生存本相，由于这还原摈弃了以往意识形态内容的遮蔽，从而使得整个叙写充满了令人惊愕的新异和逼真感觉。

很显然，《风景》的全部笔墨都用于突现出生存本身的意义。小说通过描写人物对其生存处境的应对方式来使生存意义得到明确无疑的显现。除了二哥和七哥之外，这个家庭中其余的成员全都疲于应付生存现状的种种沉重压力，他们自然地认可了命运的安排，只是在既定的境遇中实现自己卑微的欲求。他们的人生中不存在什么理想，生存本身就是他们的全部世界。但二哥却是家庭中的一个例外，他由于遇到少女杨朗一家，懂得还有另一种美好文明的生活方式，于是在心中便埋下了追求文明和美善的理想。二哥成了一个真诚的理想主义者，但事实上那种文明在生存中也有着极残酷无情的一面，而他的热烈的理想最后遭到粉碎，使他再也找不到活下去的理由，他的自杀就象征着理想主义在真实生存境况中的失败。与二哥不同，七哥尽管也心怀改变自身命运的理想，但这理想却是长于生存中恶的根芽中，他的生存哲学是：干那些能够改变你的命运的事情，不要选择手段和方式。在七哥的心目中，没有善与美或文明与理性的余地，他的全部为人原则只有一个基点，就是生存本身："生命如同树叶，来去匆匆。春日里的萌芽就是为了秋天里的飘落。殊路却同归，又何必在乎是不是抢了别人的营养而让自己肥绿肥绿的呢?"七哥可谓是自觉地认识到了生存的意义，所以他才愈加成为积极的生存主义者，而他由卑微到富贵的命运变迁似乎也验证了这种生存哲学的意义：在生存境遇中根本就谈不上任何超越的可能。无论是对于以上述及的那种冷酷的生存景象，还是对于七哥式的生存主义，方方在这篇小说中都没有显露出明显的观念评判倾向，这无疑透露出某种在当代文学中尚属新鲜的创作信息。《风景》以纯客观叙述来实录凡俗人生中的种种本相，以及揭示出生存本身的意义所在，这里显然舍弃了过去那些观念性的道德标准与情感认同，不动声色地使生存的观念，或说是一种民间的价值取向实在地突现出来。(事实上只有在以生存为内核的民间尺度上，对于七哥式生存主义及棚户区生存状态的谅解才真正成为可能，并具有实在的意义。)在一定意义上，《风景》开拓出了一种写作的新空间，即处于社会底层的都市民间的生存世界。这种开拓性的写作改变了我们对于现实的认识，以及相应的导致主体与现实之间的关系调整。依照民间的尺度，知识分子首先应该反省主体意识的实在性，面对生存本身的严峻性，任何超越其上的思想意识往往都会显示出它的空幻与虚弱之处，以此认识为基础，促使人们必须重新回到更根本的现实探求之中。就此而言，《风景》的文化意义正是在于使我们对生存本身恢复了应有的警醒与思考。

《风景》是新写实小说中最贴近自然主义方式的作品。描写凡俗人生，刻画粗鄙丑陋、野蛮冷酷的生存景象，这实际上原本就是左拉式自然主义文学的基本特征，《风景》在这些方面都有着很浓的左拉味道。基于这种形式上的暗合，我们也许可以在更深刻的艺术层面上来探讨新写实小说对于现实的还原，即是如左拉式的自然主义方式，为中国当代文学提供了一种新的审美经验。由这种审美经验在人们心中激起的应合与广泛认同来看，《风景》在小说艺术上成功地增添了某种新质，从而大大丰富了中国当代文学的艺术形态。

我们在叙述了池莉、刘震云、方方等作家的"新写实"创作之后，很自然地要谈到现实主义小说创作与阅读和新写实小说创作与阅读之不同：

(1) 创作方法上：现实主义小说强调源于生活高于生活，总是善恶分明、美丑对立，灰色调的中间人物描写不多，成功的更少见；新写实小说突出生活的真实性，努力把生活描写得具有毛茸茸的原生态感觉，没有绝对的好人，也没有绝对的坏人。(2) 主题意蕴上：现实主义小说中理想希望、积极健康、未来憧憬之类的说教要多些；新写实小说中荒诞、灰暗、丑恶、无奈，以及人物隐抑心理之类的客观描述要多些。(3) 语言叙述上：现实主义小说创作过程中，作家带着强烈感情进入生活、进入主流社会、进入写作境界、进入作品人物内心是常态；新写实小说创作过程中，强调客观真实性，强调作家以零度情感介入作品、退出小说，有意识地忽略某些必须的价值判断。

总之，原生态反映生活，表现生活毛茸茸的真实状态，灰色环境，灰色人物，灰色情感，是“无名”状态下新写实作家创作的经典手法。新写实小说家由于立足于个体的生存体验，他们不再努力去反映能展示生活必然趋向的历史真实，而试图用生活的“平常性”、“庸常性”、“平凡性”来呈现生活的原生状态，展示当代人的生命存在状态。为此，他们放弃传统现实主义再现典型环境、塑造典型人物的努力目标。在他们笔下，环境总是灰色的，读者感受不到时代的色彩或社会的特点；人物总是渺小的，读者找不到对社会、对历史作过贡献的人。生活成了看不见的巨手，演出一幕幕人生的戏剧。人物在不同的人际关系，不同的生存环境中扮演着不同的角色（如印家厚），他们成了生活和环境的奴仆，已经被生活、被环境彻底物化，他们本应具备的主体性也完全消失。所以，反英雄、反典型成为新写实小说真实观的重要表现。

第九章　当代文坛“文学奖”作品：凝结着文学家和文论家智慧结晶

中国文学奖重要作家作品

鲁迅文学奖得主			
作　家	作　品	或人物或文意或诗情	备注
史铁生	《老屋小记》		短篇
	《我的遥远的清平湾》	留小儿、破老汉感受苦涩的清平湾	短篇
铁　凝	《哦，香雪》	山里姑娘香雪的小小憧憬真的很美	短篇
	《永远有多远》	白大省爱情连续受挫后却事业有成	中篇
毕飞宇	《玉米》	玉米、玉苗、玉秧六姐妹身心屡被摧残	中篇
余秋雨	《文化苦旅》	大散文创作写尽人情事态世事洞明	散文
	《山居笔记》		散文
茅盾文学奖得主			
作　家	作　品	或人物或文意或诗情	备注
古　华	《芙蓉镇》	胡玉音、秦书田黑鬼夫妻的不屈人生	长篇
姚雪垠	《李自成》	阅读潼关大战，毛主席废寝忘餐啊	长篇
张　洁	《沉重的翅膀》	郑子云陈咏明汽车制造厂的改革家	长篇
霍　达	《穆斯林葬礼》	玉文化浸润韩子奇韩新月父女骨髓	长篇
王安忆	《长恨歌》	女人与时间比拼的没有尽期的哀歌	长篇
陈忠实	《白鹿原》	白嘉轩、鹿子霖明争暗斗都输给岁月	长篇
阿　来	《尘埃落定》	麦琪土司、傻子塔娜面对无情的死亡	长篇
刘斯奋	《白门柳》	黄宗羲、冒襄、钱谦益、董小宛、柳如是	长篇
老舍文学奖得主			
作　家	作　品	或人物或文意或诗情	备注
刘　恒	《贫嘴张大明的幸福生活》	为娶妻生子母亲弟妹承受苦难	
阎连科	《受活》	女红军茅枝婆一生努力付流水	
	《年月日》	一位老农与一条老狗守望家园	
	《瑶沟人的梦》		

这一章重点叙述“鲁迅文学奖”、“茅盾文学奖”、“老舍文学奖”。至于“曹禺戏剧文学奖”、“国家图书奖”、“庄重文学奖”、“冰心文学奖”、“徐迟报告文学奖”、“五个一工程奖”等，则因篇幅关系，暂付阙如。

鲁迅文学奖，是以中国新文化运动的伟大旗手鲁迅先生命名的文学奖项，创立于1986年，是为鼓励优秀中篇小说、短篇小说、报告文学、诗歌、散文、杂文、文学理论的创作，鼓励优秀外国文学作品的翻译，推动社会主义文学事业的繁荣与发展而设立的，是中国具有最高荣誉的文学大奖之一。自1995年始，至2009年止，大抵是每3年一次，已评出5届各类获奖作品，在学界和普通读者群中，产生了广泛影响。因为获奖作品名单比较繁杂，这里不一一列出。

《老屋小记》：清平湾生活苦涩
信天游吼唱憧憬

史铁生，男，汉族，1951年生于北京。1967年初中毕业。1969年去陕西延安地区插队，1972年双腿瘫痪转回北京。1974年始在北京某街道工厂做工，历时七年；其间自学写作。后因急性肾损伤，回家疗养。1979年始有文学作品发表。1997年当选北京作协副主席。主要作品有：中短篇小说集《我的遥远的清平湾》、《命若琴弦》、《老屋小记》、《往事》；长篇小说《务虚笔记》；散文、随笔集《我与地坛》、《病隙碎笔》。其作品多次获奖，某些篇章被译成外文在海外出版。最备受瞩目的是获得华语文学传媒大奖2002年度杰出成就奖。《老屋小记》获1995—1996年第一届“鲁迅文学奖”优秀短篇小说奖。

短篇小说《我的遥远的清平湾》，作者用平实而浪漫的笔法描绘了一幅令人憧憬的插队生活的画卷，并从清平湾这片古老而贫瘠的土地中，发掘出了整个民族生存的底蕴。本文感情深厚，娓娓叙来，令人回味无穷。遥远的清平湾，读了令人感到，清平湾并不遥远，它就在作者的心里，在读者的眼前。那一道道的黄土高坡，那一群群慢慢行进的牛群，那一孔孔窑洞中住着的婆姨娃娃，那整天唱个不停的破老汉，都让人觉得那么亲近，甚至嗅到了那里的黄土味。破老汉是个为新中国的建立出过力的人，他曾跟着队伍一直打到广州，若不是恋着家乡的窑洞，他就不是现在这个拿一根树枝赶着牛，走一路唱一路的破老汉了，也不会让他的留小儿吃不上白肉，穿不上绒袄了。这些当年老革命根据地的乡亲们仍过着穷日子，他们最大的愿望就是“一股劲儿吃白馍馍了。老汉儿家、老婆儿家都睡一口好棺材”。留小儿羡慕城里人啥时想吃肉就吃，不明白为什么北京人不爱吃白肉。读《我的遥远的清平湾》，总是不知不觉地被那字里行间的脉脉温情而深深打动，也常常勾起读者对童年时农村生活的美好回忆；偶尔能会心一笑，偶尔也忍不住要流出泪水，直到读完它，合上书页，它才像一杯悠远的苦味茶一样：喝的过程里是淡淡的苦涩，回味的过程里是丝丝的甜味，尽管茶水已尽，却余味无穷。不知道究竟该不该埋怨上帝的不公平，陕北黄土高原上的清平湾，没有几棵树，没有多少野物生灵，有的却是受不完的苦，唱不完的愁。信天游里唱着的是“崖畔上开花崖畔上红，受苦人过得好光景”，而穷山穷水，这好光景永远也只能是受苦人的一种盼望。然而，受苦的也不仅仅是受苦人，同样受苦的，还有那些为这片黄土地竭力耕耘、默默奉献，争着抢着添地上渗出的盐碱的可怜可敬的老牛。清平湾是苦的，穷的，回味清平湾，回味的也就是对苦涩的感觉。

清平湾却又是可爱的，是温情的，是甜美的。在这个偏远的穷困的陕北农村，没有大城市的繁华，也没有大城市的冷漠，却有着对苦难的坚韧的承受，对生命的顽强的追求，对生活的淳朴的向往，以及赤诚动人的美好的人性温情。白老汉对“我”处处关照，对揽工人儿和瞎子说书人同情帮助，对留小儿爷孙情深，甚至对老黑牛也心怀感恩。受苦人虽苦，受苦人却能够乐观地面对这苦难，甚至顾不了自己的苦难也要帮人。人性是美好的，这美好的人性在苦难中散发出人性的善和美，让这苦涩也变淡了，让这苦涩也充满了丝丝甜美。清平湾是一处苦地，然而清平湾也有着自己的纯美，有着自己的温情，有着自己的顽强。这里的人是纯美的，留小儿攒积着自己对北京的憧憬，老黑牛奉献着对牛不老的慈爱，崖上的野鸡，春天的燕儿，还有这片深厚的黄土地，这条流淌着的清平河，都有着自己的生命，都让清平湾不仅被穷苦充满，也被这顽强的生命充满，被这美好的人性，淳朴的温情所充满。清平湾继续着生命的顽强，人性的美好，红犍牛老了，白老汉也还唱着那歌，但“我”的清平湾却离我越来越远了。遥远的“清平湾”，永远在十年之前，永远在我们的心里，永远，是一杯悠远的苦味茶，苦涩中含着淡淡的甜味，悠远，悠远……

《哦，香雪》：香雪凤娇一群山乡少女的美好憧憬
时代列车播撒着现代文明的及时雨

铁凝，女，祖籍河北赵县，父亲为油画及水彩画家，毕业于中央戏剧学院；母亲是声乐教授，毕业于天津音乐学院。1957 年 9 月生于北京。1975 年高中毕业，因酷爱文学，放弃留城、参军，自愿赴河北博野县农村插队。同年《会飞的镰刀》被收入北京出版社出版的儿童文学集。该小说是铁凝高中时的一篇作文，后被认为是其小说处女作。1979 年回保定在《花山》杂志社任小说编辑。著有短篇小说集《夜路》、中短篇小说集《没有纽扣的红衬衫》、《哦，香雪》、《铁凝小说集》、《铁凝文集》，长篇小说《玫瑰门》（获河北省第三届文艺振兴奖）、《无雨之城》，散文集《草戒指》等。其中 1982 年发表的短篇小说《哦，香雪》，叙述一个农村少女香雪在火车站用一篮鸡蛋向一个女大学生换来一只渴望已久的铅笔盒的过程，表现了农村少女的纯朴

可亲和对现代文明的向往，作品获当年全国优秀短篇小说奖。中篇小说《没有纽扣的红衬衫》获全国优秀中篇小说奖，真实描写一个少女复杂矛盾的内心世界和纯真美好的品格。1984 年《六月的话题》获全国优秀短篇小说奖。《麦秸垛》获 1986—1987 年《中篇小说选刊》优秀作品奖。小说《孕妇和牛》、《秀色》、《永远有多远》、《第十二夜》等获天津《小说月报》百花奖。1984 年调入河北省文联任专业作家。曾任河北作协主席，现为中国作协主席。

她的早期作品描写生活中普通的人与事，特别细腻地描写人物的内心，从中反映人们的理想与追求、矛盾与痛苦，语言柔婉清新。1986 年和 1988 年先后发表反省古老历史文化、关注女性生存的两部中篇小说《麦秸垛》和《棉花垛》，标志着步入了一个新的文学创作时期。1988 年写成第一部长篇小说《玫瑰门》，它一改以往那和谐理想的诗意境界，透过几代女人生存竞争间的较量厮杀，彻底撕开了生活中丑陋和血污的一面。

《哦，香雪》是一篇抒情意味浓厚的短篇小说，也是铁凝的成名作。小说以北方小山村台儿沟为背景，叙写了每天只停留一分钟的火车给一向宁静的山村生活带来的波澜。小说通过对香雪等一群乡村少女的心理活动的生动描摹，表达了姑娘们对山外文明的向往，以及摆脱山村封闭落后贫穷的迫切心情，同时表现了山里姑娘的自爱自尊和她们纯美的心灵。小说更深刻的意义在于借台儿沟的一角，写出了改革开放后中国从历史的阴影下走出，摆脱封闭、愚昧和落后，走向开放、文明与进步的痛苦与喜悦。文章构思巧妙，表述独特，语言精美，心理描写细腻。

《哦，香雪》是新时期文学史上极具历史文化意识的乡土文学作品，作者坚守着诗意化的美学理想，使得她对其笔下的乡土中国的某些区域一方面深情地眷恋和咏唱，歌唱闭塞、贫瘠、落后的环境中的诗意，尤其是洋溢在其中的人性美和人情美，另一方面又对乡土人生进行了理性的批判，呈现出双重的矛盾心态。

《永远有多远》：白大省在懂得爱情时获得爱情，幸运
赵大安在明白真爱时失去爱情，宿命

作品获 1997—2000 第二届“鲁迅文学奖”全国优秀中篇小说奖。

京城的胡同里蕴藏着多少人少年时的快乐与苦涩，青年时的幸福与辛酸，而悲伤与喜悦就像两条波形线交叉在人生的支点上，你——永远生活在这个点上。白大省从小生活在京城的胡同里，与众多女孩相比：她是单纯的，傻气中透着可爱，与人无争！她任劳任怨，一直照顾着偏瘫的奶奶，是街坊邻里夸赞的好女孩。白大省有她少女时代的偶像——演员赵大安，然而赵大安并没有注意她，因为他迷上了胡同里的美人：西单小六。西单小六和白大省截然不同，她无拘无束、现实、开放。生活在胡同里的男人都被她的美貌吸

引。但她和赵大安的恋情却遭到了她家里人的反对，因为赵大安没钱。无奈中赵大安离开了京城，临走时他托付白大省转告西单小六：等他回来。大学毕业前夕，白大省开始了她第一次真正的恋爱。他是白大省的同学：一个外表英俊、有心计的城市闯入者——郭宏。郭宏为了留在北京，与谈了四年的女友分手，来追求白大省，因为白大省的奶奶可以通过关系让郭宏留在北京。白大省明白郭宏的用意，但善良天真的她还是接受了郭宏，并深深地爱着他。然而好景不长，郭宏遇到了西单小六。他抛弃了白大省，和西单小六混在一起；并当众辱骂白大省，白大省彻底失望了。进入凯伦饭店后，白大省遇到了一个朴实、勤劳的大男孩——关朋羽。他与能言善辩的郭宏形成了鲜明对比。他总是用行动来帮助白大省，鼓励她生活还是充满了希望的，白大省被他的这一点深深吸引。从相识、相知到相爱两个人越来越默契，白大省也觉得找到了自己的真命天子。然而，表妹小玢的出现改变了原本美好的一切。她住进白大省的家，吃白大省的、用白大省的，白大省不和她计较。可是最后，她却把关朋羽抢走并做了他的新娘。成功后的赵大安回来了。他来找西单小六，准备和她结婚，其实赵大安根本没有忘记过西单小六。有钱的赵大安更加让西单小六心动，她立刻甩了郭宏，和赵大安在一起。失落中的郭宏认识了一个日本女人，他又想出国了……满怀希望与幻想的赵大安，逐渐发现西单小六已经变了，不再是以前那个为了爱，不惜一切的西单小六了。他在彷徨中发现了白大省的善良与纯真，饱经世事的他知道，这才是他想要找的人。然而白大省并没有接受赵大安，因为现在的赵大安也不再是她心目中原来的那个偶像了。在白大省最失落的时候，夏欣走进了她的生活。他和白大省从小一起在胡同里长大，是个个体户。他的聪明、不拘小节，给白大省寂寞的生活增添了不少快乐。夏欣从白大省手中借款办工厂，发了财后不仅把借款还给白大省，而且还向她表示了爱意。白大省受到众人的羡慕。见异思迁的郭宏，最终被那个日本女人抛弃了，而且还留给郭宏一个未满周岁的孩子。郭宏想让白大省重新回到他身边，并以自杀相胁。白大省告诉郭宏：我现在成为的这种好人，从来就不是我想成为的那种人！从少女时代的梦中情人赵大安，到夸夸其谈的夏欣。一个个男人从白大省身边走过，又为她的真情而回头。然而善良真挚的白大省经过那么多无情的伤害后，还能得到她想得到的幸福吗？

《玉米》：七女一子创造生育奇迹
长女玉米洞察世事人情

毕飞宇，1964年生于江苏兴化，1987年毕业于扬州师范学院中文系，从教五年。著有中短篇小说近百篇。主要著作有小说集《慌乱的指头》、《祖宗》等。现供职于《雨花》杂志社。近年来毕飞宇得奖众多，其中有：首届鲁迅文学奖短篇小说奖（《哺乳期的女人》），冯牧文学奖（奖励作家），第三届小说月报奖（《哺乳期的女人》、《青衣》、《玉米》），两届小说选刊奖（《青衣》、《玉米》），首届中国小说学会奖（奖励作家《青衣》、《玉米》）。《玉米》获2001—2003第三届“鲁迅文学奖”全国优秀中篇小说奖。

《玉米》开头故事梗概：

施桂芳生了小八子，出了月子，施桂芳把小八子丢给了大女儿玉米，除了喂奶，施桂芳不带孩子。按理说施桂芳应该把小八子衔在嘴里，整天肉肝心胆的才是。施桂芳没有。做完了月子施桂芳胖了，人也懒了，看上去松松垮垮的。这种松松垮垮里头有一股子自足，但更多的还是大功告成之后的懈怠。施桂芳喜欢站在家门口，倚住门框，十分安心地嗑着葵花子。施桂芳一只手托着瓜子，一只手挑挑拣拣的，然后捏住，三个指头肉乎乎地翘在那儿，慢慢等候在下巴底下，样子出奇地懒了。施桂芳的懒主要体现在她的站立姿势上，施桂芳只用一只脚站，另一只却要垫到门槛上去，时间久了再把它们换过来。人们不太在意施桂芳的懒，但人一懒看起来就傲慢。人们看不惯的其实正是施桂芳的那股子傲气，她凭什么嗑葵花子也要嗑得那样目中无人？施桂芳过去可不这样。村子里的人都说，桂芳好，一点官太太的架子都没有。施桂芳和人说话的时候总是笑着的，如果正在吃饭，笑起来不方便，那她一定先用眼睛笑。现在看起来过去的十几年施桂芳全是装的，一连生了七个丫头，自己也不好意思了，所以敛着，客客气气的。现在好了，生下了小八子，施桂芳自然有了底气，身上就有了气焰。虽说还是客客气气的，但是客气和客气不一样，施桂芳现在的客气是支部书记式的平易近人。她的男人是村支书，她又不是，她凭什么懒懒散散地平易近人？二婶子的家在巷子的那头，她时常提着丫杈，站在阳光底下翻草。二婶子远远地打量着施桂芳，动不动就是一阵冷笑，心里说，大腿叉了八回才叉出个儿子，还有脸面做出女支书的模样来呢。施桂芳二十年前从施家桥嫁到王家庄，一共为王连方生下了七个丫头。这里头还不包括掉掉的那三胎。施桂芳有时候说，说不定掉走的那三胎都是男的，怀胎的反应不大同，连舌头上的淡寡也不一样。施桂芳每次说这句话都要带上虚设往事般的侥幸心情，就好像只要保住其中的一个，她就能一劳永逸了。有一次到镇上，施桂芳特地去了一趟医院，镇上的医生倒是同意她的说法，那位戴着眼镜的医生把话说得很科学，一般人是听不出来的，好在施桂芳是个聪明的女人，听出意思来了。简单地说，男胎的确要娇气一些，不容易挂得住，就是挂住了，多少也要见点红。施桂芳听完医生的话，叹了一口气，心里想，男孩子的金贵打肚子里头就这样了。医生的话让施桂芳多少有些释怀，她生不出男孩也不完全是命，医生都说了这个意思了，科学还是要相信一些的。但是施桂芳更多的还是绝望，她望着码头上那位流着鼻涕的小男孩，愣了好大一会儿，十分怅然地转过了身去。

《山居笔记》：文化灵魂涵养君子和小人 商业文明创造财富与贫穷

余秋雨，1946 年 8 月 23 日出生于浙江省余姚县桥头镇（今属慈溪市）。当代著名文化学者、艺术理论家、散文家。前上海戏剧学院院长。夫人是著名黄梅戏表演艺术家马兰。《山居笔记》获 1997—2000 年度第二届“鲁迅文学奖”全国优秀散文奖。

他在余姚农村度过充实美丽的童年生活。1956 年举家迁至上海，余秋雨在上海开始了他的中学生活。1962 年以优异成绩考入上海戏剧学院。1968 年毕业于上海戏剧学院戏剧文学系。“文革”期间，余秋雨的父亲被同事诬陷错划为“右派”，叔父因热爱中国古典名著《红楼梦》，遭到红卫兵及造反派的残酷迫害而含冤自尽。1969—1971 年，余秋雨为全家生活所迫赴江苏吴江县太湖农场劳动。学校复课后参加过由周恩来总理亲自发起、组织的大学教材编写。1975—1976 年在恩师盛钟健先生的帮助下，到浙江奉化县一所半山老楼里苦读中国古代文献，研习中国古代历史文化。20 世纪 80 年代，经过又一番潜心苦读，陆续出版了《艺术创造论》、《观众心理学》、《中国戏剧史》、《戏剧思想史》等一系列学术著作。先后荣获全国戏剧理论著作奖、上海市哲学社会科学著作奖、全国优秀教材一等奖等。1985 年成为当时中国大陆最年轻的文科正教授。1986 年被授予“国家级突出贡献专家”称号。1986 年，被文化部任命为上海戏剧学院院长、上海市写作学会会长、上海市委咨询策划顾问，并被授予“上海十大学术精英”称号。其著作先后获中国作家协会鲁迅文学奖、中国出版奖、上海优秀文学作品奖、台湾联合报读书人最佳书奖（连续两届）、金石堂最有影响力书奖、台湾中国时报白金作家奖、马来西亚最受欢迎的华语作家奖、香港电台最受欢迎书籍奖等。《借我一生》又创立了“记忆文学”的新体裁，刚出版就引起海内外全面震撼，被香港《亚洲周刊》评为年度全世界十大最重要的书籍之一。《借我一生》是余秋雨对中国文化界的告别之作，内容涉及他和他的家族诸多不为人知的经历，还描绘了记忆中“文革”时大揭发、大批判的整人模式。从前辈到自己，作者以平实、真实的记忆组成一部文学作品。余秋雨说，我历来不赞成处于创造过程中的艺术家太激动，但写这本书，常常泪流不止。

余秋雨由于 1999 年之后主持香港凤凰卫视对人类各大文明遗址的历史性考察，成为目前世界上唯一贴地穿越数万公里危险地区的人文学科的具有教授头衔的学者，也是 9·11 事件之前最早向西方文明世界预告了恐怖主义控制区域实际状况的学者。他相继被联合国选为研讨《2004 年人类发展报告》和参加“2005 年世界文明大会”的唯一学者。近年来，他在“中华文明和世界文明”的总标题下，应邀在美国哈佛大学、耶鲁大学、马里兰大学、纽约亨特学院和华盛顿美国国会图书馆发表演讲，场场爆满，引起很大的社会轰动。2005年春季在台湾各大城市的巡回演讲，每场都拥挤了十万名听众，被台湾媒体称之为“难以想象的余秋雨旋风”。天下文化出版公司所编的《倾听秋雨》一书，记录了这一盛况。2004年底，被联合国教科文组织、北京大学、中华英才编辑部等单位选为“中国十大精英”和“中国座标人物”。

《中国之旅》（彩色插图本）从遗址看，这个被称为上京龙泉府的渤海国首都由外城、内城、宫城三重环套组成，外城周长30余里。全城由一条贯通南北的宽阔大道分成东西两区，又用10余条主要街道分隔成许多方块区域，完全是唐朝首府长安的格局和气派。《文化苦旅》中依仗着作者渊博的文学和史学功底，丰厚的文化感悟力和艺术表现力所写下的这些文章，不但揭示了中国文化巨大的内涵，而且也为当代散文领域提供了崭新的范例。《行者无疆》行者独步于遥远的旷野，素昧平生的未知，遭遇处处的难题，只因为一个执著的信任，敢于把世界上任何一片土地都放在脚下，为后来人度步出一往无垠的疆土。《千年一叹》是一本日记，记录了余秋雨在千年之交随香港凤凰卫视“千禧之旅”越野车跋涉四万公里的经历。他们一行人是去寻找人类古代文明的路基，却发现竟然有那么多路段荒草迷离、战壕密布、盗匪出没。完全不知道下一公里会遇到什么，所知道的只是一串串真实的恐怖故事。在千禧之旅即将结束之时，作者写下这样的一段话：四个月冒险奔波，天天都思念着终点。今天我们到了，回头一看，却对数万公里的尺尺寸寸产生了眷恋。那是人类文明的经络系统，从今以后，那里的全部冷暖疼痛，都会快速地传递到我的心间。《霜冷长河》惊人的安静，但这种安静使它成了一条最纯粹的河。清亮、冷漠、坦荡，岸边没有热闹，没有观望，甚至几乎没有房舍和码头，因此它也没有降格为一脉水源、一条通道。它保持了大河自身的品性，让一件件岸边的事情全都过去，不管这些事情一时多么重要、多么残酷、多么振奋，都比不上大河本身的存在状态。它有点荒凉，却拒绝驱使；它万分寂寞，却安然自得。很快它会结冰，这是它自己的作息时间表，休息时也休息得像模像样。《余秋雨人生哲言》由上海人民出版社出版，全书共16个章节，大约20万字，围绕“人生”这个关键词，从不同角度展现余秋雨对人生的体会和感悟。据称，该书从策划到出版历时两年，收录在其中的文章多数是从余秋雨此前出版的散文作品中挑选出的精华。为了使该书的内容更加完整，余秋雨在每一个章节之前，重新为切合这个主题写了一篇文章，有的长如一篇随笔，有的只是很短的箴言，这部分约占全书内容的四分之一。在书中，余秋雨一改此前面对某些社会积习沉默不语的态度，而是给予无情的抨击。由于该书部分文章直指“以学术问题为借口”批判一些“小人”而再引风波。对所指“揭发、告密、造谣、批判”他的整人者，尽管没有直接指名道姓地提及，但有读者认为，只要仔细分析都知道他所指为何人。此前批评过余秋雨的金文明、肖夏林等人纷纷认为，尽管余秋雨在文中没有直接指名道姓，但联系实际，他所指的“小人”路人皆知。

真是说不尽的余秋雨，他身上的开拓性、文化味、探索精神、追求意识，都是很值得回味的：

1. 踽踏着历史文化节律的余秋雨

余秋雨，曾获得“国家级突出贡献专家”称号，以散文集《文化苦旅》震动文坛，其理论专著《戏剧理论史稿》是中国大陆首部完整阐述世界各国自古代到现代的文化发展和戏剧思想的理论著作。他的散文是一种典型的文化散文，是一种摆脱了沉湎于自我小天地的小家子气而表现慷慨豪迈情怀的“大散文”。通过对自然与历史相结合的描写，他不仅让散文展现出了历史沧桑感，更显示出作者思维本身的雍容与大气，直接促成了读者在阅读后的心灵冲动与内在感悟，激发读者的思考。在丰富的文化联想与想象中，他完成了对所表现对象的理性阐释。在融合了庄子的哲学思想后，天马行空的创作，汪洋恣肆的思维，华美凝重的修辞方式，无处不体现出其浸润了理性精神与感性趣味的文化散文的结构宏大、知识渊博、古今中外融为一体和直逼人性的特点。他将厚重的历史用华丽的语言、生动的故事、优美的风光，风趣的议论包装起来。在传统文化日渐低迷，而快餐文化充斥生活的当今社会，他的散文无疑是一场值得我们仔细品鉴的文化盛宴。

历史散文上，当代著名诗人和评论家余光中先生曾经说过：“知性在散文中往往要和理性交融才称其理趣。”因而文与理相结合才显珍贵。诚然，在阅读余秋雨先生的散文后不难发现，文明与文化是它们的共同主题，他的许多作品正是以文明、文化以及人格为主题，继而把知性融入理性，贯穿历史和现实并引向未来的。“穿透时空审视，知性融入感性”的历史感，是余秋雨散文的一个独特显著的魅力所在。

余秋雨先生从古今中外的历史文化落笔，以强大的思维穿透力和敏锐的艺术眼光，梳理中华文化的脉络，重建废墟上的文明。赋予历史现象和历史人物以浓重的忧患色彩，将读者带入一种对民族历史、现状和前途的深层思考中，并让爱国情怀贯穿在他不同时期创作的散文中。他试图与历史对话，与历史产生共鸣，在自我与历史的对话中形成他自己独特的历史语境与历史情怀。“他因历史而博大，历史因他而鲜活”。他奔波在大江南北，往返于海内外，考察了人类各大文明的遗址，比较了中华文明与其他人类文明的异同。在对于欧亚文明的考察中，他得出了关于中华文明之所以能千年不衰的感想：他认为“中国的难能可贵，在于从勤劳耕作出发建立了一整套精神原则，先秦诸子的伟大贡献，在于从不同的角度合力完成了一系列与此有关的文化选择”。这中间，儒家文化作为核心形态更值得研究。因为它不标新立异，不像其他文人一样追求华丽的辞藻，而且也不排斥其他文化，单纯地以一种自然清新的教化方式告诉人们维持社会良好秩序的规矩与看待问题须具有的理性精神，既拥有社会法制的教化，又包含着普遍的社会伦理道德，让人不知不觉地予以接受，发挥它安抚人心、稳定社会及维护文明的作用。

余秋雨先生把自己的文化发掘和精神漫游拓展到中东和欧洲，完成对伊斯兰教文明和基督教文明的深入考察。他以作品《千年一叹》，探寻着古老而又辉煌的文明，探寻着西亚古文化与南亚历史的喜怒哀乐。正如他在歌词中所写："千年走一回，山高水又长，车轮滚滚尘飞扬，祖先托我来拜访。我是昆仑的云，我是黄河的浪，我是涅槃的凤凰再飞翔。"他把希腊神话故事，埃及金字塔，耶路撒冷的冲突，侯赛因的陵寝，汉谟拉比法典的价值和泰姬陵的圣洁通过艺术的包装向读者娓娓道来，引导着我们跟着散文中的情节踏入那个年代，感受那些繁华与哀伤，在品味古老而庄严的文化的同时也感受辉煌的文明最终衰败直至陨落的痛楚。在这里，历史的回忆与追踪只是一种传达心灵感受的宽广舞台，而所谓的文化精神，传统气韵以及种种与人生，与命运，与人的存在景况相关的意蕴，也就是在这样的舞台之上获得自然而然的体现。这段空间的跨越中积蓄了太多文明的沉淀，看到这些几乎无一例外只能用石块来保留的文明的遗迹后，那种文明的消亡在作者心底所产生的震撼的分量比任何石块都沉重。

有学者以为，中国为世界古文明保住了唯一命脉，更为我们后人留下了丰富珍贵的历史遗产。看其他文明的断落，似乎正凸显了中华民族强大的民族凝聚力和中华文化的传承性和感染力。外族的铁骑可以踏进中国河山，可他们的思想却成为中华文明的俘虏，一个民族只有在文化上遥遥领先，才能在世界和历史舞台上长盛不衰。余秋雨创造性地在史学与文学之间找到了契合点，在文化学者与人民大众之间架起了一座沟通的桥梁，在过去与现在之间、现在与未来之间，纵横捭阖地进行了富于时代意义的思想驰骋。余先生眼光高远，视野开阔，知识渊博，散文涉猎的题材宏大，领域广泛，且具有民族情怀。

政治散文《一个王朝的背影》中的镜头对准了一个帝国的避暑山庄，展现了清王朝崛起、鼎盛和没落的过程。引用的史料不仅仅是明实录，清史稿，还有皇家档案。余在叙说清初的文字狱中，不经意地引用了李颙、黄宗羲、顾炎武、吕留良等一批文化人，使读者对仕人由反抗异族入侵到皈依新王朝的过程有了新的认识。读到康熙叙说"用鸟枪弓矢获虎一百五十三只，熊十二只，豹二十五只，猞二十只，狼九十六只，野猪一百三十三只，哨获之鹿已数百"时，不禁令人感到震惊，有这样体魄和勇气的皇帝肯定会大有作为。在这本书里，让我们眼前清晰起来的不是背影，而是一个高大的正面形象，这个人就是康熙。一代盛世的君主，满腔抱负的他怎能容得下鳌拜的大权在握、吴三桂的割据一方。终于他开战了，十六岁干净利落地除掉鳌拜集团，二十岁又花八年时间打败吴三桂，他由稚气未脱变得成熟自信。他的个人才能远不止如此，当蔡元提出修筑长城时，他断然否定，答复是："守国之道，惟在修德安民。民心乐则邦本得，而边境自固，可谓众志成城者也。"这一句回答体现了他远见卓识、一代明君的风范。对待外族，一方面他设立木兰围场，进行声势浩大的军事演习，另一方面，他又每年在避暑山庄会见北方少数民族首领，与近邻保持良好关系。用一个木兰围场和一个避暑山庄代替了万里长城和百万守军，岂不是一个明智之举？在封建制度逐渐没落的大背景下，康乾盛世犹如晚春绽放的花朵，虽一时充满生机，但早已落后于季节的变更，随时可能凋零。康熙大帝的生命热情虽然最终没有能够点亮中国的前进之路，但是他的形象依然伟岸高大。

经济散文《抱愧山西》考察晋商文化的兴衰，深入地揭示了山西的历史延续和变革以及独特的地理环境对晋商文化的催生作用，同时又写出了山西商人在中国商业文明中的熠熠闪耀的人格光彩。

文化散文《千年庭院》以一个文化人的视野与角度书写岳麓书院的点点滴滴，而这种点滴是文化的点滴，人才培养的点滴，世代兴亡的点滴。一个民族的兴衰与其中的每一份子都息息相关，正所谓"国家兴亡，匹夫有责"。他阐释了中国教育的某种程度的宿命，表达了一个教师在很多时候的无奈心境。

艺术散文《莫高窟》书写文化之苦旅。面对古代辉煌灿烂的文明艺术，触发了他内心最深处的感悟。通过对历史文明的回眸与自身的体会他表达出心底最诚挚的礼赞，通过这样的方式达到揭示艺术表现形式中生命的灵动的目的，让人们透过作者的笔触了解一个时代的强悍。采用了以局部表现整体的方式，通过对某人或某一处的细微描述来展现整体的历史概貌。他没有对古迹进行正面的临摹，而是把它当做一个活了千年的生命，用整个身心去感受它给世人带来的震撼。探寻艺术的流变，直接把笔触指向文化人格和文化良知，展示出中国文人艰难的心路历程。余秋雨通过将历史与文学完美融合，把那些辉煌的文明通过艺术化的手段呈现在人们面前，给读者留下视觉的盛宴，让读者的思维驰骋，通过历史与现实、现实与理想的沟通，进行了富于时代意义的艺术构建。作家梅洁女士评论说：余先生以一个文学理论家、文化史学家的双重身份，依据其自身优秀的文学功底，以富有艺术表现力和感染力的文字来表现了中国辉煌的文化内涵，实现了古老的博大精深的文化到现实世界的飞跃，余秋雨的散文"深入浅出，把很大的问题，很深的道理，用不多的篇幅，浅近的话说出来"，这也表现了余秋雨强大的文学功底。在阅读余秋雨散文的过程中，我们仿佛循着他的表述穿越到远古时代，漫步在那个时代的山水、江河等大自然的景色与乡村小镇之间，体味历史文化与美妙风景，感受唐代的风雨宋代的烟云。这些正抚慰着我们的心灵。为使作品精神得到适切的传达，艺术表现形式上的推陈出新也就成为余秋雨散文创作的必须。

2. 叩击大散文行板步上文坛的余秋雨

余秋雨散文在规模巨制中，张扬着自己独特的文化个性，在历史与现代的桥梁上弹奏着心灵的绝响，在动人的风景、人物、事件等描述中，鼓荡着人类文明与个体生命的彼此纠结而又荣辱共生的前进风帆。

诗性灵动的音乐质感：(1) 雍容、典雅的文字描写。余秋雨对语言有极强的领悟力和驾驭力，他的散文追求一种情理合一的雅致语言。这种语言不追求一种魄力与诗意，有别于其他的散文形式，在其文化散文中，他总是将自己旅行途中的体验和感悟在作品中表现出来，丰富了散文的灵动性与感染力。在词句的表达上，他也精雕细琢，选择富有表现力的词语加以表达，使语言具有诗的韵律感，同时又具有历史的沧桑感，寓情于景，深入浅出地解释事件的背景，同时通过对大自然的描写达到一种天人合一的境界。使其散文充满了古典诗词的氛围和丰富的情感色彩。在词语的结构上，他也比较讲究，通过漂亮而精彩的词语、美妙的句子、精彩绝伦的描述向读者娓娓道来，让人读起来便充满了趣味与亲切感，仿佛在静静地听作者在面前低吟浅唱。余秋雨还特别注意运用对偶、排比、比喻等修辞手法，通过对语言的增色与渲染，构成了强烈的感染力，但又不显得空洞、做作或者张扬，富有张力，富有弹性，富有质感，富有文采。如《白发苏州》和《苏东坡突围》就是最好的范例，它们把复杂深刻的历史思想、文化内容与自然风景通过交相辉映的手法深入浅出地描述出来，可读性极强。(2) 一唱三叹，一步一回首，低沉的调子，悲怆的氛围。一次次让我们去思考历史、品位自然、感悟人生，那“遥远的绝响”，扣住我们的心弦，将我们引入一种历史的美的境界。尽管行走匆匆，却常能俯仰古今，见微知著，从尘封的史料和那平淡无奇的山水中挖掘出深厚的内涵，做到哲理与形象相互交融。一次一次撞击着读者的心，从而产生一种共鸣。(3) 讲究内在韵律、气势，具有很强的抒情性，善用修辞，增强文章的生命力。曹丕的《典论·论文》“文以气为主”。这种气往往体现为作者灌注于文章之中的一种情感。它贯穿全篇，令全文有一种一脉相通的气势。余先生的散文用得最多的是排比，《白发苏州》一文就是用一串排比形象地表现了苏州的风俗和历史。诸如此类的排比句几乎在其各篇文章中都有体现，有如长洪大波，山崩海啸，气势宏大。(4) 紧握脉络，层层推进。在《白莲洞》一文中，作者就是把握住洞的历史与人类发展这条脉络，好比用锋利的刀，切削水仙花般，层层去皮，核心之处便是花蕾。

宏大饱满的剧场效果：余秋雨在创作文化散文之前从事戏剧理论研究，他前期对戏剧艺术的研究，对其后来的散文创作模式的提高升华起了不容小觑的作用。对情景的精心营造与追求便成为他努力的方向。就像他在《台湾演讲》一文所说的：“我在散文中追求的场景，会使有些段落写法上近似小说，但小说的情景是虚构的，而我在散文中的情景，则力求真实。”这正是

《文化苦旅》的典型叙述风格。它不是用传统的散文笔法记事抒情，而是刻意营造与追求一种小说化的味道，并由小说式的叙述转变为剧场效果。如《道士塔》第二节和第三节中，余秋雨以历史记载为本，用自己丰富的想象力，组构出八九十年前王道士在进行不可饶恕的文化破坏工作时的细微动作和思想。王道士对洞窟里的壁画不大满意，找来两个帮手，拎来一桶石灰，开始用刷把粉刷洞壁的情景："第一遍石灰刷得太薄，五颜六色还隐隐呈现，农民做事就讲究个认真，他再细细刷上第二遍……什么也没有了……于是，道士擦了一把汗憨厚的一笑，顺便打听了一下石灰的市价。"有人物，有道具，有动作，有音响，甚至还有"宋代衣冠"的种种颜色。这组构与呈现，完全是现代式的表演，诉诸视角，充满了戏剧意味。但比戏剧更能表达，因为戏剧一般只能以言语和举动来表现人物思想，文字的表演却不受此限制。这篇散文的巨大冲击力，主要就是源于作者笔下制造出来的剧场效果。无独有偶，《白发苏州》、《信客》等作品只需要略加改动，便可搬上舞台演出。这种艺术处理手法的运用，使大部分篇幅充满着阅读的张力，常能提升起读者的阅读兴趣。可以说，如果余秋雨没有戏剧方面的长期积累与熏陶，便不可能有其独特的文化散文的写法，他的散文也就不可能受到现今读书界的强烈欢迎。戏剧成就了他的文学。

深邃睿智的巧妙构思：首先，把"形散"与"神聚"结合起来，做到寓控于纵。从放纵一面说，丰富想象、说理畅达、冲淡平和，这些因素构成放纵的张力，使他的笔如同奔马，纵横驰骋，叙事、联想显得自由自在、游刃有余，表现出情溢于言，理胜于辞的文章气势。从控制一面说，叙述、描写、议论、抒情总是濡染着低徊、感伤的历史氛围。在题材的剪裁、缝合和表现主题的过程中，散文的线索成为内在的凝聚力，使叙事、写景、议论和一切知识性材料，时时处处都紧扣住说理或抒情的"中心"，散而归一，杂而不乱，形散而神不散。在他的每一篇散文中，都叙述着鲜为人知的轶闻、趣事、传说，以及中国和世界各地的风土人情，这些丰富的历史知识，有助于思想的敏捷，想象的翱翔，以及作品内容的深厚和境界的开拓。如在《上海人》一文中，作者思接千载，天马行空的联想，举重若轻地把文史等多方面的知识积累融入了感性的叙述中。徐光启的文化性格，上海的历史等，成为余秋雨恰如其分地阐释构建上海文明新形态这样一个主题的生动、形象的材料。其他如《千年庭院》、《进士》等都是以思想的线索贯串全篇，并注意运笔的轻重浓淡，抑扬张弛，在波起云涌的变化中间取得结合的形神的统一。其次，是特写体裁的充分运用。特写原本是新闻界的一种体裁，用来描述当前的一个事件或场景。借用克罗齐"一切历史都是当代史"的说法，一切特写都是当前的描述。余先生非常机智和聪慧地把视角从当前拉回到古远，从突发性的新闻转向积淀性的文化，从现实人事的外部表现深入到历史人物的心理世界。他把散文放到历史大背景下去思考，捕捉历史重要事件、人物对现代人引发共鸣的东西，然后把这些与自我感受相结合。这一点，读者可以在《风雨天一阁》、《苏东坡突围》、《一个王朝的背影》等文中清楚地感受到。作品里不仅仅让许多句子经过一番精雕细琢，增强了艺术的感染力，同时综合运用描写、议论、叙述等多种手法烘托出一种诗意的特殊风格，更重要的是充分运用镜头特写及引用典故等写作手法，丰富了文章的深刻内涵，从而进一步提升了主题表现力。再则，是突破传统散文框架，形成新的大散文范式。散文是最自由开放的文体，但在一段时间内，南杨（杨朔）北秦（秦牧）的散文进入了教科书，成为榜样或是模式，为抒情性和知识型散文的代表。散文创作也陆续形成几种模式，阻滞了散文创作的多元化和丰富多彩。余秋雨散文的问世，对这些已经模式化的散文文体无疑是一种突破和创新，一定意义上消除了散文原先存在的模式化危机，具有革命意义。散文可以录写军国大事，叙述三教九流，慨叹风花雪月，吟诵诗词歌赋，品味吃喝玩乐。但用散文解读历史，品说文化，诠释经典却是余的创作。一般学者把余的散文称大文化散文，虽然没有学理的支持，但也非常形象。那么，余的大文化散文有哪些套路，文体上有什么特点呢？概括为以下几点：长篇大论的体式，穿越时空的视角，传统文人的心灵冲突，自然山水的人文解读，西方文化的分析手法，知性与感性融合的叙述语言。具体表现为“四大”，即“大题材，大篇幅，大视野和大结构”。他的散文题材广大，领域众多，政治上阐述一个王朝的背影探讨清王朝的功过，经济上遥望山西叙说山西票号的兴衰，文化上思考千年庭院走进书院文化的收藏，艺术上探寻莫高窟和青云谱随想探寻艺术的流变，科考里思索十万进士品说科举制度的利弊，旅游中品味山水风光的内涵，几乎无所不揽，最终归结为两大主题，中国文化与社会灾难，中国文化的精神归宿。他的散文篇幅恒大，《文化苦旅》和《山居笔记》中的文章一般都有五六千字，短的也有二三千字，长的有一两万字。余在介绍《山居笔记》的创作时说，每篇文章都很长，平均要花四五十个完整的工作时间。《千年一叹》和《行者无疆》的文章要短些，那是受电视实播和报纸连载的局限，用日记体抢出来的。与《古文观止》上的散文比（古文观止上的文章平均每篇只有六七百字），与中国一些著名作家的散文比，余的散文真的称得上是大散文。他的散文视野阔大，古今中外，天马行空，没有时空的限制。从地域看，余不仅走篇了中华大地，而且游历了欧亚大陆，长江黄河三山五岳都被他调遣，关山大漠名胜古迹都任他叙说。世界古代文明的发祥地，文艺复兴的故乡都进入了他的笔端。从时间讲，他喜欢穷本溯源，莫高窟壁画，都江堰水利，天一阁藏书，三峡风光都是从古到今，洋洋洒洒，蔚为大观。他的散文结构宏大，一般都分为几节，基本形成套路。开始是淡淡一笔引起叙说的对象，继而描写风光或人物，然后穿插史料或者讲述故事，引出心中的困惑或疑虑，生发一串串的联想，再运用文化分析的手法，去咬去问去感去叹，最后下一个情绪化的结论或是丢下几句发人思索的名言警句，潇洒地与读者说再见。

3. 颠簸着开拓者犁铧辛勤耕耘的余秋雨

当代文坛，谈到散文不能不谈到余秋雨，他以优美的文字吸引人，以澎湃的热情感染人，以诗性的情怀打动人，以执著的信念鼓舞人。上个世纪90年代至今，他的散文作品广受欢迎，反响巨大。余秋雨散文这种持续地、广泛地获得不同文化层次读者接受的状况我们可称之为“余秋雨现象”。它是中国当代文坛独特的景观。作为一种创作现象，余秋雨的《文化苦旅》这部散文集，就是借助散文这种极富亲和力的文学体裁，以独特的审美视角和生命哲理，结合自身的感悟，寓情于景，以饱蘸人格情感的笔触阐释山山水水，是对自然景观的欣赏和赞叹的升华。通过这种描述，使读者看到了“复活的历史”，也领略了历史景观所构筑的精神理想及承载的希望，情与景在这一过程中构成了彼此衬托，交相辉映的画面。形成了雅俗共赏等美学意境。余秋雨的散文不仅为当代散文文学宝库奉献了自己的力量，而且引发人们对于散文模式与文体的建构等方面的思考。开拓了散文创作的新思维。

为什么余秋雨的散文会如此鹤立鸡群呢？一方面，他的散文创作完全是“笔”随“心”走。为了使散文达到文体逼真而又充满艺术美感的境界，就必须强调作者要以饱满的热情投入到文学的创作中来，赋予作品心灵的自由与内心的真诚。“散文创作是知识分子精神和情感最为自由与朴素的存在方式”。余秋雨对散文的创作源于其行走过程中的心灵体验，与郁达夫所提倡的“散文的心”有异曲同工之妙。对于“心”的理解，可以认为其包含了富有意义的作家主体精神，是否用“心”来创作也是作品审美价值形成的重要元素。余秋雨散文创作的显著特征即是突出其心灵体验，以达到彰显作品精神内涵的作用。作为一个文人，余秋雨将他的文化良知与价值观念通过作品的形式呈现在了人们面前。这也是余秋雨强调内在精神价值的散文观形成的重要原因。对历史散文的创作往往很难把握或重现当时的情景或境地，人们也很难通过作品体味到作者的真实人格和复杂的心理世界。余秋雨的散文则以不拘一格的手法展示给人们一个放松而舒展的心灵。另一方面，我想，他独树一帜的写作风格，应该说是以“文化苦旅”为开辟的风格也是一个重要的原因。如今，对说教的反感，对真实心灵活动的乐于窥察，是新时代读者选择作品的特征之一。在当代文坛泥沙俱下、总体水平都不高的时刻，余秋雨将中国传统文化意境与现代意识连接在一起，以逆向操作的方式，异军突起，呈现给读者一种新的阅读文本，激发起他们新的审美趣味。就完整意义和深刻意义上的现代性而言，在当代华文文学中，或者上推得更早一点，余秋雨都是空谷足音。他受全世界中文读者的广泛欢迎，不止是因为他的文笔和才情。他以个体生命投入无界流浪，让人们在现代意义上感悟了自己的历史和身份，却又立即产生疑惑，急于跟着他继续无止境地流浪精神，这才是根本的原因。

在文化变革的时代语境中，余秋雨先生的散文彰显90年代人们对现代性探索的世纪主题。这是当代文学的一个典型案例。他开创了散文的一代新风，拓宽了当代散文的领域，创造了新的散文审美形态。他对文化取向进行了研究，秉承具有时代性思维的理念，兼具学者与戏剧理论家的双重素养，以投身旷野考察的写作方式，创造性地借鉴并融合散文、戏剧、绘画、民俗等的审美元素和表现手法，革新散文体制，推出了以叙事理论为依托的、综合性的现代散文创作范式。体现了文化人格在感性叙事中的独特风采。以《文化苦旅》、《千年一叹》、《霜冷长河》等为代表的余秋雨文化散文，以“意”与“思”结合，与历史对话，借山水风物，寻求中国文化意蕴与人生真谛。艺术的表现手法贯穿于作品的创作，具有音乐美和绘画美，让散文在读者脑海中回荡，显影。

余秋雨的散文，跨越了纯文学的界限，以其鲜明独特的文体意识拉开了当代散文新时期的帷幕。从历史文化极为丰富的山山水水间追寻着古代文化的足迹，发掘古代文化的沉淀，通过这种追寻和发掘，寄托自己的文化关怀，又给读者以启迪。阅读他的散文，总能让人耳目一新，在一种生命意识、历史忧患意识与民族意识被强烈唤起的同时，获得巨大的艺术享受。他的散文有助于我们站在历史的高度，以理性的严峻，融入智慧与情感，去考察中国现存的原始文化，去贴近文化的大生命，以自己的睿智去重新审视中华文明。他的作品生成了一种以文化人格、生命价值为本位的话语，进而沟通了景和情、雅和俗等美学层面。他的散文摆脱了政治的挤压和负荷，让真情得以回归，给予了我们一处灵魂安歇的精神家园。

作者感言：《山居笔记》一书的写作，始于1992年，成于1994年，历时两年有余。为了写作此书，辞去了学院的行政职务，不再上班，因此这两年多的时间十分纯粹，几乎是全身心地投入。投入那么多时间才写出十一篇文章，效率未免太低，但写作是与考察连在一起的，很多写到的地方不得不一去再去，快不起来。有一次为了核对海南岛某古迹一副对联上的两个字，几度函询都得不到准确回答，只得再去了一次。这种做法如果以经济得失来核算简直荒诞不经，但文章的事情另有得失，即所谓得失寸心知。在总体计划上，这本书是我以直接感悟方式探访中华文明的第二阶段记述。第一阶段的记述是《文化苦旅》，那本书中的我，背负着生命的困惑，去寻找一个个文化遗迹和文化现场，然后把自己的惊讶和感动告诉读者。但是等到走完写完，发觉还有不少超越具体遗迹的整体性难题需要继续探访，例如：对于政治功业和文化情结的互相觊觎和生死与共；对于文化灵魂的流放、毁灭和复苏；

对于商业文明与中华文化的狭路相逢和擦肩而过；对于千年科举留给社会历史的功绩和留给群体人格的祸害；对于稀有人格在中华文化中断绝的必然和祭奠的必要；对于君子和小人这条重要界线的无处不在和难于划分等，这些问题如此之大，当然不可能轻易找到答案，能做的，只是招呼读者用当代生命去感触和体验。这便构成了《山居笔记》的基本内容。

稍稍年长的读者应该记得，这些问题在过去公开谈论并不方便。当时，哪怕是给清朝统治者以更多的正面评价，把民间金融业全面破碎的主要原因归之于太平天国运动，或者在不设定唯心主义的批判前提下充分肯定朱熹，在维系社会管理和文明传承的意义上称赞科举制度，都会引起不少左派批判家的警惕，更不要说打破时限大谈“流放”、“小人”、“围啄”这些很容易让人产生现代联想的命题了。至于写作勇气，则来自十年浩劫间对民族苦难的切身感受和反复思考。这种思考，开始于浩劫初期可怜父辈的牢狱骨灰，延续于浩劫中期军垦农场的漫漫苦役，深化于浩劫后期故乡山屋的寂寞岁月，又回味于浩劫过后某些黑影的翻云覆雨。幸好1978年严冬在北京召开的一次会议改变了中国，我也随之获得了生存的尊严。既然一切都来自于苦难，我问自己手中的笔：你还有什么好害怕的呢?

我只担心灾难中的思考因过于愤怒而失之于偏激，便想从考察和阅读中获得更广阔的时空印证。正是在这个过程中，我注意到了海外汉学界。那么多高水平的专家学者早早地流落到海外各有原因，他们毕竟避过了接二连三的政治运动，有充裕的时间投入研究，而研究的方法又引入了国际学术标准，在科学性、宏观性上远超乾嘉学派的考据水平。但在10年前，国内学术界要了解他们的研究成果十分艰难，甚至直到今天，虽有一些专著流传到大陆，仍然不易见到那些以散篇形式发表于专业杂志间的各项具体研究。海内外研究成果积累得比较完整的是香港，于是我总是利用前去讲学的机会在那里贪婪补课。记得前不久一位曾经多次撰文批评《山居笔记》“硬伤”的先生直接给我来信，说又发现我的一处论述在国内某大学编印的资料上找不到根据。我回信感谢他来信探讨之诚，并说明那项资料早已被海外学术界严密论证，详细资料存香港中文大学图书馆库房，答应下次去时复印一份送给他。香港中文大学在山上，我当时为了钻研资料栖居一处设备简单的集体宿舍叫曙光楼，因此有了“山居”的说法。

现在回想起来，写作这本书的最大困难，不在立论之勇，不在跋涉之苦，也不在考证之烦，而在于要把深涩嶙峋的思考萃炼得平易可感，把玄奥细微的感触释放给更大的人群。这等于用手掌碾碎石块，用体温焐化坚冰，字字句句都要耗费难言的艰辛，而艰辛的结果却是不能让人感受到艰辛。写完这本书后，我又写了一本人生随笔，然后进入文化考察的又一个新阶段，即驱车数万公里逐一拜谒人类历史上一切发生过重大影响的文明。一路历尽危难，却从未退缩，因为我在陌生的异国荒原上找到了返现中华文明的方位，时时校正着国内考察时的各种感悟。我把《山居笔记》的续篇，写到了开罗的死城边、耶路撒冷的小巷口、海湾和南亚沙尘覆盖的大炮下。在那里才明白，即便走遍中国也很难真正了解中国，因此经常与同行的伙伴们感叹："不识庐山真面目，只缘身在此山中。"

除台湾尔雅版的繁体字版外，这本文汇版的简体字版已印了35万册，我亲自从读者手里买得的盗版本有12种。经常看到有人在报刊上否认目前盗版的严重事实，批判反盗版是炒作，我便特地编撰了《盗版二十六例》置之《霜冷长河》精装本卷首，其中选印了《山居笔记》的不同盗版本封面八种，使文化盗贼们无可抵赖。谁知这些年趁我远行历险，他们在国内闹成一团，无非是想用诽谤遮盖盗窃，连当年翻云覆雨的黑影也拉出来了。对他们当然不能再用规劝的办法，因此把本书初版的代序撤去，其他地方也有一些相应的改动。正该取笑他们没有把手中的偷盗物细看一番：文明和邪恶不可混淆，历史和法律不容侮弄，恰恰是本书的内容。

"茅盾文学奖"已经评选八届，计有36部作品蟾宫折桂。历届"盾文学奖"获奖名单：1982年第一届：《东方》魏巍，《李自成》姚雪垠，《将军吟》莫应丰，《冬天里的春天》李国文，《芙蓉镇》古华。1985年第二届：《黄河东流去》李準，《沉重的翅膀》张洁，《钟鼓楼》刘心武。1988年第三届：《少年天子》凌力，《平凡的世界》路遥，《都市风流》孙力、余小惠，《第二个太阳》刘白羽，《穆斯林的葬礼》霍达，《浴血罗霄》萧克。1998年第四届：《白鹿原》陈忠实，《战争和人》王火，《白门柳》刘斯奋，《骚动之秋》刘玉民。2000年第五届：《抉择》张平，《尘埃落定》阿来，《长恨歌》王安忆，《茶人三部曲》王旭烽。2004年第六届：《张居政》熊召政，《无字》张洁，《历史的天空》徐贵祥，《英雄时代》柳建伟，《东藏记》宗璞。2008年第七届：《秦腔》贾平凹，《额尔古纳河右岸》迟子建，《湖光山色》周大新，《暗算》麦家。2011年第八届：《你在高原》张炜，《天行者》刘醒龙，《蛙》莫言，《推拿》毕飞宇，《一句顶一万句》刘震云。

《芙蓉镇》：胡玉音、秦书田一对黑鬼夫妻
米豆腐、胖小子好人终得好报

古华，1942年生于湖南省嘉禾县一个小山村。1962年开始发表作品。由于他曾长期生活在五岭山区农村，故对乡镇风俗很为熟悉。他的主要作品有：短篇小说集《爬满青藤的木屋》等5部、中篇小说《浮屠岭》等10部、长篇小说《芙蓉镇》等2部。其中《芙蓉镇》是他的长篇力作，获首届茅盾文学奖，具有浓郁的地方色彩和强烈的艺术魅力，深受国内外读者喜爱。长篇小说《芙蓉镇》在1981年《当代》第一期刊载后，受到全国各地读者的注意，

数月内《当代》编辑部和作者收到了来信数百封。文艺界的师友们也极为热情，先后有新华社及《光明日报》、《中国青年报》、《当代》、《文汇报》、《作品与争鸣》、《湖南日报》等报刊发了有关的消息、专访或评论。

小说《芙蓉镇》描写了1963—1979年间我国南方农村的社会风情，揭露了“左”倾思潮的危害，歌颂了十一届三中全会路线的胜利。当三年困难时期结束，农村经济开始复苏时，胡玉音在粮站主任谷燕山和大队书记黎满庚支持下，在镇上摆起了米豆腐摊子，生意兴隆。1964年春她用积攒的钱盖了一座楼屋，落成时正值“四清”开始，就被“政治闯将”李国香和“运动根子”王秋赦作为走资本主义道路的罪证查封，胡玉音被打成“新富农”，丈夫黎娃娃自杀，黎满庚撤职，谷燕山被停职反省。接着“文革”开始，胡玉音更饱受屈辱，绝望中她得到外表自轻自贱而内心纯洁正直的“右派”秦书田的同情，两人结为“黑鬼夫妻”，秦书田因此被判劳改，胡玉音管制劳动。冬天一个夜晚，胡玉音分娩难产，谷燕山截车送她到医院，剖腹产了个胖小子。三中全会后，胡玉音摘掉了“富农”帽子，秦书田摘掉了“右派”和“坏分子”帽子回到了芙蓉镇，黎满庚恢复了职务，谷燕山当了镇长，生活又回到了正轨。而李国香摇身一变，又控诉极“左”路线把她“打成”了破鞋，并与省里一位中年丧妻的负责干部结了婚。王秋赦发了疯，每天在街上游荡，凄凉地喊着“阶级斗争，一抓就灵”，成为一个可悲可叹的时代的尾音。

《李自成》：潼关大战，书写反败为胜之奇迹
九宫被陷，喟叹得失瞬间何其速

姚雪垠（1910—1999），原名姚冠三，河南邓县人。1929年考入河南大学预科，后因参加学生运动被学校开除。抗日战争前后，创作了小说《差半车麦秸》、《牛全德和红萝卜》、《春暖花开的时候》、《长夜》等。曾任中华全国文艺界抗敌协会理事、东北大学副教授、上海大夏大学教授。新中国成立后曾任湖北省文联主席、第五届全国政协委员等职。1963年创作出版了长篇历史小说《李自成》第一卷。二十多年后，这部五卷本小说才全部完成。

作者创作这部小说的目的很明确，他试图全面展现明清之际的社会画面，通过艺术形象来使读者得到较为广泛的历史知识。作者以“深入历史与跳出历史”的原则，描写了距今300多年的错综复杂的历史进程和波澜壮阔的农民起义。小说《李自成》以明末李自成领导的农民起义军由弱小变强大，转败为胜推翻明王朝统治、抗击清军南下为主要线索，多角度、多侧面、多层次地再现了明末清初风云变幻的历史风貌和农民起义军从胜而败的悲剧结局，揭示了农民战争和历史运动发展的规律。这部小说取得了多方面的成就。首先，它成功地刻画了李自成、崇祯帝等一系列人物形象。李自成思想性格上的变化，崇祯皇帝维护风雨飘摇之中的政权时的宵衣旰食，都是具有深度和

广度之笔。其次，小说在明末清初的社会生活场景上颇费笔墨与心思，从宫廷到战场，从都城到乡野，都不乏生动描写之处；从政坛角逐到沙场交锋，从典章礼仪到人情风俗，描摹大多翔实逼真。

李自成（1606—1645），明末农民起义领袖。原名鸿基。称帝时以李继迁为太祖。世居陕西米脂李继迁寨。童年时给地主牧羊（一说家中非常富裕），曾为银川驿卒。崇祯二年（1629 年）起义，后为闯王高迎祥部下的闯将，勇猛有识略。八年荥阳大会时，提出分兵定向、四路攻战的方案，受到各部首领的赞同，声望日高。次年高迎祥牺牲后，他继称闯王。崇祯十一年在潼关战败，仅率刘宗敏等十余人，隐伏商雒丛山中（在豫陕边区）。崇祯十二年出山再起。崇祯十三年又在巴西鱼腹山（腹一作复）被困，以五十骑突围，进入河南。其时中原灾荒严重，阶级矛盾极度尖锐。李岩提出“均田免赋”等口号，获得广大人民的欢迎，散布“迎闯王，不纳粮”的歌谣。部队发展到百万之众，成为农民战争中的主力军。崇祯十六年（1643 年）在襄阳称新顺王。同年，在河南汝州（今临汝）歼灭明陕西总督孙传庭的主力，旋乘胜进占西安。次年正月，建立大顺政权，年号永昌。不久攻克北京，推翻明王朝。由于起义军领袖犯了胜利时骄傲的错误，迫害吴三桂的家属。逼反吴三桂，满清贵族入关，联合进攻农民军。他迎战失利，退出北京，率军在河南，陕西抗击。永昌二年（1645 年）在湖北通山九宫山考察地形，李自成神秘消失，李自成余部降清后，又反叛满清，继续抗清斗争。

编者感言：前些年，李自成的故乡陕西米脂县举行李自成诞辰 400 周年纪念活动，这令我想起了《李自成》的作者姚雪垠先生。我出差北京，在木樨地姚老的旧居，与其儿子姚海天先生促膝长谈，姚海天给我看了姚老亲手抄录的卡片，使我对姚老晚年生活有了进一步的了解。“文革”前，还在读中学的我就开始读姚雪垠的《李自成》，当时对历史小说艺术地再现明末社会生活的真实情景，惊奇不已。从 1957 年写到 1999 年，姚老的写作持续了四十多个春秋，真是一个“马拉松”作家，我真想一睹姚老的风采。1994 年，因编一份文学刊物，到北京约稿。记得那天下午，如约到姚老家拜访。眼前的姚老满头银发，连眉毛也是雪白的，一双眼睛炯炯有神，闪着睿智。环顾客厅，中央高悬着他亲手书写的斋名“无止境斋”，骨力洞达，肌腴筋健，韵味无穷，具有极浓的“书卷气”，也透露出这位老作家学无止境、蓬勃向上的进取精神，让吾辈敬佩不已。姚老说，现在一般已不外出参加会议，闭门谢客，抓紧时间写完《李自成》第五卷。我曾拜读《李自成》一、二卷，对姚老掌握史料之丰富，分析之精辟，十分敬佩。因此我萌发了读《明史》和清人吴伟业的《绥寇纪略》等史料的兴趣。但未找到《李自成》中牛金星的奏疏和李岩等人的诗文。于是我问姚老这些东西是从哪些野史中挖出来的？这个问题，久积于胸中，那一刻我脱口而出。姚老特别高兴，他做了个握手的动作，笑道："你是第二个提出这一问题的人。"我追问："还有谁提过此问题？"他答道："第一人是大文豪茅盾。这些诗文奏章把茅盾也蒙过去了。一次在文联开会，茅公问我，那些诗文奏章从哪里搞来的，我怎么没见过。其实这些东西大都是我根据当时情景编撰的。"听了这番话，我感到荣幸和惊异，荣幸的是我的疑问竟与茅盾相同；惊异的是奏章诗文要求很高，姚老不仅撰写准确，而且符合明末文人的用语习俗，显示了这位学者作家非凡的国学功底。我的提问打开了姚老的话匣子，在与我交谈的三个多小时里，他讲了毛泽东保护他的全过程，谈到邓小平关注《李自成》的创作等情况。姚老语重心长地说："一个人要成就一番事业，或是写出一部像样的作品，必须克服困难，珍惜时间，坚韧不拔，下苦功夫。我是在1957年被打成右派之后，在极端困难的条件下，开始创作《李自成》这部小说的。不管是身处逆境，还是后来比较顺利，我总是激励自己：抓紧时间，克服困难，写下去！每天凌晨3时左右起床写作，多年来已成为我的习惯。我有一种责任感和使命感。一个人要耐得寂寞，耐得寂寞的人，就能勤学苦练，从而做出成绩来。人们也就会承认他、记住他。相反，耐不得寂寞的人，会心存浮躁，哗众取宠，热衷于出风头、赶时髦，不会有大的成就。"

三百六十多年前的3月19日，李自成率领百万起义军浩浩荡荡占领了北京，崇祯皇帝被迫自缢，明王朝统治宣告结束。然而好景不长，进城41天后由于起义军将领骄傲自满，腐化堕落，加上吴三桂勾结满人入关，起义军狼狈出逃，李自成变为悲剧人物，这段历史成为史学家研究的热点。生活在20世纪下半叶的中国知识分子的成败、得失、荣辱，全都与他们对毛泽东的认识和态度紧密相关。据说姚雪垠是"文革"中经毛泽东保护的中国唯一的作家。那时毛泽东批评文化部应改为"帝王将相部、才子佳人部或者外国死人部"，不久许多以历史为题材创作的小说、电影、戏剧纷纷被打成毒草。姚老的《李自成》第一卷写了崇祯皇帝、后妃、宫女、太监、文武大臣，可以说将毛泽东批评的"帝王将相、才子佳人"写全了，当时比他有名气的作家有茅盾、老舍、巴金、曹禺等人，毛泽东为何会赏识《李自成》，还亲自出面保护姚雪垠呢？姚老说：1957年我被打成"右派"，是在孤立无援的情况下写《李自成》的，一个偶然的机会，书于1963年在中国青年出版社出版，出版后在社会上立刻引起轰动，很快被判为大毒草，那些肯定过这部书的领导人都有一条罪状：包庇老右派姚雪垠，吹捧大毒草《李自成》。那时，抄家焚书在蔓延，随时都可能祸及全家。正在这个时候，一道"最高指示"救了姚老和他的《李自成》。1966年7月，毛泽东亲自主持中央政治局会议，看见王任重列席，将他叫到身边，指示道："姚雪垠的《李自成》分上下两册，上册我已经看了，写得不错。你赶快通知武汉市，对他加以保护，让他把书写完。"第二天早晨，王任重即打电话向武汉市第一书记宋侃夫传达"最高指示”。“这一指示既挽救了《李自成》，也保护了我的生命，使我免遭揪斗游行、打伤、关押，只是被抄了一次家，所幸的是稿子、卡片、大量藏书没遭被毁、被烧的厄运。”

姚老在“文革”中曾经给毛泽东写信，毛泽东对他的信作了批示，当时流传很广。一般说来，那时“四人帮”横行，信搞不好要落到他们的手里，那将是一场灾难，我问姚老，当时是通过什么途径将信转到毛泽东手里的，毛泽东究竟做了哪些批示？姚老说：“我当时在武汉日子很不好过，极左分子背着市委领导，天天来干扰我，使我无法坐下来继续写《李自成》，已经写成的第二卷也不能修改。有一位朋友建议我给毛泽东写信，这一建议虽好，但有很大风险。自己是30年代的作家，又是摘帽右派，万一我的信落到别人手里，就惹大祸了。我给原武汉市委文教书记，时任哲学社会科学部领导成员之一的宋一平写信，问他有没有办法将我的信直接转到毛泽东的手里，他同胡乔木等同志商量后，马上给我回信，说是有办法的，并说毛泽东患了眼病，嘱我用毛笔写信，字要大一点。1975年10月19日，我将信从武汉寄给宋一平同志，胡乔木很快把信转到了毛泽东的手中。”毛泽东当时患病很久，又患眼疾，他看了姚老的信后，立即用铅笔在胡乔木转信的报告上批道：

印发政治局各同志。我同意他写李自成小说二卷、三卷至五卷。

毛泽东十一月二日

姚老一边拿出毛泽东批示的复印件给我看，一边继续说：“多年来流传毛泽东1963年对我信所作批示，全是误传，现在我给你看的这个批语才是信史，这是最权威的史料。我给毛泽东的信写成于10月19日，寄到北京宋一平手中应该是21日或22日，经他转交胡乔木，经过商量，由胡乔木写报告，转呈我的信。胡的报告所署日期是10月23日，经过转呈，耽搁数日，到病中的毛泽东手中，大概在10月底了。毛泽东用粗铅笔写了潦草批示，所署日期是11月2日。”“毛泽东适时地指示保护我，特别是要我将《李自成》一书写完，这在他一生中是一件很小的事，但在我的一生中却是一件大事，在中国当代文学史上也是一件大事。我终于在1975年12月下旬从武汉来到北京，从事《李自成》创作。”姚雪垠对毛泽东评价比较客观，从他对毛泽东诗词的看法可见其为人。他说毛泽东有诗才，有的诗确实写得好，但不是每首都好，更不是句句、字字都无可挑剔。说到这里，他提到郭沫若，说他连毛泽东在书写时的笔误也大加吹捧，有点过了。他对照传统诗的基本要求，举例评说毛泽东的诗词有几点不足之处：一是有些句子是蹈袭前人的；二是有的属于陈词滥调；三是有的过于直露，近乎口号而没有诗味；四是有些不合韵律，多处一字重犯。他说毛泽东诗词开始发表的时候就是这个样子。但当歌德颂圣、阿谀奉承的声音，成了一个民族一个社会的主旋律的时候，灾难就不远了。

《沉重的翅膀》：郑子云、陈咏明注重企业管理中的行为科学

改革难、难就难在习惯势力束缚与顽强抵抗

张洁，1960年毕业于中国人民大学。1978年开始文学创作。现为国家一级作家、国务院授予的有特殊贡献作家。是迄今为止全国唯一获得短篇、中篇、长篇小说三项国家奖的作家，并创全国优秀短篇小说奖“三连冠”纪录。长篇小说《沉重的翅膀》获第二届茅盾文学奖。《无字》获第六届茅盾文学奖。1989年获意大利马扭帕蒂国际文学奖。1992年2月被美国文学艺术院选举为该院荣誉院士。这一终身荣誉，授予世界各国75位包括作家在内的音乐、绘画艺术家。此院士仅授予美国公民，荣誉院士授予非美国公民。作品被译之英、法、德、俄、丹麦、挪威、瑞典、芬兰、荷兰、意大利等十多种语，有三十余部译本。现任美国文学艺术院荣誉院工、国际笔会北京中山会员。

《沉重的翅膀》是第一部反映改革初期生活的长篇小说，正面描写了工业建设中改革与反改革的斗争，热情歌颂了党的十一届三中全会的正确路线。小说描写国务院一个重工业部和所属的曙光汽车制造厂，在1980年围绕工业经济体制改革所进行的一场复杂斗争。副部长郑子云是一位精通业务的改革家，他思想解放，在企业管理方面有丰富的经验和新颖的见解，既是一位实干家又有着思想家的风貌。他重视人的价值，力求最大限度地调动人的积极性，借鉴国外企业管理的行为科学，改变老一套的政治思想工作模式。正是在这个关键问题上，部长田守诚和副部长孔祥等人则思想僵化，惯唱高调，善耍手腕，坚持“以阶级斗争为纲”。但是群众要求改革，曙光汽车厂厂长陈咏明就顶住各方面的压力，在厂里大刀阔斧进行改革。他关心群众，解决职工的住房问题，分到房的住户为了感谢他，每户拿出一个饺子请他吃，他又夹了送进老泪纵横的老工人嘴里。车工组长杨小东和他的伙伴们，也是一群朝气蓬勃的改革派，尤其是他们互相关心和集体荣誉感所产生的团体意识，更增加了他们工作的激情。大家捡砖头为新婚的小宋盖厨房，就使他们每个人都感到了集体的温暖。正是上上下下的群众都向往改革，这是任何人都阻挡不了的。小说的结尾写到选举党的十二大代表，尽管田守诚部长耍尽花招，郑子云仍远远超过了他，获得了1006∶287的压倒多数票数，说明了党心民心都在改革派的一边。虽然改革的起飞是艰难的，但毕竟已经开始了腾飞。改革难。写改革也难。不但工业现代化是带着沉重的翅膀起飞的，或者说，是在努力摆脱沉重负担的斗争中起飞的；就连描写这种斗争中起飞的过程，也需要坚强的毅力，为摆脱主客观的沉重负担进行不懈的奋斗。从这本书中可以看到改革者的百折不挠的精神。

《穆斯林葬礼》：新旧两代人在两个时代的情感的无奈抉择
第一部属于回族人民自己历史的长篇小说

霍达，女，回族，1945年11月生，国家一级作家，北京电视艺术中心高级编剧，北京作家协会理事，全国政协委员，中央文史研究馆馆员。著有多种体裁的文学作品约500万字，其中长篇小说《穆斯林的葬礼》52.7万字，1987年8月29日，于抚剑堂书屋杀青，前后三年时间，人民文学出版社出版，责任编辑李建军。获第三届茅盾文学奖，作品《补天裂》获第七届全国五个一工程奖长篇小说和电视剧两个奖项，建国50周年全国十部优秀长篇小说奖，作品《红尘》获第四届全国优秀中篇小说奖，报告文学《万家忧乐》获第四届全国优秀报告文学奖，报告文学《国殇》获首届中国潮报告文学奖，电视剧《鹊桥仙》获首届电视剧飞天奖，电影剧本《我不是猎人》获第二届全同优秀少年儿童读物奖，电影剧本《龙驹》获建国40周年优秀电影剧本奖。

《穆斯林葬礼》写一个穆斯林家族，60年间的兴衰，三代人命运的沉浮，两个发生在不同时代、有着不同内容却又交错扭结的爱情悲剧。这部50余万字的长篇，以独特的视角，真挚的情感，丰厚的容量，深刻的内涵，冷峻的文笔，宏观地回顾了中国穆斯林漫长而艰难的足迹，揭示了他们在华夏文化与穆斯林文化的撞击和融合中独特的心理结构，以及在政治、宗教氛围中对人生真谛的困惑和追求，塑造了梁亦清、韩子奇、梁君壁、梁冰玉、韩新月、楚雁潮等一系列栩栩如生、血肉丰满的人物，展现了奇异而古老的民族风情和充满矛盾的现实生活。作品含蓄蕴藉，如泣如诉，以细腻的笔触拨动读者的心灵，曲终掩卷，回肠荡气，余韵绕梁。

故事情节与矛盾冲突：奇珍斋主人，梁亦清，妻子白氏，女儿梁君壁、梁冰玉。博雅斋主人，原来是玉魔，后为韩子奇购得。韩子奇原名易卜拉欣，16岁时由师傅吐罗耶定从福建携至北京，与玉结缘，献身玉业。先在北京娶梁君壁为妻，1946年回国，再未同床，婚姻遂为悲剧；有子韩天星（先曾与工友容桂芳相恋），媳陈淑彦（韩新月高中同学），孙子韩青萍，孙女韩结绿（1979年，青萍16岁，结绿14岁，曾见到63岁的梁冰玉）。韩子奇后于伦敦娶梁冰玉为妻（北大恋人杨琛是奸细）。伦敦牛津恋人同学奥利佛被炸死。韩子奇38岁，冰玉25岁，居伦敦5年两人结合，又5年即1946年3月6日归国，一人43岁，一人30岁，爱情亦为悲剧。韩新月时年3岁，母亲梁冰玉无奈返回伦敦，母女一别17年，18岁考入北大西语系英语专业，同学郑晓京，小政治家，系总支宣传委员，北京人；罗香竹，湖北宜昌人，俄语转英语；谢秋思，上海人，与唐俊生先谈后崩，韩新月学习情感上的竞争者。20岁时因患风湿性心脏病亡。单纯二尖瓣狭窄伴有中等程度以上二尖瓣闭锁不全者，禁忌手术，轻度二尖瓣闭锁不全者，风潮活动停止6个月后，可以手术，卢大夫是她的主治医师。女韩新月，准女婿楚雁潮，北大外语系助教，韩新月的辅导员，26 岁，将巴西木植洗笔内，留声机放着梁祝，送给病房中的恋人。译鲁迅《起死》不能出版，恩师严教授也难以保护他。汇远斋主人，蒲寿昌，先与洋人沙蒙亨特（子奥利佛）作生意，后又仰仗日本人，吞并奇珍斋，撬走奇珍斋管家老侯。老侯的 3 子 2 女，1966 年 8 月灭了奇珍斋所有藏品。

穆斯林婚礼与穆斯林葬礼：穆斯林婚礼，梁君璧与韩子奇，梁冰玉与韩子奇，韩天星与陈淑彦，为穆斯林葬礼作陪衬和铺垫。穆斯林葬礼，韩子奇为梁亦清试睡“赫拉”（墓穴），海姑妈之死，亦是铺垫。楚雁潮与韩天星为韩新月试睡赫拉，是真正的穆斯林葬礼。楚雁潮为韩新月在西山墓地立汉白玉碑：“韩新月之墓　一九四三——一九六三”。小说结尾：墓地已经被推平，39 岁的楚雁潮与 63 岁的梁冰玉，为了同一个至亲至爱的人，在那儿徘徊，却互不相识，擦肩而过。

艺术特征：（1）情节集中是因为人物集中：以韩子奇与韩新月父女两代人作为小说的主要人物，展开故事，他们是回汉两个民族的出类拔萃者，然而都是命运的弃儿，是悲剧形象。（2）双线交叉并行向前推进：韩子奇为玉王，韩新月为北大学子，作品以父女二人为枢纽，以其艰难坎坷的人生踪迹为叙事线索，既连贯，又跳跃，构成缜密的小说框架。从小说的“目录”也能看出作者的匠心独运，或父或女，或玉或月，或此或彼，轮番交替走向小说的终点驿站。其目录：序幕月梦，第二章月冷，第四章月清，第六章月明，第八章月晦，第十章月情，第十二章月恋，第十四章月落，尾声月魂；第一章玉魔，第三章玉殇，第五章玉缘，第七章玉王，第九章玉游，第十一章玉劫，第十三章玉归，第十五章玉别。（3）矛盾冲突大喜大悲：①国恨家仇的冲突，中日之战，姑妈一家被杀；英德交锋，奥利佛死于轰炸。②宗教信仰的冲突，梁亦清小心翼翼地生存在汉回两个民族的夹缝中，韩子奇并非回回的民族身份至最后才揭开，楚雁潮韩新月婚恋因不同民族遭遇梁君璧阻拦，郑晓京说罗香竹的口语还不如少数民族的韩新月是民族歧视。③北大校园的矛盾冲突，学生比成绩，争情爱；老师评不上职称，出不了译作。④地域空间的冲突，北京的郑晓京与上海的谢秋思互不待见。⑤爱情婚姻家庭的冲突，韩子奇与梁君璧为婚姻悲剧，韩子奇与梁冰玉是爱情悲剧；韩天星与陈淑彦为婚姻纠结，韩天星与容桂芳为爱情疙瘩。（4）设置悬念，文尾大揭秘：珍藏的玉器珍品结局之谜（为原来的管家侯氏 5 个子女于“文革”中毁弃或抢劫）。韩子奇汉族血统之谜。韩新月生母之谜。

霍达感言：我无意在作品中渲染民族色彩，只是因为故事发生在一个特定的民族之中，它就必然带有自己的色彩。我无意在作品中铺陈某一职业的特点，只是因为主人公从事那样的职业，它就必然顽强地展示那些特点。我无意借宗教来搞一点儿“魔幻”或“神秘”气氛，只是因为我们这个民族和宗教有着久远的历史渊源和密切的现实联系，它时时笼罩在某种气氛之中。我无意在作品中阐发什么主题，只是把心中要说的话说出来，别人怎么理解都可以。我无意在作品中刻意雕琢、精心编织“悬念”之类，只是因为这些人物一旦活起来，我就身不由己，我不干涉他们，只能按他们运行的轨道前进，是他们主宰了我，而不是相反。必须真正理解“历史无情”四个字。谁也不能改变历史，伪造历史。

《长恨歌》：一个上海小姐与七个上海男人错综复杂的情感纠葛
婚姻、政治、职业的边缘人生与大上海的生存意识

王安忆，1954 年出生于南京，1955 年随母到上海。1970 年赴安徽插队落户，1972 年考入徐州地区文工团，1978 年调回上海，任《儿童时代》小说编辑，1987 年进上海作家协会专业创作至今。自 1976 年发表第一篇散文，至今出版发表有小说《雨，沙沙沙》、《本次列车终点站》、《流逝》、《小鲍庄》、《叔叔的故事》、《69 届初中生》、《长恨歌》等短、中、长篇，约有 400 万字，以及若干散文、文学理论。翻译为外国语的有英、法、荷、德、日、捷、韩等文字。《长恨歌》30 万字。

《长恨歌》的故事：站在一个制高点看上海，上海的弄堂是壮观的景象。它是这城市背景一样的东西。街道和楼房凸现在它之上，是一些点和线，而它则是中国画中称为白描的那类笔法。当天黑下来，灯亮起来的时分，这些点和线都是有光的，在那光后面，大片大片的暗，便是上海的。一个女人 40 年的情与爱，被一枝细腻而绚烂的笔写得哀婉动人，跌宕起伏。40 年代，还是中学生的王琦瑶被选为“上海小姐”，从此开始命运多舛的一生。做了某大员的“金丝雀”从少女变成了真正的女人。上海解放，大员遇难，王琦瑶成了普通百姓。表面的日子平淡似水，内心的情感潮水却从未平息。与几个男人的复杂关系，想来都是命里注定。80 年代，已是知天命之年的王琦瑶难逃劫数，与女儿的男同学发生畸形恋，最终被失手杀死，命丧黄泉。

王琦瑶是上海弄堂里的一只鸽子，美丽的鸽子。曾经在一个明媚的早晨飞出那隐晦的弄堂。也许，她以为，蓝天才是她的家园，广阔才是她的归宿。然而，她不是雄鹰，只是鸽子。鸽子是供认豢养的，叫人欣赏的，或者说玩味的——如果不是玩弄的话——它飞得再高也飞不出宿命。仍旧要飞回来。回到这曲折的弄堂，回到这暧昧的闺房，回到这无处不在的留言里。她的一生是不快乐的，是一阕幽幽的长恨歌。这不快乐的一生，有时代的原因，更有她自己的因素，她是个“知道自己美丽”的女人。外婆说，一个女人生得美，本身就不是什么好事，要是自己知道了这份美，就更加不好了。其实，重要的不是有否自觉，重要的是这样的美丽是不是能够得其所哉。在纷纭与暗淡的时代里，在平庸和乏味的日子里，美丽似乎成了王琦瑶唯一的资本。

她不自觉地利用了自己的美丽，挥霍了自己的美丽。她是一个拼命想要挽住什么的女人。用自己美好的身体，高傲的灵魂，以及小女人的那点心机与自私，当然也有一份源自中国女性的温情和善良。她失败了。终其一生，她都不能像一个平凡女人那样，抓牢一点最平实和真实的爱情。王琦瑶是一个悲剧。可是我们却能从她的身上学到好多东西。说不清。但一定是有的。

人物谱系与矛盾冲突：几个闺中密友：王琦瑶被谋杀、蒋丽丽癌症脾脏出血而亡、吴佩珍远走香江。七个男人：李先生，真名张秉良，政界要人，坠机而亡。曾与王双栖爱丽丝公寓。程先生，学习铁路建筑，归国后无用武之地，爱好摄影，1966 年不堪凌辱跳楼自杀。邬桥阿二，王琦瑶外婆住上海郊区邬桥，建国初，王琦瑶避祸于此，与少年阿二交往短暂，后来其外出求学，再无来往。此后的故事发生在平安里二楼的“王琦瑶注射”小屋中。康明逊，严师母表弟，毛毛娘舅，薇薇生父，遗少类人物，敢做不敢当，得知王怀孕后消失。萨沙，父亲中国人，母亲俄国人，号称国际共产主义战士，王琦瑶用为遮羞布。老克腊 27 岁，小学体育教师，王琦瑶时年 57 岁，舞会相识，一夜情后分手，老克腊离开沪上。长脚小沈，张永红男友，炒币者，谋杀王琦瑶。1961 年薇薇出生。薇薇读护校，做护士，23 岁时，与小林结婚赴美国陪读。张永红，薇薇同学，80 年代领导上海滩服装新潮流，父亲皮匠，母姊皆肺结核患者。

王琦瑶形象：“上海三小姐”是王琦瑶的身份。她的人生三部曲，大抵以空间位置转移为标志：上海里弄中的少女读书时代；上海爱丽丝公寓中的金丝雀时代；上海平安里小楼中的自食其力时代。一个完全处于政治边缘化的局外人。一个生活在社会夹缝中的小女人。一个没有爱情配偶的孤独者。繁华落尽，美人迟暮，煞是悲哀。一个具有强烈独立意识与生存欲望的现代大都市中人。

城市的生活方式，一边是新鲜而俗气的时尚，一边是陈旧却典雅的传统。前者需要积淀与过滤，后者需要承续与保养。王琦瑶恰是两者的结合。悲剧人物王琦瑶，是上海生活精髓的化身，“长恨歌”是一首女人与时间角逐的绵绵无尽期的长恨之歌。在王琦瑶的身上，王安忆寄托了对那精致的上海文化上海生活无可挽回地走向没落的悲哀与忧伤。王琦瑶形象给读者的启迪有：对个体生命分分秒秒的珍惜与不懈坚持。对生命旅程中出现的偶然或必然要有充分的思想准备。对时代或社会的变迁要有应对智慧。对自己要有充分认识，每个人都是自己生活的时空文化中的真实写照。

《长恨歌》艺术特征：

语言叙述温婉如絮，如泣如诉。

女性心理描写细腻，如丝如缕。

整篇结构极为缜密，如环如扣。

审美感觉典雅精致，云卷云舒。

读者感言：王安忆不像白先勇那样叹息地回忆，她把书中的任务当做隔壁邻居白描素写，她把读者也当做同一弄堂的邻居，就像你到她家串门，看着她一边织着毛衣一样，一边缓缓地跟你讲述着女主角的故事。那故事琐碎得不能再琐碎了，从来都是居家过日子的柴米油盐酱醋茶，小到配着稀饭的田螺，细到照相架上的灰尘，如此真实，好像你也在场，你也看到那同样的景物。王安忆依然与故事保持距离，她就是摄影机，只记录，不感触，所有的感触留给了读者。她会讲那时的黄浦江，那时的天空，那时的窗帘和月光，所讲的都是女主角王倚瑶看见的，不是王安忆也不是读者。书里的故事是40年代开始，到那时候作者也没出生呢，写得如此逼真，满片大段无言胜有言的镜头，满眼无情似有情的景物，有如她自己说的画中精彩的那大片的留白，真是难为了她了。

我们说曹七巧与王琦瑶分别代表了不同时期上海文化生活，那么上海文化的实质究竟是什么呢？我们以为：现代工业文明与现代城市文明，相对于传统农业文明与农村田园文明，自然是一个飞跃，这个飞跃提升了整个人类的生活水平和生活品位。物质生活与精神生活都丰富精彩了，人的生命旅程自然也就精致而有质量了，这种“精致”或许就是上海文化精神的实质——是传统文明与现代文明结合、中国文明与西方文明结合的现代都市文明的特殊文化韵味。

《穆斯林葬礼》与《长恨歌》，异质文化比较：

女性作家写女人：在北方传统文明与南方现代文明的激烈碰撞中，在伊斯兰民族文化与华夏汉民族文化的比较透析中，感受女性的心路历程与生命中的忧伤因子，以及她们所承受的精神与物质的双重压力，不仅是对“人文关怀”研究的深层次推进，也是对人类自身命运航船的重新把握与思索。

20世纪中后期，张洁、铁凝、舒婷、池莉、斯妤、韩小蕙、戴厚英、张抗抗等女性作家在女性母题的探索性写作过程中，都有不俗的表现。其中，霍达、王安忆在长篇小说创作中，凭借温婉如丝缠绵若水的语言和细腻似粉敏锐比针的情愫，非常精致地表现了对于女性母题的研究与关注。

1.《穆斯林葬礼》整体创作风格

霍达是北京电视艺术中心的高级编剧，她创作的长篇小说《穆斯林葬礼》1987出版，1988年获“长篇小说顶尖级奖项”茅盾文学奖。一部作品面世之后，读者阅读文本之后产生的审美倾向肯定是多元的。而多元的审美倾向，恰恰是现代评论家对一部成功作品最起码也是最主要的肯定尺度。那么，霍达在这部小说中究竟抒写了怎样的人生境况和倾注了怎样的思想情绪呢？

尽管她说：“我无意在作品中阐发什么主题，只是把心中要说的话说出来，别人怎么理解都可以。”我们仍然可以在字里行间阅读到作家对于伊斯兰民族生活的忧伤描绘和对于这种生活在心灵深处积淀的痛楚、神往与留恋。这也许就是作家要说的心里话中的一个主题。它是新时期文学，也是我国当代少数民族文学中，第一部成功地表现回族人民历史和现实生活的长篇小说，具有其独特的文学地位和审美价值。此外，对于女性命运的思考、对于“玉文化”的研究、对于宗教神性的探索、对于人伦理念的描绘等，从而构建了小说的多元性主题。这恐怕也是作家始料未及的。

尽管她说：“我无意在作品中渲染民族色彩，只是因为故事发生在一个特定的民族当中，它就必然带有自己的色彩。”我们依然可以清晰地感受作家心灵之弦跳跃的脉痕。它宏观地回顾了中国境内穆斯林漫长而艰辛的跋涉足迹，深刻地揭示了回人在华厦文化与伊斯兰文化的撞击和融合过程中独特的心理结构，以及人物在政治、宗教、商品氛围中对人生真谛的困惑与追求，并展现了这个民族奇异而古老的民族风情和充满矛盾的世俗生活。小说具有52.7万字这样一个颇大篇幅，笔墨酣畅淋漓。

尽管她说：“我无意在作品中铺陈某一职业的特点，只是因为主人翁从事那样的职业，它就必然顽强地展示那些特点。”我们仍然不可避免地感受到“玉文化”的强大冲击力。“奇珍斋”斋主梁亦清，是第一代掌门人。这位掌门人，说白了其实就是一个玉器作坊的高级匠人。在雕琢玉器的行当中，他的技术出类拔萃。牢牢把握着玉质材料和玉器制作的精髓。后来因为受到“汇远斋”斋主蒲寿昌的逼迫，不幸累死在制作精品玉器的条凳上，一口鲜血喷溅得四壁都是。韩子奇原名易扑拉欣，16岁时，随师傅吐罗耶定北上京城，与梁亦清一家巧遇。师傅走了，他却留了下来，是因为“玉文化”即玉器作坊对于这个少年的强烈吸引超越了看不见摸不着的宗教魅力。他被梁亦清夫妇收为养子，后来成为“奇珍斋”第二代掌门人。韩子奇在与蒲寿昌的接触中，认识了专做玉器生意的英国商人亨特。从亨特那里，他不仅知道买卖玉器作品可以赚取超过制作玉器几十倍甚至几百倍几千倍的高额利润，而且还熟悉了经营玉器生意的门径和具体的操作手段。在他手里，完成了从梁亦清时代的“制玉”到韩子奇时代的“贸玉”转变。他发了！他不仅撑起了“奇珍斋”的家业，娶了梁亦清的大女儿梁君壁做老婆，而且，还收购了“博雅斋”斋主“玉魔老人”的全部珍藏。那里有北京城里许多玉器绝品。他，一跃成为“玉王”。他，因玉而对生命价值有了新的认识；他，因玉而对人生萌发了不可遏止的欲望；他，因玉而成名；他，因玉而步入了上流社会；他，因玉而流亡海外十年；他，因玉而使婚姻、爱情产生裂变；他，也因玉而被抄家被殴打被凌辱。他和他的一家似乎都是为了“玉”而活着。“玉文化”其实是中华大地精品文化之一。珍惜、保护、喜爱、研究它，其实就是在颂扬中华文明。对玉的赞歌，就是对我们民族性格中“竹可焚，不可改其节”、

"玉可毁，不可改其洁"的优秀特征的真情表白与大力张扬。

尽管她说："我无意借宗教来搞一点儿'魔幻'或'神秘'气氛，只是因为我们这个民族和宗教有着久远的历史渊源和密切的现实联系，它时时笼罩在某种气氛之中。"我们依然能够深切感受到从作品中渗透出来的宗教气息。韩子奇的师傅吐罗耶定对于伊斯兰教的深厚学养和无比执著的虔诚，曾经令梁亦清夫妇崇拜得五体投地。吐罗耶定从福建沿海北上中原进入京城之后，准备一步一步跨黄河，越祁连，穿吐鲁番，过大沙漠，经葱岭，抵中亚，达两河文明，万里跋涉，拜完世界闻名清真寺，学习伊斯兰教的优秀经典。他宛若一位智者和预言家，洞察人生要义，对于生命具有独特的感悟。多么像乔治·桑笔下《莫普拉》中的乡村哲学家帕希昂斯、阿来笔下《尘埃落定》中藏传佛教的宣扬者翁波意西和陈忠实笔下《白鹿原》中的关中大儒朱先生。回人对于宗教信仰的虔诚也表现在日常生活的行为习惯中："拉赫"即坟墓：穆斯林有试睡拉赫的隆重仪式，梁亦清去世由养子韩子奇试睡、韩新月离去由恋人楚雁潮和同父异母长兄韩天星两人试睡。那种神圣崇高谨小慎微一丝不苟的做派，既表现了亲情的难舍，也反映了宗教信仰的巨大魅力。没有丝毫杂念。灵魂升天，是多么伟大啊！作家在宗教信仰和宗教故事叙述中，给寻常读者带来的宗教神秘感，或多或少地也濡染上了些许"肉眼凡胎"难以辨识的"魔幻"意味，亦在情理之中。

尽管她说："我无意在作品中刻意雕琢、精心编织'悬念'之类，只是因为这些人物一旦活起来，我就身不由己，我不干涉他们，只能按他们运行的轨迹前进。是他们主宰了我，而不是相反。必须真正理解'历史无情'四个字。谁也不能改变历史，伪造历史。"我们仍然能够轻易地在作品中寻找到"悬念"制作的痕迹。那种草蛇灰线伏脉千里的精巧运作，时时吸引着读者阅读的兴趣与好奇的探究。小说在叙述过程中设置了三大悬念，最后来了一个"文尾大揭秘"。一是韩新月生母之谜：为什么姑妈对于韩新月格外怜恤？为什么母亲梁君璧对于韩新月冰冷如霜？为什么父亲韩子奇与母亲梁君璧十多年来分房而卧？这些都是因为韩子奇与梁冰玉流亡英国时期有过一段孽缘。而韩新月恰恰就是这段孽海情缘的结晶。1946 年回国时，韩新月年方 3 岁，尚少不更事，以梁君璧为母。生母梁冰玉则只身返回英国，至 1979 年方才归来，那时，她已 63 岁；韩新月因风湿性心脏病（单纯二尖瓣狭窄伴有中等程度以上二尖瓣闭锁不全，不能手术治疗）已于 16 年前告别了人世，年仅 20。阴阳阻隔，母女分离竟成永别。二是韩子奇民族身份之迷：梁君璧坚决阻止韩新月与楚雁潮恋爱关系的确定。最充分的理由就是两个人的民族不同。回人历来不与汉人结亲。无奈之际，韩子奇只得和盘托出自己的身世。他告诉梁君璧说，我本不是回人，却是个汉人。并问她，你可曾听我念过古兰经？你可曾见我做过祈祷？梁君璧如闻惊雷，歇斯底里地否认这一残酷现实。所谓的伊斯兰文化与华夏文化的碰撞与融合，恐怕没有比这对夫妻的特殊命运反映出来的事实更有说服力了。三是韩子奇耗尽毕生心血收藏的玉器珍品的结局之谜：躲过了20世纪规模最大范围最广的二次大战，却躲不过和平年代人为的破坏；炮火连天漂洋过海辗转异域都安然无恙，深藏密室却被“奇珍斋”原来的侯氏管家后代率人查抄罄尽。多少代多少人付出的心血顷刻付诸东流。这是中华文明遭受浩劫的经典场景经典回放。作家告诉读者：历史虽然残酷无情，然而历史必须真实。

多元主题、民族色彩、职业特征、宗教神性和精巧构思，形成了这部小说的整体风格。

2.《长恨歌》表现上海文化的某些实质

王安忆创作的长篇小说《长恨歌》有30万字，1995年11月出版，2000年获“茅盾文学奖”。香港岭南学院现代中文文学研究中心王德威先生阅读文本之后认为：“王安忆细写一位女子与一座城市的纠缠关系，历数十年而不悔，竟有一种神秘的悲剧气息。”这是对小说的精确定位。

如果说《穆斯林葬礼》是“家”主题创作的又一次丰收，那么，《长恨歌》中的主人翁王琦瑶的“家”在哪里？王琦瑶还是一个小姑娘时，就住到了同学蒋丽莉家中。作家一开始就有意识地弱化主人翁“家”的概念。成年之后，王琦瑶先后与程先生、张秉良（李先生）、邬桥阿二、康明逊、萨莎、老克腊、长脚小沈等7个男人产生过情感纠葛，然而与每一个男人过招，要么她的原因要么他的原因，都没有家的感觉。居住在“爱丽丝公寓”享受十里洋场的繁华，只不过是昙花一现，随即迅速荡尽。外婆故乡邬桥亦仅仅是人生的短暂过渡，目的是躲避政治风暴或阶级雷霆。“平安里”中的市井生涯，无论是遮蔽风雨的家还是寄售情感的家，都处在风雨飘摇朝不保夕的境况下，王琦瑶果然在这里美人迟暮，而且还“碧落黄泉”。显然，王安忆关注的不是“家”，而是“人”。一个女人。在一个“上海小姐”与一座城市的令人忧伤而叹息的哀婉故事中，写了一个悲剧结局的女人。她是怎样一个女人呢？

她的人生是一种“边缘人生”的经典展示——

她是一个政治生活的局外人：她不属于任何党派，对于政治几乎是完完全全的“盲点”视角，任你如何洗头脑，唯我“独尊”王琦瑶。

她是一个生活在社会夹缝中的小女人：从石库门弄堂的闺阁里袅袅婷婷走出来，18岁以后即凭借着上海姑娘特有的聪明与个性独立生存；生存很艰难，一点黄金、一块招牌（王琦瑶注射），是她的经济基础；她要应付意识形态方面给予她的不良定位，她要对付居家男女吵架时拿她开刷的利刃般的言辞，她还要周旋在母亲与女儿薇薇以及诸多男子的情感旋涡中，她更要面对并迅速适应急剧变化的现实世界，她真的很难。

她是一个没有爱情配偶的孤独女人：对于男人，程先生、阿二，她用情；萨莎，她用身；张秉良、康明逊、老克腊，她身心并用。然而，这六个男人没有一个始终伴在她的身边，更别说天长地久了。长脚小沈，她什么都没用，于是他就杀了她。就连唯一的女儿也随女婿小林到美利坚合众国陪读去了。难道这还不算是一曲“长恨之歌”吗！

她也是一个具有强烈的独立意识与生存欲望，努力在现代都市中打拼属于自己那一块狭小领地作为生存空间的女人：一切都只能是指望自己。“王琦瑶注射”伴随她度过了后半生艰难岁月。她始终没有向生活屈服。她在条件允许的情况下，尽量把自己收拾的整整齐齐，典雅高贵，让自己的每一天都过得有滋有味。喝下午茶、围炉夜话、四方大战、家庭舞会、过圣诞节等，都反映了王琦瑶的良好心态。生活中的审美取向，帮助她度过了一个又一个难关。

王琦瑶这个形象赐予读者的启示应该是：其一，对于生命的珍惜与坚持，是一种可贵的精神品质；对于生命旅程中某些影响前程的偶然或必然情况的出现，要具有充分的思想准备，要努力承受，顺应时变，这是对一个人的人生定力的检验。其二，王琦瑶身上折射的上海文化精神的实质，应该具有的精确界定是：既是传统农耕文明与现代工商业文明结合，也是东西方文明结合的现代都市的特殊文化蕴涵。这个精致的上海女人，在精致的上海过着精致的上海人的生活，最终却无可奈何地悄吟了一曲精致的上海生活走向没落的忧伤挽歌。其三，王琦瑶跨越新旧两个时代却一成不变的神韵和气质，既是陈旧而典雅的传统，又是新鲜而俗气的时尚，在这个反映上海生活精髓的人物身上的结合；传统需要承接与涵养，时尚需要积淀与过滤。

既然王安忆被誉为海派文化的传人，既然《长恨歌》不为写家单为写人，那么我们阅读“王琦瑶”，就顺理成章地想到张爱玲笔下的曹七巧。曹七巧似乎有一个家，那是时隔久远早已淡忘了的关外少女时代的家。姜家，如丈夫姜季泽僵硬的躯体，冰冷；不是为了金钱，她一天也待不下去。公婆丈夫死后分开单居的小家，也是没有爱情没有温暖，成日在毒品、麻将、死亡、争吵中苦熬岁月。因此，《金锁记》明是写家，实为写人。如同《长恨歌》一样，家是为人设置的。王安忆写女性的温柔平和缠绵悱恻，是应该在冬日的阳台上捧着咖啡或红茶静静阅读，才能读出个中真味来的；张爱玲写女性的阴毒褊狭和冷酷贪吝，只配在盛夏的铁器作坊中扛着大榔头毛毛躁躁地瞅几眼也就可以了。

3. 张王二才女创作手法之异同

历史如长歌浩渺，家庭如音符呢喃，人生如诗篇悠扬，爱情如画卷璀璨，男女如日月行天，生活如江水缠绵，1945 年出生的霍达与 1954 年出生的王安忆，在她们的作品中，对历史对生命对生活又是怎样描绘的呢？

其一，都是在历史变迁中塑造人物形象。将人物置于历史的剧烈动荡和社会的激烈矛盾中，完成性格铸造和命运的最后终结。《穆斯林葬礼》中的梁亦清、梁君璧、梁冰玉、韩子奇、韩新月、楚雁潮等主要人物，曾经先后经历了20世纪极为残酷的二次大战和建国前后风云动荡的各种政治派别之间的厮杀与呐喊；《长恨歌》中的王琦瑶，生活在不同利益集团、不同社会阶层，持续不停地进行物质资源和精神资源分配与再分配的20世纪中后期。颠沛流离的游子生涯，突然变化的时代风云，陷于困顿的人生遭际，孜孜以求的生存状态，都显示了人物对于生命的坚韧与执著。

其二，都倾注了作家的人文主义关怀。在《穆斯林葬礼》和《长恨歌》的创作过程中，霍达和王安忆，都不约而同地放弃了宏大社会背景的直接而详尽的正面表述，坚持以人为本的写作思路。主人翁梁氏姐妹、韩氏父女与王琦瑶、蒋丽莉、吴佩珍的爱情、婚姻、家庭构成了小说的主要内容。韩子奇对于“玉文化”的守护与坚持，梁冰玉对于爱情的积极追求与一丝不苟的坚贞，韩新月对于理想人生与终身伴侣的向往，楚雁潮对于事业的磨砺与爱情的专一，王琦瑶对于生命航向的巧妙把握和超然姿态等，都是基于对生命的负责，基于对生命质量的努力探询。

其三，都是现代大都市中市井小人物生存状态的临摹。霍达和王安忆将淋漓的翰墨倾洒在都市的胡同或里弄中。寻常的百姓生活，平淡的世俗视角。在吃、喝、拉、撒、睡当中揭示人物内心的爱恨情仇，在日常的行为习惯中透露出普通人的喜怒哀乐。韩子奇与梁冰玉的结合，既是生活的奇遇，更是生活之必然。他们为躲避日本人的迫害，从北平逃到英伦三岛。1936年到1946年，十年漂泊，十年孤寂。既有肉体原欲的本能饥渴，更有灵魂焦灼的急需慰藉。他们走到一起，是悲剧。然而，酿成悲剧的原因则是多元的。真的如“宝黛钗”一般，韩子奇与梁君璧只是婚姻，与梁冰玉却是真正的爱情?！在批判封建阶级、资产阶级生活方式极为猛烈且政治气候极为严峻的形势下，王琦瑶、严师母、康明逊和“国际共产主义战士”萨莎四个人，却躲在挂着“王琦瑶注射”牌子的二楼小屋里，磨一点糯米珍珠丸、煎几块油榨麦面饼，烤几枚香甜焦黄红薯，还要在扁担长的俄式面包上切几片打打牙祭，然后再继续每天下午必修的娱乐活动：搓几圈象牙麻将牌。当然，门窗是必须关紧了的，桌子上是必须铺了厚毯子的，说话是必须悄悄的，抬臂举手打牌和牌是必须轻轻的。人生有许多种生存状态可供选择，大抵最常见者有两类：沉重如韩子奇父女们是一类，自得其乐如王琦瑶们是一类。短暂的生命究竟如何度过？霍、王两位女作家，凭借笔下的人物，似乎给了读者以某些有益的启示。

其四，都采用了平静简约的叙述方式。即便是夫妻别离，如梁君璧与韩子奇、王琦瑶与李先生；即便是情侣不再，如韩新月与楚雁潮、王琦瑶与康明逊；即便是繁华荡尽，如韩子奇作为一代“玉王”的落魄、王琦瑶从富人区“爱丽斯”公寓到穷人区“平安里”的角色转换；即便是生命永逝，如韩新月和李、程二先生等，虽则都是人类心灵难以承受却不得不承受的大起大落大苦大悲，然而，作家也是以纯客观的第三者的立场，平静地把故事叙述出来，简约而不赘疣，冷峻而不喜形于色，给读者以丰富的品位空间与想象余地，以及审美的多层次感觉。这是对读者阅读个性的尊重。

以上，我们从“历史背景”、“人文关怀”、“市井人物”、“叙述方式”等方面分别阐述了霍达与王安忆小说创作的四个相同点，试图深入透析两位女性作家的意识流向与情感脉络。她们叙述了20世纪中国女性的生命里程。应该说，对于“女性母题”的关注与写作，才是她们最大的共同点，也正因如此，她们的文学创作才进入了一个崭新的制高点。

张爱玲与王安忆，同质文化比较：

从张爱玲到王安忆，女性叙述的演变是非常明显的。张爱玲和王安忆在中国女性文学史上是两个闪光点，虽然这两位女性作家的生活经历大不相同，尽管她们处于不同的历史时代遥遥相望，但随着女性主义文学批评话语的兴起，张爱玲和王安忆小说文本中的女性立场和女性意识日益受到评论界的关注，人们忍不住将她们的作品放在一起细细品味。她们以否定现代生态下女性女奴角色的方式，勾画出了多种不同形态的女性命运、生命欲望等等，对女性认识自身的处境和地位并对此进行深刻的自省和反思是一种强有力的推动。很多评论家将张爱玲和王安忆进行比较，两位女性作家的小说文本固然有许多相似之处，但作为女性作家，她们作品中的女性叙述方式是有很大差异的。下面拟从她们作品中的女性形象、女性生存状态和女性意识等方面的差异之处展开比较，阐述从张爱玲到王安忆女性叙述的发展和演变。

1. 女性形象的差异：从封闭到开放

张爱玲在20世纪40年代的沪上十里洋场横空出世，她生活的时代是中国的一个特殊时代，封建贵族正走向末世，乱世之中人心惶惶。而王安忆生活于八九十年代改革开放的上海大都市，一切都是新奇的开放的，人们在大舞台上演绎各自的人生。社会学批评归纳了三个影响作家创作的要素，其中两个要素就是“环境”、“时代”。可见，不同的时代背景和生活环境对作家的创作会产生不同的影响。张爱玲与王安忆生于不同的时代，一个生在乱世之中，一个生于和平年代。从生活、成长环境来看，张爱玲虽有显赫的家世，但是到她这一代已经没落了；她父母离异，父亲又一度扬言要杀死她甚至软禁她；本来考入伦敦大学却因为战乱而进入香港大学，又因为太平洋战争的爆发而肄业。故而成年后的张爱玲内敛孤僻，处世态度略含冷意。相比而言，王安忆则要幸福很多。她的母亲是作家茹志鹃，从小王安忆便是在一种安静祥和的家庭气氛中成长，虽然中学毕业因为“文革”而去安徽插队，但这样的经历却为她的创作带来了更多的源泉。这种生长环境使她的人生充满着善与爱，她的作品往往有着更多的温情和希望，往往借助母爱的力量来强化女性在两性斗争中的优势。时代、环境的不同，导致张爱玲和王安忆笔下的女性人物形象也是迥然不同的。

张爱玲笔下的女性人物形象：张爱玲出身于没落的封建贵族家庭，父亲属于遗少型少爷，母亲是新式女性，显赫的家庭到了张爱玲父亲这一代已日渐衰落，在张爱玲的童年时代，父母协议离婚，母亲出国，父亲再娶，父亲和后母都吸食鸦片，家里总是云雾弥漫，缺少亲生母亲的疼爱，有的只是父亲的冷落、后母的虐待，这就无形地使她的幼小的心灵蒙上了一层阴影。早年的家庭裂变，求学的失利，以及爱情的几度幻灭，使张爱玲的作品中流露出一种强烈的悲剧意识。她笔下的女性，不管是旧式家庭走出来的小姐，没落贵族的女儿，还是欢场中的交际花，都生活在各自的悲剧里。她们虽然向往新时代的生活，但又离不开家庭；虽然受到新的生活方式的影响，但骨子里仍然是传统文化占据着主导地位。例如《花凋》中的川嫦，《金锁记》中的长安，《倾城之恋》中的白流苏和宝络，《鸿鸾禧》中的邱玉清等。为了获得生存的空间，她们费尽心机，机关算尽，明争暗斗，甚至以变态的方式去反抗这个社会，这让我们看到了她们的悲剧性的命运。她们多是没落的淑女、贵族小姐，她们受过良好的教育，面对自身的困境希望摆脱旧枷锁的束缚，并尝试摆脱旧家庭的笼罩，但都是不成功的。她们仿佛一只脚踏上了都市宽广的街道，另一只脚却永远卡在家庭的门槛中，表现出的是无奈、苍凉。《倾城之恋》中的白流苏，她想要冲破家庭牢笼，想要改变自己的生活状况。她离婚，出走，这一系列反抗当时社会的行为，让人为她叫好。可是传统中国社会的“娜拉”，最终为自己选择的出路却还是嫁人！她依靠着自己“还不怎么老”的身体，以希望可以牢牢抓住这最后一根稻草。她得到了生活可是却永远丧失了爱情。由此可见，张爱玲笔下的女性，大多是封闭的旧式女性，不论她们是否读过书，她们都无法真正地走入社会，无法全部地面向社会融入社会生活。这些生活在时代夹缝中的没落淑女，她们所受的教养都来自旧文化、旧生活方式，这些教养压抑了她们的正常的感情需要，即使她们有着白流苏那样的觉醒，可是生存的唯一的方法却依旧是培养“女结婚员”。

王安忆笔下的女性形象：相对于张爱玲小说中女性的自我封闭，王安忆笔下的女性是非常主动、从容地走向了社会，融入了社会化的大都市中，在流通开放的空间中开始自己的社会化的人生。她们不论生活多么崎岖，多么坎坷，但她们的生命却是充满生机和活力的。她们生处和平年代，对生活充满热情，敢于面对生活中的磨难。例如长篇小说《长恨歌》中的王琦瑶，她其实和张爱玲笔下的长安、流苏、薇龙等女性是一样的，她们都识文断字，都尝试摆脱旧家族的笼罩，把自己交付给社会化的大都市。但是，在张爱玲的作品中，这些女性的出走都是失败的，由于她们的封闭性自我而导致她们永远无法真正的走入社会化的大都市中。然而在王安忆笔下，作为流苏、长安、薇龙“同伴”的王琦瑶，却拥有了另一个结局。在一开始，家庭对她的束缚就是非常松弛的，她从家庭迈向社会几乎没有遇到来自传统家庭的限制，所以，王琦瑶从一开始就是生活在社会化大都市之中，奠定她生存基础的，是都市，而不是家庭。王琦瑶在中学时代就搬到同学家去住，她去片场、私人摄影室、晚会、舞场...... 她不再是“养在深闺人不知”，而是主动地投身于社会化的大都市的运作中，决绝地把自己交付给大都市。当她竞选“上海小姐”时，她是坦然地，她认为这是一种必须被接受的运行规则。她没有像张爱玲笔下的流苏、长安那样在面对社会时表现出恐惧、徘徊、退缩和被动，而是没有顾虑地向社会开放自己，这样社会才能同时也向她开放。

此外，张爱玲笔下的女性大多都经济上无法独立，因而他们摆脱不了对男人的依附，她们生活的唯一出路就是结婚，找一个经济靠山，她们没有作为女性的独立意识。而王安忆所处的时代，女性在经济上已经获得了相对的独立，因而开始逐渐摆脱对男性的依附，相继参与到社会生活中，展现自己独立的意志。《长恨歌》中的王琦瑶，《流逝》中的欧阳端丽，《“文革”轶事》中的胡迪菁，她们都展示了女性独立的人格以及面对生命波折时所表现出的坚强、坦然。这些女性“忘记了身处在一个没有快乐可言的时代，忘记了外面的世界有多么荒凉，也忘记了自己的不幸”她们在时代中扮演自己的角色，宣告女性的独立与成熟。

2. 女性生存状态的差异：从谋生到谋爱

由于张爱玲笔下的女性形象与王安忆笔下的女性形象有着很大的不同，相应的，她们笔下的女性的生存状态自然地也就有很大差异。

张爱玲笔下女性——谋生：张爱玲笔下的女性大多生活在物质匮乏的恐惧之中，为了寻求经济上的依靠，她们可以牺牲爱情，处心积虑地想要找一个男人做靠山。她们都急于成为男人的太太、姨太太，甚至是情人，以此寻求一个经济后盾，赶走物质匮乏所带来的恐惧。而王安忆则根本不让自己笔下的女性有物质的匮乏感，她着重关注的是她们的情感需要。因此，尽管两人笔下的女性都面临各种困境，但是张爱玲笔下的女性都是被困境所捆住的人，都是被动、无奈的活着。她们富于心计所争取的只是衣食无忧，情爱也是可以为了安逸的生活而出卖的。而王安忆笔下的女性，对人生则多了一些精神上的追求，多了一些对生活、对困境、对苦难的担当，这些女性不甘于被困境束缚而力求突出重围，她们的生活更多的是为了追求精神上的共鸣。因此，张爱玲笔下的女性在困境中身不由己地沉沦下陷，而王安忆笔下的女性却在苦难中得到升华。

在张爱玲的《金锁记》中，曹七巧在做姑娘的时候，“喜欢她的有肉店里的朝禄，她哥哥的结拜兄弟丁玉根，张少泉，还有沈裁缝的儿子。喜欢她，也许是喜欢跟她开开玩笑，然而如果她选中了他们中的一个，往后的日子久了，生了孩子，男人多少对她有点真心”，然而，曹七巧没有选择他们当中的任何一个。她嫁给了患骨痨的姜家二少爷，这是一个舍爱而取钱的选择，于是曹七巧便有了另一番人生。曹七巧的婚姻在她眼里的只是一个买卖，她只是以青春为代价的，卖掉了自己的一生，得到的只是一点金钱，她得出的结论就是“人是靠不住的，靠得住的只有钱”。她用“爱”去换“生”，从她拿了姜家钱的那天起，她的一生也就无法“谋爱”了，她于是成了金钱的奴隶，一生衣食无忧，但是却牺牲了自己一生的爱，一生的幸福，爱情从此于她，只是一种幻想。再看《倾城之恋》中的白流苏，她离了婚，哥哥嫂嫂花完她的钱后对她冷眼相待，于是她唯一的出路就是寻找一个可靠的男人，一个经济上的靠山。所以在遇到范柳原后，她就抓住不放，想用未逝的青春取悦于他。站在女性的立场看，白流苏调情的背后，是生存的焦灼和无奈。范柳原意在求爱，而白流苏意在求生。白流苏为了寻找靠山才去争取爱情，是为谋生而谋爱。无论是曹七巧，还是白流苏，她们从一出现，就开始了走向没有光的所在的历程，除了生存，她们不敢有精神上的追求。

王安忆笔下的女子——谋爱：与张爱玲笔下为谋生而谋爱的女性不同，王安忆往往直接切入女性的情感世界，她笔下的女性是为谋爱而谋生。例如在《香港的情与爱》中，逢佳虽然起初是出于经济的考虑而依附老魏，但是他们彼此很快就萌生了真感情，而最终他们的分离，也是出于感情的考虑。作为女作家，王安忆对女性生存现状和价值取向有着近乎本能的关注和理解。她站在女性自身的角度去看待问题，并开始在女性自身寻找问题的症结，甚至试图为女性的生存与发展提供帮助。妇女解放的问题是通过王安忆笔下一个个鲜活的女性形象来阐释的：欧阳端丽、逢佳、王琦瑶、妹头、富萍……她们是王安忆理想中的女性，为了自己的目的，不论是爱情还是婚姻，虽九死而不悔，“我比较喜欢那样一种女性，一直往前走，不回头的，不妥协，但每个人，每个人物都有它的局限性，一直往前走，也可能最终把她自己都要撕碎了，就像飞蛾扑火一样。”

王安忆小说的女性，一开始就把自己交给了社会化的大都市，她们从家庭走向都市几乎没有遇到任何来自传统家庭的限制。王琦瑶在中学时代就生活于社会化的大都市之中，她先是搬到同学家中去住，然后又出入于片厂、私人摄影室、晚会、舞场等现代空间中，并将自己进入到社会化的流通之中。面对大都市，张爱玲笔下的流苏们，表现的是恐惧、徘徊、退缩、绝望和被动，而王安忆笔下的王琦瑶们表现的是坦然、自如、兴奋和主动，从这个意义上说，王安忆的小说比张爱玲的小说更开放，反映的生活更广阔，比张爱玲小说的古典模式也更加现代化。

王安忆的《长恨歌》，其实是一个女人40年的寻爱历程。王琦瑶终其一生寻找爱情，等待爱情。她本是一个普通的上海弄堂的女子，凭着青春美丽，跻身“上海小姐”评选的三甲，同时也顺理成章地成为国民党要员李主任的外室，做了“金丝鸟”，如此看来，她似乎与白流苏、曹七巧等人并没有什么不同，为了生存，有贪图权贵、自轻自贱的嫌疑。但是如果仔细揣摩，还是不难看出她对李主任的那份真情的。当时在王琦瑶的身边，不乏追求爱慕者。那位程先生，对王琦瑶可以说是一片真心一片痴情，并且“他是那种正当婚龄且罗曼蒂克的小姐以及她们父母的注目对象，他有正当的职业和可观的薪水，还有一个很有意趣的爱好”。这样一个年轻有为的男子，以他的能力，完全可以给“三小姐”一份优裕的生活和一个正大光明的名分。可是王琦瑶没有选择他，而是选择了做一只无名无分的“金丝鸟”，在爱丽丝公寓过着暗无天日的漫长的等待生活，可见，王琦瑶不爱程先生，她对李主任是有情有爱的。这情这爱，在李主任死于非命后王琦瑶的悲痛中更是可以察觉出来。如果说王琦瑶选择李主任，是在谋生的同时谋爱，那么若干年后，她与康明逊渐生情愫，并且怀上了他的孩子，她没有要求名分，没有哭闹没有威胁，为了保住康明逊的名声，王琦瑶一个人承担了责任和压力，在她孤身一人为了生计而艰难度日的时候，在世俗眼光的压力下，她依然选择了生下这个孩子，选择做一个未婚妈妈。为了爱情，她表现出惊人的勇气和韧性。她的一生，经历了不少男人，可是没有一个真正给了她保护和安定，生存还是靠她自己，日子也是靠她自己过下去的。王琦瑶的一生其实完全是自力更生，靠自己的劳动来维持生活，勤勤勉勉把女儿拉扯大，总而言之，她的一生，所有的生存之艰辛，都是她自己来承担，没有人做她的经济靠山。在那样一个动荡多变的非常岁月里，像王琦瑶这样的经历，早已经不止死一次了，但王琦瑶却凭着一个女子的坚强和韧性，一次次走出生命的困境。她一生都在等待，一生都在守望，等待着无望的幸福，守望着心中对爱情的期待。她活着，是为了爱情，是为了爱情去谋得生存，是为了谋爱而谋生。

3. 女性意识的差异：从批判到赞扬

作为女性作家，张爱玲和王安忆的作品都表现出鲜明的女性意识。她们的小说文本都显现出一种以女性话语为中心的叙述模式。张爱玲笔下的男性，大多是身心不健全的人。如《金锁记》中的姜二爷，《怨女》中的姚二爷，形体上都有缺陷；又如《茉莉香片》中“发育未完全”的聂传庆；《金锁记》中不务正业的姜季泽。王安忆的《长恨歌》中王琦瑶的父亲“多半是有些惧内，被收服得很服帖。”而王琦瑶的女儿，连自己的父亲是谁都不知道。男性家长的缺席以及对男性形象的否定，是张爱玲和王安忆作品中女性意识的表现。虽然同为女性作家，但由于生活时代的不同，世界观、人生观的不同，张爱玲与王安忆小说中的女性意识在表现模式上又有着一定程度的区别。

张爱玲笔下女子的“女奴”心态：张爱玲有着深刻而清醒的女性意识，在她的笔下出现了女性的自我观照、自我审判、自我结构的新气象，并且她把笔力集中在揭示女性的负面上。张爱玲对女性的审视，没有自怜自爱，而是揭露了女性的劣根性，深刻地批判了女性的“女奴”心态。张爱玲的小说世界里的女性都是自觉自愿地居于男性的脚下，挣扎在百孔千疮的感情世界里。身为女性，张爱玲冷眼静观，她对女性群体的不幸遭遇和心理痼疾有着清醒的认识。她认为，造成女性卑下地位和不幸命运的原因，固然是由于男性占主导地位的社会状况所造成的，但女性自身的愚昧麻木和驯顺奴性，则是其解放自身的巨大障碍。她笔下无论什么样的女性，骨子里，却都惊人地一致拥有一颗女奴的心，无论新派、旧派，这些女性都是自觉自愿地甘居于男性的脚下，情感错混，在千疮百孔的感情世界里挣扎，无论是有知识的白流苏，还是没有知识的曹七巧，她们的灵魂都深深浸渍着女奴意识，都无可奈何地选择去依附于男人，更准确地说是依附于金钱。例如曹七巧，她原本是一个健康活泼的女子，有着爱她的那些贫穷的男子，父母去世后，她被哥哥嫂嫂嫁给了患有软骨病的姜家二少爷，正常的情欲得不到满足，在这种折磨下，她由一个正常人逐步走向变态，变成了金钱的奴隶，她的女奴心态几乎是自发自觉的。她不仅奴役着自己，也奴役着自己的儿女。金钱既锁住了她的青春，她也锁住了儿女的花样年华。再看《十八春》中的顾曼璐以自己的青春和爱情为代价，靠当舞女来维持全家的生活，毫无节制的性生活使她最终丧失了生育能力，为了留住花心的丈夫，她竟然为虎作伥地帮助自己的丈夫奸污了自己的亲妹妹。毫无疑问，张爱玲看到了男权社会中女性命运的悲哀，但是她更为清楚地看到，女性最大的悲剧是源于女性自身甘心为奴的驯服，这种女奴心态有效地配合了外界环境对她们的压抑和剥夺，从而酿成了女性自身的悲剧。张爱玲正是通过对一个个女性婚恋生活的不幸寄寓着自己清醒的女性意识——对“女奴”灵魂的拷问，对女性思想中积淀着的传统封建思想意识的深刻批判，对荒唐世界中女性痛苦的表述。

王安忆笔下女子的健康心态：王安忆的女性意识较之张爱玲而言则要显得温和一些，她对女性的观照，更多的是同情、肯定和赞扬。她认为，“在一种极端个人的、孤立无援的自我体验中，女性比男性更趋于成熟”。王安忆作品中的女性，无论在性爱上还是精神上，都表现出一种强大的力量和姿态。《荒山之恋》中的金谷巷女孩“喜欢在与异性的调情中实现自我感受，达到自我肯定”，在与男人的关系上，更具有主动性，表现出极强的征服欲望。《神圣的祭坛》中的第三者战卡佳，不仅能对男性的生存进行深入的参悟，而且还可以在许多人类精神的共同方面和男性达到高度的共识，在人格的成熟、健全方面，战卡佳甚至比男性更胜一筹。王安忆笔下的女性，除了在性爱关系上占主导，在日常生活中，在精神上，她们也占据主导地位，超越了男性并且引导着男性。在王安忆的笔下，我们看到了《长恨歌》中的王琦瑶在一浪高过一浪的政治运动中构筑着平安里的世外桃源，精心经营她的日常生活，她的聚会成为了一系列男性的避风港；《流逝》中高雅美丽的欧阳端丽，在"文革"的残酷遭际中，撑起一个即将倾塌的大家庭；《死生契阔，与子相悦》中，王安忆着力描写女性对于家庭不幸的毫不畏缩的承担，在灾难中给予男性真实的爱情和婚姻的保障，当男人在不幸和灾难面前躲的躲，病的病，他们的女人却都处变不惊，放下身段，持家度日。所以，王安忆笔下的这些女性，她们的生命中都有一股韧性，使她们能够在最琐碎的生活中历经磨难而不屈服。王安忆对自己笔下的女性有过这样的赞赏和感叹："这些女人，既可与你同享福，又可与你共患难。祸福同享，甘苦同当，矢志不渝。"王安忆通过对笔下女性的肯定和赞赏，来充分肯定女性的情感价值，她对女性的审视始终怀着美好的情感，她总是以女性代言人的身份出现，写女性的生活、情感、人生。王安忆始终致力于女性权利的争取和女性意识的觉醒，她对女性的审视超越了女性的社会角色，更多地关注着女性思想和精神上的成熟。

通过以上的比较分析，我们可以看出，从张爱玲到王安忆女性叙述开始日益成熟，女性开始逐渐摆脱男权意识的控制，由对男性的依附与寄居，变得成熟而独立。张爱玲通过对女性自身的审视和对女性女奴心态的批判和否定，来对抗以男性话语为中心的男权社会对女性的压迫和剥夺。而在王安忆的笔下，传统男性话语中界定的女性的"柔弱"的性别标志正在消失，女性越来越显示出阳刚坚韧的一面。王安忆通过肯定和赞扬女性的坚韧和阳刚，来否定、模糊男性"强悍"的性别标志，从而以此来对抗男性意识占主导的男权社会，彰显女性自身的成熟和独立意识。

综上所述，应该说，作为女性作家，张爱玲和王安忆在构建自己的小说文本时，无时无刻不在关注着女性的生存境遇，她们的作品都表现出一种关注女性命运的热情，体现出对性别角色的自知。她们之间的不同在于，在审视女性自身时，张爱玲始终以冷静的目光审视着女性的脆弱与卑微，揭露女性的劣根性，从而引导女性进行深刻的自我反省，唤醒她们的女性意识；而王安忆则采取热情的目光关注并表现女性的成长与壮大的过程。从这两位女性作家文本中女性叙述的演变我们可以看出，随着时代、环境的改变以及作者本人生活经历的不同，作家的女性意识有着不同的表现方式和叙述模式，女性自身也在不断的成熟，并且日益清醒地审视自身，发掘自己作为女性的独立人格。

《白鹿原》：超越党争，试问泾河渭水何时清浊分明？寄售灵魂，敢言白鹿白狼顷刻善恶毕现？

陈忠实，1942年生于西安乐郊灞桥区蒋村。1965年初开始发表文学作品。1979年以来发表中篇小说9部，短篇小说80余篇，报告文学散文以及创作漫谈50余篇。其中9部（篇）作品获全国及各大刊物奖。已出版中篇小说集《初夏》、《四妹子》、《夭折》，短篇小说集《乡村》、《到老白杨树背后去》，以及文论集《创作感受谈》。长篇小说《白鹿原》（修订本）获第四届茅盾文学奖。1979年加入中国作家协会，1982年进陕西作协分会从事专业创作，2006年第七届作家协会选为中国作家协会副主席。先后担任过小学、中学老师，文化馆长、文化局长。

《白鹿原》故事：一部渭河平原50年变迁的雄奇史诗，一轴中国农村斑斓多彩、触目惊心的长幅画卷。主人公六娶六丧，神秘的序曲预示着不祥。一个家族两代子孙，为争夺对白鹿原的统治代代争斗不已，上演了一幕幕惊心动魄的活剧：巧取风水地，恶施美人计，孝子为匪，亲翁杀媳，兄弟相煎，情人反目……大革命、日寇入侵、三年内战，白鹿原翻云覆雨，王旗变幻，家仇国恨交错缠结，冤冤相报代代不已……古老的土地在新生的阵痛中战栗。深邃的思想内容，复杂多变的人物性格，跌宕曲折的故事情节，绚丽多彩的风土人情，形成作品鲜明的艺术特色和令人震撼的真实感。清末到新中国成立之初的半个世纪里，一阵阵飓风掠过白鹿原上空，而每一次的变动都震荡着它的内在结构：打乱了再恢复，恢复了再打乱。在这里，人物的命运是纵线，百回千转，社会历史的演进是横面，愈拓愈宽，传统文化的兴衰则是全书的精神主体，以致人、社会历史、文化精神三者之间相互激荡，相互作用，共同推进了作品的时空，在我们眼前铺开了一轴恢宏的、动态的、极富纵深感的关于我们民族灵魂的现实主义的画卷。

《白鹿原》自始至终贯穿着神秘色彩的"白鹿原世界"中白嘉轩与鹿子霖两人矛盾冲突的故事主线，它以清朝瓦解、军阀混战、国共斗争直至新中国成立这段历史为时代背景，用细腻的笔墨勾画了白嘉轩、鹿子霖、鹿三、朱先生、黑娃等一批普通而具代表性的人物。人物描写有血有肉、栩栩如生，情节叙述曲折生动，引人入胜，让读者在这部民族秘史中，感受到风云变幻时代人物的内心情感。其中，用笔最多的是白嘉轩。小说开篇第一句："白嘉轩后来引以为豪的是一生里娶过七房女人"，一个传奇式的人物就这样在作者的笔下诞生了，好端端地死了六个女人，原上人都认为他有克女人的命。但当他遇上白鹿显灵，为祖上迁坟以后，好运就接踵而来，从此娶妻生子，家业兴旺。他还以礼教仁义齐家治族，使白鹿村成为远近闻名的"仁义村"。

《白鹿原》是一部浸透着中国传统文化的小说，比如占统治地位的儒家思想，生命玄学和神秘不可解的力量，人物命运的因果报应等等。当然，这也是一部现实主义的小说，深刻而真实地反映了那个时代与社会的历史变迁。陈忠实的文笔算不得优美，但非常朴实，让人觉得亲近。关于白鹿村的故事厚重而饱满。《白鹿原》对人物的刻画和最终命运的把握尤为令人称道！

《白鹿原》人物谱：滋水县古德茂县令赐名“仁义白鹿村”。20 世纪上半叶关中平原的生活画卷。朱先生，白嘉轩之大姐夫，关中大儒，关学大师，创办白鹿书院，民族灵魂之所系者，学为好人，退兵 20 万，发表八君子抗日宣言，带头修县志。有怀仁、怀义二子。父母白秉德、白赵氏。白嘉轩（族长）有 7 个女人，筑氏难产、庞氏痨病、樊氏吐血、米氏腹疔、卫氏疯溺、胡氏流产、吴仙草瘟疫，一个个离他而去。马驹白孝文（警卫团营长，滋水县县长；妻大姐儿，饿死）、骡驹白孝武（总甲长；妻二姐儿，冷医生二女儿）、牛犊白孝义、白灵（阴历十一月初七，为 28 军毕政委活埋。廖军长与鹿兆鹏同学，南有瑞金，北有茂钦。有子鹿鸣，作家）。父鹿泰恒（先人靠掌勺发家，为黑娃土匪砍死）。鹿子霖（总乡约、保长、联保主任，疯了）、鹿贺氏。长子鹿兆鹏（陕西共产党省委委员、省农协副主任、红 36 军副政委，扶眉战役阵亡；妻大姐儿，冷医生大女儿，有名无实）、白灵。次子鹿兆海，茹师长手下一连长，篇末有城里媳妇送子上门。鹿三（疯病死），妻鹿惠氏（死于瘟疫）。长子黑娃鹿兆谦（农协主任，36 兄弟革命，习旅战败，姜政委叛变，落草为寇，土匪大拇指郑芒）、先有田小娥（妇救会主任），后有高玉凤。次子兔娃（与白孝义媳妇有染）。

白鹿原上最好的老师，朱先生。
白鹿原上最好的农民，白嘉轩。
白鹿原上最好的长工，鹿三。
白鹿原上最好的学生，黑娃。
白鹿原上最好的母亲，吴仙草。
白鹿原上最好的医生，冷先生。
白鹿原上最好的闺女，白灵。
白鹿原上最好的军人，鹿兆鹏。

《白鹿原》的几组矛盾冲突：之一，国共两党的矛盾冲突。滋水县国民党县党部书记岳维山，杀共产党员身份的县长郝某。国民党白鹿区区分部书记兼总乡约田福贤，处心积虑抓捕共产党人鹿兆鹏、鹿兆谦（黑娃）。反之，共产党人组织农救会、妇救会，斗地主，分田地，以及 36 兄弟发动风搅雪、交农事件等，都是对国民党统治的抗争。之二，白鹿两族的矛盾冲突。白嘉轩与鹿子霖的明争暗斗持续了三代人。族长白嘉轩、保长鹿子霖与白鹿原上普通乡民的尖锐对立。之三，男女两性的矛盾冲突。白嘉轩与前后 7 位妻子的生死勾连。鹿子霖与妻子贺氏、媳妇大姐儿、田小娥，以及数不清的“义子”母亲的蝇营狗苟。田小娥与丈夫郭东家、黑娃、鹿子霖、白孝文，甚至狗蛋之间的奇异情缘。白灵与鹿兆鹏、鹿兆海兄弟的情感移位。黑娃弟兔娃助白孝义媳妇怀孕的壮举。之四，中日两国的矛盾冲突。日寇板垣师团进犯中条山，三秦（项羽分三秦，意在阻刘邦出汉中。西秦，雍王章邯；东秦，塞王司马欣；北秦，翟王董翳。三人皆秦之降将。）子弟组成国民17师，在茹市长率领下，御敌于黄河之东。之五，表里两难的矛盾冲突。白嘉轩对白孝文、白灵兄妹，外示理性，内蓄亲情。鹿子霖对鹿兆鹏的婚姻，既囿于传统道德礼教，又饱含舐犊情深。之六，天人两误的矛盾冲突。旱灾、瘟疫，源于自然演变的无情。战争、杀戮源于人类的贪婪和残忍。

综上6组矛盾，可以理解为不同文明程度、不同地缘文化、不同心理特征的冲突。仁义白鹿村，孝子为匪，亲翁杀媳，慈父毒女，兄弟反目。宁静白鹿原，交农事件，渭北暴动，国民革命，国共合作。矛盾冲突极为尖锐。

白嘉轩形象分析：其一，白嘉轩是地主，他以计谋换取风水宝地，企盼发家，他种罂粟赚取不义之财，迅速致富，他有房子有田地还有长工和其他资产；白嘉轩也是农民，他终生没有脱离劳动，生活方式与自耕农并无二致。白嘉轩身上展现的是中国经典的农民思想与情绪。他是民族文化精神的代表，民族精神进化史上的一块里程碑式的人物。其二，白嘉轩是族长，更是封建思想文明的代表。他淡泊自守，内省慎独，精神纪律一丝不苟，心理素质坚韧执著。他制定的乡约村规，既是道德行为规范，也是精神枷锁。他具有疏远政治，超越党派之争（肖洛霍夫《静静地顿河》葛里高尼、阿克西尼亚）的人格力量与道义力量。其三，白嘉轩是真性情中人，很仁义地对待鹿三父子即是；也是封建礼教的化身，白鹿原上著有乡民的言行违反礼仪，如赌博、酗酒、偷窃、斗殴等，或人欲冒犯天理，他的惩罚极为残酷，与白孝文断绝父子关系，荆棘刺条鞭挞田小娥即是。他的一生是仁义文化与吃人文化并存的。他说："要想在咱庄上活人，心就得插得住刀。"可见其精神之惧烈。

总之，白嘉轩是悲剧人物，独特，深刻，富有预见性。他的性格特征关系到民族精神价值的长远性考量。他的悲剧，即民族传统文化的悲剧。作为封建性人物，到了反封建时代，他身上呈现出的某些东西虽具有充分的精神文化价值，而这些有价值的东西却要为时代所革除，于是悲剧不可避免地产生。白嘉轩的保守倒退是明显的，阻止孩子进城继续读书即为一特例；不过，他人格中由东方文化思想积淀的沉郁、执著的美感也是明显的。

三个女子形象分析：白鹿原上表现妇女解放意识觉醒的女性，有三位。之一，大姐儿，冷医生之女，鹿子霖媳妇，鹿兆鹏妻子，一生只是从娘家到婆家，从未走出过家门，偶然的原因，稍微露出丝缕变异的欲望，即遭封建制度镇压，死于亲人之手。之二，田小娥，田秀才之女，郭东家之妾，黑娃之情侣，鹿子霖之情妇，白孝文之克星，其婚姻、家庭、政治等方面皆有反抗意识和认真追求，是小说中性格最为复杂的女性之一，死于家人之手。之三，白灵，白嘉轩之女，鹿兆海之初恋，鹿兆鹏之妻，选择了正确的人生道路，谋求阶级解放与民族解放，由西安地下党介绍投奔陕北28军，肃反扩大化时，廖军长失去权力，为毕政委杀害。

她们的悲剧人生，代表了女性追求解放的三种类型与三个阶段，代表了女性悲剧的残酷性与整体性。

多维度中的民族秘史：白嘉轩、鹿子霖，传统文化中的真仁义与假仁义，都是白鹿原上的统治者。分别代表宗法制的家族文化和独裁制的政治文化。鹿三、田小娥，封建文化中的沉默者与反抗者，都走向毁灭。杀与被杀构成白鹿原最惊心动魄的一幕。前者因自我谴责死于疯病，后者死于前者的梭镖尖下。白孝文、黑娃，封建社会末期的东家少爷与雇农之子，混乱秩序下的叛逆者，一段坎坷，一段曲折之后，都是宗族祠堂的心灵皈依者。白灵、鹿兆鹏、鹿兆海等青年男女，是沉郁的白鹿原上为数不多的走出去的新新人类。却都死于非命，仅经历不同，死亡方式不同而已。朱先生、鹿三，脑力劳动者与体力劳动者的经典代表，前者死后不得安宁，墓穴被毁，其砖文“天作孽犹可违，人作孽不可活”，砖内嵌公卯文母卯文“折腾到何日为止”触目惊心；后者的死，又何尝不令人扼腕。白鹿，中国农耕文化传统思想的象征，亦即崇高人格与精粹文化的化身。白狼，非人道、孽根性的象征，亦即动乱、灾难、凶兆、死亡、瘟疫、战争的表征。鏊子，白鹿原的人生舞台、历史演变、生命旅程的象征。窑洞，象征激情，见证文明的诞生与毁灭，发现苦难的源头与无穷无尽的恐惧。以上，既是艺术创造，也是生命体验，作家于作品中所作的象征性描绘，大抵以虚幻、诡秘、荒诞、突兀的形式表现出来。

《尘埃落定》：傻耶，聪耶？大智若愚乃圣贤之选
哑兮，言兮？大音稀声为天地所喻

作家作品：阿来，当代中年作家，藏族，1959年出生于四川西北部阿坝藏区的马尔康县，俗称“四土”，即四个土司统辖之地。毕业于马尔康师范学院，曾任成都《科幻世界》杂志社社长、总编辑，目前已经辞职，全心创作新书《格桑王》。1982年开始诗歌创作，20世纪80年代中后期转向小说创作。主要作品有诗集《棱磨河》，小说集《旧年的血迹》、《月光下的银匠》，长篇小说《尘埃落定》、《空山》，长篇地理散文《大地的阶梯》，散文集《就这样日益在丰盈》。

长篇小说《尘埃落定》，30万字。1988年3月由人民文学出版社出版。于2000年荣获第五届茅盾文学奖。评委认为这部小说视角独特，“有丰厚的藏族文化意蕴。轻淡的一层魔幻色彩增强了艺术表现开合的力度”，语言“轻巧而富有魅力”、“充满灵动的诗意”、“显示了作者出色的艺术才华”。著名军旅作家柳建伟更是肯定地说，阿来会以本书获得诺贝尔文学奖。许多的作

家虽然已出过好几本书，诗歌散文等短篇也有了集子，但从不轻易尝试长篇小说。不过这样的人一旦有巨著，往往也是一鸣惊人。像藏族作家阿来的第一部长篇小说《尘埃落定》，就一举夺得了第五届茅盾文学奖，成为了首位获得此项文学大奖的藏族作者。

“尘埃落定”故事简介：在上个世纪40年代的四川阿坝地区，当地的藏族人民被十八家土族统治着，麦琪土司便是其中之一。阿来凭着自己在四川西北部藏区生活的三十余年经历，凭着自己对藏民和藏族文化的深厚感情，凭着对自己血脉里流动的藏族血统的深切理解，向我们娓娓叙述了一个如梦如幻，空灵飘逸的故事：一个声势显赫的康巴藏族土司，在酒后和汉族太太生了一个傻瓜儿子。这个人人都认定的傻子与现实生活格格不入，却有着超时代的预感和举止，成为土司制度兴衰的见证人。老麦琪土司有两个儿子，大少爷为藏族太太所生，英武彪悍、聪明勇敢，被视为当然的土司继承人；二少爷为被土司抢来的汉族太太酒后所生，天生愚钝、憨痴冥鲁，很早就被排除在权力继承之外，成天混迹于丫环娃子的队伍之中，耳闻目睹着奴隶们的悲欢离合。麦琪土司在国民政府黄特派员的指点下在其领地上遍种罂粟，贩卖鸦片。很快暴富，并迅速组建了一支实力强大的武装力量，成为土司中的霸主。眼见麦琪家因鸦片致富，其余的土司用尽心计，各施手段盗得了罂粟种子广泛播种，麦琪家的傻少爷却鬼使神差地建议改种麦子，于是在高原地区漫山遍野罂粟花的海洋里，麦琪家的青青麦苗倔强的生长着。是年内地大旱，粮食颗粒无收，而鸦片供过于求，价格大跌，无人问津，阿坝地区笼罩在饥荒和死亡阴影下。大批饥民投奔到麦琪麾下，使得麦琪家族的领地和人口达到空前的规模。傻子少爷也由此得到了女土司茸贡的漂亮女儿塔娜，并深深地爱上了她。就在各路土司日坐愁城，身临绝境之时，却传来二少爷开仓卖粮，公平交易的喜讯。各路土司云集在二少爷的官寨举杯相庆、铸剑为犁。很快在二少爷的官寨旁边出现了几顶帐篷，进而是一片帐篷，酒肆客栈、商店铺面、歌榭勾栏、甚至妓馆春楼，应有尽有。在黄师爷（当年的黄特派员）的建议下，二少爷逐步建立了税收体制，开办了钱庄，在古老封闭的阿坝地区第一次出现一个具有现代意义的商业集镇雏形。二少爷回到麦琪土司官寨，受到英雄般的欢呼，但在欢迎的盛会上，却有大少爷那令人不寒而栗的阴毒的眼光。一场家庭内部关于继承权的腥风血雨又悄然拉开了帷幕。终于，在解放军进剿国民党残部的隆隆炮声中，麦琪家的官寨坍塌了。纷争、仇杀消弭了，一个旧的世界终于尘埃落定。

50多年后，已是暮年的二少爷站在已被修复一新的麦琪土司官寨前望着这座已成为全国重点文物保护单位的故居，他百感交集，作为历史见证人的他双手合十，祈福美丽的家乡，祈福幸福的人民吉祥如意，扎西德勒。

人物谱系、矛盾冲突：麦琪土司（死于炮火），康巴高原十八家土司政权之首者。其领地东西360里，南北410里，三百多村寨，二千多户人家。藏族大太太之子旦真贡布、汉族二太太（妓女，吞鸦片自杀）之子傻子、三太太央宗（水葬）之子胎死腹中。女儿嫁一英国没落贵族。

汪波土司，其死敌；拉雪巴土司，傻子舅；茸贡土司，唯一女土司。西有来自藏都拉萨藏传佛教传人翁波意西，被两次割舌，舌尖击穿藏獒头颅。东有来自成都汉族黄初民特派员，种罂粟，供给麦琪枪支弹药。后被枪毙。查查头人，妻央宗为麦琪土司霸占。管家多吉次仁杀查查，旦真贡布杀多吉次仁灭口；其长子开酒店，杀傻子；其次子多吉罗布先白军后红军，杀旦真贡布。为父报仇。英果洛头人逮住偷罂粟种子的贼人。敏珠宁寺，门巴喇嘛，济嘎活佛；西洋布道人查尔斯。跛腿管家，打死两个红色汉人，被活捉。行刑人尔依。傻子，土司政权走向毁灭的预言者，预言：发生地震、种粮食或种罂粟的获利前景、边界贸易、银票功能、助其叔银子买飞机打日本人、人才价值、自己没有儿子、自己当不上土司、土司政权的灭顶之灾越来越快、尘埃落定等。奶娘德钦莫错，银匠曲扎。使女情人桑吉卓玛18岁，傻子15岁时成为其男人。马夫女儿塔娜，后改名尔麦格来。北方边界养马人之女桑吉卓玛。茸贡土司女儿塔娜，傻子之妻，先后与旦真贡布、小汪波有染，跟汉族军官私奔，杀小奴隶税务官索朗则郎。小尔依，摄影师。书记官翁波意西。师爷黄初民。跛腿管家。

先锋语言：作者在文中表现了一种有节制的先锋性叙述，将西藏文化的神秘与芬芳表现得淋漓尽致。他并不是在写异乡异闻，而是在写一种原始状态的人和魂，阿来的写作是他还没有离开原始的表达，他的精神依然在那片神奇的光芒之中。我们看到，一种类似沈从文式的语言，那种平静的，有张力的汉语在这里发挥了巨大作用。极端情绪的语言，极端描述性的语言作为实验已经从这里退场，留下的是对语言的真正的把握。这种语言的表达方式无疑给人的心尖上带来一种奇特痛感的苦涩，我们叫它感动。

魔幻现实：作者在作品中，对藏族的风土人情也有着极其深刻而细致入微的描写。藏区的古堡、高原和金黄色的麦地，都让读者充分地发挥自己的想象力，感受到阿坝草原神秘浪漫的魔幻力量。西藏的风情就跟它的文化底蕴一样：本色、淳朴、没有矫饰，还其本来面目。它给我们的感动是最原始，最深入人心的。西藏的壁画，没有透视和三维的构图，都在一个平面上。它的景致也是如此，没有任何人工的修饰，遥远古老的文化一下子可以从几千年前拉到面前，而几年以前的情景又可以推及很远。就像你对西藏文化的高深莫测无法领会一样，它的景致也能带来这样的迷惑——“真实的东西很虚幻，很虚幻的东西又有很强的真实感”。

特殊形象：作者成功地塑造了一个原始的土司制度下的特殊产物——麦琪家的二少爷“傻子”。当麦琪家族及那片土地上的芸芸众生，都以聪明人、正常人的面目出现，凭生活教给他们的经验和逻辑方式面对出现在自己身边的新事物时，他们无可奈何地看到以往的经验失灵了，正常的思维导引他们走进了死胡同，这时常态下非正常的“傻子”却往往一针见血地指出一系列事件的真相。这是封建制度所不能掩饰的苍白与虚弱，也是“现代文明”所不能摆脱的污染和侵蚀。

文明碰撞：在历史进程中总有某种混沌状态。当藏区对外打开门户，多种文明便开始在这片原始、蛮荒的土地上汇集，以人们无法预料的强大力量冲击着土司制度，把这里的经济、文化掩入了激荡、整合的状态。所有的约定俗成都被打破。原始的土司制度在“现代文明”的进攻下不堪一击，坍塌成寂静阳光下废墟。在这里，历史呈现了某种宿命的必然。写到这里作者的心灵应该是很痛苦的，这毕竟是一个民族、一个时代的完结。

作家感言：回忆起这部小说的创作过程，阿来用富有诗意的语言说：“很多情景到现在还是很鲜活的。我是1994年春天开始写的，当时我家窗外有一片白桦林，我情绪的起落也与它一致。写的时候，它开始抽芽，然后繁盛，我的故事丰满起来；到了秋天辉煌的时候，故事也到了最高潮；当树叶残缺斑驳时，故事终于尘埃落定了。我写得很投入，当人物命运激荡时，我心潮澎湃，所以说，‘尘埃落定’也是对我当时情感状态的一种描述。”

小说是命运的代言人，作家是时代的代言人。在这样的时代里，人们似乎总是可以看到很多种可能。然而通向时空彼岸的，却往往是背离人们所熟悉的生活最远的一条路。当这个陌生的必然摆在人们面前时，作者阿来却能游离于生逢乱世的伤痛之外，上升到一个审视一切的更高层次来求索“人”的生存状态。每一个人都有反抗命运的本能，然而当我们看到命运轻而易举地把每个人的梦想击得粉碎的时候，我们又该何去何从?

同名改编的电视连续剧由李解、刘威、宋佳、范冰冰、韩再芬联袂出演，观众大饱眼福。

乔治·桑《莫普拉》与阿来《尘埃落定》，异质文化的名典比较：

乔治·桑的人性改良理想，由于封建没落骑士的残忍、阴险、狡诈、无耻，由于他们制造的抢劫、抗法、枪杀、投毒等恐怖事件，由于在他们潜伏的城堡中渗出的累累罪恶，而显得格外的艰难和曲折。在异质文化背景下，阿来以现代派的特异笔法，描绘了冷酷、自私、贪婪、荒淫的末代土司政权的溃灭。那是上帝，即历史前进的战车，向其发出的毫不吝惜的死亡诏书。

乔治·桑与阿来是在异质文化氛围中从事写作的高手。在莫普拉与尘埃落定两部杰出的文学作品中，东西方文化的错位与吻合、相异与相通、疏离与扭结，运用比较文学原理中的“平行研究”作一番梳理之后，便可以一目了然。

莫普拉与尘埃落定分别对血腥残酷的骑士制度和没落腐朽的奴隶制度的罪恶，作了强烈抨击。前者强抢民女，恣肆蹂躏；奴役农民，纵情糟践。后者制定所谓的规矩，任意将自由人沦为奴隶尚不满足，把敢于说几句话的人，勒紧脖子，割掉舌头，割一次尚不知足，再割第二次。那种淋漓尽致的揭露与鞭笞，令其卑鄙、残忍、自私、阴狠、嗜血、专横的丑恶本质得到了彻底清算。这是第一个相似处。

莫普拉与尘埃落定分别描绘了非常经典的封建或奴隶制的象征物。前者是莫普拉岩堡，后者是麦其土司官寨。那里是一切罪恶的集结地与发源地。城堡与官寨，藏污纳垢，罪恶累累，表征着“等级制”给世间万民带来的千年不尽的忧伤与哀叹，可以想象，生杀予夺操于一人快意恩仇之手，岂非是人间之大悲剧。非除之，人类善良美好之花则难以盛开。这是第二个相似处。

莫普拉与尘埃落定分别对宗教的虚伪性与欺骗性作了深刻揭示，严厉谴责其麻醉人民奴役人民的卑劣目的、险恶用心及无耻行径。前者如若望，隐身僧侣集团，名为苦修会修士，实则杀人越货；后者如门巴喇嘛与济嘎活佛，为了赢得麦其土司的信任，不惜巧弄唇舌，造谣生事，播云弄雨，彼此攻讦，卑劣用心显而易见。这是第三个相似处。

莫普拉与尘埃落定分别塑造了给人以希望与憧憬的哲人形象。一位是乡村哲学家帕希昂斯的简朴与睿智，一位是藏传佛教的播火人翁波意西的勇敢与真诚。前者始终如一地坚持对人性的美好揣度与支持，虽然生活清苦如“犬儒主义”者，但对于爱德梅与贝尔纳的慈爱与信任始终不曾转移，就是他的出庭作证，才使贝尔纳洗刷了关键冤情；后者矢志不移地相信傻子的聪明与正确，即便割了舌头，他口中射出的带血的舌尖也能击倒一条猛犬，就是他如实记载了末代土司一步步走向覆没的全部生活情景。这是第四个相似处。

抨击朽政、描绘朽物、谴责邪念、颂扬仁心，集中体现了两部作品惊人的相同思想。由于思维方式与生活经历的明显悬殊，作家观察世界的视野与感悟生活的层面也是有区别的，两位作家在遣词构句、表情达意方面又显示出诸多的差异。

1. 创作风格方面

乔治·桑笔下的斗篷、长剑、教育、爱情，更具浪漫主义色彩。无论是文明环境中的爱德梅，还是罪恶环境下的贝尔纳，他们身上的善良、仁慈、克制与自律的人生优点，宛如太阳一样笼罩着全书。斗篷与长剑，能够给读者许许多多中世纪的阅读遐想，青年男女的偶遇虽然险象环生却浪漫无比，而且由于爱情的魅力和教育的效果，竟然令近墨者黑的贝尔纳经过漫长的七年时间的洗礼之后，可以近朱者赤，成为精神心理健康言谈举止文明的好人儿。女作家理想主义的情愫难以遏止地穿行在字里行间。与莫普拉一样，安吉堡的磨工和魔沼两部小说，要么弥漫着作家乌托邦似的理想，要么洋溢着作家田园诗般的梦，充分体现着作家的创作理念与创作原则：作品可以美化生活，使人物和生活理想化，使他们比现实更饱满更充实，更高大一些；艺术的使命是情感和爱的散发，作品理应描绘“生”的意义，犹如农民播种小麦时，应该知道他是为“生”的事业而劳动。磨工格南！路易是美好人性的象征，在金钱毁灭人性的残酷现实面前，作家希望人与人之间建立理想的和谐关系，希望类似格南！路易这样的好心人掌握金钱来改造社会。魔沼中的夜景、橡树、雾气、灌木等富有诗情画意；魔沼中两个富有生命活力的农民，具有高尚的心灵。虽则两情相悦，但牧羊女玛丽惟恐自己的贫穷拖累了对方，而热尔曼则因为担心自己年龄大了些又是再婚，以为对方嫌弃自己，初则彼此猜疑相拒，后则解除误会，双方以心相许。美景美情，既似印象派画家的一个梦，又若中国诗人笔下的田园风光，时时刻刻都体现着作家浪漫主义的文学观点。

阿来笔下对于土司制度下人物生存状态的生动描绘，对于人类命运处于历史重大转折时期发展方向的沉重思考，对于罂粟、梅毒、凶杀与放荡等邪恶事物的精彩叙述等，都更具现实主义特点。无论是对麦其土司官寨以及整个土司制度的兴起、发展、鼎盛与最后的没落消亡过程的描写，还是对麦其土司与长子旦真贡布的贪得无厌凶狠好战、茸贡土司母女的淫荡无耻、汪波土司的弱肉强食、拉雪巴土司的愚蠢猥琐、行刑人尔依父子的麻木冷漠、黄初民特派员的狡诈冷酷等人性弱点与人间罪恶的无情揭示，作家都是以最为现实的眼光审视着这个夕阳西去的腐朽政权的彻底垮台与毁灭。人物行为的丑陋不堪、地震暗示的土崩瓦解的凶险预兆、翁波意西从拉萨带来的不祥谶语、地窖里隐藏的火药枪支、熬制大烟时散发的香臭杂糅的异味与骄奢淫逸行尸走肉般的生活方式等，都仿佛阴霾一般密布在作家描述的整个过程中。

2. 人物形象塑造方面

贝尔纳由野蛮、粗俗、阴郁和凶狠，变得文质彬彬，成为新人，好像璞玉雕琢成材，这是资产阶级兴盛时期理想主义的创造；新兴资产阶级民主、平等、科学与文明，拯救了贝尔纳的灵魂，阿瑟、爱德梅的崇高与仁爱是美好人性永存的颂歌。爱德梅坚持让贝尔纳明白一点：要想得到爱情，必须改造自己。贝尔纳的一生只爱爱德梅一人，他的眼光从未瞄过任何一个爱德梅之外的女人；为了爱，他只能忍耐、克制，彻底地重新塑造自己。为了他的灵魂的再铸，爱德梅施之于身的：既有乡村哲学家帕希昂斯与乡村神甫奥贝尔传统精神与上帝声音的言传身教耳濡目染，那些朴实的做人道理如同清泉般地滋润着贝尔纳焦灼的心田，又有伏尔泰、卢梭等现代资产阶级民主、自由、平等、博爱、仁慈、宽容等人文主义思想的洗礼，那些新鲜神奇的文化理念，对于贝尔纳来说，闻所未闻，美丽的思想语言之花，怎能不结出绚丽的精神道德之硕果。既有思想文化灌输，更有社会活动的亲身感受。她支持贝尔纳参加具有正义感的美国独立战争，动员贝尔纳投身抗击入侵法国的敌人的残酷战斗，现实的是非美丑、世界的辽阔广大、人类的进退得失、生命的价值意义等命题，都在实践的磨刀石上作了崭新的淬火与冶炼，他终于修成正果，成为有教养有追求有思想有理智的“上流社会”的一个成员，也终于与爱德梅走进了如诗如梦的爱情殿堂。乔治·桑也终于完成了这个人物形象的塑造。

傻子大智若愚，韬光养晦，是其不得已作出的一种生存方式的选择，虽然成功一个接一个，虽然土司王位似乎近在眼前唾手可得，然而，他还是与其父兄一道走向毁灭，这是没落的农奴制酿造的必然结局；农奴制的封闭、守旧、迷信与愚昧，葬送了傻子的性命，三太太央宗与傻子之妻塔娜的寡廉鲜耻，是灭亡前的最后疯狂。阿来对于人物尤其是傻子的描写，运用了几种非常态的手法：

一是智愚颠覆的性格叙述。傻子从不与其兄旦真贡布正面冲突，甚至面对嘲讽戏谑，也是故作若无其事。然而，在处理外界事务和对政治局面作判断时，傻子却总是胜乃兄一筹。傻子的对内忍让装糊涂，是为了顾全大局；对外精明施计谋，是为了稳定形势。其行为实则是非常经典的“不战而屈人之兵”的谋略。作家谋思缜密，写其傻实则显其智，写其兄之勇之聪实则露其愚示其拙。这种颠覆智愚的创作技巧实在是高明得很。

二是文野错位的婚媾描写。人类进入文明时代，婚礼、婚俗、情爱、性爱，都应在一定的尺度之内显示出现代大众认知的文明本质特征：或西方绅士之风，或东方儒家礼仪。然而，阿来笔下，界于藏族政权与汉族政权之间康巴高原上的麦其土司以血腥手段霸占查查头人之妻并与之在野外作无休无止的苟合，旦真贡布更有乃父家风也是地窖麦地罂粟丛沟渠边不分场合地纵欲无度，傻子从15岁开始就先后与两个桑吉卓玛两个塔娜或在山巅池塘做露水夫妻或在古堡麦仓做欢喜冤家，真是化外之民，斯文全无。绝妙的是，作家将“文明”与“野蛮”的表象隆重推出，却并不评判，这就给读者提供了另类的思维空间：究竟是原始文明如麦其土司父子的荒唐、茸贡土司母女的放纵，以及小说结尾处18家土司最后聚会时与汉地迁来的妓女的疯狂交媾行为，更符合生命的本质含义，还是现代文明中人为制定的框框条条清规戒律扼杀了生命的激情与坦荡的情怀？可见，西方哲学家对于“力比多”的研究，阿来也是心有所悟的。这里的文明与野蛮的互为错位，一如鲁滨逊漂流记中的鲁滨逊与星期五之间对于原始文明与现代文明的互为错位的认同与选择。小说文本昭示读者：究竟是应对远古文明发出幽思与向往之悄吟，还是应对现代文明作出流连忘返依依难舍的小儿女之娇情？究竟应该与否对人类的未来文明作出理所当然的憧憬与期待之喟叹？实际上，通过阅读可知：人类正是在这样痛苦的“选择”过程中蹒跚地趔趄前行，去寻找茫无头绪的遥远归宿。

三是虚实游移的场景置换。在荒凉、贫瘠、落后、封闭的康巴高原，拥有神秘到近似魔幻的环境场景，令生活在那里的人们，犹如从哈哈镜中走出来，都是变异的形体。

首先，傻子一觉醒来，总是不知身在何处，不知今昔是何年，不知东南西北，不知自己姓甚名谁，不知自己有多大，不知白天黑夜，不知四季轮回，不知日出日落，不知草长莺飞，不知花开果熟，这里，作家运用的是隐讳而诡秘的笔法：傻子的茫然无知，象征着现实社会里诸番难以逆料的时事变幻与未来世界中众多不可知变数的客观存在。这个总体的暗示，果然就在后面的铺叙中有了不同凡响的应验：麦其土司引狼入室，打败汪波土司，总以为可以江山永固了，然而种植鸦片，好色无度，那是天作孽犹可违，自作孽不可赎，终难逃在摧毁旧制度的炮火下与土司官寨一道灰飞烟灭的下场；傻子妄言大地就要抖起来了，地震果然在随后不久的时间里就发生了，实际上，地震是为后面土司官寨与土司制度的彻底覆灭作出了前期的铺垫与陪衬；傻子本以为要与身边的女奴桑吉卓玛好到永远，谁知她却嫁给了银匠曲扎；18家土司在傻子创建的贸易新街上狂欢滥饮纵欲呈性，原以为理所当然万古不变地享乐下去，岂料瞬息之间梅毒与战争的灾难几乎在同一时刻光临，他们上演了覆灭前的最后一次活报剧。

其次，傻子向麦其土司禀告，在汪波土司的地界里，长在骷髅里的罂粟不但肥硕粗壮而且盛开的花朵还惊人地艳丽。这是又一次运用曲笔，作家暗示给读者的象征意义是：在土司政权的陈旧腐朽体制下，人们的思想观念不仅落后愚昧，而且只能思想出带有毒素的专制、压迫、残忍、冷酷等人类必须唾弃的生命杂质，被誉为干技术活的行刑人尔依父子阁楼上留存的血衣与配套的行刑器具，昭示了农奴制的一切罪恶与苦难，理当憎恶，避之犹恐不及，然而，在那里，不仅父业子承天经地义，而且已经成为贸易新街税务官的随班奴隶索郎泽郎却一直以不能成为一名行刑人而耿耿于怀。不难看出，阿来以游移摇曳的场景置换很好地表达了作品中隐蔽的寓意：傻子叔叔募捐飞机支持蒋委员长打日本人是虚写，却可以让读者感受到浴血奋战的抗日前线的艰苦场景，傻子送银票给叔叔却是实写；傻子姐姐远嫁英伦贵族是虚写，姐姐要走十几驮银子的嫁妆却是实写；傻子在酒店与杀手的交谈是虚写，显得飘忽、迷离、梦幻、痴愚，卧室中面对多吉次仁长子并为其所杀是实写，引颈就戮的原因自然是父债子还的意思。此外，行刑人与翁波意西、罂粟与梅毒、麦子与饥饿、地震与炮火、纵欲与伤身、中原与藏地、藏人与汉人、中国与印度或英国、土司官寨与贸易新街、白色汉人与红色汉人等，都是在既虚实不定又前伏后应的笔墨中有机地交融汇集，形成整体合理的大框架。

3. 终极描述方面

莫普拉岩堡与麦其土司官寨虽然都是为暴力革命所摧毁，但破旧立新的象征物却是有明显分野的。一个是罗什莫尔堡，属于旧瓶装新酒；一个是傻子一手创建的北方边境贸易小镇，属于顺应时世诞生的新生事物。前者是理想与体制的结合物，后者是经济与体制的集结点。二者都能给人以希望，所以都是引人入胜的叙述。

莫普拉岩城堡孕育的劣质生命有贝尔纳的伯父、叔父等七八个人。爱德梅与贝尔纳在7岁那一年，分别目睹自己的母亲患腹绞痛身亡，下毒者便是他们其中的一人，名字叫若望；小说接近尾声时，爱德梅被暗枪击中胸部，偷袭者仍然是他们其中的一个，名字叫安托万。邪恶的毒汁浸透了他们的骨髓，若望、安托万不仅嫁祸于贝尔纳，还收买了爱德梅身边阴险贪吝的女仆勒布朗和愚蠢卑鄙的男佣圣约翰，在法庭上陷害贝尔纳，欲置其死地而后快。居住在罗什莫尔堡的于贝尔、爱德梅父女的财富，令其垂涎三尺。于贝尔病入膏肓，将不久于人世，爱德梅与贝尔纳自然成为他们谋取罗什莫尔堡家产的最后障碍。实际生活中，贝尔纳和爱德梅面临的残局，本来是很难收拾的，获胜的希望几乎为零。然而，新兴资产阶级理想与人文主义辉光，将人间的美好希冀变成了现实。由于乡村哲学家帕希昂斯、神甫奥贝尔、西班牙捕鼠人马尔卡斯和美国费城博物学家阿瑟的鼎力相助，更由于爱德梅和贝尔纳俩人对于伟大爱情的忠贞，友谊、正义与仁慈终究战胜了丑陋、邪恶与罪孽。这是理想主义的胜利，也是时代前进脚步的胜利。在旧有的生存机制中诞生新的生命，罗什莫尔堡成为胜利的象征与旗帜。

傻子在角逐土司王位的过程中，没有与父兄一道在牢笼一样的土司官寨中寸土必争斤斤计较，而是大手笔，大制作，独自在北方边境充分展示了自己的军事政治才能。围墙开放的麦仓、熙攘开放的集市、临水开放的地形、简单开放的管理等，在不经意中创造了神话般的繁荣与财富。尽管傻子作为不是土司的土司，使出了浑身解数，然而“末代土司”的一切努力都付之东流。傻子的悲剧就在于：明知不可为而为之。他深刻预知“土司政权”灭亡的必然趋势。土司王位、土司特权、土司尊严、土司制度，以及土司制度执政者傻子自己与傻子父母兄姊等都如过眼烟云，永不再现。那是上帝，即历史前进的战车向土司政权发出的死亡诏书。历史抉择，无以阻挡。“土司”的出现与消亡，犹如拉美魔幻现实主义作家加西亚!马尔克斯笔下描绘的沼泽地中的“马贡多”小镇一样，根据羊皮纸的记载，命中注定在这个世界上，再也不会有第二次出现的可能了。马贡多小镇消亡之前的预兆是小说开头的那一方晶莹剔透的冰块，冰块即指还会再生的某种新的社会模式还会再有，但一模一样的“冰块”却绝对不会再现；土司官寨倾覆的预警是小说开头那一次突如其来的地震，土崩瓦解之后，还会有新的城池即社会机制出现，但两片完全相同的树叶却是肯定找不到的。在麦其土司官寨作为一种政治制度消亡之后，傻子创建的边境集市成为未来开放社会的象征或隐喻。把握得好，走向繁荣；把握得不好，走向毁灭。它的终结，本身并无错，开放的贸易集市，其中蕴藏着许多值得读者遐思与认可的合乎社会发展逻辑的东西，重大的历史转折时期，它无可奈何地与土司官寨一道成为旧时代的殉葬品，吟唱了一曲时代消亡的挽歌。

总之，由于时空、习惯、语言、信仰的不同，乔治·桑与阿来构建了“异质”文化形态下特殊的文学模式。创作风格的显著差异，人物形象塑造的明晦悬殊，终极命运抒写的生死区别等，都从不同角度展示了作家的审美观点与审美品位。

《白门柳》：明末知识分子精神境界透视
亡国臣民短暂人生无奈选择

刘斯奋，广东省中山市人，1944 年生，1967 年毕业于中山大学中文系。1981 年起从事长篇历史小说《白门柳》创作。荣获全国长篇小说的最高奖——第四届茅盾文学奖，这是迄今为止，广东第一位也是唯一的获得此项殊荣的作家。刘斯奋长期担任广东省宣传文化行政领导工作，历任广东省委宣传部副部长，广东省文联主席、省政协常务委员、中国文联全委会委员，是中国作家协会会员、中山大学、华南师范大学、济南大学兼职教授、广东中华诗词学会副会长等职。

《夕阳芳草》是长篇历史小说《白门柳》三部曲的第一部，集中描写了大明王朝覆灭的前夕，江南地区的文人组织“复社”和“阉党”、余孽之间的激烈斗争，以及复社四公子之一的冒襄与秦淮名妓董小宛一波三折的爱情纠葛。由于权臣暗中进行政治交易，为“阉党”余孽开脱，使江南的政治、社党的争斗、内讧更显波诡云谲。小说通过当时的一批知识分子，即所谓“士”这一阶层的性格状态，以及上至朝中权贵下至秦淮勾栏、江南市井的描述，再现了我国 17 世纪中叶尖锐复杂的社会矛盾，展示了一幅奢华腐朽走向衰败且孕育新生的末世画卷。作品无论是写历史人物生活情怀，还是金粉江南民情风俗，都细腻传神、绘声绘色、新意迭出。

《秋露危城》是长篇历史小说《白门柳》三部曲的第二部。本书以明末动荡复杂的局势为背景，生动真实地再现了南明弘光王朝的建立及其迅速崩溃的过程。农民军领袖李自成率兵攻入北京，明崇祯的突然灭亡给江南造成了冲击和极度混乱。为江南半壁河山，拥立新君，以史可法为首的东林集团与以马士英为首的政治势力展开较量。政权内部的矛盾日趋尖锐，各派斗争惊心动魄，甚至有爆发内战危机，直至清兵一举南下。作品通过对黄宗羲、陈贞慧、史可法、钱谦益、柳如是、董小宛等一系列著名人物的命运、性格变化的描写，以姿采纷呈的运笔多层次、多角度地展现了一幅场景辽阔、人物众多的历史长卷，其中既有政治场中严酷的正邪之战、社党内部的恩怨纷争，又有秦淮两岸男女在乱世中的感情纠葛，交织成一曲波澜壮阔、悲风四起的末世挽歌，具有极强的历史穿透力和艺术感染力。

《鸡鸣风雨》是长篇历史小说《白门柳》三部曲的第三部，情节紧接上一部，描写明朝残余势力在弘光王朝覆灭后，退守浙东地区，继续坚持抗清及其最终灭亡的过程。在本卷中，几个主要人物被命运驱上了不同的道路。黄宗羲毅然参加义军从事武装斗争；冒襄和董小宛成为颠沛流离的难民；钱谦益投降北上，柳如是则独自留在南京，各自经历了种种艰难曲折，最终又集结在抗清的旗帜之下。作为全书的大结局，本卷在继续保留和发扬前两部的基础上，结构更加开阔色彩更加斑斓，情节更加纷纭。其中正义与邪恶、卑鄙与崇高、野心与情欲、征服与反抗、腐朽与新生等种种人性也揭示得更加充分和彻底，使人沉浸于丰厚的艺术享受的同时，还可以从"士"（知识分子阶层）作为文化守护者的职责和命运中，获得更深的感悟和思考。

这一部分讲述的主体是长篇小说。长篇小说"人物出场"的不同手法，显示出作家的独特构思与奇情异想：

一、在作家设置的特定场景中，集体亮相。比如：托尔斯泰《安娜卡列尼娜》是贵族客厅、马克·吐温《镀金时代》是一艘满载怀着淘金梦的人开往阿拉斯加的海轮、雨果《巴黎圣母院》是圣母院前的广场、茅盾《子夜》是吴老太爷出殡时吊唁大厅、阿来《尘埃落定》是麦琪土司官寨等。

二、在作家创造的特殊情节中，依次出场。比如：吴承恩《西游记》、施耐庵《水浒》、吴敬梓《儒林外史》、钱钟书《围城》、杨沫《青春之歌》、王安忆《长恨歌》、夏洛蒂·勃朗特《简·爱》等。

三、在作家叙述的家族谱系中，先后登台。比如：笑笑生《金瓶梅》、曹雪芹《红楼梦》、巴金《激流三部曲》、霍达《穆斯林葬礼》、琦君（潘希真，1917 年生于浙江）《橘子红了》、陈忠实《白鹿原》、乔治·桑《莫普拉》等

四、在作家安排的王权更迭中，轮番表演。比如：罗贯中《三国演义》、郑重、王要创作李少红导演《大明宫词》、二月河（凌解放）《康熙大帝》、《雍正王朝》、《乾隆皇帝》等。

老舍文学奖已经评出四届优秀获奖作品，主要设立了优秀长篇小说、优秀中篇小说、优秀剧本（戏剧、电视连续剧、广播连续剧）等奖项。

《贫嘴张大民的幸福生活》：北京市民生活的真实写照
大民二民生存的万般无奈

刘恒，本名刘冠军，北京人。现任《北京文学》主编，北京市作家协会主席、驻会一级作家，北京市文联副主席，北京市人大常委。曾从事过工农

兵三业。20 世纪 70 年代末开始文学创作。因发表风格独特的《狗日的粮食》获第八届全国优秀短篇小说奖而引起文坛关注。此后，发表了《白涡》、《虚证》、《伏羲伏羲》、《教育诗》、《黑的雪》、《逍遥颂》等中长篇小说，已有五卷本《刘恒自选集》问世。

刘恒的《贫嘴张大民的幸福生活》，获第一届“老舍文学奖”优秀中篇小说奖。是一部描写北京市民的小说，它用“显微镜”去观察琐碎的生活细节和渺小的人生困境，以浓厚的生活气息和淡淡的喜剧效果、切实的人生内涵，凸现了心地善良的城市平民张大民一家人追求平凡的幸福生活的过程，幸福是我们每个人所追求的精神境界，而张大民的幸福是知足常乐。“张大民”这一爱耍贫嘴的形象正是北京普通市民的缩影，他那脚踏实地的生活状态，锲而不舍的乐观精神和观众心心相印。这部小说塑造了一个大家庭，描述了我们很多人曾经经历过的 80 年代的生活状态。作家以自然主义表现方式，把生活中的无奈还原得非常充分。生老病死、偶然意外、亲人之间的相互伤害等，观众看到张大民，可以从中找到自己。《贫嘴张大民的幸福生活》之所以能拨动观众和读者的心弦，原因就是：(1) 市民到现在还过着跟电视剧里演的、小说里写的一模一样的日子。(2) 过这种日子的，身份和地位跟张大民一样的人，没有选择爱好、释放情感、按志趣生活的权利。他们只能以这种不理想的、善于含垢忍辱、并且能在此基础上为自己开心找乐的性格，过他们的在很多情况下都是低三下四的生活。他们不这样不行，他们别无选择，命运给这些底层人设置的障碍太多，没有这点阿 Q 精神，接踵而至的不幸和痛苦就会使他们一天都过不下去。应该说，在所谓的转型期，在文坛心态和民众心态普遍被恶欲和浮躁控制的今天，对生活能有如此“发现”，实为难得。刘恒的笔触，本来就具有这种穿透浮华揭示人生底蕴的功夫，但“新写实”的情感降为零度的创作习惯使他缺乏为张大民找到一个情感发泄的“形式”的意识，小说因此带给读者的审美情绪，除了心里憋得慌，还是心里憋得慌。这不能释放、缺乏升华的憋得慌和堵得慌只能作为无法化解的块垒，郁结在读者心间，作品似乎没有达到理想的审美效果。这恐怕是“新写实”作品的通病。电视剧弥补了原作在此方面的不足。在大雪被确诊为白血病之前，坐在医院走廊长椅上的张大民就有了不祥的预感。这种预感之所以真实，那是因为被频频而来的不幸经常打击炼就的功夫。所以他让妻子云芳去取化验结果。之后，张大民没话找话地要与张大国和解。此时，如果我们认为张大民的言行只是出于一种和解的愿望，恐怕就没有理解电视剧编创人员的良苦用心：张大民，只是通过与弟弟说话，来排遣预感带给他的不安！通过说 B，来达到说 A 的目的，艺术的玄机就在这里。在和云芳回家途中，两个人都推着车而不骑，尽管步履并未蹒跚，但这一切打击在突然到来之后，他们的腿都不硬，自行车此时的功效已由为了加快速度变成了帮助作为一家顶梁柱的张大民把发软的腿站在摇晃的地上不至于摔倒的平衡器！

像张大民这种久不按自己的意志生活的人，尽管承受如此打击，他却没有使自己表现出软弱的权利。生活的残酷也就在这里。再委屈，他张大民没有哭的权利，这不是因为他是一个不善流泪的强者，而是因为他作为一个支撑“大厦”的顶梁柱，失去了流泪的权利，因为他一软弱，被他支撑的“大厦”必然倾塌。眼泪在世人看来虽是软弱的标志，但倘没眼泪来释放和缓解，人类的寿命不知要缩短多少。张大民作为一个生命个体，在得知自己的妹妹将不久于人世之后，承受的重压大过极限，按照生命的自然规律，这个重压一定要缓解，一定要宣泄，不然他这个“柱子”就要因硬度太大而断裂。然而，一个压抑久惯的人，尤其是眼泪，不是说流就能流出来的，必须得有一个途径，舍去这个途径，张大民的眼泪可能就流不出来，或是流得分寸失当。电视剧为张大民的哭找到了一个途径。他与妻子分手之后，坐在酒馆喝二锅头，通过酒来遣望和缓解自己快要承受不住的压力。此时的张大民，感情还没有释放，只是为下面的释放在做铺垫。待醉酒的张大民回到公共水龙头和公用厕所拥挤在一起的破陋的小巷，在和邻人的对答中，他才成了一个又笑又哭、疯疯傻傻、状如一个叫花子的张大民。在岳母的关爱之下，张大民才借着醉酒这个途径进入一个百分之百的弱者的角色，把头伏在水龙头上，像一个老娘们，呜呜地哭了起来。电视剧的最佳效果就是出“戏”，戏是通过技巧精心营造出来的。张大民的哭这一场戏就是步步为营，层层推进，才得以水到渠成，收到的效果让人久久不能忘怀，一想到那又笑又哭、疯疯傻傻的情状，观众不禁眼睛发酸，心间的澎湃亦无以言说，电视剧的编创者们为观众营造了不少精彩的戏。里面的技巧也可折出：大雪的白血病带给张家的震动有多大，没有让张大民、李云芳们这些至亲说出，因为无言承受更见真情。李云芳回到家里，面对母亲的询问，没有一张口就说出小姑的病情，她只是站在长嫂的角度，对她的妈妈说：“以后我们就总在医院，这边你就照应着点。”就这一句低声说出的平平淡淡、本本分分的家常话，饱蘸着一个女性多少善良的情感啊！待李云芳告诉她妈妈大雪得的是白血病，这个不算亲近的拐弯亲戚，这个刚才还跟小孩子一样一边看电视一边和糊涂的亲家母说笑逗闹的老太太，鼻涕一把泪一把地用手堵着自己的嘴哭了起来：“她怎么就这么倒霉呢!”这种感受张大民最强烈，但他要说出，悲剧的分量肯定会减轻，因此电视剧就采用了烘云托月的技巧，让配角的感受烘托主角的感受。设计出这段戏，收到了一石三鸟的效果，李云芒的妈妈是一个次要人物，戏本来不多，但在此没有被轻易放过，她的前后对比，不仅衬托了主要人物，还使一个次要人物的性格鲜明起来。大军和莎莎做买卖，在原作品小说中几乎没有正面出现。电视剧明目张胆地做了较大改动，增加了大军欠姐姐大雨钱不还、大雨多次上门要账的情节。我认为大军这条线索不应被忽视，由此能看出电视剧描写商界的新意。这些年表现商界的影视，其场面要不就夸张豪华得不像是在中国，要不就是地痞流氓大唱主角乱得像耗子，真正的百姓是怎样经商的，我们难以看到，通过大军这条线索，通过大军、沙沙、古三，电视剧让我们看到了百姓经商的真实状况，也看到了小人物为人的辛酸：不义与真诚、希望和无奈统一在他们的身上。《贫嘴张大民的幸福生活》表现的就是市民生活，张大军这条线索从另一个侧面丰富和补充了市民生活，因此不可视而不见。

《受活》：茅枝婆的理想距离现实生活太远太远
号称中国《百年孤独》可见创作力度

阎连科，河南嵩县人。1985 年毕业于河南大学政教系，1991 年又毕业于解放军艺术学院文学系。1978 年应征入伍，历任济南军区战士、排长、干事、秘书、创作员，第二炮兵电视艺术中心编剧，专业作家，文学创作一级。其作品曾获军内外奖 20 余次。阎连科 1980 年开始发表作品，1992 年加入中国作家协会，现在中国人民大学文学院任教。著有长篇小说《情感狱》、《最后一名女知青》、《生死晶黄》、《日光流年》、《受活》，小说集《阎连科文集》(5 卷)、《和平寓言》、《乡里故事》、《黄金洞》、《阎连科小说选》、《横活》、《朝着天堂走》、《欢乐家园》，散文集《回望乡土》，随笔集《柽梏》，中短篇小说《天宫图》、《年月日》等。《两程故里》、《祠堂》分别获 1988 年、1989 年《解放军文艺》优秀作品奖，《瑶沟人的梦》获第四届《小说月报》百花奖、第三届《十月》优秀奖、1990—1991 年《中篇小说刊》优秀作品奖，《夏日落》获 1992—1993 年《中篇小说选刊》奖，《耙耧山脉》获上海市 1994—1995 年中篇小说大奖，《黄金洞》获首届鲁迅文学奖，其作品曾获军内外奖 20 余次。《黄金洞》（中篇小说）获第一届（1995—1996）鲁迅文学奖，《年月日》（中篇小说）获第二届（1997—2000）鲁迅文学奖。

大凡作家，总是更容易驾驭那些自己熟悉的生活素材。阎连科行伍出身，理所当然导致他走上文坛后的第一个形象就是“军旅作家”。当时正赶上先锋小说式微没落的 20 世纪 90 年代初，以刘震云等人掀起的“新写实主义”风靡一时，阎连科的小说取材于亲身经历的军旅生活，写实性很强，并幸运地搭乘“新写实”快车，迅速进入了主流文学圈。早期的他技艺生涩、才思不足、想象力有限，好在内容丰富的军营生涯帮了他的大忙，加上作者对实现生活的仔细观察与耐心描摹，总算写出了一批合格的现实主义文学作品。

随着写作历程的不断延续，其作品越来越多，创作技巧一路飙进，作者对现实人生有了进一步的认识，其世界观逐渐倾向于西方的存在主义。这时，他创作了以耙娄山脉为背景的一系列小说，虽然创作风格仍以写实为主，但是，作者对人生、对世界的主观态度越来越明显，几乎要借虚构人物的身份从字里行间跳出来倾诉，无疑，这种风格与“新写实主义”所倡导的“零度关注”是南辕北辙的，至少是貌合神离的。

后期，阎连科对题材和语言的驾驭能力突飞猛进，创作技巧日臻娴熟，艺术风格更加鬼神莫测了。这时，他不再局限于耙娄山脉，眼界陡然开阔，创作出一大批精彩纷呈的作品，其中《坚硬如水》、《日光流年》两部长篇小说尤其夺人眼球。以《日光流年》为例，这是一部荒诞怪异的作品，无论结构框架还是细节描绘，都给人眼前一亮的惊喜。作为小说，它打破了讲述人物的模式，人物在这里只是一群倏忽即逝的符号，故事的真正主角是时间，能够改变一切而永远不老的时间。小说的精神内核，可以概括为作者对荒诞人生、虚无存在的无奈与喟叹。

中国作家几乎有个通病，即不思进取、后继乏力，无法超越自我。很多人一生最好的作品居然是自己的成名作，更有人毕生的代表作品竟是自己第一次的处女之作。但从目前的表现来看，阎连科不是这样的作家，也希望他以后依然保持前瞻性生猛的势头，继续做中国作家里的一个异数。

中篇小说《年月日》讲述的是一个老农和一条老狗在灾荒之年守望家园的故事，没有波澜起伏的情节，没有错综复杂的结构，如同一杯一览无遗的烧酒，看似澄澈如水，实则辛辣得催人泪下，让人一醉难忘。有一次作家回老家，看到一大片庄稼地，突然就想如果一个人一生中只种一棵玉米会怎么样，这个念头有了几年，才写了出来。这个小说在象征意义上还是比较少见的。

长篇小说《受活》获第三届“老舍文学奖”优秀长篇小说奖。在豫西耙耧山脉深处，有个受活庄；受活庄里扎堆的，多是残疾人。他们没招谁惹谁，自个儿过着平淡却丰衣足食的日子。但女红军茅枝婆愣掺和进来。新中国成立后，这娘们儿领着大伙儿“入社”——世外桃源，从此玩儿完。受活人发明了一批名词，记录了啥叫“惨不忍睹”：“铁灾”之后，赶上“大劫年”，然后又遭了“黑灾”和“红难”。终于，苦日子到头了。年轻有为的柳县长，想到了致富的绝招：将列宁遗体从俄罗斯买回来，盖一纪念堂，搞活旅游业，带动经济发展。为了筹集“购列款”（购买列宁遗体的专用款），受活人成立了“残人出演团”，四处演出挣钱。结局是：天文数字的“购列款”筹齐，购买遗体的馊主意挨剋，改革开放的柳县长下台，愤世嫉俗的受活庄“退社”。历史从哪儿来回哪儿去。这就是阎连科《受活》里的故事（春风文艺出版社，2003 年 12 月版）。

小说的部分内容，在 2003 年第 6 期《收获》上发表之后，很快炸开了锅。李敬泽先生称之为“中国的《百年孤独》”，开创“狂想现实主义的先河”，李陀先生认为这是“改变中国文学思维的开拓性作品”，《大众日报》干脆以《〈受活〉：一部中国的〈百年孤独〉》为题，报道了《受活》获 2003

年中国小说排行榜第一名的消息。在接受香港“凤凰卫视”采访时，阎连科说：“我觉得一部长篇小说中间如果没有激情、没有愤怒、没有疼痛感，那你就不要写小说了。”在“新浪”网站开聊时，他又说：“不能把《受活》和《百年孤独》相提并论。《百年孤独》已经成了传世之作，《受活》怎么样还需要时间来考验。”在七嘴八舌中，不得不佩服以“美男作家”闹得天昏地暗的葛红兵博士。早在2001年，这哥们儿就表达了对“受活”这个词的偏爱：“《日光流年》中有一个词让我眼热——‘受活’……这是阎连科的发现，也是他对当代汉语言的贡献。这种显示了中华民族生命哲学，真正来自中华民族身体深处的词汇的意义怎么强调都不过分，谁发现了它并将它昭示于我们，谁的功绩就是不可磨灭的。”

鲁迅文学奖、茅盾文学奖、老舍文学奖，三项奖项似乎都偏重于小说，所以我们的书稿，也侧重小说体裁的文本研究，失之偏颇，在所难免。

第十章　优秀影视剧：既娱乐大众又具审美效应的精品大餐

优秀影视剧作家作品

编剧导演	作　品	或人物或文意或诗情	备注
郑重　王要	《大明宫词》	宫廷争权逐利尔虞我诈纵欲淫乐	
都　梁	《亮剑》	军人正气宁可站着死绝不跪着生	
兰晓龙	《士兵突击》	和平年代铸造钢铁之旅不娘儿们	
李晓明郑晓龙等	《北京人在纽约》	王启明、郭燕美国淘金梦彻底破灭	
李　安（台湾）	《断背山》	杰克、恩尼斯断背山下同性相恋	
	《推手》		
	《喜宴》		
	《饮食男女》		
	《卧虎藏龙》		
	《绿巨人》		
	《理智与情感》		
	《冰风暴》		
	《与魔鬼共骑》		

影视剧创作，既不能媚俗，又要为大众喜闻乐见；既不能囿于传统，又要适应观众惯常的欣赏习俗；既要寻求现代意识，又要在东西方文明冲突中寻求调和因素，这就对我们的编剧、导演、表演艺术家提出了很高的要求。

本章在品鉴郑重、王要的《大明宫词》，都梁的《亮剑》，兰晓龙的《士兵突击》和李晓明、郑晓龙、李功达、冯小刚的《北京人在纽约》等电视剧的同时，还将重点阐述台湾著名导演李安的电影创作及其成就。东西方文化在李安的作品中，既有碰撞，又有沟通调和，他的作品对两岸影视剧从业者和其他文化工作者，都有很好的启发。

郑重、王要《大明宫词》：剧台旁白颇具莎氏戏剧之美感
皇族交锋更显人性正邪之难测

故事梗概：长安城被连绵阴雨笼罩。在皇宫深处，皇后武则天却被比天气还阴晦的心情笼罩着，怀胎12个月而无法临盆。当唐军将士大胜突厥的喜讯传来，公主终于降生在朝堂之上。这奇异的经历使高宗皇帝李治认定女儿的降世为天下带来了好运，当场赐名——太平公主。武则天从太平降世就对她倾注了特殊的关怀和宠爱。谁会料到，太平一生的悲剧也就在这幸福的童年中埋下了深深的祸根。14岁的太平第一次出宫就在上元灯节的假面狂欢之夜邂逅英俊武士薛绍，使她坠入少女的初恋。武则天出于对女儿的溺爱，掩盖薛绍已婚的事实，暗中赐死了薛绍的结发妻子惠娘。经过几年痛苦的婚姻生活，薛绍怀着对爱情忠贞不渝的决心以及对太平不可抗拒的尊敬和好感迎向太平手中的利剑。薛绍死后，为了对抗母亲，太平嫁给了善良、鲁钝而无能的武攸嗣。武攸嗣因研制春药有功得到武则天的宠信，也因为春药的缘故意外发生婚外情，自觉有愧于太平，畏罪自杀。历经两次婚姻的失败，太平心灰意冷，她把热情转移到皇朝的政务之上。经历了无数的惊涛骇浪之后，太平最后死在李隆基赐予的一尺白绫之下，孤独地死在大明宫深处。

相关介绍：盛唐时期的大明宫地处长安城中，是武则天之女太平公主的生活舞台。《大明宫词》即以武则天与太平公主这一对母女一生权力和情感的矛盾争斗为主线，向人们讲述了一个充满传奇色彩又饱含人生力度的故事。内地演员陈红初为人母之后首次抛头露面，摒弃以往的花瓶形象，演绎从青年至老年的太平公主的坎坷人生。因《喜宴》、《红玫瑰白玫瑰》等影片一举成名的台湾小生赵文瑄则一人身兼二角，其中对深宫男宠张易之的诠释更显其表演张力。台湾著名演员归亚蕾一改贤良本色，扮演面慈心狠的武则天。因《人间四月天》而成名的内地青年演员周迅，扮演少女时期的太平公主出现在前11集中。而近年来人气迅速攀升的傅彪也在剧中出演配角，他略带夸张的喜剧表演为全剧起到了画龙点睛的作用。

这是一部风格奇特的古装戏，也是一部“血腥的文艺爱情片”。全剧58个主要角色，到头来57人在权力、情感的争斗中命丧九泉。著名女导演李少红是初次涉足古装剧。她说，对《大明宫词》，她不想过于拘泥历史，也不想有太多戏说成分。史书中记载的多是武则天的荒淫无度，而她要讲述的是武则天怎样从聪慧的女人发展到权力欲、占有欲强烈的统治者。至于太平公主，有关她的生平记载很少，反而更能发挥想象。所以在剧中，她被设计成一个为感情活着的人。武则天一心一意想把女儿培养成纯粹的女人，未料想太平公主的个性和自己如出一辙，到头来成为自己权力和情感上最难对付的冤家对头。可以说，这部戏描写了种种情感，包括母女、夫妻和情人之间的。其中，太平公主与酷似自己初恋情人的男宠张易之之间大胆亲热的激情戏更将

全剧推向高潮。《大明宫词》的特别还体现在剧中人物的服装及视觉感受上。据悉，导演李少红为了使整部戏的主体风格、台词、服装较好地融合起来，特意从台湾请来了富有经验的服装造型设计家叶锦添加盟。叶锦添最广为观众所知的作品是陈冲导演的获奖电影《诱僧》。

饰演张易之的赵文瑄说，他的这一角色是非道德化的“男宠”，是个欲望无边的男人，充满权力和情感的欲望。这对赵文瑄来说非常有难度，但他说自己演得很疯狂。归亚蕾塑造的武则天完全不同于刘晓庆、斯琴高娃的版本。剧中的武则天，并非从小处心积虑要当女皇，她是通过一个偶然的机会，从帮助李治批文件以讨好李治开始，一步一步地走到对权力的喜爱、渴望和掠夺的境地。归亚蕾说：“我有的就是母性的光辉，母仪天下的仁慈。”这一领悟让李少红拍案叫绝。

很少有哪一部电视剧作品，能在开播之前即引起各方面人士的极大关注，《大明宫词》是个例外。有人说，它像一朵瑰丽的奇葩，为我们描绘了一幅大唐宫闱生活的美丽画卷；也有人认为，《大明宫词》虽然华丽但空洞而缺乏条理。无疑《大明宫词》已成为荧屏最大的亮点，它突破了古装戏惯有的拍摄模式，激起了观众极大的好奇心。《大明宫词》仿佛是在人们惊诧的目光里绽开了一朵瑰丽的奇葩。与其说这是一出电视连续剧，不如说它更像一篇诗化的传奇，一首流动的乐章。它用独特的视角和笔触为我们描绘了一幅大唐宫闱生活的美丽画卷。整部戏的独树一帜使它看起来好像是一场美丽的冒险，它使人们在习惯了《还珠格格》式的荒唐闹剧和《雍正王朝》式的肃穆沉重之后眼前一亮，发现原来历史剧还可以这样拍。说《大明宫词》像一朵奇葩，是从它细节的刻画、背景音乐的烘托乃至一些小道具、小饰物的装点上，无不能看出这部戏制作的精巧与用心。尤其是其中演员对白的设计令人耳目一新。诗化的长句、半文半白的语体、类似于舞台表演式的激情澎湃的台词，第一次在电视剧中出现。语言的流畅性、音乐性和张力得到了完全的展现。另一个让人叫绝的地方就是唯美的视觉效果。风的运用在这里起了不可或缺的重要作用。画面如此清丽优美，晓风过处，乌丝轻扬，衣裙飘飞，好似衣带当风的仙子从画中走来，感觉真是“从流飘荡，任意东西”。能达到这种效果，服装设计也功不可没。质地轻柔的彩色薄纱的大量使用，使风的特效发挥得淋漓尽致。如若大明宫里的服饰都做成像是杨佩佩的几部武侠戏中的粗重布衣，恐怕非五六级风吹不动吧。水的作用也与风不相上下，不论是太平的沐浴温泉，还是贺兰的沉溺湖底，都让人感到一种无法言喻的凄美和对于这种美终将走向灭亡的痛惜。剧中皮影戏的反复出现，似乎有一种暗示意味。在世人眼中，那深深高墙里奢华的宫中生活，仿佛就如同帷幕上的皮影所演绎的传奇故事一般迷幻莫测。“繁华事散逐轻尘”，一个万民仰慕的帝王之家的爱恨情仇、权力争斗，无论当时是多么的惊心动魄或者荡气回肠，到头来在太平公主平静而苍老的回忆和叙述中都恍若昔日旧梦，是如此的虚幻和遥不可及。这大概就是悲剧的美感和震撼力，使人过目而久久不能忘怀。爱情、亲情与权力的厮咬搏杀、浴血争斗，在大明宫中上演着一幕幕的悲欢离合、一曲曲的凄凉挽歌。

《亮剑》：亮剑精神饱含冲天豪气
反抗侵略展示民族性格

都梁，50 年代出生，做过教师、公务员、公司经理、石油勘探技术研究所所长，现为自由撰稿人。2000 年 1 月出版长篇小说《亮剑》。同名电视连续剧由海润影视传播公司拍摄。2001 年 12 月发表 26 集电视连续剧剧本《血色浪漫》，由润亚影视传播有限公司拍摄。

作者用冷凝的笔触，刻画了李云龙和他的战友们极其鲜明的性格和十分传奇的故事，读来令你手不释卷，掩卷不能不深思落泪。李云龙是一个叱咤风云、百战沙场的职业军人，是一个一生都在血与火中搏斗的名将。他的人生信条是：面对强大的对手，明知不敌，也要毅然亮剑，即使倒下，也要成为一座山、一道岭。在战争与和平的时空转换中，他的命运注定要充满悲欢离合——无论是政治生涯还是婚姻、爱情。

在李云龙独特的战术指挥下，骄横的日军山崎大队全军覆灭。接着李云龙会同国军 358 团团长楚云飞闯进日军重兵防守的县城，守备部队的全体军官都在这次袭击中丧生。李云龙和楚云飞在晋西北因此名声大噪，李楚二人惺惺相惜，成了朋友。1941 年冬天，弹尽粮绝的独立团在野狼峪伏击日军，用冷兵器全歼日军两个中队，此战之惨烈竟惊动了最高统帅部的蒋委员长，也引起了日本华北派遣军司令官极大关注。抗战胜利，李楚二人又相逢在淮海战场上，各为其主的搏杀使他们险些同归于尽，浑身血迹斑斑的李云龙被抬进手术室，在这里他遇到了将来的真心爱人。金门战役失利后，李云龙率部开进山区，和平生活也许适合所有的人，却不适合李云龙，他和妻子田雨的矛盾也开始滋生了。抗美援朝开始了，李云龙又有了久违的冲动，他屡屡向上级打报告，要求带兵赴朝鲜作战，他的请求不但没被批准，反而接到去南京军事学院学习的通知，他带着情绪去南京军事学院报了到，在南京军事学院他由强烈抵触到虚心求学，这是李云龙从野战实践经验到完成军事理论系统化一个重要的转变。李云龙从南京军事学院毕业后，作为军长回到了老部队，他所做的第一件事就是组建了中国第一支特种分队，在未来新中国的建设中屡建奇功。

长篇小说《亮剑》出版后，不少朋友来打听，作者是怎样一个人？出版社怎么就选中了这部书稿？去年春天的一个上午，一个朋友来电话，说是有一个退伍军人，写了部小说，能不能抽时间给他看一看。两天以后，一个身材魁梧的男人来到编辑部。他没有太多的话，只是说把小说送来了。编辑问他，你过去发表过什么作品吗？他说没有。再问他写过什么作品，他也说没有。问他现在从事什么职业，他说“下海”了，搞石油设计。编辑不由得看了看那一大摞厚厚的书稿，心想真看不出这是个商人，怎么看怎么像个穿便服的军人。编辑接过稿子，用了3天的时间读了第一遍。说实在的，当编辑快20年了，看的小说不能说少了，能让编辑兴奋的书稿不是很多。有的小说，包括一些有名望的作家的小说，写得很纯熟，写得很匠气，人物故事都还可以，甚至也挑不出什么毛病，可就是叫人兴奋不起来。《亮剑》中有些段落却叫读者拍案叫绝。它有一股气，有一种冲击力，虽然它并不是很纯熟，并不是很完美。带着一种编辑的欣喜，把作者都梁请来，在出版社旁边的一个饭馆和他交换意见。这个作者实在有点特殊，他不喝酒，只抽一种一元多钱一包的烟。给他谈意见，他不像有的作者那样认真地记录。编辑希望他改一稿后再送审，他同意了。

都梁很快改出了一稿，大家的一致意见是，这部小说写活了一个英雄，写活了一个将军，为中国军事文学的画廊里增添了一个不可多得的典型。同时也觉得这部书稿还有值得商榷和修改的地方，还有必要让这个作者“爬爬坡”。他们又把都梁请来交换意见，给他出谋划策。经过多次的交流，编辑对他的身世也有了一点了解。他出生在一个知识分子家庭，很小的时候就当了兵。在坦克部队服役几年后回到北京，先是在一个国营单位上班，后来就下了海，生意做得还可以。

创作这本书的经历很奇特。说创作的周期长，他酝酿了很多年，许多人物早已烂熟于胸；说创作周期短，他只写了8个月，而且都是用业余时间——白天做生意晚上写，甚至在老人的病床前写。能写出这部书既是偶然的也是必然的——说偶然，创作的直接动因是因为打赌：他和朋友聊天，把当今的小说骂了个遍。朋友就说，你别光说人家的不行，你写一部出来看看。他说，写就写！于是，他写起了小说，并且是一气呵成。——说必然，他对我党我军历史上发生的事件和人物有过很认真的研究，对苏联共产党及其军队的历史也有十多年的研究和思考，对文学作品的痴迷则是从十几岁就开始了的。小说写成以后，他先送一家出版社。人家听说他下海了，要他出几万块钱。他说，扯淡吧，不够出版水平我就不出了。又找了一家出版社，放了几个月如泥牛入海。最后才找到了解放军文艺出版社。书稿经过3次修改，在新千年的钟声敲响之前付印了。设计封面时，按照惯例，书勒口上要印一个作者近照和小传，编辑请都梁准备一下。他说：“不要了吧，我不想露面。”因此，现在书上既无作者照片，也无作者介绍，甚至连序、跋、后记之类的点缀也没有。出版后，反响十分强烈。中国作家协会创研部、解放军文艺出版社联合在京举行研讨会，二十多位作家、评论家都认为这是一部期望已久的具有突破意义的力作，一部不落俗套的小说，一部阳刚气十足的英雄小说，是男人写的，写男人的，写给男人看的。小说既有古代小说的传奇色彩，又吸收了现代外国小说的一些手法，是传统与现代的统一。在这部小说中，英雄与历史的关系是全新的，英雄不是在顺应历史中消失自我，而是在审视历史中时刻把握着自我。小说没有回避矛盾，不粉饰，不盲从，内涵十分丰厚。可以说，《亮剑》在英雄性格与凝重历史的统一方面达到了一种匠心独运的新高度。

《士兵突击》：许三多挣扎在苦难中，令人悲悯
和平时代如何识英雄，孕有深意

有浓浓的战友之情，有对现代残酷战争的表现，《士兵突击》处处充满了悲悯情怀。一个普通士兵的成长历程，极具寓言色彩的故事，展示了一个普通人由懦弱到坚强，由卑微到强大，一个蜕变升华螺旋上升的过程。文本以其独特的视角深深打动了各层次受众的心，本文通过人物形象塑造、感情宣泄方式分析以及文本深层次剖析，揭示军事生活与战争对人的心灵和命运所造成的深刻影响。

从平庸中突围，一个崭新突破的切入点，以近乎纪实的手法表现了当代普通军人的日常生活与对战争认识的心灵历程，因此这部作品的成功绝非偶然。这部一直被模仿，从未被超越的作品成功之处在于以下几方面：有一个能打动人心的故事，一群有血有肉有情义的群体形象塑造，一个个真实感人的情节以及无处不在的丰满生动的细节描写。与此同时，这部成功的作品，一反我们新中国成立以来所出现的战争题材文学。传统军事战争文学注重的是胜利的结果，是以道德价值的认识来取代生命本体价值的认识，其结果消解了战争文学的悲剧美学效果。而这部作品同西方战争文学一样，关注的是战争的过程，关注的是人的生存本身，其文本处处能够感受到军事战争文学中悲剧美的内蕴。在传统意义上，集体的胜利是第一位的，而在取得这一胜利过程中个体的消亡没被上升到意义的高度，这种重集体而轻个体的倾向在《士兵突击》上有了很大突破。在承认集体价值的前提下，《士兵突击》更关注个体的生命价值，自始至终充满了悲悯情怀。以下从三个方面进行分析阐释：

1. 悲悯人物形象的塑造

毫无疑问的，这是一群有血有肉有情谊的兄弟们，不同的家庭背景，不同的人生经历，因为军营这个大家庭，走到同一片蓝天下。诚然，这批甘守寂寞的年轻人是可敬的，可究其成长历程、前途命运却总是带有悲剧的意味。

首先，说说二元对立模式中的悲剧英雄。

一改传统军事题材中神授英雄，《士兵突击》写对普通军人的成长历程，

让他们在一个个的故事中成长起来，正如螺旋式上升臻于最高境界，是为悲剧英雄。文中的许三多与成才，这对贯穿始终并形成鲜明对比的两个人，置身在一体两面的二元的对立模式中，精明拔尖但自私自利的成才被放在“反主体”的位置上。剧本前半部分，成才在业务上的优异表现一度让许三多抬不起头，虽然成才后来的命运因被老 A 开除返回草原五班，体现出编导的道德立场，但并没有将他直接放逐。在袁朗的当头棒喝下，在许三多诚挚的精神感召下，成才以实际行动表明了对许三多的主体认同，使对立的两面最终融解。

带有新理想色彩的平民英雄许三多：与神授英雄相比，悲剧英雄多以小人物的形象示人。这个有着性格缺点的农村孩子在成长路上，抓住每一棵稻草，最后成为枝叶繁茂的参天大树，成为一个平民中的英雄。文本的悲悯情怀在塑造这个苦苦挣扎的年轻人时表现得尤为真切，一个懦弱无用的出场形象让观众读者不屑和厌恶，而就是这个被父亲和伙伴完全打没了信心的一个懦弱到极点的农村娃，最后成长为一名优秀士兵。在这漫长的成长过程中，作者以一种欣赏而又充满怜悯的态度展现了一个平民英雄的蜕变。为了不让他爹喊他龟儿子，为了不让他爹伸手就打，张口就骂，他逃离了这个家，带着怯懦的印记进了部队，展现希望的笔迹中写满了悲悯。该以一种什么样的心态去对待这个笨得可怜的小人物？很多人在期待着。这是钢七连里最不像七连兵的孬兵，从队列的训练到打靶射击，再到保密条例，这个三呆子处处犯错，让所有的人对他恨铁不成钢。流放到草原五班的日子是他的一个起点，偏远的后勤管道的维护工作枯燥寂寞，而这个呆子却依然坚持每天出操训练，帮战友整理内务，甚至修成了一个人不可能完成的路，忍住冷嘲热讽，固守清淡军营。再后来，他回到了“对敌人是尖刀，对训练是刺刀，对自己是剔骨刀”的钢七连，遭遇入伍以来最艰苦的一段生活，技术最差水平最低，放到哪里都拖后腿，更要命的是他自己没有自信。这个时候，作者甚至开始可怜这个“猪都叫你气死了”的孬兵，于是安排另一个重要人物——史今给他力量，予他支持。这个可怜的小人物为了班长能够喜欢他，执著、坚韧地努力着。为了不拖全班人的后腿，偷偷往被褥上倒水，为夺回流动红旗，惊人地完成 333 个腹部绕杠。录像带里不成人形的他终于开始被重视起来，可这些关注却让人觉得心里抽搐般的疼。那个新兵连时连长那骡子和马的理论在许三多这里终于有意义了，他已经不再是那骡子了。这个天生一个熊样的孬兵终于开始成长起来，这一路艰辛而又漫长。这个有着理想的傻小子终于成长起来，依靠着那句话“有意义就是好好活，好好活就是做许多有意义的事”。这个人物的成长卑微却无比崇高，就像一面镜子，经常照耀我们那些不能说的东西，照耀我们每个人身上跟内心相悖的东西。作者特意安排了这个卑微者的成长，予我们更深远的思索，在思索的背后是对这种蜕变的长长叹息。

聪明的失落者——成才：他与许三多其实分别代表这一个人的两面，成才的安排是必须也是必要的，成功不露痕迹的对比塑造了两个兵。从某种意义上讲，成才这个人物就是许三多的一面镜子，是我们当今社会中处处可见的所谓聪明人的代表。来自同一个村庄，与许呆子相比，成才聪明自信，目的性强，一个永远知道自己想干什么，为达目的什么都可以抛弃的人。这个年轻人从社会的底层走出来，他太想走得更远一些，他拼命努力，处处表现优秀，精于人情世故。为达到目的从钢七连跳槽，到六连做狙击手，为了去A大队，最后选拔关头抛弃了并肩作战的战友许三多和受伤的伍六一，一个人抢到了终点，然而却落魄地回到草原五班，“回去找自己的枝枝蔓蔓了”。成才和许三多的成长之路形成鲜明对比，他身上有我们在社会上最常见而又不愿看到的东西，他太过聪明，太能适应社会，太过于自私，心中只有自己。“你经历的每个地方，每个人，每件事都要你付出时间和生命，可你从来不付出感情，你冷冰冰地把他们扔掉。那你的努力是为了什么呢？为了一个结果而虚度人生？”“……七连是你路过的地方，如果有更好的去处，这里也是你过路的地方。”一句句话像钢针一样，让这个勤奋的聪明人陷入失落，作者大篇幅的语段透露出怜惜和悲哀，无奈之余是长长的深思……我们不得不承认作为对立面的成才也是一个悲剧人物。

其次，说说普通军人们的落寞尾声。

完美班长的无声退场：钢七连三班班长史今是许三多成长路上最重要的领路人，是把他扶上马的人，是让许三多蜕变的人，是牺牲自己成就他人的人，一个完全为了承诺而完全付出一生的人，一个为了他人而不考虑自己的人。为了许三多他爹不再喊他龟儿子，他把许三多招入部队。为了一个承诺他付出了太多太多，他比成才更清楚自己需要什么，也知道将许三多留在自己班里意味着什么，但他还是恳求连长留下许三多。为了帮他成长，从一点一滴做起，为了许三多这个看起来不可能成功的士兵，他牺牲自己的前途。兑现承诺后退伍回家，退场前唯一的要求是到他守卫的这座城市看看，荧屏里这个坚韧的男人在悲壮的背景音乐下失声痛哭，相信这个场景让无数人动容落泪。这是个给人唏嘘不已的善者，他的善是洞察在眼明镜在心并且有悲悯情怀的天使之善。而这样至善的男人，文本却给出一个黯然离去的结局，但毫无疑问，这样的退场是让人动容的，这是个意境万千的谢幕。那一抹会心的微笑，那一只裹着纱布透着血的手，那树下半躺姿势里无法排遣的烦躁，那冷风凄雨中微微蜷缩的身影……，史今的绝尘而去，未留一丝痕迹，不再现一点念想。

孤独的群体背影：文本对胜利者的高调主张和成功结局的刻意张扬，同时也显露了对淘汰者和失败者的事实无情和道义冷淡。从叙事伦理角度看，故事的失败者得不到相应的注目和关照，他们出现的意义大都是为成功的角色做铺路石和垫脚砖，他们的退场大都是无言孤独的背影甚至是永不露面，比如伍六一，比如白铁军，比如拓永刚……伍六一，这是装甲步兵团里一个最优秀的士兵，因为参加特种兵选拔负伤，最后决然选择退伍。钢七连老七想把他留下来当司务长，他说了这样一段话："做司务长，太舒服了，实在是太舒服了，我真想在这待一辈子。可一个兵，我是说一个瘸子，就不敢太偷懒了，要不以后瘸的就不是腿了。"这个咬牙往前拼的人是一个活得认真不敢偷懒，从不得过且过的人，最后选择的复员，只给我们一个孤独却坚毅的背影。还有老马、拓永刚、白铁军，当一个个同甘共苦的兄弟们一个个离开，甚至永远消失，文本没有给这些角色任何再现的机会，给予的空间无限大却没有人愿意去想，退场就是永不出场。当触景生情的背景音乐想起，回忆起一幕幕离别的场面，有的离别是一生的距离，这些坚强的男人纷纷落泪，为的是战友的前途未来，为的是自己遥不可知的命运归宿。

2. 感情宣泄方式的分析

无论从文本的叙事模式还是语境情节的表达上，文本中的语言渗透着作者匠心独运的思想情感。这种匠心独运中带有复杂的个人情感，作者试图描摹出让人深思的人物内心的深层图景，让人用一颗悲天悯人的心，去细细体味这部作品想要展示的内蕴。

文本叙事模式的探析：《士兵突击》可以看作一部出色的人生剧，通过人物在成长过程中对人生意义和人生价值的执著追求以及对心理情感和心灵世界的真切关怀，揭示了人与人之间、人物自身的内心的深层次感悟。这部作品在人物成长、追寻、自我救赎的故事中，假定三种叙事文化与价值标准，分别为能者为王、善者正果、家者天下。从文本最初开始，处处体现这种能者为王的价值观，所有人进入这个军营大熔炉学会的第一件事就是明白那句话："你是骡子是马，你给我拉出来溜溜！""三个月之后，骡子走人，马跟我上！"这是每个新人的未来命运。许三多每到一个地方就会身心困惑一回，从新兵连、五班、七连最后的老 A，都在与这句话作了断，这句话对他对所有人来说就像头顶的一把刀，这把刀别名是"优胜劣汰适者生存"。这个能者胜出败者出局的逻辑支撑是推动故事情节发展的动力，事件的呈现和任务行动的意义都限于无力和疲软的状态下。以失败者的"空场"来表现生活的真实，却又在存心和刻意的描摹某种注定的结果。为了证明弱者许三多价值的有效和意义的深远，必须让他无情地淘汰所有的弱者进而转化为强者，然后再用由弱变强的榜样来教育和引导弱者，这种叙事模式表现了世界美好的同时又印证了这个世界的冷漠和残酷。作者字里行间还是引导读者在思考着这种逻辑模式的合理性，无不充满怜悯的感情。与此同时，作者很好地为自己的逻辑待究状况笔锋一转，自然地定位到善者正果这一社会文化逻辑上。从善者的人生得到了世俗的成功，到善者的形象得到圆满永生，最终落实到善者的信念得到响应和奉行，作者始终以一个引导者身份让我们去感知文本叙事模式中的深刻内涵。的确，我们对善者肃然起敬，因为心有悲悯，或为善者的前途命运，或为同善者般的芸芸众生，抑或是为现实生活中苦苦挣扎的我们找一个对应点。因为只有当善者所证之道化及众生惠及群小时候，善者的生命才是有意义的，才会真正深入到每一个读者的心灵。如果说能者为王是决定事件发展和推动情节的故事架构原则，善者正果代表人物命运和价值判断的主题追求，那么家者天下则是形成感情共鸣和心灵投射的文化旨趣所归。这种“部队即我家，战友是亲人”的感受是每个士兵的真实写照，这是中国人的集体无意识的价值认同。文本中没有一个女性出现却处处有母性的光辉，许三多这个幼年丧母的孩子，在进入部队后，史今充当了他的“母亲”的角色，这也许是作者对许三多的怜爱之情，不忍心看他孤寂成长，给他一个母亲般的引路人。对许三多走出的那个纯爷们组成的家庭而言，文本在赋予磨难促使成长的过程中依旧不遗余力的对之抱有悲悯的情怀。对这些人性深处所体现的“在而不属于”的心理困惑和精神失落表示认同和关切，因此打动了社会各个阶层的观众。

文本的语境情节揣摩：顾名思义，语境指话语表达的具体环境，将这一原本属于语言学的概念加以引申，可知所有文本都有其对应的语境。广义的语境是一个庞大的系统，包括了文本赖以生存的历史环境、社会环境等等。《士兵突击》的专属语境是目前我国特定的历史背景和社会环境，在社会的转型期，四处弥漫着浮躁、焦虑的气息。科技进步物质丰富，人们却开始物质膨胀和急功近利，在这个贫富悬殊越来越大，个体尊严和价值只能通过金钱、地位、权力等予以体现的社会里，人的理性修养被残酷的竞争所扭曲，人的平稳状态被不合理的种种现象所打破。终日生活在沉重的压力下，人人渴望成功，却离成功越来越远；人人都想抓住机遇。但机遇往往可望而不可即。在《士兵突击》这个近乎理想的生活状态中依然存在着这种无法避免的焦虑，而这种焦虑是源于现实生活，又附加了作者的个人情感的，他尽可能地去营造一个远离浮躁喧嚣的军营净地，这种刻意的描摹本身就是他对主人公及其团体的关爱。文本中有这样一个情节，许三多在执行任务杀人后情绪纷乱，老 A 希望给这个内心极其缠绵的兵一个健康的人生，给他放了长假，而他在陌生的城市里慌乱失措的表情，对军营外的生活的格格不入，只有回到军营才能正常呼吸的心态等，都是文本处处可见的悲悯意识下的具体表现。

高尔基说过：“情节是性格的基础。”一部好的文学作品，设定的情节自然贴切，真实感人的故事情节处处体现作者这种悲悯情怀。《士兵突击》围绕着主人公的成长设计了几个情节板块：入伍考察、新兵连训练、草原五班生活、钢七连剔骨刀式的训练、特种兵 A 大队的极限挑战。它贯穿主人公成长的每一步，都顺理成章，又带有极个性化的色彩。一个弱者的成长，总让人猜不透，他的下一步是什么样的，总让观众揪着心，他每做一件事，每说一句话都让观众为他捏着一把汗。这是作者独特的用意所在，让我们每个人内心充满悲悯的情怀，对这个笨拙的成长者给予精神上的关怀与支持。让读者观众印象最深的莫过史今退伍的情节，这段剧情让无数人心弦牵动，班长史今那段话令观众至今记忆犹新："三多啊，别老把这个想法，寄托在别人身上。你自己心里就开着花呢，一朵一朵的，多漂亮啊。我走了，能帮你割掉心里边最后一把草。许三多，你该长大了啊，该长大了……"这是两个年轻战士的伤心离别，在情感上征服了亿万观众的心。当史今不可避免地要复员回家时，连长高成带史今参观长安街夜景以满足他退伍前的唯一愿望。小车里，史今斜倚在座位上，望着夜幕下的天安门、长安街，难以控制自己复杂的情感，就在这时，高成剥了一块大白兔奶糖塞进史今的嘴里，自己也剥了一块使劲嚼着。这是一个看似不经意的细节，却是蕴含了无限的意味。一个简单的动作，将高成内心柔软的一面凸显出来，将人物形象丰满而立体地展现出来，让观众体会到了男人之间没有语言的关爱理解。

3. 文本深层次内蕴阐释

深层次分析文本，体味作品背后的深层内蕴，作者在承认集体价值的前提下，更关注个体的生命价值，笔锋之处自始至终充满了悲悯情怀。这具体体现在对单纯情感、生命的尊重、战争的残酷性三个方面的描写上：

首先在对单纯的战友之情描述上，有史今，有老马、伍六一，有吴哲等人对许三多的爱护，军事演习中战友被击中时其他人眼中的伤感都体现了军人之间浓浓的战友之情。正是因为重视和成才的友情，许三多才能够活捉各方面都比自己优秀的老 A 中校，虽然捕获后许三多已经伤痕累累，却依旧对成才信任不改；正是因为出于友情，从不认输的伍六一可以高喊"我放弃"，只因为不想拖累了战友；还是出于友情，袁朗选择放弃在训练中失分最少的成才，因为"我们不敢和你这样的兵一起上战场"；还是出于友情，许三多这个傻得可怜的人在野外训练时偷偷给班长塞鸡蛋，最后是班长为他背了黑锅。这些都是具有悲悯情怀的作者对生存中的个体给予的人文关怀。

其次在对生命的尊重上。剧中成为老 A 的三多在一次伏击毒贩的战斗中用枪击毙一名乔装的女毒贩，这使他几乎崩溃，虽然他是出于自卫，对方也是罪大恶极之人，但他分明看出"她想活"，而"我却把她杀了"。在许三多的思维里，即使是毒贩的生命依然是生命，仍然应该受到尊重和保护，这虽然看上去是许三多的个人挣扎，实际上却是编导作者们对生命价值尊重与对普通生命的无限悲悯。除去文本情节发展的需要，在很多时候，演习中、日常生活中，作者允许多角度展现人物生存中的各种思想趋势，甚至是不恰当的。"我们允许年轻人犯错误，允许他们走弯路，只要他们还回来。"

再次，在对残酷战争的揭示上，作者依然将触角放到最真实的社会生活中来，提醒着现实与理想的差距。剧终真正的战争只有一场，但和平年代的军事演习同样残酷，用高成的话说“很多人是被踢出了这场演习，也许就再没有参加的机会了”，史今就是在这场演习中被击毙，最终失去了留在部队的最后一点可能。而这场演习的直接结果是七连的解散，一个原本优秀的集体瞬间化为乌有，一个个原本生龙活虎的兵流着眼泪接受改编，最后偌大的连只剩下一个连长一个兵。这对每个亲历者来说都是一次沉重的生命体验。每一次的选拔每一次的演习，残酷无情的淘汰让人坠落谷底，少数的入围名额本身就注定了这是一场场多数人为少数人殉葬的祭礼，身边倒下的战友、假想的敌人，昭示着现代战争的残酷。战争没有眼泪，每个亲历者都要孤军深入、以一当十。当铁骨铮铮的伍六一在胜利在望却不得不因伤退出时，当白铁军近乎幽默的自嘲高呼时，当我们看到一个又一个落寞背影的离去，自然地联想到那些在战争胜利的曙光到来时倒下的战士，其悲壮丝毫不亚于真实的战争。

概而言之，由于新时期读者的多元化选择以及长期和平生活造成的人们对军事生活的普遍冷漠，造成军事小说创作的局面尴尬。通过对《士兵突击》中悲悯情怀分析，期望认识现代军人的人格体系和价值观念，更好地认识更广泛的军事题材作品。本文从传统神授英雄转向悲剧英雄的建构上，在文本叙事模式及深层次内蕴的探寻过程中，剖析了作者并引导读者的悲悯意识。同时，挖掘人物内心的悲剧性，揭示战争及军事生活对人物心灵和命运所造成的深刻影响。

《北京人在纽约》：奔赴美国的淘金梦
妻离子散的王启明

《北京人在纽约》：21 集电视连续剧。美国，一个淘金的梦。这是一个经典的、关于北京人在纽约奋斗与挣扎的生存故事。东西文化的碰撞引起的不只是疼痛、无助与彷徨。在家庭的分解与重组中，在婚外情的发生和发展中，在移民子女的教育及两代人的观念冲突中，这群怀着美国梦的北京人，事业与情感发生着巨大的变化。这是第一部全面描写赴美移民浪潮中北京人的故事。北京音乐家王启明与妻子郭燕，怀着对美好生活的渴望，终于来到了神往已久的美国。然而，一切并不完全像他们想象中的一样美好。通过奋斗，王启明终于成为一位富翁，但却付出了巨大代价。妻子郭燕成为外国商人大卫的妻子，而大卫却是王启明最大的竞争对手，情感在复杂而微妙的冲突中发展，王启明也找到了聪慧美貌的红颜知己阿春，但是矛盾并不能得以很好的解决，女儿宁宁的到来，又在几个人的生活中掀起轩然大波。宁宁不能理解父亲王启明与母亲郭燕，更不能接受阿春。处身于美国的社会环境，她变得任性和反叛，以放纵自己的方式表达对父母的怨恨。《北京人在纽约》折射出东西文化的差异，全景式展现北京人在纽约生存状态，成为描写第一批赴美淘金的中国人事业与情感历程的经典之作。中国影帝姜文第一部电视剧作品，荣获中国广播电影电视部第十四届“飞天奖”，第十二届大众电视“金鹰奖”。一本不朽的著作，一部经典的名片。中国首部全程在美国拍摄的电视剧，开创收视最高纪录。

美国——对大多数中国人来讲是一个遥远陌生的国度。来自大洋彼岸的消息也不相同，有人说那里是天堂，有人说那里是地狱。大提琴家王启明和妻子郭燕从肯尼迪机场下机伊始就陷入了一种可怕的幻灭感中，为了谋生，王启明进餐馆打工，郭燕去工厂干活。在严酷的现实面前，他（她）们放弃了同甘共苦的初衷，走上了一条充满竞争、心酸、冷漠的人生之路。王启明暴发有了钱，郭燕找到新的家，但都没有因此获得幸福安宁，在新的生活波折中，王启明大起大落一贫如洗，郭燕被逐出家门流落街头，他（她）们的女儿也要离家出走。自由女神依然冷傲地注视着来自世界各地的人们涌入纽约淘金寻梦，又有一批中国人走出肯尼迪机场，望着他们兴奋的面孔，王启明百感交集。

《断背山》：李安电影创作成功融汇东西文明 中外互动追求民族文化自我认定

李安，1954 年出生在台北，祖籍江西。1975 年他自国立台湾大学艺术学院毕业，后前往美国留学。他先是在伊利诺斯大学学习戏剧导演，获戏剧学士学位。后又前往纽约大学学习电影制作，并获得电影硕士学位。在纽约大学学习期间，他拍摄了《追打》、《我爱中国菜》和《棒艺术家》等 16 毫米电影作品。1982 年他拍摄了《荫凉湖畔》，获纽约大学奖学金及台湾政府主办的独立制片电影竞赛奖：金穗最佳短故事片奖。

台湾籍导演李安近年蜚声国际影坛，在太平洋两岸均取得了不俗的成就，毫不夸张地说，他架起了东西方文化的沟通桥梁。作为一个自小在传统中国家庭里长大的人，他除了拍出了《推手》、《喜宴》、《饮食男女》及大红大紫的《卧虎藏龙》等华语片以外，居然还能拍出令国际影视界一致叫好的跨文化的《冰风暴》、《理智与情感》及《与魔鬼共骑》，这三部影片分别代表着维多利亚时代封建保守的英国以及美国南北战争时期和 70 年代的社会背景。也许对于一个真正的金牌导演来说，电影不存在什么文化与国别的区别，只要他的作品能触动观众。1984 年他以《分界线》（“Fine Line”）作为其毕业作品，从纽约大学毕业。该片还获纽约大学生电影节金奖作品奖及最佳导演奖。接下来的 6 年时间，他一直在美国从事电影剧本创作工作。期间，他仔细研究了好莱坞电影的剧本结构和制作方式，试图将中国文化和美国文化有机地结合起来，创造一些全新的作品。那段时间，李安完全靠妻子微薄的薪水度日，甚至当起了“家庭妇男”。他每天在家里带孩子、练习厨艺，闲下来就构想剧本。1990 年完成了剧本《推手》，获台湾政府优秀剧作奖。该剧本不仅为李安赢得了 40 万元奖金，而且使他获得第一次独立执导影片的机会。1992 年，他亲自执导了他的第一部作品，将《推手》搬上了银幕。这是一部反映在纽约的一家台湾人生活中的代沟和文化差异的喜剧片，这部影片在台湾获得了金马奖最佳导演等 8 个奖项的提名，并获得最佳男主角、最佳女主角及最佳导演评审团特别奖。此外，该片还获得亚太影展最佳影片奖。

《断背山》故事梗概：

1963 年的灿烂夏日，怀俄明西部，年轻的牛仔杰克·特维斯特杰克·吉伦哈尔饰）与恩尼斯·德尔玛（希斯·莱杰饰）因同为牧场主乔·阿桂尔（兰迪·奎德饰）打工而相识，杰克比较健谈，且骑术高超，恩尼斯自幼父母双亡，所以他性格内向寡语。人迹罕至的断背山深处，高山牧场的放羊工作单调而艰苦，随时有遭遇野兽袭击的可能，不得不有人看守羊群，和羊群睡在一起。起初二人一个放羊，一个看营地，少有交流。直到有一天，二人晚饭时喝多了酒，深夜又分外寒冷，于是杰克与恩尼斯同帐共衾而眠，在酒精与荷尔蒙的作用下，他们之间发生了“不该发生的事”。空虚寂寥让两个 19 岁的青年彼此相爱了，一个人做饭，另一个放羊，篝火边长谈，帐篷内欢爱，同性间的纯美真爱伴随二人度过了人生中最美好的一段夏日时光。季节性放牧工作结束后，迫于世俗的压力，杰克与恩尼斯依依不舍地踏上了各自的生活旅程，杰克凭着精湛的骑术成为了德州的竞技牛仔，依靠着妻子露琳（安妮·海瑟薇饰）家族的扶持而事业蒸蒸日上；留在牧场的恩尼斯迎娶了自幼相识的阿尔玛（米歇尔·威廉姆斯饰），每日为嗷嗷待哺的女儿奔忙，过着平凡清苦的日子。弹指间四年过去了，饱受相思之苦的杰克给恩尼斯寄去明信片，说自己做生意外出时要路过怀俄明，希望能见上一面。重逢后的杰克与恩尼斯深情拥吻，时光的流逝并未冲淡二人心中炽热的情感，在随后的十几年中，杰克与恩尼斯都定期约会钓鱼。表面上的婚姻让阿尔玛的内心苦楚不堪，她知道丈夫每年消失在断背山中与老友杰克钓鱼的真正原因，而杰克与恩尼斯也经受着同性恋所招致的巨大偏见和世俗压力。最终，厮守一生的愿望因杰克的意外身亡而落空。在杰克去世后，恩尼斯来到了杰克父母的农场，想把杰克的骨灰带回到二人初识的断背山。在杰克的房间里，他发现了一个秘密：初识时他们各自穿过的衬衫被整齐地套在了同一个衣挂上。这个秘密让恩尼斯潸然泪下，他意识到杰克是多么爱他，自己又多么深爱杰克。但无论爱是怎样的浓烈，最终见证它的只有那座壮美苍郁的断背山。

在全球文化和本土文化互动的动荡时代，李安的电影作品不仅风靡各大影展和主流院线，同时也神奇地俘获了不同国度和民族观众的心，但是中国大陆学院派对其作品的研究却始终略显冷清。究其原因，往往是因为研究者身在以反传统为正道的“第五代语境”中，他们认为李安作品中对中国传统文化反叛的态度不够主流也缺乏深度；或是纠缠于“中西文化冲突”的自设背景，反而忽略了电影作品本身的倾向。实际上，大文化意义上的“传统”不仅指中国传统文化，它同样可以包括划分电影类别所用的传统类型和西方文化传统。李安的电影作品正因为在平衡各种传统之中保持了浓郁的民族性而独树一帜。但是李安对每一种传统的态度的取舍又不尽相同：在影片形式上，他在因袭类型电影外貌的同时消解其标志性内核；在影片内容上，他对中国传统采取历史性的描述，而对西方传统则用聚焦式的领悟。

因《断背山》获得2006年奥斯卡最佳导演奖的华人导演李安，被台湾政客誉为“台湾之光”以至“亚洲之光”，在西方引起道德讨论的轩然大波。这么一个头顶光环的人物，在大陆学院派人士的眼中却仍是掀不起半点涟漪，过去10多年里对李安平静得近乎平淡的态度并没有因此改变。一将功成万骨枯，拼却了前半生的艺术信誉和香格里拉的天外胜境，以“冲奥”为目标、以人民战争收场的《无极》之父陈凯歌，以及和他齐头并进的“第五代”，已经占据了国人太多的思维空间和热切关注，从学院精英到普通大众，对“第五代”都长久地保持着尊敬、期待、热情。尽管国内观众一致对他们的屡战屡败表示安慰：获奖并不是唯一准绳。但这始终改变不了他们心中愈久弥深的梦想，阻止不了他们发起下一轮的豪赌。与这种思之切、梦之重相比，李安则遭遇了不能承受之轻。一轻：别人寤寐思复的荣誉于他总如探囊取物，轻轻巧巧；二轻：学院派对他的研究始终保持着有限度的探讨，近乎轻视。这一冷一热的悖论让人着实疑惑：是因为他长于台湾、学于美国的暧昧身份？还是因为他的作品处于华人电影和华语电影边缘的尴尬地位？爱他的是谁？嫌他的又是谁？传统不仅指中国传统文化，它同样包括划分电影类别所用的传统类型和西方文化传统。其实，对于李安作品的价值和意义，远没有到盖棺论定的时候，但是宏观地来说，正因为他处在当今全球文化和本土文化互动的动荡时代，及时地阐释李安作品和李安现象，给予他应有的地位和重视，对于全球化语境中华人电影的方向找寻、民族文化的自我认定都有一定的启示。以李安对传统的态度为纵线，从李安电影被误读的外观层面、反类型电影的形式层面、反思东西方文化传统的内容层面和用东方情调补救文化断裂的审美层面四个横截面逐曾深入，分析李安电影作品的开放性、融贯性和审美意义的多重性。

被误读的外观层面：新旧道德语境嫁接
中外文化冲突调和

误区之一：第五代语境。

把李安放在第五代的语境里，把自己放在李安作品里，以一个纯粹而崭新的视角重新获得对文本的深入体会。正如法国历史——社会批评家吕西安·戈德曼指出：一种思想，一部作品，只有被置入一个生命或一个行为的整体中，才能显示它的真正含义。

李安和第五代导演同为中国当代电影的名门望族，同为跻身国际影坛的华人领袖，如果仅从微观上将他们个人作品风格简单作比，没什么太大的现实意义；如果将李安作品与整个第五代作比，显然轻重失衡，毕竟李安的创作还没有形成第五代那样的文化气候和规模。所以，将第五代这个带有代系特征的、较为宏观的整体作为背景，将李安放置在这个大的背景里评述，是比较恰当的。

提起第五代，国人皆知，20 多年来的风雨飘摇一直没能湮灭我们对第五代的忠实追随。80 年代绝对精英严肃的文化寻根和政治反思、90 年代的对政治文化禁忌有意触犯、直至今日毫不讳言对国际市场的趋之若鹜。对于这一批本土的艺术家，中国观众始终是充满深情，赞美是热辣辣的赞美，批评也是热辣辣的批评，像是对自家孩子，有出息了恨不得捧在手心里，犯错误了也是批得痛心疾首。尽管已经有以独立制片的方式为标志的第六代取得不俗成绩，但是一提到中国电影主流、一提到有影响有成就的导演，第五代总是首先被想起，他们占据了绝大多数的投资金额，占据了绝大多数的票房收入，也成了绝大多数中国观众心目中当代中国电影的真正代名词，是入得国际厅堂的珍贵家当。于是，第五代，就不仅是一个艺术群体，也不仅是中国电影发展的一个阶段，而成了带有某种话语霸权的语境，在这个语境里，人们阅读和评判所有的电影时，都不由自主地将第五代电影作品作为参照系。

因为他们的经历和作品都打上了整个中国一个阶段历史的印记，他们是一代艺术家，也代表了一代人，代表了新中国的成长历程。我们一起成长，一起迫不及待地脱离母体，一起追忆那个属于我们特有的年代，一起意气风发地要去闯天下……触犯了审美距离的天条的情绪失控，便造就了我们看电影时的思维定式。这种潜伏在我们意识深处的顽固因子就是：对传统文化的态度仿佛只能是反思和颠覆，任何形式上的肯定都是落后的，有贩卖民族风情的嫌疑。

第五代作品里大量寓言型的东方奇观被很多学者冠以迎合西方“东方主义”的名义，其实如果努力克服唯恐落入后殖民陷阱的敏感，仅从中国观众的欣赏情绪来看，就会发现这种判决有失偏颇。这种东方奇观确乎是有“看——被看/制造被看”的模式，但并非是以西方人为视角凝视古老的东方世界，扪心自问，或许看官正是现代社会里的中国人，而被看的是过去某个角落里不为人知的民俗民风，那些已成化石的陈规陋习被我们挖出来鞭尸难道就没有国人自己的急功近利心理吗？因为急于跨入现代化，不惜将传统的东西妖魔化、或者是无限放大本来就罕见的特异民俗。猎奇心理给影片造就十足观赏性，也给国人造就充分的理由来反传统。

值得一提的是，李安作品中铺陈的婚丧嫁娶、日常起居也彰显出浓厚的中国味道，但这种奇观是文化产品，是东方文明精髓具有象征意义的表现形式。其中不仅包括浅层的饮食文化、中国功夫、婚庆习俗，更包括了东方人长久以来形成的平和淡然的处世态度、圆满整一的人际观念、虚实相生的精神状态，它们是西方人的文化奇观，更是东方人的文化骄傲。在这里，传统才体现出其“社会的一种生存机制，民族内聚力的源泉、维系民族生命的抗体”的本质力量和强大魅力。

其实真正传统文化的根对于第五代来说，已经是前世的前世了，中国传统文化从五四开始，已经在狂飙突进中，发生了悲剧性的割裂。五四新文化人企图彻底打碎传统价值体系，一夜之间实现整体性的“道德嫁接”，实现文化灵魂的重铸，结果是“旧道德”未能寿终正寝，“新道德”也早夭襁褓。20世纪的中国并因此饱受道德失范和文化失范之苦。然后，文革的暴风骤雨使得本就与真正的传统文化不甚亲近的他们被再次割裂，成为无根漂泊的一代。等他们从那场赋予他们的青春以狂热和迷茫的运动中拔身而出，都开始怀想被割裂之前的东西，与此同时，刚刚经历过的一切，也随着时间的流逝而成为另一场不可及的文化记忆和文化想象，一如每场去而不返的曾经。他们的怀想和反思是隔代的，止步于“文革”之前的五四，五四精神才是第五代真正要追寻的文化之根。而五四精神精髓之所在，正是反传统，因为中国传统文化作为黑暗与罪恶的象征，作为鸦片战争以来衰弱、腐败和屈辱的总根源，必须彻底摧毁，中国才可迈向未来。所以他们要继承五四精神，反思和颠覆传统文化。

现代国人生活在文化断裂的困境中，当大陆正在热情继承五四传统，进行文化的继续革命，并把这种革命发展到狂热的虚无主义地步时，生活在独特环境中的海外华人已不那么单纯了，他们忧患更深，思考也更深。切肤的飘零感使新儒学的一些知识分子想通过再次呐喊重建文化传统，这是内在文化精神在理知层面上的表现。李安作为作者而非思想者，作为个人而非代群，他对传统文化的继承和理解则为我们提供了一个全新的视角。

误区之二：文化冲突与文化调和。

电影和文学一样，也是一种文化中的意义载体，它以形象的方式表现文化中最敏感的部分，它或者肯定文化中现存的价值秩序，使观影过程成为维持文化整一性的活动；或者以艺术想象特有的敏锐，揭示现有文化秩序中所压抑或掩盖的因素，将解放力寓于一种深刻的认知力中，拒绝现存价值秩序或提出新的秩序。因此，在文化的整体中考察电影，既是一个理解电影的过程，也是一个理解文化的过程。

而目前，文化研究的角度正是国内评论家研究李安电影的热点。李安电影自身所具备的浓厚文化气息，引起了研究者极大的兴趣。他们的关注焦点多集中于：作品中的中国文化及其导演的东方情结其如何被表现，以及对中国传统文化的态度。这个切入点无疑是准确而且有意义的，它已经触及到李安作品的显著特征与核心问题，但是由于将传统过于细化，从而忽略了传统作为一个整体的基本走向，使得他们的研究成果繁琐细微，始终让人感觉意犹未尽。

他们在对李安做评论的同时，往往与李安并排站立，一定要将中西文化的优劣分个高下，一定要把中国传统该不该要的问题打破沙锅问（纹）到底，并且得出结论：中国传统文化在与西方文化的交战中节节败退是现实世界中的事实，李安在电影中让传统全身而退，与现代西方思想达成理想中的调和，从而维护了一种虚妄的和谐。这个结论里有两个关键词："东西方文化冲突"和"东西方文化调和"。

第一个关键词是："文化冲突"。说到东西方文化冲突，好像是个不需要考证的事实，远到鸦片战争被迫打开国门，近到改革开放主动迎接世界，造成的社会现象都是东西文化冲突的产物。哪怕今天，在我们选择喝茶还是可口可乐这样的平常小事的时候，都可以和东西文化冲突联系起来。但是，西方文化似乎从来都没有承认过他们受到了东方文化的冲击，新儒家思想受到青睐也只是在东方文化一脉相承的东南亚，而不是在几乎没有传统文化积淀的美国，更不用说无比珍视自己文明的欧洲大陆。在大多普通西方人眼里，东方仍是个遥远神秘的"他者"，有待发现、有待探寻。只有我们东方人明确感觉到西方文化对我们传统文化根基的威胁和动摇。

所以一旦采用了"东西方文化冲突"这样的字眼和逻辑起点，其视角必定是局限在东方范围内的，缺乏世界性眼光从而导致研究缺乏深度和广度。李安生长于台湾，自然成长中受到的伦理教育是中式的，他又学成于美国，艺术生长中受到的教育是西式的。他的作品及其现象，在世界范围内，在东西方文化双重背景里方能显示出真正的意义。学者许纪霖在《文汇报》2006年3月26日一篇题为《李安现象三人谈》的时评里称李安为"文化边缘人"、"好莱坞的东方传教士"。他说："'自我'"的形成有赖于'他者'的目光。作为'文化边缘人'的李安，对于中西文化而言，都是某种意义上的'他者'。他透过文化的隔阂，以西人可理解的方式表现东方的伦理，以中国人独特的理解重现西方的文化，而更多的是穿越中西差异的表层，去探索人性深处普遍的困境。'文化边缘人'是最具生命原创力的，对中西文化'旧爱新欢、皆难割舍’的李安，完成了一个利玛窦式的文化壮举，将中国文化的基因内植到西方的生命体中。李安不愧为好莱坞的东方传教士。”由时评文章的随意性产生的溢美之词姑且不论，这样的论断还是相对准确的。巴赫金也说过：“异族文化只有在他种文化的眼中，才得以更充分和更深刻地揭示自己，在同其他的异己的涵义相遇和碰撞之后，一种涵义揭示出自己的深层底蕴，因为它们之间似乎开始了对话，这些对话克服了这些涵义这些文化的封闭性和片面性。”

事实上，他的作品的确给西方观众塑造了一个可理解的东方，这个东方对西方观众来说，既可信又值得向往；相应地，对于中国同胞来说，既可以帮助回顾，也有助于重新理解。可见，李安的视角绝非立足于片面的东方，绝非中国国粹主义。因而在我们提到传统文化时，要兼顾到中西文化的双重传统，而非一味将其置于异质文化对立的尴尬处境，喋喋不休他到底更倾向于哪一方的议论。

退一步说，即使有些研究没有采用“文化冲突”这样的字眼，但实际上仍然做着中西文化对比的艰难工作，其结果多少显得力不从心且缺乏新意。因为中西文化本身的对比已有无数哲学专著论述都没有定论，无数的学者都证明了要想把这个题目说得让人心服口服实在是件很难的事，而中西文化在文学艺术上的表现的对比产生了比较文学这一专门学科，所以这样的研究走到最后就一定是丢弃了作品本身蕴涵丰富的指向，结果就其飘忽不定的能指费尽周折。

第二个关键词是：“文化调和”。研究者认为：李安妄想用中国传统文化的退守，来使东方文化与西方文化最终圆融，从而保持一种虚妄的平衡，对于现实来说只是象征性地解决。

这种“文化调和”的观点在哲学上已经是被明确否定过的。梁漱溟先生曾在《东西文化及其哲学》里态度鲜明地指出：“大家意思要将东西文化调和融通，另开一种局面作为世界的新文化，只能算是迷离含混的希望，而非明白确切的论断。像这样糊涂、疲缓、不真切的态度全然不对！”如果李安真的就是为了得出这一落后的哲学论断忙碌不休，那么我们便完全可以理解前文所说到的李安为何受到如此冷落了，因为即使在艺术层面和商业操作上再成功，哲学意蕴层面的缺陷也会使他的作品难以达到一流的水准。研究者认为他对哲学是有限度的探讨，以及研究者对他保持有限度的探讨，都将是大大的有理。

研究认为，“文化调和”作为“文化冲突”的结果，既是故事的结局，同时也开拓了一种新的局面，但是总归是一种虚妄的平衡，“只能算是迷离含混的希望”。不论是冲突还是调和，前提都是将东方文化和西方文化都看做静态不变的固体，按照冲突的逻辑，中国传统文化一旦退守，意味着西方文化占据上风，此消彼长，结局应该是西方文化式的，但我们反而发现，传统退守以后，结局正是中国传统理想中的那种平静、平和、平衡。那么，与其说中国传统是以一种狼狈的退守姿态来换取暂时的虚妄平衡，倒不如说它的退守是一种策略，或者说是它本身生命力的表现。“传统是敞开的，是永远有待于完成的。……现代是传统的一部分，是传统前进中的步伐，它使传统更加丰富，而不是为了与传统对立。”因为传统本就是具有生长性的整体结构，从来不是静态凝固的。

况且我们还有一条重要证据，那就是：如果李安的目的是要得到“文化冲突”后的结果——“文化调和”，那么夹缝中生存的子一代才应该是故事的主角，但“父亲三部曲”的主角和主线始终是代表传统的父亲。在谈到贯穿这三部影片的父亲这个形象时，李安曾这样说：“从《推手》当中一心想要与儿子团聚的太极拳大师，到《喜宴》最后接受儿子是同性恋事实的将军，再到《饮食男女》中压抑感情的国厨，他们都代表了某种中国传统文化的特质，而在《饮食男女》里老朱后来接受家庭翻掉的事实，开创自己的新生活，这可能也算是我对中国文化的一点祝福吧。”此时，李安的真实意图才水落石出：他是要问询中国传统在大环境下的去向。

拨开第五代语境的迷雾，我们明白了不是坚决反传统的李安作品有他独特的存在意义；而是回避文化冲突和文化调和的思路，使我们的视角变得更丰富，更能看见传统复杂和生长的一面，从而更贴近李安的态度。下一步，就是揣摩李安在作品中对传统到底是怎样的态度。

反类型的形式层面：《卧虎藏龙》“不争”的武侠思想消解暴力行为
《断背山》“同性”之间刻骨相思裸现另类情缘

学术界和观众都承认李安很会说故事，却没人说李安是个电影作者。潜台词就是：李安总归是在中规中矩的类型片里精雕细刻，少有特立独行的个性主张。没人会觉得李安的电影难懂，当我们含着微笑看完父亲三部曲（《推手》、《喜宴》、《饮食男女》）、《理智与情感》、《卧虎藏龙》，还有貌似暧昧的《断背山》，那些套装的形容词仿佛马上就可以随手拈来解释我们的感觉，温厚谦和、圆融细致、幽默通俗，似乎三言两语就可以很妥当地给这些电影和李安本人一个交代。这样的电影比起第五代大片，实在是太没气势了。但事实上，也正是因为李安通俗剧的形式超越个人与文化藩篱的内容，他的电影才得以跨出影展，进入全球的商业主流院线，进入好莱坞片厂的生产体系，从一个“李安”变成“亚洲之光”。从此，当我们讨论李安的时候，谈话的内容就不再仅是李安了。

当我们掰开紧黏着李安的光环和套装形容词，试着用类型片的模子来框套李安，会发现他的每一个单独看来温和可爱的作品里，连在一起只说着同一个主题，那就是：反传统。而这种叛逆，不是表现在作品的思想里，而是存在于李安挑战各类传统类型片的动作里。

任何一种文化秩序中，都包含着两种冲动，一种是因袭性的，一种是创新性的。因袭性的冲动讲究价值的连续性，因袭众所周知的观念、形象与意义，大量的传统经验，将个体统一化为整体，在幻想的连续感与共同感中维护文化的同质结构。创新性在任何时候都以创造的形式发掘文化中潜在或异在的因素，揭示文化的新信息或既定文化秩序中的问题与危机，帮助人们以批判的形式超越现有的文化秩序促进文化的异质性变化。文化永远是处于因袭性与创新性两极间的连续统一体。

类型化的故事，大众化的象征，老套的人物，公认的观念，一遍又一遍的重复，但是在这种重复中，文化里那种同质结构的冲动被仪式化，像民俗传统中的各种节日一样，不断以同一模式举行，借此维持文化的连续意义与因袭性。研究李安如何在因袭性的类型电影里表现文化的创新，这才是我们的主旨。

类型是我们给电影故事分类时使用的，它们使观众对影片产生一定的心理预期。每种类型中都有一个主导叙事结构，即一种在大的文化、历史和经济背景下产生的固定结构。主导叙事结构推动了主流故事的产生，即在文化中占统治地位的故事。主导叙事结构和主流故事模式不是存在于现实之外的，虽然它们存在于影片的外表，而且在我们的文化谱系形成之前就产生了。它们有一个历史，它们能够被重复，意味着它们符合主流的个人、社会、文化的需求。一部类型片是许多人想象的结果，包括观众的集体想象和孕育这部影片的主流故事模式。

所以类型从某种意义上说，就是传统。类型片是电影的一种传统，武侠是中国人的传统，牛仔是美国人的传统，而科幻是现代人想象力的传统。李安似乎有意与类型片貌合神离。他总是在突显类型片的主要表征时不动声色地消解其各项标志性内核。这从某种程度上可以说他是在借传统反传统。正如韦勒克指出：有许多认识真理的方式，每一种都有自己的合法性，某些类型的真理只有通过反论或者精心设计的歪曲才能表达。

《卧虎藏龙》与《断背山》是为李安作品中最为显赫的两部，却也是毁誉参半的范例。说起前者，中国人往往要嗔怪其武侠味的不纯正，江湖中人满口莎翁式台词；而后者，阳刚正义的牛仔却有了断袖之癖。《绿巨人》也是李安作品最为吊诡一部，颇具旧式文人气质的他居然去拍科幻片。这里就以它们为例，分析李安如何利用类型片的表征表达反类型的本心。

1. 武侠片与《卧虎藏龙》

武侠片脱胎于武侠小说，它们都是中国特有的文学和电影类型。而类型研究这一影视本体批评模式本就是从文学类型批评中获得灵感和概念，那么我们不妨借用武侠小说类型研究的理论。

曾经有人沿袭普罗普《童话故事形态学》的论述框架，指出武侠小说的叙事模式有 15 个，仇杀、流亡、拜师、练武、复出、艳遇、遇挫、再次拜师、情变、受伤、疗伤、得宝、扫清帮凶、大功告成、归隐。配合着这些“恒定因素”、“主要手法”或“核心场面”，我们认定《卧虎藏龙》符合武侠片的类型特征，但是从潜藏在这些基本叙事语法后面的文化意义来分析，《卧虎藏龙》的主题却完全背离了典型的武侠作品，那么即使它有一个貌似武侠片的主导叙事结构，也不可称之为传统意义上标准的武侠片。

从主题上说，“武”和“侠”是武侠片的两大支柱。其中“武”是行侠的手段，武侠片总是要“借武言侠”，所以，如果说武是躯壳，侠便是灵魂。崇侠尚义是一以贯之的母题。而在行侠的主题中，又具体分为“平不平”、“立功名”和“报恩仇”等几类。但是我们会发现，近年来的武侠片中，”报恩仇”几乎成了侠客行侠的主要动力，“平不平”和“立功名”不再时兴。

而在《卧虎藏龙》中，恩仇却是不被报的，李慕白行侠的全部动机就是平息江湖恩怨，乞求心灵平静。影片第一场戏，就是李慕白交代提前出关的原因。他一是为了送剑，二是为了扫墓。宝剑你争我夺，江湖冤冤相报，送剑就是为了远离恩怨是非；扫墓是因为不愿去报杀师之仇，要在先师墓前求得他亡灵的原谅。这段现成的故事里，如果用江湖道德准绳衡量，最深的仇，应该就是碧眼狐狸对李慕白的杀师之仇。而最重的恩，是李俞二人对玉娇龙的处处维护，包括俞秀莲对她和玉家名誉体面的顾及，李慕白对她人性枝蔓的修剪。但是，李慕白并不看重报仇之事，他追逐碧眼狐狸师徒，旨在对收玉娇龙为徒从而消除江湖隐患，至于为师报仇只是顺道解决。玉娇龙对李俞二人的苦心也毫不领情，只是一味任性行事。正因为这种刻意模糊了恩仇的影片叙事，使得观者心理期待中那个血雨腥风、快意恩仇的江湖变得不是那么理所当然。没有酣畅淋漓的杀人报仇，也没有让人心满意足的知恩图报。江湖还是那个江湖，只是其中没有了一个手刃仇敌的大英雄，让我们心生错愕之感。武侠片似乎不该这么欲语还休，我们早已习惯了爱憎分明的动机、干脆利落的行动和真相大白的结局。观众因此对影片诟病最多的，就是觉得：本片叙事主体已在第一段文戏中有了大致的格局，叙事线索与出场人物也相对简明。这对于习惯复杂江湖恩怨的观众而言是一大不足。

李慕白替李安说出了影片的真实主题，“江湖里卧虎藏龙，人心里何尝不是，刀剑里藏凶，人情里何尝不是?”《卧虎藏龙》正是以人心欲望的挣扎，颠覆了武侠片的主导叙事结构“报恩仇”，在讲述盗剑、寻剑、夺剑故事的同时，实际上是一个修心、爱心、伤心的故事。从而顺理成章地推翻了道德高于人性的律令，那么它立起的，正是普通武侠片嗜血倾向的反面——人道主义。崇侠尚义，作为一种超越其他社会法律之上的道德契约，它们对君子、对豪侠既是至高无上的精神信仰，同时又是一种以人格秩序和心理等级为前提的思想律令。因为要严格遵循这种信仰和律令，势必导致武侠片对死有应得、杀身成仁、以死赎罪、以死超生的标榜。试问哪部武侠大片里没有杀人如麻的场景，试问哪个导演不是对各式各样的杀人手法津津乐道，在维护正义的道德幌子下，于美轮美奂的场面调度中，观众经历了一场又一场的美学暴力。暴力是武侠片中解决矛盾冲突的唯一方式，这是以武打动作为核心的电影必须恪守的叙事常规——这也是武侠片与生俱来的“文化原罪”。所以，武侠片里的叙事策略有意将暴力伦理化、神圣化、美学化。

因此，沿着偷换行侠主题的路线，《卧虎藏龙》继续前行，又在“武”这个主题上解构了传统武侠片的叙事策略。首先，以“不争”的武学思想消解暴力的伦理化。传统的武侠片中以武力的强弱为推动故事前进的原动力，恶人恃强凌弱，打破社会的平衡，正义者则因技高一筹方能惩戒恶人，使社会恢复平衡。曾有人说，第五代大片在很多时候不过是为杀人铺张些理由。而《卧虎藏龙》里最精髓也是最直白的武学精神，是李慕白对玉娇龙的一番话：只有不争，才能我顺人背。这种精神以退为进，以消极抵御代替主动出击，很有老子学说“清静”“无为”的意思。它以哲学思辨颠覆了以暴力制定的伦理准则。其次，以世俗化的江湖面貌和侠客形象消解暴力的神圣化。以往的江湖是英雄辈出，豪杰遍布，除暴安良，好不热闹。它是将现实中的点点滴滴聚集起来，重彩浓墨，使普通人的一颦一笑变为侠客们的怒目横视和仰天大笑。玉娇龙便是冲着这个理念中的江湖走出似海侯门，可惜她所遇见的江湖偏生虎是卧着的、龙是藏着的，没有一个道德武功皆上品的武林盟主横空出世，也没有一个需用武力维护的社会秩序巍然而立。正好验证了俞秀莲的话：走江湖的，吃不上饭，睡不上觉，洗不上澡，书里也写这个？李慕白剑法武艺精进，行事却没有相应的洒脱不羁；凶恶如碧眼狐狸者也不得不委屈以奶娘的身份一藏数十年。这些都是活生生的人，而不是那些面上油彩重得如脸谱一般的侠客。最后，以生活化的真实场景消解暴力的美学化。以《英雄》为滥觞，第五代导演的古装主旋律大片（《十面埋伏》、《无极》、《夜宴》、《满城尽带黄金甲》等）纷纷循着它远则万箭齐发、微至剑破水珠的路子，大跃进般地迅速将暴力美学推到一个高处不胜寒的极致，大有“武不惊人死不休”之势。此类场面用力过猛，便流露出作者对于暴力有一种奇异的赏玩态度，而这种态度基于对个体生命本身的漠然，势必导致影片在人性刻画上捉襟见肘、难圆其说。看似一出博古通今的大戏，不过是一场经不起推敲的末路狂欢；再呕心沥血编织的金缕玉衣，不过是裹着一具早如朽木的木乃伊。武侠片的“文化原罪”因为这种对暴力美学的极度推崇而显得更加罪孽深重，几不可赦。与这样危险且极不应该的“武舞神话”相比，李安最会四两拨千斤。玉娇龙初出江湖虽武艺不凡，却始终有股装腔作势的孩童气，手握青冥宝剑时总是力道不足，剑尖微颤；俞秀莲演练了十八般兵器还是打不过刁蛮小姐，鬓角零乱、气喘吁吁，导演无所顾忌地展现她的恼羞成怒，尽管在前一直对这个老江湖的含而不发、胸有成竹赞赏有加……正是因为有了这些散落片中看似漏洞的生活化场景的精心布局，使得本片避免了第五代武侠大片用力过猛的通病，从而对暴力保持了相对冷静的保留态度。将暴力场面人性化、生活化，使观众的判断力和剧中人的完整性都得到了应有的尊重，也使李安作品轻而易举地在人性刻画层面上技高一筹。其实，以暴力美学为标识的第五代武侠作品当时并未诞生，发轫之作《英雄》尚比《卧虎藏龙》晚了一年，却不曾想李安早已先知般地消解了它们。从此，李安作品在有意无意间，不显山不露水地具备了超越性和生命力。

2. 西部片与《断背山》

西部片是地道的美国片种，最早的类型片研究正是从西部片开始。它虚构关于美国拓荒时期的故事，表现欧洲向太平洋地区移民的无情运动中白人的命运。茂密的丛林或荒凉的沙漠背景，稀少的尘土飞扬的小镇毗邻着辽阔无边的原野，创造出了神奇的蛮荒文化影像。它以历史为索引，将这“疆土扩张”中所包含的“美国精神”和价值观念，进行文化和道德编码，从而构成了一种关于美国的神话。西部片在原始的土地上，展示出一个基本冲突即文明与野蛮，以及在文明内部个人与社会秩序的对立。

以牛仔形象的颠覆消解美国精神：西部片在20世纪50年代达到了高峰，当时正是文化忙于反复重申它的战前信仰和神话的时候，但几乎在同时，由于人们对战争神话的质疑，它就开始表现出衰落的前兆。因为它是对历史的神话，所以，当对历史的文化概念发生变化时，它就处于危险状态。虽然西部片就此衰落，虽然当代美国人真正体验过牛仔生活的少之又少，可是世人从上个世纪开始已经把牛仔和美国画上了等号。作为美国意识形态和美国大众文化的集中体现，西部片重视类型化的表意作用，并强调类型化的纯度和强度。因此，西部片人物形象的设置可谓善恶对立，壁垒森严。牛仔属于美国。他们雄壮、傲骨、迎风散发、不畏强权、好打不平，一如中国传统文化中侠客形象与侠义精神，牛仔以及西部神话一直是美国文化中的核心元素，不仅仅是些众所周知的蕴藉，如自由、自然、粗犷和勤劳，还有进步与发展的观念，以及最为重要的意义——美国精神。

《断背山》根据普利策奖得主美国作家安妮. 普劳克斯（Annie Proulx）同名短篇小说改编，背景是美国怀俄明州。它讲述了两个美国牛仔相爱，迫于社会道德压力后分别结婚生子，他们从年轻到中年，彼此的感情牵扯长达20多年。配合着西部片的经典“规范符码”来看，《断背山》一面深情款款地铺陈着壮美的西部自然风光和小镇街景，一面毫不留情地抽取了牛仔这种人物类型的全部内涵。

主人公牛仔恩尼斯和杰克是无所事事的无产者和牧羊人，他们不能策马狂奔、追逐枪战，只能被内心的欲望长久折磨着苦苦捱日，活得不那么潇洒，也不那么伟大。对牛仔形象的彻底颠覆，使得这个故事不仅与经典西部片相距十万八千里，即使与极具现实主义与非神秘化特征的西部片分支——“日暮西部片”（Twilight Westerns）相比，也显得格格不入，所以我们并不难理解为何它至今没有获得一个归属，以致不得不一直背着它的第一个绰号“同性恋牛仔电影”（gay cowboy movie）行走天下。这个绰号虽然不伦不类，却一语道出《断背山》中两个最主要的秘密：牛仔和同性恋。牛仔以阳刚之气著称，同性恋则是性别混淆暧昧的直接表现，这两个名词首先在本质上就是互相拆解的一对矛盾体，李安让它们狭路相逢于西部静谧的山峦，在安排了双方难舍难分的场面之后，还不肯就此罢休，接下来又狠狠地分别销蚀了双方的概念外延。牛仔形象首当其冲被颠覆，被牛仔象征的美国精神也随之瓦解，那么影片又是怎样赋予同性恋——这个美国人并不陌生的题材以破坏性重述的含义的呢？

以同性恋冲突的不可解决破坏童话叙事模式：正因为西部片比其他所有的艺术形式都更好地再现了美国的文化历史，并帮助塑造了美国自身的形象，它才责无旁贷地担当起美国文化最主流的一支。西部片往往取材于或者启发自开拓西部的神话、传奇和真实故事。西部片强调故事结构和戏剧冲突的至关重要性，一般在封闭的环形结构中来编织影片的开始、发展和高潮。西部片可以看做是一种模式、一种传奇演义和一种历史重构，西部片的基本故事结构不断在影片中重复出现，形成坚实的结构模式。冲突和冲突的解决是西部片的基本情节模式。

法国影评家安德烈·巴赞是最早对西部片类型进行详尽论述的专家，他曾指出了西部片的“深层实际”就是“神话”，并举例。他说，在影片的三分之一处，“善良的牛仔”总要邂逅纯洁的姑娘，对她一见倾心，尽管两人都有高尚的节操，也仍猜得出他们相互间的爱慕，但一些几乎不可克服的障碍阻挠着这段情事。最重要和最常见的障碍来自女方的家庭，牛仔必须经受一系列惊心动魄的考验才能最后把心上人从危境中解救出来。

而在《断背山》里，影片发展到三分之一之后，很大的篇幅确实被留给了两位牛仔和与他们邂逅的姑娘，但是邂逅本身不被作为重点渲染，杰克与妻子很快相识、结婚、生子，李安用简略的笔触表达了杰克对于婚恋潦草的态度。恩尼斯的妻子作为恋爱中的少女的身份则在她的丈夫和观众那里双重缺失。我们不知道她是如何被恩尼斯爱上并娶回家的，李安只让我们对她要承担的繁重家务了如指掌。总之，与他们内心的火热激情和梦一般美好的短暂相处相反，两位牛仔的婚姻生活平静冗长，童话故事往往以“从此他们过上了幸福的生活”收尾，这个故事偏生从“从此”之后说起，固执地要把生活的本来面目艰难道出。而这一切的始作俑者，便是二人不能为人知的同性恋情。同性恋作为冲突的发端是个绕不过的深壑，这个原欲人性与社会道德的冲突异于一般的恶势力阻碍，主人公们不是因为历史、战争、致命的疾病或者背叛而分离。战争终要结束，灾难也有尽时，随着时间的流逝，背叛会得到原谅，沉沦将被救赎，罪恶总有报应，唯有这个冲突从发生之时起就注定了不被解决的命运。由此《断背山》无法形成一个封闭的环形结构，也无法强颜欢笑演绎出人们期待中的传奇演义。

如果说童话叙事和美国精神分别是西部片的主导叙事结构和精神内涵，那么《断背山》恰是以一段牛仔间的同性恋情成功地对西部片进行了双重解构。

3. 科幻片与《绿巨人》

《绿巨人》改编自美国少壮派史丹·李的科幻漫画原著，环球公司对此片相当重视，不仅制作费高达1亿5000万美元，该片的数字效果还由好莱坞顶级特效公司工业光魔负责，同时，美国军方也全力支持此片，全方位地为影片的拍摄大开绿灯。但是，李安接下《绿巨人》后，便立刻抛开环球事先准备的、由黄金编剧——《黄金眼》的编剧迈克尔·佛朗斯筹备多年的脚本，决定自己重起炉灶。一部耗资逾亿美金的好莱坞暑期大片，题材又是改编超能力的英雄漫画，站在全球电影工业最专业也最奢华的顶峰上，李安却也有胆把它化为言志的私密之作，于此彻底实践他的反传统。

将社会危机集中于个体心灵危机：科幻片与科学技术、幻想力和想象力直接有关，它表达了社会对科学技术发展的焦虑和不安、对科学技术发展带来社会变迁的惶恐和反弹。所以科幻片中就经常会出现人类与异型或其他生命体的邂逅，它们进行着永无休止的战斗，并体现为某种可识别的原型形态。美国科幻片一直被当做是用类型化的手法来对社会关系进行诗意的描述，而科幻片本身又是由现实的技术氛围创造与改变着。因此，科幻片这一类型倾向于更多地关注大众的境遇和社会危机，而不大考虑个性的心理和个体的危机。它的基本情节冲突来自于技术成就带来的广泛和意外的文化后果，它的戏剧动作考验着社会和社会体制抵挡或接受（通常是全球化的）激进变换挑战的能力。

李安执导版本的特别之处是，影片能够摆脱好莱坞科幻片缺乏人性深度的定势，发掘出“绿巨人”这个角色超越于科幻动作玩具的精神层面，将传统意义上的漫画英雄，催化成李安笔下的悲剧英雄；将关注大众境遇和社会危机的宏大叙事，笔锋一转成为描述个体心灵挣扎的隐秘私语。在片中，绿巨人与父亲之间的神秘身世，已经蜕变成宛如李尔王式悲剧故事的起因。父亲们纠结着后代的情感和命运，男女主人公都是被父亲用血缘关系的名义控制或欺骗的可怜虫。而布鲁斯·班纳尔一方面希望能够获得普通人一样的生活，另一面又对自己的暴力感到莫名的兴奋；既希望找回自己的生身父母，却又要与自己的亲生父亲为敌。正如弗洛伊德心理学所述的所有在矛盾中痛苦的人类一样，李安展现了一个陷入了无法挣脱的命运之中，在暴力的恐惧和喜悦之间摇摆的绿巨人。将整个人物融入到所有人的心灵缺口之中——这便是李安的高明之处了。

用悲剧色彩化解娱乐本色：科幻片一般从审美风格上说来都是轻松的，表达忧思不足以改变其娱乐本色。作为一部商业娱乐片，《绿巨人》却是彻底的反娱乐、反刺激。这里没有爆破的镜头，也没有血腥，它一直是忧郁的，困闷的，哪怕每回主人公变成巨人释放能量的时候，观众都很难有快感，包括道德上的大快人心和视觉上的目不暇接。结局的大爆炸，却是一片令人无限伤感的静寂无声。

而那个绿巨人的形象也是那么孤独原始，缺乏好莱坞此类影片中超人的精密设计和英雄风范，草率而且概念化，他的本领就是把普通人的特征扩大，比如身形大一些，力气大一些，跑得快一些，如此而已，最多加上刀枪不入。仔细看来倒像是铅笔勾勒的动画人物草图，但是又没有人猿泰山那样的神奇缥缈，没有动画片里英雄们的好运气，生活在山水林间好不逍遥，他只会孤独地作战、笨拙地发怒。他像普通人一样需要空气，受制于爱情。这个悲剧性的人物，虽然能量巨大，但是内心谦弱孤独。

而全片各式各样的分割画面，与其说模仿漫画，更像是一种干扰观众而达成疏离效果的手段。看着这个因心中愤怒而暴跳如雷、没有拯救或杀害任何人的巨人，终于我们了解了李安的叛逆，不只存在他的故事里，也在他诉说与看待故事的方式。温和幽默的表面下，李安拒绝去满足任何一种既定的期待，然后仔细费力地把这种叛逆渗透进一个看似通俗的戏剧结构里。如此的处心积虑且丝毫不肯放松，所耗费的精力与完成的困难度，比起纯粹表现自我、不证自明的艺术片，实在有过之而无不及。

分裂中的内容层面：“父亲三部曲”描述中国传统文化
“精神互助者”触及西方道德敏感

一如李安在电影形式上是借传统反传统，他的作品对于中西方文化传统的态度同样不是一目了然的彻底决绝。之前的评论者往往将李安置于中西文化并存的空间里，而现在我们是要分别从他在中西文化两种背景里成长的历史发展过程来考察。我们发现李安对待中西文化传统的态度是分裂的，但是这种分裂却是温和的，不动声色的。

1. 对中国传统的历史性描述——“家庭三部曲”

中国传统文化在李安电影里并不是以具体系统的方式得以正面评论，或者换一种说法，李安无意于对传统文化的任何一处做直抒胸臆式的价值评判，无论是《推手》里以退为进的人际平衡，《喜宴》里传宗接代的伦理观念，还是《饮食男女》里长幼尊卑的家庭秩序。他将中国传统文化作为一个浑然整体，从社会——历史层面来把握它的去向。于传统本身而言，他的视角是向外而非向内的。一如孝悌是中国传统伦理道德的核心，它不可避免地成为李安电影一贯的叙述平台，但是我们没有从李安那里获得一个明确的信息：它到底好是不好，我们到底要还是不要。在李安的故事里，中国传统文化是一个有生命力的生长体，如果将它比作一个生命，那么李安最终关心的是这个生命在社会历史大环境下的命运向度，生存或是毁灭，升华抑或沦落。而非纠缠于他的具体性格，到底何处是善何处又为恶，善恶到底如何交战等等。正如斯宾格勒的洞见："每一种文化各有自己的观念，自己的情欲，自己的生活，愿望和感情，自己的死亡。"李安正有一个这样的比方，三部曲里的父亲形象就是中国传统文化的象征。关注父亲的遭际命运，便可知李安心中的中国传统何去何从。所以"家庭三部曲"又被称为"父亲三部曲"。

"家庭三部曲"创作于1992年至1994年间，每年一部，并且都是以家庭问题展开故事，鉴于这种题材上的连贯性和创作时间上的连续性，很多评论人常识般地将其作为李安电影创作的一个完整阶段。但是，也可将"家庭三部曲"看做继承发展的三个不同阶段，从《推手》的文化隔膜，到《喜宴》的文化认同，到《饮食男女》的文化传承，这种对中国传统文化极富历史感的纵向认识，其中的微妙变化可以说是李安对中国传统文化思索的辗转心路历程。这种变化是一个人生命的裂变，一如地壳岩浆积蓄多年的裂变，悄无声息，却刻骨铭心。

《推手》——文化隔膜：作为问题的发端，1992年的《推手》以西方现代文化为背景，展现了由文化隔膜造成的生存困境，以及中国传统文化本身经空间位移后"水土不服"的困窘。正如诺曼·丹尼尔在《文化屏障》中的观点：人是文化塑造的，特定文化传统决定人相应的生活方式、思维方式和情感方式。人在既定文化视野中看事物。当封闭在一种自足的文化系统中，你不会感到这个局限，一旦两种文化撞击交流，"文化限囿"就暴露了。

起因是在北京的父亲一心想与在美国成家的儿子团聚，但是当中国父亲和美国儿媳共同生活在一个狭小的空间里，语言差异造成的交流障碍、生活习惯上的水火不容却让一家人都痛苦不堪。这也往往是喜好将中西作比的人走的第一步：将中国传统旧式生活与西方现代文明生活的两种方式对比。

为显示老父亲与洋儿媳沉闷的对峙心态，影片一开始便是一组有寓意的景深镜头，五分多钟没有任何台词。李安在单镜头中把两人处理成前后景的纵深调度关系，主景是老父亲从容不迫地练太极推手，景深则是洋儿媳背对镜头坐在电脑旁烦躁不安，由此形成强烈的对比。一开始，两人尚有各自泾渭分明的空间，儿媳有电脑、电视、蔬菜沙拉、闹腾的年轻女伴，父亲也自有书法、太极、京戏、宝剑、布鞋构筑的中国境界，甚至拥有共同教育孩子的“中国时间”。但是各自为政、相对无言的隔膜和压抑并没有持续多久，老父亲的生存空间便开始被缓缓挤压，一种文化上受冲击的压迫感渐渐弥漫开来。在外面，教太极拳这个唯一的消遣都没有固定地方；在家里，又遭到儿媳许多不无道理的要求和责怪。因为他练太极在客厅晃来晃去让人心神不宁，他大声听京戏，他把金属制品放进微波炉造成爆炸，她开始行动了，她要求他戴上耳机听戏，对他极不耐烦。有意无意之间，老父亲的生存气氛越来越显出紧张局促。明争暗斗还在继续，她软磨硬施丈夫买所大房子，用孩子的学习成绩警示丈夫，在老父亲的心理地盘上再度实施自卫式的挤压。儿子面对这分裂的生活，无法调和的矛盾，忍不住要用头去撞墙，想撞掉这横亘在父亲与妻子、传统与现代、中国与西方之间的坚强壁垒。

后来，甚至他的儿子也被联合起来，希望促成他与另一位老人陈太太的婚姻来达到“分家”的目的。此时，他对内的生存与心理空间已经完全丧失，无法摆脱困境的老人只有转而向外。他离家出走，来到中国餐馆刷盘子。没想到偌大的世界依然是容他不下，已经完全没有退路的老人终于奋起用武力反抗。修身养性、练神还虚的太极推手，到底失去了它的本来意义。暴力打破的不是西方社会秩序，而是东方传统文化智慧和修养角度所认为的平衡，它成为父亲修身处世原则彻底的失败与颠覆。

最终，父亲选择了搬去中国城独居，偶遇同病相怜的陈太太。结尾段落，是冬日黄昏的微弱阳光中，一对老人苍凉茫然的人生片刻，给人不知身在何处的沦落感受。那一丝对漂泊心灵的慰藉终是无法掩饰何去何从的惆怅。

这个由中西文化隔膜和暮年男女关系为主线索的戏剧其实是一个隐喻：现代化的潮水来势凌厉，中国传统文化在经历喧嚣的冲击和激变的阵痛之后，伤感而惶惑地堕入了困境。但是李安避免了此类影片常规的琐屑的平庸或沉重的撕裂般的痛苦，他对传统给予了情真意切的体察，在清醒之余饱含人文关怀，并且赠予我们更多的沉静和思索。传统的出路究竟在哪里，或者，还有更大的破坏和冲击在前方等待？这样的疑问无疑是李安和我们在《推手》之后的关注焦点，于是，紧接着就有了1993年的《喜宴》。

《喜宴》——文化认同：《喜宴》绝不只是一部描写同性恋的电影，它是以同性恋这回事来测量不同文化背景里成长起来的人物的不同反应。“同性恋”在此成为比较文化差异的参照物。如果说中国传统在《推手》里尚是与现代生活方式相隔膜，那么在《喜宴》里则是在道德伦理观念上遭遇了西方现代理念的严峻挑战。我们在《推手》之后隐约感觉到的威胁果然应验了，真的有更大的破坏和冲击。只是，这种破坏力又蕴涵着极大的创造力，至少它测试出了传统在应变过程中的表现，有些是想象中的尴尬和痛苦，有些却是出人意表。文化认同使传统得以绝境逢生，让人不由升出意外的期待。

年届33尚未成婚的高伟同，是个在纽约做房地产生意的台湾人，和美国年轻医生赛门同性相恋，却瞒着远在台北的父母。影片一开始就用平行蒙太奇分别展示了两人对“他者”文化有限度的友好和认同。伟同的亮相是在快节奏的健身房里，他对久别老友寒暄的冷淡敷衍，打发街头艺人的熟练方式，都体现出他对在物质利益驱使和个体意识左右下的西方文化的认同。而美国人塞门一上场就来了一段极富东方情调的中国话：青山本不老，为雪白头；绿水本无忧，因风皱面。他对伟同忙于工作疏于情感交流感到不满，他对中国女房客的同情和帮助等等，都让也看起来比伟同更有人情味，更像一个中国人。在没有冲突的时候，一种文化对另一种和它有差异的“他者”文化，还是相敬如宾。一切都是风平浪静。

但是，伟同的父亲是一位国民党的退役师长，早年出生于大陆的封建大家庭，有着根深蒂固的传宗接代的家族观念，他和伟同的母亲一直想着抱孙子，于是三天两头往美国打电话催促儿子快些完婚。在伟同耐心地填母亲寄给他的征婚表格时，塞门轻描淡写地说，干脆对父亲坦白，省得麻烦，就像他曾经对自己的父亲坦白一样。可见同性恋这件事情并没有带来太多的心理挣扎。正如塞门没有家庭束缚的理所当然，伟同必须面对家庭压力也合情合理。伟同自然不敢公然拿这件事情来刺激父母。这个时候，两人便情不自禁地脱离对异质文化的表层认同，回归到各自的文化教养中。

伟同的一所旧屋，租给了一位从上海来美国学画的年轻姑娘顾威威，她经济拮据，又无绿卡。于是塞门出了个主意，促使伟同与威威来一次假凤虚凰的“结婚”，既可安抚远在台北的高家双亲，又可帮威威渡过难关。伟同的父母在得知儿子结婚喜讯后，要从台北亲自飞来纽约为他们主持婚礼，三个人只能手忙脚乱地把生活重新布置一番。善意的谎言来处理问题，其实是极中庸的中国方式，正如他们用一切有中国味的东西装饰屋子来取悦父母，其实还是表现了一种文化对外来文化的善意和敬意而非有意较量。与《推手》中过于明显的敌意相比，此时李安已经缓解了初入好莱坞时的紧张对抗情绪，所以对他者文化的冲击，心态也渐趋平和。但是因为被蒙骗的是代表中国传统的高家父母，我们开始担心谎言的揭穿，开始担心传统要面临的第一个险境。

高家父母对这个大方美丽知书答理的“儿媳妇”十分满意，但最后伟同却只是让父母在市政府出席了一个美国式的结婚公证仪式，就算履行了婚礼庆典。从大厅出来，高母忍不住失声而泣，高父则铁青着脸郁郁不快。中国传统里那种文化中心主义的封闭和傲慢受到打击，开始展现它实际上虚弱的一面。于是还要由西方文化的代表赛门出场安抚，他为了暂时缓和尴尬气氛，请高家到一家中国餐馆小宴。恰巧这家餐馆的陈老板，原先是高父手下的司机，深知高父是最要面子的，便主动提议要为他们补行一个隆重而盛大的结婚喜宴，顿时高老父母喜形于色。

在曼哈顿街头一座摩天大楼里，一场规矩十足、着实热闹的中国喜宴被尽情铺张开来。对于闹婚的混乱场面，点缀其间的西方客人表现出极大的困惑和否定。甚至连李安也客串出场评论：这就是中国人五千年性压抑的结果。夫子自道式的批判，看似直接倒向西方文化，实则还是兼顾到了华语观众不言自明的文化传统背景，说到底，仍是李安对中西文化双重认同。结婚对中国人来说，是一次纳入礼教规范的成人仪式，只有在婚宴上，宾客们才能对新人做出轻薄举动，因为一旦走过这个仪式，建立家庭的人就拥有了明确的社会身份和地位，从而能够得到普遍尊重并且为“礼”的规范所护佑。李安以认可中国传统在伦理形态上的象征意义为前提，同时赞同西方文化在现代语境下对其实际意义的否定。

被灌得半醉的伟同与威威，终于在喜庆的氛围里假戏真做，成就一对新欢。谁料，威威竟然有了身孕。一天早餐时，赛门识破真相，当着高家二位老人，与伟同、威威用英语争吵起来。塞门发怒道：在我的房子里，我就要讲我的语言。异质文化显示出它强大的一面。高父因此轻度中风被送进医院，伟同不得不向母亲说明自己与赛门同性恋的真情。高母在震惊之余，只求儿子千万不要将实情告诉父亲。赛门生日那天，病愈出院的高父，与赛门外出散步，第一次用英文跟他谈话，赛门才明白，原来那天早餐时的争吵，以及他与伟同关系的真相，早就被高父看穿了。但高父却默默地接纳了这一切，他与赛门约定，继续保守秘密。而威威最后决定生下孩子，伟同请求赛门做这个即将出生的孩子的另一位“爸爸”，赛门当即欣然承诺，三人紧紧相拥在一起。

儿子让父母看到了一个陌生又惊异的世界，他们感到怅惘和遗憾；但是儿子却没有看到，父亲也有着让他惊异陌生的一面，父亲已经暗暗对自己的文化局限加以修正，虽有几许无可奈何，到底也是认同了新的文化态度。只是城府极深的父亲，仍然坚持从表面上维护了中国传统规范里“父为子纲”的威严，从而在矛盾最激烈时完全控制了事情发展的节奏和方向。与在《推手》里的完败相比，父亲以及他所象征的中国传统文化至少开始调整自己，不再是一脸迷茫相手足无措地不停后退，在艰难的包容、认同历程中绽露出顽强的生命力。而西方文化在《喜宴》里也显得相对友善和谦逊，结局里伟同、威威和塞门三人将组建一个特殊家庭，可见西方文化本身也做出了相应的调整和让步。

但是，无论西方文化是气势汹汹，抑或温和可爱，中国传统文化在它的面前，毕竟暴露了自己的虚弱和局限。从《推手》里的被迫退守到《喜宴》里的暗自认同，传统文化在修正，在生长，可是改到什么程度才能适应这个一日千里的世界？如果当面目全非的传统连同其灵魂精髓也一起改变，它还是我们的传统吗？有一些是我们要丢弃的，但是必然还有一些是我们一定要坚持的。于是，有了1994年的《饮食男女》。

《饮食男女》——文化传承："家庭三部曲"前两部描述传统遭遇的困境是有策略的，李安往往将两代人的矛盾移植到中西文化的矛盾冲突之中，从而使观者自然而然地与电影拉开距离，以为那只是中西合璧的特殊家庭才会有的矛盾和痛苦，自己不需做非此即彼的艰难选择，因此就少了伤筋动骨的痛楚感。这样的移置也迷惑了以往对"家庭三部曲"的大部分研究者。李安早期作品中这种技巧性的移置在后期作品中不再使用，他已有足够底气描述某一种文化中传统和现代的冲突，而无需用另一种文化作为陪练和幌子。

《饮食男女》故事发生在台北，也完全由地道的中国人来演绎。描述了在"家"由形同"虚构"到解构再到重新结构的曲折历程中，传统如何完成了蜕变和传承。依然是一个典型的中国式困境，丧偶的老父亲带着三个待嫁的女儿，家里每一个人心底都涌动着逃离旧家庭开创新生活的渴望，每周一次的丰盛晚宴也形同虚设，人人不知其味。与前两部不同的是，它不是用戏剧性的事件来推动故事发展，而是安排了一个单一的场景——晚宴，然后用相似的方式让女儿们一个一个在晚宴上宣布离家，让父亲受到一次比一次沉重的打击，有复调重奏的效果。而当最后居然是父亲宣布离家时，恰是最震撼的华彩部分。父亲不仅要再婚，而且对象竟然是大女儿的同学，传统的这次行动使本就岌岌可危的家庭结构彻底分崩离析。

一个或大或小的家庭里面，每个人都有自己的想法和方式，但是又会顾忌到其他人的想法和方式，这是中国人特有的温情，也是中国人特有的心境。正如父亲在晚宴上的台词：大家住在一个屋檐下照样可以各过各的日子，但是心理上产生的那种顾虑才是一家之所以为家的意义。这种家族意识并非如西方人大而化之的理解：以牺牲个体意愿为代价来维持群体的和谐。这恰是几千年来中华民族得以生存发展的规则，每个家族成员也在这种尊重他人、尊重群体的顾忌中获得许多其他民族无法体会的价值、温暖，当然，不可否认，还有些许负累。很多现代人，很多读解李安作品的现代人，往往把眼光聚焦于这些负累，并归结为中国传统文化在与西方文化的交战中败退的迹象，多多少少忘恩负义般地忽略了自己从传统文化中汲取的真情实意，从而忽略了李安在影片中的态度。李安当年也是背叛父亲安排的人生，到个人领域神圣不可侵犯的西方世界里寻找个体自由发展的空间，他的经历和态度应该能给我们这些急于反传统的人一些启示。当初他是叛离的姿态，但是在电影里，我们却更多地看见他对"父亲"的心有戚戚，对大家庭生活的脉脉温情。受制于人物自身性格发展的轨迹，李安不会自说自话地给脱离传统和家族的人安排一个决绝的下场，他们总是如愿以偿地获得自由和发展，但是更多的同情和笔墨还是留给了被背叛的上一代和自觉回归传统的下一代。

父亲建立了自己的新家庭，妻子腹中孕育的小生命寓示着作为传统象征的父亲的全新生活已经开始。而原先最叛逆的二女儿家倩最终选择留在老宅，非但取代了已故母亲的地位，甚至取代了父亲的位置，开始操办团聚家人的晚宴，寓示着传统文化终于得以传承。这或可看做是整个“家庭三部曲”的大结局，是李安对传统的最终选择。家倩的这个选择并不是扼杀自己的“人欲”来成全干巴巴的所谓“孝道”——那个时至今日被扭曲、被恶化的人之初，她自己在这样的亲情里获得的满足和平静是与付出或可比拟的。女儿的举动让父亲最终恢复了味觉，仿佛中国传统文化得此滋润而重新生长。到此，我们应该能明白李安的意思了，传统这东西根植于我们的血液之中，有生命力、有情感，它与我们俱荣俱枯，如果连根拔起地背叛它，它就行将枯萎，而我们自己也会因为血液里少了它而变得苍白羸弱。

中国传统文化，从《推手》里隔膜带来的困惑与惆怅，到《喜宴》里艰难的认同，在《饮食男女》里终于得以传承，李安的历史性思索也告一段落。

2. 对西方传统的聚焦式领悟——《断背山》

传统是与李安如影随形的友人，中国传统在左手边，关注李安的方式要看他的动作，他的举手投足，他迈向何方、意欲何为；而右手边的西方传统，则更多关注他的表情，看他的一颦一笑如何泄露心底的秘密。与他对中国传统文化极富历史感的线性描述相比，李安对于西方传统文化偏重于聚焦式的领悟，灵光闪动的不经意间就触摸到了它的精髓。这种区别也与绘画艺术中中国画的散点透视和西洋画的焦点透视相映成趣。

触及西方社会道德敏感区域：

对这部电影的抵制，几乎已经成为西方主流文化捍卫传统道德的前沿阵地。即使在自由派麇集的旧金山湾区一带，上演《断背山》的影院也寥寥可数，最终，代表主流价值的奥斯卡大奖也没有把最佳影片奖颁给这部电影。西方社会中，同性关系的泛滥已经不是单纯一个传统性道德的有无就可以加以解释的时代潮流，西方传统文化正因此在经历一场道德蜕变。当代同性性关系的潮流趋势方兴未艾，网络文化的性爱虚拟化现象日益盛行，昭示性道德观念面临一个重大转机，面临着性关系和生育价值之间的最终剥离。历来得风气之先的艺术界在这个问题上蠢蠢欲动已非自今日始。李安在这个问题上，又得风气之先。

传统文化永远将生育作为性行为的价值标准，这是“人”作为生物的必然选择。《圣经》说：“不可与男人苟合，像与女人一样。这本是可憎恶的。”基督教文明之所以将同性恋行为视之为“罪”，同样是出于人口增殖的考虑。一旦人口增殖不但不是社群之福，反而成为祸害的时候，再将两性关系跟人口增殖绑在一起作为性道德标准，不仅不合时宜，更可能成为阻碍对抗自然演变的力量。因为人性贪婪所致，现代医学科学的发展走火入魔，令人开始抗拒生老病死的自然规律，企图建设现世天堂，并在现世中永生。正是这种贪婪导致人口恶性膨胀，为此人类必须付出代价，于是人本身成为地球上最严重的污染，成为地球母亲身上的癌瘤。

很多时候，同性恋是对所谓“正常关系”的一种反抗，人们很容易地将同性恋这种少数人的、受歧视的、被主流文化所排斥的现象与其他各种压迫与被压迫的关系相类比，正如马尔都塞所说：同性恋现象中包含着革命的潜力，是对生殖秩序的反叛。所以同性恋文化只是徘徊在主流文化门外的流浪汉，以同性恋为题材的电影作品也多是寻找承认“差异的正常性”的理由。

《断背山》的巧妙之处在于绕开了价值观的沟壑，没有把视角停留在对于同性恋的诸种态度、诉求上，而是更多精力集中于人物本身的性格、人物之间的关系，我们需要理解的不是同性恋，而是爱情本身。李安说：“爱情是跨越性向共通的。不是‘上帝说不可以那样’就可以解决的。”在看多了异性恋的铺张浓艳、酸词腻语和抵死缠绵之后，我们突然发现同性间的恋爱可以这样清新爽净，两个男人都气质昂扬，清洁明朗。两个人的爱情绝无通常男女之间的拉拉扯扯、琐细不断，倒是更多爱慕、理解和男人的适度而止，在性上着墨甚少，更多了柏拉图式的精神互助。

点中西方“罪感”文化本质：

如果说对同性恋题材的大胆涉足，只是李安有意无意间触碰到了西方道德蜕变的敏感部分，那么影片以主人公深深的恐惧感和罪恶感为故事内在推动力，则是毫不含糊地点中了西方文化本质上是罪感文化的要穴。

我们在关注西方文化的时候，往往对消费主义文化、后现代文化和流行文化兴趣浓厚，但是从根本上来说，那些仅仅是西方的一种生活文化。西方真正经典的原典文化并没有受到足够重视，那就是罪感文化。正如刘小枫在《拯救与逍遥》中指出的：“‘五四’新文化运动以来，汉语思想界日渐忽视或轻视西方精神结构中的犹太——基督教精神传统，是一个严重失误。深渊与拯救乃西方精神中涉及个体和社会的生存意义的恒长主题，一如出仕与归隐是中国精神中价值抉择的恒长主题。在犹太——基督教精神传统看来，人处身于罪的沉沦与上帝的拯救的中间状态。”

小说作者说这是一个消除“乡村牛仔同性恋恐惧症”的故事，恩尼斯和杰克初在一起时，都被恐惧感和罪恶感笼罩，所以他们总是回避语言。唯有一次，恩尼斯说：我不是同性恋。杰克回答：我也不是。一方面，是一望无垠、无边无际的美国西部旷野，牛仔在此自由自在地奔跑嬉闹；另一方面，是他们无从诉说的心灵在幽闭恐惧症的束缚下备受煎熬。

而恩尼斯尤为甚，童年时代目睹对同性恋者的残酷惩罚使他终生难忘。

与杰克相爱的第一秒起，他一贯的沉默寡言、垂头沉思就被涂上了另一层悲剧色彩。罪恶感如影相随，他是如此恐惧惩罚的到来，以至于他要先于上帝和道德开始惩罚自己和这段爱情。一场突来的暴风雨杀死无辜的羔羊，让他心有余悸。代表社会道德的农场主以此为借口拒绝继续雇佣他们，而恩尼斯则顺势要断绝两人关系。刚刚转身与杰克分别，恩尼斯就在路边因无法遏制的痛苦而开始无声地呕吐、抽泣。这是他惩罚自己的“罪行”的第一步举措，也是企望赎罪、得到拯救的漫长路途的开始。

此后两人都结婚生子，唯有回忆照亮天涯相隔的灰暗生活，还有短暂的激情相会。有一天，杰克终于决心摆脱这样的生活，他要恩尼斯和自己一起去远方的农场定居。恩尼斯拒绝了，童年时代对同性恋惩罚的阴影从来都不曾离去。他又一次成功地惩罚了自己的内心和杰克的深情。第三次“执刑”是他离婚后，再一次拒绝和杰克生活在一起。

最后，当恩尼斯倾听着卢琳平淡地叙述杰克的死亡（不幸是发生在修理汽车时的意外）时，我们看到几个画面闪过，表现他的爱人是被殴致死的。这些飞快掠过的画面其实只是恩尼斯自己的想象……和他的诅咒。他的父亲讽喻式的教育方法已经兜了一圈，回到原处：他曾经拽着小恩尼斯站在被谋杀凌辱的同性恋者的尸体面前，这一举措让他的儿子把社会上关于同性恋者的每一种教条都铭记于心，而且悲剧性地阻碍了他与杰克的共同生活。他的混合着愧疚感与挫败感的自我惩罚此刻已是到了顶点。

这个人从不埋怨上帝的不公和道德的苛求，他对每一个人都抱歉，对每一个人都希望仁至义尽，唯独对不起自己的内心，可以辜负要与自己化为一体的那个人，就因为那个人和自己一起犯下不可饶恕的“罪行”。这就是罪感文化的本质在《断背山》里的全部体现。

以上论断足以表明，李安对待传统的态度从来都不是非此即彼的绝对。在影片形式上，他是借传统反传统，在因袭类型电影外貌的同时消解其标志性内核；而就影片内容本身而言，他在“家庭三部曲”对中国传统的历史性描述温柔多思，而在《断背山》中对西方传统的聚焦式领悟却是那么敏锐犀利。我们忽然想起“两脚踏中西文化，一心评宇宙文章”的林语堂，他这般自喻：我是一捆矛盾，我喜欢如此。而从传统这个角度来看李安，亦是“一捆矛盾”，只是“这捆矛盾”，没那么张扬，他的分裂温和而不动声色，外表看来圆整如一，逻辑也严丝合缝。那么这种在形式与内容之间、内容本身之间的分裂态度是如何形成的，李安又是用什么来缝合这种分裂、从而使他的电影作品获得完整一致的审美风格呢？这才是我们的终极问题，才是我们探讨李安与传统之间的关系的最终目的。

被缝合的审美层面：觉醒的个体意识如何选择人生？传统的社会伦理怎样平衡世界？

解铃还需系铃人。要想揭晓李安如何既有分裂的张力，又能有整一的风格，就必须知道断裂从何而来，它的根源是什么。

1. 文化断裂的时代背景

我们可以逐个分析一下李安全部电影作品的题材，所幸他的作品为数不多却个个经典。1992 年—1994 年之间的“父亲三部曲”（《推手》、《喜宴》、《饮食男女》），1995 年的《理智与情感》，1997 年的《冰风暴》，1999 年的《与魔鬼共骑》，2000 年的《卧虎藏龙》和2006 年的《断背山》。

“父亲三部曲”都是以家庭问题见微知著，前文已有详尽论述，毋庸赘言。

《理智与情感》是改编自 19 世纪英国女小说家简·奥斯汀的同名小说。故事我们很熟悉，姐姐因冷静克制而美德有报，妹妹因热情奔放而受到磨折，同样是描绘家庭及社会关系里细微复杂的人际纠葛，同样是表现待嫁的女儿们陷入感情旋涡的戏剧性处境。

《冰风暴》同样改编自一部在西方颇负盛名的小说，真实地反映了 20 世纪 70 年代初美国家庭的精神风貌。故事讲述家庭内发生的种种矛盾：四十多岁的男人面临着中年危机；正值青春期的少男少女整日与爹妈针锋相对；夫妻间不可告人的秘密……最终，乱伦的父母在一场可怕的冰风暴中失去疏于照顾的儿子。那个年代是西方社会的文化、生活、道德、政治观念经历剧烈震荡的时期，我们曾在许多美国现代文艺作品里领略过那个时代背景下公共生活与私人生活领域种种乌七八糟的事情。但是影片把社会背景一概删略，镜头全部聚焦于两个美国家庭，叙述两个家庭内部人与人之间的关系是作者的全部兴趣。

《与魔鬼同骑》背景设置于南北战争，其重点却不在于战争。李安细腻刻画了几个南军年轻人由纯朴到世故的成长过程，并在片子后半部把焦点镜头渐渐转移到两位“外来者”（德国后裔杰格罗德，以及黑奴丹尼尔赫特）身上，以一个史无前例的非美国观点去看这场美国历史上的重要战役。他要讲的其实还是关于“人”在环境变动之下被迫成长的过程，跟他以往作品里的关怀相去不远。他用的依然是写实却不浮滥的手法，讲述一个发生在大时代小地方里进行着的生存竞争。《卧虎藏龙》和《断背山》更是世界观众都耳熟能详的经典之作，前文皆有叙述。

从李安所有作品题材的粗略扫描中，我们发现了他一以贯之的母题：觉醒的个体意识与传统的社会、家庭伦理价值之间的冲突。这个冲突常常被打扮成其他的样子，有时候是中西方文化之间的对话，有时候是传统与现代的冲突、有时则是理智与情感的较量，等等。

这个母题对于当代中国社会来说，无疑是最无法避免的核心问题；不仅如此，对于全世界成长于中国文化传统的人来说，都是无法祛除的心魔。伦理问题本就是中国文化的核心，它不仅决定了中国文化的特征，也决定了中国现代文化选择的期待视野。即使我们谈到现代观念与传统文化的冲突，这种冲突仍摆脱不了传统文化的背景。在中国传统伦理特征的背景下，文化冲突主要表现为人与人的问题的伦理冲突，冲突的焦点发生在社会一体性与个体问题上。或许中国传统文化并不缺少人道精神，并不缺少群体主体性，但是，中国文化的人道精神含有太多的宗法伦理因素，强大的社会要求压抑了个人的潜力和个人质素的发展，中国传统文化的主体性实际上是伦理主体性。

在我们这个主体意识觉醒的时代，传统文化已失去了它作为一种文化类型的统一性与连续性。由主体意识发动的文化断裂，是后文革时代初期的精神主潮。而文化断裂的时代让李安对个体意识与传统伦理的冲突深刻体味之余，对一切传统产生了复杂的分裂态度，就是顺理成章的事情了。个体的主体意识的产生是历史的进步，人们从过去的封闭的一致性的“和谐”走向开放的区分性的断裂，从僵死的稳定走向进步的动荡，正是这种稳定与断裂的张力结构，构成了当代社会文化的基本模式。但是在打破传统文化的精神核心的同时，也打碎了传统文化维持的那种虚幻的、麻木的和谐，就必须经历由裂变造成的孤独与困惑，失落与焦灼。一旦把自我当做一个独立的、自由的个性加以肯定，自我身份认同的危机也会随之出现，文化分裂必定造就一种悲剧人格或孤独失落感。从这种意义上说，李安电影作品都是描述文化断裂时代的众生，他塑造的“父亲”形象以及其他一系列隐忍的角色都是这种悲剧人格的外化。

“一花一世界，一沙一天国”。在文化整体秩序中理解李安作品，它既是对现实的真诚的体验，又是对现实自觉的否定和超越，尤其是在一个文化综合结构出现断裂，旧的价值系统遭到普遍的怀疑并开始动摇的时代。正如诗人杨炼所说：“历史、命运、变幻的心灵在这个宏伟而精致的‘框架’中，静静地呈现出自己的形象。”

那么在这个文化断裂的时代，李安作品除了用对待传统的分裂态度来提供文化学上的历史意义之外，还有什么实际艺术价值吗？当然是有的，他用独到的平衡之道与布衣之眼，使作品一直拥有圆满整一的艺术外观，和坦然诚恳的艺术气氛，这种在历时性和共时性层面同时达到的完整，神奇地缝合了由文化断裂造成的文本深层态度的分裂。

2. 平衡之道

李安电影真正的主角其实不是哪一个具体的人物，而是关系，是人与人之间种种若即若离、变幻多端的关系。而所有关系在李安那里都能找到与自己对应的平衡点，李安正是在种种平衡之中获得了自己微妙的立足点。他的

第一部作品《推手》，整体上就是个象征：太极推手的练习目的就是要保持自己的平衡。

第一种平衡：李安设置平衡，第一个方法是找一个基点，然后在其两端设置对立或互补的人物角色。

《推手》里对于“家”本身来说，父亲和儿子是一组对立关系，但如果以儿子为基点，两端的父亲和妻子又是一组对立关系。

《喜宴》里对于高家来说，威威和塞门是一组对立互补的关系。威威不为伟同接受，却是名义上的儿媳；而塞门这个真正意义上的“儿媳”，尽管人人都知道了真相，却始终没有正式获得一个“名分”。但是，平时塞门做了儿媳该做的全部，包括照顾伟同、给全家做饭、陪伴老人，最后由威威怀上高家的子孙，两人共同完成了“儿媳”全部任务。在对立中互补，怕是只有李安能做到这样从容细致。

《饮食男女》里这样的关系就更是数不胜数了。一开始，父亲与家倩是典型的传统与现代的对立，但是最后的结局是：父亲有了自己的新妻子和小家庭，家倩却孤身留在老宅，履行家长职责。仍是对立的关系，但是双方主角调换了一下。类似的对立调换还有：在父亲的两端，大女儿家珍是传统保守的教徒，声称永不结婚离家，一辈子照顾父亲；二女儿家倩干练开放，一开始就自己购屋要离家独居。结果是家珍迫不及待地先离家后结婚，家倩却主动一直留到最后。在父亲两端，还有梁家母女这一对颇具戏剧性和喜剧色彩的关系，本来是互补的母女关系，谁料最后父亲宣布他将与梁家女儿结婚，而不是一直被寄予厚望的梁母，互补的关系立刻急转直下变成对立。

《理智与情感》里，在婚姻问题上，一开始，姐姐的冷静低调与妹妹的热情奔放是一组对立的方式，妹妹恨不得天下人都晓得她火热的情感，姐姐则只用平静的微笑应对一切窥探与嘲讽。但是，与妹妹的情路曲折相比，姐姐也是历尽内心磨折，两人互为补充，向我们演绎出19世纪的女性在婚姻路上的艰难。而到最后，情况又发生了变化，姐姐在等待太久的求婚场面中竟然失声痛哭，丧失了一直坚持的理智；妹妹则放弃了对暴风骤雨般惊心动魄的爱情的幻想，理智地选择了可靠的结婚对象。如果以妹妹为基点，则有另一组对立关系——风流倜傥的韦勒比和沉稳仁慈的布兰登上校。前者带给她刻骨铭心的浪漫和悲伤，却不能许她一个未来；后者平凡无奇却能给她安稳富足的幸福。这组对立关系也是一个寓言，象征着世上一切事情都可能不完满，正因为其不完满才维持了平衡。

《卧虎藏龙》曾被戏称为中国版的《理智与情感》，足可见李安设置平衡关系的延续性。李俞二人暗藏深情，对周围一切人都仁至义尽，唯独对自己的真心不敢触碰；玉娇龙和罗小虎则胆大包天，除了自己的真心什么也不在乎。他们两个人不停地闯祸，另外两个人就立刻跟出来清理局面。最后，李慕白用最后一口真气对俞秀莲说出“我爱你”，将一生的修炼彻底推翻否定；而玉娇龙则学会了思考，不管她飞身跃下悬崖的命运如何，至少不再是以前那个任意妄为的人了。在这样充满悲伤与迷幻色彩的结局里，我们很难推测李安到底是要对立还是要互补，这次的平衡行动结束在一片模糊的伤感和思索之中。影片中还有一组对立关系从来不为人道起，那就是在描写两对英雄恋人不完美结局前，先安排了刘总管和官差女儿的结合，颇似《红楼梦》一开始贾雨村与姣杏的红尘得意。与四个主人公深邃绝凡的爱情相比，这两个人的结合如此简单，如此平凡，却又如此完满。我们仿佛都能听见李安的叹息声了。

第二种平衡：还有一种平衡方法，那就是从接受学出发的双重考虑。

《喜宴》是李安在美国发行的第一部影片。中国人看《喜宴》，多是传统家庭伦理观念在西式个人主义生活方式面前的局促，以及不得不反省进而退让的悲哀。是的，没错，中国人看《喜宴》有一股含而不露的忧伤，尤其是李安在影片中夫子自道：中国五千年性压抑的结果。更让我们对传统的眷念变得难以启齿，暧昧不清。而西方人看《喜宴》，为它定的基调就是“温和的喜剧”。导演带领中国观众的痛苦挣扎，变成了“亚洲男人和同性恋者的一次亮相”。中国人认为《喜宴》的成功之处在于：它道出了中国传统伦理观念必须认同现代文化的困境，它是真诚的，包含了家庭整体的岌岌可危，以及家庭个体的矛盾处境。这种感受让我们几乎认为，《喜宴》就是拍给我们中国人自己看的。但是美国人认为，《喜宴》的成功是因为它强化了好莱坞的文化原型：包括亚洲社会的家庭礼仪、男同性恋的表里不一和感情的不稳定。因此获得社会广泛认可。一句话，《喜宴》是因为顺应西方社会主流而受欢迎。这一次，李安成功地平衡了悲剧的失落感和喜剧的稳定感。

美国人对《断背山》的争论几乎完全停留在同性恋问题表层，大约这个问题实在是触及到基督教文化传统的痛处了，所以他们不能仅从审美层面冷眼旁观，他们非得把其中的道德倾向弄清楚不可，这可是非此即彼的原则问题。一如中国人在中国传统文化受到冲击的时候，无法轻松，只能功利。美国人对待同性恋的态度决定了他们对待《断背山》的态度，而其根本性的决定因素就是对待传统文化的态度。文化的继承和演变说到底是个动态的过程，我们所信奉的只是历史长河中的某个片段。所以《断背山》对于美国人来说，是个时间问题，是此时和彼时的观念差异。中国人却能轻松绕过价值评判，到达李安营造的乌托邦，一眼看到象征着桃花源意境的“断背山”——那个超越了性别、阶级的大爱之境。第二次，李安平衡了时间和空间的矛盾。

3. 布衣之眼

说布衣之眼，其实意思就是说李安一直保持着可贵的平凡人的视角，平凡而不失广博。不说凡人之眼、平民之眼，一是为了配合李安的古典儒雅之气，二是要和市民的世俗划清界限，三就是说一种感觉。李安的电影有一种特殊的质感，既不是闪光的料子，亦没有挺括的质地，但是柔绵熨帖，浑然天成，令观者从眼睛到心灵都暖意融融。就像小津安二郎在《东京物语》里，始终用低于人物高度的镜头平拍，感人至深。李安内在的视角正是这样的平，与戏中人物永远平等。所以他饶有兴趣地跟着角色一起忙碌三餐菜式、四季衣裳，不会因为其小而不屑，也不会因为其小而不甘。有趣的是，与文学里有“躲避崇高”相反，中国当代电影主流却有着“躲避平凡”的严重倾向。对于李安着眼落笔之处，有人不屑——平常的一草一木、一树一石皆入不了他的眼，他要一种你我都做不到的、不可复制的独一个，要我等凡人都抬头企慕而不及。好比一个血肉杀夺的动荡时代，又如一场人神共愤的宫廷政变；也有人不甘——有平常事不可有平常心，他们要做施粥舍饭的大善人，高高在上，把怜悯洒向这碌碌人间，好满足那颗骄傲的心。所以有时候是主题沙龙，要探讨无极有限这样的哲学话题，有时则是宣扬杀身成仁的英雄事迹报告会。但是，正如过于绚烂的色彩看久了会使人产生麻木和倦怠，过于强调不平凡反而使人丧失基本的感受力。而李安只是安守一介布衣之心，万物于他都是顺应天成，他善待生命，珍惜福分，所以他的作品才会产生得这样自然、随顺、诚恳。

不仅他自己与角色平起平坐，更难得的是，故事里角色不论大小、事件不分传奇或普通，于他而言仍是严格的平等。落后的不会被嘲笑，得势的也没有恭维。《断背山》里痛苦和压抑的人不止恩尼斯和杰克，他们的妻子阿尔玛和卢琳同样受到关注并且拥自己的视角。阿尔玛亲眼目睹恩尼斯与“老朋友”分别四年后的热吻，她和他一样因谎言而痛苦；而卢琳从刚认识杰克时的热情奔放变成婚姻中的冷漠俗气，她和他一样因束缚而备受煎熬。每一个孤苦无告的灵魂在李安那里都有倾诉的机会。《推手》里有父亲用武力反抗餐馆老板发起的围攻的情节，换作任何其他一位导演，怕是都要被敷衍成中国太极大师以一当十、血战曼哈顿街头的惊险镜头了。《饮食男女》里开篇就是国厨父亲杀、洗、切、烹、蒸、煮、炒一套错落有致的程序，令人眼花缭乱，但如此登峰造极的饮食艺术不过是为女儿们准备的家宴，一丝炫耀的意思也没有。这样坦荡平和、不流于世俗的心态，实在是需要一点骨气和自信的。又想起那些不屑与不甘的人，驱使万物如军队，仿佛肩负天下重任，谁也不大瞧得起，骨子里却尽是谄媚。胡兰成说：“我给爱玲看我的论文，她却说这样体系严密，不如解散的好，我亦果然把来解散了，驱使万物如军队，原来不如让万物解甲归田，一路有言笑。”李安正是这样的举重若轻。

《圣经·旧约》里有语：你本是尘土，仍要归于尘土。李安从不会高高在上，自说自话，只如寒冬里的淡淡花香，亲切平和地飘进每个卑微的生命里。他的作品因此成为人类精神“共同的公分母”，当我们通约掉不同的时代背景和地域环境，传统的色泽和人性的光华依然闪烁。

结语：李安曾在自传《十年一觉电影梦》中有过这样诗意的感慨：“它是我与幻想扭斗，企图将它显象过程中的一抹留痕/它是我将思绪表达在纸张，胶卷，音符等媒体上的一个烙印/它是一种颠倒众生，真情流露的做作/它是我心底深处那个自作多情的小魔鬼/它是我企图自圆其说留下的一笔口供/它是想要了解这个世界的一点努力。”他正是在这样真诚、渴望而又矛盾的情绪中创作和收获，他不动声色地光临各大影展、占领主流院线，然后静悄悄地俘获观众的心。

李安独步天涯，闯荡于世界影坛，他不会迷失，因为有一个好向导，那就是传统；他不会落败，因为有一件好兵器，那就是传统；他更不会孤单，因为有一个温暖可靠的故乡遥遥相望，那就是传统。李安的世界之行，始于传统。

新时期以来，张艺谋、冯小刚、顾长卫、李少红、陈凯歌等名导，都拍出了一些令人喜爱的作品，但大陆的创作很多时候更多的是借助于“声、光、电、色”的背景效果与现代拍摄技巧，做一些夸张的表演与动作设计，一如越来越不受人喜爱的春节晚会的幕景一样，总是于有意无意间忽略了真情实意的抒发，与凡夫俗子的生活越来越远。港台的一些创作对反而传统的对布衣的精神文化更多的是持一种淡而关注、热而静思的恒常态度。影视人当知道真正的大奖不在奥斯卡，而在观众心里。这里无论是对大陆影视剧的作品文本研究，还是对李安作品的类型学研究，都是作为文学思潮的一个重要侧面来反映。

第十一章　区域文学方阵：展示出商楚后裔魅人的创作实绩

区域方阵重点作家作品

作　家	作　品	或人物或文意或诗情	备注
许　辉	《夏天的公事》	李忠公事却无事庸常无聊即生活本质	中篇
崔莫愁	《走入枫香地》	曾枫生实现教育资源公正应社会来承担	中篇
孙志保	《黑白道》	小五棋枰操戈本不为稻粱谋却步入歧途	中篇
许春樵	《请调报告》	向序厌倦舌耕生涯颓废虚无从政觅他径	中篇
季　宇	《新安家族》		
陈源斌	《万家诉讼》		

从“共名”走向“无名”状态的新时期文坛上，曾有以路遥、陈忠实、贾平凹为首的“陕军东征”，以刘震云、池莉、方方为首的“鄂兵北伐”，以谈歌、何申、关仁山为首的河北“三驾马车闹京华”的说法；还曾有以林海音、白先勇、朱天心、陈映真、李昂、也斯、非马、刘同绎、舒基城等人为主的港澳台文学登陆华府的说法。即是在不同时空背景下，以集团军的方式凭借不俗的创作实绩冲击中国文坛，且产生甚大震动的意思。这里，我们之所以选择文化强省“安徽小说方阵”获奖中篇小说，作为区域文学研究的一种尝试，既是基于不想厚彼薄此的思考，也是基于地方“根派”文化特色溯源的思考。商楚后裔源远流长。

“安徽文学奖”始创于1993年，迄今已举办了数届，其中中篇小说在各类作品中占有较大比重，涌现出了一批具有较高思想艺术水平的作品。在这些作品中，作家们以一种平视的眼光和平常心态关注和描绘芸芸众生平常的生活，展现了人们纷繁细腻的心态，透露出他们对现实人生和人的生存现状的思考，体现了“人文关怀”和人道主义精神。中国社会的经济在上个世纪末进入了转型期，由此带来价值观念的多元化。这种多元化的价值取向为人性的表现释放了极大的空间，亦使人的生存处境和生存状态发生了变化。安徽作家立足不同的视点和立场，共同表现出他们面对市场化和现代化带来的一系列变化所作的人文关怀。本文从关注生存状态、关注弱势群体、关注个人命运、关注心灵诉求等方面探寻贯穿在作品中的“人文关怀”，从而让读者更好地领悟作品的内涵，重铸人的自身，减轻现实对人的剥蚀。“人文关怀”发源于西方的人文主义思潮，是一个内涵极其丰富而又确切指陈的概念。以今天的视角来看，“人文关怀”不仅关心人的物质层面的需要，更关注人的生存状态、精神状态和内在需求。当前经济迅猛发展，市场化给人们带来丰富的物质利益和物质享受，但同时市场的实用性与功利性又导致人们某种精神的缺失。文学作为人类精神的家园，应广泛地反映现实，发挥其“人文关怀”的作用。“安徽文学奖”获奖的中篇小说作品贴近生活、贴近现实，将读者带进一个个真真切切、历历在目的生活场景之中，展示了老百姓的生存状态，描述了他们细腻复杂的心态，体现了作家深切的“人文关怀”。如果说科技是现代化进程中的核心动力，“人文关怀”则是这一进程中不可或缺的人性导航，下面我们试从关注生存状态、关注弱势群体、关注个人命运、关注心灵诉求等层面，探究“人文关怀”在作品中的体现。

《夏天的公事》：关注生存状态
认知庸常琐屑

著名评论家雷达说：“作家的根本使命是对人类存在境遇的深刻洞察。”当下的中国正处社会转型期。安徽作家怀着强烈的社会责任感和人类良知，走出封闭的自我空间，直面残酷的现实，深入生活，以一种平民的平视眼光和平常心态，关注和描写芸芸众生的平平常常的生活，将他们对生活的独特的感受和体验融入作品中。在对普通人庸常生活的平实叙述中，含蓄地透露出作者对现实人生和当下人群社会生存状态的深切思考。

《夏天的公事》是安徽作家许辉先生的代表作，它以泛悲剧的基本审美视角审视生活中的一切卑微、琐屑、无意义，表现了对人类生存状态关注的主体意蕴。《夏天的公事》中没有所谓主人公，只有一个叫“李中”的人带领受众出了一次“公差”。小说的故事其实非常简单、非常普遍。在某个炎热的夏天，某机关办事员李中奉命被派往一个叫夏城的地方去参加一个规格相当高的高级会议，而会开完了，参观完了许多地方，这次公事也就算完事了。随着小说叙事的展开，这个非常重要的会议的内容却越来越虚幻。读者看完之后还是丈二和尚摸不着头脑，这到底是什么样的会议、与会的人员有哪些、会议的主题是什么，这些都是应该呈现给读者，让他们明白的。与中国特色众多的会议相比，这个会议非常普通，“夏天的公事”也的确没有什么值得探讨和注意的地方。小说一开篇就点明了李中的这个公事。在接到任务之后，领导没感到这是个任务，这个任务只是个意向，还没有具体的细节和要求，人一忙起来，竟然都能把它给忘了，没有人再提起。在李中看来，他是无所谓的，“可去可不去可干可不干”。到了七月份。任务忽然具体，于是，李中便踏上了去夏城的出差之路。这样一件发生在夏天的公事，始终是围绕着夏城周边的乡村进行描写的，“一派乡村景象”，“路边天地里的沟沟塘塘，鹅鸭众多，这里一片，那里一片，白云飘浮，甚是动人”。哪怕就是在夏城里头，作者的关注点也是城市中难得的乡野风情，“院中还有些竹丛树影”，众人都道，“想不到夏城这巷子深处还真有深藏不露的”。至于具体的公事是什么，作者始终没有在文中点明。李中等这些会议代表们在参观和汇报之余，便是品尝各村镇的风味小吃。在欣赏夏城各镇的风光之余，会议代表们间或听一些闲闻野趣，如对金雀镇的描写，作者围绕着这个镇的特色食物展开，紧贴着人的“吃”的这一本性去叙写，像是信笔所至，却很耐人寻味。许辉详细地讲述了金雀镇的寻常百姓盛夏喝早茶的习惯，接着又从李中的视角出发，描写了金雀镇的景色，这是作者匠心独运的视角选择。对于金雀镇这样的乡村世界而言，李中是局外的观察者，他对金雀镇的了解是从生活之根本——特色小说入手的，然后由小吃荡开到景物，甚至于在夏城这个城市里，李中也只是在百姓的聚集地——广场，才找到了此行的乐趣，“李中在护栏上趴着”，“那柔柔的丝乐声竟又在耳畔浅浅泛起，如泣如诉地在他的耳鼓中盘旋，李中这会也不知道自己是怎么了，心里有些抽抽的”。许辉写得平平淡淡，他在文本中客观地告诉受众，这些原本就是生活中常见的事，没有一点夸张与变形。对于生活在其中的人们来说，早已司空见惯，所以无动于衷，但对于李中这些城市中的临时来参加会议的人来说，“如此这般景象，若在大城市里，恐怕十年八载也难见一回，众人便噤了声，陷入到窗外的境界中”。真实的生活其实并不需要时时有新的主题，而李中的“公事”恰恰是无聊、庸常生活的另一种表现形式。作为机关公务员的李中，必然要经历出差、开会这些工作流程。在普通民众看来，出公家的差是很严肃认真甚至很神圣、崇高的事，但这一严肃的命题，在作者许辉的平静舒缓的叙述中，被简化成了冗长、平凡的生活本身。出差、开会，对李中这样的公务员来说就像吃饭、喝水、游览观光一样地稀松平常。许辉把公务员的公务生活看做真正的日常生活来叙写，一切看似琐屑、平淡、啰嗦的细节被他以平静、流水线般的方式记录了下来，呈现在读者面前的是一幅司空见惯的机关公务员迎来送往、寒暄应酬的公事公办的场景。《夏天的公事》从头至尾，读者对于李中还是知之甚少，不知道他长得什么模样，或许“李中”只是一个代号而已。面对许辉笔下的这一人物。我们已经很难去认定他究竟是在“生活”还是在“生存”，你可以说“李中”不思进取，是当前官场人浮于事的铁证。但生活远远不是理想文本中的跌宕起伏，平常人的日子多是平凡、无聊、寡淡的。事实上，我们不难从现实生活中发现这类人物的身影。我们的身边有千千万万个“李中”，每天都在上演着“夏天的公事”，还原着生活的本真面貌，展示着普通人的生存困境与生存挣扎。

如果说《夏天的公事》展示了公务员的生活状态，那《儿本平常》呈现给我们的就是一个走出农家的儿子的“成长史”。

《儿本平常》中的人物经历着大多数“跳出农门”的人都在经历的生活。小说一开始就点明了主人公陈春生高中毕业时的天气，“这一年旱得凶，也热得古怪，十塘九空，塘泥全都开裂了，起了一道一道如饥似渴的嘴唇”，这注定了主人公一辈子燥热与无奈的生活。对于窝在山窝里的陈家坳的乡亲们来说，春生的通知书犹如久旱的甘霖，使偏远的乡村一下子沸腾起来了。乡亲们认为春生考上了大学，是鸡窝里飞出的凤凰，从此以后再也不用和他们一样在农村受苦了。主人公陈春生，七岁就死了娘，是父亲陈有贵将他拉扯长大，不但要供他吃饭穿衣，还要供他上学，好在他从小就很懂事，成绩优秀，现在成了陈家坳第一个大学生。他被当成小孩子学习的楷模与效仿的榜样，与他的玩伴二狗子、张旺等成为反面教材。父亲陈友贵认为，春生能考上大学，全是靠乡亲们的帮衬，感念过相亲们的恩德之后还让春生给他们磕头。思想尚未成熟的陈春生就有了“滴水之恩，涌泉相报”的观念，这为他以后烦恼、无措、无奈的生活状况埋下了伏笔。在陈家坳人的赞美和期望之中，陈春生跨入了大学的大门。上了大学之后的第一个寒假，陈春生回家过年，几乎每天都被人请去吃饭，客人一听他是大学生便肃然起敬。同时，他还成了判断或决定某家孩子将来有无出息的“法官”，乡亲们实在太抬举他了。其实，陈春生有苦难言。作为从偏远山区考进城里的大学生，相信很多人都有这样的感触，在家乡算人中龙凤，到了大城市，真的很普通，甚至什么也不是，内心的自豪感与自卑感产生强烈的反差，压得人喘不过气来，城里的别的学生有才有艺有钱的太多了。在看到差距之后，陈春生对自己有了一个令人心酸的清醒的认识，“我是贫下中农的儿子，我穿方口布鞋，剃平顶头，没有手表，没有腈纶球衫，连一件涤卡褂子也没有”。但回到家乡的陈春生赢得了足够的尊重，如鱼得水，心里很受用，甚至能稍微作一点小小的炫耀，就连他摆弄一本自己根本看不懂的书，来来往往的看见了都叹为观止。从父亲的口中，他知道了小伙伴张旺的近况。在陈春生踏上新的人生征途的同时，张旺也开始了他的创业史。陈有贵认为，读书、上大学才是走向富贵、富足生活的唯一途径，他断言张旺将因他的不务正业而失去姑娘们的青睐。事实并非如此，在陈春生工作多年依然孑然一身时，张旺的儿子已经三岁了。陈有贵在春生毕业时向乡亲们许诺：“春生如今在县里上班，日后大家有什么事尽管找他”，这句话像撒菜籽一样撒遍了陈家坳。开始的时候，陈春生还能勉强办成，层出不穷的事像任务一样堆在那里等着他办，甚至这些事根本就超出了他的能力范围，结果，生活一片混乱，连日常的教学工作都受到影响。陈有贵乐此不疲地给儿子设置了一个又一个悬念，将他推向烦躁的深渊。但陈春生后来没办成的事让张旺一件一件地办成了。这时陈有贵才知道，“钱是人家亲舅舅”，张旺为办成这些事塞了不少钱。同样是陈家坳走出来的，陈春生考上大学，走上了人人称赞的“学而优则教”的道路，父亲本指望他有出息之后可以帮乡亲们解决实际的困难，结果让他活得很狼狈、很受伤。而一向不务正业、不被看好的张旺却在发迹之后为大家解决了一个个春生无法解决的问题。陈春生开始觉得读书没有用，解决不了实际的问题，就连自己的人生大事也遥遥无期。当有个不嫌弃他没钱没势的平凡的女人走进他的生活时，三十岁的陈春生内心已经充满沧桑。新婚之后的他分到了不大不小的房子，忖度着将父亲接来住几天，便将想法告诉了妻子，但遭到拒绝。因为囊中羞涩，他满足不了妻子的物质需求，更无法尽孝道，不是因为他不孝，而是因为他无能为力。都说强龙胜虎，可实际上儿本平常。怀揣着一张大学文凭的人，在进入现代都市生活时常常显得被动与尴尬。既不被现代社会所容纳，也回不去当初走出来的地方。对于很多从农村走出来的大学生来说，这是他们的生活常态。故乡的乡村和乡亲对走出土地的子女寄予了太多不切实际的幻想，在这样的社会，他们的力量真的微不足道。

综上，我们以为，李中的生存状态，陈春生的生存状态，或庸常，或无奈，都是平凡人生、平凡生活所经历的必然。我们叹服作家观察之细之深，描摹之真之实。

《走入枫香地》：关注弱势群体
了解山区教育

《走入枫香地》是安徽作家崔莫愁先生的代表作。这是一部以山区小学教育为题材的中篇小说，它从刚走出校门的中师毕业生曾枫生的视角，写出了枫香地小学发生的可歌可泣的动人故事，为受众打开了一扇了解当前山区小学教育状况的窗户。从中，不仅可以清晰地看到山区小学教育存在的困难和亟待解决的问题，更让读者认识了一批不计生活待遇，默默耕耘的老黄牛式的山村小学老师，特别是民办教师的光辉形象。

主人公曾枫生中师毕业被分配到了最穷最苦的山区小学——枫香地小学。偏远的山区小学交通极为不便，由市里乘八十华里客车到乡政府所在地，徒步攀登三十里山路才能到达枫香地山区。下车遇见卖枫香树砧板的山民，山民得知来人是市师派下来的实习生时便热情带路。交谈中，曾枫生知道此人是枫香地小学的民办教师叶守贤。在叶守贤的叙述中，可以看到山区教育的艰难，“山里的孩子上学路远难跑，学生中午放学不能回家都在学校搭伙，每日带来的粮食咸菜都是由小学的老师帮助烧煮”，他还兼干打铃扫地挑水等杂务活。除叶守贤之外，还有沈校长和周老师，两人的家庭状况都不好，三个人一起支撑着枫香地小学的教学工作局面。在一般人的观念中，老师只要把教学工作做好，把学生管好就可以了，可是在枫香地小学，因为条件差、交通不便，叶守贤干着等同于保姆、勤杂工的活。这个小学民办教师每月只领取四十元生活津贴，在担负全校自然常识课的教学外包揽了学校的全部杂务活，不仅甘愿吃苦摆地摊卖砧板解决困难学生的书本费，还在校内有张有序地抓了个国旗班。一个民办教师竟然有如此的思想觉悟！这给从城里来枫香地小学实习的曾枫生留下了很多值得深思的东西，他一方面感叹贫困山区小学教育的落后与贫瘠，一方面深深地敬佩这些民办教师。毕竟山区小学的基础教育太差，老师们的文化根基太浅，甚或认为抓国旗班，培养国旗手，才是培养人才，让他们走出大山的唯一出路。天有不测风云，叶守贤在结算卖砧板钱回来的路上被歹徒盯上，为保护给学生买课本的二百元钱而丢了性命，他的女儿叶晓芳接替了民师的位置。这个美丽善良勇敢机灵的姑娘进校后仍如她父亲一样担负起了搞学校杂务的工作，走上工作岗位后又提出让女孩子返校上学。在曾枫生的心里，这个想法是难得而深刻的，特别是她坚持接送残疾女孩上学的举动，让曾枫生对她的敬佩之情又加深了一层。然而在一次接送的路途中叶晓芳不幸丧生了。父女两代人都为山区小学的教育付出了宝贵的生命。在全校师生的努力下，三十二名辍学女童又重新回到了课堂；与此同时，枫香地小学在开发第三产业，缓解办学经费不足等方面取得了很大的成绩。曾枫生单独辅导的四名学生在全国奥数竞赛中取得了突出的好成绩。这一系列的成就终于让这个山区小学看到了知识带来的曙光。目睹着枫香地这片热土上发生的一切，曾枫生深深地为这些民师的光辉形象和崇高的精神所折服，更为山里人的艰难生活和山区小学艰苦的教学条件而叹息和震撼。像这样的山区小学，我们目前还有很多，许许多多老黄牛式的山区小学教师，尤其是民师耕耘在这片土地上。由于地处山区，条件落后，许许多多的孩子上不起学，辍学在家，或者操起父辈们的锄头，或者赶潮进城打工。无论如何，文化层次跟不上时代的发展，终究会被淘汰，抑或是成为社会不稳定因素。农村教育特别是山区教育是一个亟待妥善解决的问题。

如果说《走入枫香地》关注的是山区小学民师与学生这样一群弱势群体，那么陈源斌先生的《万家诉讼》关注的则是农村老百姓这一弱势群体。当代文坛不少写农村题材的作品，企图表现出农民生存的苦难现状，但这当中许多作品往往功利性太强，故事一开始作家就站在居高临下的角度去审视乡村，有意无意地在文本中规避掉农村的弱势与农民的精神状态，陈源斌的《万家诉讼》则对这一问题做了恰到好处的处理。《万家诉讼》写一个农村妇女在维权路上的艰辛。贫穷是真实的底层，但贫穷不是穷人的勋章和花环。因为处于社会的最底层，他们不被重视，受人歧视，但他们绝不允许别人践踏他们的尊严。农妇何碧秋的丈夫被人打伤了，她去村长家讨个说法，但村长非常猖狂。于是，何碧秋走上了她“讨说法”的道路。旁人劝她“老话讲‘民不告官’”。她回答道，“村长管一村人，就像一大家子，当家的管下人，打骂都可以的，可他要人的命，就不合体统了”。从何碧秋这个普通农妇的口中可以看出，她“讨说法”只是为一口气，封建等级观念还根深蒂固地存在于她的心中。来到乡里将事情陈述给公安局的人之后回家等消息，调解的结果是村长支付医药费。本以为可以了结的事情却再起波澜，嚣张的村长再次践踏了何碧秋的尊严，她决定继续向上告。县公安局下来的处罚裁定仍跟上回一样。她得知结果后，准备申请复议。此时的何碧秋才真正觉得对裁定不服申请复议是她的权利。她直接向市法院递交了诉状。上诉后等了两个月，上面终于来人了，将详细情况摸清后就将村长铐走了。至此，何碧秋的维权路有了结果。像这样在农村发生的不平事数不胜数，却没有几个人能像何碧秋这样通过漫长的维权路将肇事者绳之以法。小说以客观冷峻的笔触表现了生活的复杂性和严酷性，反映出作者对农民生活状态的深入思考。

不管是曾枫生眼中的山区教育，还是何碧秋身上的维权行为，都似乎在告诉我们：教育立国要有法，否则就不能给师道以尊严；破除等级意识也要有法，否则就不能或难以开启民智，建设民主国家。

《黑白道》：关注个人命运 围棋小五蒙尘

进入21世纪，社会迅猛发展。面对来势汹汹的经济大潮，作为个体的人处于怎样的生存状态之中，每个人面临着怎样的抉择，个人的命运如何，安徽作家深入生活，拨开错综复杂的社会关系，还原个体、个人的生活和生命的存在状态，表现个人的人生观、价值观与整个社会的对立与错位、趋同或妥协，展示在物欲横流的时代，人的命运的起伏曲折与无可奈何，彰显尊重个人价值的“人文关怀”。

安徽作家孙志保先生的《黑白道》演绎了主人公小五由单纯高雅转变为蒙尘粗俗的围棋生涯。小五爱上下棋纯属偶然，那时的围棋对小五来说只是一种消遣娱乐活动。与同校、外校同学对弈几个来回之后，他便在全校出名了。校内每年都有很多次赛事，但小五从来不参加，他认为，“大家一起在一间屋里争，争得你死我活，把别人拼掉，换上自己，踏着别人的尸首前进，何必呢?”在大家的心目中，小五是个无冕冠军，一心一意迷恋着围棋，守着自己的棋盘，如一个虔诚的道人，每天苦苦思索。但小五绝不是什么都不在意，围棋高手九段的出现让小五感觉到春天的到来。别人都尽情地享受花花世界，小五只盼望能安安静静地坐在那里无拘无束下盘棋。和九段的这场对弈是小五围棋生涯很重要的一个转折点，这次机会，让他知道自己棋艺的深浅。毕业之后，小五被分到了家乡县教委，给局长让棋让他进了S局。他觉得围棋是神圣不可侵犯的，在进入S局之后，不再让棋的小五一直郁郁不得志，因此受了不少的苦。最打击小五的却还是围棋，因为围棋，他与心爱的女人分手了。后来，他与小敏成立了家庭。一次的偶然的机会，小五得到了一副好棋子，“他忍不住想到自己很俗，很市侩，一盘棋就再也打不下去，乱成一锅粥。”入了社会的小五仍有这种刻骨铭心的感受，而且不亚于当初。可见他的心里还是为围棋保留了一方净土。毕业两年后，小五竟然因为又赢了局长的棋而心情沉重起来，他开始认为在领导面前还是夹着尾巴做人的好。看着家里简陋的条件，他觉得一个男人负担不起养家的任务不是真正的男人。在用比赛赢得的奖金添置了家电后，妻子大献殷勤，这使他得到了由棋带来的实实在在的好处。盛名之下的他对自身价值有了进一层的认识，他觉得享受围棋带来的好处很是不错，甚至认为人一辈子都这样倒也值得。妻子开始让小五去参加各种比赛，并以各种诱惑做诱饵，手段无微不至，一开始，他很恼火，心里还有些说不清道不明的隐痛，几次过后，他就不再坚持。随着家中现代化的实现，邻居们飘过来羡慕与嫉妒的目光，特别是房子的到手，小五真正地感到了与妻子一样的幸福，开始坠入了物质的功利的漩涡。他逐渐老练起来，主动出击，寻找赚钱的机会，置身于狂热的浪潮之中，无法自拔。随着时间的推移，他逐渐感受到力不从心，开始出现败绩，有时败得很惨。面对日落西山的颓境，他的思维狂乱地奔走。他处在狂热的追求中，理智的思考几乎为零，身心憔悴、面容晦暗，一股强烈的战胜欲把他折磨得痛苦不堪，他不相信有人能帮得了自己。满大街瞎转悠，专找打擂台摊的，只为获得一种打败人之后的快感与心理上的满足。时间长了，小五感到越来越寂寞，只想一心一意抓住一个人把他杀败。小五变得极为疯狂可怕，甚至接近变态，“打败别人的无与伦比的快感，不是别人能体会到的，肆意戮杀臭棋篓子而产生的快活劲儿使他想不起世界上还有什么事儿更令人兴奋”。先前的技艺纯青、精光内蕴、动作温悠的小五已变成双目混沌、动作粗鲁、杀心太重的庸人了。下棋本为娱乐，修身养性，得饶人处且饶人，本不必让人体无完肤。现在的小五开始伸手要钱，不但逼，而且吼，实在令人感到悲哀。其实，人就是这样容易走极端，有时清高雅致得不沾人间烟火，一旦失控，反而比常人更容易走火入魔，弄得回不了头，俗到极致。从此，一个棋坛怪杰就这样消失了，可谁知道这样的小五又有多少呢！在中国文化传统中，围棋是一种儒雅高尚的行为方式，因此“技乎，道也”，常常被人视为读他的人格表达。蔬食饮水，是心境也是艺境，所以滤除了俗念的小五敢和九段对弈。先前的小五是有可能成为九段的，而蒙尘的小五变得那么粗俗不堪，这是一个悲剧。

此外，在曹玉模先生的《黑锅》中，官人巷内发生的一切亦让人感觉到人的命运、世事的变化无常。孙恺，一个被官人巷的当家赵保田踢出去的人，十几年后，竟然要拆掉官人巷，投资建造官人大厦。地位颠倒的仇人见面，分外尴尬。官人巷内发生的一切亦让人感觉到人的命运、世事的变化无常。

我们不难看出，作家对于小五性格的演变，由精神界面步入物质索求界面之后的不堪，发出了沉重的叹息。个人仅是沧海一粟，个人命运千奇百怪，小五和孙恺仅为其中一小部分。却也能管中窥豹，促使我们思考人类欲望、人类文明与人类未来的文化发展。

《请调报告》：关注心灵诉求 向序无奈入世

社会飞速发展，贫富差距拉大，社会节奏加快，人心浮躁不安、心理失衡。面对新的价值观念，旧有的生活方式和观念不得不作出让步。于是，观念的矛盾和混乱不堪造成人们心理的错位、无所适从。安徽文学奖获奖的小说，不仅书写了人们生活的遭遇，而且揭示了处于时代漩涡中的人们的精神处境，表达了人的复杂命运背后的深层的心灵诉求，敏锐地提出了人们需求并渴望心灵安慰的时代呼声。

《请调报告》是作家许春樵先生的重要作品。小说着力叙写县师范学校老师向序艰难的生活。面对无情的生活重压与折磨，他沮丧、懊恼、无可奈何，最后不得不向命运与生活妥协。小说一开始写大学毕业生向序怀揣着美好的愿望，主动到偏远小镇教书，准备干一番事业。其后的几年，论文四面开花，事业上春风得意，也因此收获了美丽的爱情，并顺理成章地踏入了围城。然而结婚之后，他却陷入了生存的困境，种种烦恼接踵而至。因为住在一间霉味浓、光线暗、漏雨的破屋里，致使小保姆中毒；孩子没人带，因为无权无势，入托又不成；妻子患颈椎病不能干体力活，没有关系调动不成工种，身体的疼痛让妻子死去活来，让向序心如刀割；破屋漏雨没人修，家里所有东西都拿来接雨；学校分房没他的份，给校长送礼反而遭批评；隐瞒实情被妻子知晓，夫妻关系降到冰点……同学朋友的日子个个都过得风生水起，比他红火。现实的窘境，让向序的追求显得被动而尴尬。其实他本来可以解决这些困难，因为只要他答应调到行署任秘书，一切困难都可以迎刃而解。但他不愿意放弃教育事业，凭着毅力坚守着自己的理想和追求。然而残酷的现实为他设置了重重障碍，剥夺着他的生存需要，进而一步步瓦解着他的意志。最后，我们不愿意看到的一幕终于发生了，当向序在事业上步步走向成功时，他在精神上却慢慢走向虚无、崩溃。虽然他极力维护自己的尊严和人格，可缺少金钱支撑的尊严和人格是苍白无力的，在被逼得走投无路时，他只得向世俗低头。于是，他放弃了多年坚守的教育事业而入政界。坚守教育事业最终没能坚守下去，拒绝仕途最终还是入了仕途，虽然这一切都是迫于无奈，但他的退走却是悲剧性的。向序的选择既是对他自己的否定，又是对他存在现实的否定，可以说这部小说写的是一个精神的悲剧。

沈海深先生的《窟窿》中的主人公寒星星也是如此。她成天生活在机床车间，机器的轰鸣声让她的情绪败坏到无以复加的地步，接着，便出现了她在厕所的墙上踹出一个大窟窿的一幕。墙上的窟窿其实就是人心里的窟窿，它透射出人在面对重复单调的无趣味的生活重压时的崩溃心理。

向序的人生，向序的心灵世界，既是普遍的存在，也是独特的，坚守自己的精神家园，有时也需要物质基础做保障。向序与寒星星的人生遭际恰恰都说明了这一点。

总而言之，“人文关怀”是由人的良知派生出对与社会、人类的一种责任的情怀，是人的价值理想的追寻，昭示着文明的进步。现代文明的种种缺陷最终都体现在人身上，唯有构筑人的心灵家园，才有可能减轻现实的腐蚀，社会才能进步。安徽作家的作品回归生活的本真层面，关注社会生存的状态、人们的心理处境，同情弱者的生活遭遇，对知识分子的生存处境、心灵困境、生存价值和意义作出思考，以深广的悲悯情怀关照现实、烛照人生，表现出他们独特的“人文情怀”，为当下的风气吹来清凉之风，彰显了文学反映生活，干预生活的生命力。

第十二章　网页文学拥趸无数：不可忽视的现代视角阅读平台

网页重点作家作品

作　家	作　品	或人物或文意或诗情	备注
赵小赵	《武汉爱情往事》 （又名《失贞年代》）	时尚妮子沈小眉的情感记录	
慕容雪村	《成都，今夜请将我遗忘》	西门官人陈重历尽春色悔悟	
	《深圳向左天堂向右》		
蔡智恒 台湾	《第一次亲密接触》	如果有一天生命要你做女友	
安妮宝贝	《告别薇安》		
	《八月未央》		
	《彼岸花》长篇		
	《蔷薇岛屿》行旅散文		

网络文化深入现实生活，作为当代文学研究者，不可能熟视无睹，也无须装聋作哑，必须面对客观存在，作出积极反应。有文字记载的人类文明已历数千年，文字载体亦已演变过无数次。汉藏语系中，有钟鼎文、石鼓文、甲骨文、竹简文、桑麻纸文、楮木纸文等；印欧语系中，有两河文明时期雕刻于泥版上的楔形文字、阿尔卑斯山脉周边民族的羊皮纸文字等，都昭示着文字载体的发展进步。今天的荧屏文化，网络文学，亦人类科学发明之必然彰显，必须认真对待，认真研究。现代都市中人，只要一脚踏上公交车，就知道有多少青年男女、职场精英，在忙中偷闲，利用乘车片刻闲暇，借助于手机屏幕，阅读网上小说和奇闻逸事了。至于网上购物、网上恋爱、视屏电话、网上八卦、网上设计、网上医疗、网上办公、网上美容、网上投稿、网上编辑、网上模拟实战、网上参与时事政治、网上针砭时弊褒贬春秋等行为习惯，更是遍地开花，深入生活的每一个角落，人类已经无法离开网络、离开计算机。时代脚步势不可挡，荧屏文化带来的便利，其依赖程度已经异乎寻常。

2001 年，国内文学大奖如“茅盾文学奖”、“鲁迅文学奖”等，开始认同网络文学，允许进入主流文化的评奖序列，这是社会发展的一大进步。网络作品《盗墓空间》提名之后，虽然因为没有收篇，作者也不愿意急急忙忙结笔，而落选，但是其突破性意义，已经是显而易见的了。自上世纪90年代中后期开始，网络文学已经走过了近20年的发展历程。电子阅读已经成为时尚。这是一个以网络为基础平台，并做到了全民参与，雅俗共赏的文学新模式。作为读者，更多能感受到的是在需要与时俱进的今天，网络所带给我们的超文本之间的交流。这是作品的互动性与作者多元化发展的必然趋势，也是当今信息技术发展的必然产物。

而网络小说作为网络文学最主要的表现形式，作品类型分门别类，风格各异。这其中最贴近读者生活现实的作品类型当属都市情感类。这类作品以男女主人公之间的婚姻、爱情为主线，衬以事业、生活、伦理等各类辅线，以不同的视角，不同的背景，不同的写作方式展现了当代“70、80”后的真实生活写照及复杂的人物情感关系。笔者或用温婉抒情的方式描写，或用冷峻残酷的笔触琢磨，一层一层的向读者彰显出愈发令人窒息的社会现实，因此，此类作品也被认作是一定程度上的“社会意义及人性价值观教科书”。

在都市情感一类的网络原创作品中，读者不乏领略到主题鲜明，故事性强，拥有灵魂的经典作品。用网络这个平台作为基准，评价一部作品的成败无疑需要两方面的考量。一方面是大量网民的点击阅读量，另一方面则是业内专家的专业认可度。只有获得了口碑和奖杯，才称得上是佳作。那么针对这一类型的网络小说，立足文本，从作品的叙事特点、小说中以人物情感为基石表现出的都市意识、网络小说的语言特色等方面展开阐述。

《失贞年代》：体现原创网络小说的叙事特点 阅读从“痞”到“纯情”故事

每个人心中都有一个哈姆雷特，读者对于都市情感小说的感触也不过如此。谈及这类作品的叙事特点，不同的网络写手会给读者呈现出风格各异的情感故事，本文将从其中最为突出且颇具代表意义的两种风格着手，述论当代社会青年男女之间的情感轨迹。

(1) 过尽千帆、满目疮痍：自上世纪80年代文学开始回归到人学自身之后，文学反映现实生活中的人的热情也随之高涨。网络小说对现实的反映是与其对现实的发现紧密地联系在一起的。现实生活是复杂的，单一的价值立场以及对生活的纯化态度为很多作家所唾弃，文学不仅仅是简单地面对生活现实，更是要面对生活的深层与生存的真相。谈及网络文学也是如此，相对于纯情叙事，清新动人的网络小说，一些批判现实的网络爱情小说则呈现出另一种表现模式，即“过尽千帆，满目疮痍”。在这些小说中，主人公基本上都是白领阶层的时尚男女，拥有着各自优越的家庭生活，多是站在男性叙述人的角度，故事主人公们在一个主张消费的时代里放松自己的道德底线，在欺骗女人的同时幻想着女人能对他们忠诚。当相互欺骗成为事实的时候，一切都变得不可信了。他们也就找不到生活的目标和人生的价值坐标。一面不断地欺骗别人，却不能容忍别人的欺骗，他们的失望是对这个相互欺骗的世界的彻底失望。此类代表作为赵小赵的《武汉爱情往事》。这部都市情感小说将爱情的主题集中到人与人之间的心灵背叛与相互欺骗当中，讲述了都市男女的生活现实，看两男四女如何在爱与被爱，堕落与背叛间用青春筑起的一座爱之殇城。在这种游戏的缠绕中，一切都没有结局。这是一个人与人之间相互不信任的时代，人们相互之间的不忠诚，在这里展现得淋漓尽致。这部小说在网络流传的名字叫《失贞年代》，即是对当下情感忠诚度维系艰难的一种概括表述。男主人公同时也是叙述人姚伟杰是一个时尚杂志的记者，深谙各种人间奇闻情事纠缠，他将情人之间的失贞和欺骗看做是这个时代的本质。叙述人在小说中是个非常自恋的角色，与无数位女性发生过身体关系。这是一个有些才能，有些痞性，但又具有时代特性的人物。这种大男子主义和自我膜拜的叙述方式不过是文人对自我风流经历的一种想象性虚构。姚伟杰自以为游历于女人之间得到的会是一份真正的爱情，但沈小眉的日记揭示了那不过是一个欺骗的幻影。于是小说安排了沈小眉的死去，向读者表明这也不是一份完美的爱情。城市的堕落与狂欢给人们提供了物资的享乐，欲望的满足，但却无法消除人在都市中的孤独感，寂寞感，无法安置灵魂，寻找救赎。他们排斥，拒绝城市，同时又依恋，离不开城市。就像一个吸毒上瘾的人，不愿意却又无可奈何，身体永远与思想背道而驰。在这样物欲横流的都市里，个体生命只能一步步地走向破碎与消亡。

满怀激情带着理想的青年希望在一方沃土打拼出自己的天空，自由伸展的空间让他们看见了无数次的选择和希望，但同时也逐渐啃噬掉了他们的信仰与自由，现实的残酷让他们迷惘无助。迫于生活的重压，生存的压力，所有人都表现出了对金钱的渴望，导致了鲜明的物质化倾向，而同时一种矛盾的心态也悄然而生，在道德良心与现实生活不断撞击的情况下，这一群青春代言人，更是在内心里增添了无数的焦虑与困扰。过程中人人都付出了惨痛的代价，浸透了青春的成长与理想的失落。物欲，情欲的无孔不入，带来的是道德沦丧、物质浮华给人的心灵异化。

（2）纯情叙事、清新动人：说起网络小说的发端之作，就不得不提到台湾网络作家蔡智恒创作的《第一次亲密接触》。作品发表于上世纪 90 年代末，正是网络小说十年历程起航之年。一经发表，便迅速掀起了一阵“校园纯爱”之风，使作者跳居人前，也因此正式揭开了网络文学的发展之路。作者以第一人称男主角的立场，真实记叙了痞子蔡和轻舞飞扬在网上相识，彼此间通过网络聊天加深了印象，产生了好感，于是演变成了相约在现实生活中的再见。当爱情照进现实，结局却没有我们想的那么完美，无奈的是轻舞飞扬匆匆离世，只留痞子一人将爱情进行到底。虽然作品的情节依旧逃不开男女之间的情爱纠结，也不无俗套地将结局定格在男女一方不可避免地死去上，以此赚取了无数读者同情的眼泪，但作者别出心裁地将故事发生的背景设立在了充满了揣测与好奇、未知与前卫的互联网上，通过这一平台促进了人们对网络这一流行趋势的了解，也许今天看来这并无稀奇，回归到上世纪90年代，将网络作为相识相恋的新型场所，这一极具浪漫主义色彩的方式却是别具风格的。不难看出，主人公痞子蔡的形象魅力在于他人格的两面性上，从一开始将追求女孩看做是一种不具情感的技术行为，到最后竟也不可抑制地动了真情，体会到了爱情的神奇力量。痞子是小说前半部分的叙述人，轻舞飞扬是小说后半部分的叙述人，文本用两种声音再现真情的种子萌芽的过程，完成了从“痞”到“纯情”的叙述转化。作者就这样将现代社会的两性游戏和永恒的男女情爱巧妙地结合到了一起，将时尚的都市文化与通俗童话世界的真情融合到了一起，成功地创造了一个纯情故事，自然是十分契合大众文化心理的。此类都市爱情故事还具有很强的时尚性，在现代社会人们对理想，信念，坚守越来越失去信心的时候，“痞子式”的爱情故事散见于现代网络小说之中。在这个意义上，网络小说呈现的是另一种状态的通俗文学。现代人有一万种理由坚信爱情的虚妄与脆弱，也许正是这种虚妄，反而让这些都市男女更加渴望一份真挚的感情。时代在不断地发生变化，人们对爱情追随与信仰的具化形式也在发生变化。《第一次亲密接触》作为网络小说的发端之作，一部纯情的爱情小说，它打动了千万观众，甚至被搬上荧幕，这种情感的发端方式具有浓厚的“现代”生活意味。主人公痞子蔡与轻舞飞扬在网上的聊天也是一场饱含智性的较量，爱情的过程呈现了一种现代都市情感生活的魅力与神奇。

《成都，今夜请将我遗忘》：感悟网络小说中的都市意识 目睹都市生涯如何改变人生

不难看出，在多部都市情感网络小说作品中，《成都，今夜请将我遗忘》以城市为背景，尤以经济发展快、生活水平高、城市科学技术水平高度发达的大中型城市为创作模板。似乎在向我们说明，越是看似光鲜亮丽的外表，那私下里的阴暗越是让人触目惊心。

（1）沿袭“新感觉派”小说都市气息中的悲情与批判：在有关都市的文学想象中，一座城市代表着现代文明，代表着进步，但同时也会蕴含丑恶与堕落。老舍小说中的小人物在弱肉强食的都市环境中苦苦挣扎，张恨水小说中的乡村青年也饱含着都市对他们的腐蚀。在都市里人与人之间相互欺骗，难以体现人间的真情与真爱，留下的只有荒淫和罪恶。中国近些年的改革开

放所带来的都市化进程，使得这些对于都市情爱的想象叙述在当代小说中也不断地放大，都市文明带给人们的是情的失落和欲望的泛滥。而当代都市情感类网络小说也继承了这种想象方式。以网络成名的作家慕容雪村的《成都，今夜请将我遗忘》、《深圳向左，天堂向右》就是这样的作品。这些小说的标题带有浓重的都市色彩，所叙述的是改革开放年代都市男女的现实生活，同时也让人感受到了一种对上世纪30年代“新感觉派”小说当中都市气息的沿袭。是什么让单纯质朴变得腐化堕落？是人，是城市，还是生活本身？在《成都，今夜请将我遗忘》中，作者对这座城市的描述比比皆是。“夜色中的成都看起来无比温柔，华灯闪耀，笙歌悠扬，一派盛世景象。不过我知道，在繁华背后，这城市正在慢慢腐烂，物欲的潮水在每一个角落翻滚涌动，冒着气泡，散发着辛辣的气味，像尿酸一样腐蚀着每一块砖瓦，每一个灵魂。”“如果把城市比作人，成都就是个不求上进的流浪汉，无所事事，看上去很快乐。成都话软得粘耳朵，说起来让人火气顿消。”这些对待城市的文字描述表达了作者的批判情绪，是对中国近代社会以来有关都市文学形象的一种延续。《成都，今夜请将我遗忘》中的陈重是个好色，不负责任的男人，经常猎情于风月场所，与无数女人发生过身体关系却没有一人能真正融入到他的生命，于他而言，他就像是一个检阅女人的“西门官人”，最终得到的结果只会是纵欲而亡什么也留不下。就像文中写道：“在稀疏的灯光下，府南河在我们身边转了个弯，无言东流，这条被成都人视为母亲的河流，淹没了人间一切悲欢聚散，汇合了亿万个陈重与赵悦们的欢笑和泪水，浩浩荡荡流进大海，就像什么事也没发生过。”小说给予了人们一个命题：纵欲是没有好结果的，玩弄女性并期望在她们身上来寻找成就感注定是虚妄的。《遗忘》中的陈重最终失去了自己的家庭，自己的妻子，这也是对他纵情于风月场所的惩罚，己所不欲勿施他人，而他对别人的报复最终也因果循环般发生在了自己的身上。这个在都市中成长起来的人，却渐渐地演变成为市民社会文化的反面教材。

如果说《成都，今夜请将我遗忘》写的是一个“痞子”游历于情场的过程，那么《深圳向左，天堂向右》所叙述的则是一些纯洁的青年如何被都市社会腐蚀的过程，他们所经历的是爱情的破灭和对城市的诅咒。小说站在一个记者的角度，以采访的方式来叙述肖然、刘元、陈启明、韩灵、孙玉梅等青年在大学毕业后闯荡发迹于深圳的故事。在商场上尔虞我诈中加入了情爱关系的纠葛纷争。肖然是小说中成功创业的人，年纪轻轻就拥有上亿的资产，与大学同学韩灵的爱情无疑也是两情相悦真心相爱。然而当一个人被物质利益围绕，身边不自然地多了很多诱惑的时候，爱情便沦落到不堪一击的地步。他对妻子韩灵的不信任，尤其在韩灵被抢后，会无端地怀疑韩灵的清白，致使自己的婚姻走向破灭。事业将其人生价值观的导向偏颇到了孤独、堕落的天平边，在金钱的威力下，他放任自己，却也找不到任何快乐。引用刘元的话说“再也没有坚不可摧的爱情，山盟海誓太容易被击溃，再坚固的感情也敌不过无处不在的诱惑。如果你是个漂亮姑娘，嫁人一定要嫁有钱人，既然结局同样是被抛弃，苦苦坚守的青春只换得一纸休书，又何必让你的美貌委身贫穷”。在都市里处处都蔓延着金钱的法则，爱情会被淹没，良心会被淹没，一切的温情在物质的魔力之下会土崩瓦解，主人公会在看不见的罪恶黑手的操纵下沦陷挣扎。“这就是深圳，八点钟的深圳，危险而华美的城市，一只倒覆之碗，一朵毒蛇缠身的花。”鹏鸟的故乡，一群热血青年来到梦想之都，成就欲望之渊，沦陷于乌托邦中，就像失去信仰的耶路撒冷。

(2) 对都市情感生活的记叙有鲜明的“小资”情调：从写作的年龄来看，网络小说是一种年轻态青春化地写作，笔者的年龄大多集中在30~40岁左右，也就是说70、80群体是这一文学模式的领路者，他们的文化背景多是受高等教育且熟知都市白领生活圈的方方面面。他们出生在这样一个城市化迅速膨胀的时代，也是人的个性被无限伸张、物质欲望充分被释放的时代。网络写手们的爱情方式具有网络时代的新特征，除了具有鲜明悲剧意识的情爱故事，新鲜、刺激、高调、时尚等等也成了当下另一种都市小说的代名词，这种情爱生活的记叙方式有着鲜明的小资情调，写作者也多被认为是城市当中的“小资”阶层，用重视自我感觉的笔触勾绘出了一幕幕都市爱情剧目。如安妮宝贝，一个很受欢迎的网络女作家，在她的小说中，就有很浓的“小资”生活情调。她的叙述者大多是第一人称的“我”，喜欢生活、热爱生活、追求生活中的美好，对待感情，就是毫无保留地交出自己，当爱情经历伤痛过后，很自然地能将一切过程视为一个“劫难”，归结为“宿命”的安排，这一贯的循环链接离不开爱情、流浪、颓废、生与死。

安妮宝贝以网络文学起家，在很短的时间内连续出版了两部短篇小说集《告别薇安》、《八月未央》，一部长篇小说《彼岸花》和一部行旅散文《蔷薇岛屿》，并因此迅速走进畅销书作家的行列。作为继亦舒之后内地版的“言情小说家”，她的作品大多围绕着城市男女爱情来展开叙述，在男欢女爱的情感世界里寄托一种与小资情调相伴随的人性的虚无与绝望。时下流行的小资一说，既不是社会学的阶层概念，也不是完全用经济收入来厘定，更多的是指向一种生活的文化品位、情调和氛围。“小资”往往是个贬义词，有的时候甚至是一种颓废情绪的象征，这跟红色革命时代所批判的小资产阶级式的多愁善感、脉脉温情有着血脉上的亲近关系。但在新的时代语境里，它渐渐地也融入了商业时代大众消费的趋新时尚，成为一种标榜身份的自恋和炫耀。所谓小资男女大都感染着现代都市的流行病。即对世界和爱情充满渴望和期待，又对世界和爱情心存怀疑与不信任。这种矛盾的心理倾向在安妮宝贝的作品中得到格外明显的表现。《告别薇安》中的vivian从来都是打扮艳丽，每日每夜过着灯红酒绿的夜生活，却改变不了自己日渐扭曲而寂寞的心。从安妮的小说里那些压抑人性的都市小资生活中也能窥见出现如今都市男女城市生活的隐忧。这是一段段“都市夜归人”的相互取悦和相互取暖，因为深知爱情的不可靠，决然的别离是不可避免的。并随之伴随着一种自怨自艾的喟叹和独白：“我不知道有什么人是能够深深相爱的。也许他在非常遥远的地方，用一生的时间兜了个大圈子，却依然不能与他相会。”“只是等待一次爱情，也许永远都没有人。可是，这种等待，就是爱情本身。”就这样一群看不到未来的年轻男女，只有不断地寻找，又不断地离开，构成了安妮宝贝笔下小资情调的灵魂与核心。另一方面，安妮宝贝的作品之所以能吸引到为数不少的读者，这应该归功于她善于让叙述者和读者保持一种情感的投射关系，读者不自然地就会产生一种心理认同感，让情感和价值取向呈现出相当的真诚性。换言之，安妮宝贝敏锐地捕捉到了都市白领的一种情绪和心态，一种飘忽的不安定感和冷漠孤独症。而这种情绪又正是时下都市男女情感宣泄的最佳契合点，小说以散片式的叙述和哲理式的随感拼接而成，从整体上渲染一种灵魂的甘美与脆弱，却又有意回避了对人性奥妙作深度的探寻，而仅仅是提供一些触摸和抚慰，让人在沉浸于共鸣的氛围中产生“与我心有戚戚焉”的感伤式回味。

《第一次亲密接触》：熟悉网络小说的特色语言
蔡智恒独成一派诙谐活泼

网络小说对于传统文学的冲击一部分是与它独特的语言表达方式分不开的。这是一个生动的、虚拟的空间，它制造了充满刺激、鲜活的网络语言。所以说网络语言是网络特殊语境的产物，这一类小说中也到处充斥着多元的语言表达方式，特色各异、自具形式。

(1) 象征性表达、直抒胸臆

数字网语：日常生活中抽象的数字，经过网民们的想象，以谐音的方式形成了网络上特有的数字化语言。如“1414”表示“意思意思”，“7456”表示“气死我了”，“886”表示“拜拜了”，“885”表示“帮帮我”，“9494”表示“就是就是”，“5201314”表示“我爱你一生一世”。这些数字网语表达诙谐活泼，充满生活情趣。

英文、拼音的缩略网语：网民们将英语或拼音变形而为缩略语。这种缩略语不同于规范的英文或拼音的缩略形式，它出现之初只是网民为了提高网上聊天的效率而采取的一种应急方式，久而久之就形成较为固定的网上用语了。它所遵循的原则只是“便捷”，目的就是把一样复杂或不便表达的东西用一个或几个简单的字母表示出来。如“MM”网络上用来泛指女性，“GG”网络上用来泛指男性，“PMP”是“拍马屁”的缩略，“BT”是“变态”的缩略，“LBT”是“路边摊”的缩略。

符号网语：网虫们用一些文字符号拼成小图像来代替某些想要表达的意思，是一种非常形象直观而且简约生动的语言表达方式。例如：-P是吐舌头，-D是开口大笑，3--3表示看花了眼等等。丰富的表情符号能给人一种眉目传情的感觉，有时传达给对方的含义往往会超出文字。

网虫创造的新词：年轻而时尚的网虫，在网络时代瞬息万变的更新速度之下，为了体现自身的个性化体征，善于改造创新出很多属于这个时代而又不同于传统文本的网络新词，用以表达出它们不同的释义。例如“斑竹”表示“版主”，也写作“板猪”，“大虾”表示“大侠”，“东东”表示“东西”，“稀饭”表示“喜欢”，“驴友”表示“旅游者”，“呕像”表示“呕吐的对象”，“神马”表示“什么”等等。这些新词有时就直接影响了纸质媒体。2010年以来，“神马”的见报频率就非常高。

(2) 作者语言，独成一派

如果我有一千万，我就能买一栋房子。我有一千万吗？没有。所以我仍然没有房子。如果我有翅膀，我就能飞。我有翅膀吗？没有。所以我也没办法飞。如果把整个太平洋的水倒出，也浇不熄我对你爱情的火焰。整个太平洋的水全部倒得出吗？不行。所以我并不爱你。

这是1999年仲夏，台湾作家蔡智恒发表的《第一次亲密接触》中的篇首语，在过去的几年里更是风靡网络，成为网络文学中口口相传的经典语录。它的走红并不是因为作者的写作水平有多高，而是因为这种发生迎合了那个时代的需求，人们整天忙碌于生活，很少有时间去交流。网络的兴起，网络写手独成一派语言风格的发散，使得人们禁锢已久的思想突然打开，人与人之间的交流变得简单，快捷！

在中国网络小说造就的一大批网络写手中，他们的成绩斐然，作品的出世具有里程碑式的意义，而此间形成的属于他们自己的网络语言风格也在很大程度上成就了文本的辉煌。以作家蔡智恒为例，在小说《第一次亲密接触》中痞子与轻舞飞扬诗意般的互通有无则是整个文本的一大特色。

我轻轻地舞着，在拥挤的人群之中，你投射过来异样的眼神。诧异也好，欣赏也罢，并不曾使我的脚步凌乱。因为令我飞扬的，不是你注视的目光，而是我年轻的心。

诗意盎然的网络邂逅与散文诗形式的双向结合构建起了男女主人公的爱情生活，让人览书之余，心情也随之沉静，享受到爱情萌芽时的芬芳。

如果我还有一天寿命，那天我要做你女友。我还有一天的命吗？没有！所以，很可惜。我今生仍然不是你的女友。如果我有翅膀，我要从天堂飞下来看你。我有翅膀吗？没有。所以，很遗憾。我从此无法再看到你。如果把整个浴缸的水倒出，也浇不息我对你爱情的火焰。整个浴缸的水全部倒得出吗？可以。所以，是的。我爱你。

蔡智恒在吸收传统文学精髓的基础上，以独特的语言风格，诗体样式孕育出了网络言情小说的无限生机，使得读者在阅读时感受到了写作者的才思敏捷，小说语言的诙谐秀丽，因此也使之成为语言特色独成一派的网络小说代表作品之一。

概而言之，我们身处一个大众传播媒介与传统文学关系空前密切的消费时代，键盘敲击下所衍生出的网络化运作无孔不入。青年、都市、情感、语言，这一系列意象无形中已然形成了一种成熟的文学套路，那就是都市情感类小说。无论怎样，他们带有着浓烈的当代生活气息，通俗易懂，直指人心，在极大程度上丰富了读者的阅读口味，同时也延伸了网络文学的表现内容。

网页文学一旦为大众认同，为学者文人接受，便毫无争议地成为文学思潮中的一道另类的风景，眩目而迷人。

全书综述：《从“共名”走向无名”状态的文学思潮》，对于传统的承续性、对于当下的现实性、对于未来的开拓性等，都不可能说得面面俱到。然而，这并不妨碍我们思考。一边讲学，一边探索，是必然的。在实践中获得新知，在阅读追求中尽快提升，不断改进，不断充实，以求得教学与思想、理论与研究的双丰收。中国当代文学思潮的几个主要特征：（1）“共名”状态的文学思潮，反作用于社会生活的美学意义极为鲜明。（2）文学由宏大叙事到个性化写作、由“共名”状态进入“无名”状态、由主旋律的庙堂政治文化一枝独秀到多元价值体系的民间文化创作的转变，非常明显。（3）文学转型时间长，但界限清楚。理想与现实、战争与和平、革命与建设、斗争与和谐、集体主义意识与尊重个体生命的转化的时代风貌，清晰可见。（4）文学由传统的注重思想性向现代的注重艺术性的转变，脉络清楚。文学干预生活的现实性削弱，文学美化生活的娱乐性增强。文学启蒙话语逐渐消解，私人生活叙述成为创作者个人心声表达的途径与内容。（5）文学载体多样性。铅字的书、报、刊，发展为荧屏的广电、网络、手机等。（6）“无名”状态的文学思潮，接受外来影响的速度之快、程度之深，以及中西方文学交流融汇之频繁，都是前所未有的。

跋

这里纂述的近三十万字文稿，使用或借鉴了当代文坛与学界众多观点或论证方式，有些叙述性内容的直接引用，没有刻意改变表达方式，主要是基于对对方的尊重，在此表示感谢。以为时效计，没有一一罗列出处，为的是及时赶上出版社出版周期。论述过程中，某些地方的语言过于平实，或不够精当，亦只好姑且留存，待日后有机会再版时再作修正。是以，如有不妥之处，谨祈读者或同仁见谅。

本单位朝夕相处的张劲秋先生、丁放先生、曹小云先生、李明珠先生、钱雯先生、何懿先生、侯广存先生、刘桂华先生、任合生先生、张登林博士、李建平博士、教研室主任蔡长青先生、吴正一先生、涂明球先生、齐晓坤先生、李正西先生、徐玉玲先生、祝立先生，以及曾经接触过的安徽大学方铭先生、袁晖先生、王达敏教授、吴家荣教授、黄书泉教授、鲍恒教授、汤怀泉教授、时兵博士、鲍家全先生、王多治先生，上海大学张耀辉先生，省作家协会刘先平先生、王正刚先生，省出版局严云绶先生，省图书出版集团薛贤荣先生、万直纯先生，淮南师院祝亚峰教授，宿州学院孟方教授、鄢化志教授，安徽师范大学王昊教授、崔达送教授、俞晓红教授，省教科院付继业先生、杨桦先生，合肥晚报社曹志培先生、周坚先生、王传江先生，新安晚报社马丽春女士、黄从慎先生，省人事厅张扬先生、省委宣传部陈发仁先生、省文联杨屹先生、唐跃先生，中科大吴华宝先生等，都曾给予很多启发与帮助，在此一并表示诚挚的谢意。陈思和先生团队所著《中国当代文学史教程》，朱东霖先生团队所著的《中国现代文学史》，王万森先生团队所著《新时期文学》，张志忠先生团队所著《中国当代文学 60 年》，以及“人大复印资料”的许多篇目、“百度之友”间的智慧文字等，都曾给予许多有益的启示，本人表示不尽谢意。此外，省文化厅田冰凌女士，元日文化发展有限公司金城先生，2011 届毕业生董菊、曾婧、李丹丹、丁小千、秦文恺、方方、陈姝妍、周珍珍、姜梦洁、谢承倩等人亦参与了本书“李安影论”、“异质文化”、“安徽方阵”、“网络文学”、“秋雨综述”、“池莉小说”、“余华三步”、“士兵突击”、“张王递嬗”、“谌易碰撞”、“狼羊哲学”、“药以疗血”等相关章节资料搜集和写作校对诸项工作，特此说明。

对于编辑、校对、设计、编务、联络、印刷、发行本书的先生女士，付出的心血与情谊，亦一并致以感谢。

作　者

2011-05-22